古典文獻研究輯刊

三十編

第 **6** 冊

雅之為正
——先秦兩漢魏晉南北朝雅俗觀的演生

周　嬈　著

國家圖書館出版品預行編目資料

雅之為正——先秦兩漢魏晉南北朝雅俗觀的演生／周嬈　著──
初版 ── 新北市：花木蘭文化事業有限公司，2024〔民113〕
目 2+182 面；19×26 公分
（古典文學研究輯刊　三十編；第 6 冊）
ISBN 978-626-344-905-3（精裝）
1.CST：中國文學史 2.CST：文學評論 3.CST：文化研究
820.8　　　　　　　　　　　　　　　　　　　113009661

ISBN-978-626-344-905-3

9 786263 449053

古典文學研究輯刊
三十編　第六冊　　　　　　ISBN：978-626-344-905-3

雅之為正
——先秦兩漢魏晉南北朝雅俗觀的演生

作　　者　周　嬈
總 編 輯　杜潔祥
副總編輯　楊嘉樂
編輯主任　許郁翎
編　　輯　潘玟靜、蔡正宣　美術編輯　陳逸婷
出　　版　花木蘭文化事業有限公司
發 行 人　高小娟
聯絡地址　235 新北市中和區中安街七二號十三樓
　　　　　電話：02-2923-1455／傳真：02-2923-1452
網　　址　http://www.huamulan.tw 信箱 service@huamulans.com
印　　刷　普羅文化出版廣告事業
初　　版　2024 年 9 月
定　　價　三十編 20 冊（精裝）新台幣 50,000 元　　版權所有 · 請勿翻印

雅之為正
——先秦兩漢魏晉南北朝雅俗觀的演生

周嬈 著

作者簡介

周嬈，1990 年生，湖北潛江人，文學博士。現為高校副教授，碩士研究生導師，主要從事中國文化與詩學、文學理論教學及評價的研究。

提　　要

　　「雅」本為鳥名，雅夏「韻同紐近」，由於周人以夏自居，遂以「雅」來命名王畿地區的音樂。「雅」進而成為一種樂器名，代表了西周禮樂文化的興盛，也具有了諸多引申義。在這些引申義中雅之訓為「正」是最重要的引申義，作為標準規則的「雅」包含文化雅俗觀與文學雅俗觀兩個層面。

　　以人格為核心的文化雅俗觀的確立與春秋戰國士階層自身文化話語權的建構密切相關。先秦諸子的人格類型都以對比的形態出現，特別是荀子「雅儒」「俗儒」的對比，標誌著「雅」、「俗」作為士階層重要的價值語彙，不僅用在士階層與其他社會階層相互對待之時，也施諸於士階層內部。

　　文學雅俗觀萌芽於東漢中期，到了漢末曹丕明確以「雅」作為文學批評的範疇。陸機、劉勰、鍾嶸等人的理論主張和文學批評，使得以審美為核心的文學雅俗觀在魏晉南朝得到了極大發展。魏晉南朝雅俗觀的突出特點是以崇「雅」為主流，形成了以正為雅的文學品格，以古為雅的文學發展觀和以淡為雅的審美情感論。伴隨著士族與庶族在文學場中權力的消長和士大夫與文人在審美趣味上的矛盾，作為典雅對立面的俚俗、古雅對立面的新奇、淡雅對立面的險俗，成為了文論家批評的對象。

目

次

緒　論

第一節　選題意義

2016 年 10 月 13 日，瑞典文學院將本屆諾貝爾文學獎頒給了美國音樂人、詩人鮑勃·迪倫，一時間爭議四起。贊同者稱諾獎此舉拓展了文學的邊界，重建起文學和大眾的連接，否定者則認為這是一個錯誤的選擇，儘管迪倫的歌詞富有詩意和深度，但它們本質上仍然是歌曲的一部分，而不是獨立的文學作品。誠然，每年的諾獎都會引發層層爭論，但今年更為轟動，根源就在於鮑勃·迪倫更多地被視為是民謠、搖滾歌手而非是一個作家。諾獎此舉傳遞出一個信號，在正統文學社會影響力日漸式微的背景下，文學通過不斷突破自身的邊界與壁壘來重獲新生。

這不是文學邊界的第一次擴大，也不可能是最後一次。隨著 80 年代中國大眾文化的興起，影視文學、網絡文學、短信文學、流行歌曲歌詞不斷被納入到文學的考察之中，文學的邊界不斷擴張，強有力地衝擊著既往的雅俗對立文學批評模式。

在傳統文學雅俗觀不斷遭遇挑戰的當下，對其進行考察，就不僅僅是一個理論問題，也是一個實踐問題。雅文化與俗文化、雅文學與俗文學長期並存而互動，雅與俗相互糾結、難分難解是中國文化史和文學史的重要特色，雅與俗的關係構成了中國文化史上一個「死結」〔註1〕。

〔註 1〕趙毅衡，禮教下延之後：中國文化批判諸問題〔M〕，上海：上海文藝出版社，2001：46。

雅、俗的定性烙有社會階層的烙印，士階層將「雅」視為自身的一種涵養與素質，從而確立了本階層與最高統治者、民眾階層的區別。士階層自身的變化將對雅俗觀念產生巨大影響。雅俗的演變不單是一種文學、美學價值觀念的變化，而是士階層在與上層統治者和下層民眾的權力鬥爭中通過聲稱自己的「雅正」身份來獲取自身存在的合法性，時而親近上層、時而貼近下層，卻又總是秉持著自身在文化、修養、學識上的優勢地位。士階層所形成的雅俗觀無論對上對下都有一種規訓作用。

「雅」為「正」，意味著正統、正規、純正，是「當世立法」。自漢儒開啟的正變詩學批評成為了我們考察雅俗觀的一個維度。而中國人好古尊古，甚至厚古薄今的傳統，形成了以古為雅、以今為俗的認知取向。雅、俗觀念復又體現為古、今之別。更不惶論，「雅」本來就含有「古」這一層含義，《白虎通‧禮樂》：「雅者，古正也。」古質今文的文學退化觀，又將雅俗之辯與文質之辯緊密聯繫。

雅文化處於社會的主流層面，俗文化往往具有邊緣位置，所謂的「移風易俗」即是以雅化俗。從地理的角度看，雅、俗復體現為中心與地方之別。趙翼《陔餘叢考》「都鄙」條云：「世以文雅者為都，樸陋者為鄙」〔註 2〕。自永嘉之亂後，文學中心由北向南轉移，並在南方逐漸穩定下來，導致文學中心在某些時代與政治中心並不同步，空間維度可以作為考察雅俗演變的一個視角。

時間維度與空間維度多側重於文學雅俗觀的外部，相當於文學的他律；但是從文學內部來看，雅俗觀受制於時空兩重維度又具有自身的發展演變規律。具體而言，中國古代文學雅俗觀主要體現在三個維度：一是雅俗呈現與文體選擇之關係；二是雅俗呈現與語言運用之關係；三是雅俗呈現與主體修養之關係。雅俗作為文學批評的框架，在文學領域中扮演著重要的角色。這一框架的形成，既源於文學作品本身的多樣性和複雜性，也反映了讀者和批評家對於文學作品的審美偏好和價值判斷。然而，需要注意的是，雅俗並不是絕對的、非此即彼的概念。在文學發展史中，雅與俗往往相互交織、相互影響，形成了一種多元共生的狀態。因此，在運用雅俗框架進行文學批評時需要避免過於簡單化的劃分和判斷，而應該結合具體的作品和情境進行深入的分析和探討。

〔註 2〕〔清〕趙翼，陔餘叢考〔M〕，石家莊：河北人民文學出版社，1990：364。

第二節　研究現狀

　　從孔子舉「雅言」惡「鄭聲」到二十世紀初「俗文學」研究的興起，「雅」與「俗」這一對長期存在並循環轉化的文學批評範疇始終貫穿著中國文學發展的歷史進程。儘管近人多以「雅俗」對舉，似乎雅俗之論古已有之，然細究中國古代文論，「雅」「俗」最初是分離的，雅俗作為一個對舉的相反相成的文論範疇從萌芽到成熟歷經了一段漫長的發展歷程。關於本選題的相關研究成果很多，此處只撮其大要，以問題為中心，略作陳述。

　　目前國外關於中國文學雅俗觀念的直接研究較少，特別值得注意的有日本學者對於雅、俗概念的稽考：吉川幸次郎（1942）對俗的稽考和目加田誠（1947）對雅的闡釋以及在此基礎上村上哲見（1997）立足於中國傳世文獻對雅俗概念進行稽考〔註3〕，認為出身階級不同，雅俗觀念出現古今分野，唐前「雅俗」殆同於「士庶」，含有比較嚴格的階層等級意義，而趙宋文人所講「雅俗」則是一種人格或審美形態，村上的研究烙有日本史學界「六朝貴族論」的痕跡。

　　在研究視角上，國外研究對雅俗研究有重大影響者主要有二：一是芮德菲爾德（1956）提出的大傳統（great tradition）與小傳統（little tradition）概念，認為在文明的發展中，小傳統不可避免地被大傳統所「吞食」與「同化」。晚近歐洲學者用精英文化與大眾文化對大小傳統理論進行了修正，認為小傳統由於上層精英的介入，被動地受到大傳統的影響，是一種由上往下的單向文化流動。二是布爾迪厄的社會分層概念（1979），將雅俗對立視為一種製造區隔的行為。如針對六朝士族的俗化、市井化趨勢，宇文所安（2005）提出「文化劇場」（Cultural Theatre）說，認為東晉已降北方士族進入江南後，為區隔自我與他者會以混同階層的行為或詩歌遊戲來確證貴族特權。

　　國內的文學雅俗研究興起於「五四」時期，伴隨著俗文學地位的空前提高，文學雅俗問題受到了前所未有的關注，學術界多從民間、大眾角度對俗文學進行研究，對雅文學論述不多，在對文學雅俗的區分上也多囿於階級鬥爭的觀念。「五四」新文化運動以後，一些學者就衝破傳統觀念的束縛，開始重視對俗文學資料的發掘、整理與研究。鄭振鐸的《中國俗文學史》（1938）完成了學科確立，楊蔭深《中國俗文學概論》（1946）側重於基礎理論建設。就本書

〔註3〕〔日〕村上哲見，雅俗考〔A〕，中國典籍與文化論叢（第四輯）〔C〕，北京：中華書局，1997：423～441。

所研究的時段而言，有黃鳴以《左傳》為基礎，重點研究了春秋時代文學與列國民族的民風民俗之間的關係問題〔註4〕；呂肖奐對中國古代民謠的研究，包括風謠、讖謠、民謠與文人謠等〔註5〕；咎風華對風俗文化對漢代文學的影響的分析〔註6〕。學界對俗文學、俗文化的研究對於傳統雅俗觀是一個極大的補充與深化。

上世紀 90 年代後雅俗研究進入了一個新高度，相較於以前俗文學史撰述，出現了一系列理論著論，研究角度也開始從雅俗對立的單一模式向更全面地探討雅俗區分和雅俗互動轉化。孫克強《雅俗之辯》（1997）是這一時期較完備的從理論角度研究雅俗的著作，孫著強調雅俗概念不僅具有價值判斷的性質，而且具有區分藝術風格和文體種類的意義，從審美主客體、鑒賞論和接受美學的角度對雅俗進行了區分，提出雅俗之辨的三個層面：儒家的雅正、道家的高雅以及文化層次差異的文雅〔註7〕。此外還有門巋等人的合著，從雅俗的定義及其在文學中的體現，決定文學雅俗性質的因素，文學雅俗異勢及其流轉變化以及當代雅俗文學的發展幾個方面對雅俗這對審美概念進行了論述〔註8〕。

隨著大眾文化的興起，雅俗之辨在新時期逐漸突顯出現，1994 年春復旦大學、華東師大和上海師大召開了「雅俗文化與我們的時代」討論會，探討了雅俗文化的名實之爭與相互轉化、雅俗需求與背景地域，分析了港臺歌曲流行的主客觀原因，並對當時熱門話題《廢都》展開討論。目前關於雅俗之別，學界的主導傾向是肯定雅俗文化有不同的特點和使命，在肯定俗文化存在的必要性的同時強調雅文化對其的提升作用。例如許嘉璐提出「文化的雅、俗並不等同於高、低，二者只是表現形式和內容深度的差異」，雅文化與俗文化的互動溝通則是民族文化發展壯大的重要保障〔註9〕。特別是大眾文化研究的興起，雅俗之辨被置放在精英文化與大眾文化、高雅文化與通俗文化、先鋒文化與大眾文化的討論之中：有堅持對大眾文化的批判，如周憲就把審美文化、精

〔註4〕黃鳴，《左傳》與春秋時代的文學──兼論春秋列國民族風俗〔M〕，北京：中央民族大學出版社，2009。

〔註5〕呂肖奐，中國古代民謠研究〔M〕，成都：巴蜀書社，2006。

〔註6〕咎風華，漢代風俗文化與漢代文學〔M〕，北京：中國社會科學出版社，2009。

〔註7〕孫克強，雅俗之辨〔M〕，北京：華文出版社，1997。

〔註8〕門巋等，雅俗文學與其互化論〔M〕，天津：天津社會科學院出版社，2000。

〔註9〕許嘉璐，論民族文化的雅與俗〔J〕，北京師範大學學報，2003（4）：5～15。

英文化和大眾文化對立起來，認為前者是自律的、崇尚雅趣的嚴肅文化，而後者是他律的、追求畸趣的商業性文化〔註10〕；有強調精英文化對大眾文化的收編與提升，如金民卿認為由於精英文化始終佔據主導地位，使得大眾文化在社會地位和發展方向上都不得不採取折衷發展的思路〔註11〕。有強調大眾文化對精英文化的擠壓和改造，如韓大強論述了在大眾文化的擠壓下，精英文化產生的身份焦慮〔註12〕，潘黎勇則探討精英文化在大眾文化的擠壓下如何生存〔註13〕。有凸顯精英文化與大眾文化的複雜關係，如鄧曉芒就認為大眾文化不能產生思想，只能接受思想；精英文化的內涵始終指向官方，故而可以產生思想卻不能普及，這正是矛盾之處〔註14〕。有強調精英文化與大眾文化之間界限的消融，朱立元指出，20世紀90年代以來，文化藝術雅俗界限的日趨模糊甚至消失，是最引人注目的變化之一〔註15〕，孫長軍同樣也堅持大眾文化的興起使得雅俗文化之間的界限消融〔註16〕。

伴隨著雅俗之辯而來的是一場蔓延很久的關於雅俗共賞的討論。1936年朱自清在《觀察》雜誌上發表《論雅俗共賞》，提出在通俗化階段要以俗人的需要為主要標準；到了大眾化階段，雅人化入俗人之中，不分雅俗，共同欣賞雅化的俗文藝和俗化的雅文藝。而40年代毛澤東《在延安文藝座談會上的講話》和解放區文藝大眾化運動分別從理論和實踐上論述了雅俗共賞的正確性和必要性。「雅俗共賞」至此成為了一項重要的文藝評判標準。新時期通俗文學、流行音樂之「俗」的興盛和電影電視的蓬勃發展，使得「雅俗共賞」為理論者所重視。1985年李陀的《「雅俗共賞」質疑》，對延續近五十年的「雅俗共賞」藝術評判標準提出質疑〔註17〕。1986年《音樂世界》、1987年《電影評介》、1995年《文藝研究》集中大批文章展開關於「雅俗共賞」觀的論爭。大

〔註10〕周憲，中國當代審美文化研究〔M〕，北京：北京大學出版社，1997。
〔註11〕金民卿，文化全球化與中國大眾文化〔M〕，北京：人民出版社，2004。
〔註12〕韓大強，大眾文化的狂歡與精英文化身份的焦慮〔J〕，信陽師範學院學報，2006（6）：111～115。
〔註13〕潘黎勇，精英文化在大眾文化時代的生存策略〔J〕，淮北煤炭師範學院，2005（5）：81～83。
〔註14〕鄧曉芒，從尋根到漂泊——世紀之交的中國文學與文化〔M〕，廣州：羊城晚報出版社，2003。
〔註15〕朱立元，雅俗界限趨於模糊——90年代「全球化」語境中的中國審美文化之審視〔J〕，常德師範學院學報，2000（6）：36～39。
〔註16〕孫長軍，雅俗無界：大眾文化論〔M〕，長春：吉林人民出版社，2004。
〔註17〕李陀，「雅俗共賞」質疑〔J〕，文學自由談，1985（1）：13～18。

體看來，主張雅俗是類型區分者認為雅俗共賞是文學的理想狀態，主張雅俗是價值區分者則對雅俗共賞持堅決的否定態度。支持雅俗共賞論者的出發點並不一致，有研究認為雅俗共賞是通俗文學的發展方向〔註18〕；有研究提出雅俗共賞是高雅文學的解困之道〔註19〕；有研究表明雅俗共賞是文學的一種理想狀態〔註20〕〔註21〕；有研究強調在雅俗文學之外存在一種雅俗共賞文學〔註22〕〔註23〕。在這些文章中「雅俗」可以「共賞」是一個不證自明的邏輯起點。雅俗共賞論的反對者分為兩派：一派認為雅俗共賞是不可能的，一派強調不應該提倡雅俗共賞。前者有王彬彬、周啟志、朱國華等從接受美學角度進行論證〔註24〕〔註25〕〔註26〕，後者以李陀為代表。他們都強調雅俗共賞不利於文學的健康發展。

　　進入21世紀後，越來越多的美學研究者進入到雅俗觀念的研究，李天道對「雅」範疇的建構和譚玉龍對明代雅俗審美觀念的研究即是代表，同時古典文學學者繼續以雅俗視角聚焦於具體時段、具體文體以及具體作家的研究。

　　李天道側重於對高雅、文雅、和雅、清雅、古雅、淡雅等美學範疇的文化根源、美學內涵和審美特徵等進行研究〔註27〕，致力於「雅」這一中國古典審美範疇的體系建構，同時對先秦至清代的雅俗關係的歷史軌跡進行了梳理〔註28〕。譚玉龍則從歷史維度對明代200多年間雅俗審美觀念「崇雅斥俗」「尚俗貶雅」「超越雅俗」多線發展的態勢進行梳理，又在共時維度概括了儒家「崇

〔註18〕胥遠，也談「雅」「俗」的對立與消解——對《中國現代文學三十年》（修訂本）有關通俗文學論述的思考〔J〕，哈爾濱學院學報，2005（4）：63～68+73。

〔註19〕劉篤平，雅俗共賞是高雅的最高境界——論高雅文學之振興〔J〕，理論與創作，1995（2）：23～25。

〔註20〕胡光凡，「雅俗共賞」辯〔J〕，求索，1989（2）：80～85。

〔註21〕李鳳亮，文化視野中的通俗文藝與高雅文藝〔J〕，蘭州大學學報，2002（6）：101～106。

〔註22〕王暢，雅俗共賞與建設有中國特色的社會主義文學問題——重溫《講話》的幾點感想〔J〕，文藝研究，1992（3）：22～28。

〔註23〕吳秉傑，兩種不同的文學話語——論通俗文學與「純文學」〔J〕，文學評論，1990（2）：24～33+58。

〔註24〕王彬彬，雅俗共賞：一種美學上的平均主義〔J〕，上海文化，1994（6）：64～69。

〔註25〕周啟志，雅俗共賞：一個文學烏托邦口號〔J〕，贛南師範學院學報，1990（2）：23～26。

〔註26〕朱國華，論雅俗文學的概念區分〔J〕，文藝理論研究，1996（4）：6～14。

〔註27〕李天道，中國美學之雅俗精神〔M〕，北京：中華書局，2004。

〔註28〕曹順慶、李天道，雅論與雅俗之辨〔M〕，南昌：百花洲文藝出版社，2005。

雅斥俗」、道教「超凡脫俗」、佛教「非雅非俗」以及代表市民階層審美趣味的「尚俗貶雅」四足鼎立局面〔註29〕。

　　側重於雅俗觀演變的代表性論文還有王齊洲《雅俗觀念的演進與文學形態的發展》、于迎春《「雅」「俗」觀念自先秦至漢末衍變及其文學意義》等。王文從宏觀上提出中國傳統的雅俗觀演變過程是從以音聲為表徵的政治雅俗觀、到以學術為表徵的文化雅俗觀，再到以文本為表徵的藝術雅俗觀，分別對應貴族文學、精英文學和美感文學〔註30〕。于文則在村上《雅俗考》的基礎上，提出到了禮崩樂壞的戰國，諸子賦予「俗」輕侮意義，漢代，雅與俗進一步對立〔註31〕，側重於在先秦到漢末的文學發展歷程中考察雅俗關係的演變。梁曉輝認為傳統的文學雅俗關係是以「雅」為中心的文人文學壓倒了「俗」的民間文學，這種文學格局在傳統向現代轉變的過程中演變成高雅文學與通俗文化的對立，新時期以來，文學的雅俗界限進一步淡化，而精英文化和大眾文化的對立逐漸形成〔註32〕。

　　目前，學界從雅俗觀的角度對文學藝術作深層次的思考和探研更為集中於宋代和明清。漢魏六朝雅俗文學研究散見於各種文學史和論文中，如陳橋生對劉宋大明、太始詩風由雅向俗變革的研究〔註33〕，何詩海對南朝雅俗文學與樂府民歌的關係進行研究等〔註34〕。稽考各種美學、文學史、文學批評專著和論文中，撮其要點：一是齊梁文體俗化取資於南方通俗文體或者是流行的南方通俗文化。南北朝詩歌的俗化趨向，如引用民間樂府的題材、擬代吳聲西曲、使用俗字俗語，已為王運熙（1955）、葛曉音（1989）、周紋慧（2014）等研究者注意到。近年來，漢魏六朝題材俚俗、語言淺顯、帶有遊戲性質的俗賦也越來越為人所重視，如伏俊璉（2003）、侯立兵（2007）、池萬興（2013）等。二是齊梁文論初步建立相對系統的雅俗理論。這一研究多圍繞齊梁時期誕生的「三書三論」展開，張培豔提出齊梁文學雅俗觀念分為兩派，一派是以裴子野為代表的「褒雅貶俗」，一派是以劉勰、鍾嶸、蕭統、蕭子顯等為代表的

〔註29〕譚玉龍，明代美學之雅俗精神研究〔M〕，北京：中國社會科學出版社，2019。
〔註30〕王齊洲，雅俗觀念的演進與文學形態的發展〔J〕，中國社會科學，2005（3）：151～164。
〔註31〕于迎春，「雅」「俗」觀念自先秦至漢末衍變及其文學意義〔J〕，文學評論，1996（3）：119～128。
〔註32〕梁曉輝，文學發展中的雅俗關係〔D〕，河北大學碩士學位論文，2008。
〔註33〕陳橋生，劉宋詩歌研究〔M〕，北京：中華書局，2007。
〔註34〕何詩海，漢魏六朝文體與文化研究〔M〕，北京：北京大學出版社，2011。

「雅俗兼善」〔註35〕；李天道〔註36〕則認為第二派諸人的雅俗觀事實上仍以「尚雅」為核心，「俗」並未提升到與「雅」同等地位。對於上述分歧，王齊洲〔註37〕總結到六朝文人大都明確地褒雅貶俗，但涉及具體文學現象或作家作品時，雅俗之分取決於評論者個人的興趣愛好和審美體驗。學界普遍認同劉勰是第一個在文學領域初步建立相對系統雅俗理論之人，孫克強〔註38〕認為劉勰《文心雕龍》標誌著雅俗作為一個對舉的相反相成的範疇已正式形成，李俊、鄧喬彬則進一步探討到在劉勰時代「俗」只是在接受群體這一領域作為「雅」之對立面出現〔註39〕，龔賢則認為劉勰雖然整體尚雅，但在一定程度上也認識到俗的作用〔註40〕。但對於劉勰雅俗觀的理論溯源卻不盡相同，雷恩海，胡佳欣（2018）指出劉勰在分析「雅俗」等對立概念時，運用了佛教四句例的分析程序，點明其在辯證思想和論述方式上受到佛教的影響；羊列榮（2019）則提出劉勰吸收但超越了當時以士庶之分為背景的人物雅俗觀，直接先秦的雅文化觀念和儒家的雅鄭之辨。三是齊梁審美風尚俗化傾向導因於新興士族趣味，王運熙（1955）較早提出劉宋以來隨著出身較為低級的士族甚至寒族的文人地位上升是造成審美風尚與民間流行文體靠近的原因。唐長儒（1959）也認為文體俗化是伴隨著南朝寒人興起的文化現象。後來曹道衡（1988）、徐國榮（1997）、傅剛（2006）均延續此說。近年來受前述布爾迪厄場域理論影響和宇文所安、田曉菲（2005）啟發，學界在新興士族趣味說的基礎上更側重於挖掘六朝士人俚俗習態背後的文化意涵及其深層心態，祁立峰〔註41〕用巴赫金「狂歡化」理論和弗洛伊德理論來比附六朝作家的尚俗趨勢，將之視為文化精英集團追求快感的倒錯症，李曉紅（2017）提出尚俗是出於南朝皇族作為新興士族的炫知心態，高文強（2005）則側重於舊有士族內在文化心態的轉變，

〔註35〕張培蘊，儒家尚「雅」觀念在六朝文論中的傳承與嬗變〔D〕，首都師範大學碩士學位論文，2003。

〔註36〕曹順慶、李天道，雅論與雅俗之辨〔M〕，南昌：百花洲文藝出版社，2005。

〔註37〕王齊洲，雅俗觀念的演進與文學形態的發展〔J〕，中國社會科學，2005（3）：151～164。

〔註38〕孫克強，雅俗之辨〔M〕，北京：華文出版社，1997。

〔註39〕李俊、鄧喬彬，《文心雕龍》「雅」「俗」論的批評指向〔A〕，古代文學理論研究（第三十一輯）──中國文論的方與圓〔C〕，上海：華東師範大學出版社，2010：246～259。

〔註40〕龔賢，論《文心雕龍》的雅俗觀〔J〕，東南大學學報，2011（5）：100～103+128。

〔註41〕祁立峰，俗化的美學──六朝士人的俚俗傾向及其文學表現〔J〕，淡江中文學報，2017（36）：1～35。

認為佛教消解了舊有士族在文化心理上的士庶區別，推動其接受文化俗尚。

　　除了以上著述及篇目外，當下另有一些學術性論著也都對雅俗關係有所提及。如朱志榮認為在雅俗關係中，俗為雅源，由俗入雅，雅俗互補，通俗化是雅文學的再生之路〔註 42〕。李國春指出高雅的貴族化的審美意識能起到審美意識導向作用〔註 43〕。關於雅俗觀的探討也散見於美學史、文學批評史著作之中，如陳炎主編的《中國審美文化史》、葉朗主編的《中國美學通史》等。凡此種種，這裡不再一一列舉。

　　雖然國內外學術界對文學雅俗觀念的研究已取得豐碩成果，但是仍存在雅俗區分混亂（何濤，2007）、雅俗關係表象性梳理（梁曉輝，2008）、西方理論與中國實際不適切（余英時，1987；彭亞非，2014）等問題。第一，雅俗概念區分以及內涵界定尚未形成共識，出現了諸多對立概念，而且不同概念、不同角度之間存在交錯，這說明需要從雅俗範疇產生之初的本源入手，以期對其進行區分。第二，對雅俗關係的研究流於表面化，更多的從文學發展的表象上去看，較少有系統的，致力於更深層雅俗觀念、價值取向上的論述，相關研究多將雅俗對立視為一個既成事實，較少論述雅俗對立觀念的生成與發生。第三，植根於西方二分社會結構的概念體系並不適宜用於表述中國古典文學。王力堅（2017）即以魏晉南北朝皇家園林文學創作實際論證了大傳統的「雅」消納了小傳統的「俗」，用雅的形態表現俗的內容。

　　基於此，本書聚焦於先秦兩漢魏晉南北朝的社會歷史境況和文學生產狀況，擬以發生學方法探究這一時期雅俗對立觀念的文學實踐、理論創構、發生機制與後世影響。發生學研究是鉤沉個人、歷史、社會、文化之間關聯，探究觀念發生、發展、流變及其構成與邏輯的綜合性研究方法，根據皮亞傑的發生認識論原理文學雅俗觀念作為人類的一種認識，更適合進行發生學研究而不是起源學研究。因而本書立足於現有史料，將「文學雅俗分流」觀念的發生界定在齊梁這一時期段內，從盡可能多的資料中追溯雅俗觀念的動態生成、豐富內涵及其後世作用，以期能夠真正挖掘出古代文學思想資源。

第三節　研究框架

　　雅文學與俗文學的長期並存與互動是中國文學史的重要特徵，但文學雅

〔註 42〕朱志榮，中國文學藝術論〔M〕，太原：山西教育出版社，2000。
〔註 43〕李國春，文學審美超越論〔M〕，長沙：湖南大學出版社，2006。

俗對立觀念是一個歷史建構過程，雅俗對立實為一種想像性的思想格局。這種「想像」雖來自於主體的感知、操縱與運作，但不等同於虛構，也有高度的真實性，「想像」彼此之間的同一與差異更值得探究。因此本書擬以發生學的方法探討文學雅俗觀念的發生機制及其在中國文學史上的意義。

　　第一章主要對「雅」「俗」的含義進行闡釋，「雅之為正」為雅俗觀產生的基礎，也是「雅」字最重要的意義。「雅」為一個形聲字，牙聲隹形，楚烏為其本義。雅夏「韻同紐近」〔註44〕，由於周人以夏自居，遂以「雅」來命名王畿地區的音樂，進而成為了一種樂器名，「雅為樂器名」代表著西周禮樂文化的興盛，雅也從而具有了諸多引申義。在這些引申義中雅之訓為「正」是最重要的引申義，作為標準規則的「雅」包含文化雅俗觀與文學雅俗觀兩個層面，標誌著士文化的崛起與文人的身份認同，雅之訓為「素」則體現了人類文化之傳遞與發展，雅之訓為「舒」為「徐」體現了一種與士族相關聯的從容平和的文化風格。「俗」的基本語義是習俗或風俗，這並不具有貶義。可是隨著士階層的崛起，諸子開始對本僅具有地域差異的「風俗」進行價值判斷，特別是「移風易俗」觀念的提出，本來保持中性的「風俗」就開始演變成具有輕侮義的「世俗」，進而作為士人之「雅」的否定面。雅俗觀由此而產生。

　　第二章論述以人格為核心的文化雅俗觀的生成與演變。首先對學界認為的西周以政治為區分的音樂雅俗觀進行駁斥，提出西周有雅俗現象無雅俗觀，所謂的音樂雅俗觀是士階層特別是儒家崛起之時建構文化雅俗觀的組成部分。其次在對先秦諸家文化雅俗觀的分析與描述中，展現雅俗觀的確立與士階層自身文化話語權建構的密切聯繫。再次漢代儒士的興起對文化雅俗觀有了進一步的推進，在崇雅的同時貶俗，涉及風俗論、士人論、音樂論諸多方面，同時文化雅俗觀開始對皇權產生影響。在文學雅俗觀從文化雅俗觀之中生成的過程中，王充的雅俗觀具有極其重要的位置。

　　第三章分析文學雅俗觀生成的遠因就在於從西漢到東漢地方士族文化在不斷崛起，宗族意識和階層群體觀開始凸顯（私譜興起），階層之間聯繫日益緊密，並且形成地方性的評價機制（人物品評以及私諡），士人的影響力大增，開始成為社會風氣的引領者（輿服改變），士人個體自覺與群體自覺相伴隨，遊藝娛心開始具有合法性（多才多藝）。近因則是黨錮之禍造成士人心態改變，疏遠政治，抒發自我，鴻都門學對技藝辭賦的提倡催生了人們對技藝辭賦的

〔註44〕王力，漢語史稿〔M〕，北京：科學出版社，1957：77。

學習與愛好。文學雅俗觀萌芽於東漢中期，到了漢末曹丕明確以「雅」作為文學批評的範疇，直到劉勰提出「雅俗異勢」，文學雅俗觀在魏晉六朝得到了極大發展。

　　第四章在明確雅俗異勢的基礎上對魏晉南朝雅俗觀進行考察。魏晉南朝雅俗觀的突出特點以崇「雅」為主流，形成了以正為雅的文學品格，以古為雅的文學發展觀和以淡為雅的文學情感論。在士族與庶族的文化權力鬥爭和士大夫與文人的審美趣味矛盾中，作為典雅對立面的俚俗、古雅對立面的新奇、淡雅對立面的險俗，成為了文論家批評的對象。

　　結語部分簡述現代社會對雅俗格局產生的三次衝擊，包括清末到五四啟蒙思潮對雅俗觀的衝擊、20 世紀 20 年代後期革命思潮對雅俗觀的衝擊和 20 世紀 90 年代的大眾文化對雅俗觀的衝擊。

第一章　釋「雅」「俗」

　　談論雅俗觀不可避免地需要對「雅」「俗」之義進行解釋。對於「雅」「俗」之義的研究，最終目的不在於文字本身，而是從古文字研究的成果出發，從發生學意義上瞭解其中蘊含的文化心理與美學意義，在歷史維度中把握雅俗這對美學範疇的豐富內涵。

第一節　釋「雅」

　　清代學者朱駿聲在《說文通訓定聲》卷九「雅」字下，列出了文獻中的諸多不同解釋，甚為全面，故抄錄如下：

> 雅，楚烏也（著重橫線為筆者所加，下同）。一名鸒，一名卑居，秦謂之雅。从隹，牙聲。按：「大而純黑反哺者，烏，小而不純黑不反哺者，雅」。雅即烏之轉聲字，亦作鴉、作鵶。《書·古太誓》「流之為鵰。」鄭注：「鵰，烏也。」《莊子·齊物論》「鷗鵶耆鼠」，《釋文》本作「鵶」，按：「鵶烏非《小爾雅》之鵶烏乃《爾雅》之鳶烏鷗鵶」，即《漢書·梅福傳》之鳶鷗，皆連文得名，其聲亦雅雅然。與此楚烏不同也。假借：為諤。《毛詩序》「雅者，正也。言王政之所由廢興也。」《孝經·大雅》云：「鄭注『雅者，正也。』」《詩·鍾鼓》「以雅以南」箋，《周禮·大師》「曰雅」注，《論語》「子所雅言」皇疏，《史記·三王世家》「文章爾雅」索隱，皆訓「正也」。《風俗通·聲音》「雅之為言正也」。《白虎通·禮樂》「雅者，古正也」，按：《說文》「疋」下古文以為《詩·大雅》字。疋字隸體似正，故傅會

-13-

> 訓正，其實古文借疋為諝，後又借雅為諝也。風，諷也。雅，諝也，頌，誦也。此四始之本字。又賈子《道術》「辭令就得謂之雅」，《方言一》舊書《雅記》注「雅，《爾雅》也」。《爾雅序》《釋文》本作疋。《釋名·釋典藝》:「雅也」。又為夏，《荀子·榮辱》「君子安雅」，按:「與《儒效篇》『居夏而夏』之夏同」，注:「正而有美德者謂之雅」。又為庌，《左傳》齊公孫竈，字子雅。又為素，亦為故，《史記·荊燕世家》「今呂氏雅故」，《高帝紀》「雅不欲屬沛公」，《張耳陳餘傳》「張耳雅遊」，《漢書·張禹傳》「忽忘雅素」。又為舒，實為徐，陸雲詩:「雅步擢纖腰」注「閒雅，謂妖麗也」失之。又託名標識字，《周禮·笙師》「舂牘應雅」司農注:「雅狀如漆筩而弇口，大二圍，長五尺六寸，以羊韋鞔之，有兩紐疏畫。」《禮記·樂記》「迅疾以雅」注「亦樂器名，狀如桼筩，中有椎」。又《緇衣》「君雅曰」注「書序作牙，假借字也。」《釋名·釋言語》「雅，维也，為之難人將為之，维维然憚之也。」〔註1〕

「隹」在甲骨文中就是鳥之短尾，參看其他以「隹」為形旁的字都是作為鳥類名，朱駿聲認為雅即烏之轉聲字，亦作「鴉」「鵶」，按照先民遠取諸物，近取諸身的思維方式，雅為一種鳥名當是精確不刊的說法。那麼，本為鳥名的「雅」是如何被假借為諝、為夏、為素為故、為舒為徐、為樂器名等諸多釋義，下文將一一闡述。

在「雅」被假借為「諝」下，朱駿聲列舉了《詩·鍾鼓》「以雅以南」孔《疏》《周禮·大師》「曰雅」鄭《注》《論語》「子所雅言」皇《疏》《史記·三王世家》「文章爾雅」《索引》《風俗通義·聲音》《白虎通·禮樂》皆釋「雅」為「正」。此外，漢高誘注《呂氏春秋》也訓「正」為「雅」〔註2〕。這表明，「雅之為正」最遲到漢代成為通行看法。但是朱駿聲並不認同「雅」字假借為「諝」後，也假借寫作「疋」,「疋」隸變成「正」，從而使「雅」具有了「正」之意。因此後面他說:「古文借疋為諝，後又借雅為諝也。」《詩經》中的「大雅」「小雅」，應該是「大諝」「小諝」。而「雅」之所有「正」義，是因為其又假借為「夏」，夏為「中國之人也」，相比吳楚夷狄為「正」。可見，正如陳致所言「雅者，正也」並非文字隸變的結果，雅觀念的產生是一個思想史的問題

〔註1〕〔清〕朱駿聲，說文通訓定聲〔M〕，北京：中華書局，1984：450～451。
〔註2〕〔漢〕高誘注，呂氏春秋〔M〕，上海：上海古籍出版社，2014：101。

而非文字學上的問題。但其認為此一思想代表了春秋戰國時期，在王室陵替、禮崩樂壞的歷史條件下，孔子特別是孔門後學荀子一派的正名理論，是值得商榷的〔註3〕。須知「雅之為正」，「雅」「正」都是作為形容詞和名詞而非動詞使用，意為規範、標準。對於我們的研究來說，更為重要的是「雅」如何作為一種標準規範產生。

「雅」之所以能成為一種價值評判標準，首先是由具有立法權之人制定的〔註4〕。春秋社會變革之後的士階層不同於貴族，缺乏政治、經濟身份的天然憑恃，只具備個人的道德、學問、能力上的優勢。作為文化學術話語主體出現的士人階層，必須依靠傳播已有文化和建構新文化來確立自身位置，進而對社會施加影響。這樣建構一套與自身階層相適應的價值觀念和話語系統，來對社會進行干預，就成為士人階層最佳也是唯一的選擇，西周「雅」是作為一種樂器名出現，並不具有現在所認為的「正」之意，正是士階層的崛起，才將本為王畿之地音樂代名詞的「雅」提升為「正」，視為一種價值評判標準，來確立自身的位置，構成與其他階層的區隔。「雅之為正」是雅俗觀形成的基礎，也是本文的主要內容，故而在此不詳述，留待後文。

我們的重點就在本為鳥名的「雅」是如何被假借為夏、為素為故、為舒為徐、為樂器名等諸多釋義。

一、「雅之為夏」與周人的文化建構

「雅」「夏」相通，最早由清代學者王念孫提出，其在《讀書雜志》中對「荀子‧君子安雅」條進行解讀時提出，「雅讀為夏，夏謂中國也，故與楚越對文。」又引《儒效篇》「居夏而夏」作為雅、夏相通的例證，另《左傳》和《韓非子‧外儲說》對同一人，一稱「子雅」，一稱「子夏」〔註5〕，更可見雅、夏是可以互換的。

〔註3〕陳致，說「夏」與「雅」：宗周禮樂形成與變遷的民族音樂學考察〔J〕，中研院中國文哲研究集刊，2001（19）：7～11。

〔註4〕西方後現代思想家齊格蒙特‧鮑曼提出了「立法者」概念用以說明現代型知識分子在社會中所處的角色、義務以及擁有的權力。立法者擁有權威性話語，對不同意見作為裁決，並最終決定正確和應該被遵守的意見。知識分子的立法權威來源於他們比非知識分子更能接近和掌握知識，前提條件則是國家權力與知識分子的聯姻，知識分子為國家權力提供了合法化依據。鮑曼的理論對我們分析春秋戰國時期的士階層具有啟發性。

〔註5〕〔清〕王念孫，讀書雜志〔M〕，上海：上海古籍出版社，2014：1671。

　　後朱東潤先生在《詩大小雅說臆》一文中指出《墨子・天志下》引《詩・大雅・皇矣》詩句時不說引自《大雅》而說「《大夏》之道」〔註6〕，又為雅夏相通提供了一個力證。

　　而《孔子詩論》的出土，也可證明「雅」「夏」相通，其第二簡有「《大夏》，盛德也」〔註7〕，此簡主要是對《訟（頌）》和《大夏（雅）》題旨的概括，《頌》多寫文王、武王平定天下之功德，音樂平和遲緩，伴著悠長的歌聲使思緒深遠；《大雅》歌頌王公大人的盛德。第三簡上端雖殘缺，上海博物館藏殘簡中有「《少夏》亦德之少者也」〔註8〕一句，故學者多認為此簡主語為《少夏》，即《小雅》。《少夏（小雅）》的特點是抒寫苦難，反映政治衰敗、為政者少德；而《邦風》則可從中觀察民俗，體察民情。

　　「夏」字在夏代的歷史文獻資料中找不到，亦未見於殷商時期的甲骨文，今天所能見到的金文中的「夏」字，最早的是秦景公（？～前537）時代所鑄造的秦公簋中的那個「夏」字〔註9〕。可見「夏」字的稽考難度也不亞於「雅」。

　　除了上述所引諸條外，傳世文獻中還有幾例周人以夏人自居：

　　　　惟乃丕顯考文王，克明德慎罰……用肇造我區夏，越我一二邦，以修我西土。（《尚書・康誥》）

　　　　惟文王尚克修和我有夏。（《尚書・君奭》）

　　　　帝欽罰之（商），乃伻我有夏，式商受命，奄甸萬姓。（《尚書・立政》）

　　　　時邁其邦，昊天其子之，實右序有周……明昭有周，式序在位，載戢干戈，載櫜弓矢。我求懿德，肆于時夏，允王保之。（《周頌・時邁》）

　　　　思文后稷，克配彼天，立我烝民，莫匪爾極。貽我來牟，帝命率育。無此疆爾界，陳常于時夏。（《周頌・思文》）

〔註6〕朱東潤，詩三百篇探故〔M〕，上海：上海古籍出版社，1981：65。

〔註7〕馬承源，上海博物館藏戰國楚竹書（一）〔M〕，上海：上海古籍出版社，2001：14。

〔註8〕馬承源，上海博物館藏戰國楚竹書（一）〔M〕，上海：上海古籍出版社，2001：15。

〔註9〕1976年，陝西扶風莊白一號西周青銅器窖藏中，內有一件牆盤，銘文達284字，極為重要。銘文云：「上帝司夏」，關於此字唐蘭、陳世輝、趙誠、劉楚堂、劉宗漢、劉士莪、尹盛平諸先生均釋為「夏」。但是學界對此字的考釋分歧很大，尚未形成共識。

　　《今文尚書》中的《康誥》《君奭》《立政》三篇都是較為可靠的周初文獻，均以「夏」指周人，這也是學界一直認可的。《周頌》詩句中的「時夏」一般注為包括周人在內的華夏。如傅斯年在解釋這兩首詩時認為是周人希望收起干戈弓矢，與新征服的中原「時夏」和睦共處。

　　對於周人何以自稱「夏」，學者各執一詞。孫作雲認為周人以「夏」自居是一方面是「周」「夏」二族自古以來就締結婚姻，另一方面是周人所居之地為夏朝故地，故以夏自稱〔註10〕。因婚姻關係而產生認同，此說頗令人懷疑。朱東潤則認為「夏」是周人最初的部落名，只不過古公亶父遷到「周」地，遂以地名為部族名〔註11〕。夏周之間的聯繫也是考古學者探究的課題。王克林從陶器的類型學判斷，得出夏、周同出於晉南，在文化上有前後相繼的關係〔註12〕。但是，關於夏、周的起源問題，考古學界還沒有達成共識，諸家間分歧不小，所以從考古學上確定夏與周是否有同源關係，目前還難以實現。

　　本文更贊同從思想史的角度來思考「雅」「夏」相通的根源。張光直將夏、商、周視為共時性存在於同一文化體中的不同族群，這樣看三代關係，就變成了三個族群先後取得統治地位的過程〔註13〕。如果是這樣，那麼周人不斷以「夏」自居，是為了在文化共同體中確立自身的正統位置，將自己視為夏文化的繼承者，以此來在精神上乃至政治上與殷人相抗衡〔註14〕。

二、「雅之為素」與人類的文化傳遞

　　現有的最早的古文字資料中的「雅」字，當屬睡虎地秦簡《法律答問》中所記「甲乙雅不相智（知）」〔註15〕，此處「雅不相知」就是「素不相知」。這表明最遲在戰國晚期至秦始皇時期「雅」即訓為「素」。漢代雅作素解就更為頻繁，除了朱著所引的《史記》中的《高祖本紀》《荊燕世家》《張耳陳餘列傳》和《漢書·張禹傳》外，還有劉向《列女傳·齊威虞姬》「積之於素雅，故不

〔註10〕孫作雲，詩經研究論文集〔M〕，北京：人民文學出版社，1959：260～269。
〔註11〕朱東潤，詩三百篇探故〔M〕，上海：上海古籍出版社，1981：47～71。
〔註12〕王克林，略論夏文化的源流及其有關問題〔A〕，先秦史學會，夏史論叢〔C〕，濟南：齊魯書社，1985：79～80。
〔註13〕張光直，中國青銅時代〔M〕，北京：三聯書店，1999：66～97。
〔註14〕陳致，夷夏新辨〔J〕，中國史研究，2004（1）：3～21。
〔註15〕睡虎地秦墓竹簡整理小組，睡虎地秦墓竹簡〔M〕，北京：文物出版社，1978：156。

見疑也。」王照圓補注：「素，猶『故』也。雅，猶『常』也。積之於故常，言其久也。」〔註16〕王符《潛夫論》「晁錯雅為景帝所知」〔註17〕。應劭《風俗通‧十反‧太尉沛國劉矩》：「叔方雅有高問，遠近偉之。」〔註18〕

《史記‧張耳陳餘列傳》「張耳雅遊」，《集解》引韋昭注：「雅，素也」，《史記‧高祖本紀》「雍齒雅不欲屬沛公」，《集解》引服虔注：「雅，故也。」所以說「雅」之為「素」當是「故」的引申義。而「故」就是「古」，《爾雅‧釋詁》《說文解字》都釋「古，故也」。「古」是一種表示過去的時間概念，《說文解字》注「從十、口，識前言者也」即為「古」，可見「古」字說明早期人類通過口口相傳來認識過去，延續人類的認知經驗，這就包含一種文化傳遞與發展的含義在內。

「雅」作「素」講時，基本意義就是常和不變，往往是指具體的事物或人的行為在時間流逝中保持著一定的穩定性、一貫性和連續性。這種對於不變與恒定的追求，實際上是與古人持有的時間觀息息相關的。日出日落、月圓月缺、四季更迭，先民的生活智慧使他們產生以天體旋轉為中心的諸自然參照系憑週期性循環的自然節律時間，永恆不變的循環重複成為其最重要的特徵。例如，如「常」同義的「恒」字按照《說文》的解釋古文從月，就與月象周而復始的變化規律有關。這種循環時間觀在古代世界是普遍的，東西方皆有其理論。文化人類學家耶律亞德（Mircea Eliade）在他的名著《宇宙與歷史》中，仔細地考察了包括埃及、巴比倫、印度、中國、馬雅在內的古代文明和原始文化，認為它們普遍存在循環的觀念，歷史觀在軸心期大同小異。而自西周開始形成的農耕文化「安、足、靜、定」〔註19〕的特點也內化成了追求穩定的傳統民族心理。

到了春秋戰國，「常」除了表示時間上的一貫性之外，還開始表示人的心志和行為的專一不變，突出對人的內在品質的追求。通行本《老子》中的不少「常」字，在郭店簡和帛書本《老子》中都寫作「恆」，這說明「常」就是「恆」。孔子提出「有恆」的概念，「亡而為有，虛而為盈，約而為泰，難乎有恆乎。」（《論語‧述而》）〔註20〕可見，始終如一保持美德的人也不是經常有的。在

〔註16〕王照圓，列女傳補注〔M〕，上海：華東師範大學出版社，2012：259。
〔註17〕〔漢〕王符，潛夫論箋〔M〕，北京：中華書局，1979：44。
〔註18〕〔漢〕應劭，風俗通義校釋〔M〕，天津：天津人民出版社，1980：172。
〔註19〕錢穆，中國文化史導論‧弁言〔M〕，北京：商務印書館，1996：4。
〔註20〕〔清〕程樹德，論語集釋〔M〕，北京：中華書局，2013：564。

《子路篇》中孔子進一步指出沒有恒心的人是不能從事對於道德和智慧具有極高的要求的巫醫一職，「南人有言曰：人而無恒，不可以作巫醫」〔註21〕，並引《周易‧恒‧爻辭》「不恒其德，或承之羞」，再次強調長久地保持君子之德的重要性。《禮記‧緇衣》中也引用了「恒其德」的說法〔註22〕，孟子則以「無恆產而有恆心者，惟士為能」（《孟子‧梁惠王上》）〔註23〕刻畫出一個君子固窮、安貧樂道的精神貴族形象，而這也成為中國知識分子的優良傳統。荀子從「常」中又引申出來了「常規」「常法」的意義，如《議兵》篇中的「權出一者強，權出二者弱：是強弱之常也」〔註24〕的「常」，《天論》篇的「故道無不明，外內異表，隱顯有常，民陷乃去」〔註25〕的「常」，《賦》篇中「千歲必反，古之常也」〔註26〕的「常」，都是指「常規」。從指稱事物的「常」，到成為一種「恒常」的事物，這是「常」字走向「實體」意義的一個標誌。對荀子而言，歷史是循環往復，周而復始的，同時歷史的變化之中還有不能更改的不變性，那就是禮義。禮義是天下大治的本源，是君子人格提升的第一步。天地生養君子，君子治理天地。由此我們可以看出荀子的歷史觀是歷史的循環性和歷史的不變性兩者之間的結合。

老子的「常」則走上了一條形而上之路，《老子》第十六章說：「復命曰常，知常曰明。不知常，妄作，凶。」〔註27〕這裡的「常」就是老子的「道」。第五十五章說：「知和曰常，知常曰明。」〔註28〕其「常」也是道。除了以「常」指「道」之外，老子還用「恒」去修飾和界定「道」，來彰顯「道」的恒常性和永久性。

春秋之際「常」字的語義變化，究其根源是春秋各諸侯國之間頻繁而輸贏不定的局部性戰爭，將整個社會拋到了劇烈變動之中，飽受戰火煎熬的人們渴望恢復之前平靜安定的生活。一方面，這個時期關於社會理想的學說集中出現。如《禮記》的大同社會、孔子的「吾從周」、老子神往的「小國寡民」、《呂氏春秋》崇尚的「至公」社會等等，都有一個共同點，即都期盼人與人相親相

〔註21〕〔清〕程樹德，論語集釋〔M〕，北京：中華書局，2013：1072。
〔註22〕〔清〕孫希旦，禮記集解〔M〕，北京：中華書局，1989：1332。
〔註23〕〔清〕焦循，孟子正義〔M〕，北京：中華書局，1987：93。
〔註24〕〔清〕王先謙，荀子集解〔M〕，北京：中華書局，1988：271。
〔註25〕〔清〕王先謙，荀子集解〔M〕，北京：中華書局，1988：319。
〔註26〕〔清〕王先謙，荀子集解〔M〕，北京：中華書局，1988：482。
〔註27〕高亨，老子正詁〔M〕，北京：清華大學出版社，2011：29。
〔註28〕高亨，老子正詁〔M〕，北京：清華大學出版社，2011：84。

愛,實現財富共享的和諧社會。這些學說的出現,不僅是人們對於和平安寧生活的渴望的體現,更是他們希望通過這些學說,找到一條通往過去社會的道路,讓「常」字所代表的和平與安寧,重新成為他們生活的常態。另一方面,現實生命的速朽刺激了個體生命追求不朽。叔孫豹就提出了著名的「三不朽」觀念,鼓勵人們不僅要有高尚的品德,還要積極行動,為社會做出貢獻,並通過智慧和知識留下自己的印記。同時,這一觀念也體現了人們對於永恆價值的追求,即在有限的生命中追求無限的精神價值。儒家和道家作為中國古代的兩大思想流派,也在不同程度上體現了對「不朽」的追求。儒家強調個人的社會責任和道德修養,認為通過「修身齊家治國平天下」的歷程,個體可以實現其歷史使命,進而在精神上達到不朽的境界。而道家則更多地看到身外之物的局限性,主張擺脫世俗的束縛,追求個體精神的自由和逍遙。這種對精神自由的追求,實際上也是道家對「不朽」的一種獨特詮釋。這種「不朽」的追求歸根結底是將個體生命納入到歷史的長河之中。對此劉紹瑾提出儒家「復古」與道家「復元古」不同的文化原型〔註29〕,前者推崇禮樂興盛、文質彬彬的西周「近古」,後者追求「行而無跡,事而無傳」的原始自然之「遠古」,兩家在精神旨趣與理論原點的不同從「常」字一詞的發展就可見一斑。當然,這種對「常」對「古」的追求,實際上是人們立足於當下的文化訴求。遠古時代的文化傳統正是在這種追認中得以沉澱,歷久彌新。這種綿延不絕的文化傳遞構築了一個民族的文化力。

由此可以看出,「古」是「雅」的應有之義,「古代之文學雖至拙劣,自吾人讀之無不古雅者」〔註30〕,這也反映了人們以「古」為「雅」的審美心理。

自唐代署名為王昌齡的《詩格》始,「古雅」就作為一個審美概念進入了中國文藝批評視野中。王昌齡將「古雅」視為唐前的詩歌五種審美趣味之一,並以應瑒《侍五官中郎將建章臺集詩》一詩為例加以說明。應瑒此詩前半篇以「鴻雁」自喻,當是化用《詩·小雅·鴻雁》之典,翻舊出新、委婉深曲地表明自己沉淪下僚,漂泊無依,希冀得到曹丕恩遇之意。後半段圍繞

〔註29〕 詳見劉紹瑾,復古與復元古——中國古代復古文學理論的美學探源〔M〕北京:中國社會科學出版社,2001。劉著提出「復古」與「復元古」兩種不同的復古思想深深影響並奠定了後來中國文學的復古心態和思維,前者主張回復到進入文明的西周禮樂盛時,為藝術設立規範化、制度化的文化框架,而後者則要超越在文明、文化社會中容易形成的體制化、概念化框架,以恢復人與自然的原始的和諧以及人對外在世界直接的、渾全的感知和接觸。

〔註30〕 林文光,王國維文選〔M〕,成都:四川文藝出版社,2009:140。

公子「敬愛客」實寫眼前公宴，像自己這樣地位卑微之人都能受到公子的熱情款待，頻頻勸酒還向自己贈詩表示慰問，使詩人大為感動，立志要報答公子，不醉無歸以助主人雅興，並要求在座諸位君子盡心盡力，不負主人求賢之意。清人張裕谷對此詩推崇備至，其指出應瑒此詩在同類公讌詩中獨樹一幟，擺脫整篇歌功頌德的應酬習氣，含蓄蘊藉，構思精巧，希冀恩遇卻又自重身份，不卑不亢，誠可謂是「未墜古音」，大有戰國策士之風。由此可見，王昌齡所主張的「古雅」接近「風雅」，講求比興、追求曲折委婉、含蓄蘊藉。相對來說，司空圖則將「古雅」由儒家引向道家。劉勰的「典雅」是學習儒家經典而來的文學風格，司空圖的「典雅」則是只有秉持虛靜無言、淡泊超然的精神狀態才能創造出的一種風格。在《二十四詩品》中「高古」一品更是從理論敘述到人物形象都是道家，要創造出「高古」的詩境，主體就必須通過虛靜養心達到超凡脫俗的精神境界。隨著詞逐步從詩餘的遣興遊戲轉變成文人士大夫的載道言志工具，對詞的品格不斷提出雅化的要求。南宋末年的沈義父明確提出詩詞當以「古雅」為之，並以南宋詞人吳文英的作品作為創作標準。

綜合來看，「古雅」之「古」並不完全指自然時間上的遙遠，也包含人文時間的價值判斷。「古雅」之說不僅從時間維度上區分審美客體的「雅」與「俗」，而且成為審美主體身份地位和社會階層在文學藝術中的隱性顯現，只有雅人才有雅的品味，欣賞雅的事物，具備創造雅的能力。以古為雅需要隱性的知識基礎和文化接受力，只有擁有一定文化資本的人才能夠接受和欣賞，通過創造一個共享的文化品味，確認部分社會成員所享有的集體身份。這一點我們可以從「古雅」之於文人畫的意義來看。陳師曾在《文人畫之價值》一文中指出，文人畫就是「畫中帶有文人之性質，含有文人之趣味，不在畫中考究藝術上之工夫，必須於畫外看出許多文人之感想。」〔註31〕文人畫與非文人畫的區分就在畫者的身份差異以及隱藏在身份背後的社會地位、文化素養、審美趣味等不同，這種區分在文人掌控話語權的狀態下甚至決定著繪畫的品第高下。可以說，正是隱匿在身份中的審美趣味和理想規定著文人畫的本質。魏晉起士人開始自覺加入繪畫隊伍，這批士人本是以業餘和外行身份參與繪畫，不願與工匠平列。他們既要掌握繪畫藝術的技法，又要和工匠相區別。所以文士們甫一參加繪畫，就提出匠體和士體的標準，以提高文人繪畫的地位。謝赫評劉紹

〔註31〕陳師曾，文人畫之價值〔J〕，藝術品，2005（8）：90。

祖「傷於師工，乏其士體」。唐代彥悰也說鄭法輪「不近師匠，全範士體」。顏之推則認為文士多能掌握繪畫藝術。當然，業餘畫家的「藝術上之工夫」在此時難以與專業畫家相抗衡，謝赫把被後世視為開文人畫之先河的宗炳、王微放在最後的兩個品位中，從而將如何評價文人畫的成就這一課題留給了之後的張彥遠。唐代張彥遠首次明確作畫者的社會身份是決定一幅畫成就高低的一個重要因素，歷史上那些卓越的畫家都是「衣冠貴冑、逸士高人」，並且在《論畫六法》之中推崇古畫，提倡古雅，認為上古時期的畫，筆法簡略意韻清淡，但典雅純正。當然張彥遠能夠有如此看法，與其出身三相之家，家境優渥，擁有數量眾多的精美收藏息息相關，並沒有成為當時的主流看法。北宋文人畫已成為與院體畫比肩的存在，文人開始進一步建立屬於自身的獨特審美標準，標榜和推崇「古雅」成為了最好的方式之一，宋代畫評喜歡用「高古」作為讚語，米芾《畫史》自述作畫取顧愷之的「高古」，推崇顧畫的神韻，對在當時不被看重的以董源、巨然為代表的南方山水畫派中所彌漫出的平淡意趣則大加讚許，反而認為北宋初期山水畫三大家「俗」。院畫理論著作《宣和畫譜》也多次以「高古」評論畫家。但是宋代畢竟在院體畫和文人畫上都取得了極高的成績，厚古並未薄今，正如郭若虛《圖畫見聞志》論及古今優劣，認為「若論佛道人物士女牛馬則近不及古；若論山水林石花竹禽魚則古不及近。」〔註32〕進一步的以古為雅要等到文人畫走向成熟的元代，藝術全才趙孟頫提出「古意說」，「作畫貴有古意，若無古意，雖工無益」〔註33〕，視古意為文人畫之關鍵，缺乏古意只有技巧的作品是徒有其表，並且批評「用筆纖細，傅色濃豔」的今人繪畫作品，就其自身的創作而言，也重點學習前人返樸歸真、清雅樸實、高逸淡遠的藝術風格和審美情趣，將文人畫的「古雅」趣味發揚光大。特別是隨著「書齋山水」的出現，大多數文人畫家以臨摹代替了寫生，以古為雅更是成了他們的藝術追求和品評標準。清代沈宗騫以是否符合古法作為創作和審美的判斷標準，其《芥舟學畫編·自序》提出編選原則即是是否合於古法，對於那些雖眾人喜歡但不合古法的作品加以糾正修改，對那些不符眾人品味卻合古法的作品大加讚揚，並在此基礎上大力貶俗崇雅，從畫家的取材、技巧、師法、風格、修養等角度提倡一種「古雅」的審美要求。

〔註32〕盧輔聖，中國書畫全書（第一冊）〔M〕，上海：上海書畫出版社，1993：470。
〔註33〕葛路，中國古代繪畫理論發展史〔M〕，上海：上海書畫出版社，1982：124。

三、「雅為樂器名」與西周的禮樂文化

　　　　鼓鍾欽欽，鼓瑟鼓琴，笙磬同音。以雅以南，以籥不僭。《詩經·

　　小雅·鍾鼓》〔註34〕

　　傅斯年對這一章的解讀是，「『以雅以南』，這一篇詩應該是南國所歌，南是地名，或雅之一詞也有地方性，或者雍州之聲流入南國因而光大者稱雅，南國之樂，普及民間者稱南，也未可知。」〔註35〕可謂是將「雅」視為周人之樂（雍州之聲），將雅與音樂聯繫起來。

　　《周禮·春官·笙師》鄭玄引鄭司農注，《樂記》鄭注，《太平御覽·樂部》引《風俗通義》都將「雅」解釋為一種樂器。馬銀琴更進一步指出雅是一種貴族專用的鼓狀樂器，雅樂、《詩》之二《雅》都與這種樂器有關〔註36〕。二《雅》與二《南》都屬於一種貴族音樂，其作品風格和使用場合相似，也可以證明這一點。作為樂器的「雅」與西周的禮樂文化建設是密不可分。

　　在古代中國，音樂不僅僅是一種可供欣賞的藝術作品，更是一種具有深刻社會意義和個體生命境界的文化存在，在先秦甚至是一切藝術的中心，我們現在看到的《頌》是郊廟祭祀之歌，而《大雅》則是紀祖頌功之辭。樂的存在與自然、人、社會有著密切的聯繫，正如唐君毅所說：「音樂之意趣，能與其文化之各方面，皆息息相關者，蓋莫如昔之中國。」〔註37〕西周「制禮作樂」後，以音樂養育和德君子，成就人倫之和的作用被凸顯出現。與此相應，人們對音樂之「和」有了一些感性的認識，到了西周末春秋時期，「以和為美」成為了音樂追求和崇尚的理想境界，季札在觀樂時所說的「樂而不淫」「哀而不愁」，作為對詩樂情感狀態的描述體現了對「和」美感特徵的推崇。《國語·鄭語》記載公元前773年，史伯回答鄭桓公關於周朝是否即將衰敗的問題時，提出「和實生物，同則不繼」〔註38〕，「和」就是不同事物相互配合達到平衡，「同」只是相同事物的簡單疊加，凡是好的政治都是能夠包容採納不同的意見的，如果去和取同，事物就難以長久發展。雖然是從政治談起，卻涉及音樂「和」的產生問題。只有不同的音相互組合才能生成美的音樂，此即「和六律

〔註34〕程俊英，詩經譯注〔M〕，上海：上海古籍出版社，2006：327。

〔註35〕傅斯年，《詩經》講義稿〔M〕，上海：上海古籍出版社，2012：45。

〔註36〕馬銀琴，兩周詩史〔M〕，北京：社會科學文獻出版社，2006：21～28。

〔註37〕唐君毅，中華人文與當今世界〔M〕，桂林：廣西師範大學出版社，2005：319。

〔註38〕〔三國吳〕韋昭，國語〔M〕，上海：上海古籍出版社，2008：240。

以聽耳」〔註39〕。晏嬰則以「相濟」「相成」思想進一步豐富了「和」的內涵，突出強調對立因素的相輔相成，音色的清濁、音量的大小、音值的長短、節奏的快慢、音樂風格的哀樂剛柔等諸多對立項相反相濟，才構成了音樂整體的和諧。音樂之「和」的實現還必須經過主體的消化與昇華，首先必須考慮是否能為主體所接受。人耳對音樂的感受存在一個適度的問題，周景王準備鑄造一套無射律的編鐘，遭到了卿士單穆公和樂官伶州鳩的反對，理由之一就是鐘聲太大太高，超出了人的感受能力，無法使人聽後產生美感，「窕則不咸，摦則不容，心是以感。感實生疾」（《左傳·昭公二十一年》）〔註40〕。基於這樣的觀點，那些超出五聲範圍的「繁手淫聲」的音樂，君子是不應該聽的。沉溺於聲、色、味的感官享樂之中，會使人喪失應有的品格，身心處於一種非和諧的狀態，甚至會導致醫和所言的身心疾病。事實上，隨著農業、手工業生產和商品經濟的發展，春秋時期音樂相比西周有了大的發展，十二律的音律體系已經完成；七聲音階開始被應用；出現了不少新的樂器，特別是彈絃樂器〔註41〕。在這樣的情況下，堅持音樂「以和為美」，更反映了「和」觀念在先秦文化心理中的頑強性。

具體來說，「以和為美」體現在三個方面音聲之和、樂與人和、天人之和。

首先一個層面就是音聲之和，以音樂作品本身的和諧作用於人的聽覺感官系統，包括音聲的和諧，節奏的適用，和聲的協和，音色的適性〔註42〕。西周時期音樂律學就取得很高的成就，《管子·地員篇》就記載了「三分損益法」獲得「宮、商、角、徵、羽」五音，《周禮·春官》記載了十二律，從低到高依次為：黃鍾、大呂、太簇、夾鍾、姑洗、中呂、蕤賓、林鍾、夷則、南呂、無射、應鍾。不同的聲音按照一定的規律進行組合就形成了韻律美。「屈伸俯仰，綴、兆、舒、疾，樂之文也」〔註43〕，通過屈伸俯仰、舒疾快慢的節奏，呈現出一段優美的旋律。音樂，作為一種以抽象形式承載文化意涵和人文價值的藝術形式，能夠從根本上觸動人心。僅以《周頌·大武》為例，《禮記·樂記》記載此樂舞共分為六成以表現武王自滅商以來的一系列重大軍事行動，第一成集合部隊時，舞者僅僅只是配合舒緩的歌唱旋律靜靜站立，象徵著等待時

〔註39〕〔三國吳〕韋昭，國語〔M〕，上海：上海古籍出版社，2008：240～241。

〔註40〕李夢生，左傳譯注〔M〕，上海：上海古籍出版社，2004：1116。

〔註41〕李純一，先秦音樂史〔M〕，北京：人民音樂出版社，1994：101～127。

〔註42〕龔妮麗、張婷婷，樂韻中的澄明之境——中國傳統音樂美學思想研究〔M〕，桂林：廣西師範大學出版社，2009：100～104。

〔註43〕〔清〕孫希旦，禮記集解〔M〕，北京：中華書局，1989：989。

機的武王，到了第二成迅速變成開朗、熱烈的舞蹈，武王搶佔先機，戰爭拉開序幕，配合戰爭的雄壯和熱烈在第二成末尾還是用了「亂」。第五成再次使用「亂」，表現周公、召公協助統治，天下歸心，莊嚴而雄壯，在舞蹈上，舞者採用左足舉起，右膝著地的「坐」姿表明和平的統治〔註44〕。繁複的樂聲表現戰爭的激烈壯觀，律動的舞步展示將士的昂揚鬥志，舞者的靜穆與舒緩的節奏預示進入一個新的境界。節奏和韻律的合理運用展現了從文王到武王的創業歷程，傳遞出了偃武修文的價值取向。

　　音聲之和是實現樂與人和的前提條件，遵循精密的樂律和系統的樂制使樂能夠以一種審美對象和文化載體的方式出現〔註45〕。周人從音聲之和帶來的感官愉悅，進而認識到「美是對立因素的協調（『和』）」，並將這種協調擴展到「人與自然、個體與社會的關係上去，認識到美不同於一般的感官愉快，特別是認識到美的社會性，美與善的深刻聯繫」〔註46〕。西周制樂者並沒有將樂視為一種審美藝術形式，而是將其作為禮樂制度的一部分，以人文教化的方式，成為西周實現德政的重要途徑。周公制作作樂是周初建國整飭秩序的重大歷史事件。誠如王子朝對周初先王政治的追溯所示，周朝在代殷自立，綏靖四方之後，迫切需要一定的政治手段來保證疆土的穩定和宗室的團結。除了通過封邦建國使親族諸侯成為周王利益的共同體之外，以周公為代表的王朝管理者還著手制定一整套的禮樂制度，來規範和調整個人與他人、宗族、群體的關係，從而增強血緣認同和政治凝聚力。周代的禮相當繁複，不同的典禮要使用不同的禮品，而且禮品的數量和等級有嚴格的規定，參與者的身份和典禮中所處的位置和方向也有規定，以突出儀式的象徵意味，但是這種禮與樂結合在一起，就籠罩了一層溫情脈脈的面紗。樂能從內心深處化育人心，起到禮等外在手段難以達到的效果。還以前文所引《大武》樂章為例，「總干山立」「發揚蹈厲」和「《武》亂皆坐」是觀看歌舞的周人面對的現實層面，但在精神層面上，《大武》通過對《武》表明「克殷」的價值在於「遏劉」，表明周邦的勝利並不完全是為了姬姓自己，而為了將天下人從殷紂的殘暴之中解救出來，將周視為天意民心代表的同時將殷紂釘在歷史的恥辱柱上。同時「流血漂杵」的牧野之戰

〔註44〕楊蔭瀏，中國古代音樂史稿〔M〕，北京：人民音樂出版社，2004：31～33。
〔註45〕程曉峰，西周思想史論〔D〕，湖南大學博士學位論文，2016：334。
〔註46〕李澤厚、劉綱紀，中國美學史（第一卷）〔M〕，北京：中國社會科學出版社，1984：74～75。

這樣的暴力戰爭被有意無意的掩蓋成了人道的勝利。在對先王功績的歌頌中周人將「德」注入了天命的內涵之中，以此來為天下立法〔註47〕。就根本而言，政治權力是一種「認同情感的存在」，雖然強制性暴力是構成權力的基本要素，卻無法為權力建構其合法性根基；雖然暴力可以帶來一時的安定，卻無法獲得社會的長治久安，需要以其他方式建構起被統治者對現有統治的一種不可動搖的信任和長久的忠誠。而音樂作為感性政治的象徵符號之一，為氏族叢生的西周社會提供了情感上的歸屬、心靈上的慰藉、信仰上的依靠，為周朝的執政地位建構起政治正當性的心理基礎。《大武》樂章實現了三個方面的作用：一是對殷人起到了武力所不能實現的精神層面的征服，化解殷人的敵意，從而確立自身統治的合理性；二是凝聚了姬姓氏族，在對共同祖先的祭祀中緩解了建立在血緣親疏遠近之上的宗法制帶來的隔閡；三是在現實政治層面實現對眾多異姓人群的統治，在樂中的所有周人在對建國歷史的追溯中構建起一個「想像的共同體」。

音聲之和體現在以和諧的音聲組織形式以及傳達的情緒情感，作用於人的聽覺系統；樂與人和體現在以樂作用於人的內心情感形成相互之間的和諧關係；天人之和，則是人在音樂審美的精神體驗中達到「天人合一」的審美境界，特別強調人的主體性。我國在原始氏族時期就產生了樂，葛天氏之樂就是一段著名的祭祀樂舞。先民以樂歌樂舞向神傳遞自己的心聲，渴求神明能夠化解自然對人類生產、生活造成的不良影響。樂為巫神而生，為巫神而用是巫術文化時期的典型藝術思維。西周中國文化開始走出巫史時代，天從自然主宰轉變為具有道德判斷意志的人類社會的仲裁者，樂也從「通神人」發展為「致樂以治心」。融合在音樂裏的人生既是藝術化的又是道德化的，「這種道德化，是直接由生命深處所透出的『藝術之情』，湊泊上良心而來，化得無形無跡，所以便可稱之為『化神』。」〔註48〕最典型的就是孔子聞《韶》大悟，聞《韶》出神的孔子進入了一種神秘而美好的終極體驗，「三月不知肉味」可見時間持續之長久，在音樂中開悟的孔子發出了「盡美矣，又盡善也」的至高讚頌。這種體驗構成了孔子思想和事業最深動機和方向，發諸人心就是仁愛、作用於人際關係就是禮義，施用於國家就是禮儀之邦〔註49〕。也正是因為如此，孔子把

〔註47〕李山，詩經的文化精神〔M〕，北京：東方出版社，1997：234～236。
〔註48〕徐復觀，中國藝術精神〔M〕，上海：華東師範大學出版社，2001：16。
〔註49〕張祥龍，孔子的現象學闡釋九講——禮樂人生與哲理〔M〕，上海：華東師範大學出版社，2009：42～49。

「禮」與「樂」聯繫在一起，成為一個專有名詞，並以此構建起自己的哲學和美學思想體系〔註50〕。在孔子一生的教學和人生實踐中，他努力想把由開悟達到的境界與氣象傳遞和再現出來，這就是為朱熹所讚賞的「曾點之志」,「浴乎沂，風乎舞雩」,一路歌唱歸來，物我兩忘、天人一體，超然物外，自由自在地「與天地萬物上下同流」〔註51〕。莊子的「至樂」就是「與天地和」,那些「鍾鼓之音，羽旄之容」〔註52〕都是最低層次的樂，只有超越一切天地人事、陰陽萬物，真正具有「道」之屬性的「天樂」才是莊子的追求。從天人合一的角度看，莊子並不是排斥一切的樂，而只是否定那些迷亂人本心之樂，所追求的是唯有在寂寞虛靜之中才能把握的與天地同和的天籟。儒道兩家雖然學說真義不同，但都講求樂與天和，追求某種更為精神化的音樂審美境界，在音樂之中實現人生的頓悟，這種審美意識對後人充滿了啟示。它表現了人對自身在自然、宇宙、社會中所處位置的努力與追求，或者是一種人與自然關係協調相順的體驗，或者是一種人在社會中安放自身的方式，抑或是超越生命本體而達到無拘無束、和樂自得的精神境界。

這種「尚和」理念在新樂大興的春秋末期，成為雅樂與俗樂對立的一種思想根源。溫潤優美、中正平和的先王雅樂與音調婉轉、熱情奔放的俗樂是完全不同的，孔子「思無邪」〔註53〕、「樂而不淫，哀而不傷」〔註54〕的提法就是「雅」之中正平和作為最高標準，不僅要求樂調本身的和諧，而且樂所傳遞的感情也要適度。

四、「雅之為舒」與淡雅的文化品格

此意當最為後出，由陸雲詩可知，雅在此處表明一種沖和、寧靜、閒適、淡雅的風格。在班固的《漢書・司馬相如傳》即以「嫻雅」來形容司馬相如的翩翩風度。而將雅訓為「舒」「徐」,用來指稱行為舉止的美好，是在中古時期大量出現的，並且與士族文化密切相關。

中古士林中人極為推崇雅量。雅量作為一種高雅的精神品質和良好的文化品格，是當時人物品評的一個重要標誌,《世說新語》即列《雅量》一門，

〔註50〕蔣孔陽，先秦音樂美學思想論稿〔M〕,合肥：安徽教育出版社，2007：87。
〔註51〕〔宋〕朱熹，四書章句集注〔M〕,北京：中華書局，1983：130。
〔註52〕〔清〕王先謙，莊子集解〔M〕,北京：中華書局，2012：144。
〔註53〕〔清〕程樹德，論語集釋〔M〕,北京：中華書局，2013：75。
〔註54〕〔清〕程樹德，論語集釋〔M〕,北京：中華書局，2013：230。

以 42 則事例充分展現曠達瀟灑、處變不驚、深藏不露的名士風度。范子曄從能藏能斂、情感深蘊，脫略榮辱、善於忍耐，面對險象、處之泰然，直面生死、無憂無懼和情懷真率、無累於物五個方面開掘出中古士林的雅量之美〔註55〕。最能展現中古雅量之美的人物是東晉的謝安，無論是與諸人泛舟遇險，還是新亭上未知生死的考驗，亦或是收到淝水大勝的捷報，生死攸關之際的恐懼與喜悅都能被很好的控制，神色舉止與平日無異，這種非凡氣度的確不是一般人能夠擁有的。與此相應，謝安的詩往往「以理趣雅致的語言表現玄遠疏淡的情懷」〔註56〕，《蘭亭詩二首》其一，「森森連嶺，茫茫原疇。迴霄垂霧，凝泉散流」〔註57〕，描寫深遠闊大的山水遠景，意為突出賞景者的高情雅趣，「寄傲林丘」。

這種從容閒雅的文化品格首先與當時的士族社會密切相關的。羅宗強認為，東晉士人偏安心態的表現之一就是「追求優雅從容的風度」〔註58〕，而這種優雅從容的風度是與東晉士人的文化素養與精神修養密切相關的。東晉是門閥社會的鼎盛時期，田餘慶甚至認為嚴格意義上的門閥政治僅存於東晉一朝，此時的門閥士族勢力得以平行於甚至超越於皇權〔註59〕。「大抵南朝皆曠達，可憐東晉最風流」。歷經建安的慷慨激昂、正始的深幽玄遠和西晉的任情極性，終於發展為東晉的風流曠達。偏安的東晉政權自蘇峻亂平之後，政局相對穩定，名士成為了國家實際的統治者，獲得了更大的精神自由，同時魏晉玄學的發展也為儒道合一的人格理想提供了理論支撐。在東晉風流名士那裏，理想與現實、名教與自然、情與禮、仕與隱的矛盾不算突出，他們的心靈世界也趨向玄遠平和，顯得高雅而從容。這就是馮友蘭所說的玄心、洞見、妙賞、深情的真名士，有了玄心才能超越自我乃至無我，才能看透個人的榮辱、成敗以及生死，真風流的人的最高境界是忘情，忘情就是無哀樂，實則是一種超越了哀樂的樂〔註60〕。當然從根本上來說，高雅從容、平和玄遠的風度被推崇，是與士族文化的自我建構密不可分的。士族以處變不驚來彰顯自身與眾不同的精神面貌與行為模式。中古的書香門第之所以能夠簪纓不替，除了他們擁有的政治、經濟特權外，自身文化軟實力也是重要的因素，為此他們將文化作為區

〔註55〕范子曄，中古文人生活研究〔M〕，濟南：山東教育出版社，2001：113～126。

〔註56〕徐豔，中國中世文學思想史：以文學語言觀念的發展為中心〔M〕，上海：上海古籍出版社，2012：193。

〔註57〕王澍，魏晉玄言詩注析〔M〕，北京：群言出版社，2011：227。

〔註58〕羅宗強，玄學與魏晉士人心態〔M〕，天津：天津教育出版社，2005：240。

〔註59〕田餘慶，東晉門閥政治·自序〔M〕，北京大學出版社，1991：2。

〔註60〕馮友蘭，三松堂學術文集〔M〕，北京：北京大學出版社，1984：609～617。

隔自身與其他階層的重要標誌。

這種士族文化品格的形成也是從傳統文化中汲取了養料，特別是儒家「溫柔敦厚」的君子人格和道家達生任性的逍遙人格。「溫柔敦厚」語出《禮記・經解》：「孔子曰：『入其國，其教可知也：其為人也，溫柔、敦厚，詩教也……其為人也，溫柔、敦厚而不愚，則深於《詩》者也。』」〔註61〕闡述了《詩》教作為培養儒家理想人格的一種教育手段，以《詩》來規範人的言行舉止，陶冶性情。作為倫理原則的「溫柔敦厚」對構建中國古代士人人格起到了重要作用。「溫柔」指外在形態的溫順柔和，「敦厚」指內在性格的忠厚。「溫柔敦厚」首先著眼的是個體性情和修養，一個有修養的人應該是脫離了野蠻、粗魯，表情溫潤柔和，內心情感誠摯，文質彬彬。他的情感不能任意宣洩，應該「發乎情，止乎禮義」，做到「樂而不淫」「哀而不傷」，內斂而深沉，自我克制。溫柔敦厚的個人品質並不是天生的，而是要通過《詩》之教，用一種溫情脈脈、訴諸人的內在情感的方式將外在的禮法制度、倫理要求內化成個體的言行規範。一個溫柔敦厚的人能夠以禮待他人，形成和諧共生、相互包容的關係。在交往中尊重他人，自己不願意做的事情絕不勉強別人去做；誠信無欺，說出的話就一定要做到；推己及人，設身處地地為他人著想。「溫柔敦厚」不僅涉及一般人際關係層面，同時也對如何處理君臣關係做了規定，此即「主文而譎諫」，對待君主的錯誤要批評，只不過要注意方式方法。「溫柔敦厚」的儒家倫理思想對人具有潛在的約束力，以理節情，自我克制。《世說新語・賞譽篇》稱吳郡四姓的門風為「張文，朱武，陸忠，顧厚。」張昭、朱然、陸遜、顧雍四個大家族家風雖稍有不同，但就總體而言，均不離於儒家禮教之本。以漢晉間江東儒學大族的代表顧氏家族為例，該家族有著深厚的儒學底蘊，堅守儒家道德，崇尚賢賢等儒家理念，並在顧氏家族的後繼子弟中得到了很好的體現。例如，顧邵在任豫章太守時，即祀先賢徐孺子墓，以示崇儒，又禁淫祀非禮之祭，推行教化。在為人處世的原則上該家族也恪守儒家處世哲學。顧雍擔任丞相長達十九年，其執政風格穩重且審慎，為人謙和而忠誠，他致力於調和皇權與世族之間的矛盾，為孫吳政權的穩定作出了卓越的貢獻，堪稱溫良敦厚的典範。顧悌以孝悌廉正聞於鄉黨，展現了家族的正直品質。

漢代老莊精神一直作為經學思想下的潛流默默滋養士人的心靈，到了魏晉社會，士人更是自覺或不自覺地從老莊處尋求精神慰藉，追求一種心靈的慰

〔註61〕〔清〕孫希旦，禮記集解〔M〕，北京：中華書局，1989：1254～1255。

藉與閒適。道家的生命哲學和人格理想最集中地體現在莊子的逍遙人格中。莊子的理想人格，正是在逍遙遊之中超越生死，超然物外，超越世俗，回歸自然。面對動盪不安的社會和紛擾不止的名利，莊子主張以平常心待之，追求一種無欲、無待、無私的生活，擺脫外界的束縛，超越世俗人生意義與價值，獨與天地精神往來。在對待生死問題上，莊子不像孔子那樣迴避死，而是直面死亡，以與大自然的溝通和融合來宣洩對死亡的恐懼，「天地與我並生，而萬物與我為一」〔註62〕（《齊物論》），順應自然規律，不為之動情。莊子理想的逍遙人格，忘形、忘情，超越生死、寵辱、好惡、是非，擺脫外在和內在的桎梏，回到一種純自然的狀態。如何才能實現莊子的逍遙人格呢？必須要通過「心齋」「坐忘」。「心齋」就是一種精神上的齋戒，摒除一切雜念，使心境保持純真。「坐忘」就是指忘記自己的形體，拋棄自己的聰明，才能與大道融通為一，達到坐忘之境。這種淡泊名利、甘於寂寞、崇尚自然、與世無爭的逍遙人格引導人們實現自我的內在完善。這種理想人格追求在阮籍那也有所體現，「大人先生」超越生死與富貴貧賤，在精神世界中超越個人、社會和時空，達到一種精神的逍遙和自由。

這種從容淡雅的文化品格雖起於魏晉，但在整個南朝都為士族所推崇，成為了士族門第的一種表徵。南朝士族多以此教誡家中子弟的人格價值標準。如《南齊書‧王寂傳》記載王志以「鎮之以靜」告誡其弟王寂，而《梁書‧王志傳》載王志以寬恕謙和為門風，時人都稱頌之。與此相對的是對有激切、狂放之言行者的非議。梁代的范雲、范縝、任孝恭等俱因性格激烈質直為時人所難容。就審美領域，南朝人也傾向於以寬緩雍容為美，《南齊書‧褚淵傳》記載褚淵儀表優美，舉止閒雅，遲行緩步，一舉一動都很有風度，以至於每次朝會，文武百官和外國使者都伸長了脖子觀看褚淵的舉動。宋明帝甚至有褚淵「持此得宰相」之語。《梁書‧王訓傳》也載王訓能成為後進士人之領袖，除了文章寫得好之外，儀表堂堂，舉止得體也是時人推崇的原因。可見，這種閒雅優美的風姿在南朝受到高度推崇。這種以從容閒雅的文化傾向也成為士族在經濟、政治上不積極進取的思想根源之一，導致了對皇權依附性的增強，甚至到後來士族由從容閒雅轉變成柔弱不堪，以至於侯景之亂時士族因不耐暑熱、不堪行步，傷亡慘重。

這種從容淡雅的文化品格投射到文藝上就形成了「靜穆」的詩文價值觀。

〔註62〕〔清〕王先謙，莊子集解〔M〕，北京：中華書局，2012：31。

「靜穆」這一術語並不見於中國古代詩學論著中，有研究指出「靜穆」一詞最早見於《史記》，王斑「端願靜穆」〔註63〕就是用以形容人沉著冷靜，喜怒不形於色，並不是一個美學術語，中國古代詩學論著多是用「沖淡」「自然」「曠達」等來指稱這種風格。靜穆說的提出得益於朱光潛和宗白華兩位現代美學家融合了他們對中西詩學、美學和中西文藝的領會。朱光潛的「靜穆」是「是一種豁然大悟，得到歸依的心情。它好比低眉默想的觀音大士，超一切憂喜，同時你也可說它泯化一切憂喜。」〔註64〕就文學來說，朱光潛盛讚的陶淵明當為「靜穆」之典型。自漢末建安以來，人生的短暫便成為士人普遍關注的主題，或吟唱死亡的恐懼與焦慮，或張揚縱慾享樂的放達，或發下立功立言以求不朽的誓願。陶淵明同樣認識到了人生的短暫，清醒地認識到這是一種不可抗拒的自然規律。他寫道：「縱浪大化中，不喜亦不懼」，以此靜寂心靈，泯化憂喜，表達「應盡便須盡，無復獨多慮」的順其自然的態度。人生遭遇不論是窮還是達，陶淵明都沒有明顯表露出相應的悲或喜，因饑出門乞討求食免不了羞愧，「叩門拙言辭」。可當求食得食，求飲得飲之後，曠達的陶淵明就忘記了自己眼前的困窘，快樂地與主人「談諧終日夕」，興之所至還賦其詩來。陶淵超然人世投身自然，在長期與自然的交往之中，詩人獲得自由和無限，悠然自得採菊東籬，在人與山的近距離中表現出超逸宇宙之外的悠遠，天、地、人、物不期然間的相遇，這份靜穆與悠遠當真是難以用語言來辯明。沒有生老病死之憂，沒有功名未竟之歎，陶淵明以一種自覺的超然態度和恬靜的生命境界來面對世間萬物，詩風的靜穆就是這種生命境界在語言中的對象化表現。陶詩避免了同時代人的兩種偏向，既無玄言詩的枯淡又無謝靈運的華贍，素淨而絢麗，外槁而實腴，以本色自然之語言書寫心中字句，「結廬在人境，而無車馬喧。問君何能爾？心遠地自偏」〔註65〕，以地道的散文句法寫詩，擺脫了人為生造的駢儷，朱自清盛讚為「從前詩裏不曾有過的句法」〔註66〕。大量虛詞的使用，使陶詩意象疏朗、語意沖淡，同時取消了詩句自身在意義上的獨立性。每一個詩句都不能單獨完成語意的傾訴，必須不斷流向下一句，全詩由此形成一個緊湊

〔註63〕顏紅，試論「靜穆」的東西方審美理想〔D〕，上海師範大學碩士學位論文，2011：3。

〔註64〕朱光潛，朱光潛全集（第八卷）〔M〕，合肥：安徽教育出版社，1987：396。

〔註65〕逯欽立，陶淵明集〔M〕，北京：中華書局，1979：89。

〔註66〕朱自清，朱自清古典文學論文集（下冊）〔M〕，上海：上海古籍出版社，1981：571。

的意韻鏈。「結廬在人境」一句虛詞「在」提示讀者詩中隱含的主體「我」，開篇就給讀者製造了懸念，遠離官場的詩人為何要把住所建在人群嘈雜之處，是忘不了那萬丈紅塵，還是後悔自己的掛印封金。下句的「而無車馬喧」不僅沒有給出答案，反而更刺激了讀者的好奇，既然詩人把房子建在紛擾的人境，為什麼仍然聽不到車馬的喧囂呢？語意自然流向第三四句，「問君何能爾」，「君」指詩人，「爾」指一二句所說的奇怪現象，詩人先假設別人向自己提問，在第四句給出答案，「心遠地自偏」，原來是精神上遠離了世俗，身處鬧市心裏也會一片僻靜安寧。四句創造一個渾融和諧的意境，傳達出詩人對生命存在的一種深度體驗。陶詩不同於謝靈運有佳句無佳篇，通篇渾厚自然，不可句摘〔註67〕。

　　在中國古代思想史上，雅觀念的確立具有重要意義，首先「雅」確立思想文化觀念的價值評判標準，其次，「雅」作為正統的藝術價值觀，形成了以和為雅、以古為雅、以正為雅的思想傳統，引導著古人的審美理想與藝術趣味〔註68〕。根據研究，「雅」為一個形聲字，牙聲佳形，楚烏為其本義。雅夏「韻同紐近」，由於周人以夏自居，遂以「雅」來命名王畿地區的音樂，進而成為了一種樂器名，「雅為樂器名」代表著西周禮樂文化的興盛，雅也從而具有了諸多引申義。在這些引申義中雅之訓為「正」是最重要的引申義，作為標準規則的「雅」包含文化雅俗觀與文學雅俗觀兩個層面，標誌著士文化的崛起與文人的身份認同，雅之訓為「素」則體現了人類文化之傳遞與發展，雅之訓為「舒」為「徐」體現了一種與士族相關聯的從容平和的文化風格。之所以對雅字進行了分析就在於此五含義深深浸入之後雅俗觀形成的內涵之中，在後文中將得到體現。

第二節　釋「俗」

　　《說文解字》以「習」訓「俗」，習俗或風俗為「俗」的基本語義，這並不具有貶義。可是隨著士階層的崛起，本來保持中性的「風俗」就開始演變成具有輕侮義的「世俗」。

一、習俗

　　根據張贛生的研究，殷商的甲骨文和銅器銘文均未見「俗」字，西周也僅

─────────────

〔註67〕戴建業，澄明之境：陶淵明新論〔M〕，上海：上海古籍出版社，2012：265～268。

〔註68〕夏靜，禮樂文化與中國文論早期形態研究〔M〕，北京：中華書局，2007：73。

有數例出現：1.「俗父」，用於人名；2.通「欲」，見毛公鼎；3.風俗、習俗，即下文所引的《駒父盨蓋》銘文。而今文《尚書》《國語》《春秋》《左傳》等典籍中均未出現「俗」字。張先生認為這表明「俗」的觀點在春秋時期尚未得到普遍認同〔註69〕。我們則認為，這是因為當時多用「風」以指風俗意的緣故。作為獨立概念出現的「俗」字，最早可見於西周晚期金文《駒父盨蓋》：「董夷俗」。〔註70〕這段文字記載了宣王十八年，南仲邦父命駒父出使南方的諸侯小國催納貢賦，並告誡駒父，要尊重南淮夷本地的風俗習慣。通過對這條銘文的分析，可知風俗是一個群體性和地域性的概念，族群不同，風俗不同，百里不同風，千里不同俗。在西周貴族眼中民俗是重要的社會管理手段，遵俗才能維繫社會穩定，後來《史記·齊太公世家》也表現了同樣的觀點，姜太公受封指齊，簡政遵俗，終於使齊國強盛，四方來歸。

雖然「俗」在西周並不常見，但表「俗」含義的「風」字卻早已存在。風作為一種常見的自然現象，很早就被先民認知和關注，只是受制於原始思維把對風的感知神化了，所以甲骨文中以「鳳」來表示「風」。「鳳」為「風」的假借字，最早由王國維提出，並受到其學生徐中舒的推崇與進一步闡釋。徐先生在其主編的《甲骨文字典》中對「鳳」的字解是：「像頭上有撮毛冠之鳥，殷人以為知時之神鳥，或加凡、兄以表音，卜辭多借為風字」〔註71〕。風是看不見摸不著的，人們只能感覺到來自四面八方的空氣流動，空間性成為了風最顯著的一個特徵。早在商代就以方位來區別自然風，甲骨文就出現了「四風」的說法，第14294片「東方曰析，鳳曰協；南方曰因，鳳曰微；西方曰豐，鳳曰彝；北方曰勹，鳳曰役」〔註72〕，把空間分為四個方位，每個方位上的風都有專名義。《山海經·大荒東經》也有相應的四方風神。地理區域不同，其土地性質和風氣也不同，不同的風氣又影響著各地的生產方式和生活習慣。因此，「風」字由自然義引申出了社會義，即代表地方文化特性的「風俗」。

在上古社會，地方民群中最能引人注意的是聲音語言的不同，以及由此形成的不同歌謠。以地域音樂風格、聲音特性作為地方文化的表徵是上古社會的通常做法，《詩經》中的十五國風，就是對周朝境內的不同地區民歌進行搜集記錄。《風》的搜集整理工作是當時的一項政治工作，「命大師陳詩，以觀民風」

〔註69〕張贛生，民國通俗小說論稿〔M〕，重慶出版社，1991：3～4。
〔註70〕吳大焱、羅英傑，陝西武功縣出土駒父盨蓋〔J〕，文物，1976（5）：94。
〔註71〕徐中舒，甲骨文字典〔M〕，成都：四川辭書出版社，1989：428。
〔註72〕郭沫若，甲骨文合集（第五冊）〔M〕，北京：中華書局，1979：2046。

（《禮記・王制》）〔註73〕，「民風」就是對當時歌謠《左傳・襄公二十九年》中所載吳公子季札論樂，就能從詩樂之中領悟各地不同的風貌。

　　風俗本來只具有地域差異，到了戰國時期，諸子開始對風俗進行價值判斷，特別是「移風易俗」命題的提出後，風俗有了美、惡之分。移風易俗的實質是擁有社會權力和資源的社會精英階層在一定的觀念支配下，通過有組織的實踐活動對社會現狀進行干預，使之朝向另外一種狀態發展變化。移風易俗不同於觀風知俗，後者更多地體現空間維度上的差異性，前者則依據人文倫理維度上的道德價值評判，有意識促使惡風醜俗向美風善俗轉化。

　　《老子》有一例「俗」字，指風俗、習俗意：

　　　　甘其食，美其服。安其居。樂其俗。〔註74〕（《第八十章》）

　　這裡的「俗」指風俗，老子在此章描繪了心中的理想社會「小國寡民」，在這裡看不到統治者的身影，人民安居樂業，民風自然淳樸美好，貫穿著老子「無為」的政治主張，無為之治絕非教化移易。這裡的「俗」顯然僅指地理區劃內的風俗，而不包含價值判斷。

　　《墨子》一書就開始涉及移風易俗問題，《非命下》提到「上變政而民改俗」〔註75〕，主張君主的好惡、性情以及政策措施是民風轉變的前提，而要實現風俗的轉移就必須實施墨子提出的「兼愛」等王道主張，儒家的禮樂教化是不能夠改善風俗的。《非儒下》中提到：「今君封之，以利齊俗，非所以導國先眾」〔註76〕墨子認為儒家學問是迷惑君主和民眾的邪說，禮節繁多、勞民傷財、大興禮樂，根本不能起到引導民眾的作用，而且還會對齊國風俗有害。

　　先秦諸子中談論風俗最多者是荀子，荀子首先以美、惡相對來形容風俗，強調社會風俗好壞與國家政治密切相關，「亂世之徵」「其俗淫」，反之政治清明，民風就淳樸。既然風俗有美、惡之別，那麼其對人的影響也存在正、反兩方面的影響，在《榮辱篇》指出所有個體的材、性、知、能、欲望都是一樣的，卻存在道德之別、勢位之分，原因就在於後天環境對個體的塑造不同，特別是所浸染的風俗不同。秉持著性惡論，荀子認為人只有在好的風俗浸染下才能向善，而好的風俗又是禮樂教化所致。荀子的《樂論》專門談論了音樂對風俗的教化作用，音樂能和諧情感，彌補單一禮制教化對人性的壓抑。荀子的「移風

〔註73〕〔清〕孫希旦，禮記集解〔M〕，北京：中華書局，1989：328。
〔註74〕高亨，老子正詁〔M〕，北京：清華大學出版社，2011：109。
〔註75〕〔清〕畢沅，墨子〔M〕，上海：上海古籍出版社，2014：152。
〔註76〕〔清〕畢沅，墨子〔M〕，上海：上海古籍出版社，2014：163。

易俗」實際上扭轉了春秋以降禮、樂分流的傾向，使得禮樂並重成為了中國傳統文化的主導，荀子此舉實現了「為中國文化立法的偉大創舉」〔註77〕。

「移風易俗」命題自先秦提出後，漢代士人貢獻尤多，並在大一統的局面下被確定為官方意識形態。雖然不同時代有不同的難題，移風易俗行動的重點頗有時代差異，但總體來看以雅去俗的趨勢並沒有改變。

二、世俗

「俗」既然指風俗、習俗，從中推演出大眾的、一般的、普通的這樣一些含義是自然而然的。然而，隨著戰國時代的到來，風俗開始包含美惡的價值判斷，「俗」字便不再保持中性，而逐漸帶有否定的價值判斷。正如村上哲見所說，隨著自視甚高的知識分子自我意識的覺醒，他們漸漸認識到自己應該是不一樣的，應該與他者有所區別，這種意識成為「俗」及其相關詞彙具有輕蔑意的一個前提〔註78〕。確實在先秦時代，「雅」作為一個價值判斷的形容詞在音樂以外的事物中並不常見，但是作為對立面「俗」已經相當豐富了。

老子在與眾人、俗人的對比中突出作為得道者「我」的不同。〔註79〕眾人每天都是熙熙攘攘、興高采烈的樣子，如同去參加盛大的宴席，又像在春天裏登臺眺望美景，沉湎於聲色、縱情於享樂，即便外表看起來光鮮亮麗，實際上內心為物慾所侵襲，背離了生命的本真。為了滿足物慾，俗眾必須要追逐名利，來保證終身的富足安逸，看起來外在物質生活「有餘有以」，實際上內心未能隨之充實飽滿。俗人執著於功利算計，常常是一副「昭昭」「察察」的精明樣，卻因為不體道，永遠看不到自己生命的本真。「我」則表現出與俗人不同的面貌，表面上的愚昧呆滯，「昏昏」「悶悶」，其實是堅持自己的理想，不惑於功名利祿的深刻體現。老子筆下的「我」不需要現實流俗之輩的外在肯定，面對外來的

〔註77〕楊輝，「移風易俗」命題考源——在中國美學史視野下〔D〕，浙江大學博士學位論文，2005。

〔註78〕〔日〕村上哲見，雅俗考〔A〕，中國典籍與文化論叢（第四輯）〔C〕，北京：中華書局，1997：429。

〔註79〕「唯之與阿，相去幾何？美之與惡，相去若何？人之所畏，不可不畏。荒兮其未央。眾人熙熙，如享太牢，如春登臺。我獨泊兮其未兆。如嬰兒之未孩。儽儽兮若無所歸。眾人皆有餘，而我獨若遺。我愚人之心也哉！沌沌兮，眾人昭昭，我獨昏昏。眾人察察，我獨悶悶。澹兮其若海。飂兮若無止。眾人皆有以。而我獨頑似鄙。我獨異於人而貴食母。」（《老子·第二十章》）見高亨，老子正詁〔M〕，北京：清華大學出版社，2011：33～36。

毀譽、紛擾，都能處之泰然，之所以能做到這樣，就在於得道者通過一番虛靜修養，使心靈回復生命的本真，不為物慾干擾，不受世俗影響，不拘成見、心如明鏡。

《孟子》一書中多次出現了「世俗」「流俗」，俱含有貶義，《梁惠王下》梁惠王說自己不喜歡先王雅樂，而喜歡「世俗之樂」，梁惠王之所以就此事詢問孟子，乃是由於在其內心深處認為不好雅樂而好世俗之樂是不正確的，可見「世俗」在此是作為「先王」之「雅」樂的否定面。《離婁下》公都子對自己老師孟子與全齊國都認為不孝的匡章交往感到不解，孟子將世俗之人認為的五不孝與匡章的行為相對比，否定了世人的看法，可見孟子的衡量標準與世俗之人存在不同。《孟子·盡心下》將孔子視為德之「賊」的鄉愿，稱為「同乎流俗，合乎污世」之人，「流俗」與「污世」互文，更見「俗」之輕侮意。

在對「俗」的歷史演進進行考察中，《莊子》一書是不應該被忽視的，不僅在於其為後世超俗、脫俗思想提供精神依據，還在於其中提供了大量「俗」字例證。雖然在一般認為出自莊周本人之手的《內篇》部分，「俗」字僅出現過一次，《人世間》篇中指有用之樹木被世俗之人砍伐。但是到了莊周弟子、後學闡發其思想的「外篇」「雜篇」中，「俗」字開始高頻率地出現了，而且多是作為莊子的理論原則和人格境界的對立面出現。《莊子》中的俗人往往悖離了人的自然、自由本性，心為物役，從而產生種種痛苦、悲哀。俗人沒有真知灼見，常常人云亦云，「高言不止於眾人之心，至言不出，俗言勝也。」〔註80〕（《天地》）俗人有時還會表現出對知識的盲目追求，卻又沒有辦法加以判斷，「俗惑於辯。」〔註81〕（《胠篋》）俗人往往具有自是非他的心理，「喜人之同乎己而惡人之異於己也。」〔註82〕（《在宥》）俗人的價值標準是建立在實用的基礎上，囿於成見忽略了無用之物的大用，更有甚者完全泯滅了自然、自由本性，「喪己於物，失性於俗」〔註83〕（《繕性》）。由上可見，在莊子極富超越性品格的「道」關照下，世間所有扭曲自由、自在、自然的生命本體的行為或事物都可以稱之為「俗」。在莊子及其後學的再三排斥下，「世」「人」「眾」「常」「凡」云云，這個「包括百姓和君主的價值上較低的龐大社會集合體」，都「對

〔註80〕〔清〕王先謙，莊子集解〔M〕，北京：中華書局，2012：137～138。
〔註81〕〔清〕王先謙，莊子集解〔M〕，北京：中華書局，2012：112。
〔註82〕〔清〕王先謙，莊子集解〔M〕，北京：中華書局，2012：120。
〔註83〕〔清〕王先謙，莊子集解〔M〕，北京：中華書局，2012：168。

應為可鄙之『俗』的人格化」〔註84〕。

注重人格等次的荀子，繼續表達了士君子與庸眾俗人的對立。在《儒效》篇，他便明確地給「俗人」下定義：「不學問，無正義，以富利為隆」〔註85〕。俗人的德性停留在實用層面，不學習禮義道德、不講求正義，把追求財富作為目標。而且由於不修行仁義道德，才德不高，俗人往往淺陋無知，在思想上無法摒棄私心，行動上貪鄙無修養，只知道追求感官享樂，「從物如流，不知所歸」〔註86〕。在荀子處，「俗」成為一種需要否定的人生態度或人格狀態。荀子不僅強調了士與俗眾的區分，而且在儒家內部也劃分出「俗儒」與「雅儒」，以「俗儒」來直陳那些異於自己的其他門派。在荀子那裏，「雅」已不限於先前固定而常見的「雅鄭」，而是明確作為一種價值評判標準，有了超拔於流俗凡庸之上的鮮明色彩。而作為否定面的「俗」，往往具有愚昧、淺鄙、縱慾、好利等等不良習性。特別是荀子「移風易俗」思想的提出，更是將本來視為中性的、不包含價值判斷的「風俗」，置放在人文倫理層面進行價值判斷。

到了漢代「俗」更進一步成為士階層重要的價值判斷概念，在秦政與漢政的社會政治變遷中，「俗」用來指稱與「儒生」相對的「文法之吏」，賈誼稱「俗吏」專務任刑斂賦，不知道以禮制教化為根本，可謂是「不知大體」。「俗」這一價值詞彙，還被施用於儒生階層內部，那些只會死記硬背經典，而不能進行學術創新；只懂得照本宣講經典，而不能經世致用之儒生就是「俗儒」。到了東漢劉熙的《釋名》將「俗」與「欲」聯繫起來，更是將為物質欲望所驅使，爭名逐利，視為俗人的劣根性。由此可見，「俗」的涵義指向熱衷功名、追求物質欲望和智識寡少、觀念狹隘兩個方面。可見，在漢代「俗」作為評價人的品格的否定性概念，其意義已經相當穩定。

〔註84〕于迎春，「雅」「俗」觀念自先秦至漢末衍變及其文學意義〔J〕，文學評論，1996（3）：119～128。

〔註85〕〔清〕王先謙，荀子集解〔M〕，北京：中華書局，1988：138。

〔註86〕〔清〕王先謙，荀子集解〔M〕，北京：中華書局，1988：539。

第二章　文化雅俗觀的生成與演變

在中國文化史上，雅與俗，既是價值標準，又是審美觀念；既關乎道德，又關乎文藝，是文化批評和文學批評的重要概念。雅俗觀念不是與生俱來的，也不是一成不變的，而是與世變、文變相關聯，在漫長的歷史演進中生成了豐富複雜的內涵。

第一節　西周無雅俗觀

前面已經提到，「雅」「俗」在西周文獻中並不多見，這意味著雅俗觀念在西周並不像後世那樣凸顯。西周存在文化上的分野，俗的現象在西周也存在，只是俗的所指和能指並沒有實現統一，這首先是由西周制度決定的。

一、宗法制納上下於一體

對於殷周之際的社會變革進行論析並且具有很大影響的學問家首推王國維。他在著名的《殷周制度論》中說，周人制度之不同於商朝有三點：一是立子立嫡之制；二是廟數之制；三是同姓不婚之制。立子立嫡制和廟數之制都屬於宗法制的內容，第三點同姓不婚制則更多地強調與異姓通婚以加強同異族的聯繫〔註1〕。這三點的實施，在王國維看來實現了「綱紀天下」「納上下於道德」。那麼周代的三條制度是如何將天子諸侯卿大夫士庶民合而成一個「道德團體」呢？

西周初年的王室子弟和親戚被分封出去建立各諸侯國，大封建這一事件

〔註1〕王國維，王國維考古學文輯〔M〕，南京：鳳凰出版社，2008：52。

具有兩方面的作用：對於小邑周而言，這一化整為零的舉措使得周人內部實施了一次地位的調整，「當周公東征，成王踐奄，周族的勢力深入東土，分封了五十三個子弟出去做諸侯的時候，周族的氏族成員，最倒楣的也做了『祿足以代其耕』的下士，也就是全變成了車上的戰士」〔註2〕。離開故土到遠方去建邦立國、建功立業使得社會上層和下層成為利益和命運的共同體，並通過世襲制使得子子孫孫都能找到忠於此邦此國的情感之源，長期保持內部的高度凝聚性。另一方面，周人、殷商舊族和封地上的土著居民通過這次封建融合在一起。《史記·周本紀》記載了武王滅商後封武庚繼續統治殷地餘民，同時又封管叔、蔡叔以便控制殷地。但是由周王宗室、有功之臣和姬姓貴族所建立的諸侯國肇建之初就不得不面對土著居民不同的政治和文化習慣。魯國伯禽在封地實行同化政策，試圖以周禮來融合當地文化，但未取得顯著成效。齊國則不得不採取一套能夠為當地人所接受的政治制度，「從其俗」。為了避免土著人群的反抗，周人還通過以締結婚姻的形式與異族建立親戚關係，從而起到化敵為友的效果。《禮記·昏禮》：「昏禮者，將合二姓之好，上以事宗廟，而下以繼後世也。」〔註3〕這就是周人對婚姻社會意義的理解，締結婚姻是聯合兩個族姓，上以事宗廟，同時也使本族得以延續。媵妾制為貴族主要婚制，兩國聯姻，不僅有本國同姓女陪嫁，還可以由別國配送，所以媵有同姓和不同姓兩種，這樣講更多的異族通過婚姻的方式聯繫在一起。《召南·鵲巢》《鄭風·泉水》《衛風·碩人》《大雅·韓奕》4篇都涉及到周代婚姻中的媵妾制，包括娣（妹）隨姊嫁，娃（侄女）隨姑嫁，姊妹姑侄共事一夫的婚姻制度。「媵妾制的產生除了讓子嗣繁衍在數量上得到保證，使香火得以傳承和延續之外，另一個原因是當時政治聯姻的需要，是使各國政治關係得到重新整合的重要方式之一」〔註4〕，正因為如此，媵妾婚在西周貴族社會十分普及。

隨著時間的流逝，大多數周人之間原有的血緣紐帶日益變得鬆弛和脆弱，這個時候周人通過加強祖先崇拜、大興禮樂等方式使大家聯繫在一起。西周還發展出來一種家臣制度，「允許沒有血緣關係的非本族成員擔任身份絕非奴隸的家族官吏」〔註5〕，這種貴族與非貴族之間通過「假血緣關係」的建立維繫情感。

〔註2〕李亞農，李亞農史論集〔M〕，上海：上海人民出版社，1962：671。

〔註3〕〔清〕孫希旦，禮記集解〔M〕，北京：中華書局，1989：1416。

〔註4〕劉熹桁，周代婚姻禮俗與《詩經》解讀〔D〕，南昌大學碩士學位論文，2012：16～17。

〔註5〕朱鳳瀚，商周家族形態研究〔M〕，天津：天津古籍出版社，2004：315。

可以說，西周時期在嚴格的宗法分封制的框架中，造就了一個以血緣族群為單位，以血緣的親疏劃分等級的層疊式社會結構，這正是師服所謂的國家的建立應該本根大而枝葉小，天子封建諸侯國、諸侯建立卿大夫的家、卿設置側室、大夫設置貳宗，士有僕隸子弟，依次按等級順序遞降。所有人都上下一體、等級有序地居於這一社會結構之中。李山認為在西周社會精神存在著「節別之和」「族姓之和」和「家國之和」三大精神主題〔註6〕。可以說，西周以制度形式刻意營造出一種「上下一體」的和諧氣氛。在這種氣氛中，雅俗只可能作為現象存在，而不會超出歷史發展階段被人為地賦予更多意義。

二、「新聲」四起與音樂雅俗觀

學者們經常以風、雅、頌的分類、大小雅與鄭衛之音的對立、古樂與新樂的對立來論證周代存在著以音聲作為區別的政治雅俗觀。如王齊洲認為周代存在著以音聲為區別的政治雅俗觀，並通過制禮作樂來以雅化俗，然而王文用以論證的材料《尚書・畢命》被認為是後人偽造，《禮記・王制》也無法確定年代〔註7〕。在兩周時期，詩有一個漫長的結集過程，並且國風創作的勃興是在春秋前期〔註8〕，這說明音樂雅俗觀不可能是西周的產物，最早當為春秋。從春秋中期開始，周王室的文化權威不如從前，各諸侯國開始推進各自的宮廷音樂，「新聲」四起。新音樂與先王之樂實際上共享著同一套物質載體——金石〔註9〕，但是在音樂的表現形式和對音樂用途的認識上極為不同。先王之樂以典雅平和之音關涉禮樂教化，而新音樂則以煩手淫聲指向世俗享樂。

需要明確，作為嚴重社會問題的新音樂，「並不是在民間自然發生而自然變化的一般歌謠，而是春秋時代在各國諸侯摸索新秩序的過程中出現的文化現象」〔註10〕。在王室文化逐漸被諸侯文化所取代的過程中，音樂成為了一個重要的表徵。

新音樂的興起，首先是為了追求更高等級的認同。在西周禮樂制度下，個

〔註6〕李山，西周禮樂文明的精神建構〔M〕，石家莊：河北教育出版社，2014：116。
〔註7〕王齊洲，雅俗觀念的演進與文學形態的發展〔J〕，中國社會科學，2005（3）：151～164。
〔註8〕參看馬銀琴，兩周詩史，〔M〕北京：社會科學文獻出版社，2006。
〔註9〕項陽，對先秦「金石之樂」興衰的現代解讀〔J〕，中國音樂，2007（1）：18～22。
〔註10〕〔韓〕樸素晶，流動的音樂思維：先秦諸子音樂論新探〔M〕，北京：中國人民大學出版社，2016：5～6。

體的社會地位是由一系列不同的器物、服飾、音樂來表徵的，隨著春秋大變革造成了的禮制鬆動，每個階層都盡自己最大努力爭取更高的名位等級。例如《左傳‧成公二年》新築人仲叔於奚救了孫桓子，衛國人賞其城邑以表感謝。然而，仲叔於奚拒絕了，提出希望得到象徵諸侯等級的「曲縣」，能騎繁纓裝飾的馬匹求見。仲叔於奚重視器物與名分而非物質獎賞的行為反映了當時人對提高自己社會地位的強烈要求，為此招致了孔子的非議，「唯器與名，不可以假人」〔註11〕。

其次是滿足自身的享樂欲望，在宗法禮制逐漸鬆動的社會背景下，春秋時代不少人觀樂是為了滿足享樂欲望，尋求情感愉悅，甚至置周禮於不顧。最典型的就是魯莊公去齊國觀看祭祀社神的演出。為了滿足自己的享樂欲望，在社會物質財富不斷豐富的情況下，身居高位的貴族們還開始要求音樂形式更加豐富，以滿足精神審美需要。前文就提到周景王鑄大鐘一事，就可代表春秋時人心態。周景王為了滿足自己的一己之私鑄造新奇的低音大鐘，遭到單穆公和伶州鳩的強烈反對，認為此舉違反了雅樂「和」的審美標準，還會耗費國家人力、物力、財力。《左傳》《國語》中擷取了大量的「非禮用樂」的例子，具體可參閱李宏鋒的專著〔註12〕。

隨著春秋末期「新聲」的興起，貴族階層沉溺於豐富多彩的新樂之中，必然會對舊有的、僵化的雅樂造成衝擊，在這樣的背景下產生了音樂的古今之爭，並由此引發了關涉道德的音樂雅俗觀。

孔子不是最早對新音樂秉持批判意識的人。春秋時期各國政治家、樂師甚至於醫家都對新音樂的出現與發展保持警惕，秦國的醫和為晉平公視疾時最早將「先王之樂」與「煩手淫聲」對立使用。這些批評主要集中在兩點：一是從現實政治角度來說，君主沉溺於新音樂會給國家帶來負面影響，師曠以晉平公熱愛新樂作為晉國行將衰微的徵兆，原因就在於君王的文藝喜好和審美趣味會對下面百姓產生影響，君王不慕德音偏好新樂，百姓就會不安於其業而產生社會紛爭。一是從音樂與人心的關係角度看，沉溺於新音樂會損傷人的平和的性情，這一點在前面論述西周樂教以「和」為美時已經提到。

值得注意的是，孔子將古今樂之爭變成雅樂與鄭聲對立，並且作為一種

〔註11〕李夢生，左傳譯注〔M〕，上海：上海古籍出版社，2004：513。
〔註12〕李宏鋒，禮崩樂盛──以春秋戰國為中心的禮樂關係研究〔M〕，北京：文化藝術出版社，2009：92～123，358～364。

思想傳統在儒家音樂理論中得到延續，比如《荀子・樂論》和《樂記・魏文侯》在鄭國滅亡之後仍襲用鄭聲為不良音樂的代名詞（參看表1）。孔子何以單用「鄭聲」指「新聲」就成了一個值得稽考的問題。竊以為是鄭國經濟發達，新興音樂發展最為迅速之故。也有文章提出，鄭作為姬姓國，都應當遵守周之禮儀。鄭之不守禮，更見禮崩樂壞的程度，故而孔子獨斥「鄭聲」〔註13〕。春秋初年鄭國就因重視商業發展迅速強盛起來，積累了大量財富，在孔子之前的子產又在鄭國進行了經濟改革，鼓勵農業和手工業的發展，促進了鄭國的富裕。經濟發展之後人們會更多地關注精神娛樂和審美享受，晚明就是典型的例子。

表1 諸子音樂觀

相關篇目	古	今
《左傳・襄公九年》	金石之樂	
《左傳・襄公十一年》	金石之樂	
《左傳・昭公元年》	先王之樂	煩手淫聲
《國語・晉語八》		新聲
《論語・子罕》	樂	
《論語・衛靈公》	《韶》舞	鄭聲
《論語・陽貨》	雅樂	鄭聲
《墨子・三辯》	程繁提出「先王之樂」	
《墨子・非儒下》		聲樂
《墨子・公孟》	聲樂	聲樂
《性自命出》	古樂	益聲
《孟子・梁惠王下》	先王之樂、古之樂	世俗之樂、今之樂
《孟子・梁惠王下》		流連之樂
《荀子・儒效》	聲樂	
《荀子・樂論》	雅頌之聲、聲樂	鄭衛之音
《樂記・魏文侯》	古樂、德音	新樂、鄭衛之音、溺音
《韓非子・十過》		新聲

〔註13〕楊宗紅，「鄭聲淫」及其社會生成管窺〔J〕，重慶郵電大學學報，2011（6）：43～46。

《呂氏春秋・仲夏紀・古樂》	樂之所由來者 朱襄氏／葛天氏／陶唐氏，黃帝／帝嚳，帝堯─舜─禹─湯，周文王─武王─成王	
《呂氏春秋・仲夏紀・侈樂》		亂世之樂
《周禮・春官宗伯・大司樂》	六種樂舞	

通過表 1 可以看出，孔子「雅」「鄭」對舉，在雅俗觀形成過程中的重要意義，《衛靈公》篇顏淵問邦，孔子答道「行夏之時，乘殷之輅，服周之冕，樂則《韶》舞。放鄭聲，遠佞人。鄭聲淫，佞人殆」〔註14〕。在這裡，「孔子將『鄭聲』放在與乘殷輅，服周冕，舞韶樂等西周禮樂文明象徵符號的對立面」〔註15〕，明確了西周雅樂的正統地位。孔子「正樂」「刪詩」等一系列活動都是以「雅」的標準重新構築新的價值觀。孔子對音樂的認識包括兩部分：音樂對政治教化具有重要的作用，「禮樂不興，則刑罰不中；刑罰不中，則民無所措手足」〔註16〕，樂與禮合而為一，作為道德與文化的代名詞，成為社會發展的真正力量。若是一個社會沒有任何道德和文化，只有刑罰手段，是不可能解決種種社會問題，維持社會秩序的。同時，音樂又對個人道德修養具有至關重要的位置，「興於《詩》，立於禮，成於樂」〔註17〕，通過學習《詩》完成人格的啟蒙，再通過禮的學習確立自己在社會中的角色與地位，而通過樂來完成人格培養中的文化藝術部分。這兩者又是相互關聯的，音樂社會功能的發揮實際上是依靠音樂對個人的影響。

子夏在延續孔子觀點的基礎上有了進一步闡發。子夏首先對古今樂的區分秉持相當強硬的態度，不肯將新興音樂與傳統音樂放在同一個層次的。子夏主張只有與道德結合的音樂才可以稱為「樂」，而魏文侯喜歡的種種新興音樂只能被稱為「音」或者「溺音」。孔子僅用「淫」字來批評「鄭聲」，意指鄭國音樂表現手法繁雜，聲音繁複流美，打破了以往雅樂的平和舒緩，使人沉醉其中。而子夏則將種種新音樂都歸為擾亂人心的不道德之聲：鄭音輕佻，使人淫蕩；宋音纖柔，使人沉溺；衛音短促，使人煩躁；齊音邪僻，使人驕縱，這些音樂都使得人情緒受音樂鼓蕩，不能中正和平，易「淫於色而害於德」。《禮記・

〔註14〕〔清〕程樹德，論語集釋〔M〕，北京：中華書局，2013：1236～1247。
〔註15〕夏靜，禮樂傳統中的先秦兩漢文論〔D〕，四川大學碩士學位論文，2003：39。
〔註16〕〔清〕程樹德，論語集釋〔M〕，北京：中華書局，2013：1027。
〔註17〕〔清〕程樹德，論語集釋〔M〕，北京：中華書局，2013：610～611。

樂記》中載子夏語魏文侯，「鄭音好濫淫志，宋音燕女溺志，衛音趨數煩志，齊音敖辟喬志。此四者皆淫於色而害於德，是以祭祀弗用也。」由此可見鄭衛之音當為泛指，而不是專指鄭、衛兩地之音樂。對此，陳致認為以「鄭衛之聲」為代表的「新聲」實際上是河洛殷商音樂文化的再發現。商周音樂因周代「雅」樂的出現而被打破的發展路徑，最終以新聲的出現才回復和超過原有水平〔註18〕。孫向召則根據出土的春秋新鄭鍾的測音結果，提出鄭聲不再停留於西周的四聲音階，而是完善了商音樂的五聲音階，並向前發展，形成了完整的七聲音階。隨後出土的春秋中晚期的晉國編鍾（侯馬十三號墓編鍾）、春秋晚期信陽楚墓的編鍾也證實了這一點〔註19〕。當然魏文侯之所以就此事展開詢問，乃是從他的思想源頭認為不應遠古樂而親鄭聲，對於自己在平常生活熱衷於享用新興音樂還是心有不安。

儒家並不是當時思考古今樂之爭的唯一思想流派，音樂的社會作用是先秦諸子共同的思想議題。例如《管子》認為過度的享受樂事會浪費國家財力，敗壞國家政治，書中屢屢舉一些喜歡荒誕淫樂的君主，如桀、紂、齊襄公等，引以為戒。提出樂的「節用」原則，認為對樂要適度，不至於太過奢侈，告誡桓公遠離淫聲、節制享樂、勤於政務，才能確保國家安定富強。韓非子也對當時音樂的流行及其不良影響秉持著與先秦其他學者類似的批判態度，《韓非子·十過篇》中第四過即為「不務聽治而好五音」〔註20〕，引述了晉平公沉湎於音樂不問國事，導致國家日貧的故事。

最極端的音樂反對者莫過於墨子，其《非樂》從四個方面列舉了音樂有害於國家和百姓：製造樂器必定向百姓徵收賦稅，佔用百姓在衣服食物方面的財用；在提出製作樂器不對的基礎上，進一步指出演奏音樂也不對，會佔用百姓從事生產勞動的時間；欣賞音樂也是不正確的，君王如果和君子一塊聽音樂，會妨礙君子治理公務；如果和百姓一起聽，就會耽誤他們勞作；更何況，演奏音樂的人必須選擇年輕力壯者，還必須給他們食肉衣錦，這些人不僅不從事生產勞動，無法創造物質財富，還得依靠別人供養，這就更增加了「樂」的弊端。在與程繁的三辯中，墨子反覆闡明音樂與治國無用，聖王

〔註18〕陳致，說「夏」與「雅」：宗周禮樂形成與變遷的民族音樂學考察〔J〕，中研院中國文哲研究集刊，2001（19）：1～49。
〔註19〕孫向召，「鄭聲」新論〔J〕，牡丹江教育學院學報，2006（6）：3～4。
〔註20〕〔清〕王先慎，韓非子〔M〕，上海：上海古籍出版社，2015：71。

治理天下一定要把音樂控制在最小的範圍。墨子全面否定了一切音樂形式，包括古樂、當時盛行的新音樂，以及老百姓的簡樸民歌。但是恰恰也是墨子將音樂視為一種娛樂工具，「大人鏞然奏而獨聽之，將何樂得焉哉」〔註21〕，顯然認為奏樂就是為了取樂。

儘管墨子的觀點太過偏激，不加辨別地否定所有的音樂，但是墨家學派在當時極具影響力，這樣應對音樂有害論就成為了孔門後學不得不面對的一個思想挑戰。雖然孟子與荀子對音樂的看法有所不同，但二子均強調音樂對政治和個人道德的作用。

孟子關於音樂的看法最為熟知的莫過於「今之樂，猶古之樂」，可恰恰就是這一句給解讀帶來了很大困難。宋代學者范浚認為孟子此言只是為教導齊王救民愛民的權宜之計，並沒有真正認同新樂〔註22〕。對於這一句，有兩種可能的讀法，一是將「由」訓作「起源於」；一是將「由」讀為「猶」，意為「如同」。按前者理解的話就是新樂看似與古樂不一樣，但實際上新樂是起源於古樂的；採用後者理解的話是新樂與古樂在本質上是相同的。孟子認為，如果君主能夠真正體會音樂的深意，是成為好君主的一個徵兆。一個深深愛好音樂、深入理解音樂的人，是不願意單獨一個人享用音樂的，總是希望與他人分享自己的喜悅，如果能夠把這種分享擴展到全體百姓，就會成為與民同甘共苦的好君主。孟子著力解決的是統治階級獨佔音樂享受的問題，這裡恰好使用了和墨子同樣的假說，墨子列舉音樂弊端之一就是，王公總是想要把音樂和君子、百姓一同分享，導致他們不能專心於本職工作。孟子使用與墨子完全相同的假說卻得到截然相反的結論。音樂的價值不取決於音樂的種類是古是新，而取決於享受音樂的人是否能夠由音樂感受培養出道德感情。但孟子還是認為音樂是分好壞的，壞的音樂讓人流連荒廢，但好的音樂能讓君臣上下達到和諧。孟子所倡導的，並非只是古樂本身，而是古樂所蘊含的「與民同樂」的精神〔註23〕。

〔註21〕〔清〕畢沅，墨子〔M〕，上海：上海古籍出版社，2014：138。

〔註22〕「范氏曰：戰國之時，民窮財盡，人君獨以南面之樂自奉其身。孟子切於救民，故因齊王之好樂，開導其善心，深勸其與民同樂，而謂今樂猶古樂，其實今樂古樂，何可同也？但與民同樂之意，則無古今之異耳。若必欲以禮樂治天下，當如孔子之言，必用《韶》舞，必放鄭聲。蓋孔子之言，為邦之正道，孟子之言，救時之急務，所以不同。」〔宋〕朱熹，四書章句集注〔M〕，北京：中華書局，1983：214。

〔註23〕〔韓〕樸素晶，流動的音樂思維：先秦諸子音樂論新探〔M〕，北京：中國人民大學出版社，2016：10～11，15～16，51～52。

　　荀子著重對墨子的音樂於政治無用論進行了駁斥。《樂論》開篇即提出樂起於人的情感的自然流露，故而音樂的發生不可避免，強調音樂的必然性。由內心情感而發的音樂具有多種表現形式，這就需要加以引導規範，於是先王制訂了《雅》《頌》之樂，樂而不傷，哀而不淫，既宣洩了人情又激發了人的善心。進一步指出音樂最重要的作用就是「和」，這就是對西周禮樂制度中「樂」和睦人倫重要作用的強調。而「樂」之所以能發揮如此大作用，就在於「入人也深」「化人也速」，故而以音樂來引導人心，規訓行為，能實現移風易俗，構建穩定和諧的社會秩序。荀子將聲分為正、奸兩種，並將此與世之治亂相聯繫，「凡奸聲感人而逆氣應之，逆氣成象而亂生焉；正聲感人而順氣應之，順氣成象而治生焉。」〔註24〕淫邪音樂對應歪風邪氣，而雅樂正聲對應和順風氣，前者導致局面混亂，後者保證秩序井然。所以古聖先王特別設立太師一職，命其按照禮樂教化的要求來審查詩歌樂章，決不允許蠻夷的落後風俗和淫蕩邪惡的音樂擾亂正聲雅樂。而如今的禮樂亂象，就在於「明王已沒」而後世「莫之正」，問題不出在音樂本身，而出在掌握音樂的人身上，這也就是後來《禮記‧樂記》所提出的「唯君子為能知樂」〔註25〕。

　　以上諸家或將音樂視為道德修養之途徑，或視為社會情緒或行為的引導，或看作擾亂社會敗壞國家的因素，總而言之，都將音樂視為實現其他目標的一種手段。老莊則側重於對音樂本身的欣賞。老莊所追求的「大音」「天樂」「至樂」，實際上是一種生命自由的藝術，講求個體在一個超越現實、無拘無束的藝術天地裏自由展現情感、精神和生命。老莊實際上並不否定音樂，而是否定禮樂教化對人的束縛，通過對一種理想化的自由音樂藝術的追求，實現個人生命價值及精神思想的真正自由。道家的音樂體認實際上與被諸子忽視了的孔子聞《韶》的精神體驗是一致的，正是這樣一種藝術體認對以後文化藝術的發展起了重要作用。

　　在春秋禮樂崩壞，新興音樂風靡的狀況下，先秦士人都對音樂的社會教化作用與個人修養意義進行了闡發，正是在這樣的契機下，以孔子為首的儒家以雅樂與鄭聲的對舉來指稱古樂與今樂的對立，成為了後世稽考音樂雅俗觀的重要思想來源。這更證明，所謂的西周音樂雅俗觀並不存在，現存的材料完全是諸子間相互辯論的記錄。圍繞著古樂與新樂、雅樂與俗樂的爭論在後世也從

〔註24〕〔清〕王先謙，荀子集解〔M〕，北京：中華書局，1988：381。
〔註25〕〔清〕孫希旦，禮記集解〔M〕，北京：中華書局，1989：982。

未消失過，特別是在儒家思想成為社會的主導思想後，每朝每代都對音樂的教化作用極為重視。

第二節　春秋戰國文化雅俗觀的生成

一、春秋戰國的文化變革

　　美國漢學家費正清認為，東周「是一個充滿活力、能量和創造力的時期。中央集權的崩潰及諸侯競爭的多元性很可能為之提供了動力。」〔註26〕確實周王室東遷後，版圖縮小，國力衰弱，失去了對諸侯的控制，在實際政治中周「王室之尊，與諸侯無異」〔註27〕。周王室漸漸不再具有實際政治功能只有道義餘威，歷史也由此進入春秋霸政時代。原本是王室附屬的貴族開始走到政治舞臺的中心，形成春秋霸政聯盟並維持多國共存局面兩百餘年。這種貴族政治是由多方諸侯參與協商的聯合政治，霸主享有部分決定權，但不能支配一切。這種缺乏自上而下支配權的政治能夠維持穩定兩百餘年，必須依賴參與政治的各級貴族形成相對統一的思想觀念，春秋霸政使得許多在西周宗法制下未被注意的概念凸顯，其中最重要者為「諸夏」「禮義」「詩書」，從而思想文化開始燦爛發展。對此顏世安教授提出，「諸夏」「禮義」「詩書」「這三個概念全非西周時代的舊概念。西周時，諸夏族群尚在聚合過程之中，那時的中原城邦國家也有共同體，但那是王政之下的宗法共同體，或是血緣氏族之間的親屬共同體，絕無跨氏族的文化共同體。禮是在西周以後漸成系統，詩書也是在西周中期以後逐漸彙編，錄在王官，它們都是西周時代貴族文化的內在組成部分，可是，它們都是未被注意的。『未被注意』這一事實非常重要，它意味著『諸夏』、『禮義』、『詩書』在西周時都還沒有從貴族社會的宗法體制和宗法觀念下獨立出來，尚未成為西周人討論宗教問題和政治問題時需要借助的概念。西周時流行的思想以天命、賜福、敬神（祭祀）為核心。與西周的思想系統相比，霸政時流行的『諸夏』、『禮義』、『詩書』均是新的概念，這些概念根源於西周時代，卻成熟於西周王政解體以後的社會變革之中，這些新概念的興起，才提供了霸政的內在組織資源。」〔註28〕雅俗觀正是產生於春秋這一人類思想創造的集中期。

〔註26〕〔美〕費正清，中國：傳統與變遷〔M〕，北京：世界知識出版社，2002：39。
〔註27〕毛詩正義·詩譜·王城譜〔M〕，上海：上海古籍出版社，1997：330。
〔註28〕顏世安，「諸夏」聚合与春秋思想史〔J〕，南京大學學報，2003（5）：10～19。

　　夷夏觀念在春秋時期開始發生轉變。早期的夷夏觀念主要體現的是地理位置和政治控制程度的差異，而真正以文明開化程度為主的夷夏觀是在春秋時期才開始出現〔註29〕。「諸夏」頻繁出現在《左傳》與《國語》之中，在範圍上囊括了名義上尊奉周天子的中原諸多諸侯國，這意味著在夷狄入侵的壓力下，一種新的文化共同體開始形成。平王東遷之後，原本為王室壟斷的文化開始向下層流動，原有的穩定秩序被打亂，西周時人由宗廟身份而產生的驕傲感也在此時受到沉重打擊。「諸夏」聚合所代表的文化共同體意識，意味著春秋貴族不再「以宗廟身份而驕傲，而是以中原各族共享的文化傳統而驕傲」。這種精神立足點的轉變，使得相當一批貴族人物「在處理政事和個人事務時轉向依賴文化理念（禮義詩書）而非宗廟理念」〔註30〕。《左傳・僖公十五年》記載，在韓原之戰中秦穆公俘虜了晉惠公，晉大夫陰飴甥勸說秦穆公要以德服人，使得秦穆公最終以禮相待晉惠公，並將其放回晉國。魯宣公十一年，楚王因陳國夏氏作亂，興兵攻打陳國，於栗門車裂夏徵舒，但是平定陳國內亂後，楚莊王並沒有撤離，反而乘機將其兼併為楚國的縣。對此，楚大夫申叔時表示不滿，指出興義兵伐他國之亂本是道義之舉，但是乘機侵佔他國實為不義。可見「禮」「德」「義」這些文化觀念和道德理念成為了處理事務的依據。

　　「禮義詩書」雖在西周已出現，但是「禮義詩書」卻從來不是西周人談論重大宗教政治問題的理念和依據。按照徐復觀的研究，《詩》中共出現 9 次「禮」字，除了《周頌》中的兩次「以洽百禮」與祭祀有關外，其餘都與祭祀無直接聯繫，這表明在《詩》的結集過程中禮已經發生意義上的轉變，不再僅依附於儀式，而凸顯出更多的道德內涵和人文精神。從思想史上看，「《詩》亡然後《春秋》作」，春秋正是緊承《詩》時代而繼起的「以禮為中心的人文世紀」〔註31〕。劉衍軍對《左傳》含「禮」句式進行過統計分析，其中「禮也」出現 94 次，「非禮」出現 53 次，「有禮」出現 29 次，「無禮」出現 36 次，「不禮」出現 17 次，「失禮」出現 5 次〔註32〕。「禮」如此頻繁地出現已充分體現了其在春秋時代社會生活中的重要地位。禮被普及、被佔有，甚至被僭越，都出於當時諸侯士大夫對文化領導權的渴求。禮以一種特殊的形態出現在春秋

〔註29〕陳致，夷夏新辨〔J〕，中國史研究，2004（1）：3～22。
〔註30〕顏世安，「諸夏」聚合與春秋思想史〔J〕，南京大學學報，2003（5）：10～19。
〔註31〕徐復觀，中國人性論史・先秦篇〔M〕，上海：三聯書店，2001：40。
〔註32〕劉衍軍，詩可以群——中國古代禮樂文化語境中的審美交往詩學闡釋〔D〕，
　　　　江西師範大學博士學位論文，2011：37。

舞臺上，一方面，崛起的各路諸侯需要構建起自己的禮樂文化，來參與國與國之間的較量，實現「禮樂征伐自諸侯出」，禮因此成為朝聘會盟時展現本國實力的一種手段；另一方面，小國、弱國為了向強國示好獻媚對其採取種種僭越禮的行為。李峰結合對周代隨葬青銅器的考察和羅泰在《劍橋中國古代史》中對西周至春秋時期文化發展的觀察，認為直至春秋時代才形成對同一禮制的遵循，儘管各國在「政治上並不統一，但共同享有的文化價值卻將周人世界的貴族們聯繫得比從前更加緊密」〔註33〕。

隨著各諸侯國獨立性的日益增強，本來依靠禮制約束和維持的諸侯關係遭到了挑戰，出現了一些非禮的新情況、新問題。對於春秋時期新的諸侯關係而言，禮的調節作用無法完全實施，這時，「義」作為禮的補充形式開始成為新的社會準則。在《左傳》和《國語》兩書中，「義」字一共出現了203次（其中《左傳》中「義」字共出現112次，《國語》中「義」字共出現91次），並且絕大多數情況下由各諸侯國卿大夫言及，「涉及社會關係的諸多領域」，這表示「義」成為一種「共識性的價值尺度」〔註34〕。

春秋時代的這一次禮樂大盛帶來了《詩》《書》的興盛，《詩》是禮的載體，禮為《詩》之內核，《詩》與禮相輔相成。春秋真正進入了《詩》《書》的時代，大量引《詩》《書》不僅僅意味著春秋時人尊奉古典文化意識高揚，而且《詩》《書》在當下的言語行為中的出現，既是對歷史和文化傳統的共鳴與延續，也是指向當下乃至未來的發展。細讀《國語》《左傳》中有很多諫言採用了古今對比的論證方式，諫臣為闡述自己的觀點，往往先是引述或列舉先王的言行事蹟或至理名言，從中汲取經驗教訓，作為自己論證的基石。如《周語上》祭公謀父勸阻穆王勿征犬戎，為說明「先王耀德不觀兵」的道理，先引用《頌》中詩句說明周公以美德遍及全國從而使國家安定，接著又列舉先王不窋、武王作為修德勤民的典型，而以商王帝辛作為棄德務武的典型，進一步闡明修德的重要性，然後指出周穆王征討犬戎正是「廢先王之訓而王幾頓乎！」〔註35〕

春秋時期的文化變革表明，隨著社會政治格局的變化，西周文化不再以原有的方式存在，而是「作為一種資源一方面為人們所繼承，另一方面也為人們

〔註33〕〔美〕李峰，西周的滅亡——中國早期國家的地理和政治危機〔M〕，上海：上海古籍出版社，2007：333。

〔註34〕桓占偉，義以出禮，義以生利，允義明德——論「義」在春秋社會觀念中的核心地位〔J〕，文史哲，2015（1）：106～117。

〔註35〕〔三國吳〕韋昭，國語〔M〕，上海：上海古籍出版社，2008：2。

所改造」〔註36〕。而在這一次文化改造中，新的文化主體——士人階層實現了價值轉換，他們強調內在修養和人格境界，使社會流動的準則從依賴先天稟賦（出身）轉向注重後天成就（個人能力），從而催生文化雅俗觀的興起。

　　巫、史、士三個階層，總體涵蓋了中國古代知識階層不同歷史時期的發展形態。巫是中國知識階層的最初表現形態，他們溝通天地、人神，傳達神的意志，是人類社會萬物有靈階段的主宰者，肩負著人類蒙昧時代的知識傳承使命。隨著人類認識的不斷深化和發展，巫覡階層漸漸沒落，史官階層代之興起。史官文化精神的覺醒是「古代文化由宗教走向人文的一道橋樑、一條通路」〔註37〕，從此人的思想從神的禁錮中解脫出來，從幻想的天國轉移到了現實的人間，注意到人本身的價值。西周時期，史官記事往往只是忠於文字記錄，不具備道德目的。然而，「春秋開始，勸善懲惡的道德色彩進入史官文化之中。」〔註38〕《國語》記載楚國賢大夫申叔時談教育太子的方法，《春秋》《世》《詩》《禮》《令》《語》《故志》《訓典》都視為培養人的道德修養。這種對史書的道德解釋，標誌著史官文化由單純的記事到具有道德內容的一次重大變革。過常寶對《左傳》中包括杜撰情節、修飾人物語言、描寫細節和場面、對不同來源的材料進行組合在內的「虛飾」現象進行分析，認為史官這種主觀性選擇並非出於文學的目的，而是為了追尋事件中的道德意義，通過「虛飾」將「巫史文化中的神秘審判，轉變為現實社會的道義審判」〔註39〕。

　　士的崛起，則進一步強化了道德的價值。士的來源有兩種：一是上層貴族的下降，一是下層庶民的上升〔註40〕。隨著春秋晚期以來的社會變動，原先的貴族下降成為了士，而下層平民通過私學接受教育上升成為士，士階層的人數不斷增加。「士」不再是「有職之人」或「有爵之稱」，而是淪為「四民」之首，既沒有可靠的政治地位，又沒有穩定的經濟來源；既不屬於貴族，又不等同於庶民。可偏偏這個階層具有較高的文化素養、強烈的社會責任感與崇高的歷史使命感，積極投身於社會實踐中，急欲借改造社會來改變自己的

〔註36〕李春青，詩與意識形態：西周至兩漢詩歌功能的演變與中國詩學觀念的生成〔M〕，北京：北京大學出版社，2005：139。

〔註37〕徐復觀，兩漢思想史（第三卷）〔M〕，上海：華東師範大學出版社，2001：140。

〔註38〕張新科，文化視野中的漢代文學〔M〕，北京：中國社會科學出版社，2006：15。

〔註39〕過常寶，《左傳》虛飾與史官敘事的理性自覺〔J〕，北京師範大學學報，2006（4）：69～76。

〔註40〕余英時，士與中國文化〔M〕，上海：上海人民出版社，1987：12。

現實境遇。由於不擁有政治權力只擁有文化權力，處於崛起期的士階層只能通過建構一套與自身階層相適應的價值觀念與話語系統，來實現其干預社會的目的。

士人話語建構的核心就是確立了人格境界這樣一種獨特的精神價值，諸子都秉持著將修身與治國視為一體的理論主張，身修則國可治，國治須修身，通過改造人的心靈來建構國家秩序的穩定，「士人不遺餘力地建構指涉人格境界的話語系統其實是實現社會理想的一種手段而已」〔註41〕。也正是這種不斷提升自身人格修養的精神，開始造就士階層不同於其他階層的精神面貌，即以「道」自任。士階層以「道」作為自身的價值本源，以此來與君權之「勢」相抗衡，並為全社會制定行為規範。以「道」自任使士階層形成一個具有內部凝聚力的整體，士人之不同於他人處就在於「道」。以「道」作為價值觀的核心，成為了衡量社會或一個人價值的標準。為了「道」，士階層矢志於學，篤守於道；為了「道」，士階層可以放棄物質享受，簞食瓢飲、風餐露宿，不改其道；為了「道」，他們甚至可以放棄生命，捨身殉道。正是在這樣的話語體系建構過程中，諸子建立起以人格修養為核心的文化雅俗觀。

二、先秦諸子的文化雅俗觀

在王綱解紐、政教分離的春秋戰國時代，以人格修養為核心的文化雅俗觀隨著士階層的崛起而產生。自西周末年起，社會階層發生了劇變，上層貴族的下降，下層庶民的上升，使得士階層的人數大幅增加。此時的士階層，既無法像西周貴族那樣依靠制度取得穩定的地位，又不願混同於庶人，只能通過對高尚個人修養的強調來確立自身地位。春秋晚期，儒家開始倡導一種文雅有禮的君子人格；到了戰國時代，對高雅文化的堅守更成為士人對抗世俗權力文化和感官享樂風氣的精神武器，此即為上文提到的被強化出來的音樂雅俗觀。此時，原本僅為「風俗」意的「俗」逐漸帶上了輕侮意。最能體現先秦諸子雅俗觀的就是各家以人格修養建構起來的文化雅俗觀。值得注意的是，先秦諸子的人格類型都是以對比形態出現的，如儒家的君子與小人之別；道家的上士與下士，真人與眾人之分；墨家古之聖人、聖王與今之王公大人的不同；法家的上君與下君之分等等，而且諸家都傾注極大心血與筆墨塑造理想人格。

〔註41〕李春青，詩與意識形態：西周至兩漢詩歌功能的演變與中國詩學觀念的生成〔M〕，北京：北京大學出版社，2005：151。

（一）儒家

儒家對於理想人格的設定主要分為「聖人」和「君子」兩個大類。其中，「聖人」是人格理想的最高境界，在現實社會中實現起來異常困難；「君子」是低一級的人格境界，相對易於實現。君子的內涵經歷了從在位者向有德者的轉變，而孔子在這一轉變中發揮了決定性的作用。從《論語》中看，孔子所說的君子雖有時沿襲舊說，專指社會地位的情況，但更多時候是指個人道德品性。因此，有學者認為孔子從道德層面區分了「君子」與「小人」，這反映了「中國文化從外在性的制度層面向觀念性的精神層面躍遷的過程」〔註42〕。君子的道德修養境界介於「聖人」與「士」之間，故孔子將君子視為有德者的基本典範，在日常的教學中敦促指導學生踐仁修德成為君子。

要成為君子，就必須「志於道，據於德，依於仁，游於藝」〔註43〕。以道為志向意味著重視精神追求勝過物質追求，君子在竭力追求大道的過程中，不會擔心生活貧苦，只求能滿足基本生存條件，就好像顏淵簞食瓢飲仍然樂在其中。君子立志存高遠，還必須從點滴的修德做起，孔子的「德」除了承襲商周的神秘色彩外，更具有「濃重的倫理道德意義」〔註44〕，成為對個人品格的一種要求。如果說志道修德更多地是側重於君子的個人層面的話，那麼「依於仁」則強調君子與他人、與萬物、與天地之間的聯繫，「克己復禮為仁」〔註45〕「居處恭，執事敬，與人忠」〔註46〕，一個嚴於律己、克制私欲、尊崇禮制之人才能夠以恭敬忠孝的態度處於人際交往之中。「游於藝」，則是指君子應徜徉於詩、書、禮、樂、易、春秋等典籍之中，以培養律己向善，志道求仁之心。道、德、仁、藝成為了君子道德人格的進階之路。

在此基礎上成長起來的君子與小人有著很大的不同，君子具有寬廣的胸懷，不計較個人利害得失，而小人則心胸狹窄，一點小事就會使其局促不安，憂戚悲觀。造成這種差異的直接原因就是二者的道德修養不同。在個人修養層面，君子注重修身，言行得當，舉止高雅，遵守禮儀，小人則乖張無常、言行失當，缺乏必要的涵養。在人際交往層面，君子重義輕利，以天下蒼生

〔註42〕韓德民，荀子與儒家的社會理想〔M〕，濟南：齊魯書社，2001：354。

〔註43〕〔清〕程樹德，論語集釋〔M〕，北京：中華書局，2013：512。

〔註44〕陳晨捷，孔子德論再探討——兼與孫熙國先生商榷〔J〕，東嶽論叢，2009（2）：132～136。

〔註45〕〔清〕程樹德，論語集釋〔M〕，北京：中華書局，2013：942。

〔註46〕〔清〕程樹德，論語集釋〔M〕，北京：中華書局，2013：1065。

為己任，能與眾人和諧相處，而小人一味追求個人利益，為了取得更大利益而結黨營私。

孟子和荀子都繼承了孔子對以道德修養進行人格區分，並各有側重地發展了理想人格學說。

孟子的理想人格更偏重於內在的德性。《離婁下》較為集中地談論了何為君子，孟子認為君子與普通人不同的地方就在於「存心」，仁、禮都是存放於心中的。區別於孔子，孟子視禮這種社會行為規範不是外在於人性的，而是君子本心自有之物。擁有仁、義、禮、智、信這些本性的君子，自然就能尊敬別人、愛護他人，與他者建立起互敬互愛的關係，反之別人也會愛君子、敬君子。同時孟子又強調個人修養中的反躬自省，君子如果遇到他人蠻橫無理的對待，要自我反省，是否自身存在問題。經過反省之後，如果不是自己的問題，那就是遇到了與禽獸無別的狂妄之徒，君子又何須掛懷。孔子論君子修養強調外推與內省的結合，而孟子的君子修養強調通過內省來挺立道德。養「浩然之氣」是孟子培養理想人格的原則與途徑，「浩然之氣」的特徵就是「至大至剛」，是充塞天地之間的一種極其浩渺高遠的精神境界。「浩然之氣」的培養要順乎自然，「以直養而無害」，這是由於人的本性之中本有惻隱、羞惡、辭讓、是非這「四端」，以「直養」的方式擴充「四端」，浩然之氣就可油然而生，「故意和人為外在地干預其生長的自然進程」〔註47〕都是有害的；必須以「道義」作為基礎，「配義與道」，先天人性之善經過後天與道與義的調節和配合，靜心認真培育，持之以恆調養，才能成就充塞天地、至大至剛之氣，這裡就突出了實踐對於養氣的重要意義。

相比於孟子注重內心的涵養而言，荀子更為注重外在的學習。荀子強調「學為聖人」，「以成就最高的德性修養，實現最高的人格理想為旨歸」〔註48〕。《勸學篇》反覆強調學習對於君子人格的完滿和精神的提升具有重要意義，在《儒效篇》荀子還提出學習促進人格成長，遵行學習的內容之人可以被稱為士、勤奮學習的人可以成為君子，再上一層的聖人則精通所學內容，可見德行的發展提升必須依靠不間斷、無止境的學習。在君子的學習中，荀子尤為注重禮的學習，在《修身篇》反覆強調禮的重要性，當人人都以「禮」規範自己的

〔註47〕李景林，「浩然之氣」的創生性與先天性——從馮友蘭先生《孟子浩然之氣章解》談起〔J〕，社會科學戰線，2007（5）：12～16。

〔註48〕王楷，天然與修為——荀子道德哲學的精神〔M〕，北京：北京大學出版社，2011：148。

行為時，社會將更趨和諧有序。

　　荀子也常常將君子小人對舉。在荀子看來，君子和小人自然本性是一樣的，都具有好利惡害的心理，而兩者在道德上的差異就在於後天修養的高低。這就是《榮辱篇》提出的「君子道其常而小人道其怪」〔註49〕，君子行由常道，而小人踏上了邪僻之途，自然會離道越來越遠。君子小人的差別無關乎先天的知能才性，而是由於後天的學習不同，以至於形成人格的高下。「君子之學也，以美其身；小人之學也，以為禽犢」〔註50〕，君子學習的目的是為了自己的德行修養和道德提升，而小人學習則是為了取悅他人。

　　先秦儒家三子均是按人格的道德修養高低來劃分人群，以聖人、仁人為道德修養之極致者，是學習傚仿的榜樣，君子次於聖人，為成德者，士又低於君子，為入德者。而缺乏道德修養的小人是否定貶斥的對象。孔子推動君子小人之別由位向德轉變，孟子、荀子進一步發展，孟子視小人為缺乏人生自覺，追逐名利而毫無道德感之徒，到了荀子處，小人愈趨低劣，小人者，「心如豺狼、行如禽獸」〔註51〕。在體道途徑上，孔子是仁禮並重、內外兼修，而孟子更注重內在心性的自覺涵養，荀子則強調外在學習對於修德的重要性。

（二）道家

　　老子的理想人格——聖人，是道的化身，是人類社會的最高楷模。聖人人格獨立，「不自見」「不自是」「不自伐」「不自矜」〔註52〕，能堅持自己的理想，不盲從世俗的價值觀，只著力於自己心靈的修養，聖人雖居於人格形態之頂端，卻是一副愚昧蠢笨的樣子，不重外在修飾，只求內在敦樸自得。聖人達到的生命境界就如同嬰兒般，無憂無慮，無知無欲，單純自然卻又渾厚深不可測。

　　《老子》四十一章按照聞道與行道的程度將人分為三個層次：上士，聞道即行，是最上等的人格，超拔流俗、異於常情，以道為旨歸，注重內心修養，不斷向上提升自己。下士是最下等的人格，相當於與「我」相對的眾人、俗人。而中士是皆與上士、下士之間的人格形態，既對道有所向往，又在與現實的羈絆之下難以得道。

〔註49〕〔清〕王先謙，荀子集解〔M〕，北京：中華書局，1988：63。
〔註50〕〔清〕王先謙，荀子集解〔M〕，北京：中華書局，1988：13。
〔註51〕〔清〕王先謙，荀子集解〔M〕，北京：中華書局，1988：21。
〔註52〕高亨，老子正詁〔M〕，北京：清華大學出版社，2011：40。

　　莊子筆下的理想人格有著不同的名目，真人、至人、神人、聖人等，他們共同的特點是在價值觀上超拔流俗，擁有自由自在的心靈世界和超脫的生死觀。他們不從眾、不流俗，世人皆追名逐利，而理想人則以道為依歸，視富貴名利為人生的桎梏。在《秋水》篇中，莊子視相位有如腐鼠，面對楚使的重聘，情願「曳尾於塗中」。在《列禦寇》中，他又痛斥曹商喪失尊嚴以換取財富。莊子的理想人格擺脫了功名利祿權勢的束縛，心靈世界自由無持，忘乎禍福得失，這樣人就不會陷入為外物所役的不自由狀態。通過觀念上「無己」和行為上「無為」達到精神上絕對自由的「無待」境界，這就是逍遙。理想人格還勘破生死，視生死為氣之聚散，軀體雖已死亡，但精神仍將永存。去生死之執念，故而視生死為一體，達到「一死生」的生命境界。當然，對於莊子而言，理想人格的養成也需要經過一番心靈的涵養工夫才能實現。在《大宗師》裏莊子談到具體的修養過程，經由文字、語言等方面的學習而體道，一旦有了自己的心得，立刻付諸實踐，在周而復始的體道與得道中進入遊心自然、無得無喪的境界。莊子的理想人在拓展了自己的內在心靈達到生命自由境界後，往往以順世、隨俗的態度遊於人間，身軀依存於世俗之中，精神卻獨與天地往來。

　　莊子筆下塑造了一系列形象不佳卻品德完美之人，如魯國的獨腳人王駘學識淵博，生徒眾多；叔山無趾腳趾殘缺，道德卻高於聖人孔丘；衛國隱士哀駘它，相貌奇醜，卻能與人相處和睦，國君甚至想將國政委託給他。莊子之所以塑造一系列的肢體殘缺之人，極可能是為了批判當時通行的「相人術」。先秦時代，官方民間普遍盛行一種「相人法」，是依據人的形體容貌、精神氣色來推斷人的性格、智力、健康以及命運吉凶禍福。這種缺乏理性依據的相人術，容易造成以貌取人的弊病，而且其可信度和有效性都值得懷疑。例如，平原君就看走眼，沒有相準為趙國立下大功的毛遂。荀子在《非相篇》就以大量的實例證明了相面術的虛妄，並稱「相人，古之人無有也，學者不道也」〔註53〕。他強調學者應以後天的言行、修為作為評定標準，人格的高下由心術的正邪決定，不由形象的美醜；吉凶禍福都由德行決定，無關身高〔註54〕。

　　不管是老子還是莊子，其理想人格都對現有的價值體系進行顛覆，對世俗

〔註53〕〔清〕王先謙，荀子集解〔M〕，北京：中華書局，1988：72。

〔註54〕王季香分析了孔子、孟子、荀子、老子、莊子、墨子、韓非子等先秦諸子對相人法的批評，構築起屬於學者的「非相」系統。詳見王季香，先秦諸子之人格類型論〔M〕，臺北：花木蘭文化事業有限公司，2011：56～59。

所讚賞的人格予以否定，在真俗對立、破妄顯真之中凸顯以個體修養為核心的
文化雅俗觀。

（三）墨家

出身貧民的墨子，始終秉持著為天下百姓興利除害，使人民過上好生活的
樸素願望。修身對於墨子而言也具有重要意義，在《修身》篇中提出君子必須
具備一系列德行：貧困之時仍能保持廉潔，富貴之時則仗義疏財，要有發自內
心的兼愛之心，對生者慈愛、對死者哀悼，同時行為舉止必須符合禮儀規範。
《所染》篇進一步提出士人會受到他人的影響，所以必須謹慎地擇友，只有像
段干木、禽滑釐、傅說這類講求仁義、淳樸謹慎、遵紀守法之人才可以為友。
由此墨子提出自己的理想人格必須具備「兼愛的胸懷、貴義的精神、節儉的作
風以及強力而為的性格特徵」〔註55〕。

在《兼愛篇》中，墨子從倫理道德的角度出發將天下混亂的根源歸結為
「不相愛」，正是由於不相愛，才會出現臣不尊君、君不慈臣；子不孝父、父
不喜子；弟不愛兄、兄不愛弟；乃至盜賊四起、諸侯相功。墨子將孔子的「愛
有等差」發展成為「愛無等差」，「兼愛」的根本就是視人與己為一體，不分彼
此，講求一種無差別的愛。對於墨子而言，講求兼愛就是為了利人，即關心、
愛護和幫助他人。與「兼」相對的是「別」，故而墨子將人分為「兼士」與「別
士」，前者視人如己、愛人利人，後者則損人利己。

通觀《墨子》全書「義」字出現多次，「義」是墨子判斷政治治亂和事物
好壞的價值標準，並將孔子的「仁」與「義」並稱，成為「仁義」。在人格設
計上強調義的精神，推崇仗義而為，用自己的力量去拯救人民，改良社會的義
士。《公孟》篇中描繪了一個「獨自苦以為義」的墨子形象。穿著粗衣草鞋的
墨子每天為了天下百姓爭取利益而四處奔走，他的朋友就勸阻他說：天下人都
沒有為義，你又何必自己辛苦操勞為義呢？墨子回答道：如果一個人有十個兒
子，卻只有一個兒子耕種，其他九個都閒著，那麼從事耕種的這個兒子就不能
不加緊幹活，這樣其他九子才能吃上飯呀。同理，正因為天下無人行義，我才
更需要去做呀。墨子「為義」的行為是超乎世俗、不計毀譽、不求回報的，希
望通過政治改革，實施「義政」，構築一個公平正義的社會。

本著利國利民的原則，墨子提倡王公大人士都要具備節儉的作風。在《辭

〔註55〕崔永東，試析墨子的理想人格設計〔J〕，清華大學學報，1994（2）：28～33。

過》《節用》《節葬》《非樂》諸篇中，墨子均強調了節儉的重要意義。對於墨子而言，凡是不實用、不能給百姓帶來益處的就是應該廢止的。除了前文提到的音樂外，君主還必須在宮室、衣服、飲食、舟車、蓄私等方面注意節儉，避免為了滿足自己的私欲勞民傷財。針對儒家的「厚葬久喪」，墨子以為厚葬浪費社會財富，久喪影響社會生產和百姓生育，都是有害於國家百姓的，故而提出「節葬」的主張。

墨子還特別重視實踐，認為統治者通過自己不懈的努力可以實現國家穩定、百姓安康；君子通過積極進取可以為天下興利除害。墨子本人及其學派正是這樣做的。

以理想人格觀之，墨子看到的現實統治者「今之王公大人」不崇尚賢才，反而對無德無才之庸人委以重任；獨斷專行，隨心所欲，不善於聽取規勸意見；缺乏兼愛之心、不知節用利民，只會仗勢挾威毫無德行；缺乏領導駕馭百姓的治國能力，卻又好戰喜功；而位極人臣的「今之士君子」，既不能辯明仁義又不知行仁義之道，有官祿可圖時就拼命爭取。就是這樣一群身居高位，卻又缺德無能者，導致社會一團混亂，毫無公平正義可言。

雖然墨子所設計的理想人格有諸多名稱，「聖人」「聖王」「明王」「兼王」「兼君」「兼士」等，他們究其根本，他們都具備兼愛的情懷、貴義的精神、節儉的作風、身體力行等特性，突出個人道德修養、品格操守、執政能力的重要性。

（四）法家

法家從來都不是反道德主義者，只不過是將道德納入法治的軌道之中，也就是說，欲使社會清明、人人有德，僅僅依靠道德教化是不夠的，法治才是確立人們道德行為的根本手段。「聖人為法國者，必逆於世，而順於道德」〔註56〕，聖人治理國家總是明正法令、設置嚴刑，以此來消除禍亂，拯救天下蒼生，使強不欺弱，眾不侵寡，百姓得以安居樂業，邊境不受侵犯，君臣親密相處。而聖人以法治國是實現國家安定、社會和諧的真理，卻不為百姓所喜愛。

當然，韓非子也以有無道德作為君子與小人的區分。在韓非子眼中，除了像堯、舜這樣的聖人是天生的以外，其他君子都是後天養成的，韓非子認為君子應該具備的道德修養包括仁、義、禮、智等諸多品格。「君子之為禮，以為

〔註56〕〔清〕王先慎，韓非子〔M〕，上海：上海古籍出版社，2015：121。

其身」〔註 57〕君子與小人的不同就在對待禮儀的態度和行為，君子施行禮儀，是發自內心的，是持久的，而小人施行禮儀完全是出於外在規範的要求，沒有持久性。他們因為他人對自己的禮儀行為予以回應就高興，沒有回應就產生怨恨。君子和小人的區別還在於是否行義，「小人無義」而「君子度之義」〔註 58〕。

　　特別值得一提的是，這種以人格為基礎的文化雅俗觀還以文學的形式表現出來，比如屈原、宋玉的騷賦。屈原的作品用各種修辭手法反覆標榜自身精神之高潔，並且將周圍的世界作為對立面，渲染其幽昧、昏暗、混濁，以期在話語和實在層面強化自身、摧毀對方〔註 59〕。《離騷》篇中，屈原將自己塑造成一個孤獨的戰士，面對神明的離去、君王的疏遠、朋友的背叛以及親人的指責，陷入了上天無門，求人無路的窘境。即便如此，他也不能放棄高潔的人格同流合污。宋玉在《對楚王問》中講了一個曲高和寡的故事，將自己與士民眾庶對立起來，標榜自己的超凡脫俗，卓爾不群，感慨自己的所作所為不為芸芸眾生所理解也不足為奇。宋玉的這種曲高和寡的孤獨感可以視作先秦諸家雅俗觀的一個文化隱喻。

　　綜上所述，先秦諸家的理想人格雖然名稱不同，風格各異，但就本質上而言都是追求一種「內聖外王」的境界。諸子皆強調踐行自身修養的必要性，強調以天下為己任的責任感。只不過彼此之間對內聖外王有不同的體認，從而形成不同的思想偏向。與重視事功的墨、法兩家相比，儒、道兩家更強調內聖之德。在兩家內部，荀子相較於孔孟而言更重視外王，老子也比莊子重視政治實踐〔註 60〕。這種以人格修養為區分而非地位、等級的文化雅俗觀，一方面是對西周貴族文化重特權的優越感和崇高感的繼承，另一方面又將僵化的禮樂規範轉化為個人文化修養標準。只有外修禮儀、內重道德，才是一個高尚的人，一個優雅的人，一個對社會有益的人，才能稱其為君子、為雅人。

三、儒士的人格等第：俗儒與雅儒

　　《荀子·儒效篇》較早將「雅」與「俗」並列使用，按照人格高下分為：俗人、俗儒、雅儒、大儒，這對於雅俗觀的考察十分重要。仔細分析此篇，

〔註 57〕〔清〕王先慎，韓非子〔M〕，上海：上海古籍出版社，2015：155。
〔註 58〕〔清〕王先慎，韓非子〔M〕，上海：上海古籍出版社，2015：446。
〔註 59〕李建國，屈原的孤獨及其詩史意義〔J〕，三峽文化研究叢刊，2003（0）：275～282。
〔註 60〕王季香，先秦諸子之人格類型論〔M〕，臺北：花木蘭文化事業有限公司，2001：374。

可以發現：俗人與儒士的對立是明顯；俗儒明顯是荀子意圖否定的對象，俗儒與雅儒之間存在著高下之別；雅儒之「雅」是作為一種肯定性的評價，但是在「雅儒」之上還有「大儒」，可見「雅」「俗」在此處並不處於對立兩級之頂端，並不具有排他性的對立關係〔註61〕。通讀全篇可知，荀子作此篇主要是為了應對儒者無用論的挑戰，在儒士內部劃出人格等級，確定自身孔門正統的位置。

孟子身處戰國初期各國變法運動轟轟烈烈地展開之時，各國君王迫切需要選拔各方面人才來進行政治改革工作，一時間出現布衣卿相之局和禮賢下士之風。普通士人一經國君賞識便被提拔成執政大臣，比如衛鞅、張儀、甘茂等。士的社會身份轉瞬間天壤之別，使得很多人對「士」不事體力勞作卻能飽食終日提出了質疑。對此，孟子提出「勞心者」與「勞力者」的社會分工，肯定士作為腦力勞動者為社會提供精神文化服務的社會價值，為蓬勃興起的士階層確立了身份的合法性，並且強調士階層擁有的精神品格，志於仁義之道、以天下為己任、善養浩然之氣，這樣堪為世人典範的士理應是治國之人，肩負治國平天下的重任。

然而到了荀子生處的戰國末期，士已成為現實中的社會階層，荀子更多地需要解決儒士何用的問題。王夫之在《讀通鑑論》中說：「戰國者，古今一大變革之會也。侯王分十，各自為政，而皆以放恣漁獵之情，聽耕戰刑名狹民之說，與《尚書》、孔子之言，背道而馳。」〔註62〕工具理性在很大程度上主宰著統治者的執政理念，各方各派都針對社會現實提出自己的主張，以圖游說諸侯，而高蹈道德標準、講求禮義教化的儒家對於各諸侯王並無太大吸引力。擺在荀子面前是在消除割據建立中央集權制國家成為不可逆轉的歷史趨勢時，儒者如何發揮自身作用，參與政治秩序的建構。而此時的儒家，外部有墨、道等其他學派的挑戰，內部又儒分為八，分歧重重。儒者何用成為荀子不得不回答的一個問題，既要整合儒門各派的思想，以回應統一時代對儒的新要求；又要對儒家的社會文化功能進行論述，突出其價值合理性，喚起當權者對其的注意和重視。

在《儒效》篇中，受法家影響的秦昭王認為儒者對治國沒有實際益處，對

〔註61〕〔日〕村上哲見，雅俗考〔A〕，中國典籍與文化論叢（第四輯）〔C〕，北京：中華書局，1997：435。

〔註62〕〔清〕王夫之，讀通鑑論·敘論四〔M〕，北京：中華書局，1975：1122～1123。

此，荀子對儒者的品格與價值作了正面闡發。首先提出儒者的共同德行是在政
治上效法先王，尊君崇禮，恪守臣子之道，並且具備良好的個人品格，重義輕
利，大公無私。儒者出仕，可作王公之材，也可作社稷之臣；若不為人君所任
用，在民間也能發揮移風易俗的作用；即使貧困潦倒、朝不保夕，也依然恪守
正道，絲毫無損他本來的德行與品質，可見儒者有大用於國家。在荀子看來，
真正的儒者不僅能修身正己而且能安國立人，即「內聖外王」。荀子以孔子為
例，說明儒者在朝能「美政」、在野能「美俗」。孔子將要擔任魯國司法大臣時，
欺騙買主的沈猶氏不敢再行不義之舉，公慎氏休掉自己淫亂的妻子，荒淫無度
的慎潰氏越境搬走，魯國賣牛馬的也不再漫天要價；孔子住在闕黨時，闕黨人
將網獲的魚獸進行分配時，有父母親者就會多得一些，這是因為孔子用孝順父
母尊敬兄長的道理感化了他們。儒者如果有機會成為人君，則能平定天下，制
服強暴，使朝廷人人修德講禮、官府法則規範正確無誤，人民忠信愛義。可見
荀子在論述儒之效時更為側重儒者「外王」的一面，強調儒者以德化民的政
治能力和社會效果。在《強國》篇中更是提出秦有古之民、吏、士大夫、朝，
只可惜「秦無儒」。而在當時諸侯合縱以抗秦的巨大壓力下，秦國要解除憂患，
就必須任用儒家的聖人君子正是非、治曲直，從而不戰而屈人之兵。但是荀
子於秦國未能見用，反倒是荀子弟子李斯、韓非更得重用。自恃武力強盛而
統一天下的秦國二世而亡，這也正應驗了只有武力不行仁義之道是行之不遠
的。可以說荀子已經朦朧地認識到秦國高度理性化的官僚體制不能完全適應
中國傳統社會，需要更多關注和強調家庭倫理和社會原則的儒家思想，荀子
對秦尊崇「為吏之道」的懷疑，開啟了漢代士大夫政治模式演生過程中儒生
對文吏的批評。

在論述儒的社會作用時，荀子用作論據的都是周公、孔子、子弓這樣的大
儒，這會使他立論的普遍有效性受到懷疑。為了解決這個問題，荀子在論述中
常常使用君子這一先秦具有普適性的詞語來替換大儒或聖人。在荀子的道德
人格層次中（參見表 2），君子是次於聖人高於士的，等同於儒中的優異者，
如小儒、雅儒等，進一步發展可變為大儒。在《荀子》一書中出現的諸如俗儒、
陋儒、散儒、賤儒、腐儒等等都是被排除在君子的範疇之外的。《儒效》篇「有
俗人者，有俗儒者，有雅儒者，有大儒者」〔註63〕，俗人與儒的分別實際上就
是君子小人之辯。君子小人之辯這並不是一個新的話題，前文已經提到建立理

〔註63〕〔清〕王先謙，荀子集解〔M〕，北京：中華書局，1988：138。

想人格是重建社會秩序的重要手段。《儒效》篇更大的突破是在儒學史上第一次系統地對儒進行了分類，並作出價值的分判。依據儒者的言行表現，分儒者為大儒、雅儒（小儒）、俗儒三等。

表 2　荀子的人格等第

以道德實踐區分的人格類型		儒者等第	可擔任的社會身份
理想人格	聖人	大儒	天子三公
	君子	雅儒	
		小儒	諸侯大夫、士
現實人格	士	俗儒	非仲尼、子弓學派的儒者

（一）俗儒

所謂的「俗儒」，空有儒者之貌而無儒者之實，雖然言必稱先王，卻「不知法後王而一制度」，「不知隆禮義而殺《詩》《書》」〔註64〕。俗儒雖不像俗人那樣「以從俗為善」，但其追求名利、攀附權貴的行徑已經與世俗無異，而且還沒有意識到自己的錯誤。俗儒從政雖不至於像俗人從政那樣會使萬乘之國滅亡，但對社會既無害也無裨益。如果任由俗儒橫行於世，只會坐實秦昭王所說的「儒無益於人之國」〔註65〕。故而荀子要大力批判俗儒，以圖整頓儒門。除了「俗儒」外，還有「陋儒」「散儒」「腐儒」「賤儒」「溝瞀儒」等，雖名稱不一，但都是荀子否定的對象。

孔子之後，「儒分為八」，子張之儒、子思之儒、顏氏之儒、孟氏之儒、漆雕氏之儒、仲良氏之儒、孫氏之儒和樂正樂之儒，「取捨相反不同，而皆自謂真孔」〔註66〕。此八家均來源於孔子，側重點卻完全不同，甚至截然相反，可見戰國後期儒學內部門派眾多，鬥爭激烈。一方面儒門多派，可以促進研究的深入細緻；另一方面則削弱了自身的實力，給儒學帶來了危機。按照李珺平的分析，在曾參控制儒家繼承權和《論語》闡釋權之後，韓非所指的八家儒之中的子思、孟氏、仲良氏和樂正氏均為其後學〔註67〕。由此可知，思孟學派是當時儒家的主流代表。在《非十二子》中，荀子對思孟學派進行了嚴厲地批評，

〔註64〕〔清〕王先謙，荀子集解〔M〕，北京：中華書局，1988：138。
〔註65〕〔清〕王先謙，荀子集解〔M〕，北京：中華書局，1988：117。
〔註66〕〔清〕王先慎，韓非子〔M〕，上海：上海古籍出版社，2015：553。
〔註67〕李珺平，《論語》：孔子弟子博弈之成果〔J〕，社會科學，2007（10）：96～104。

指責其效法古聖先王而不得要領，知識系統混亂，還自以為是地從孔子思想中生發出邪僻幽隱的「五行之說」；其學說乖僻悖理、晦澀難懂、不成體統，以孔子後學自居卻不懂得真正的禮義之道；又諷刺其授徒活動純粹是一種傳銷和欺騙行為，只能矇騙那些「溝瞀儒」。所謂的「略法先王而不知其統」〔註68〕，在荀子看來，「先王之統」當為以禮法為核心的社會規則〔註69〕，而思孟學派推重內在心性的養成，忽視了禮樂制度，對此荀子表示不滿。荀子認為人天生就具有情感欲望與知覺理性，欲望帶來的人性之惡必須以禮樂規範來矯正救治，使之歸為人性善，這就是荀子所說的「化性起偽」。荀子對思孟學派的批評乃是為了突出外在規範的重要性，重視後天所為對人的道德修養的決定性作用，將一味沉溺於內心覺醒忽視外在世界的思孟內修之術，拉回到孔子「內聖外王」的兼行之路。

　　荀子批判的矛頭並不僅僅指向思孟學派，子張氏之儒、子夏氏之儒、子游氏之儒無一幸免。在《非十二子》中荀子將此三子門人皆謂之「賤儒」。子張氏門下雖然頭戴華冠，刻意模仿禹舜言行，但是言語平淡無味；子夏弟子衣冠整齊，面色嚴肅，整日不說一句話，在《非相》篇荀子還以「腐儒」來指稱子夏派儒生知法先王、順禮義，卻不懂得用言語宣揚自己的理論主張；子游之徒偷懶怕事，沒有廉恥之心而熱衷於吃喝，還大言不慚地說君子不是勞力者，等同於《勸學》篇提到的以《詩》《書》為理論根據卻不真正踐行的「散儒」。荀子嚴辭批判儒門非子弓的其他各派，指責他們失去了孔學的優良傳統與進取精神，既不符合聖人仁義禮法之說，也不能在現實政治中發揮作用，更是敗壞了儒者的名聲。荀子通過非儒來確定自身承續孔門正統的身份，完成儒學的內部淨化和思想標準的統一。

（二）小儒與雅儒

　　雅儒類於小儒，和大儒之間的差距主要在智慧和自覺程度上。雅儒必須思想上摒棄私心然後才能公正；行動上戰勝情慾，然後才能品德高尚；學習上必須虛心好學，然後才能有才智，可見在自覺程度上要低於大儒，必須經過一番內心掙扎才能自安。但是荀子認為雅儒具有儒者的內涵。雅儒言行都合乎禮法的基本要求，懂得效法後代的帝王，統一制度，推崇禮義。然而雅儒還做不到

〔註68〕〔清〕王先謙，荀子集解〔M〕，北京：中華書局，1988：94。
〔註69〕黃俊傑，中國孟學詮釋史論〔M〕，北京：社會科學文獻出版社，2004：100～110。

觸類旁通，對於法度和教育沒有涉及到的問題，以及自己未有見聞的事物，就沒有辦法妥善解決，可見在智慧程度上也低於大儒。但是雅儒誠實，知道就說知道，不知道就說不知道，對內不欺騙自己，對外不欺騙別人，懂得尊重賢人，敬畏法度，不敢怠慢，憑藉這種操守，雅儒已經跨進儒者的理想人格了。雅儒如從政，可以擔任「諸侯、大夫、士」的工作，而君主用雅儒可以使「千乘之國安」。

（三）大儒

「大儒」人格的行為原則，被荀子具體規定為三條：「隆禮重法」「法後王」「知統類」。

荀子心中儒之表率是大儒，也就是「聖人」〔註70〕，周公、孔子就是最好的例證。孔子在朝美政、在野美俗的事例上文已經提到。當成王年幼不足以威懾天下時，周公不懼流言屏退成王，自己攝政，是為了周王朝的穩定與發展。等到成王長大成人，周公就還政於成王，絲毫沒有奪權之意。也只有周公這樣的人格魅力，才能做到攝天子之位而天下人並不說他貪婪；殺兄弟管叔但天下人並不說他兇暴；以姬姓諸侯占諸侯國大半但天下人並不說他偏私。值得注意的是，雖然孔、孟、荀均將周公視為人格典範，但卻有所不同。孔子是將周公視為自己以「斯文在茲」自任的典範，重視周公的道德品質和文化貢獻。孟子則對周公輔佐成王的時代使命讚揚有加。荀子則注重周公在王室傾危之時表現出來的事功。可以說，孔子、孟子是以「盛德苞乎大業」來稱揚周公，而荀子則是以「大業苞乎盛德」來表明周公之大儒之效〔註71〕。

除了周公、孔子外，荀子還認為子弓是聖人。「子弓」在《荀子》中一共出現了4次，皆與孔子相提並論，視其為孔子思想的真正繼承者。子弓為孔門仲弓〔註72〕，以德行著稱，其治世之才為孔子所贊許，以「可使南面」譽之。仲弓一生事蹟較少，見於史籍的便是他曾任過季氏宰一職，文獻多載他與孔子談論為政的問題，可見仲弓在思想上主張匡世濟民的外王理想〔註73〕。

荀子對儒家之外諸子的批判是為了凸顯儒家思想的價值和意義；對非孔

〔註70〕陳來，「儒」的自我理解——荀子說儒的意義〔J〕，北京大學學報，2007（5）：19~26。

〔註71〕王季香，先秦諸子之人格類型論〔M〕，花木蘭文化事業有限公司，2001：169。

〔註72〕李福建，《荀子》之「子弓」為「仲弓」而非「馯臂子弓」新證——兼談儒學之弓荀學派與思孟學派的分歧〔J〕，孔子研究，2013（3）：85~97。

〔註73〕晁福林，上博簡《仲弓》疏證〔J〕，孔子研究，2005（2）：4~16。

子、仲弓之外的儒門後學的批判是為了糾正各派對孔子立場和思想路線的偏離，接續孔門正宗。此兩種批判都是為了「建立時代所需的政治儒學」〔註74〕。在《荀子‧儒效》篇中，荀子第一次對儒者的身份、使命、功能、作用進行了全面的定位，這標誌著「儒家在精神心理上已經獲得了清醒的主體自覺」〔註75〕，並將儒者視為大一統政治的支持者、參與者，當然能夠真正實踐儒家使命還要等待漢儒。

第三節　漢代文化雅俗觀的推進

　　漢代的「俗」在保持「風俗」意的同時，進一步向卑瑣鄙薄的方向發展延續了先秦諸子的觀點，成為士人要超越的目標。比如《淮南子‧原道訓》「曲士不可與語至道，拘於俗，束於教也。」〔註76〕寡聞少見的書生，無法與他談論大道，是由於他受習俗、教義的束縛。「俗」代表著大眾的、平常的，因而被視為遠離大道較低層次的存在。《漢書》中充滿了對「俗吏」的批評以及對少數民族習俗的鄙視，「蠻夷殊俗」。王充則以與「俗」決不妥協的果決姿態和一貫立場，屹立於東漢思想家之中，在《論衡‧對作篇》中申明寫作原因和目的是「譏世俗」。「俗說」「俗議」「俗好」「俗人」「俗士」「俗儒」「俗吏」「俗主」等等此詞被廣泛運用，表現了東漢中後期士人們對社會現實及他們的個人境遇的不滿。漢代士人在主強臣弱、勢尊道卑的社會現實中，為實現文化理想和自身價值，不得不依賴於政治權威，而漢代君主則不斷用各種綏靖政策激發士人為政治服務的熱情。東漢的士人卻又不同於西漢通經致用的士人。「中葉以後，士大夫集團與外戚宦官之勢力日處於激烈爭鬥之中，士之群體自覺意識遂亦隨之而日趨明確」〔註77〕，社會的動盪使士人們在迷惘與痛苦之中，對人生社會等產生了新的思考，個體意識漸漸抬頭。他們大肆批評智識短淺、不識大體、追求眼前利益與感官享受的「俗士」，他們努力使自己的行為超凡脫俗「超遺物而度俗」（傅毅《舞賦》）、「超逾騰躍絕世俗」（張衡《思玄賦》）。在對「俗」的頻繁猛烈的抨擊中，「雅」作為一種人生價

〔註74〕王璐，荀子對先秦諸子之批判與原始儒家的自我定位〔D〕，蘇州大學碩士學位論文，2014：3。
〔註75〕余治平，論儒的最初職業與身份自覺〔J〕，社會科學，2011（10）：107～114。
〔註76〕〔漢〕劉安，淮南子〔M〕，開封：河南大學出版社，2010：134。
〔註77〕余英時，士與中國文化〔M〕，上海：上海人民出版社，1987：288。

值與追求目標被凸顯出來。具體來說，漢代士人在三個方面推進崇正貶俗的文化雅俗觀。

一、風俗論中的雅俗觀

風俗是一個社會地域內社會成員共同持有的價值觀念和行為規範，「『風』強調風土等自然地理條件對人的行為的影響，『俗』是一種習以為常的社會生活模式。風俗具有自然與人文兼備的二重性」〔註78〕。從自然角度看，風俗體現為地域差異；從人文角度看，風俗具有美惡屬性。移風易俗的提出實際上是對風俗進行道德和價值評判，從而給原本是中性詞的「風俗」賦予了貶義色彩。先秦荀子開啟的美俗與惡俗的分類在漢代學者這裡獲得了進一步發展，不僅對風俗進行美惡之分，而且推行教化以去除惡俗。對於儒家而言，通過教化來改造社會風俗遠比依靠刑、政系統穩定社會秩序要重要，所謂「為政之要，辨風正俗最其上也」〔註79〕。

陸賈在西漢率先提出「教化」說，秦二世而亡的歷史教訓使陸賈認識到百姓之於政權穩固的重要性，從而為劉邦制訂了仁義為本、刑罰為用的治國長久之道，並針對漢初的社會實際，提倡與民休息的政策，營造一個君臣垂拱、老少懷安的理想社會。而要實現這樣的社會理想，最重要的就是要對老百姓進行教化，將「節奢侈，正風俗，通文雅」視為穩固國家政權的重要措施。法治可以使民畏懼，不至於行差走錯，但卻無法引民向善；欲使百姓向善，只能靠教化，正如同周公制禮作樂，使百姓從其化、美其政、歸其境一樣。

賈誼同樣也是從秦亡教訓出發，認為風俗善惡與國家興衰緊密相關。為了對「轉而為漢」的秦俗加以「移」「易」，賈誼對商鞅發難，大力批判商君變法「敗秦俗」。商鞅變法遺棄禮義仁恩，一味追求以法令之治，不注重世風民俗，結果導致社會互助互愛精神淪喪，家庭人倫親情缺失，這種社會亂象根源於秦國廢禮崇法，自以為政法嚴密就可以以強權控制社會，殊不知人情民心因缺乏精神關懷而一敗再敗，最終導致秦朝速亡。以民俗這一社會角度的內在原因分析秦朝短命比之《過秦論》以政治軍事外在角度更為深入。漢代民風民俗至文帝時不僅沒有好轉，反而在秦代遺風餘俗的影響下進一步惡化，社會崇尚侈靡

〔註78〕蕭放，中國傳統風俗觀的歷史研究與當代思考〔J〕，北京師範大學學報，2004（6）：31～41。
〔註79〕〔漢〕應劭，風俗通義校釋〔M〕，天津：天津人民出版社，1980：2。

功利之風，看重權貴輕視賢良，為得富貴棄禮義廉恥於不顧，出賣兄弟甚至父母。對此賈誼憂慮萬分，提出必須要以禮義規範社會行為，建立一個「厲廉恥行禮誼」的政治和文化新秩序。賈誼對商鞅變法的批判雖然有些偏激，但在漢代乃至後世還是有一定影響〔註80〕。董仲舒就認為漢代奢侈之風根源於秦國商鞅變法。到了昭帝時期召開的鹽鐵會議上，以賢良、文學為代表的儒生仍然對商鞅變法大加批判，認為商鞅「反聖人之道，變亂秦俗」，導致社會失序、人民失德。總體而言，陸賈和賈誼的移風易俗是為西漢初年政治、社會現實的改良服務的。

　　到了武帝時期，黃老之學已經不能適應社會的發展，時代給予了董仲舒一個契機，使其教化理論能在大一統的社會裏得到真正的推廣和落實。董仲舒論證禮樂教化的合理性有三個依據，一是宇宙論的天意，二是先王歷史經驗，三是人性論基礎，其中人性論也是基於宇宙論發揮的，以天之陰陽比附人之性情，這樣就實現了禮樂教化觀從「人性論」向「天道觀」的轉型〔註81〕，突出了教化的權威性和神聖性。董仲舒將仁義與天意直接聯繫起來，君主秉承天意之仁義孝悌來教化百姓才能實現「世治」。而自然界的種種災異都是「天意」對國家政治失德的不滿，君主應該對自己的行為進行調整。董仲舒借助天意以便在君主行為有損國家長遠利益時對其產生制約作用，「這是在專制君主的權力無限增大之後，從國家統治機器內部自身生長出來的一種自我調節功能」，對中國古代社會政治發展影響不可謂不深遠〔註82〕。

　　「移風易俗」在「大一統局面下被確立為官方意識形態」〔註83〕，「教化行而風俗美」成為了人們的共識，想要扭轉惡俗之風，最好的辦法就是通過各種途徑來教化民眾，使人們逐漸養成道德習慣和信念，並內化成自身的自覺，用以約束自己的行為。教化是革除不良風俗，實現天下大治的重要措施。漢代統治者將儒家的倫理道德教化作為一種制度推行下去，廣開渠道，通過多種形式在全社會範圍內建立道德教化的網絡，這一點在東漢尤為突出。隨著西漢後期社會的不斷儒學化，社會風氣出現了由西漢的「輕急」過渡到東

〔註80〕 鍾良燦，「移風易俗，天下向道」：賈誼對商君變法後秦俗的批判〔J〕，中國礦業大學學報，2016（6）：25～32。

〔註81〕 張俊傑，漢代禮樂教化觀的轉型探微〔J〕，理論導刊，2015（5）：98～101。

〔註82〕 蘇志宏，秦漢禮樂教化論〔M〕，成都：四川人民出版社，1991：273。

〔註83〕 楊輝，「移風易俗」命題考源——在中國美學史視野下〔D〕，浙江大學博士學位論文，2005：100。

漢的「謹厚」〔註84〕。

到了東漢中後期，隨著王權腐敗和社會黑暗，忠正之士力挽狂瀾，又興起了一股移風易俗的思潮，代表人物有王符、仲長統、崔寔、荀悅等。王符因為性格耿直，不同於流俗，仕途不順，故而效法古聖先賢作文立言。在《潛夫論》中王符針對種種社會弊端進行了分析和批評，實是為了拯救衰世。《浮侈》篇抨擊亂政薄化導致社會出現棄農經商、為非作歹、奢侈淫靡的歪風邪氣；《論榮》篇批評了當時依據家世、地位以及出身地而不以德行來評價人、任用人的風尚；《卜列》篇針對今之俗人迷信於占卜的落後思想，並且批判了當時各種虛妄的迷信說法；《交際》篇尖銳抨擊了世人重利輕義、巴結富貴、嫌棄貧賤的風氣。在對種種「衰世之務」批判的背後貫徹著王符的治世理念，須有明君賢臣，只有以德化端正民心輔以法禁賞罰才能在此衰世把國家治理好。荀悅《申鑒·政體》提出「察九風以定國常」的觀點，將風俗的優劣與國家的治亂緊密聯繫。《俗嫌》篇則對卜筮、禁忌、祈請、避疾厄、相人諸信仰進行了辨析。

最值得一提的當為應劭和他的《風俗通義》，該書被今人視作世界上最早的風俗學專著，內容廣博，包羅萬象，對考證漢代風俗的重要依據。應劭生當漢末大亂之際，以「為政之要，辨風正俗最為其上」〔註85〕為口號，提醒統治者社會風氣的好壞直接影響社會秩序和國家統治的安定。於是他撰寫《風俗通義》，力圖通過辨風正俗、考釋名物的方式，以儒家思想來齊整風俗，重整朝綱，使全國上下風氣都歸於正。

綜合來看，漢代諸生所提出的「移風易俗」的途徑有四種：一是統治者以身作則，以上率下，例如陸賈就認為民風敗壞的根源在於統治者自身，只有統治者學習儒家經典，提升道德修養，才能教化天下；二是推行教化，正確引導，董仲舒就認為只有推行教化才能改變世風靡薄的現實，才能「上下和睦，習俗美盛」；三是嚴刑深罰，打擊姦邪，比如王符就認為在亂世，必須先「明法禁」「行賞罰」，以法治理好國家再行德化；四是教法並行，禮樂共舉。可以說，他們都是立足於社會實際尋求變風易俗的方法，具有很強的現實針對性和可操作性〔註86〕。

〔註84〕劉厚琴，儒學與漢代社會〔M〕，濟南：齊魯書社，2002：416~428。
〔註85〕〔漢〕應劭，風俗通義校釋〔M〕，天津：天津人民出版社，1980：2。
〔註86〕孫家洲、鄔文玲，漢代士人「移風易俗」理論的構架及影響〔J〕，中州學刊，1997（4）：141~145。

移風易俗在漢代不僅是理論主張，而且得到了漢代地方官吏特別是儒士出身的官吏的積極響應，他們積極興辦學校，教化民眾，改變世風。這方面的例子在《史記》《漢書》《後漢書》中均有記載，茲舉數端：

西漢景帝時廬江文翁擔任蜀郡守，見蜀地的民風野蠻落後，文翁就打算以教育入手加以改進。一方面派遣張叔等十多個聰敏有才華郡縣小官吏到京城學習。文翁為了解決這批學生的費用不惜減少行政開支。待他們學成歸來，文翁就讓他們擔任要職，按順序考察提拔。另一方面在成都市中興建學宮，採取各種獎勵政策，吸引所屬各縣子弟來學習。從此以後，四川文風大盛，可見司馬相如的驚天文采也是有源遠的。

昭帝時，韓延壽任潁川太守，當時潁川這個地方民風爭勇鬥狠、不講禮儀。韓延壽就召集忠厚長者數十名，與之共同商議教化百姓之法，最終形成以古禮為依據、以法律為準繩的行為規範，改善了潁川的民風民俗，使之尊禮崇德。韓延壽每到一處上任，都會徵求諸方意見、廣納良言；聘用賢德之士並以禮相待；表彰孝敬父母尊敬兄長和有品行的人；還在當地修建學校、培養人才。韓延壽努力將儒家的價值觀念和行為規範灌輸給當地百姓，他治理過的幾個郡縣皆「教化大行」。

東漢中期的應奉，出任武陵這個少數民族聚集地區的郡守，結合當地實際，採取安撫手段，四千餘鬧事的蠻詹人或降或散，戰亂很快平息。地方安靜以後，他又大興學校，推行儒教禮樂文明，全面清除陋俗。可見，隨著官僚群體的儒家化，儒學不僅在內地廣泛普及，還被傳播到邊郡地區。

在儒士們的持久努力下，整個社會普遍接受了儒家的道德觀念和行為規範，講求禮儀、追求孝悌，從而使漢代社會呈現出「所談者仁義，所傳者聖法也，故人識君臣父子之綱，家知違邪歸正之路」〔註87〕的新風貌。

二、士人論中的雅俗觀

漢代「俗」成為了士階層重要的價值語彙，不僅用在儒士階層與其他社會階層相互對待之時，如「俗吏」，而且施諸於士階層內部，如「俗儒」，在這些情況下，「俗」都是作為價值評斷的概念。

先看「俗吏」。

余英時提出漢代存在關於「吏道」的兩種觀念：一個是朝廷的觀念，承襲

〔註87〕〔南朝宋〕范曄，後漢書〔M〕，北京：中華書局，2005：1747。

秦代法家思想而來，重視法律律令，對應為酷吏或俗吏；另一個是大傳統的觀念，以儒家思想為源頭，強調移風易俗、化民成俗，對應為循吏，「前者可稱之為『吏』的取向，後者則不妨名之為『師』的取向。」〔註88〕上文提到，循吏推行教化、踐行儒家文化理想，努力構建禮德的社會新秩序。而那些只知奉行朝廷法令，摒棄禮儀、不尊道德的官吏則被漢儒稱之為「俗吏」。對於這些「奉三尺律令以從事」〔註89〕的官吏，除了「俗吏」之外，西漢論者還稱其為「文吏」「文法吏」「刀筆吏」「執法之吏」「文吏法律之吏」等。「俗吏」的極端就是「酷吏」〔註90〕。

賈誼最早開啟對俗吏的指責，「夫移風易俗，使天下迴心而鄉道，類非俗吏之所能為也。俗吏之所務，在於刀筆筐篋，而不知大體。」〔註91〕賈誼對俗吏專務任刑斂賦，不能進行禮制教化的批判，為後世儒士以「移風化俗」的文化身份擔任各級官吏開啟了方便之門〔註92〕。

自賈誼之後，董仲舒在《天人三策》裏承續了賈誼的話題，認為現在廢除了先王掌管德教的官員，只任用執法官吏來治理百姓，是不可能使德教普及四方的。董仲舒還強調作為地方官，「師」的功能要大於「吏」的功能，郡守縣令本就是百姓的老師和表率，委派他們就是為了教化百姓。老師如果表現得不賢良，君主的仁德就得不到宣揚，恩澤就傳播不到下面。而現在的官吏不僅沒有成為百姓之師，反而和壞人狼狽為奸，謀取私利，致使貧窮孤苦的人得不到救助，無法生活，所以上天就陰陽錯亂，怨氣滿布〔註93〕。

在昭帝年間的鹽鐵會議上，一場關於治理方式的深刻辯論悄然展開。文學與賢良們紛紛站出來，嚴厲批評當時的「良吏」。他們指出，這些所謂的良吏，動輒使用嚴酷的法律來危害百姓，以暴力強權對待下級，手段殘忍，深文羅致，甚至假借法令之名，陷害無辜之人〔註94〕。他們呼吁，應當廢止刑罰，以禮德教化治理國家〔註95〕。

〔註88〕 余英時，士與中國文化〔M〕，上海：上海人民出版社，1987：182。

〔註89〕 〔漢〕班固，漢書〔M〕，北京：中華書局，2005：2529。

〔註90〕 馬育良，俗吏吏風：西漢儒家批判的一種治政現象〔J〕，安徽教育學院學報，1996（1）：22～26。

〔註91〕 〔漢〕賈誼，賈誼集校注〔M〕，天津：天津古籍出版社，2010：361。

〔註92〕 程世和，漢初士風與漢初文學〔M〕，北京：中國社會科學出版社，2004：131。

〔註93〕 〔漢〕董仲舒，春秋繁露·天人三策〔M〕，長沙：嶽麓書社，1997：313～314。

〔註94〕 〔漢〕桓寬，鹽鐵論〔M〕，上海：上海人民出版社，1974：117。

〔註95〕 〔漢〕桓寬，鹽鐵論〔M〕，上海：上海人民出版社，1974：25。

　　王吉向昭帝上疏，表達了他對當時吏治狀況的擔憂。他直言不諱地指出，僅僅依賴那些擅長「期會簿書，斷獄聽訟」的俗吏，並不是政治治國的根本之道。這些俗吏在治理百姓時，往往忽視禮儀規範的教化作用，過分依賴刑罰律令。即便是那些有志於有所作為的文吏，也往往不深入考察典章制度、禮義規範，而是僅憑自己的主觀臆斷和穿鑿附會行事，如此任意妄為，政令又如何能夠長久推行呢？然而，遺憾的是，王吉的上疏並未得到昭帝的採納〔註96〕。

　　到了宣帝時期，刑法治國的政策更是引發了激烈的批評。蓋寬饒言辭激烈地指出，宣帝廢棄了聖人的傳統，不實行儒家的道德教化，反而將官宦比作周公召公，將法令視為《詩》《書》。這種背離儒家精神的做法，自然遭到了蓋寬饒等儒生的強烈反對。然而，由於議論國事不合聖意，蓋寬饒最終被迫自刎於北闕〔註97〕，這一事件無疑加深了儒生與文吏之間的矛盾和衝突。

　　這種衝突和矛盾一直延續到了東漢時期。雖然士大夫政治的演生使得儒生與文吏之間開始相互影響，開啟了文吏向儒學習、儒生學習吏事的過程，但在漫長的歷史長河中，兩者之間的矛盾與衝突仍然時有顯現。這反映出在治理國家的道路上，不同理念和方法之間的碰撞和融合是一個複雜而漫長的過程。

　　章帝時吏事荒疏，韋彪上書，以「忠孝之人，持心近厚；鍛鍊之吏，持心近薄」〔註98〕，提出貢舉需選擇有才德之士，後有一年出現盛夏當熱反寒的異常天氣，韋彪以為是光武、明帝兩朝重視文吏，導致選舉不當，災異才出現。第五倫雖為人嚴厲，但常痛恨俗吏太過嚴苛。東漢順帝時，第五倫在上書中指出現在民風敗壞、官吏不稱職，根源就在於光武帝採用嚴厲猛酷的政治手段，導致現在混跡於官場的俱是俗吏，沒有賢德之人。如果能任用仁德賢能之人，必定能移風易俗，天下歸善〔註99〕。可見儒生與文吏間的對立一直存在。

　　最典型的是王充在《論衡》一書中以《程材》等七篇專論文吏、儒生之異同優劣。在王充看來儒生與文吏各有優長，儒生不長於職事而勝於德操；文吏恰恰相反，長於職事，劣於德操。針對世人以儒生不如文吏的看法，王充反駁道儒生只不過是在吏事方面不太熟練罷了，只要勤加練習、熟能生巧，儒生也能做文吏的工作，並進一步從節操角度對儒生與文吏進行比較，儒生多仁義、文吏多姦邪，文吏在才與德上俱劣於儒生。王充雖對儒生的評價要

〔註96〕　〔漢〕班固，漢書〔M〕，北京：中華書局，2005：2296。
〔註97〕　〔漢〕班固，漢書〔M〕，北京：中華書局，2005：2424。
〔註98〕　〔南朝宋〕范曄，後漢書〔M〕，北京：中華書局，2005：613。
〔註99〕　〔南朝宋〕范曄，後漢書〔M〕，北京：中華書局，2005：944。

高於文吏，但對儒生坐守家法、不博覽的缺陷也不迴避，儒生中的陸沉者知古不知今的，盲瞽者知今不知古。針對一般儒生的缺陷，王充進一步提出自己的「鴻儒」理論。

漢儒對俗吏、酷吏的批判，既是「儒家執行社會批判職能的一種表現」〔註100〕，也是確立自身在國家官僚體系中的位置的一種需求。在現存的典籍中，文吏、俗吏、文法吏等等都是以貶義形式出現的，似乎「堅持士道為上的士大夫比純粹的文法吏明顯地佔了上風」〔註101〕，但是在王、霸道雜用的漢朝，儒生修齊治平的理想並沒有實現，故而有「士不遇」情結的反覆宣洩。

再談「俗儒」。

西漢中期以後經學成為學術主流，由於傳習經典和經典文本的不同，分為若干個學術派別，這樣不同派別的經生之間相互評論就成為不可避免之事。關於「俗儒」，荀子最早做過解釋，空有儒者之貌而無儒者之實，行為已與世俗之人接近，「不知法後王而一制度，不知隆禮義而殺《詩》《書》」〔註102〕。漢代對「俗儒」的認識隨著時代發展有了深化，漢末應劭的《風俗通》將「俗儒」與「通儒」進行區別，作了如下解釋：「儒者，區也。言其區別古今，居則玩聖哲之詞，動則行典籍之道，稽先王之制，立當時之事，此通儒也。若能納而不能出，能言而不能行，講誦而已，無能往來，此俗儒也。」〔註103〕據此解釋，只會死記硬背經典，而能形成自己獨立的思想；只能照本宣講經典，根本不能付諸於實踐，就是俗儒的主要特徵。而通儒不僅精通典籍，熟悉先王制度，更重要的是能推演經典旨意，參照先王制度，積極投身社會現實，為政治服務。

西漢經學解經，恪守師法、家法，經生漸漸缺少創造性，思想僵化，通經不為致用，而且俗儒還會利用圖讖符命之說來為個人撈取政治資本。對此士林要求擺脫章句鄙儒的僵化學風，提倡博聞多識、通經致用的「通儒」。《後漢書》記載了不少通儒，如漢元帝時卓茂就精通《詩》《禮》以及曆法算術，號稱「通儒」；東漢初的杜林自幼喜歡讀書，長大後就學於著名學者張竦，以

〔註100〕馬育良，俗吏吏風：西漢儒家批判的一種治政現象〔J〕，安徽教育學院學報，1996（1）：22～26。

〔註101〕趙光懷，文吏政治與士大夫政治的衝突與整合——兼論秦漢時期政治文化變遷〔J〕，江蘇社會科學，2012（4）：237～242。

〔註102〕〔清〕王先謙，荀子集解〔M〕，北京：中華書局，1988：138。

〔註103〕〔南朝宋〕范曄，後漢書〔M〕，北京：中華書局，2005：624。

博學多聞被世人稱為「通儒」；東漢賈逵撰寫經傳義詁及論難百萬餘字，還有詩賦等文學創作，當時人都稱其為「通儒」；東漢劉寬出身宗室，少年時就研習《歐陽尚書》《京氏易》，尤擅《韓詩外傳》，還在觀星、占卜、算術、曆象等方面有所成就，世人贊其「通儒」〔註104〕。顯然士林中更加認可「通儒」「通人」，他們不守一經，博聞多識，打通學說間的限制，能夠融會貫通做到思想創新。

在王充筆下，儒分雅俗，在《程材篇》提到儒生階層的分化，俗儒為了謀求高位、得到世人的肯定，喪失了自己的德行操守，不肯在學問上下工夫，稍通義理就開始學習文史之事，熟背法令、習作公文；而那些真正有高尚節操的雅儒，則被排斥與疏遠，未見獲用。還有的俗儒學習一家學派有點名氣，就希冀通過授徒傳經擴大影響，以此博名早日入仕，根本沒有時間集中精力用心鑽研經書。正是因為有這樣一群積極與名利富貴的儒生存在，才會遭致「俗儒無行操」的痛斥，行為舉止不重禮義，學說沒有實際用途，一心只想做官發達。與「俗儒」相對，王充提出了自己理想的儒生形象，並以才智、學力的不同做出了高下之分，通人勝儒生，文人勝通人，鴻儒勝文人。這些人具有如下特質：「胸懷百家之言」，不守一經，博通典籍；思想獨立，儒生首先要能將自己廣博的學識轉化成自己獨立的學問，學以致用，儒生博覽群經，通曉古今之事，就是為了治理國家。

西漢末以來「通儒」「通人」屢見於典籍，這不僅是經學興盛之後學術主體內部的分化，而且標誌「學士文人不甘個性和創造力被汩沒的情形」〔註105〕，最典型的就是「才高博洽」又「不拘儒者之節」的「通儒」馬融。馬融遍注群經，撰《三禮異同說》，不僅注《孝經》《論語》《詩》《易》《三禮》《尚書》等儒家經典，還對非儒家經典的《列女傳》《老子》《淮南子》《離騷》等書作注，可見其為學不囿於一家一派，而且能超出儒家經學的研究領域。除了注經作文教學外，馬融還積極參政、建言獻策，元初二年，上《廣成頌》以諷諫，借苑囿廣闊、景物紛繁、打獵勇敢等來勸說鄧太后不要興文廢武，主張文武並重。馬融還有一些言行不符合儒家行為準則，在當時及後世都遭到非議。「黨梁而黷貨」〔註106〕即指馬融依附大將軍梁冀，替其起草奏章污蔑李固。

〔註104〕〔南朝宋〕范曄，後漢書〔M〕，北京：中華書局，2005：581、624、1497。
〔註105〕于迎春，以「通儒」「通人」為體現的漢代經術新變〔J〕，中州學刊，1996（4）：123～128。
〔註106〕詹鍈，文心雕龍義證〔M〕，上海：上海古籍出版社，1989：1870。

當然更為人攻訐的是其生活奢靡，房屋器具衣服都崇尚奢侈，教授學生時常坐高堂之上，前面授徒、後面歌女作樂。馬融的任性達生，行事為人開始突破漢儒沿襲已久的規範，預示著一種新的文化即將到來。

三、音樂論中的雅俗觀

「樂府」是秦漢年間的音樂管理機構〔註107〕。「樂府」一名，始於戰國〔註108〕，1977年秦始皇陵附近出土的編鍾鈕部刻有「樂府」兩字，2004年在西安市長安區神禾源戰國秦陵園遺址出土帶有「北宮樂府」殘磬。秦代這一機構主要是搜集當時異國宮廷音樂，用於宴飲娛樂。為了追求「快意」和「適觀」，秦始皇「棄擊甕叩缶而就鄭衛，退彈箏而取昭虞」（李斯《諫逐客書》）。漢承秦制，仍設樂府。

根據《史記·樂書》和《漢書·禮樂志》的記載，至遲在漢惠帝時管理音樂的機構就叫樂府。高祖建漢之初，即令叔孫通等人以秦代雅樂為基礎制定出一套朝廷禮樂，以正君臣之位。百廢待興之時即將定朝儀與宗廟樂視為頭等大事來做，可見禮樂制度的建設在帝王心中確有著非同一般的重要意義。與此同時，因高祖樂楚聲，以楚聲為代表的地方音樂也進入了宮廷，更名為《安世樂》的《房中祠樂》就是高祖唐山夫人所作的以楚聲演唱的樂曲。

根據諸多學者的研究〔註109〕〔註110〕，漢初音樂管理機構分為太樂與樂府，二者在音樂職能上有所不同，太樂隸屬於奉常，掌管宗廟祭祀雅樂；而樂府隸屬於少府，掌管房中之樂等用於享樂的俗樂。這一點也可以得到出土文獻的印證，1983年出土的張家山漢簡《二年律令·秩律》未見「太樂」，而明確記載有「樂府」和「外樂」。賈誼在《新論·官人》中將君王日常所用的音樂分為「雅樂」「燕樂」「薰服之樂」三種。其中雅樂是郊廟朝會所用的朝廷正樂，是和師友大臣一起共享的；燕樂是內廷之樂，只有君王左右近臣侍者可以共賞；而薰服之樂則是男女俳優雜處的享樂之樂，連左右之人也要迴避，只有君王個人欣賞，並留下廝役服侍。賈誼的說法雖然有理想的成份在，但還是可以看出西漢音樂是有層次，有區別的。

由此可見，武帝「立樂府」並不是始立，而是對樂府職能和規模的擴充。

〔註107〕吳相洲，樂府相關概念辨析〔J〕，首都師範大學學報，2015（2）：80～88。
〔註108〕陳四海，樂府：始於戰國〔J〕，音樂研究，2010（1）：72～78+90。
〔註109〕趙敏俐，漢代樂府官署興廢考論〔J〕，文獻，2009（3）：17～33。
〔註110〕許繼起，秦漢樂府制度研究〔D〕，揚州大學博士學位論文，2002：40。

按《漢書‧禮樂志》的記載，樂府職能的擴大首先是與武帝定郊祀之禮，祭祀太一之神緊密相關的。「郊祀之禮」是以祭祀天地為主的國家大禮，漢初在沿襲秦朝白、青、黃、赤四帝之祠外，劉邦將自己神化為黑帝，變成「五帝共祀」。前文提到高祖使叔孫通制禮樂，但是並未完成叔孫通就去世了。惠、文、景三朝基本延續著高祖時的禮樂。隨著六十餘年的休養生息，漢朝國力不斷增強，加之武帝雄心勃勃，欲在禮樂上有所突破。武帝首先把郊祀之禮由漢初的五帝共祀轉變為「太一」獨尊，「從宗教神學的角度確立大一統的大漢帝國的地位和尊嚴」〔註111〕，進一步加強自己的中央集權。

　　表面上看，武帝繼承了先秦采詩採樂以觀風知政的傳統，一方面採集趙、代、秦、楚等地民間歌謠，另一方面又以司馬相如等人創作辭賦，協律都尉李延年為之配樂，這樣作成「十九章之歌」。實際上，武帝將本為太樂官掌管的郊祀雅樂歸於樂府，以新聲俗樂做郊祀樂，這是對先秦雅樂制度的一次破壞，導致了「郊廟皆非雅聲」。為何在河間獻王已經搜集整理完成雅樂系統之後，武帝仍採鄭聲、立樂府，究其根本，當為復興古禮樂關聯著整個周代禮制的回歸，而與周禮相伴隨的封建制與大一統帝國建立的郡縣制相違背的，也勢必會對君王專制形成阻礙〔註112〕。關於這一點可參看徐復觀關於專制對封建的克制以及由此而來對學術的影響的論述〔註113〕。當然，武帝在以俗樂新聲制禮作樂的過程中也附帶實現了對自己寵臣李延年的重用。

　　自武帝立樂府，以新聲俗樂來為國家郊祀大禮配樂後，漢代儒生就不斷地要求復興古禮樂，匡正國家祀儀大典。在漢昭帝的鹽鐵會議上，反對新聲俗樂、追求樂府政教功能就是賢良、文學的一致主張。桓寬記錄整理的《鹽鐵論》，為我們瞭解這一批在野士人的音樂主張提供了參考文本。賢良、文學秉持先秦儒家的音樂觀，將音樂與政治倫理相聯繫，以師曠調和宮商角徵羽五音比附聖明君主治理國家不能背離仁義道德，進一步強調樂府的禮樂教化功能，禮以「防淫」，樂以「移風」，禮樂對於移風易俗、政治清明具有重要意義。秉持著儒家的雅、鄭音樂觀，士人們對當政者從兩個層面展開了批評：一是君主有義務自我克制，節制奢靡娛樂，以防止國家財政出現匱乏，《力耕篇》以夏桀因樂舞享樂無度以致亡國為例，勸說統治者對於樂府樂舞的享樂應當以節儉、

〔註111〕趙敏俐，漢代樂府官署興廢考論〔J〕，文獻，2009（3）：17～33。

〔註112〕成祖明，河間獻王與景武之世的儒學〔J〕，史學集刊，2007（4）：69～74。

〔註113〕徐復觀，兩漢思想史（第一卷）〔M〕，上海：華東師範大學出版社，2001：103～113。

節制為準繩，在《崇禮篇》還提出用典雅莊重的《雅》《頌》古樂接待外賓；二是對桑弘羊等權貴之家僭樂行為進行了批評，在《刺權篇》提到現在執掌國家大權之人，車馬服飾、宮室建築等都超過了規定，在他們家裏樂舞聲不斷，堂上彈奏著優美動聽的俗樂，堂下美女隨著鼓聲跳著巴渝舞。總而言之，文學、賢良對當時社會流行的鍾鼓五樂、鳴竽調瑟、鄭舞趙謳進行了批判，要求以古為範，對音樂享樂以節制為尚。士人們反對侈靡樂舞享樂，追求樂府政教功能的觀念不斷獲得支持，影響力也日益擴大，終於釀成了漢哀帝即位詔罷樂府官的重大事件。

在霍光與群臣聯名奏廢昌邑王劉賀的奏疏中，其中一項罪狀是用樂不當。具體來說是孝昭皇帝還停靈於前殿，劉賀便命人取樂府樂器，令昌邑國樂人奏之，一時間載歌載舞；待到靈柩下葬後，又命宗廟樂人擊鼓吹奏，演奏各種音樂。雖然霍光廢昌邑王劉賀背後政治原因複雜，但是至少在群臣思維中昌邑王縱情享樂是其荒淫無度的表現，是可以被廢的。

對樂府「鄭衛之音」的批判在西漢一直沒有停歇，王吉針對當時皇室的奢侈靡費，上書宣帝摒棄角抵之戲、減免樂府。到了崇儒的元帝時代，儒學地位更為尊崇，儒生們主體意識高漲，積極參與政治，常以儒教為依託，借古諷今，以經干政，針對元帝貪戀音樂，屢屢誇獎定陶王的音樂才能，史丹進諫到，只有聰敏又好學之人才能被稱為有才能之人，以絲竹鼓聲的才能來衡量人，怎麼可能得賢人才士扶助天下，御史大夫貢禹也屢次上書諫元帝選賢能，誅姦臣，罷倡樂，修節儉，翼奉也認為元帝應該帶頭節儉，減少宮膳飲食、樂府裁員、御苑之馬不用太多，不常去的宮殿就不修繕。與此相應的是，漢宣帝本始四年曾下詔減去部分樂府樂人，使其歸家務農，邁出了樂府改革的第一步。漢元帝也在始元元年和竟寧中進行過樂府改革。當然元帝喜好音樂，罷樂的實際效果是值得懷疑的。更為徹底的罷樂行動還要等到漢哀帝。

綏和二年六月，漢哀帝罷樂府，此時距離劉欣登基僅兩月餘，可見這一舉措在他心中籌謀已久，史載漢哀帝還是定陶王的時候就對外戚、貴族僭禮亂樂十分厭惡。元帝之後，朝廷內外都沉迷於俗樂鄭聲的享樂，百姓吏民爭相傚仿，社會上奢侈之風愈演愈烈，這一切已經嚴重影響到社會的發展和國家的安定。哀帝認為侈靡之風導致了鄭衛之聲不絕於耳，進一步加劇了民風的敗壞，欲使民風回復質樸，必須正本清源，隨即就借用儒家「放鄭聲」的聖訓而罷黜「樂府」。從樂府音樂的用途來看，哀帝保留的都是用於祭祀之樂，而用

於朝會宴饗的娛樂音樂一概裁撤；從樂府樂種的角度來看，哀帝裁撤的都是地方樂種和俗樂〔註114〕，充分體現了崇雅抑鄭衛的原則。當然哀帝罷樂府的行動與其正定尊號、恢復古經文學等行動，目標都是一致的，都是為了匡復漢室輝煌，但實際上仍然沒有改變西漢末期衰微的政局。而且哀帝罷樂府的行動「不僅沒有從實質上改變雅樂衰微新聲興盛的局面，從一定程度上還將漢武帝以來的一部分俗樂提升到了雅樂的位置。」〔註115〕

從武帝立樂府到哀帝罷樂府的這段歷程，反映了先秦儒家的音樂雅俗觀在西漢中後期地位不斷提高，傳播更加廣泛，與政治的聯繫也愈加緊密。儒士們把雅、鄭樂與政治治亂聯繫得更為緊密，以此作為論政和施政的根據，也愈發能夠對君王的行為形成制衡。

四、王充雅俗觀的過渡性

趙翼《陔餘叢考》「雅俗」條云：「雅、俗二字相對，見王充《論衡·四諱篇》引田文問其父嬰不舉五月子之說，謂田嬰俗父也，田文雅子也。然則雅、俗二字蓋起於東漢之世。（又劉熙《釋名序》有名號雅俗之語。熙，漢末魏初人，益見雅、俗二字起於東漢。）」〔註116〕趙翼認為雅俗相對首見於王充《論衡》，通過前文可知，雅俗觀並不是東漢的產物，那麼王充的雅俗觀在雅俗觀衍變過程中處於什麼位置是值得我們稽考與研究的。通過分析，本文認為王充的雅俗觀正好處於以人格為基礎的文化雅俗觀逐漸向以審美為核心的藝術雅俗觀轉變的過程中，具有重要意義。

（一）王充的文化雅俗觀

王充曾作《譏俗》一書，已佚，現存的《論衡》中也充滿了對俗人、俗儒的批判。《論衡》一書中「雅」字共出現9次，「俗」字百餘次，其中「雅」「俗」對舉出現三次，分見於《自紀篇》《程材篇》和趙翼提到的《四諱篇》。

《四諱》篇提到「俗父」與「雅子」的對立，齊相田嬰迷信五月子的忌諱，拋棄了自己五月出生的兒子田文。田文長大後說服父親，重回田家並且主持家政，以其行為舉止彬彬有禮聞名於諸侯。王充由此感慨說，田嬰是一個迷信忌

〔註114〕張斌榮，漢哀帝罷撤樂府的前因後果〔J〕，中國典籍與文化，1998（3）：81～128。
〔註115〕趙敏俐，漢代樂府制度與歌詩研究〔M〕，北京：商務印書館，2009：82～83。
〔註116〕趙翼，陔餘叢考〔M〕，石家莊：河北人民出版社，1990：365。

諱的庸俗父親，而田文是一個高雅的兒子。《自紀》篇提到「雅徒」與「俗材」的對舉，王充在這裡表明自己擇友謹慎，從不隨便與人結交。總是結交一些有才能有道德的「雅徒」，而遠離那些庸俗粗鄙的「俗材」。《程材》篇則提到一批「有俗材而無雅度」〔註117〕的儒生，不具備高遠志向，只知道獻媚求官。這些都是從文化、人格高低角度來區分雅俗。

王充這種以人格為基礎的文化雅俗觀的形成，一方面是春秋以降士人文化傳統的產物，另一方面也是東漢社會現實、王充的個人氣質和生平際遇綜合作用的結果。徐復觀《兩漢思想史·王充論考》中提到「一個人的思想的形成，常決定於四大因素。一為其本人的氣質。二為其學問的傳承與其工夫的深淺。三為其時代的背景。四為其生平的遭遇。……切就王充而論，他個人的遭遇，對於他表現在《論衡》中的思想所產生的影響之大，在中國古今思想家中，實少見其比。」〔註118〕。

目前關於王充的生平最主要的資料是《論衡·自紀篇》和《後漢書·王充傳》，據此我們能大體瞭解到這個出身「細族孤門」的「論衡之人」。王充的先祖來自「魏郡元城」，即「任俠」的趙地，後又搬遷到會稽。王家源出燕趙又世代從武，骨鯁剛烈、逞勇好強、寧折不彎的習性當為王充遺傳基因的底色，而吳越文化求真務實、經世致用的學風又流淌在王充的血液中，這一切都塑造著王充不同於眾的性格特徵，為他特立的思想打下基礎。

王充從小就是一個不合群的人，對於同伴們喜愛的掩雀、捕蟬、戲錢、林熙等一系列娛樂活動都是不肯參加的。長大後就讀太學，博覽群書，不遵循一家一派。學成從政，試圖以自己的滿腹學問輔助帝王成就一番大業，可是事與願違，始終沉淪下僚。即便如此還是不卑小職，做事一絲不苟，勤奮上進，但由於個性耿直，不願隨波逐流，不巴結上司，不爭名利，導致他的仕宦之途很不得意，最終為官場所不容。仕途坎坷又飽嘗世態炎涼、人情冷暖的王充對士人進退逢遇有一番自己的思考。而王充的士人論又與其雅俗觀緊密相連。

《超奇篇》將士人細分為「儒生」「通人」「文人」「鴻儒」四類，曰：「能說一經者為儒生，博覽古今者為通人，採掇傳書以上書奏記者為文人，能精思著文連結篇章者為鴻儒。」王充將人按照能力由低到高地分為五等：俗人、

〔註117〕 〔漢〕王充，論衡〔M〕，長沙：嶽麓書社，1991：189。
〔註118〕 徐復觀，兩漢思想史（卷二）〔M〕，上海：華東師範大學出版社，2001：344。

儒生、通人、文人、鴻儒，其中儒生只會死記硬背儒家經典，是「鸚鵡能言之類也」〔註119〕，只是因襲以前現成的記載，沒有自己獨特的見解。聯繫《程材篇》《量知篇》，我們就可以看清楚王充認為儒生仍然是高於文吏的。「儒生不習於職，長於匡救，將相傾側，諫難不懼。」〔註120〕雖然對文法吏事不熟悉，但在長期的誦讀經書中，學問和道德均有提高。在儒生與文吏的對比中，王充突出了儒生的道德修養，對於實際上處於高位的文吏進行了批評。可見王充對當世評價儒生與文吏標準的不滿，對士的道德修養的重視。與儒生相比，通人的知識面擴大了，但仍然缺乏獨創性，故而趕不上文人。文人比之於通人而言，有一定的創造力，但他們的創作終究必須以已有之事為依據，沒有辦法提出自己創見。王充心中文人的典型代表就是司馬遷和劉向，他們創作的史書都是在對前代與當代歷史考察基礎上整理與歸納而成，屬於「因成紀前，無胸中之造」〔註121〕，故而其價值還低於鴻儒。鴻儒最大的特點就是有自己獨立的見解，不僅解經不同凡俗，而且能寫出治國安邦的著作，解決現實生活中的難題。所以他們是「超而又超」「奇而又奇」之人。王充最終認定如孔子、揚雄、桓譚這類能夠精思著文、連接篇章的人才是鴻儒。當然對於鴻儒而言，道德修養是第一步的。王充極為看重儒士文人的道德修養，是中國文論史上最早提出「文」「德」之論的人之一，章炳麟即認為「文德之論，發諸王充《論衡》」〔註122〕。在王充看來，文是德的外在表現，文的根本作用就在於使人的德行得以外顯，「空書為文，實行為德」，道德越深厚之人，其文也就越富麗。

王充崇雅的同時也對俗展開了不遺餘力地批判。首先《論衡》寫作的目的就是要「譏世俗」，全書採取問答體的行文方式，在發話與駁話之間，問者一方總是表現出一種世俗的拙劣。在王充眼中，俗人是迷信各種禁忌，輕信禍福之說（《四諱篇》）；俗人知識淺陋，偏好惑眾之妖言，不喜有獨到之處的精闢之論（《對作篇》）；俗人往往目光短淺，不能認清善人、賢者（《定賢篇》）；俗人都是寡廉鮮恥、趨炎附勢之徒，有利則來，無利則往，不講信義（《自紀篇》）。王充以一本《論衡》對種種庸俗粗鄙的人和行為進行強烈譴責，高揚士人的高雅人格和道德修養。

〔註119〕〔漢〕王充，論衡〔M〕，長沙：嶽麓書社，1991：213。
〔註120〕〔漢〕王充，論衡〔M〕，長沙：嶽麓書社，1991：189。
〔註121〕〔漢〕王充，論衡〔M〕，長沙：嶽麓書社，1991：214。
〔註122〕章炳麟，國故論衡〔M〕，北京：商務印書館，2010：81。

（二）王充的藝術雅俗觀

雅俗觀念進入文學批評，是伴隨著東漢以降、特別是魏晉以後文學自覺而產生的。而王充的《論衡》開其先河。

《難歲篇》提到「俗人」都迷信禁忌，而智者一時間也難以免俗，從而導致「吉凶之書，伐經典之義；工伎之說，凌儒雅之論。」〔註123〕宣揚迷信禁忌之書戰勝了經典，工匠伎人的言論壓倒到了博學鴻儒，這裡雖仍以文化人格區分雅俗，但已經「涉及文化的類型和特徵，出現了注重文本形式與內容的傾向」〔註124〕，將經典與吉凶之書、工伎與儒雅作了區分，思想傾向上明顯是以儒說為雅。

《自紀篇》稱「口論以分明為公，筆辯以蒁露為通，吏文以昭察為良。深覆典雅，指意難睹，唯賦頌耳！」對各種文體的藝術特徵進行了區分，說話以明白流暢為精妙，寫文章則要講求宗旨清楚，公文寫作必須準確明白，而「賦」「頌」這類文體則深奧典雅，隱晦難懂。以「典雅」作為賦、頌的文體特徵，已經涉及文學雅俗觀的範疇。「高士之文雅」，以「雅」來指稱富有才學之人寫出來的文章，明確將「雅」作為一種文章的評價標準。自王充之後，曹丕《典論·論文》談到文體與風格時說：「奏議宜雅」，陸機《文賦》則說：「奏平徹以閒雅」，都將「雅」作為一種文體風格。至劉勰《文心雕龍·定勢》「雅俗異勢」已成為常識。

王充不僅將「雅」作為文學批評術語，而且在審美趣味上尚雅。王充通過對世俗之人的審美趣味的揭露來凸顯自己不流於俗的審美趣味。在《對作篇》和《藝增篇》都提到世俗之人好奇的特性，「俗人好奇」〔註125〕，「世俗之性，好奇怪之語，說虛妄之文。」〔註126〕後來劉勰在《文心雕龍》中也有更進一步對世俗之人好奇趣味的論述。王充分別從創作和接受心理的角度對世俗的審美趣味進行了分析。他認為，為了迎合接受者好奇的審美趣味，創作者就會採用「增」的手法，故作誇張之語，因為如果作者遵從事實進行描述，接受者獵奇心理得不到滿足，就會認為他的作品索然無味。

在對世俗趣味批判的基礎上，王充提出了自己的文藝「真美」觀，提出《論衡》就是為了「疾虛妄，求真美」而作。王充的「真美」觀包括：「事真」「情真」「理真」。王充對於書中所載的虛偽不實之處進行了批判，如《書虛篇》

〔註123〕〔漢〕王充，論衡〔M〕，長沙：嶽麓書社，1991：380。

〔註124〕王齊洲，雅俗觀念的演進與文學形態的發展〔J〕，中國社會科學，2005（3）：151～164。

〔註125〕〔漢〕王充，論衡〔M〕，長沙：嶽麓書社，1991：131。

〔註126〕〔漢〕王充，論衡〔M〕，長沙：嶽麓書社，1991：442。

中延陵季子路叱拾薪者，王充認為季子都能辭讓吳國君主之位，又怎會貪圖地上被人遺失的金子呢。顏淵望闔門而發白齒落，王充反駁道人目力所及最遠不過十里，怎麼可能看到魯國到吳國這千餘里的距離。《變虛篇》《異虛篇》等篇則對當時流行的天人感應等虛假之說進行批駁。王充從功利角度出發，認為只有真事才能對人民起教化作用，文章應該有據而寫、有為而發，對社會生活起到積極的作用，而不能為了娛樂大眾而作，「為世用者，百篇無害，不為世用，一章無補」〔註127〕（《自紀篇》）。王充論文學真實不僅僅只談事實之真，還認為只有感情真摯才能打動讀者。「實誠在胸臆，文墨著竹帛」〔註128〕（《超奇篇》），意為作者的創作乃是發自內心的真誠情感的流露，「精誠由中，故其文語感動人深」〔註129〕（《超奇篇》）作品只有蘊含真摯的情感才能產生強烈的影響力。「理真」，涉及文學誇張，在這一點上王充的認識比較保守，但還是在一定程度上承認誇張的實際作用。例如他對「鶴鳴九皋，聲聞于天」一句的分析，認為詩人適當的誇張能夠使人更為深刻的明白事理，以白鶴在沼澤中的長聲鳴叫來比喻君子居窮鄉僻壤仍修養德行，名聲廣播，上達朝廷。王充之真美觀一方面繼承先秦的功用主義文學觀，繼承了史家傳統，另一方面又直指當時虛妄的世界，同時呼喚人的性情之真，人要從讖緯迷信中走出來發現真正的自我。這一點正是王充美學與魏晉美學的相通之處。

有學者認為王充在文藝美學方面表現出以俗為雅的傾向〔註130〕。誠然，王充提出了明言、露文的主張，提倡明白淺露的口語化的語言。但王充的語言觀在多大程度上是趨俗的，是值得我們仔細分析的。

當時人們普遍以艱深文風為貴，以為善辯之人，其言深刻；擅文之人，其文含蓄。由於聖賢才智博大，其文章和言論都博大精深、優美文雅，讓人很難一下子就看明白，必須依靠注解才能讀得下去。王充對這種觀點不以為然，他認為文章寫作是要按照接受者進行區分的，如果是寫給一般人看的，為了使其能夠明白，就應該「直露其文，集以俗言」〔註131〕（《自紀篇》），因為文章不是作者逞才的工具，必須具有現實功用。

〔註127〕〔漢〕王充，論衡〔M〕，長沙：嶽麓書社，1991：452。

〔註128〕〔漢〕王充，論衡〔M〕，長沙：嶽麓書社，1991：214。

〔註129〕〔漢〕王充，論衡〔M〕，長沙：嶽麓書社，1991：215。

〔註130〕李天道，王充「雅俗」美學思想的現代解讀〔J〕，淮北煤炭師範學院，2005（5）：6～11。

〔註131〕〔漢〕王充，論衡〔M〕，長沙：嶽麓書社，1991：448。

　　王充雖然提倡以「露文」「俗言」寫作，避免艱深晦澀的語言，追求明白直露的表達，主張書面語口語化。為此王充摸索出一條寫作途徑，「何以為辯？喻深以淺。何以為智？喻難以易」〔註132〕（《自紀篇》）即運用深入淺出、喻難以易的語言表達深刻的道理，從而實現文章流暢直白的表達思想。但這種寫法實際上需要作者對語言有高度的駕馭能力，看上去明白如話，實則並不容易做到。王充的語言觀應為化俗為雅，而「化俗為雅」並不等同與「以俗為雅」，前者仍然認為雅、俗不是一個層面上的事物，雅要高於俗。

（三）王充的雅俗觀過渡性之成因

　　王充之所以能夠兼具文化雅俗觀與藝術雅俗觀，也正是漢代尤其是東漢特殊的歷史文化語境所造就的。從文學觀念看，在通行「大文學觀」的同時「雜文學觀」開始萌芽；從審美趣味看，在「士大夫趣味」占主流的同時「文人趣味」開始出現；從創作主體看，東漢時期人們才開始有「作者意識」。

第一、「大文學觀」向「雜文學觀」的轉變期

　　我們都知道，現代意義上的「文學」概念是西方的舶來品，同中國古代的文學概念並不完全一致。先秦時代盛行的是一種「大文學觀」，即將一切能夠為人所感知的存在形式都視為「文」。兩漢時期出現了「文學之士」與「文章之士」的分化，以「文學」指學術，以「文章」即指經、史、子之外的各類文章，這表明兩漢在大文學觀的基礎上沿著以文字、言辭為文的方向繼續發展，張少康如是說，「漢人所說的『文章』的內涵與範圍是包括各種應用文章在內的較廣義的文學，但又比先秦相當於『文化』之『文』，要窄得多。」〔註133〕姑且將這種文學觀稱之為「雜文學觀」。即便到了魯迅所謂「文學自覺」的魏晉南北朝時代，盛行的仍然是兩漢所萌生的「雜文學觀」，一方面文學的抒情和審美功能不斷被重視，另一方面各種應用文體仍然交織在其中，這也是很多學者所指出的中國古代從來沒有西方意義上的純文學觀念的原因。

　　王充正好處在大文學觀向雜文學觀轉變的歷史進程之中，故而有學者將其稱為「文學自覺」的先驅〔註134〕，雖然其文學觀存在著不足與局限，但能夠鮮明地反映出兩漢文論的時代特性和理論價值。

〔註132〕〔漢〕王充，論衡〔M〕，長沙：嶽麓書社，1991：449。

〔註133〕張少康，中國文學理論批評史〔M〕，北京：北京大學出版社，2005：133。

〔註134〕蒲友俊，中國文學批評史論（先秦──魏晉南北朝卷）〔M〕，成都：巴蜀書社，2001：198。

　　《論衡》中「文」是出現較多的一個詞，在不同語境中，「文」的含義不太一樣。大體上可以分為五種：一是指「花紋」以及由此義引申出「文采」之義，例如《佚文篇》天文、人文互證，文采即是文化繁榮的象徵；二是指包括禮儀形式、典章制度、社會風氣、法律規範、骨相祥瑞等在內的一切文化產物，如「是故周道不弊，則民不文薄，民不文薄，《春秋》不作」〔註135〕（《對作篇》）；三是指聖賢之文、諸子百家等著作，如「夫俱鴻而知，皆傳記所稱，文義與經相薄，何以獨謂文書失經之實？」〔註136〕（《書解篇》）；四是指朝廷文書，如「豈徒用其才力，遊文於牒牘哉？」〔註137〕（《超奇篇》）；五是指文章，如「出口為言，著文為篇。」〔註138〕（《書解篇》）。如此寬泛的「文」與秦漢時期通行的大文學觀並無二致。

　　而《論衡》中出現的「文章」「文辭」「文字」「文語」等詞，更多地體現了王充對文字、文章形式的注重，如「學士有文章之學，猶絲帛之有五色之巧也」〔註139〕（《量知篇》），將文章與「五采」「五色」相聯繫，突出文學的形式美與語言美。「出口為言，集札為文，文辭施設，實情敷烈」〔註140〕（《書解篇》），對於內容來說，形式是不可缺少的。王充這種對語言文字的重視是基於漢代輝煌的辭賦創作之上的。劉毓慶曾指出：「漢賦是語言自覺的最高表現形式」〔註141〕，漢賦家們刻意追求的就是文辭之美，《西京雜記》載司馬相如談作賦時說：「合纂組以成文，列錦繡而為質」〔註142〕，體現了對形式華美的自覺追求，而揚雄不論是「詩人之賦」還是「辭人之賦」都標舉一個「麗」字。雖然王充不能正確認識誇張的作用和價值，在面對文學色彩濃厚的作品時，仍然採用與其他社會想像相同的真實標準，「王充所謂虛浮誇張之辭，實際上乃文學上之修飾」〔註143〕，這種混淆的根源就在於王充的時代沒有明確的區分文學與非文學的界限，大文學觀仍然佔據主流，作為思想家的王充在這一點上並沒有領先於時代。

〔註135〕〔漢〕王充，論衡〔M〕，長沙：嶽麓書社，1991：441。
〔註136〕〔漢〕王充，論衡〔M〕，長沙：嶽麓書社，1991：436。
〔註137〕〔漢〕王充，論衡〔M〕，長沙：嶽麓書社，1991：216。
〔註138〕〔漢〕王充，論衡〔M〕，長沙：嶽麓書社，1991：435。
〔註139〕〔漢〕王充，論衡〔M〕，長沙：嶽麓書社，1991：195。
〔註140〕〔漢〕王充，論衡〔M〕，長沙：嶽麓書社，1991：432。
〔註141〕劉毓慶，論漢賦對文學自覺進程的意義〔J〕，中州學刊，2002（3）：48～53。
〔註142〕〔晉〕葛洪，西京雜記〔M〕，北京：中華書局，1985：12。
〔註143〕田鳳臺，王充思想析論〔M〕，北京：文津出版社，1988：137。

第二、「文人趣味」疏離「士大夫趣味」的萌芽期

李春青以「趣味」為視角，探討了從兩周到漢魏時期古代知識階層「貴族趣味」「士大夫趣味」「文人趣味」相繼演變的過程及其歷史文化成因，對於本文的寫作很有啟發意義。王充所生活的東漢正好是以「閒情逸致」為標誌的文人趣味開始疏離與超越以「道」為核心的士大夫趣味的關鍵時期。

春秋之後士大夫階層產生並且逐漸取代西周貴族的文化統治地位，「道」成為了掌握文化領導權的士大夫自我確認的標誌，這也是文化雅俗觀開始興起的根源。而以「閒情逸致」為標誌的文人趣味，其具有決定性的因素之一就是「個人情趣合法化」，「只有表達那些不直接關乎政治與倫理道德的莫名的惆悵、人生的感歎、生命的憂思、心靈的悸動、男女的情思以及對自然景物的審美感受的詩文方可為『文人趣味』」〔註144〕。

東漢正是個人情趣逐漸受到關注的時期，除了張衡的《歸田賦》這一「中國文學史上最早一篇展示『文人趣味』的辭賦之作」〔註145〕。為王充所推崇的班彪（暫不討論，王充是否師事班彪），其《北征賦》以及劉歆的《遂初賦》、班昭的《東征賦》都將賦作為表達個人情緒的重要工具。此前的辭賦往往側重於表述幻想的旅途，以一種客觀的立場來記錄自己的行動，不曾流露自己的個人意見，而以上三篇賦文都敘述真實的旅途。劉歆的《遂初賦》描寫了自己從長安到五原這一段旅程，在途中既有望名勝產生的歷史思考，也有對五原草原荒涼之景的描繪，還表露了自己以書、琴自娛，安靜自足的之感受。班彪的《北征賦》敘述了自己從長安出發經過陝西、甘肅等地，表達了自己在途中的所思所想，班昭的《東征賦》講訴了自己隨子到長垣上任途中的感受〔註146〕。這一切都表明個人情緒在東漢開始受到關注，直至漢末的《古詩十九首》，文人趣味開始成熟。王充由重「才」的觀念出發，引申出重個性、重創造、重文學表達等審美思想因素，其文學雅俗觀正契合了文壇逐漸關注個人情緒的表達。

第三、作者意識覺醒的關鍵期

中國古代的作者觀念直到漢代才開始形成。聖賢如孔子者都只說自己「述

〔註144〕李春青，趣味的歷史——從兩周貴族到漢魏文人〔M〕，北京：三聯書店，2014：209。

〔註145〕李春青，趣味的歷史——從兩周貴族到漢魏文人〔M〕，北京：三聯書店，2014：211。

〔註146〕〔美〕康達維，漢代宮廷文學與文化之探微〔M〕，上海：上海譯文出版社，2013：157～182。

而不作」，即便其著作是對西周文化創造性的「新」說，仍然將「作」的權力歸于周公等古聖先賢〔註147〕。在漢代的經學語境中，湧現出不少不甘心做「述者」而敢於做「作者」的人。西漢前期有發憤著書，欲成一家之言的司馬遷，而王充更是以自覺的「作者意識」卓立於東漢。

在《書解篇》中王充詳細地論述了「作者」的重要性，先是區分了「文儒」與「世儒」，能著書立說的是文儒，能解釋經書的是世儒，並且針對世人認為文儒不如世儒，王充從三方面做出了回應，一是世儒的學問比文儒容易做，世儒都是對已有文本進行闡釋解讀，而文儒是進行創造性的創作，卓越非凡、沒有常規可循，這樣就導致世儒門下學習者眾多，而文儒的學問難以用來傳授；二是針對當時的經學研究現狀，王充認為世儒的解經都是胡言亂語、虛妄不實之語，而文儒的著作篇章才有實際內容；三是世儒在世之時雖然尊貴、門生眾多，但如果沒有文儒把他們寫進書裏，他們早已經淹沒在時間的長河裏了。在《超奇篇》中王充最為推崇的就是「能精思著文連結篇章」的「鴻儒」，也就是具有創造力的「作者」。在經學大行於世的時代，王充尊崇文儒貶低世儒，為「作者」正名，為個人論著提供了理論依據。王充更以一部氣勢恢宏的《論衡》實踐著自己的作者觀，至今我們都能從中汲取養料。更有學者提出，「王充對文學的強調，改變了傳統儒家對於文學的觀念，促進了才士化文學的出現」，但其認為王充以「才」論文與「走向形式主義和個人官能欲望的六朝文學」〔註148〕相似。本文則認為王充的「作者」觀開始走出之前的「神聖性作者觀」，在價值層面肯定「作者」的意義與重要性，為後來文章之士獲得空前關注提供了理論依據。

綜上所述，尚雅卑俗是王充雅俗觀的主要特徵，他上承春秋戰國開始的以人格修養為準繩的文化雅俗觀，下啟東漢末期至魏晉興起的以審美為核心的文學雅俗觀。「『雅』與『俗』既是深藏在中國人特別是中國知識分子心底的最為穩定的價值尺度和審美標準，又是影響著中國文化進程和文學發展走向的兩股巨大力量。」〔註149〕從春秋戰國開啟的文化雅俗觀，由於文人趣味的被

〔註147〕 龔鵬程，文化符號學：中國社會的肌理與文化法則〔M〕，上海：上海人民出版社，2009：22～23。

〔註148〕 王守雪，王充「文儒」之說及其以「才」論文〔A〕，古代文學理論研究（第二十七輯）——中國文化論的我與他〔C〕，上海：華東師範大學出版社，2009：13。

〔註149〕 王齊洲，雅俗觀念的演進與文學形態的發展〔J〕，中國社會科學，2005（3）：151～164。

肯定、文學創作的發展和人們對文學認識的不斷深化，在文學走向自覺的進程中，逐漸生發出以審美為核心的文學雅俗觀，這在中國文學發展史上具有重要意義。

第三章　文學雅俗觀的生成

　　東漢以降、特別是魏晉以後隨著文學自覺，雅俗觀念進入了文學批評，王充《論衡・自紀》有「深覆典雅，指意難睹，唯賦頌耳」，〔註1〕其中「典雅」就是評判文學的一個美學範疇。文學雅俗觀從文化雅俗觀中生發、分化出來是一段漫長的過程，伴隨著東漢地方文化崛起中士的「群體自覺」和「個體自覺」，加之以黨錮之禍與鴻都門學的刺激才最終出現。

第一節　遠因：東漢地方文化崛起

　　從武帝開始，一個與布衣將相精神風貌迥異的士大夫階層開始出現。「明經之士在社會和政治上的力量急劇擴張，形成了『士族』這一標誌社會、經濟、政治和文化相結合的力量」〔註2〕，並在西漢後期逐漸取得社會之主導地位〔註3〕。

　　從漢代的豪族到魏晉南北朝的士族，是一個漫長的轉變過程，東漢是其轉變的重要契機。楊聯陞提出，魏晉南北朝閥閱勢力是從漢代豪族孕育而來的，東漢是其關鍵期〔註4〕。田餘慶則認為，西漢的豪強大族與東漢的世家大族，是魏晉士族發展序列的兩種先期形態〔註5〕。豪族是漢代社會結構中的一個階

〔註1〕〔漢〕王充，論衡〔M〕，長沙：嶽麓書社，1991：450。
〔註2〕金春峰，漢代思想史〔M〕，北京：中國社會科學出版社，1997：15。
〔註3〕余英時，中國知識階層史論・古代篇〔M〕，臺北：聯經出版事業股份有限公司，1980：117。
〔註4〕楊聯陞，東漢的豪族〔M〕，北京：商務印書館，2011：1。
〔註5〕田餘慶，東晉門閥政治〔M〕，北京：北京大學出版社，1991：330。

層，之所以用「族」字來命名和指稱它，就在於其所具有的強大宗族勢力，「豪」則凸顯其在政治、經濟和軍事上的雄厚實力。趙沛提出所謂豪族，「首先是一個『族』的概念，即首先是一個大宗族；其次是大或豪，即規模大，勢力強，依附人口眾多；第三則是『久』，即世代沿襲，形成世族。」〔註6〕。漢代豪族的宗族存在形式，與三代時純粹基於血緣族姓的宗法分封制有所不同。在歷經戰國和秦代的官僚科層制與郡縣制變革後，漢代豪族不僅依靠與生俱來的血緣聯繫族人，更通過模擬宗族關係的方式，巧妙地將姻親及無血緣關係的鄉黨鄰里、徒附、賓客等不同層次的人群緊密地聯繫在一起，形成了具有親疏遠近層次的社會網絡。〔註7〕伴隨著儒家的制度化和制度的儒家化，逐漸形成文化的家族化和家族的文化化，例如扶風馬氏、博陵崔氏、沛郡桓氏、弘農楊氏、汝南袁氏等等。從豪強宗族到文化士族的轉變，標誌著東漢地方文化的崛起。士族在發展壯大的過程中，逐漸產生出一種群體意識，要求建一整套與其身份相適應的行為規範和價值觀念，言談、舉止、輿服、文學、書法、繪畫等等，都成為顯示其獨特身份的裝飾物。尤其是士階層自身評價體系的建立，使士族的自我意識日益凸顯，他們開始在文化上發出自己的聲音。從這個意義上來說，歷史學家所說的「東漢士大夫之新自覺與新意識，與中古文學研究界所討論的『文學自覺』，其實是一個問題的兩個方面」〔註8〕。關於漢晉之際士人思想之變遷，余英時先生在《漢晉之際士之新自覺與新思潮》一文中曾有過精彩的分析，涉及黨錮之禍、名士的影響力、人物品評之風等多個方面〔註9〕，本文受其啟發，選取突出之處詳細論之，東漢地方文化崛起具有如下四個標誌：私修譜牒之興起意味著士族勢力不斷強大，人物品評之風大興表明士人逐漸形成一套自己的評價體系，士人成為輿服的引導者表明士人的價值觀和審美趣味逐漸成為社會主流，而士人的多才多藝促進對文學認識的深化，文人身份逐漸從士大夫身份中演生出來，這一切都為文學雅俗觀的生成提供了基礎。

一、私譜興起

譜牒，是中華民族一種特殊的歷史文獻，遠肇三代，綿延至今，從皇室貴

〔註6〕趙沛，兩漢宗族研究〔M〕，濟南：山東大學出版社，2012：112。
〔註7〕崔向東，漢代豪族研究〔M〕，武漢：崇文書局，2003：223。
〔註8〕陳君，東漢社會變遷與文學演進〔M〕，北京：中國社會科學出版，2012：4。
〔註9〕余英時，士與中國文化〔M〕，上海：上海人民出版社，1987：287～400。

族到庶民百姓，各個階層都曾修撰譜牒。「牒，原用以記錄帝王世系、謚號，後來發展為譜書的傳記；譜，始初是記敘帝王、貴胄血緣疏密關係的，後來發展為譜書的世表」〔註10〕，譜牒作為記述具有血緣宗族之間世系關係的一種載體，通過縱向的世代傳承和橫向的支派分別，將一個宗族世代繁衍的譜系清晰地展現出來。學術界較多使用「譜牒」這一術語，與之相近的名稱還有「宗譜」「族譜」「家譜」等，只是使用語境不同，並不具有根本差異。

族譜是宗族發展的產物。當一個社會的「族」發展到一定程度的時候，出於婚姻的選擇、地位財產的繼承等原因，就會出現族譜。

譜牒按照修撰者的不同，分為官修譜牒和私修譜牒。官譜與私譜並非同時出現，官譜的存在要遠早於私譜，官譜起源於周代，而家譜要至漢代才大興〔註11〕，並逐漸從官修向私修轉移，隋唐以前以官修為主，宋代以降私修盛行。譜牒最先起於帝王家譜〔註12〕，在皇（王）位繼承和權力承襲分割中一直充當著重要角色，對其的修撰始終是皇室的一項重要事務。周代春官宗伯所屬官小史，其職責為「奠繫世、辨昭穆，若有事，則詔王之忌諱」〔註13〕，「繫世」是指記載歷代皇帝世系的《帝繫》和主要是記載諸侯、卿大夫世系的《世本》兩種文獻，小吏不但掌握周王室的世系記載，而且還能夠知道祖先的名諱忌日〔註14〕。各諸侯國也相應地設有管理王室譜牒和家族事務的官員，如屈原便掌管王族昭、屈、景三姓的譜牒（《史記·屈原賈生列傳》）。

但是，關於漢代是否有私譜，學界一直沒有統一認識。代表性觀點是潘光旦認為「漢代平民譜學不重」，其原因就在於漢代官方前後發動了十七次移民運動，其中六次是針對豪富大族。大族的頻繁遷徙，切斷了與原居住地的聯繫，疏遠了宗族間的情感，私家修譜的動機也就隨之銳減〔註15〕。

然而，遷移並不能阻擋豪族的發展。特別是元帝之後，中央衰弱，豪族大量兼併土地，到了成哀之際師丹甚至上書建言限田，可見豪族發展之強盛。

〔註10〕馮爾康，中國宗族制度與譜牒編纂〔M〕，天津：天津古籍出版社，2011：252。
〔註11〕楊殿珣，中國家譜通論〔J〕，圖書季刊，1946（1～2）：33～91。
〔註12〕在我國出土的甲骨中已經出現了類似族譜的內容，如《庫、方二氏藏甲骨卜辭》中的1506號甲骨。它的內容一個家族的十一代，共十三個人，是比較完整的家族世系。參看劉正，甲骨文家譜刻辭研究：對《庫、方二氏藏甲骨卜辭》第1506片甲骨的考察〔J〕，殷都學刊，2008（3）：20～23。
〔註13〕〔清〕孫詒讓，周禮正義〔M〕，北京：中華書局，2013：2098。
〔註14〕錢杭，中國宗族史研究入門〔M〕，復旦大學出版社，2009：122～123。
〔註15〕潘光旦，中國家譜學略史〔J〕，東方雜誌，1929（1）：107～121。

豪族的興起，使得私譜在東漢後期大規模的出現。《史通》卷九《煩省》稱，東漢以後著作之人大為增多，特別是城市經濟發達的大都市，各處都有很多能力出眾之人：豪門大族，更是世世代代出現才能傑出之士。在這種情況下，地方老人、鄉里賢士，競相撰寫別錄，家族、宗族的譜牒也成為各自撰寫私傳之物〔註16〕。

　　另外漢代以孝治天下，秉持在家是孝子，在朝為忠臣的理念，忠誠優秀的官吏來自於門風良好之家族。出於對自身家族文化的重視與推崇，也會催生漢人對譜牒的重視。

　　司馬遷在《史記·太史公自序》中就敘錄自己家族的歷史，具有家族譜書的形式，司馬氏世代掌管周史，於周惠王和周襄王時期離開周都來到晉國，從此族人分散各地。司馬遷這一支起於司馬錯，司馬錯之孫司馬靳奉事武安君白起，司馬靳之孫司馬昌，是秦國主管冶鑄鐵器的官員，司馬昌生司馬無澤，司馬無澤擔任漢市長之職。無澤生司馬喜，司馬喜封爵五大夫，死後都埋葬在高門。司馬喜生司馬談，司馬談也就是司馬遷的父親做了太史公。後來班固作《漢書》之時也繼承了這種寫法，其《敘傳》載班氏的祖先與楚同姓，是令尹子文的後代，秦滅楚後，遷徙到晉、代之間，以「班」為姓。秦始皇末年，班壹避難於樓煩，有子班孺為人仗義，深受本州人的稱頌。班孺的兒子班長，官至上谷太守。班長的兒子班回，憑藉才能出眾為長子縣令。班回的兒子班況，被推舉為孝廉擔任郎，累積功勞，官至上河農都尉。班況有三個兒子：班伯、班斿、班稚，均學識淵博、才智出眾，在當時朝廷也很有名望。班稚的兒子是班彪，班彪與其堂兄班嗣皆為當時著名學者，班固就出身在這樣一個儒學世家裏。

　　漢代的《子雲家牒》，又稱《揚雄家牒》，是現存最早的私家譜牒，可能是為了與官方譜牒相區別故名之「家牒」。《志氏姓》為我國較早的一部系統研究姓氏之書，古代史官編錄的《世本·氏姓篇》到了宋代已經不傳，《志氏姓》成為了目前所能看到的最早的保存完整的記姓氏之作，為後人研究姓氏文化提供了極為寶貴的文獻資料。《志氏姓》在《潛夫論》中篇幅最長，按照帝王、諸侯、大夫以及古代其他舊姓的次序排列。王符之所以對《志氏姓》用墨較多，有一定的現實社會依據。一方面，西漢末期，平民姓氏已經大體完成〔註17〕，

〔註16〕〔唐〕劉知幾，史通通釋〔M〕，上海：上海古籍出版社，2009：246。
〔註17〕徐復觀，兩漢思想史（卷一）〔M〕，上海：華東師範大學出版社，2001：190。

這樣就有對姓氏進行梳理的必要，另一方面，東漢時以親緣關係為核心的宗族已成為維繫「廣大鄉土親緣村莊聚落」的主導力量，姓氏具有區分尊卑等級的作用〔註18〕。而且《志氏姓》作於羌人入侵邊境的年代，也有正漢人血統的意義。漢代還有一些刻在石碑上的族譜，如《三老碑》《孫叔敖碑》等。「三老」是漢代的地方官名，屬於基層官吏。以上這些，都可以說明漢代私人族譜較前代有了很大發展。

　　漢代開始出現的私修譜牒，到了魏晉南北朝時期獲得了全面發展。中古世家大族擁有的政治權勢使得私修譜牒進入公共領域，成為由政府統一管理的具有法律效力的官方文書〔註19〕，從而為區分階層、選舉人才、締結婚姻、維護世族特權提供制度保障〔註20〕。私修譜牒之興起基於士族勢力不斷強大，渴望被社會認同的心理。同時，宗族的榮耀和祖先的輝煌，也對宗族成員自身的發展起到激勵和鞭策之作用。

二、品評之風

　　東漢中葉以後，人物品評之風大盛，不僅出現了一批善於人物鑒識之人，按照岡村繁的統計有荀淑、度尚、吳祐、牛述、謝甄、符融、韓卓、田盛、橋玄、何顒、王誧、郭泰、許劭、許靖等三十餘人〔註21〕，而且人物品評實例和品評人物的謠諺也急劇增多。

　　人物品評本是與漢代的察舉制相聯繫的，察舉制的主要特徵是由地方長官對轄區內的士人進行考察，選拔優秀人才推薦給中央，考察的標準之一就是士人在當地的道德和才學上的聲望。人物識鑒與出仕緊密聯繫在一起，人物品評就演變成一項有意識的輿論活動，並在整個社會生活中發揮重要的政治作用。但是到了東漢中後期，社會黑暗、政治腐敗，地方豪族把持鄉黨輿論，造成選舉不實，很多德行顯世、學識出眾的士子求仕無門，此時由名士進行人物品評，去獎掖、提拔傑出青年，顯得尤為重要。特別是和帝之後宦官外戚輪流執掌政權，人物品評這一社會輿論形式就不僅僅發揮獎掖後進的作用，

〔註18〕閻步克，士大夫政治演生史稿〔M〕，北京：北京大學出版社，1996：346。
〔註19〕陳爽，出土墓誌所見中古譜牒研究〔M〕，上海：學林出版社，2015：24。
〔註20〕黃寬重、劉增貴，家族與社會〔M〕，北京：中國大百科全書出版社，2005：83～84。
〔註21〕〔日〕岡村繁，漢魏六朝的思想和文學〔M〕，上海：上海古籍出版社，2002：84～93。

成為了清流士大夫抨擊時政、打擊宦官集團的鬥爭手段之一。東漢士人們「把流行民間的謠諺歌語發展成『品核公卿，裁量執政』的清議形式，把選舉、獎掖人才的品評活動轉化而成『上議執政，下譏卿士』的輿論工具」〔註22〕，一方面大力表彰那些不畏強權、輕生死、恪士節、敢於同惡勢力做鬥爭的正直之士，如「三君」「八俊」「八顧」「八及」「八廚」俱為士林有氣節者；另一方面，貶斥那些篡權竊國的外戚宦官以及不學無術、喪失節操的趨炎附勢者，試圖以自己的努力匡正社會風氣。人物品評之風隨之演變成了聲勢浩大的清議運動。

與人物品評相聯繫的是此時私諡出現，「死後之諡亦可視為生前題目之一種延長」〔註23〕。公諡是國家政治制度的重要組成部分，是統治者對特定群體死後給予的稱號，是對其一生行狀的總結。私諡則是私人加贈諡號，有學者認為除了天子朝廷賜的諡號，其他一切給諡都是私諡〔註24〕。東漢私諡大興的首要原因是漢代諡法「本身封閉、刻板的制度性缺陷和東漢混亂政局的影響」〔註25〕，漢代的給諡範圍是諸侯、列侯等，在東漢只有宗室近親才可能獲封諸侯王，其他人想要有諡號就只有封侯一條途徑。而東漢後期外戚、宦官掌控實權，普通士大夫難以獲得封侯機會。可深受儒家思想浸染的士大夫對於身後名相當重視，在公諡不成的情況下通過私諡的方式，既能尋求同樣的結果，又能顯示出其與宦官集團區別。徐國榮即認為「東漢私諡盛行是士大夫和外戚、宦官鬥爭的產物，是士大夫階層自命清流和對抗濁流的態度表徵，但私諡卻也表現了『朋黨義氣』」〔註26〕。

東漢時，私諡得主多為那些在道德、學術或品行方面堪稱典範的傑出人物。人們賦予他們這一殊榮，旨在彰顯他們生前所展現的美好品質，並以此激勵世人不斷追求更高的道德標準和更卓越的成就。有因德高望重而得私諡，如潁川名士陳寔去世後，參加葬禮的有三萬多人，大將軍何進還與陳寔的門人共同諡之為「文範先生」。有因學術造詣深厚而得私諡，如楊厚曾在順帝時擔任侍

〔註22〕南開大學中文系《南開文學研究》編委會，南開文學研究〔M〕，天津：天津古籍出版社，1990：45。
〔註23〕余英時，士與中國文化〔M〕，上海：上海人民出版社，1987：315。
〔註24〕汪受寬，諡法研究〔M〕，上海：上海古籍出版社，1995：200。
〔註25〕沈剛，東漢的私諡問題〔J〕，煙台大學學報，2014（4）：93～101。
〔註26〕徐國榮，漢末私諡和曹操碑禁的文化意蘊〔J〕，東南文化，1997（3）：108～111。

中的職務，以病辭歸後，在家鄉授徒教學，卒後被其弟子門生私諡為「文父」。有因品行高潔而得私諡，如東漢法真。他雖在儒學和讖緯之學上研究頗深，卻不願為官，四次拒絕順帝徵召，死後弟子私諡之為「玄德先生」。沈剛的研究進一步表明這些私諡得主都精通儒學，為儒生典範，私諡這一行為也是儒家正名觀的體現〔註27〕。正如《衛尉衡方碑》所言「諡以旌德，銘以勒勳」，即贈諡和勒石做銘一樣，都是死後昭顯德行的必要形式。

其次，作諡之人都是秉持著嚴肅認真的態度，並不以私諡為虛美。相對於嚴肅公正的公諡，私諡實際上更多地融入作諡之人的偏好與感情，有流於虛美的可能，但在東漢私諡的作諡者雖然並不固定，但每個私諡的給諡者態度都是嚴肅認真的，並不是濫加標榜。為了表明私諡的客觀公正，作諡人會在私諡時寫上自己的名字，正如汪受寬所說，民間私諡雖為私下給予，但絕非濫加標榜〔註28〕。如《漢司隸校尉魯峻碑》的文末記載到，作諡人為其門生：汝南干商、沛國丁直、魏郡馬萌、渤海呂圖、任城吳盛、陳留誠屯、東郡夏侯弘等，清楚明白地記下作諡之人，並記錄了作諡原因。

再次，私諡多刊刻於碑石，以期長久流傳。東漢時期，人們就開始以碑文的形式將私諡刻於石碑上，這樣就避免了私諡因史書有可能不載而遺，如《蔡中郎集》就收錄了《陳太丘碑》《范史雲碑》《李子材碑》等。當然東漢碑銘大興，也與厚葬、求名風氣密不可分。

在人物品評風氣中，士族建立起屬於自己的評價體系，無須借助官方勢力，這也為士的個體覺醒與文化身份走向獨立奠定了基礎。陳君更是認為在這樣的情況下東漢後期出現了一種「文人社會」的現象，士人之間的頻繁交往帶有很強的文學性，其代表就是蔡邕的碑文創作和贈答詩，表明了當時的士人以詩文作為感情交流的方式〔註29〕。

三、輿服改變

東漢明帝開始建立一套完整的輿服制度，建立起「明尊卑，別貴賤」的禮制架構。《後漢書·輿服志》初創體例，篇幅不大，上卷為「輿」，下卷為「服」，都是在正文之前先列主要輿服種類，再一一敘述，將車馬儀仗、服飾款式、色

〔註27〕沈剛，東漢的私諡問題〔J〕，煙台大學學報，2014（4）：93～101。

〔註28〕汪受寬，諡法研究〔M〕，上海：上海古籍出版社，1995：213。

〔註29〕陳君，東漢社會變遷與文學演進〔M〕，北京：中國社會科學出版社，2012：13。

彩乃至紋樣與等級觀念對應。車旗服御的每一點規定，都是作為政治權威性的符號來區別等級、維護社會穩定。除了表明品級身份的高低之外，輿服制度還強調輿服這一政治符號外在裝飾所代表的道德意味，「德薄者退，德盛者縟」。在這樣的情況下，具體輿服形態會成為某類群體的標誌，衍生出象徵性的意義。君子出入有車才合於禮儀，「乘車者君子之位也；負擔者小人之事也。」〔註30〕（《漢書·董仲舒傳》）車與士的關係，為我們考察士族演變提供了一個視角。在東漢重名節的氛圍中，尤其是中後期士人團體活躍，社會輿論發達的背景下，士人對交通工具的態度常常成為個人處事姿態的表徵〔註31〕。

　　特別是原屬於社會中下層使用的牛車、鹿車漸漸在典籍中出現，並被精英團體所認可。例如在先秦時期牛車是用來載運貨物的。西漢政權初建立時，經濟凋敝，馬匹奇缺，將相乘牛車是不得已的行為。後來牛車不具備官方駕乘的資格，缺少威懾力，主要用於載物，屬於地位較低的交通工具。但東漢中後期清議之風的興起，像劉寬、韓康這樣乘牛車的例子漸漸被賦予更多正面的文化內涵。士人有時借用牛車的低姿態表明自己的態度，例如韓康辭安車而就牛車，表明的是對自己平民身份的堅持，他最終也未就詔命，成為著名隱士。趙岐「欲自乘牛車」同樣表明自己不求官方任命派遣，願意以私人的身份、平民的姿態承擔「南說劉表」的任務。劉增貴在《漢隋之間的車駕制度》一文中對此有比較明確的論述。其中，列舉了中古牛車取代馬車的種種原因，並強調了這一風氣的轉變和漢末清流士風的密切關係〔註32〕。到了魏晉乘牛車之風大肆流行，南朝梁時，乘馬者為士族所不容尤為典型，顏之推《顏氏家訓·涉務篇》載若是有官員騎馬或乘馬車，就會遭到彈劾。建康令王復從未騎過馬，一看見馬嘶鳴跳躍，就驚慌害怕，視馬為虎。牛車興盛之風，直至隋唐五代也未有變化。

　　和牛車一樣，鹿車也更多是下層貧賤者所選用的交通工具，鹿車在漢代是指一種人力小車，應劭《風俗通》：「鹿車，窄小裁容一鹿也。」〔註33〕《後漢書》記載了杜林推鹿車為弟杜成治喪，被視為「義士」之舉，任末以鹿車送同學好友董奉德之喪，「由是知名」，挽鹿車與著短布裳是鮑宣妻賢良的表現，范冉遭黨錮之後推鹿車載妻子結草室而居，鹿車漸漸表達一種脫離官宦生涯的

〔註30〕〔漢〕班固，漢書〔M〕，北京：中華書局，2005：1917。

〔註31〕楊穎，行行重行行：東漢行旅文化與文學〔M〕，北京：中國社會科學出版社，2014：44。

〔註32〕蒲慕洲，生活與文化〔M〕，北京：中國大百科全書出版社，2005：214～215。

〔註33〕〔南朝宋〕范曄，後漢書〔M〕，北京：中華書局，2005：610。

狀態，推鹿車者往往以家鄉為目的地，在某種程度上鹿車成為了隱居的一種姿態〔註34〕。

　　車駕的豪簡成為了一種帶有普遍意義的評判標準，原本騎驢的向栩給社會輿論留下的印象是儉樸的，待其拜趙相，則改為「乘鮮車、御良馬」，世人就懷疑他騎驢的行為是作偽，只是以貧賤清絕的特立獨行來邀名。《後漢書》載士人曾將楊氏與袁氏進行對比，認為袁氏不及楊氏，原因之一就是袁氏的車馬衣服極為奢僭。袁紹從濮陽令卸任回家，即將進入汝南郡時，就辭謝賓客、遣散隨從，輕車簡從回家，就是害怕自己的排場過大讓著名的人物品評家許劭看到。可見，對交通工具的選擇，與士人的個人事蹟相結合，成為輿論評價的依據之一；輿論反過來又會對士人交通工具的選擇產生制約。

　　與車乘一樣，人們對服飾的認識，也經歷了一個從切身的物質需求到文化因素不斷增加的精神需求的過程。在漢代服飾發展過程中出現了一些有影響力的人物，其個人的服飾穿著和審美喜好因其特殊的身份地位，會在社會上形成一種時尚，例如明帝的馬皇后好為「四起大髻」、梁冀的妻子孫壽引發了京城婦女一系列服飾妝容的改變及梁冀的改易輿服等。到了東漢中後期，引領服飾走向的就不再是王公貴族，而是名士了，最典型的變化就是士人不戴冠而幅巾。

　　幅巾，是一種多為平民使用的首服，即用一塊方形頭巾直接蒙在頭上繫結於腦後。按照《釋名・釋首飾》的說法，「二十成人，士冠，庶人巾。」〔註35〕可見，士在成年以後是需要戴冠的，冠和巾本來是士與平民的一種身份區分。但是到了漢末，很多名士不願意做官，常常頭戴幅巾、身著平民服飾，以表明自己不仕之志。《後漢書・鄭玄傳》載何進欲徵辟鄭玄入朝為官，對鄭玄禮遇有加，而鄭玄拒不穿朝服，只著平民幅巾與何進相見。鄭玄「以幅巾見」就是為了表明自己不願為官的態度。漢末的關西大儒法真也是如此，與太守相見，亦是一副幅巾。這些漢末名士，學術淵博，人格高尚，為四方學子所宗。他們的行為舉止乃至服飾都會對士林產生影響。最典型的就是「林宗巾」的故事，漢末名士郭泰，有一次行路途中突降大雨，頭巾為雨打濕，使得其中一角折了起來，當時的士人們見之，紛紛傚仿，故意將自己的頭巾折起一角，名士的影響力由此可見一斑。

〔註34〕楊穎，行行重行行：東漢行旅文化與文學〔M〕，北京：中國社會科學出版社，2014：27。
〔註35〕〔清〕王先謙，釋名疏證補〔M〕，上海：上海古籍出版社，1984：236。

　　隨著這些不慕虛名、德音遠播的名士紛紛佩戴幅巾，一時間頭巾從平民專有的首服轉變為士人學子所用。漢末王公名士袁紹、崔鈞在穿戴方面也是頭戴幅巾、身著便服，不穿戎服，體現出一副儒雅的將帥風度。

　　到了中古時期，「學士們皆以著巾為雅，『角巾』甚至一度成了名士清高自守的代名詞。」〔註36〕《晉書・羊祜傳》中記載羊祜曾在給從弟羊琇的信中寫道，平定東吳後，當「角巾東路，歸故里」，棄官歸農。《南齊書・徐孝嗣傳》記載徐孝嗣不願為官，則說「角巾丘園，待罪家巷」。《梁書・謝朏傳》中記載梁武帝曾下詔封謝朏為侍中、司徒、尚書令，謝朏為表自己不願出仕之意，著角巾、坐肩輿謝恩。此三者都是當時的名士，都以角巾作為自己清高臨世、潔身自守的一種標誌。

　　就漢末以來名士取代王公貴族，成為社會風尚的引領者，可以看出皇權的衰落，以及士大夫階層的崛起。伴隨著士的地位不斷提升，他們的影響力也日益擴大。牛車從平民的坐具轉變為名士的坐乘，幅巾從平民的首服轉變為名士的標誌，士階層逐漸將自己的審美趣味鎔鑄成社會的審美批判標準。

四、多才多藝

　　東漢後期以來，隨著士階層文化的全面發展，士的個人內在生活也越來越豐富，他們的多方面才能和技藝也得到了發展。其中，通音樂者有桓譚、劉睦、馬融、酈炎、劉宏、蔡邕、蔡琰、劉昆、曹操、曹丕、曹植、阮瑀等，善書者有曹喜、杜度、崔瑗、崔寔、和帝陰皇后、張超、張芝、張昶、劉德升、皇甫規妻、王次仲、師宜官、陳遵、張紘、梁鵠、曹操、徐幹、應璩、韋誕、鍾繇等，擅畫者有張衡、趙岐、劉褒、劉旦、楊魯、楊脩、曹不興、諸葛亮等，精於棋藝者有山子道、王九真、郭凱等〔註37〕。東漢士人特別喜愛的藝術是書法和音樂，除了蔡邕和曹操書樂雙修外，其他的人都是只擅一科，並為像後世士人那樣出現多才藝融會貫通的情況，這大概是文藝發展初期的必然現象。在東漢還有不少女子精通才藝，比如和帝的陰皇后擅長書法，皇甫規妻的公文和書法讓男子也非常敬佩，蔡邕的女兒蔡琰更是出名的才女。

　　東漢士人對才藝的精通反映到了他們的文學創作上來，東漢時期的音樂賦較西漢更為發達，有劉玄的《簧賦》、傅毅的《雅琴賦》、馬融的《琴賦》

〔註36〕張玉安，名士、巾子與士人風尚——漢晉士人的著巾風尚〔J〕，服飾導刊，2016（2）：19～23。

〔註37〕聶濟東，東漢士林風氣與文學發展〔D〕，山東大學博士學位論文，2006：87。

《長笛賦》、侯瑾的《筝賦》、蔡邕的《彈琴賦》《長笛賦》等等，還出現與音樂有關的伎藝賦，如傅毅和張衡俱作有《舞賦》。當時的士人還為各類文具、棋具作賦，如蔡邕有《彈棋賦》《筆賦》，馬融有《圍棋賦》《樗蒲賦》等。正是因為這些樂器、文具、棋局與士人的生活息息相關，才會產生以此為賦的衝動。

對於大部分東漢士人來說，才藝並不是謀生手段，也不是入仕捷徑。畢竟鴻都門學只是曇花一現，並不是入仕的主要途徑。他們只是以才藝調適生活，抒發自己的情感。《後漢書・逸民列傳》中載梁鴻與妻子在霸陵山中避世隱居，以耕織為業，詠《詩》《書》和彈琴以自娛。特別是東漢中後期，士人深感現實政治之黑暗，寄情於經書之外的才藝來放鬆自己的身心，在聽覺享受和視覺衝擊中忘卻現實的苦悶。傅毅的《雅琴賦》就借琴聲之婉轉，以舒緩自己心中之塊壘；蔡邕的《霖雨賦》也是借撫琴來疏解自己的深夜難眠。

隨著士階層的生活情趣不斷被開發，才藝之事在東漢士人日常生活中越來越重要，僅以音樂和書法兩項才藝來看，兩漢之際的桓譚就喜歡音樂，《後漢書・桓譚傳》載其「性嗜倡樂」。他在光武時任議郎給事中，每次公宴，光武帝輒命桓譚彈琴，喜歡他演奏的「繁聲」，以至受到大司空宋弘的嚴厲批評，說他「數進鄭聲以亂雅頌」（《後漢書・宋弘傳》）。說明桓譚所嗜為當時流行於野的俗樂，曲調繁複華麗，不符合儒家樂教所提倡的中正平和的風格。桓譚這種音樂審美趣味與儒家背道而馳，受到了當時人的批評。雖然桓譚在自己的著作裏對這種音樂愛好作了辯護，「控揭不如流鄭之樂」（《新論・啟寤》）。但他在一般意義上論及音樂的功能和風格時，仍然沿襲儒教樂教精神。其《琴道》篇論琴樂之功能，「琴者禁也。古者聖賢玩琴以養心」〔註38〕，強調音樂對人的道德情操的薰陶與培養，這無疑是儒家樂教說的反映。桓譚的矛盾說明兩漢之際隨著社會的發展，個人好尚在創作和鑒賞活動中越來越明顯，但正統經學仍以其強大慣性對審美意識萌芽形成阻抑。

但在東漢中後期，士人對娛樂性樂舞的喜愛就變得更為顯著和普遍，馬融為漢代大儒，擅長彈琴、喜歡吹笛，講學的時候往往是弟子在前面，女樂列於後，這種任性達生，不拘禮節的行為並沒有得到強烈的批判。此外士人們還常常獨自品樂，抒發情感，以馬融的《長笛賦》為例，可見個人情趣的顯著增強。《長笛賦》中那傲立終南山陰崖的竹子，清高而孤獨，處於困境

〔註38〕〔漢〕桓譚，新輯本桓譚新論〔M〕，北京：中華書局，2009：46。

卻仍保持良好品質，正象徵著懷才不遇的馬融。在這樣孤獨的心境中，馬融怎能不想到那些棄妻離友的放臣逐子。馬融的孤獨在悠揚的笛聲中得以排遣與消解，使之不流於悲傷。這才是典型的中國古代士大夫，忘情寄意與山水、詩文、音樂中，或遠離世俗的煩擾，或逃避政局的險惡。戰國於陵仲子開啟的「左琴右書」，不僅是士人重要的精神體驗，而且內化成士人的一種生活方式。

漢代廷尉律令中有「書或不正，輒舉劾之」的規定，表明書法以「正」為規範，其目的在於實用。到了後來草書的出現，書寫更為快速、能節省時間。然而隨著士人們的參與，草書逐漸具有審美藝術性。崔瑗的《草書勢》肯定了草書的審美價值，一是打破之前篆書多圓筆，隸書多方筆的講求書體平整均衡之風，以自由飛揚、不受拘束之行書方式更適合書家情感的表達；二是草書具有強烈的動感，象徵頑強的生命力；三是草書書寫是一個以氣灌注、一氣呵成的過程，充滿一種統一的整體的美感。其實那恣意的筆端，噴泄而出的正是士人們被主流文化壓抑與規訓已久的心。

而趙壹的《非草書》則從反面反映了草書的藝術魅力。草書本是為了求簡易迅速才產生，現在花大量的時間練習、書寫，失去了草書存在的意義。而且草書對於人來說，只不過是瑣碎微小的技藝而已，考核績效、選拔人才都不以此為內容。而像梁宣、姜詡這樣優秀的讀書人，卻對其如癡如醉，日夜研習不斷，甚至荒廢了聖人之業，這是趙壹所不能接受的。趙壹筆下那些癡迷於草書之人，天色已晚仍不肯休息，太陽偏西還沒空吃飯；平均每人十天就寫壞一支筆，一個月就用掉數丸的墨；即使和大家群坐一堂，也不參加談論，只顧著伸出手指在地上畫來畫去，以至於手臂刮傷，指甲出血，還不肯休息、停止。這就是一種藝術的精神，在這些草書練習者心中，草書帶給他們的是純粹的精神樂趣。

講求文學藝術的抒情化與趣味化，代表著審美意識的覺醒，人們開始走出功利主義的教化說，轉向豐富多彩的生活情趣，詩、書、畫、樂漸漸成為士大夫藝術化生活的重要組成部分，契合了東漢以來士大夫個體自覺的需要。而且他們的參與反過來也提升了藝術的地位，使其從壯夫不為的「雕蟲小技」變成了個體文化品位的象徵。在這個雙向的過程中他們漸漸發現了藝術獨立的審美價值，從而為以審美為核心的文學雅俗觀奠定了基礎。

第二節　近因：黨錮之禍與鴻都門學

一、黨錮之禍與東漢士風轉變

　　前文提到，東漢人物品評演變成清議運動，隨著士大夫與宦官之間矛盾的不斷加劇，一場激烈的政治鬥爭最終爆發，這就是黨錮事件。黨錮之禍從桓帝延熹九年（公元 166 年）一直遷延到靈帝中平元年（公元 184 年），成為導致士人心態變化的最重要的政治因素。士人們本來以極大的熱情投身於社會政治之中，一心以挽救時弊、拯救蒼生為己任。但是黨錮以不准黨人仕宦的官方懲處方式，對以出仕從政為重要出路的士人來說無疑是一次重大的打擊，士人心態由對社會、政治的積極、熱情轉變為失望、絕望，最終尋找到自我解脫之途徑，或積極入世、或隱居山林、或行樂縱慾、或寄情筆墨。就文學而言，與政治日漸疏離，之前作為經學附庸的大賦不再出現，代之以重個性、重自我的抒情辭賦和詩歌。

　　事實上，以文學的形式表現政治的壓力、人生的傷感，在東漢中期就已經顯現。馮衍的《顯志賦》表現了作者忠而見疏後萌生歸隱念頭，同時又表達了憤世嫉俗的感情。張衡的《歸田賦》就開始走出文學為經學附庸的大賦寫法，全篇以不斷跳躍變化的感情為主線，提筆就寫自己功業難就，欲抽身隱退，像楚辭中的漁父那樣過上與世無爭的生活。細讀之下，語似曠達，心情卻相當悲憤，慨歎自己雖有蔡澤那樣的才華卻不無實現的機會。接著描寫了一副田園春景，感情也從悲憤走向開朗。然而歸隱田園真的就令人快樂嗎？張衡在漁獵時並沒有感到樂趣，反而是引發了一段世事險惡、官場傾軋的感慨，感情隨之又低沉了。最後一部分，張衡在老莊哲學中找到了遊於物外之法，才真正走向曠達超脫。

　　黨錮之禍中士人的心態可以以「窮鳥」作為象徵，密網險羅下無處可逃的孤鳥正代表了士人窮困逼仄的生存境遇。趙壹的《窮鳥賦》作於黨錮興起的第二年〔註39〕，全篇不側重鳥的形貌描繪，而是突出鳥「窮」的境遇，開頭兩句「有一窮鳥，戢翼原野」，一隻孤單小鳥，收斂羽翼，獨落原野之中，突顯鳥的窮困窘迫。下面就以賦法鋪陳，在窮鳥的上下、左右、前後都被人們設置了捕捉工具，無處不危險，將窮鳥的險惡處境展現地淋漓盡致。接下來寫窮鳥覺察到了四周的危險，飛不走、鳴無用，舉頭畏觸，搖足恐落，環繞於外的危險

〔註39〕趙逵夫，趙壹生平著作考〔J〕，文學遺產，2003（1）：4～10。

和充滿內心的恐懼交織在一起。這只窮困至極的小鳥就是趙壹現實生活的真實寫照。趙壹此賦開啟了魏晉文學中「飛鳥與羅網」意象之先聲〔註40〕。到了蔡邕的《翠鳥詩》也以孤鳥作為亂世士人的寫照。翠鳥從獵人的追捕下逃脫，暫時棲居於若榴樹，雖有了託身空間，可翠鳥還是充滿寄人籬下的哀傷和對以往被追捕遭遇的心有餘悸，足見漢末士人的惶恐心態。

隨著經學的衰落，本來作為潛流的道家思想開始盛行，亂世中的士人越開越多地在老莊哲學中找到自己心靈的歸依。如蔡邕的《釋誨》末尾借華顛胡老之口，暢敘己志，表明寧願捨棄世俗的榮華富貴，也要追求精神世界的高遠純美。對自由自在的心靈世界的關注與滿足，成為了「文人區別於一般士大夫的人生重心」，這也是「文人獨立、成長的關鍵」〔註41〕。

東漢末期隨著士人個體意識的覺醒，加上戰亂頻仍、政治混亂，積極入世的儒家思想逐漸讓位於虛無放任的玄風，士人的生活方式發生了根本性的變化，不再嚮往建功立業，而是追求一種閒適、快意的藝術化人生。最早開啟這種人生理想的是漢末仲長統，其《樂志論》表現了士人與政權的疏離，享受著山水田園中的高雅曠達之趣，又怎會想要入仕為官。這意味著士人一種理想生活方式的轉變，既不同於顏回居陋巷而不改其志的安然，也迥異於屈原獨處孤山惡水的決絕，而是身無形骸之勞、心無世俗之累，有田園以養生，有山水以悅心，有知己以論道，有琴曲以欲情，可永葆精神自由。這種富足、優美、閒雅的莊園生活成為魏晉名士生活理想的先導。後來謝靈運的《山居賦》提到「仲長願言，流水高山」，蕭綱的《遊韋黃門園》中有「息車冠蓋裏，停轡仲長園」一句，將仲長統對莊園富足生活和山水美景的讚美命名為「仲長園」，可見仲長統開啟的這種全新的審美旨趣與生活理想對後世影響深遠〔註42〕。

總而言之，隨著豪門權宦把持仕途，中下層士人求仕無門，再加之朝廷對黨人的圍剿等社會不利因素，士人與政權的關係開始鬆動，儒家的道德觀、價值觀不再束縛士人的思想，他們開始嘗試在個體情感的自由抒發中尋找精神的慰藉，這就為文學的私人化和情感化開鋪平了道路，抒情小賦和五言詩的誕生就是典型。文學不再只是教化和諷喻的工具，個人情感開始具有合法性。文學審美功能的強化，使得文學開始擺脫經學附庸，逐漸走向獨立，從而在以人

〔註40〕景蜀慧，魏晉詩人與政治〔M〕，北京：中華書局，2007：81～84。
〔註41〕于迎春，漢代道家思想的興盛及其對文人的影響〔J〕，齊魯學刊，1996（1）：17～22。
〔註42〕關於歷代「仲長園」的詩文可參看鄧穩枚的碩士論文《「仲長園」現象研究》。

格為基礎的文化雅俗觀之中逐漸生發出以審美為核心的文學雅俗觀，並且在魏晉以後中國文學理論實現了巨大突破。

二、鴻都門學與才藝之士

　　漢代官方藝文機構可謂是蓬勃發展，西漢武帝之後隨著諸侯王勢力的削弱，藩國文人逐漸集中到中央，西漢長安「有天祿、石渠典籍之府，又有承明、金馬著作之庭」〔註43〕。到了東漢，先後出現了蘭臺、東觀、鴻都門學等藝文機構。其中漢靈帝設置「鴻都門學」是古代文學藝術史上的一件大事，在當時和後世都造成很大反響。

　　靈帝於光和元年（公元 178 年）創設鴻都門學。鴻都門學的設置，可供參考的史料主要有兩條。一是東晉袁宏《後漢紀》載：「光和元年春，辛亥朔日有蝕之。己末，京師地震。初置鴻都門生，本頗以經學相招，後諸能為尺牘詞賦及工書鳥篆者至數千人，或出典州郡，入為尚書侍中，封賜侯爵。」〔註44〕一為范曄《後漢書》載：「光和元年春正月，合浦、交阯烏滸蠻叛，招引九真、日南民攻沒郡縣。……二月辛亥朔，日有食之。癸丑，光祿勳陳國袁滂為司徒。己末，地震。始置鴻都門學。」〔註45〕

　　從這兩則史料看鴻都門學的設置有一個現實背景，就是這一年的「大疫」「叛亂」和「地震」。在天人感應理論的影響下，兩漢政府在災異之後所採取的措施主要有三點：罷官、大赦和選拔人才。鴻都門學的設立就是在這樣的一種歷史背景下，漢靈帝做出的一種政治選擇。

　　當然，漢靈帝沒有如以前一樣選舉人才，也與自身對文藝的喜歡息息相關，《後漢書》記靈帝「愍協早失母，又思美人。作《追德賦》《令儀頌》。」〔註46〕《太平御覽》卷九二引《魏略》：「（靈帝）幸太學，自就碑作賦。」〔註47〕可見靈帝不僅熱愛文藝，而且自身還有不等號創作。

　　鴻都門學設立的深層原因則是在黨錮之禍之後，靈帝試圖培養一支自己的人才隊伍。東漢中後期，皇權一直處於外戚、宦官、士大夫的擠壓之中，皇帝對此三者的基本策略就是既利用又防範，從而維持一種動態的政治平衡，已

〔註43〕龔克昌，漢賦新選〔M〕，武漢：湖北教育出版社，2001：271。
〔註44〕〔東晉〕袁宏撰，後漢紀〔M〕，北京：中華書局，2002：466。
〔註45〕〔南朝宋〕范曄，後漢書〔M〕，北京：中華書局，2005：225。
〔註46〕〔南朝宋〕范曄，後漢書〔M〕，北京：中華書局，2005：299。
〔註47〕〔宋〕李昉，太平御覽〔M〕，北京：中華書局，1985：440。

達到鞏固皇權的目的。同時,為了掌握更大限度的主動權和靈活性,皇權還會積極培養忠於自身的新興勢力,岳慶平通過對甘谷漢簡的分析後,提出「延熹四年之後,東漢放鬆了對宗室的限制,公卿缺員時,皇帝常欲任用宗室。」〔註48〕可見政局危機之時,皇權迫切需要為朝廷尋找新的權力支撐,一直受到打壓的劉氏宗室重新獲得走上前臺的歷史機遇。鴻都門學的設立也是如此,靈帝的政局危惡較桓帝有過之而無不及,鴻都門學興起的時間正好處在黨錮之亂,在 166 年至 184 年的黨錮十八年間朝廷與士大夫階層交惡局面一直沒得到改善,與此同時宦官勢力愈演愈烈。靈帝為了消弭危機,對鴻都門士委以重任,意圖培養一支屬於自己的權力隊伍,使其「成為漢末政壇獨立於外戚、宦官、士大夫、劉氏宗族之外的一支顯赫的新興力量」〔註49〕。當然由於年代久遠,目前文獻可考的鴻都門士有七人:樂松、任芝、賈護、江覽、郗儉、梁鵠和師宜官。其中有部分在漢末的政治舞臺上展現風采,樂松曾與劉陶上書言張角事,郗儉和梁鵠做到了刺史,但是他們並沒有傳世的作品。

鴻都門學自設立起就遭到士大夫的一致反對,反對強烈者如蔡邕、陽球、楊賜等。

楊賜和陽球二人的觀點集中起來有三點:一是鴻都門生出身卑微、人品低下,「斗筲小人」卻忝居高位;二是鴻都門生都是靠這些書法、篆刻、繪畫、文賦這些「蟲篆小技」得寵於上,阻礙了那些學識淵博、品行高尚的經生的仕進之途;三是對於國家和君主來說,文學不僅沒用,而且沉溺於其中於國有害。在楊賜和陽球這樣的經學士大夫眼中,文學沒有辦法與有經國大用的經學相提並論,以文學取士會給國家帶來極大的危害。

而蔡邕的觀點則與此二者有所不同,他認為應該區別對待文學與經學,經學的功用在於治國,而文學主要是供人欣賞娛樂的。由此蔡邕提出在「匡國理政」「理人及仕州郡」這些大事上應該以經術為本,文學在這方面不能發揮作用,而靈帝對鴻都門生委以重任,破壞了正常的選舉,應當停止。文學只能作為君主聽政之餘的娛樂消遣工具,雖然優秀的文學作品也能通過「引經訓風喻之言」如同經術一樣干預政治,但文學中還有不少低俗之作,這就是應該廢止的。可見蔡邕已經認識到文學的娛樂性與審美性,只是受制於時代,沒有給予

〔註48〕岳慶平,東漢在政治上對宗室的限制與利用〔J〕,山東師範大學學報,1987 (2):34~41。

〔註49〕楊繼剛,漢靈帝鴻都門學研究〔D〕,華中師範大學博士學位論文,2012:41。

文學價值應有的肯定，仍將其視為「小能小善」。當然，圍繞鴻都門學的三派思想都提出了文學獨立於經學的認識，「靈帝及鴻都門學生認為文人應以進行文學創作為務而不必追求經明行修；楊賜、陽球、蔡邕則認為文學與經學是兩個不同的概念，文學不當僭越經學的職責。三種主張共同表明：文士兼具經師身份的現象結束，文人已取得了獨立的身份；人們對文學不再以『潤色鴻業』、諷諫頌美相期許。文學已從經學中獨立出來。」「雖然如此，靈帝一派又將文學作為選舉的一種依據，還沒完全褪盡文學為政治服務的色彩，獨立於經學的文學又成了政治的附庸；正統士大夫否定文學的價值和意義則是一種倒退的文學觀；蔡邕最終還是將文學定位為『小道小能』。」〔註50〕全面對文學的價值和意義進行肯定，還要等到曹丕提出的「蓋文章，經國之大業，不朽之盛事」。

　　雖然曇花一現的鴻都門學並不能代表儒學之士對文學、書法觀念的徹底轉變。但是漢靈帝以書法、繪畫、文賦這種小能小善作為徵辟才藝之士的標準，對於具有才藝的士人來說還是很有吸引力的。蔡邕所言「諸生競利，作者鼎沸」的「盛況」正反映了才藝之人的大量出現。而且在爭論中體現出來對文學獨立於經學的認識、對文學審美娛樂功能的認識，都為文學走向獨立自主奠定了基礎。

第三節　文學雅俗觀的生成

　　隨著漢末以來文學的不斷發展，人們對文學的認識也不斷深入，本來是作為文化價值判斷標準的「雅」與「俗」，在魏晉後逐漸拓展到了文學領域，成為了文學批評的重要範疇。

一、曹丕：「奏議宜雅」

　　曹丕在《典論·論文》中將文學進行了「四科八體」的文體區分，「夫文本同而末異，蓋奏議宜雅，書論宜理，銘誄尚實，詩賦欲麗。」將「文」分為奏議、書論、銘誄、詩賦「四科」。文章具體的應用功能不同，所以體裁和表現手法也就有所不同，將奏議這類文體的行文標準視為「雅」。奏，「進也」，意為奉獻，特指向皇帝進言或上書；議，「語也」，用以說理論事、陳述意見，奏議是臣子上奏帝王文書的統稱，對於帝王而言，奏議是其掌握情況、進行決

〔註50〕雷炳峰，鴻都門學設立的原因及其文學思想史意義〔J〕，長春師範學院學報，2011（1）：59～62。

策的重要依據；對於臣僚而言，奏議是其參政、議政的重要手段。臣下進諫既要盡規勸的職責又不至於獲罪，既要把話說到位又要讓皇帝能夠納諫，不得不措辭謹慎，文風自然凝練純正、典雅溫厚。曹丕在《答邯鄲淳上受命述詔》中，稱讚邯鄲淳的上表「典雅」「美矣」，從鑒賞批評的角度提出「典雅」的範疇。在《與吳質書》中曹丕用「辭義典雅」來稱讚徐幹的著作《中論》。徐幹少年勤學，潛心典籍，在世人競相追逐名利時，還能閉門自守，不隨流俗。文如其人，徐幹所著的《中論》以救世改俗為目標，在體裁上接近於奏議，不同於「詩、賦、頌、銘、贊」等傳統文學形式，主要論述了君臣關係、處事原則、品德修養等內容。徐幹雖針砭時弊，但持論比較中庸謹慎，在語言上平實直白，少用麗辭藻飾，又引經據典，蘊藉典雅；論證講求邏輯、條理貫通，還時有感情抒發；句式上駢散結合，流暢整飭，展現了文質彬彬的中和之美。

陸機《文賦》在曹丕「四科八體」文體分類的基礎上，進一步將文體分為十類，提出了「奏平徹以閒雅」的主張。平徹，即平正透徹。閒雅，本指舉止文雅，此指文辭文雅得體。將平正、透徹、文雅作為奏的「質的規定性」〔註51〕，即向君主陳述事情的奏文，在內容上理應平正；為了使帝王能夠接受，說理應該透徹；文辭要求從容得體。這一主張顯然與曹丕的「奏議宜雅」是一脈相承的。他們都認為「文辭典雅」是奏議這類文體的文學風格和審美標準。

到了劉勰《文心雕龍·定勢》更是將「典雅」視為章表奏議這類文體創作必須遵循的規律，「章表奏議，則準的乎典雅」〔註52〕，在《章表》《奏啟》和《議對》三篇文體論中，劉勰進一步論述了奏議這一「經國之樞機」，並視賈誼的《論積貯疏》、晁錯的《言兵事疏》和匡衡的《奏定南北郊》等為奏疏範本。奏這種文體是為進獻政見之用，多涉及務農、兵事、郊祀、勸禮、緩獄等政務，故要有忠誠真誠的感情，辨析事理要通達，見聞廣博，借古論今，博而能約。賈誼疏從備戰、備荒的角度出發，建議文帝重視農業生產，全文環環相扣，論辯嚴謹，層次清晰，語言文雅。而晁錯疏不見華辭麗句，卻通達順暢，論辯嚴密，層層深入。漢成帝初即位，詔議郊祀之處，匡衡上《奏定南北郊》，開篇即指出帝王之事莫大於承天之序；承天之序莫重於郊祀。文中引用《洪範》《太誓》《詩經》為據，說理懇切、文辭委婉典雅，有較強的說服力和感染力。

將「雅」視為奏議這一文體的典型特徵與批評標準，並非魏晉獨創，漢人

〔註51〕李秀花，陸機的文學創作與理論〔M〕，濟南：齊魯書社，2008：131。
〔註52〕詹鍈，文心雕龍義證〔M〕，上海：上海古籍出版社，1989：1125。

早已導夫先路。據《漢書‧儒林傳序》記載，西漢公孫弘首次明確指出詔書律令等公文的風格應為「文章爾雅」「訓辭深厚」。「爾雅」顏師古注為「近正也，言詔辭雅正而深厚也。」〔註53〕即詔書律令的寫作應該雅正深厚。在《漢書》的傳贊中，班固還多次以「雅」來評價公文寫作風格，例如班固稱讚元帝所作的詔令「溫雅」，張敞的奏疏進言「儒雅」，梅福合於《大雅》，而平當的上書不及蕭望之、匡衡「文雅」等〔註54〕。東漢陳忠還提出了「弘雅」「溫麗」是古代帝王號令的言辭特點與行文風格〔註55〕。東平王劉蒼曾作《光武受命中興頌》，劉秀認為文辭典正文雅，故命大學者賈逵作注〔註56〕。可見，漢人已視「雅」為奏議的批評標準。

「雅」之所以能成為漢魏六朝乃至整個中國古代的上行公文寫作的基本風格標準之一，是與儒家思想自漢武帝後逐漸取得政治上的絕對優勢，成為社會的主流思潮是密不可分的。公文的創作主體逐漸變為經學之士，受儒家溫柔敦厚的思想，恪守為臣之禮，講求以禮節情，為人與為文互為表裏，文風自然和緩典雅。與西漢前期賈誼、晁錯等人痛陳時弊，言辭激切，帶有先秦諸子縱橫恣意之氣的奏議文相比，中期的董仲舒、匡衡、劉向等人的奏議文多依經立義、匡世輔政，淵雅醇厚，帶有經學家的雍容之氣，開漢世氣象。誠如劉熙載所言「賈長沙、太史公、《淮南子》三家文，皆有先秦遺意；若董江都、劉中壘，乃漢文本色也。」〔註57〕到了東漢，「文吏試奏章」〔註58〕更成為察舉的要求之一，奏議行文的得體、婉轉成為為臣必備素質。臣子為顯示自己的才學，在寫作奏議時自覺不自覺地力求文雅，或引經據典，或比興隱喻，婉轉深沉、含蓄蘊藉。

前文我們已經提到在大文化觀的時代，奏議多具文采，本就是文學文體之一。南朝文人將繁多的文體分為「文」「筆」兩大類，以有韻者為文，無韻者為筆，奏議這種關乎政事的公文寫作屬於無韻之「筆」，蕭繹《金樓子‧立言》中提到像閻纂、伯松這類不善詩歌而擅長章奏之人可謂長於筆。但是，南朝尤其是齊梁以後，不但詩、賦這些純文學講求聲律對偶，而且章、表等不押韻的

〔註53〕〔漢〕班固，漢書〔M〕，北京：中華書局，2005：2667。

〔註54〕〔漢〕班固，漢書〔M〕，北京：中華書局，2005：209，2406，2025，2286。

〔註55〕〔南朝宋〕范曄，後漢書〔M〕，北京：中華書局，2005：1036。

〔註56〕〔南朝宋〕范曄，後漢書〔M〕，北京：中華書局，2005：970。

〔註57〕〔清〕劉熙載，藝概注稿〔M〕，北京：中華書局，2009：71。

〔註58〕〔南朝宋〕范曄，後漢書〔M〕，北京：中華書局，2005：1016。

實用性文體也講求聲律對偶，如任昉、陸倕等人以駢體作奏議，感情充沛、文采飛揚。蕭統編《文選》就收錄了「表」「上書」「啟」「彈事」等奏議文體，這足以表明，在古人眼中，優秀的奏章亦被視為文學作品〔註59〕。故而，在曹丕的時代，以「雅」論奏議實際上是將「雅」視為一種文學的審美範疇。

二、陸機：「悲而不雅，雅而不豔」

陸機《文賦》除了將雅視為奏這一文體應具備的審美特徵外，還將「雅」視為文學創作的審美標準之一。

《文賦》以音樂作比，直陳文章五病，其中第四病為：「或奔放以諧合，務嘈囋而妖冶。徒悅目而偶俗，固高聲而曲下。寤《防露》與《桑間》，又雖悲而不雅。」〔註60〕意為要以「雅」對情感進行合理的規範，有時候文章情思放縱，如同淫蕩妖冶的樂曲般，只為迎合時俗所好，縱然聲音高亢，曲調也是卑下的。像《防露》與《桑間》那樣的情歌豔曲，雖然悲切感人，卻不是雅調。可見陸機是反對文章一味追求文辭妖冶、音韻繁雜，投合時俗所好，他要求的是高雅守正不同於流俗的文學趣味。

陸機不僅是一個文論家，還是西晉間的著名作家，陸機的文論主張當與自身的創作經驗密不可分。僅以陸機的擬古詩為例，「以雅救悲」主要表現在兩點：一是就情志表現而言，陸機將《毛詩序》中「止乎禮義」的倫理要求轉變為「詩學的理性規約」，以此來檢束「發乎情」的「淫蕩」，從而形成詩歌的典正面貌〔註61〕。出自漢末無名文人之手的《古詩十九首》在整體風貌上質樸天然，而陸機的擬詩就以文人氣沖淡了《古詩十九首》的民間氣，變直抒胸臆為寄意幽微，如《擬明月何皎皎》承襲原作的思想主題，但在表現上更趨曲折深婉。「安寢北堂上，明月入我牖」，當真安寢如何能被入窗明月驚起，定是心中有所鬱結，難免才會對月光如此敏感，比之「明月何皎皎，照我羅床幃」多一層意蘊。月光瀉地，詩人伸手欲攬，卻不盈手，狀寫思鄉之情思綿延不絕卻又微茫難以捉摸。「涼風繞麴房，寒蟬鳴高柳」一聯對仗精美，情景交織，將自然天氣造成的淒清冷寂融入了游子久客思歸的心情。「遊宦會無成，離思難常

〔註59〕王啟才，漢代奏議的文學意蘊與文化精神〔M〕，北京：人民出版社，2009：9～11。

〔註60〕張少康，文賦集釋〔M〕，北京：人民文學出版社，2002：183。

〔註61〕崔向榮、魏中林，俗樂新聲背景下別構「雅正」新體的詩法意識與實踐——論陸機對古樂府、古詩的摹擬創作〔J〕，中國文學研究，2013（1）：32～35。

守」表面上是游子失望於功名未就而興起懷歸之念，實則蘊含著遊宦未成仍須努力，離思難守又只能常守的無奈，進一步塑造了一個踟躕憂傷，離愁別緒綿綿不斷的主人公形象。相比於原詩的直陳其情、簡潔率真，陸機的擬詩將曲折隱微的情感層層推進出來，更兼細膩描繪和語言雕琢，從而使詩歌溫文典雅。陸機有時還對原作的抒情形象進行雅化。如《青青河畔草》的抒情主人公本是「娼家女」，所以原詩就用鬱鬱蔥蔥的岸草園柳與皎白明亮的月光暗示春意之蕩漾，撩撥出蕩子婦的一番話語。到了陸機的擬作，「蕩子婦」就變成了「姝女」，那一片春意盎然也就變成了靡靡江草，思婦心事深藏心底，若不是那空房悲風逼得緊，也不會有那夜中的一聲歎息〔註62〕。可見抒情主人公形象的變化，帶來詩歌風格的由悲入雅，由直白到深曲。二是就語言表現而言，將直白俚俗的語言加以雅化，仍以前引詩歌為例再作分析，《擬青青河畔草》將原詩「空床難獨守」的率性之詞，轉變為「偏棲獨隻翼」，不僅文字雅致，而且以「只翼」意象表獨居，深遠幽微，韻味無窮。

　　可是文章若是一味求正忽視了文采，就會不耐人尋味。也就是為文第五病：「雅而不豔」〔註63〕。陸機以「朱弦疏越」的清廟古樂和「大羹不和」的淡味來比喻過於追求質樸，缺乏文采的文章，雖是雅調，卻也清淡枯燥，讀之乏味、難以感人。可見陸機是以「雅」救「悲」之失，以「豔」救「雅」之失。「豔」就是陸機所提出的「綺靡」的新價值觀，強調雅而又豔，即在重視文章內容的情況下追求文采，這成為了「魏晉以後文藝思想和美學思想發展的一個新特點」〔註64〕。陸機認為只有做到「應、和、悲、雅、豔」五美俱全才是理想的佳作，並將「豔」置於「應、和、悲、雅」之上，視為文學創作的終極追求，是在堅持文章雅之思想的基礎上尋求藝術形式上最完美的表達方式，呼應《文賦》中提到的「禁邪而制放」，邪是針對文章情意而言，放是針對文辭而言，情不可以肆意不節制，辭不可以浮華冗長，情雅辭豔才是為文之標準。可見，在陸機詩學中除了重視詩歌的審美性外，仍然強調情感表達的節制。

　　竊以為，陸機的「綺靡」說在文學史上具有重要意義，從「麗」到「綺靡」反映了對文學創作機制認識的深入。

〔註62〕〔清〕吳淇，六朝選詩定論〔M〕，揚州：廣陵書社，2009：248。

〔註63〕張少康，文賦集釋〔M〕，北京：人民文學出版社，2002：183。

〔註64〕張少康，應、和、悲、雅、豔──陸機《文賦》美學思想瑣議〔J〕，文藝理論研究，1984（1）：69～75。

三、劉勰：「聖文雅麗」

　　此期，對文學雅俗觀在理論上進行全面論述的首推劉勰，《文心雕龍》一書除去作為《大雅》《小雅》《爾雅》等書名外，「雅」字共出現 70 餘次，包括「麗雅」「典雅」「雅潤」「舒雅」「雅贍」「博雅」「儒雅」「淵雅」「英雅」「明雅」「密雅」「溫雅」「精雅」「雅壯」等內容。「雅」作為劉勰所推崇的一種標準，涵蓋了思想內容、文章體裁、文學風格和遣詞造句等方面的要求。與此相對的「俗」字亦出現 20 餘處，一方面表示風氣、風俗之意，如「移風易俗」（《檄移》）、「引俗說而為文辭者」（《書記》），另一方面指世俗的審美趣味，如「俗皆愛奇」（《諧隱》）、「俗聽飛馳」（《樂府》）等。「雅」「俗」相提並論在全書共出現 3 次。

　　首先，劉勰提出「聖文雅麗」，延續「雅」之為「正」的含義，將雅視為詩文創作的規範與準則。《徵聖》篇提出「聖之雅麗」，雅就是指詩文的內容意蘊需要純正，麗則是詩文的形式言辭華美，「銜華佩實」、文質並重的典範就是聖賢的書辭，後世的詩文家需要以經典為師，傚仿其寫作技巧。這樣就是劉勰所說的創作需要原道、徵聖、宗經。《通變》就是劉勰以「雅麗」作為自己文學理想，來檢視文學史「由質而文」的演變脈絡，黃帝、唐堯時期淳厚質樸、虞夏時代質樸而分明、商周時期華麗而雅正、楚漢時期過分華麗、魏晉時期淺薄輕綺、到了劉宋初期更是過分新奇，故而文學創作要「矯訛翻淺，還宗經誥」，以此來糾正近代文風之弊。在《雜文》中，劉勰批評七體的模仿者，有的文辭華麗而內容不雅正，有的內容精粹卻文辭雜亂，都沒有做到文質並重。

　　如何才有「雅文」，劉勰認為首先要有「雅人」。「文如其人」是中國古代文學批評史的一個傳統，到劉勰處得到了進一步發展。《體性》篇圍繞文章風格（「體」）與創作主體（「性」）二者間的相互關係展開論述，創作主體的個性是形成作品風格的內在因素，包括「才」「氣」等先天因素和「學」「習」等後天因素。《才略》篇更是指出張衡學識通達、豐富，蔡邕純粹、雅正，故而他們的文章是「文史彬彬」；劉琨個性慷慨激昂，其作品也雅正雄壯而富有風力，可見唯有創作主體具備「雅」之特質，才能創構出「雅境」，以「雅語」出「雅文」。

　　就思想內容而言，劉勰主張「雅」就是要「好色而不淫，怨誹而不亂」〔註65〕。《明詩》篇評張衡四言詩為「得其雅」，尤其點出《怨篇》一詩「清典可

〔註65〕李俊、鄧喬彬，《文心雕龍》「雅」「俗」論的批評指向〔A〕，古代文學理論研究（第三十一輯）──中國文論的方與圓〔C〕，上海：華東師範大學出版社，2010：246～259。

味」。《怨篇》一詩用四言形式，古雅清秀，含蓄蘊藉，張衡在小序中稱此詩為描寫「嘉而不獲」，秋蘭生長在荒遠之地，卻生命力頑強，其味香、其色豔、其質更是美而嘉，於篇末詩人發出感歎，人才雖美善卻不獲用，為此我怎能不憂深嗟歎。全詩以香草美人手法，繼承了《詩》《騷》傳統，婉轉含蓄、寄託遙深，又兼語言清麗，琅琅上口，當真可謂「清典可味」。

劉勰將作品的風格分為「八體」，位列第一的就是「典雅」，即創作要鎔鑄取法於五經，《定勢》篇也有相似的提法，「模經為式者，自入典雅之懿」，創作模仿《詩》《書》等經典便自然具有典雅的特徵。這與劉勰宗經的立場是一致的。劉勰還強調學習作文一開始就要從雅正的作品入手。與其他七體不同的是，《體性》篇只是談到取得「典雅」風格的途徑是取法經書，並沒有直接解釋「典雅」風格的特點。參看《宗經》篇可知，「典雅」風格具備「六義」，從內容上看，感情深摯、描寫真實、義理純正；從形式上看，就是語言精粹提要、表情簡練明朗、文辭麗而有則。詹福瑞則提出「典雅」的風格特徵就是《風骨》篇所提倡的「風清骨峻」〔註66〕。在《體性》篇中，劉勰將風格八體分為兩兩相反的四組，其中「典雅」的對立面就是「新奇」。「新奇」的最大特點就是棄古趨新，以詭奇怪異為尚。對於「新奇」之風，劉勰是不滿意的，特別是劉宋後競相綺靡的文風，主張要通過學習古雅經典中質樸剛健的優點，以糾正時下流俗之風。

以「聖文雅麗，銜華佩實」為審美規範，「雅」成為了文體的要求，在《文心雕龍》中多次明確要求某體須「雅」，如《明詩》以四言詩為正體，其特點就是「雅潤」；《詮賦》談及賦這種文體的寫作要求之一就是內容「明雅」，《頌讚》言頌只要具有「典懿」之性，文辭必能清新華美；《章表》提出章的體式炳明美麗，就在於以「典謨」（即《堯典》《皋陶謨》）為標杆。所謂「雅潤」「明雅」「典懿」「典謨」，都要求寫作這些文體時應做到辭義溫雅、古樸典正，即典雅也。《文心雕龍》中凡被劉勰評為「典雅」，從創作主體看都具備淵博學識、高尚品德，從藝術作品看都意旨雅正、高古莊重。如潘勗的《冊魏公九錫文》，代漢獻帝擬冊文給曹操加九錫，以皇帝口吻敘述曹操的忠誠和十大功勞，贊其功勞蓋世，《文心雕龍》三次提到此文，分別有「典雅逸群」（《詔策》）、「思慕經典」「骨髓峻」（《風骨》）、「憑經以騁才」（《才略》）的評價，均指出此文大量引經據典。按《文選》李善注，此文對經史子書的模仿及引用可謂是

〔註66〕詹福瑞，中古文學理論範疇〔M〕，北京：中華書局，2005：160～172。

比比皆是，可謂直追典誥、引經仿古之作。又如班固的《兩都賦》，劉勰譽為「明絢以雅贍」，「明絢」稱道其辭句明麗絢爛，「雅贍」言其內容典雅繁複。班固《兩都賦》的成功，首先是對前人作品的綜合取法，如司馬相如《子虛賦》《上林賦》的主、客問答形式，揚雄《長楊賦》的虛擬人物等。從思想內容上來看是以東都的政治制度與禮樂文化為謳歌對象，與其崇儒思想相一致。從語言上看，典雅絢麗、節奏從容，可謂莊重大氣，有廟堂朝儀之風度。

　　通觀全文，劉勰雖沒有將俗作為文學作品的一個評價範疇，亦很少列「俗」為「雅」之對立面加以闡述，但這並不意味著劉勰沒有意識到文學存在雅俗之分。劉勰以「聖文雅麗」作為文學的理想型，針對當下文壇弊端，提出「還宗經誥」的救治之法，更在《通變》篇進一步提出「斟酌質文」「隱括雅俗」的創做法則。能夠認識「通變」的創作者，就能在體察文學史由質趨文的歷程中，斟酌推敲如何取法的問題；也能在認識「雅」「俗」的差異的基礎上，做到都有所取法。但是對於劉勰而言，「斟酌質文」「隱括雅俗」的依據還是「雅麗」的經典。《定勢》篇在論及文章體裁與風格時，進一步指出作者依據所要表現的情感選擇相應的文體，不同的體裁呈現不一樣的文章體勢，此即為「雅俗異勢」，特別指出優秀的創作者應該能夠駕馭多種文章體勢，但在一篇文章中必須保持風格的一致性，不能雅鄭雜糅。除了以上兩篇中將「雅」「俗」對舉外，在《體性》中，劉勰提到「習有雅鄭」「體式雅鄭」，體式的雅正與低俗乃是創作者習尚的雅與俗決定的，還明確提出在文體風格上「雅與奇反」，將奇視為雅的對立面。何為「奇」，劉勰給出的解釋是捨古趨新，追求險僻怪異，特別是劉宋以來的文人多追求怪異奇巧，在創作中多違反常規，顛倒文句、文辭反常。而造成這種文風的原因就是為了「適俗」，可見劉勰儘管以奇作為雅的反面，但歸根結底刺激創作違背正體追求反常的原因還是流行風氣之「俗」，也就是說世俗之好與雅正趣味漸不相容。除了文體與風格上雅俗對立外，劉勰還具體指出了一系列「不雅」的篇章：《桂華》等樂章，雖華麗卻不合雅正之音；《赤雁》樂章更是淫靡而不典正；《苦寒行》《燕歌行》，情志放蕩、辭句哀怨，只能算是淫邪鄭聲；馬融的《廣成》《上林》二頌，玩弄文采，失去頌之體制，等等。綜上，《文心雕龍》雖在思想內容、文體、風格、辭句等方面詳論「雅」而少及「俗」，但並不意味著劉勰沒有形成關於文學的雅俗觀，劉勰以「聖文雅麗」為典範，同時他又看到了俗之文學更易受到接受者歡迎的現實，要求文學創作堅持去俗從雅，以雅化俗。

四、鍾嶸：「情兼雅怨」

　　鍾嶸則更多地在對詩人的評價中體現其雅俗觀，《詩品》中評論詩人多涉及「雅」，肯定曹植「情兼雅怨」、應璩「雅意深篤」、顏延之有「雅才」、任昉「淵雅」、謝莊「清雅」，而嵇康過於峻切略失「淵雅」、鮑照「傷清雅」。可見「雅」成為鍾嶸詩學的一個重要審美範疇。

　　《詩品》論述了新興五言詩的成就，收集優秀作品並加以品評分析，確定藝術之高低優劣，目的是為五言詩確立標準。在《詩品序》中，鍾嶸提出了理想的詩歌創作應該是「宏斯三義，酌而用之，幹之以風力，潤之以丹采」。鍾嶸將兩漢的「六義」說提取為「三義」，突出興、比、賦本身所具備的詩學特質，忽略掉作為體裁的風、雅、頌。置於首位的「興」，意為「文已盡而意有餘」，此乃鍾嶸異與前人之處，承續魏晉玄學「言不盡意」之論，強調詩歌含蓄蘊藉之美，言有盡而意無窮。比是「因物喻志」，借物象來表達情志，賦是「直書其事，寓言寫物」，賦兼比興，「以言內之實事，寫言外之重旨」〔註67〕。鍾嶸強調賦、比、興三者間的內在統一性，在區分了「三義」之後，鍾嶸提出只有調和「三義」才能達到最佳的藝術效果，專用比興，往往文意太深、文辭艱澀，難以被理解和欣賞；專用賦體，又會文意浮淺、文辭鬆散，比如鍾嶸列為上品的謝靈運詩就存在著「頗以繁富為累」的不足。鍾嶸強調作詩需斟酌使用「三義」，特別注重過多使用賦法鋪陳造成的不足，大抵是針對元嘉時期鋪陳侈寫手法蔚為大觀，流於繁蕪雕琢、缺乏生氣而言的。而要讓作品產生巨大的藝術感染力，則要以風力為主體，以丹采為潤飾，風力指慷慨悲涼的風骨與剛強磊落的氣力，丹采就是指詩歌的語言辭藻，情真、味長、氣盛、文質彬彬，才能引發欣賞者自去咀嚼其中蘊蓄的層層情意，產生回味無窮的「滋味」。誠如曹旭所言，鍾嶸詩學理想和批評標準是追求文與質、骨氣與詞采、風力與丹采諸多對立、相反的審美範疇的完美融合〔註68〕。而鍾嶸推崇備至的五言詩典範就是「骨氣奇高，詞采華茂，情兼雅怨，體被文質」的曹植。「骨氣奇高，詞采華茂」即「幹之以風力，潤之以丹采」，追求文質彬彬之美。「情兼雅怨」接近於陸機「以雅救悲」，視「雅」為一種持正守平、含蓄蘊藉的表現風格，又有所發展，將「雅」視為作者性情的一個重要組成部分。鍾嶸非常注重「情」在詩歌創作中的作用，「性情」不僅是詩歌創作的直接動因，而且還是詩歌這

〔註67〕〔梁〕鍾嶸，詩品集注〔M〕，上海：上海古籍出版社，2011：51。
〔註68〕〔梁〕鍾嶸，詩品集注〔M〕，上海：上海古籍出版社，2011：52。

一文體的本質特徵，而在詩歌創作中最能體現詩人自然性情的情感類型就是「怨」。鍾嶸的「怨」已經不同於兩漢政教詩論中的「怨刺上政」之怨，走向了個體的自我之情，「楚臣去境，漢妾辭宮」等種種離群之怨涵蓋了社會生活的各個方面〔註69〕。詩成為了傾訴個體自我遭遇、發洩胸中不平之氣的方式。可是一味突出人的自然性情之「怨」是不行的，「情」還必須要受到「雅」的規範與勸導，才能保證「怨」品質的才不至於流於生物的本性，情兼雅怨在堅持「詩歌的抒情性的同時又捍衛了情感的嚴肅性」〔註70〕。正因為如此，鍾嶸批評嵇康為人性格剛烈，導致其詩風過於清峻激切，不能做到蘊藉淵深、深沉高雅。而本不長於詩的任昉，因晚年篤愛寫詩，詩風變得勁健有力，又善評量典事義理，呈現出淵博深雅之美，故而列入中品。可見，鍾嶸認為，怨深傷雅，只有情兼雅怨方為理想，僅以曹植的名作《白馬篇》為例看鍾嶸的詩歌理想：

> 白馬飾金羈，連翩西北馳。借問誰家子，幽并遊俠兒。少小去鄉邑，揚聲沙漠垂。宿昔秉良弓，楛矢何參差。控弦破左的，右發摧月支。仰手接飛猱，俯身散馬蹄。狡捷過猴猿，勇剽若豹螭。邊城多警急，虜騎數遷移。羽檄從北來，厲馬登高堤。長驅蹈匈奴，左顧凌鮮卑。棄身鋒刃端，性命安可懷？父母且不顧，何言子與妻！名編壯士籍，不得中顧私。捐軀赴國難，視死忽如歸！〔註71〕

「白馬飾金羈，連翩西北馳」，一開頭就一股豪氣噴薄而出，籠罩全篇。「白馬」「金羈」，色彩鮮明，給人留下深刻印象，不寫人而人自在其中。壯士騎著白色戰馬向著西北飛馳，不僅寫出了壯士騎術嫻熟，而且也表現了邊情的緊急。賦的手法相對於比、興而言更難以把握，而在此詩中曹植對這位白馬騎士的高超武藝刻意鋪陳，選用「破」「摧」「接」「散」四個動詞，以一種流動的方式從左、右、上、下不同方位表現遊俠兒的高超武藝，反覆渲染卻不讓人有拖沓之感。並且將賦與比、興相結合，「狡捷」二句，以形象的比喻描寫遊俠少年的敏捷靈巧，勇猛輕疾。經過這樣一番鋪陳，用「長驅蹈匈奴，左顧凌鮮卑」兩句即可精確展現少年英雄在戰場的雄姿英發，剪裁精妙，詳略得當。在層層的鋪述中，詩人心中的激情步步上升，到了結尾處早已是洶

〔註69〕童慶炳，鍾嶸詩論讀解〔J〕，保定師範專科學校學報，2002（1）：1～6。
〔註70〕孟慶雷，鍾嶸《詩品》的概念內涵與文化底蘊〔M〕，北京：中國社會科學出版社，2014：70。
〔註71〕張可禮、宿美麗，曹操曹丕曹植集〔M〕，南京：鳳凰出版社，2009：188～189。

湧澎湃，不得不一吐為快，投身於刀鋒劍刃的戰場，自當置生死於度外，為國家粉身碎骨渾不怕，哪裏還顧得上父母妻兒呢？這一股從骨子裏滲透出的強勁氣魄，既是曹植的氣，也是作品的質，真可謂是「骨氣奇高」。視死無歸的少年遊俠這一表現內容和情感正是《詩品序》中所謂「負戈外戍，殺氣雄邊」之「怨」，而這個「怨」起於「氣」，又約於「雅」，沒有流向哀怨。讀來真是文已盡而意無窮，胸口湧動著一股一往直前之氣，卻又遙想少俠命運，不禁一股感傷湧上心頭。

在《詩品》中出現俗字 10 次，但多指風俗、風氣、習慣等義，如「彼眾我寡，未能動俗」「鮑、休美文，殊已動俗」等指一時文壇之風氣。其中，最值得注意的是鍾嶸對鮑照的評價雅俗對舉，「頗傷清雅」，而後世學鮑者流於「險俗」。可見在鍾嶸這裡，「雅」「俗」已經成為一個對舉的文學批評概念。曹順慶、李天道認為鍾嶸堅持化俗為雅的審美主張，並指明由俗到雅的提升過程，即是以「興、比、賦」三義與「滋味」說相結合，並視此為雅俗審美觀發展史上的一種進步〔註72〕。

五、魏晉南北朝文論重「雅」與宋代文論貶「俗」之對比

雅、俗的定性烙有社會階層的烙印，士階層將「雅」視為自身的一種涵養與素質，從而確立了本階層與最高統治者、民眾階層的區別。士階層自身的變化將對雅俗觀念產生巨大影響。

魏晉南北朝文學批評側重於舉「雅」，宋朝文學批評側重於批「俗」，既與文學的發展程度有關，也與士人在社會場域的位置有關。

自九品中正制後，士族在整個社會中佔據較大的權力優勢，這種優勢不僅體現在政治權力、經濟權力，更體現在文化權力上。中古士族多是「地方之大族盛門乃為學術文化之所寄託」〔註73〕，這是一個士族、皇族以及寒士都承認的文化格局。在文化上居於優勢地位的士族還自覺不自覺地通過教育、傳播、宣傳等手段，改變其他階層的精神世界，使其自覺服從於自身意志，這也就是布爾迪厄所說的「符號暴力」。「作達」的出現即是一例。「作達」意謂仿傚放達行為，魏晉名士標舉言行高雅脫俗，給整個社會帶來了一種壓力，士人們都很擔心自己言行不雅、沒有脫俗，因而就產生了許多為雅而雅、學

〔註72〕曹順慶、李天道，雅俗與雅俗之辨〔M〕，南昌：百花洲文藝出版社，2005：222。

〔註73〕陳寅恪，金明館叢稿初編〔M〕，上海：上海古籍出版社，1980：131。

雅裝雅的事〔註74〕。詩文亦是如此，羅宗強曾提到音樂、詩文、山水都不過是西晉士族生活的一種點綴，使平淡的世俗生活得到雅化，「這是世族豪門對他們身份的一種體認。他們似乎覺察到他們的優越感裏除了榮華富貴之外，還應該增加一點什麼，還應該在文化上有一種優於寒素的地方。因之，他們除了鬥富之外，便有了詩、樂和山水審美。」〔註75〕秉持這樣一種思想，論文多舉「雅」作為自身的標準。

　　而宋代的士階層發生了深刻的變化，從世家大族轉變為文官家族和地方精英〔註76〕，同時庶族地主及平民階層也逐步躋身主流社會。這些來自民間的士人面對晚唐五代之後的文化殘局，必然要重鑄新一代的雅文化，他們躋身上層之後，勢必要以精英和主流文化淘洗自身的俗氣。建構一種「雅」文化需要不少時間，最便捷的方式就是批「俗」，先秦諸子們也是這樣做的。有宋一朝，雅文學仍佔據宋代文壇的主導地位，並且宋人所塑造的「以俗為雅」的趣味指向實際上是鍛俗成雅，而且在對俗的鍛造過程中必須符合雅的精神和尺度，只有這樣經過昇華和改造過的「俗」才可能被稱之為「雅」。以蘇、黃為代表的宋代文人的藝術旨趣，看似大俗，實則脫俗，不離俗而又非俗，始終保持向上層次的超然的精神指向。凌郁之從雅俗觀的角度對宋代文學作了深層次的思考和探研，探討了宋代文學雅俗觀念的變遷及其在中國文學史上的意義，提出隨著中古文化向近世文化的轉型，晉唐時期帶有貴族色彩的傳統雅文化觀念，逐步被帶有平民社會底色的雅文化所嬗代。宋代文人所建樹的新雅觀念，既有古典傳統的因承，又有化俗成雅的新機。作為時代口號的「以俗為雅」，其目標追求在雅而不在俗，不能簡單地將宋元以降的文學發展軌跡表述為由雅向俗的傾斜或轉變〔註77〕。

　　就中國古代的實際看，雅和俗的營壘相對穩定。雅俗的演變不單是一種文學美學價值觀念的變化，而是士階層在與上層統治者和下層民眾的權力鬥爭中通過聲稱自己的「雅正」身份來獲取自身存在的合法性，時而親近上層、時而貼近下層，卻又總是秉持自身在文化、修養、學識上的優勢地位。士階層所形成的雅俗觀無論對上對下都有一種規訓作用。

〔註74〕馮友蘭，中國哲學史新編（第四冊）〔M〕，北京：人民出版社，1986：107～108。
〔註75〕羅宗強，玄學與魏晉士人心態〔M〕，天津：天津教育出版社，2005：243～244。
〔註76〕〔美〕包弼德，斯文：唐宋思想的轉型〔M〕，南京：江蘇人民出版社，2001：37。
〔註77〕參看凌郁之，宋代雅俗文學觀〔M〕，北京：中國社會科學出版社，2012。

第四章　魏晉南北朝的文學雅俗觀
——以詩為主要考察範圍

　　之所以選擇魏晉南北朝進行考察，乃是由於在這個文學走向自覺的時代，文學雅俗觀還處於生長期，政治環境、時代風氣、文化氛圍、文人心態等都會給文學雅俗觀施以巨大影響，因而形成了以典正為雅的文學品格論，以古為雅的文學發展觀和以平淡為雅的文學情感論。

　　此期文學雅俗觀的上述特徵主要受制於兩條原因：

　　一是士族與庶族的衝突。雖然中古文學場存在著三種行動者：士族、庶族和皇族〔註1〕。但是魏晉皇族更為接近士族，劉宋之後出自寒門的皇族更接近於庶族。前文提到東漢以降累世為官的經學世家逐漸成為文化學術的代表者，到了中古時期門閥士族的權力更是擴展到政治、經濟、文化等方面。士族成為了這個時代的話語主導，既是文化思想的佔有者，又是文化思想的創造者。但是隨著寒庶文士的崛起，不甘淪為士族的附庸，逐漸對士族文化進行挑戰，一方面他們通過艱苦的學習與訓練提升文化能力，衝擊士族的文化領導權，另一方面由於他們自身與民間更為接近，又以民間的俚俗氣來沖刷淘洗士族的貴族氣。

　　二是士大夫趣味與文人趣味的衝突。前文提到，漢末魏晉之際，士大夫階層在獲得相對穩定的社會地位後，出於對自己精神世界的追求和擴展，開始生發出一種新的身份維度——文人身份。與此相應的，雅、俗概念開始被用於人物品藻和詩文書畫鑒賞之中，不再僅作為對人格修養的價值性判斷，成為具有審美意義的評價性概念。文人的產生與以審美為核心的文學雅俗觀的出現是

〔註1〕王欣，中古文學場域研究：以帝王文學活動為中心〔D〕，蘇州大學博士學位論文，2011：40。

相輔相成的關係。文學雅俗觀要求個人情趣的合法化，吟詠情性被置於首要的位置，而以人格為核心的文化雅俗觀則更多地強調文學的社會教化功能，這樣兩種趣味的衝突不可避免。

自永嘉之亂後，南方作為文學中心的地位不斷穩固。相較之下，北方文壇發展較為沈寂，即便是北魏孝武帝開啟漢化改革，使得南方文學漸傳至北魏文壇，但是北朝文學整體水平還在南朝之下，對於北方文人而言，以南方文人為師的心態相當明顯。故而只是在論述中兼及北朝文學，但不以其為主要考察範圍。

第一節　典雅與俚俗

隨著文學以「吟詠情性」旨歸，走出文學是經學附庸的泥潭，士大夫趣味與文人趣味之間不可避免地產生了衝突。而解決這種衝突的方法之一就是分類，將「經國文符」與「吟詠情性」二分，此二領域對應不同的創作體裁和創作原則，符合不同的審美標準。這就如同宋人以詞為「詩餘」一樣，文人學士作詩為本，為詞只是餘事、餘興。這種二分方式在魏晉最典型表現為述祖德、美功業、旨在營造莊重雅穆氛圍的詩歌用四言體，而述志、道情或是包含更廣內容的詩作則多用五言體。隨著五言詩文人化程度不斷加深，四言詩呈現衰弱之態，五言詩成為了文壇主流，不復被視為「流調」。到了劉宋時期，以顏延之為代表的以博學為詩、典正雅重的元嘉詩風成為詩壇主流，隨著南朝經濟的發展和社會的穩定，適應於出身庶族的皇族縱情聲色需要的樂府民歌於晉宋之際興起，特別是以鮑照、湯惠休為代表的大明、太始詩人，通過對樂府古詩和南朝民歌的學習，開始衝擊典正雅重的主流詩壇。詩歌創作中的雅、俗局面成為了南朝文論家不得不面對的一個問題，正是在對新聲樂府的思考中，文學批評家們加深了對文學創作雅、俗關係的認識，劉勰以儒家正統觀要求「正文」、蕭統則提倡「麗而不浮，典而不野」〔註2〕，直至蕭綱將立身與文章截然分開，以極端的方式區分了雅俗的不同功能。

一、「四言正體」與「五言流調」

這種分類一方面緣於《詩經》的經典位置，崔宇錫認為王畿之地的《雅》

〔註 2〕郁沅、張明高，魏晉南北朝文論選〔M〕，北京：人民文學出版社，1996：331。

《頌》與地方歌謠十五《國風》在形式上存在稍微差異，前者四言句式比例高達 95.4%、93.3%，而《國風》雖經過正樂與正音，四言句式比例還只為85.4%，以此說明當時王畿一帶使用的「正言」以四言句式為主，意味著在先秦時期四言「正體」觀念傳統已經樹立〔註3〕。特別是武帝獨尊儒術後，四言體一直被看作是中國古典詩歌的「正統體式」，語言典雅，內容以頌德諷諫為主。而從民間樂府詩歌中產生、發展出來的五言詩地位不及四言詩，主要用於抒情、敘事。

就實際效果看，二拍四言式節奏簡潔、和諧、平穩，表現為平和典雅之風，但和五言詩相比，四言體難免句式短促、節拍單調，特別是限制了單音節詞和雙音節詞的組合，限制了內容的容量，「句短而調未舒」，難以容納人們豐富複雜的內在情感。而五言詩則不同，雖只比四言多一個字，卻等於增加了一個節拍，日本學者松浦友久提出「休音」理論，指出五言奇數和偶數拍的交替能造成節奏富有彈性和變化，易於營造餘情餘韻〔註4〕。就詩的容量而言，一句五言詩往往相當於兩句四言詩的容量，如趙敏俐提到，「《古詩十九首》中『越鳥巢南枝』一句，幾乎相當於《詩經》中『黃鳥于飛，集于權木』兩句」，〔註5〕在容量上五言詩明顯具有優勢。

據逯欽立《先秦漢魏晉南北朝詩》載，魏晉時期存有四言詩四百多篇，宋、齊、梁、陳、隋五朝四言詩也有三百多篇，可見，「五言騰踴」之際的魏晉六朝從未如後人一樣忽略四言詩，而是將四言、五言詩視為兩種適用範圍不同的體裁。四言詩與五言詩傳統不同、語言功能有別，故而當時詩人對四言詩與五言詩的創作態度是不同的。誠如王夫之所言「四言詩《三百篇》在前，非相沿襲，則受彼壓抑。」〔註6〕漢以後的四言詩受《詩經》傳統影響，主要用於正式場合演唱的官方樂詩或是態度必須嚴肅認真、鄭重恭謹的場合，如郊廟祭祀、典禮饗宴等，風格皆典雅雍容。而五言詩因其民間樂府歌謠的出身，加之五言句式本身比四言具有優越的抒情表意功能，一般文人抒寫個人情懷時自然而然就選擇五言句式，例如《古詩十九首》、王粲的《七哀詩》、張華的《情詩》、潘岳的《悼亡詩》等等，將自己內心的喜怒哀樂以五言詩的形式表露出來。魏晉時期，無論重要詩人還是次要詩人，大多兼作四言詩與五言詩，而且

〔註3〕〔韓〕崔宇錫，魏晉四言詩研究〔M〕，成都：巴蜀書社，2006：17～18。

〔註4〕〔日〕松浦友久，節奏的美學〔M〕，瀋陽：遼寧大學出版社，1996：164～169。

〔註5〕趙敏俐，漢代詩歌史論〔M〕，長春：吉林教育出版社，1995：286。

〔註6〕〔清〕王夫之，古詩評選〔M〕，上海：上海古籍出版社，2011：82。

「四言為正」的觀點對他們的創作態度、作品內容和風格帶來了深刻影響。

鍾嶸以「峻切」來評價嵇康的五言詩，這種「峻切」的詩風可以從嵇康的為人上找到充分證據。《晉書·嵇康傳》載孫登稱嵇康「性烈」，嵇康本人在《與山巨源絕交書》中亦稱自己「剛腸疾惡，輕肆直言，遇事便發。」〔註7〕但是嵇康性格還有另一面，他並非總是性急剛烈的，也有恬靜少欲、寬宏大度的一面，他常常修煉養性服食內丹之事，彈琴吟詩，自我滿足（參見《晉書·嵇康傳》）。《世說新語·德行》注引《嵇康別傳》稱其「愛惡不爭於懷，喜怒不寄於顏」，完全一副從容閒雅、清淨淡泊、心平氣和的樣子。嵇康這一面的性格可以和他除《幽憤詩》外的四言詩相互映發。《幽憤詩》作於嵇康因呂安事繫獄之後，以激烈言辭抒泄憤憤不平之感，即便如此也出現了「采薇山阿，散髮岩岫。永嘯長吟，頤性養壽」的淡泊之語。僅以《四言贈兄秀才入軍詩》其十四為例：

> 息徒蘭圃，秣馬華山。流磻平皋，垂綸長川。目送歸鴻，手揮五弦。俯仰自得，遊心太玄。嘉彼釣叟，得魚忘筌。郢人逝矣，誰與盡言。〔註8〕

詩人想像嵇喜行軍之暇領略山水樂趣的情景。詩中的自然景物蘭、華山、平皋、長川、歸鴻都給人一種恬淡玄遠、寧靜安逸之感；人物活動如休息、秣馬、垂釣、遠望、揮弦，也是一派悠閒自得的做派。為人稱頌的「目送歸鴻，手揮五弦」二句更是意趣高遠、情思玄悠。詩人縱心於自然之中，飄然出世、心遊物外，領悟到極其虛妙的「太玄」。

又如張華詩歌在體裁上可以分為五言樂府詩、五言古詩和四言詩三種，與此對應在內容和藝術上呈現出不同的特點：五言樂府詩多表現社會現實，繼承了樂府民歌緣事而發的傳統，形式上多長篇巨製，手法上受漢賦影響，層層鋪排，表現出辭藻繁富的特點，如樂府《輕薄篇》和《遊獵篇》針對西晉當朝統治集團的奢靡之風加以諷諫與規勸；五言古詩都側重個人生活情感的抒發，形式較短小，鍾嶸稱之為「兒女情多」，尤以《情詩》五首最能代表，以離婦思夫和曠夫念婦之深情加之以細緻的景物描繪，極富情感又無繁冗之累，情感真摯自然不帶斧鑿之痕，故而劉勰論五言詩以張華為「清」之首；四言詩則繼承傳統以之述志，風格典正古雅，表達了積極進取、慷慨激昂的人生態度，而

〔註7〕〔三國魏〕嵇康集注〔M〕，安徽：黃山書社，1986：122。
〔註8〕〔三國魏〕嵇康集注〔M〕，安徽：黃山書社，1986：12。

《勵志詩》以入世思想為主軸，特別是其六在建功立業與退世歸隱之間搖擺徘徊，正呈現出中國傳統士人的仕與隱之矛盾〔註9〕。

　　這種「四言為正」的觀點在摯虞處得到彰顯，其《文章流別論》：「古詩率以四言為體，而時有一句二句雜在四言之間，後世演之，遂以為篇。……雅音之韻，四言為正，其餘雖備曲折之體，而非音之正也。」〔註10〕地位崇高的《詩經》以四字句為主，即是正體，不同句式的詩體亦是從《詩經》中生發出來，並發展成為獨立的詩體。

　　摯虞「四言為正」的觀點應該與西晉四言雅詩的創作勃興密切相關。漢末魏晉時期，五言詩以其表現力和容納力逐漸取代四言詩成為詩歌創作的主流，但是西晉時期四言詩創作出現了一個回潮，此即為學界關注的西晉詩風的「雅化」現象。西晉的「四言為正」根源於篡權的西晉統治者通過大力推行儒化政策，以徹底顛覆曹魏政權的文化話語權，建構自身政權的合法地位。具體到文學上就是：其一，追摹《詩經》體式。西晉詩人除了對《詩經》四言體式有偏愛外，還在四言詩創作中追摹《毛序》體式。其二，援引《詩經》入詩，具體表現為援引《詩經》成句、成詞、句式入詩。其三，對《詩經》四言詩藝術有一定程度的創新，主要表現為拓展《詩經》雅頌體式、重構《詩經》四言體式、四言詩首章意取闊大、抒發情感更為濃烈。西晉詩歌務於雅正的審美追求，所承繼的正是由《詩經》所奠定的禮樂文化審美觀，與西晉一朝對禮樂文化的推崇與踐行緊密相關〔註11〕〔註12〕〔註13〕〔註14〕。傅玄、張華就曾把魏時歌詩的雜言形式大部分改為典正的四言。摯虞此說，或影響到劉勰，其《明詩篇》云：「若夫四言正體，則雅潤為本，五言流調，則清麗居宗。」〔註15〕受「原道」「宗經」觀念影響，劉勰提出「四言正體」「五言流調」，並以雅潤與清麗分別概括其特點。

〔註 9〕張嘉珊，太康應彥——三張詩文研究〔M〕，臺北：花木蘭文化事業有限公司，2011：46。

〔註10〕郭紹虞，中國歷代文論選（第一冊）〔M〕，上海：上海古籍出版社，1979：190～191。

〔註11〕葛曉音，八代詩史〔M〕，北京：中華書局，2007：83～108。

〔註12〕張廷銀，論西晉詩歌的雅化現象〔J〕，西北師大學報，1995（3）：12～15。

〔註13〕張朝富，雅化：西晉詩風的根本成因及其歷史功績〔J〕，武漢大學學報，2007（5）：647～652。

〔註14〕馮源，論西晉詩歌雅正風貌的藝術建構〔J〕，河南社會科學，2016（10）：78～82。

〔註15〕詹鍈，文心雕龍義證〔M〕，上海：上海古籍出版社，1989：210。

　　摯虞本人的詩歌創作也多為四言詩，五首四言詩中四首是贈答之作，對象分別為伏武仲、褚武良、李叔龍和杜育，只有《雍州詩》是詠物之作。當時以四言體為贈答詩之正體，五言炳耀的陸機也以四言贈答陸雲、潘尼。相比於贈答詩，詠物詩更能代表摯虞的詩歌理念，其《雍州詩》云：

　　　　於皇先王，經啟九有；有州惟雍，居京之右。

　　　　土載奧區，山包神藪；嘉生惟繁，庶類伊阜。

　　　　悠悠州域，有華有戎；外接皮服，內含岐豐。

　　　　周餘既沒，夷德未終；莫不慕義，易俗移風。〔註16〕

　　雍州是西周政權的所在地，而文王周公等又是儒家心目中的聖賢，選擇對雍州進行讚頌，本就蘊意深遠。摯虞本人也是出身在雍州這片土地上，詩最後四句表明周朝餘德仍在，影響著當地的民俗民風，顯然摯虞本人也浸潤其中。

　　目前唯一可見的摯虞五言詩是《逸驥詩》是對飛馳的駿馬的吟詠，可能為遊戲之作〔註17〕。「四言為正」作為當時普遍的文學觀念，作為史學家的摯虞對此進行了忠實的記錄。那麼，摯虞何以認為五言詩非正體？

　　在《文章流別論》中認為五言和六言，主要供樂府演唱使用，而七言地位更低下，俳優倡樂用以供人取樂，這些相對正體四言來說都是「曲折之體」。根據俞士玲的研究，《文章流別集》中「詩」體收錄了贈答、雜詩和古詩三種體裁，其中，贈答詩是王粲的四言詩，雜詩是蘇李的五言詩，古詩則是題為枚乘的古詩〔註18〕。所錄俱為文人五言詩，概不收錄樂府詩，可以說在五言詩大興的魏晉，摯虞對文人五言詩沒有決然拒絕。摯虞真正視之為「俗」而不「雅」的起於民間的樂府詩，而五言多用於樂府，文人五言詩又是從擬樂府開始的，這就導致了五言「非音之正」。

　　這種以「四言為正」的觀念一直延續到齊梁年間，劉勰就以四言為「正體」，而五言是「流調」，對此說法，詹鍈指出是本於摯虞〔註19〕。在《文心雕龍・明詩》篇中論述了從「葛天樂辭」至「宋初文詠」的詩歌歷時性演變過程，以《詩經》的「四始」「六義」作為參照框架，對當時已經成熟的四言詩和五言詩進行了論述。雖然劉勰秉持著宗經的原則，提到《詩經》中已經有「四言」「五言」的雛形，但還是實事求是從詩歌演變的角度指出四言詩到了漢初才有

〔註16〕〔唐〕徐堅，初學記〔M〕，北京：中華書局，1962：173。

〔註17〕徐昌盛，摯虞研究〔M〕，臺北：花木蘭文化事業有限公司，2016：211。

〔註18〕俞士玲，西晉文學考論〔M〕，南京：南京大學出版社，2008：194～195。

〔註19〕詹鍈，文心雕龍義證〔M〕，上海：上海古籍出版社，1989：211。

「韋孟首唱」，即韋孟的四言《諷諫詩》和《在鄒詩》，這兩首四言長詩從思想到語言都學習先秦《詩》，語言典雅古奧，繼承先秦教化諷諫之意。

關於五言詩，時人普遍以李陵的《與蘇武詩》三首和班婕妤的《怨歌行》為最早作品。劉勰對此表示懷疑，指出《詩·召南·行露》裏有五言詩半章、《孟子·離婁篇》裏記載了五言的《滄浪歌》、春秋晉國優施所唱的《暇豫歌》和漢成帝時的《邪徑謠》都是五言作品，可見五言詩很早就出現了。而且兩漢就出現五言佳作《古詩十九首》，質而不野，哀婉動人。不過，五言詩的蓬勃發展還是要等到建安時期。

劉勰在總結四言詩和五言詩的藝術成就時，四言詩是詩歌的正宗體制，其風格特徵就是「雅潤」；五言詩是當時的流行詩體，「清麗」是其風格特徵，這是對當時詩壇實事求是的描述。為了進一步說明「雅潤」和「清麗」，劉勰還列舉了一些詩人作為例證，就四言詩來說，張衡偏重於雅正一面，嵇康具有潤澤一面；就五言詩來說，張華傾向於清麗，而張協發揮了華麗。能夠兼擅四言五言詩的只有曹植和王粲，左思和劉楨都偏重五言一體之美。結合上述詩人的有關作品，能夠更好地感知雅潤清麗之所指。前文提到，劉勰稱讚張衡四言《怨詩》「清典可味」。而劉勰認為能夠兼善的曹植與王粲，蕭子顯在《南齊書·文學傳論》也以曹植的《朔風詩》和王粲的《贈蔡子篤詩》二詩為四言中超前絕後之作。曹植詩吸收了風、騷的比興手法，借助「朔風」「素雪」「芳草」等意象，將自己心中的豪情與壯志、哀傷與憤懣，表現得委婉動人；同時又借用「代馬」「越鳥」等典故；化用「昔遷」「今旋」等《詩經》成句；運用對仗和比喻，處處顯示出曹植對詩歌表現手法的錘鍊。而王粲之詩描寫惜別之情真摯深厚，語言古樸典雅，深得《雅》詩之致。此二詩可謂是兼備「雅潤」與「清麗」。劉勰對待四言與五言的態度較為變通，詩人應當根據自己的才力與功能選擇所擅長的體制。

隨著五言詩的不斷文人化，地位也隨之提升，時人漸漸給予五言詩更多的肯定。鍾嶸的《詩品》專論五言詩，在其《詩品序》裏提到當世之人創作四言詩「每苦文繁而意少，故世罕習焉」〔註20〕，四言詩往往篇幅冗長，表意能力卻不強，隨著社會的發展，四言詩難以表達人們日益豐富複雜的思想情感，故而以四言寫作者越來越少。而五言詩則「居文詞之要，是眾作之有滋味者也」，對五言詩大加褒美。可是鍾嶸仍然需要將五言詩追溯到上古以此來肯定五言

〔註20〕〔梁〕鍾嶸，詩品集注〔M〕，上海：上海古籍出版社，2011：43。

詩的位置。直到蕭子顯作《南齊書‧文學傳論》，才以「獨秀」二字將五言詩提升至眾體制之上。而此時詩壇創作早已是五言詩的天下了，據逯欽立《先秦兩漢魏晉南北朝詩》統計，劉宋四言詩有 30 餘首，僅占全部詩歌的 6%；南朝齊有四言之作 20 餘首，僅占 8%；南朝梁有一千七百餘首詩歌，而其中只有三十餘首四言詩〔註21〕，可見偏重典雅雍容的四言詩，實在是難以滿足以詠物、宮體為主的齊梁時代的詩歌要求，衰落也是不可避免的。

二、「淫哇不典正」的樂府

隨著五言詩文人化程度的不斷提升，五言詩儼然成為文壇正體，南朝開啟了對新聲樂府的批判。吳歌、西曲自東晉起，開啟了由民間進入上層社會直至宮廷的路徑，就面臨著藝術提升的問題，尤其是南朝皇室較低的出身，使得新聲樂府又交織士族趣味與皇權趣味的對立與妥協。而越來越多的文人進入樂府詩的創作之後，文論界對此做出了反映，《宋書‧樂志》《文心雕龍‧樂府》《文選》和《玉臺新詠》等，都為我們考察這一時期文學雅俗觀的演變提供了條件。

南朝初期士族對「委巷之歌」普遍採取貶抑的態度，僅有少數士族文人學習民歌作詩，比如東晉的王獻之有《桃葉歌三首》〔註22〕，謝尚作《大道曲》，謝惠連「工於綺麗歌謠」等。可見「委巷之歌」是士族不屑為而非不能為的項目。《晉書‧王恭傳》載司馬道子召集朝士開酒宴，尚書令謝石因酒醉而唱起「委巷之歌」，招致王恭「居端右之重，集藩王之地，而肆淫聲，欲令群下何所取則」的批評。謝萬酒後露真言的吟唱，可見對「委巷之歌」相當熟悉，對此王恭進行了批評，典正之場合怎能容許「淫聲」放肆。

鑒於劉宋宗室文化修養普遍比較淺薄，在文化能力上遠遜於士族，宋初的朝廷還是很能接受士族對朝廷文化的典正規範。劉裕的後宮就沒有「紈綺絲竹之音」，抑制了俗樂在宮廷的發展。宋少帝荒淫無度被廢，其罪狀之一就是召集樂府裏伶官優倡，日夜在宮中管絃不停，可見時人不容於流行新聲奏於朝廷。

可隨著劉宋宗室文化能力的提升，帝王意圖在文化項目上擴張皇權，出鎮外藩的劉宋諸王根據或傚仿民歌創作了不少西曲歌，例如劉義慶有《烏夜啼》，

〔註21〕〔韓〕崔宇錫，魏晉四言詩研究〔M〕，成都：巴蜀書社，2006：239。
〔註22〕閻采平，齊梁詩歌研究〔M〕，北京：北京大學出版社，1994：164。

劉礪作《壽陽樂》，劉涎制《襄陽樂》，特別是後來即位的宋孝武帝劉駿所作《丁督護歌》六首，典型的南朝民歌風格〔註23〕。劉宋朝對士族採取抑制的態度，同時重用寒人，藉重寒士之才學伸張自己的文化意志。也正是基於此，一介寒士鮑照以其文才，順從劉宋皇室的品味創作，「俗」的因素堂而皇之地進入「雅」的殿堂〔註24〕。最典型者是鮑照以俗曲的形式創作頌美帝王的《中興歌十首》，例如其四「白日照前窗，玲瓏綺羅中。美人掩輕扇，含思歌春風。」〔註25〕採用流行俗曲的五言四句形式，民歌般流麗的語言，明煦的陽光照在錦繡綺羅裝扮著的玲瓏美人身上，美人一邊暗含春情哼著歌，一邊用扇子輕搖打著節拍。以這種接近豔詩之作頌美朝廷、帝王，暗含一種文學趣味正在改變之意。

當然，社會風氣的變化從來就不是一朝一夕之事，吳歌西曲興盛，並不意味著當時之人不將其視為「俗」。以王僧虔的言論最為典型。《宋書·樂志一》載王僧虔於宋順帝昇明二年上表朝廷，此時距離齊代宋立只有一年，故而王僧虔所言，可以視為宋末齊初朝廷的音樂情況。

> 自頃家競新哇，人尚謠俗，……排斥典正，崇長煩淫。〔註26〕

王僧虔大力批評晉宋以來興起的吳歌、西曲，將其視為「新哇」「謠俗」。由於吳歌、西曲多男女相思情愛之作，曲調哀婉纏綿，故王僧虔斥之為「喧醜之制」。這種繁淫之樂卻得到了上至衣冠貴族下到閭里民間的一致喜愛，對典正雅樂產生了衝擊。所以王僧虔提出「士有等差」「樂有攸序」，實際上是強調士族應該不同於流俗，堅持高貴的「風味之韻」，以區別於閭里的「喧醜之制」。對「閭里」與「衣冠」在文化趣味上差異的區分，王僧虔的主要目的還是為了強調涉及國家禮樂制度上必須為典正雅製，這實際上是為了強調朝廷的文化展現形態理應由士族領導。

即便是劉宋皇族多喜愛流行新聲，皇權仍然努力向士族靠攏，不甘淪落成俗文化的代表，《南史·文學傳》載吳邁遠曾獲宋明帝召見但未被賞識一事：

> 吳邁遠者，好為篇章，宋明帝聞而召之。及見曰：「此人連絕之外，無所復有。」〔註27〕

〔註23〕陳橋生，劉宋詩歌研究〔M〕，北京：中華書局，2007：186～187。
〔註24〕蘇瑞隆，鮑照詩文研究〔M〕，北京：中華書局，2006：246～271。
〔註25〕〔南朝宋〕鮑照，鮑照集校注〔M〕，北京：中華書局，2012：632。
〔註26〕〔梁〕沈約，宋書〔M〕，北京：中華書局，1974：533。
〔註27〕〔唐〕李延壽，南史〔M〕，北京：中華書局，1975：1766。

當時民歌吳歌、西曲多五言四句，宋明帝所謂連絕，意為吳詩多以「五言四句相聯而成」〔註28〕。而且吳邁遠在當時人眼中，和鮑照一樣，也是與湯惠休相提並論的，鍾嶸《詩品》中將吳邁遠列入下品，亦云：

　　吳善於風人答贈。……湯休謂遠云：「吾詩可為汝詩父」。〔註29〕

「風人」意指詩歌寫作學習南朝樂府民歌。以湯惠休對吳遠邁「吾詩可為汝詩父」的調笑可見吳邁遠之詩與湯惠休「委巷歌謠」風格相似，從其現存作品來看，多樂府男女贈答之辭，均含思婉轉，輕豔搖曳，類似於湯惠休之風。對文學相當重視的宋明帝以其文名召見之，但明帝對吳遠邁的評語充滿鄙夷之意，可見明帝對文才之士有明確的認識，並不試圖建立新的以俗為底色的朝廷文化，以取代由顏延之所代表的以士族深厚才學為基礎的典重雅正文化。

直到南朝齊，這種不容宮廷趨「俗」者仍大有人在，《南史》記載袁廓之曾任齊太子洗馬一職，當時文惠太子喜歡何澗所作的《楊畔歌》，歌辭甚為雅麗，曲調哀婉。對此袁廓之認為不可，就上諫太子，如此不典雅之作，與亡國之響無異。文惠太子蕭長懋對此諫言也能虛心接受，可見視新聲樂府為「俗」的觀念根深蒂固。

但是這並不能阻擋樂府詩在齊梁年間的繁榮發展，劉宋時期鮑照以俗曲形式作頌美帝王的《中興歌十首》，被蕭子良的西邸文士所繼承與發揚。《南齊書·樂志》稱竟陵王蕭子良與其西邸文士一同創作了《永平樂歌》，每人十曲。《永平樂歌》即《永明樂》，今可見王融、謝朓之作各十首以及沈約一首。如此多著名士族參與俗曲創作的活動可知新聲俗曲早已被士族承認並接受，士族甚至成為新聲創作的主要者，南朝現存文人樂府詩近千首〔註30〕。

文人加入新聲的創作勢必帶來樂府歌辭的雅化，主要從以下三個方面，一是在詩歌語言上的去地方化，即「儂、歡、郎等指稱詞，方言俗語，以及諧音雙關的抒情方式在文人雅化的歌辭中基本消失」〔註31〕，例如王融創作的《採菱曲》，採菱，本是民間歌辭與曲調，王融所作顯然是文人口吻，文辭典雅。

二是以詩歌意境取代直接抒情，僅以《子夜歌》與《子夜秋歌》對比來看：

〔註28〕〔梁〕鍾嶸，詩品集注〔M〕，上海：上海古籍出版社，2011：589。
〔註29〕〔梁〕鍾嶸，詩品集注〔M〕，上海：上海古籍出版社，2011：585。
〔註30〕劉加夫，試論南朝文人樂府詩的主題取向〔J〕，山東師範大學學報，2002（3）：38～42+54。
〔註31〕王志清，齊梁樂府詩研究〔M〕，北京：社會科學文獻出版社，2013：220。

夜長不得眠，轉側聽更鼓。無故歡相逢，使儂肝腸苦。〔註32〕
（《子夜歌》）

繡帶合歡結。錦衣連理文。懷情入夜月。含笑出朝雲。〔註33〕
（《子夜秋歌》）

前一首直抒情懷，情感表露得直接而濃烈，思念使得女子夜中輾轉反側不能眠，數著更鼓聲思念情郎。再看蕭衍的《子夜秋歌》雖也是寫夜中的思念，保持民歌的格調，但已重視語言修飾。蕭衍以時序變化表現感情的變化，秋天是收穫的季節，少女也擁有了美好的愛情，她的思念伴隨著她入眠，又隨著朝陽出雲而升起。以詩歌意境將這種熱戀中的情感傳達出來，含蓄而婉轉。

三是以詩歌的意象和句式作樂府詩，如蕭衍的《子夜冬歌》其三：「果欲結金蘭，但看松柏林。經霜不墮地，歲寒無異心。」〔註34〕《論語·子罕》曰：「歲寒然後知松柏之後凋」，賦予松柏傲立風雪而不凋的美好品質，蕭衍將松柏堅貞的象徵意義移植到關於愛情的描寫之中，更顯感情之深厚，歌辭風格也更為典雅。

隨著樂府創作的大力發展，至宋、齊之際，樂府已經從一種音樂官署名稱演變為文體名稱。《宋書》卷一百云：沈林子所著有包括詩、賦、樂府在內的文章共一百二十一首〔註35〕，據此，蕭滌非提出，沈約此處是以「樂府」名詩〔註36〕，即把樂府作為一種文體的名稱。正是在對樂府詩展開了批評的過程中，文論家深化著自己對文學雅、俗的認識。

樂府之不同於一般文學形式處就在於樂和辭的相互配合，劉勰論述樂府也多強調樂與辭的一體，除了承襲《尚書·舜典》的「聲依永，律和聲」來定義樂府外，還對詩和樂這樂府兩大組成要素進行了論述：

詩為樂心，聲為樂體；樂體在聲，瞽師務調其器；樂心在詩，君子宜正其文。〔註37〕

詩句是樂府之核心，聲律是樂府的形體。樂府的形體既然在於聲律，那麼樂師必須調整好樂器；樂府的核心既然在於詩句，那麼君子必須雅正其文。並

〔註32〕王運熙，王國安，樂府詩集〔M〕，北京：中國國際廣播出版社，2011：271。
〔註33〕胡大雷，齊梁體詩選〔M〕，保定：河北大學出版社，2004：41。
〔註34〕胡大雷，齊梁體詩選〔M〕，保定：河北大學出版社，2004：41。
〔註35〕〔梁〕沈約，宋書〔M〕，北京：中華書局，1974：2459。
〔註36〕蕭滌非，漢魏六朝樂府文學史〔M〕，北京：人民文學出版社，1998：8。
〔註37〕詹鍈，文心雕龍義證〔M〕，上海：上海古籍出版社，1989：251。

以季札觀樂為例，說明聽《詩經》演奏時是樂與辭並重，才會得出《鄭風》多男女間的調笑是亡國的徵兆。進一步批評漢代流行的新聲創作，多描寫恩愛纏綿、怨恨絕裂，詩句內容極為不雅正，對此譜曲是不可能產生好音樂的。劉勰雖針對漢樂府進行批評，但其議論的實際旨歸是對南朝新聲的否定，正如黃侃所言：「彥和閔正聲之難復，傷鄭曲之盛行，故欲歸本於正文。」〔註38〕劉勰堅持儒家的正統觀念，對晉宋後樂府風氣給予猛烈批判是自然而然的事情。

沈約的《宋書·樂志》首次將南朝樂府民歌江東吳歌納入樂志的敘述範圍，體現了在堅持雅樂的同時又隨俗趨新的特點。一方面，沈約承認新聲俗樂在音樂發展史上的地位，另一方面，在具體著錄標準中提出不詳載淫哇之辭，具體來說就是指產生於漢水流域的西曲，表現出對流行新聲的一種排斥。這很可能是由於西曲雅化的進程要晚於吳歌所致，按照王運熙的考證，西曲舞曲部分主要產生於宋齊梁三代，而歌辭部分的產生與流行大約是齊梁兩代，而吳歌的主要曲調產生約在東晉初到劉宋文帝時代〔註39〕，早已經過部分士族文人的雅化，不同於更多保留民間原生態的西曲。總體上來說，劉勰和沈約對樂府雅俗的判斷主要是以音樂性為標準，沈約的俗樂觀要比劉勰開闊，劉勰只推崇先王之樂與雅頌樂，對俗樂嚴厲斥責，而沈約並不完全否定俗樂。

稍後於劉勰的蕭統對於樂府更為注重文辭部分，《文選》選錄樂府詩四十首，多選擇藝術性高的樂府詩，很少考慮是否能入樂的問題。所選全部為漢魏舊曲和西晉文人的模擬之作，沒有一首新聲樂府。蕭統之所以不選新聲，首先他是從文辭的角度而非音樂的角度看待樂府，起於民間的新聲樂府往往如口語般自然，不符合蕭統選錄標準；其次，蕭統的審美理想是「麗而不浮，典而不野，文質彬彬」〔註40〕，抒發相思情愛、情調哀怨的吳歌、西曲顯然不符合其審美原則；再次，蕭統本人不喜歡音樂，不僅是新聲俗樂，就是宮廷音樂也秉持一種淡漠的態度。

而到了梁末徐陵編《玉臺新詠》則收錄五首西曲與九首吳歌，這大概是由於梁武帝蕭衍對西曲的雅化，使得西曲地位在梁代大幅上升所致〔註41〕。不管如何，《玉臺新詠》對俗樂新聲的收錄，當如曹道衡所言是「由於梁中葉以後

〔註38〕黃侃，文心雕龍札記〔M〕，北京：中華書局，1962：33。
〔註39〕王運熙，樂府詩述論〔M〕，上海：上海古籍出版社，1996：11。
〔註40〕嚴可均，全上古三代秦漢三國六朝文〔M〕，北京：中華書局，1958：3064。
〔註41〕馬萌，《宋書·樂志》歌詩「援俗入雅」傾向其及原因〔J〕，殷都學刊，2007（2）：76～80。

的文人已多少打破了對於南方俗樂的偏見」〔註42〕。雖然俗樂在創作領域盛行，但是理論界仍是以尚雅為主，對俗樂的接受比較緩慢。

　　由上可知，在魏晉南朝人心中，由傳統而來或者經過文人雅化之後的文體當為「雅」，而起於民間的文體被視為「俗」，源自於《詩經》的四言體為雅，而起源於樂府的五言體為俗，當五言詩經過文人的雅化之後，隨著創作者眾多，慢慢也就變成了雅。吳歌西曲亦是如此，在劉宋時期，「雅」是指王僧虔所提倡的朝廷正樂，而「俗」則指以吳歌西曲為代表的江南民歌，隨著文人不斷以自己的審美口味潤色、雅化，這些民間里巷的俚俗歌謠漸漸地地位也提升了。

　　實際上，文學史早就證明，詩、詞、曲之體，最早皆起源於民間，而後漸為文人所習，遂由俗趨雅。俗體雅化是文體演變的主導方向，雅化後的俗體不再是民間原本的俗體，創作主體變為了文人，創作旨趣也隨著發生改變，文人之雅注入文體之俗，從而使其文其體由俗變雅。

第二節　古雅與新奇

　　前文已經提到，「古」本身就是「雅」之應有之義，以古為雅是與中國古代根深蒂固的復古思維模式相聯繫的，這種思維的特點就是偏重於以經典的權威確立事物的意義與價值。在文學走向自主的進程中，這種思維模式表現的尤為突出，包括創作上的擬古與理論上的宗經。在這種思維模式的影響下，面對南朝文壇的變化，南朝文論家卻有不同意見，大致可分為「新變」和「通變」兩派。

一、創作上的擬古

　　在漢魏六朝文學自覺的演進中擬古之風始終存在，誠如胡應麟所說「建安以還，人好擬古，自《三百》《十九》、樂府、饒歌，靡不嗣述，幾於汗牛充棟。」〔註43〕有學者做過統計，光是在詩題、詩序或詩題下的標注中明確說明擬作性質的魏晉六朝擬古詩就多達 369 首〔註44〕。模擬是擬作者對原作求同與求變過程的辯證統一〔註45〕，從求同的一面看，每一個模擬者都以前代的作品作為

〔註42〕曹道衡，從樂府詩的選錄看《文選》〔J〕，文學遺產，1994（4）：14～23。
〔註43〕胡應麟，詩藪〔M〕，北京：中華書局，1958：131。
〔註44〕馮秀娟，魏晉六朝擬古詩研究〔D〕，臺灣大學碩士學位論文，2003。
〔註45〕陳恩維，模擬與漢魏六朝文學壇變〔M〕，北京：中國社會科學出版社，2010：34。

自身的起點與依據，延續著文學傳統，並將自身納入文學演進之中；從求異的一面看，模擬不等於抄襲，不求新求變如何與原作有所區別，這種「影響的焦慮」又會導致模擬者對模擬對象秉持一種貶損的態度，不斷批評並改造模擬對象，並試圖以此形成自我。面對魏晉南北朝時期擬古的大量存在，文論家對模擬及擬作的價值與意義有了深入的認識，如鍾嶸的《詩品》將陸機《擬古》和謝靈運《擬魏太子鄴中集》贊為「五言之警策」，並且稱讚江淹「詩體總雜，善於模擬」。

對於陸機而言，模擬是一種與前賢時彥較量文學才能的方式，謝靈運的模擬多是擬古以抒懷。而江淹更多地將模擬視為一種批評手段，即通過對三十家詩人的模擬確定某類文體的寫作規範。

作為西晉文學的傑出代表，陸機廣泛模擬了歷代文士的多種文體作品，模擬賈誼《過秦論》作《辨亡論》，枚乘《七發》作《七徵》、蔡邕《讓高陽侯表》作《謝平原內史表》、宋玉《九辯》作《感時賦》《古詩十九首》作《擬古詩》12 首，還有數量眾多的擬樂府詩。在對前人的模擬中，陸機實現了從「得其用心」到「聊復用心」直至「自皆為雄」。所謂「得其用心」就是指通過閱讀並模擬前人的作品，汲取其創作經驗；所謂「聊復用心」就是指在前代文士用心之處再更一步，正如陸機《遂志賦序》不厭其煩地列出崔篆、馮衍、班固、張衡、蔡邕、張叔等作的得失成敗，這正是一個對前代作品「得其用心」的過程。在此基礎上，陸機進一步提出不僅要繼承前代作品的優點，而且要克服前代作品的缺點。陸機模擬的最終目的是要「自皆為雄」，這是一種典型的「影響的焦慮」，擔心自己始終籠罩在前輩的陰影下，故而以模擬的方式與前代文人才子一爭高下，以證明自己的文學才能，確立自己的文壇地位。陸機弟陸雲曾因「《幽通》《賓戲》之徒自難作」勸其兄不要模擬，陸機偏偏要迎難而上，模擬而作《遂志賦》，通過比較來證明自己的才能。陸機本欲模擬班固的《兩都賦》作《三都賦》，卻因左思的《三都賦》已經難以超越而輟筆。這些都體現陸機模擬的超越意圖。陸機的擬古詩在後世影響深遠，陶淵明、鮑照、江淹等人皆有擬作，特別是劉宋南平王劉鑠未及弱冠就作擬古詩三十首，時人以為「亞跡陸機」〔註46〕。

謝靈運除了創作「窮力追新」的山水詩，還創作過十餘首「規摹往則」的

〔註46〕陳恩維，模擬與漢魏六朝文學嬗變〔M〕，北京：中國社會科學出版社，2010：208～221。

擬古詩，其中《擬魏太子鄴中集詩八首》就是他最有名的擬古詩作，以代言的方式模擬了八位建安詩人曹丕、王粲、陳琳、徐幹、劉楨、應瑒、阮瑀、曹植，採用建安諸子宴遊賦詩時所用的五言來作詩，有時直接模擬諸子詩句，有時借用諸子其他作品。序文部分模擬曹丕《與吳質書》，以曹丕口吻營造一個建安末與諸子在鄴宮宴遊賦詩的場景。謝靈運的擬作在除曹丕外的七位詩人名下分別以數句話概括其身世、個性及創作風格，如敘王粲「家本秦川，貴公子孫，遭亂流寓，自傷情多」〔註47〕；敘陳琳「袁本初書記之士，故述喪亂事多」〔註48〕；敘徐幹「少無宦情，有箕穎之心事，故仕世多素辭」〔註49〕等。這些評論同曹丕對諸子氣質風格的評論頗多相合。謝靈運這組擬詩虛擬出一個足以以假亂真的宴遊場景，實際擬他人是為抒自己之情。作為謝靈運元嘉五年政治理想破滅後的寄託之作，此組詩以文學的想像力為天下失志之士構建一片樂土，這場盛宴也成了文人理想與抱負得以實現的美好象徵〔註50〕。

　　江淹在序文中明確提出自己的《雜擬詩三十首》並非單純的模擬之作，而是力圖通過傚仿模擬文體來「品藻源流」，同時批評了當時詩壇貴遠賤近、重耳輕目等不良傾向。對此江淹選擇通過模擬來瞭解和闡明各家作品不同的藝術成就。面對三十家時代跨度極大，詩作主要內容與風格又迥異的原作，江淹的擬詩不僅做到了形似更做到神似，可見江淹對各家的詩風以及遣詞造句、抒情言志、狀景體物等各方面的特點都進行了深入的體會，甚至於充分瞭解原作者的生平經歷和思想狀況。江淹的《雜體詩三十首》選擇了從漢末到劉宋時期五言詩作者三十家進行模擬，將五言詩的發展分為四個時期：關西（漢），以古詩、李陵、班婕妤為代表；鄴下（魏），以曹丕、曹植、劉楨、王粲、嵇康、阮籍為代表；河外（西晉），以張華、潘岳、陸機、左思、張協、劉琨、盧湛、郭璞為代表；江南（東晉及劉宋），東晉選取了孫綽、許詢、殷仲文、謝混合陶潛；劉宋則是謝靈運、顏延之、謝惠連、王微、袁淑、謝莊、鮑照和湯惠休。這份名單體現了江淹對這段時間內五言詩發展的深刻理解與把握。除了詩史觀念外，江淹的雜擬詩還表明了他的辨體意識，從主題內容和意象的綜合、結構篇製、表現方式、語言風格等方面，系統地體現了他對漢魏以來各時期、各

〔註47〕〔南朝〕謝靈運，謝靈運集〔M〕，長沙：嶽麓書社，1999：122。
〔註48〕〔南朝〕謝靈運，謝靈運集〔M〕，長沙：嶽麓書社，1999：125。
〔註49〕〔南朝〕謝靈運，謝靈運集〔M〕，長沙：嶽麓書社，1999：127。
〔註50〕宋威山，謝靈運《擬魏太子鄴中集》詩旨再探〔J〕，四川師範大學學報，2015
　　　（2）：126～132。

代表詩人五言體「意制體源」的認識，例如三首擬漢詩抓住了漢五言古詩以游子思婦的相思別怨為基本主題的特點，在表現方式上也採用了漢詩常用的第一人稱和反覆重疊的抒情結構〔註51〕。江淹不是為了模擬而模擬，主要是針對文壇時弊，探索詩歌發展的新出路。這種方式雖未在當時發揮作用，但是作為一種別樣的創作及批評方式長久以來一直備受重視。這種「融研究與評論於一爐」的擬古之作，「為後人開創了一條總結前人成就進而效法的有效門徑」〔註52〕，成為我國文學批評和學術研究的經久不衰的傳統。

在文學逐步走向自主的過程中，擬古成為了一項重要的寫作策略，擬古與創新，摹仿前人與表現自我在魏晉南北朝時期並行不悖，在「古」中灌注著當世的審美情趣與審美理想。

二、理論上的宗經

以經對治文弊，立雅正古風，在南朝不乏主張者。這種依經立本的文論思想，在東漢班固論賦的起源是以見端倪。班固《兩都賦序》將賦的本源推至古詩的雅頌之體，「賦者，古詩之流也」，並稱漢賦為「雅頌之亞」。

六朝時，文論家探討各體文章源流時多溯源至《六經》。摯虞的《文章流別論》認為三言詩至九言詩都是從《詩經》演變而成。劉宋顏延之論文章起源於經，其《庭誥》云：「詠歌之書，取其連類合章，比物集句，采風謠以達民志，《詩》為之祖，褒貶之書，取其正言晦義，轉制衰王，微辭豐旨，貽意盛聖，《春秋》為上。」〔註53〕只不過受制於「經典則言而非筆」的觀點，顏延之雖然將文體追源於經，但實際上卻沒有將《五經》視為文章〔註54〕，經典只是質樸的接近口語記錄之文。

劉勰的《文心雕龍》更是明確提出「宗經」，他認為要矯正當世「浮詭」「華豔」「訛濫」之文弊，指導後學之寫作，必須以前代聖賢及其文章作為師法的楷模，只有「述先哲之誥」，才能「益後生之慮」〔註55〕（《文心雕龍·序志》）。而這正是魏晉以來歷代文論家所忽視的，劉勰在《序志》篇提到曹丕的《典論·

〔註51〕葛曉音，江淹「雜擬詩」的辨體觀念和詩史意義──兼論兩晉南朝五言詩中的「擬古」和「古意」〔J〕，晉陽學刊，2010（4）：87～95。
〔註52〕周勳初，周勳初文集〔M〕，南京：江蘇古籍出版社，2000：403。
〔註53〕郁沅、張明高，魏晉南北朝文論選〔M〕，北京：人民文學出版社，1999：272。
〔註54〕歐陽豔華，徵聖立言──《文心雕龍》體道思想研究〔M〕，上海：上海古籍出版社，2015：476。
〔註55〕詹鍈，文心雕龍義證〔M〕，上海：上海古籍出版社，1989：1923。

論文》細密但不完備、曹植的《與楊德祖書》善辯但有失允當、應瑒的《文質論》有華采卻稍嫌粗略、陸機的《文賦》細巧而碎亂、摯虞的《文章流別論》精湛但不切實用、李充的《翰林論》膚淺而不得要領。這些文論著作都沒有從大處著眼全面論述，故而劉勰做「體大慮周」的《文心雕龍》來「正文救弊」。

劉勰論「文」，首先便為文章尋根溯源。「宗經」提出聖人經典為後世文章各體之源，當為後世文學之範本。經書，於修身方面能洞悉性靈之奧秘，可為陶冶性情、修身做人的指南；於作文方面則銜華佩實、文質兼美，可為文章之楷模。

劉勰認為《易》《書》《詩》《禮》《春秋》為文章創作的本源，其中：《周易》專門論述天道，精妙入神、通於人事，故而它意旨深遠，文辭精美，語言精煉，事理隱晦深奧；《尚書》則以記言為主，由於年代久遠其文字難以解釋清楚必須依靠《爾雅》，而子夏讚歎《尚書》之文像日月般明亮，如星辰般清晰；《詩經》在內容上主要抒發情志，在手法上採用賦、比、興，加之以華美的辭藻、婉約的諷諫，誦讀起來能體會到溫柔敦厚的風格，最能切合內心。《禮經》是用來建立各種禮儀體制的，根據具體事務制定各種規範，章程條款細緻縝密，任意採擷隻言片語，都能沾溉後人。《春秋》意在辯明是非善惡，文字婉曲、用意含蓄，一字即見聖人之深意。可見不同的文體有不同的功能，因而形成各具特色的寫作要求，劉勰「宗經」是為了他的文體論找依據〔註56〕。在劉勰那裏，經書是各種文體的源頭，《周易》是論、說、辭、序四類文體的發源之處；詔、策、章、奏之類的文體則以《尚書》為根源；賦、頌、歌、贊以《詩經》為根本；《禮經》是銘、誄、箴、祝的開端；《春秋》是記、傳、盟、檄等論事文體的源頭。「百家騰躍，終入幻內」則指諸中文體都來源於「經」體，可以包括在「經」體之內，而不是說諸種文體同於經體〔註57〕。劉勰通過對「五經」的分析，說明後代的文體都是由「五經」派生出來的。經典之所以能成為文章的典範，就在於道藝兼美、文質俱備、華實相配，此即經文之「體」具有「六義」：情深不詭、風清不雜、事信不誕、義直不回、體約不蕪、文麗不淫。劉勰秉持「執中」思想，既肯定了「情深」「風清」「事信」「義貞」「體約」「文麗」在為文與論文中的重要性，同時又要有所節制，不能流於「詭」

〔註56〕詹福瑞，《宗經》與《文心雕龍》的理論體系〔J〕，河北大學學報，1994（4）：45～53。

〔註57〕羅宗強，讀文心雕龍手記〔M〕，北京：三聯書店，2007：35。

「雜」「誕」「回」「蕪」和「淫」，此為作品的思想內容和藝術形式的根本創作原則與標準。

劉勰對各種文體發展的分析按「原始以表末，釋名以章義，選文以定篇，敷理以舉統」，論述了各文體的歷史發展狀況、性質和創作特徵。僅以《明詩》篇為例，開篇即提出詩歌是情與志的統一，將「言志」與「緣情」結合起來。自「人稟七情」至「此近世之所競也」一長段結合作家作品論述詩歌發展歷史，概述上古詩歌、《詩經》和《離騷》，較為具體循序論述了漢、魏、兩晉乃至劉宋初年之詩，特別注重在詩體發展過程中「有過重要作用或有過新的創造發展的作家作品」〔註58〕，確定典範詩人分析他們的藝術風貌，如對建安和三國時期五言詩發展的分析指出建安詩歌以曹丕曹植兄弟成就最高，而七子中的王粲、徐幹、應瑒和劉楨在五言詩創作上可與曹氏兄弟相匹敵，並準確指出他們的共同點在內容上都記述恩寵榮辱、敘寫酣飲宴集，在情感上都激昂慷慨、率性灑脫；在手法上抒懷敘事不求細密工巧、遣辭寫物只取清晰之效。而對嵇康「清峻」，阮籍「遙深」的評價相當精練準確。採用比較的研究與歷史的研究相結合的方法認識詩的創作特徵，「鋪觀列代」「撮舉同異」，四言詩以雅正清潤為本，五言詩以清新華麗為主，不同詩人各有所長，甚少兼備，寫作詩歌時應根據自己的個性所長，選擇合適的體裁和風格來加以表現，這就為寫作者指明了創作要旨。

顏之推同樣也認為文章源出五經，其中「詔命策檄」出自《書》、「序述論議」出自《易》、「歌詠賦頌」出自《詩》、「祭祀哀誄」出自《禮》、「書奏箴銘」出自《春秋》，進而要求後世子孫在文章方面要「稟經以制式，酌雅以富言」，強調在文體和語言上都以五經為規範。顏之推提出「宗經」的文學主張，是針對南北朝時頹靡、浮誇、無病呻吟的文風而言的。

裴子野的《雕蟲論》對當時麗靡詩風深表不滿，其批評方式也是如此：「古者四始六義，總而為《詩》。」仍以《詩》為後世文體之源，從而便有了斥責後世作者的立論依據。饒宗頤顯豁裴氏批評之用意：「在阻止文學，使勿脫於經學之藩籬，俾文質相倚為用。……彥和文心，力主宗經，與子野持論宗旨相符。」〔註59〕至於蕭綱的《與湘東王書》，其時的京師文體表達了不滿，其不

〔註58〕張少康，劉勰及其《文心雕龍》研究〔M〕，北京：北京大學出版社，2010：90。

〔註59〕饒宗頤，文轍〔M〕，臺北：臺灣學生書局，1991：347。

滿的理由，也是以「既殊比興，正背《風》《雅》」為說的。就連蕭統的《文選‧序》也是如此，此序中「若夫姬公之籍……孝敬準式，人倫師友」一段文字，似乎是要排除儒家經典的文學地位，然而事實並沒如此，周勳初指出，這段文字固然表明蕭統對文學的特點有了較明確的認識，但還是強調經典為「準式」「師友」，這就意味著「後代文士仍然應該向它學習，這樣才能保證思想內容方面的完善。這種態度近於劉勰強調的『宗經』、『徵聖』，也就是《通變》所說的『通則不乏』、『參古定法』」〔註60〕。可見不論文評家具體的文學主張如何，其批評方式也相當的一致。

　　當然，各家雖然在觀念上堅持各體源出經典，但在論述實際的創作時以史實為根據。如任昉《文章緣起》雖說「六經素有歌詩誄箴銘之類」，但在每一文體下列該文體的起源之作時以史實為依據，三言詩下列「晉散騎常侍夏侯湛所作」，四言詩下列「前漢楚王傅韋孟諫楚夷王戊詩」、五言詩「漢騎都尉李陵與蘇武詩」〔註61〕，顯然是以實際創作為根據。

　　正是在經典是寫作傳統的源頭和文學批判的標準這種共同認知下，鍾嶸才會遴選出三十六家詩人，分屬《國風》《楚辭》和《小雅》，構成漢魏以來五言詩的三大派別，並以作家、作品距離這三大源頭的遠近作為判定詩歌品級的標準之一。在此以《國風》係為例說明（參見圖1）：

圖1 《國風》一系詩人

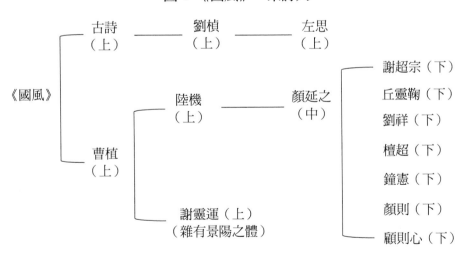

〔註60〕周勳初，周勳初文集〔M〕，南京：江蘇古籍出版社，2000：88。
〔註61〕郁沅，張明高，魏晉南北朝文論選〔M〕，北京：人民文學出版社，1996：311
　　　　～312。

距離源頭《國風》較近、年代又靠前的詩人多位居上品,如曹植、劉楨、左思、陸機、謝靈運;與上品詩人陸機有學習關係的顏延之則位居中品,學習顏延之的七人則位居下品。

沈約的《宋書·謝靈運傳論》也是同樣在這種繼承脈絡中蘊含褒貶評價:

> 夫志動於中,則歌詠外發,六義所因,四始攸繫,升降謳謠,紛披《風》什。……至魏,四百餘年,辭人才子,文體三變。相如工為形似之言,二班長於情理之說,子建仲宣以氣質為體。並標能擅美,獨映當時。是以一世之士,各相慕習,源其枝流所始,莫不同祖風騷……元康,潘陸特秀,……綴平臺之逸響,採南皮之高韻。……在晉中興,玄風獨扇,為學窮於柱下,博物止乎七篇。馳騁文辭,義殫乎此。自建武暨於義熙,歷載將百,雖比響聯辭,波屬雲委,莫不寄言上德,託意玄珠,遒麗之辭,無聞焉爾。……宋氏,顏謝騰聲,靈運之興會標舉,延年之體裁明密,並方軌前秀,垂範後昆。〔註62〕

沈約所勾勒的文學發展史也是按照繼承脈絡,《風》《騷》為源頭,由漢至魏,司馬相如、二班、曹植、王粲皆「同祖《風》《騷》」;潘岳、陸機則繼承了漢魏的傳統;謝靈運、顏延之則越過玄言詩,「方軌前秀」,接續上《風》《騷》的傳統。而「寄言上德,託意玄珠」的玄言詩割斷了與傳統的聯繫,背離了「喜慍分情」「志動於中」的文學本根,顯然是在沈約貶抑的範圍之內。

由上可知,標舉各種文體源出經典的觀念甚為普遍,不管文論家具體的文學主張如何,他們的思維路徑是一樣的,都是強調經典的本源性,作家、作品的價值取決於與經典之關係親疏。「新之於舊、豔之於樸,其正與非正的定位,是由道與聖的應然性所賦予的。聖人所展示的文,除卻為起源,更是道的體現,故立於文之正位」〔註63〕。林童照稱之為「本根末葉式」的思維方式,「以經典為中心,各種人文皆以經典為根源而流出,以此觀念便可建立各種人文的價值等級,使源出本者更優先於流於末者,從而建立一本根末葉式的樹狀圖,也由此使價值高下秩序因此而建立」〔註64〕。按照這種思維邏輯呈現出的文論批評,今天看來有不少自相矛盾之處,然而時人卻深以為然。

〔註62〕〔梁〕沈約,宋書〔M〕,北京:中華書局,1974:1778~1779。
〔註63〕歐陽豔華,徵聖立言——《文心雕龍》體道思想研究〔M〕,上海:上海古籍出版社,2015:480。
〔註64〕林童照,南朝門第維持與文體變遷之關係研究——以詩為主要觀察範圍〔M〕,臺北:花木蘭文化事業有限公司,2015:250~254。

三、通變與新變

　　面對齊梁年間的文壇新變，裴子野是一個突出的反對者，他自己為文典正質樸，襲法古體，不同於尚「麗靡之詞」的「今文體」。以其《答張貞成皋》一詩為例，描寫了俠士仗劍為國出征匈奴，全詩質樸流暢，沒有多餘的文采修飾。在裴子野身邊還聚集了一批與他志同道合之人，如劉顯、劉之遴、殷芸、阮孝緒、顧協、蕭勱、張纘等。他們都博覽群書，尤好典墳古籍，所著多為史傳、策書、符檄、書記等實用型文體。據日本學者林田慎之助考證，古文派集團形成於天監十年（511年）前後〔註65〕。這段時間正是梁武帝蕭衍稱帝之初。蕭衍是一個頗重古制的君王，《梁書·武帝本傳》載，梁武帝重國學，增生員，立五館，置五經博士，撰五禮，並且還著有古文疏解凡二百餘卷。其對郊廟歌辭的看法，可以反映其不同於流俗而與復古派同趣的觀點和喜好，《敕蕭子雲撰定郊廟樂辭》云：「郊廟歌辭，應該典誥大語，不得雜用子史文章淺言；而沈約所撰，亦多舛謬。」上有所好，下必有甚，蕭衍對古風古韻的愛好成為了古體派形成和發展的基礎與有力支撐。

　　《雕蟲論》集中反映了以裴子野為代表的復古派的文學觀點，從儒家正統思想出發，對盛極一時的唯美主義文賦，提出了尖銳的批評。首先認為這種文風與帝王個人興趣及其倡導有關，「宋明帝博好文章」而使得「天下向風」，一時間無視詩歌思想內容，一味講求藻飾的「雕蟲之藝，盛於時矣」，這種尚藻飾的寫作風氣顯然不利於政教大業，荀子「亂代之征，文章匿而採」即是對統治者的示警。《雕蟲論》云：「古者四始六藝，總而為詩，既形四方之風，且彰君子之志，勸美懲惡，王化本焉。」〔註66〕頌揚了《詩經》美刺的作用，並以此作為評論文學的標準，認為自從《楚辭》背棄儒家的創作宗旨，文風就開始敗壞，並且流弊不返。在對詩賦文學創作歷程的概述與評價中，否定了自秦漢以來的文學發展，否定了南北朝建立的「緣情」的文學觀念。裴子野的觀點不符合魏晉南北朝以審美為中心的時代主潮，也不符合文學自身的發展規律，但切中了劉宋大明以後文壇文風的致命弱點，具有強烈的現實批判意義。到了隋朝李諤的《上隋文帝論文書》，與《雕蟲論》具有同樣的推論結構，時隔數十年，相互輝映。

〔註65〕〔日〕林田慎之助，裴子野《雕蟲論》考證〔A〕，古代文學理論研究（第六輯）〔C〕，上海：上海古籍出版社，1982：231～250。
〔註66〕郁沅、張明高，魏晉南北朝文論選〔M〕，北京：人民文學出版社，1996：325。

　　裴子野的觀點在當時並沒有成為主流，更弔詭的是裴子野自身的創作顯然有宮體詩「外圍詩人」的嫌疑〔註67〕，其《上朝值雪》和《詠雪詩》與宮體詩幾無二質。這種理論主張與審美實踐的分離展現了裴子野振興文壇文氣的理想堅持與創作時的集體無意識。從南朝文學批評實際看，大多數批評家都是承認文學應該有變化，只是對如何變有不同的觀點，概括即為「新變」和「通變」。

　　最早將「正變」說引入詩學的是東漢鄭玄，以風雅正變及其思維方式來闡釋《詩經》，不僅發展了《左傳》季札觀樂、《荀子·樂論》《禮記·樂記》關於審音律以知政的思想，而且成為詩學的一個重要命題，受到歷來批評家的重視，每朝每代都有關於正變的論述。在鄭玄之前的《毛詩序》雖然沒有直接提出「正風」「正雅」，但卻提出作為其反面的「變風」「變雅」。《毛詩序》只是指出變詩之作的大致時代背景，沒有提供明確的辨別標準和具體篇目。而鄭玄的《詩譜序》進一步指出，《詩》之《風》《雅》有「正經」及「變風變雅」兩類，而《頌》純為「正經」，具體而言，其將十五國風中的《周南》《召南》視為正風，而《邶風》以下十三國風為變風；《小雅》從《鹿鳴》到《菁菁者莪》是正小雅，從《六月》以後均為變小雅；《大雅》從《文王》至《卷阿》是正大雅，從《民勞》以後均為變大雅。並將「風雅正變」與漢儒說詩的美刺觀聯繫在一起的，盛世之正風正雅均為美、衰世之變風變雅俱是刺。但是漢儒推崇「正風正雅」，並不意味著排斥「變風變雅」。漢儒的闡釋邏輯是，時政是盛頌衰怨，正變並無優劣之分。這種正變觀蘊含著「以正為正」和「以變為正」兩種價值取向。如上所述南朝文學批評家都是在宗經的思維邏輯下展開論述，而經本身就有正、變，這就為魏晉南北朝「新變」和「通變」說提供了理論依據。

　　通變派以劉勰為代表，正如劉勰在《通變》篇末的贊中所說：「文律運周，日新其業。」「日新」思想產生極早，《易·繫辭上》有「富有之謂大業，日新之謂盛德」，《禮記·大學》曰：「苟日新，又日新，日日新。」而《通變篇》將道德要日日增新，推及到文學事業要日新月異的發展。「變則可久，通則不乏。」文章創作的規律只有善於變化才能持久，善於會通才不會匱乏。從「通變」的理論原則說，它注重在繼承的基礎上創新求全，反對競今疏古的新奇之

〔註67〕曹旭、朱立新，宮體詩的定義與裴子野的審美〔J〕，文學評論，2010（1）：33　　　　～39。

作,「望今制奇,參定古法」。這就決定了劉勰的「通變」是在「宗經」的基礎上進行的,在文學的歷時性發展中,經典具有「不變」的理想性,在「有常之體」的規範下,劉勰認識到作者主觀文心的創變。劉勰以一種「變與常」的辯證性思維來理解文學的歷時性發展,並由此提出一種可以拯救當下齊梁文學「文體解散」和「文質失衡」的危機,而且還能夠指導未來的創作法則,故而張少康提出劉勰的「通變論」是一種「循著健康的道路向前發展」的文學主張〔註68〕。在宗經觀的統籌下,劉勰實際上是將「新奇」視為「俗」,將「古典」視為「雅」,這也就是有學者指出的劉勰倒退的文學發展觀〔註69〕。

　　《文心雕龍》多次對崇尚新奇的時俗文風進行批評,《序志》篇批評近當代文風「去聖久遠,文體解散,辭人愛奇,言貴浮詭,飾羽尚畫,文繡鞶悅,離本彌甚,將遂訛濫。」〔註70〕所謂「浮詭」,指在用詞造句方面好用浮華豔麗的辭藻與新奇的手法。《體性》「新奇者,擯古兢今」〔註71〕時俗文風追求奇詭靡麗,摒棄古雅,結果導致辭藻豔浮,情志空洞。在《定勢》篇更進一步指出,當時追求新奇的手法之一就是顛倒文句,「文反正為乏,詞反正為奇。」〔註72〕改變慣有語序,顛倒文句,確實能給人耳目一新之感。但是劉勰認為這種對奇巧的愛好是錯誤的,既不能給後學創作方法上的指導,而且敗壞了文章的體制。

　　更多的批評家則體現出對「新變」的肯定。江淹在《雜體詩三十首》序中首先提到如何評價魏晉以前的作品的問題:

　　　　夫楚謠漢風,既非一骨;魏制晉造,固亦二體。譬猶藍朱成彩,雜錯之變無窮;宮角為音,靡曼之態不極。故蛾眉詎同貌,而俱動於魄,芳草寧共氣,而皆悅於魂,不期然歟?……然五言之興,諒非夐古。但關西鄴下,既已罕同;河外江南,頗為異法。〔註73〕

　　江淹根據文學發展史的事實,指出各個時代文學風貌是不同的,楚謠漢風、魏制晉造、關西鄴下、河外江南,文學體制與風格各不相同,但都能動人心魄、陶冶性情。一個時代有一個時代的文學,文學發展到一定時期就會發生轉變,多種體裁、多種風格的作品並存,才是合乎文學發展的「美並善」。江

〔註68〕張少康,文心雕龍新探〔M〕,濟南:齊魯書社,1987:156。
〔註69〕傅剛,《昭明文選》研究〔D〕,中國社會科學院研究生院博士論文,1996:56。
〔註70〕詹鍈,文心雕龍義證〔M〕,上海:上海古籍出版社,1989:1911。
〔註71〕詹鍈,文心雕龍義證〔M〕,上海:上海古籍出版社,1989:1014。
〔註72〕詹鍈,文心雕龍義證〔M〕,上海:上海古籍出版社,1989:1036。
〔註73〕郁沅、張明高,魏晉南北朝文論選〔M〕,北京:人民文學出版社,1996:291～292。

淹在這裡肯定了文學新變的合理性，提出創作風格多樣化的文學主張。

沈約的《宋書‧謝靈運傳論》在對文學史的敘述中同樣強調了「變」的觀點。自漢至魏四百餘年，「文體三變」：司馬相如重視形式，班彪、班固重視情理，曹植、王粲重視氣質，而這三次變化成就了這些作家擅美當時，肯定了「變」的價值。對於劉宋時期的文學，沈約推舉顏延之和謝靈運「方軌前秀，垂範後昆」，高度評價顏、謝在文學史的地位後，沈約緊接著提出自己的聲律理論，將自己的理論置放在文學史的敘述之中，顯然是視自己以聲律理論為基礎的新體詩創作是謝靈運之後的又一次新變。沈約「聲律」論的總原則，就是積極運用漢字的不同聲調，按照一定的規律排列，形成一種音樂美。「聲律」論的出現，標誌著古體向近體的過渡，為唐代詩歌格律的形成奠定了基礎，反映了人們對詩歌認識的進一步深化。沈約通過對文學史的建構，肯定了自己理論與創作的價值。沈約的詩史觀對劉勰、鍾嶸、裴子野、蕭子顯的詩史論起了重要影響〔註74〕。

南齊張融也是一個力主新變之人，其《門津自序》云：「夫文豈有常體，但以有體為常，政當使常有其體。丈夫當刪《詩》《書》，制禮樂，何至因循寄人籬下。」〔註75〕文無常體，不能因循守舊，須以自己的特色創立新變。《南史‧張融傳》載他臨終前告誡自己的兒子，要不為常體，自覺追求新異奇變。

在理論上最系統闡釋「新變」觀的是蕭子顯的《南齊書‧文學傳論》，開篇即言「文章者，蓋情性之風標，神明之律呂」〔註76〕，認為文章是作家情性的表現，這實際上對陸機「緣情說」的一種承繼，注重文學的抒情品質。

緊接著就提出「若無新變，不能代雄」的主張，文學的發展是不斷以新代替舊的過程，時代變了，文學也隨之變化，如果久無變化，會使人產生厭倦心理，「彌患凡舊」。要在文壇佔據重要位置，就必須有自己獨特的貢獻，即「新變」。在蕭子顯這裡，「新變」是文學發展的原動力。蕭子顯「超越了一般地肯定文學價值觀的階段，真正將文學提高到與立德立功相等的地位，顯示了在政治事功之外的獨立」〔註77〕。

蕭子顯的「新變」詩歌理想是建立在對齊代詩歌的揚棄基礎上的。針對齊代詩壇的發展現狀，蕭子顯將之歸納為三體，明示其源流與特點：

〔註74〕〔日〕林田慎之助，《宋書‧謝靈運傳論》和文學史的自覺〔J〕，銅仁學院學報，2014（2）：11～18。

〔註75〕郁沅、張明高，魏晉南北朝文論選〔M〕，北京：人民文學出版社，1996：286。

〔註76〕郁沅、張明高，魏晉南北朝文論選〔M〕，北京：人民文學出版社，1996：340。

〔註77〕傅剛，魏晉南北朝詩歌史論〔M〕，長春：吉林教育出版社，1995：229。

　　啟心閒繹，託辭華曠，雖存巧綺，終致迂迴。宜登公宴，本非
準的。而疏慢闡緩，膏肓之病，典正可採，酷不入情。此體之源，
出靈運而成也。〔註78〕

　　第一體由謝靈運開啟，謝靈運是開啟南朝詩風的領軍人物，一掃永嘉百年來以玄理為主兼及山水的玄言詩風，代之以刻鏤山水為主兼論玄理的山水詩體，蕭子顯評靈運體為「啟心閒繹，託辭華曠」，在肯定謝詩辭采華美的同時指出其往往在山水美景中夾雜說佛、悟玄的理思。這類詩體最大的缺點就在於「疏慢闡緩」，這雖是由於謝靈運運思較遲所致，但就其根源來說還是受玄言詩不徐不疾、緩慢無力的詩風影響。在這裡蕭子顯雖只指謝靈運一人，實際上也包括擅長用典隸事的顏延之，在《文學傳論》中有「顏謝並起，乃各擅奇」，顯然在整體上，蕭子顯視謝靈運、顏延之為一體。

　　緝事比類，非對不發，博物可嘉，職成拘制。或全借古語，用
申今情，崎嶇牽引，直為偶說。唯睹事例，頓失精彩。此則傅咸五
經，應璩指事，雖不全似，可以類從。〔註79〕

　　南齊詩壇的第二體源出於傅咸、應璩，此二人被鍾嶸列入下品和中品。傅咸五經是指傅咸作的《孝經詩》《論語詩》《毛詩詩》《周易詩》《周官詩》《左傳詩》等，應璩指事是指《百一詩》，「百一詩指說時事，故曰指事」〔註80〕。傅咸和應璩兩位詩風的表層特徵是「博物」，實際上「乃是繼承《詩經》的諷喻之旨，辭謔而義貞」〔註81〕，他們的詩作以諷諫之言來論說時弊，勢必要憑藉自身的博學，引經據典、借古諷今。鍾嶸評應璩亦是「善為古語，指事殷勤，雅意深篤」〔註82〕，與蕭子顯的評語相吻合。這裡，以傅咸、應璩作為事典詩派的代表，而非顏延之，主要是由於「傅、應二人詩作中那種『有詩人之旨焉』的精神，並不是劉宋時代『錯彩鏤金』（《詩品語》）的顏延之所能代表的。」〔註83〕而這種詩體的末學就出現過分用典，牽強附會以古語寫今情的弊端，此

〔註78〕郁沅、張明高，魏晉南北朝文論選〔M〕，北京：人民文學出版社，1996：341。
〔註79〕郁沅、張明高，魏晉南北朝文論選〔M〕，北京：人民文學出版社，1996：341。
〔註80〕王運熙、楊明，魏晉南北朝文學批評史〔M〕，上海：上海古籍出版社，1989：
　　　　317。
〔註81〕童嶺，南齊詩「謝靈運體」及「傅咸、應璩體」辨析〔J〕，蘭州大學學報，2015
　　　　（3）：53～60。
〔註82〕〔梁〕鍾嶸，詩品集注〔M〕，上海：上海古籍出版社，2011：296。
〔註83〕童嶺，南齊詩「謝靈運體」及「傅咸、應璩體」辨析〔J〕，蘭州大學學報，2015
　　　　（3）：53～60。

即為鍾嶸所言的，劉宋末期詩壇用典繁密，「文章殆同書抄」。

蕭子顯提出的第三體就是源出於鮑照的「險俗」詩體：

> 發唱驚挺，操調險急，雕藻淫豔，傾炫心魂。亦猶五色之有紅紫，八音之有鄭、衛，斯鮑照之遺烈也。〔註84〕

第三體的特點是發唱奇警，音調險急，雕畫豔麗，抒情方面足以動人心魂，但在「雅正」方面有所不足，此體出自鮑照。許文雨提出鍾嶸與蕭子顯一樣，將詩體分為三：正體、古體、新體。其中正體詩一派，以曹植為首，經由謝靈運發揚光大；古體詩一派，以應璩為首，阮瑀、歐陽建、嵇康、阮籍、張欣泰、范縝等俱屬於此派；新體詩一派，以張華為首，繼之以鮑照、湯惠休，直至王融、沈約，再到宮體。鍾嶸先立正體，蓋有「揚正抑俗之微意」，「與蕭子顯《文學傳論》之說合調」〔註85〕。根據後文蕭子顯「不雅不俗」主張的提出，可見其對鮑照一派也不無批評。

此三體發展到後學都出現了種種弊端，故而蕭子顯提出了自己的文學理想類型：

> 委自天機，參之史傳，應思悱來，忽先構聚。言尚易了，文憎過意，吐石含金，滋潤婉切。雜以風謠，輕唇利吻，不雅不俗，獨中胸懷。〔註86〕

蕭子顯認為創作的發生應當「委自天機」，肯定先天稟賦對於文學創作的作用，《文學傳贊》中也稱「學亞生知」，強調生知為創作的先決條件。「參之史傳」是指文學創作的學養準備。「應思悱來，忽先構聚」，文章感物而發，神思自然飛揚，不必預先巧作建構。「言尚易了」，承襲沈約的「三易」說，不同於南朝詩壇綺靡精緻、麗典偶對的主流，主張用詞簡易，「文憎過意」進一步指出文辭不能過於華麗，掩蓋文意。「吐石含金」四句則是針對詩歌的聲律要求，特別是「雜以風謠」，鼓勵正統文壇接受民間歌謠。這既是針對南朝開啟的吳歌西曲的擬作，也是與皇室的寒素出身密不可分。

宋、齊、梁三代皇室都出身寒素，但文化水平卻相差極大，劉宋皇室的文化水平最低，粗鄙的村野氣和市井氣最重，故而多出史書所謂「昏主」；蕭齊皇室文化修養有所提高，到了蕭梁皇室的文化修養則完全達到甚至超過了士

〔註84〕郁沅、張明高，魏晉南北朝文論選〔M〕，北京：人民文學出版社，1996：341。
〔註85〕許文雨，鍾嶸詩品講疏．人間詞話講疏．附補遺〔M〕，成都：成都古籍書店，1983：9～10。
〔註86〕郁沅、張明高，魏晉南北朝文論選〔M〕，北京：人民文學出版社，1996：341。

族的水平，博學宏才，涉獵廣泛，陰陽、算曆、弈射、琴書、賦詩、談道、徵事、綴文，無一不可、無一不精〔註87〕。正是在一個皇室文化水平大幅度提升的背景下，蕭子顯談作文要「參之史傳」「文憎過意」，齊梁崇尚博學，士人普遍的博聞強記為創作中大量用典和讀者的順利接收奠定了堅實基礎。同樣也是因為統治階層的寒素出身，吳歌西曲自劉宋起從民間走向統治階層，這也正是王夫之所謂齊梁處於「雅俗沿革之際」〔註88〕。南朝皇室大多對民歌保持充滿興趣，故而蕭子顯提出在創作中「雜以風謠」是形成新奇風格、形成新體的條件。

但是即便是主張「新變」的蕭子顯在肯定時下新奇詩風的同時，在意識上仍然是以其為「俗」的，其「不雅不俗」的理想文體，將「俗」與當下文學新變相對應。這種觀念在六朝是具有普遍性的，提倡立身之道與為文之法分開的蕭綱也有同樣的主張，「又若為詩，則多須見意，或古或今，或雅或俗」（《勸醫論》），顯然，也是雅近於古，而俗近於今。當然這種以古為雅的認知取向之所以根深蒂固，與中國人好古尊古，甚至厚古薄今的傳統是密不可分的。

第三節　淡雅與險俗

前文提到「雅」在魏晉被凸顯出「徐」「舒」之意，並且指向士族從容平和的文化品格。這種文化品格蔓延到詩風上，就形成了以淡遠平和為雅，以操調險急為俗的文學情感論。

一、士族心態與淡雅詩風

從東漢晚期至東晉，士人的文學精神發生了明顯的變化，這便是從慷慨仗氣到淡遠平和的心境演化。正如《文心雕龍・時序》提出：「自中朝貴玄，江左稱盛，因談餘氣，流成文體。」〔註89〕晉朝的清談玄學風氣影響到了文學，便形成了一種新的文風，雖然世道極度艱難，而文辭卻寫得平靜寬緩，詩歌以老子莊子的思想作為宗旨和歸宿，辭賦平淡典正的就像是老莊著作義理的解釋，這就是玄言詩。關於玄言詩，沈約、鍾嶸都有所批評，沈約以為玄言詩都

〔註87〕 何詩海，漢魏六朝文體與文化研究〔M〕，北京：北京大學出版社，2011：215～227。
〔註88〕 〔清〕王夫之，古詩評選〔M〕，上海：上海古籍出版社，2011：43。
〔註89〕 詹鍈，文心雕龍義證〔M〕，上海：上海古籍出版社，1989：1710。

是「寄言上德，託意玄珠」的作品，缺少「遒麗之辭」〔註90〕，鍾嶸則嫌其「理過其辭，淡乎寡味」〔註91〕，二者都側重從內容單調、文辭乏味來批評，劉勰更多地從時代與文風的角度來談，指出玄言詩沉溺於玄學思潮之中，無視時代世局正處於迍邅艱危之際，詩中一味地平和淡遠、超然忘機。

這種講求淡雅之趣的文學風格與玄學的發展密不可分。西晉後期玄學復興，迅速凌駕於儒學之上，當時王衍為尚書令、樂廣為河南尹，此二子俱為清談名家，名重當時，一時間朝野掀起玄談之風（參看《資治通鑒》卷八十二「惠帝元康七年」）。隨著士族的興起，產生了關涉自身利益的獨立的文化訴求，以區別皇權文化與庶民文化。玄學適應了士族這種文化建構需求，成為了士族政治構築的新型意識形態話語。

「淡」是玄學中的一個理論概念，首先由老子提出，在第三十五章中以「淡乎其無味」來形容「道」，道的淡味不同於世俗之人所以為美的「五味」，是具有超越性的，無味而無不味。到了《莊子·天道篇》把「寂靜恬淡」「寂寞無為」〔註92〕視作修道養德的最高標準，是天地萬物之本源，顯然在莊子處「淡」是道的性質之一。到了王弼注《老子》來發揮自己的玄學思想，進一步強調「淡」作為道的功能。「淡」在玄學理論中含有「無為」之意，無為而無不為，能包容一切，又能指向一切。

「淡」作為一種順應自然的曠達人格也在玄學中得到崇尚，《莊子·刻意篇》就提到，要以「不刻意」為高，不修仁義，不治功名，閒遊天地間，「澹然無極而眾美從之」，這才是天地之道、聖人之德，《莊子·應帝王》則說到遊心於淡、順應自然，就能天下大治。這種對平易恬淡人格的追求，在魏晉得到進一步發展，魏劉劭《人物志·九徵》就稱最理想的人物必須「平淡無味，故能調成五材，變化應節」〔註93〕，東晉更是大量以「淡」品評人物，如批評王述「於榮利又不淡」（《世說新語·讚譽篇》）、而王述父祖「曠澹」之處勝出王述（《世說新語·品藻》），引荀綽《兗州記》評閭丘沖「淡然肆其心志」等等。

「淡」既然是玄學理論的重要組成部分，那麼玄言詩述說自己體悟玄理時的恬淡心境也就是自然而然的了，如盧諶《即興詩》說「淡乎至人心，恬然存

〔註90〕〔梁〕沈約，宋書〔M〕，北京：中華書局，1974：1778。
〔註91〕〔梁〕鍾嶸，詩品集注〔M〕，上海：上海古籍出版社，2011：28。
〔註92〕〔清〕王先謙，莊子集釋〔M〕，北京：中華書局，2012：141。
〔註93〕〔魏〕劉劭，人物志〔M〕，上海：中華書局，1937：1。

玄漠」〔註94〕、庾闡《衡山詩》「寂坐挹虛恬」〔註95〕等，玄言詩裏有大量直述自己清虛、恬淡心境的句子。這種由體玄而產生的恬淡心境成為了玄言詩寫作的基礎。

玄言詩的「恬淡」一改建安詩歌的「慷慨」，不同於建安詩人以極大的情感抒寫自己的身世遭遇，將現實生活中的種種情感納入「恬淡」的心境，撫平其波瀾，紓解過於濃烈的情感。在體驗玄理、忘情於自然山水之中，作為世俗生活中衍生的情感，逐漸淡化、消解。

這種以淡雅為尚的詩風並沒有隨著玄言清談的衰落而蕭散，而是在南朝宋、齊、梁、陳蔓延開來，文論家都對淡雅文風有所提倡，詩歌情感也愈漸平淡纖弱，成為了中古詩歌的一個典型特徵。當然這種審美風尚與士人心態是密不可分的。

南朝雖然不再是門閥政治時代，但是士族仍然享有仕宦特權，而齊梁詩人大多出自士族，儘管有些人自小家貧，但這只說明其先代官位不顯，在士族中處於衰微地位，仍是士族，並非寒人〔註96〕。由於齊梁詩人們的士族身份，他們都可以憑藉門資進入仕途，不需干進苟求。正如《南齊書・王儉傳》中謂江左士族：

> 貴仕素資，皆由門慶，平流進取，坐致公卿。〔註97〕

就詩人的實際入仕情況來看，甲族高門往往都是由員外散騎侍郎、秘書郎、著作佐郎等清顯之職起家，並且很快能得到升遷，即便是次門士族也可以依門資家品入仕，只不過起家官職稍低一些〔註98〕。

由於按門第大小量官授職，士族不需要營求，甚至於在政治上積極表現，就會被視為求官而玷污門第。如《南齊書・張岱傳》載，張岱認為「語功推事」乃是「臣門之恥」，視積極於事功為士族的恥辱。

於是王微為文頗「抑揚」，被袁淑謂為「訴屈」，引發王微的極力辯解，在給從弟王僧綽的信中，反覆說明自己「止足」的人格取向。對功名積極進取之

〔註94〕王澎，魏晉玄言詩注析〔M〕，北京：群言出版社，2011：122。
〔註95〕王澎，魏晉玄言詩注析〔M〕，北京：群言出版社，2011：133。
〔註96〕杜曉琴，齊梁詩歌向盛唐詩歌的嬗變〔M〕，北京：北京大學出版社，2009：108。
〔註97〕〔梁〕蕭子顯，南齊書〔M〕，北京：中華書局，1972：413。
〔註98〕杜曉琴，齊梁詩歌向盛唐詩歌的嬗變〔M〕，北京：北京大學出版社，2009：109。

人，更是為時人所不齒，王融求自試，後又上疏求自放的舉動頗遭士族非議，孔稚珪更是斥之為「姿性剛烈，立身浮競」。昭明太子蕭統就在《陶淵明集序》中云「夫自炫自媒人者，士女之醜行；不忮不求者，明達之用心」〔註99〕。《陳書・徐陵傳》亦載徐陵斥責那些冒進求官的士人們是「多逾本分」。均視冒進求官、積極功名為士族之恥辱。

這種不求干進、甚至鄙視干進之風尚，使士人的為人與為文都呈現出一種自我抑制的閒淡和緩，從而形成一種視淡為雅的審美趣味。齊梁時人論詩，多以詩風雍容閒雅、淡然寬緩為貴，一旦自述不平之憤慨，表露干進之心，詩作便落於下乘。如鮑照的作品就被視為「險俗」，不同於顏謝的雅正；何遜的詩歌就被視為「饒貧寒氣」，時人以為不及劉孝綽的雍容。時人的這種評價正是基於士族的審美觀，偏愛雍容閒雅的審美情趣。

以歷仕南北的顏之推為例，尤可見以淡為雅的文學情感論之盛行。《顏氏家訓・文章篇》在簡要論述了文章源出五經之後，思考了為何文學成就高之人往往結局不幸。在此之前劉勰《文心雕龍・程器篇》便歷數了古今十六名文人之「瑕累」之處。顏之推對此做了更深入的分析，並從作家的創作中追求影響其命運的線索。顏之推一口氣列舉了三十六名文人的致命疏失，屈原露才揚己，暴露君過；宋玉貌美，位同俳優；東方朔言行滑稽；司馬相如貪圖錢財，不講節操；王褒私入寡婦之門，德行有虧；揚雄作《劇秦美新》歌頌王莽；李陵向外族俯首投降；劉歆在王莽朝反覆無常；傅毅依附權貴；班固剽竊其父的《史記後傳》；趙壹為人過分倨傲；馮衍秉性浮華；馬融諂媚權貴；蔡邕與惡人同遭懲罰；吳質橫行鄉里；曹植桀驁不馴；杜篤貪得無厭；路粹心胸狹隘；陳琳粗枝大葉；繁欽不知檢點；劉楨性情倨強；王粲輕率急躁；孔融、禰衡放誕倨傲；楊脩、丁廙捲入立嗣之爭；阮籍蔑視禮教、傷風敗俗；嵇康盛氣凌人、不得善終；傅玄負氣爭鬥；孫楚恃才自負；陸機違反正道，自走絕路；潘岳惟利是圖，不知進退；顏延之意氣用事；謝靈運空放粗略；王融兇惡殘忍；謝朓對人輕忽傲慢，這些仁人都文采出眾卻命運悲慘，其遭遇不幸之根源就是「輕薄」。他們因文才而恃才傲物，招搖放縱，疏於小心謹慎，「忽於持操」。顏之推的觀點相對與劉勰要激烈和苛刻，而且所列諸人之失未必都在於「輕薄」，很多只不過是文人的一個小缺點而已。顏之推在家訓中論及文人德行，實際是為了告誡其子孫勿要恃才傲物，這是一個歷仕南北，屢經戰亂的老人對子孫的

〔註99〕郁沅、張明高，魏晉南北朝文論選〔M〕，北京：人民文學出版社，1996：334。

諄諄告誠，不至於淪落草莽，有辱門楣。在家訓的其他篇章中，顏之推也反覆強調在兵革亂世，欲保全門楣，避免災禍，必須謹言慎行。顏之推年少時「好飲酒，多任縱，不修邊幅」，一副世家公子任誕風流做派，侯景之亂後，二十一歲的顏之推開始輾轉流離，處於北朝鮮卑貴族對漢族士人大力打壓的環境中逐漸開始謹慎行事，這種由生存環境帶來的性格轉變在南北朝並不少見。

顏之推論文學並不多，但《顏氏家訓》這兩條尤為重要：

> 王籍《入若耶溪》詩云：「蟬噪林逾靜，鳥鳴山更幽。」江南以為文外斷絕，物無異議。簡文吟詠，不能忘之。孝元諷味，以為不可復得，至《懷舊志》載於《籍傳》。范陽盧詢，鄴下才俊，乃言「此不成語，何事於能。」魏收亦然其論。《詩》云：「蕭蕭馬鳴，悠悠旆旌。」毛《傳》曰：『言不諠譁也。』吾每歎此解有情致，籍詩生於此意爾。

> 蘭陵蕭愨，梁室上黃侯之子，工於篇什，嘗有秋詩云：「芙蓉露下落，楊柳月中疏。」時人未之賞也。吾愛其蕭散宛然在目，潁川荀仲舉，琅邪諸葛漢，亦以為爾，而盧思道之徒，雅所不愜。〔註100〕

「蟬噪林逾靜，鳥鳴山更幽」這兩句詩，首創以動寫靜，使其靜更靜，時人稱之為「文外斷絕」，後來王維的「倚杖柴門外，臨風聽暮蟬」，杜甫的「春山無伴獨相求，伐木丁丁山更幽」，都是用聲響來襯托一種靜的境界。王籍踏訪若耶溪，感受山中噪與靜、鳴與幽的對立統一。在蟬聲高唱、鳥鳴啁啾中，靜是一種旁若無人的心境，於騷動喧囂處保持心境，達到一種合乎天性的靜謐、和諧與深遠。顏之推認為王籍此詩源於《詩經》的「蕭蕭馬鳴，悠悠旆旌」，「蕭蕭馬鳴」，靜中有動；「悠悠旆旌」，動中有靜。顏之推領悟到王籍此兩句詩的動靜互相襯托，高妙情趣溢於言外，可見審美感受力不凡。顏之推還推崇蕭愨的「芙蓉露下落，楊柳月中疏」，用語自然平易、意象生動清新，表現了芙蓉伴露珠而下落，楊柳依月光而疏散的蕭散疏淡之境，每一句就是一幅畫，精巧工致無雕琢痕跡。蕭詩的平淡蕭散吸引了包括顏之推、荀仲舉、諸葛漢在內的眾多南來文士。可見這種淡雅的詩歌情感取向代表了大多數南人的觀點。

二、鮑照之「險俗」

劉宋詩壇最大的特點就是用典，詩歌中大量用典隸事，因知解過程的介

入，可減緩感情傳達的直接性，從而產生迂迴、淡雅之感。

在《詩品》中，鍾嶸對大量用典隸事的詩作深表不滿，指出謝莊、顏延之用典尤為繁密，至孝武帝、明帝時期竟然發展到「文章殆同書抄」。但是這類詩作仍被鍾嶸視為「雅」。鍾嶸對開啟用典繁密之風的顏延之有如下評論：

> 體裁綺密，情喻淵深，動無虛散一句一字，皆致意焉。又喜用古事，彌見拘束。雖乖秀逸，是經綸文雅才。雅才減若人，則蹈於困躓矣。〔註101〕

顏延之飽讀詩書，博聞強記。用典繁密是顏延之詩文的最大特點，博採經、史、子、集，出處極其廣泛。如《應詔觀北湖田收》一詩，用典範圍涉及《漢書》《後漢書》《絕越書》《戰國策》等史書，還有《吳都賦》《七哀詩》《楚辭》《羽獵賦》等詩賦作品〔註102〕。不僅詩如此，文亦如此，如《宋武帝諡議》（節選）：

> 故能灑掃中嶽，致廟九山。神道會昌，寶命既集，損之而益，後身愈先。既而儀形帝載，揖讓天曆，改玉乎文祖，班瑞於神宗。
> 貫革寢機，文武撢笋。故宸居兩楹，坐一八表。〔註103〕

這一段僅七句話就使用了 22 個典故，涉及《論語》《史記》《尚書》《周易》《老子》《蜀都賦》《漢書·王莽傳》《韓非子》《左傳》《禮記》《春秋穀梁傳》《苦寒行》等書，幾乎可以說是無一字無來歷。用典雖繁密，卻緊緊圍繞武帝登基這一主題展開，濃墨重彩地展現武帝一統天下的功績。由於用典，文辭典雅深沉，切合文體要求〔註104〕。

鍾嶸雖對顏延之「喜用古事」導致用典拘束滯塞頗為不滿，仍然標舉顏延之為「經綸文雅才」。而「動輒用事」的任昉，鍾嶸雖告誡少年學詩者不可傚仿其法，也認為其詩「淵雅」「得國士之風」，可見「雅」與用典、博古、閒緩等相聯繫。《詩品》卷下對效法顏延之的檀、謝七君，也以「雅」命名，鍾嶸認為這類作品「得士大夫之雅致」。

與顏延之「雅」相對的就是鮑照的「俗」，鍾嶸在《詩品》中評價鮑照「頗傷清雅」，而後世學鮑者流於「險俗」。對於「憲章鮑明遠」的沈約，鍾嶸則稱

〔註101〕〔梁〕鍾嶸，詩品集注〔M〕，上海：上海古籍出版社，2011：351。
〔註102〕林童照，南朝門第維持與文體變遷之關係研究——以詩為主要觀察範圍〔M〕，臺北：花木蘭文化事業有限公司，2015：234。
〔註103〕李佳，顏延之詩文選注〔M〕，合肥：黃山書社，2012：102。
〔註104〕李佳，顏延之詩文選注〔M〕，合肥：黃山書社，2012：102～107。

之為「見重閭里」，姑且不論鍾嶸是否對沈約有敵意，鍾嶸視沈約為「俗」是相當明顯，並以「不閑於經綸」稱沈約，正好與顏延之「經綸文雅才」相對。在《南齊書・文學傳論》中，蕭子顯以「疏慢闡緩」「閒緩」「迂迴」等語來形容謝靈運體的特點，並指出靈運體的風格乃是「宜登公宴」者，是屬於雅的。可見「用典」在時人眼中被視之為「雅」。

以用典隸事為雅，首先要從士族的文化資源說起。魏晉以來，士族都以博覽群書為尚，廣泛推崇博聞廣識。這樣一種博學之風遭遇了起於寒門文化素養不足的劉宋皇室之後愈演愈烈，士族從中發現了嚴別士庶區別之法。寫詩作文俱以博學為基礎，那些文化資源不如士族的寒人自然是難以匹敵。這樣一來，「雅」就不僅僅是一種文體的審美風格，其背後是士族的文化資源、現實處境轉化成了士族的價值選擇，這種價值選擇以文體審美風格的面貌出現。

讓我們回到鍾嶸的《詩品》來看，鮑照的「險俗」所指為何：

> 其源出於二張，善制形狀寫物之詞，得景陽之諔詭，含茂先之靡嫚。骨節強於謝混，驅邁疾於顏延。總四家而擅美，跨兩代而孤出。嗟其才秀人微，故取湮當代。然貴尚巧似，不避危仄，頗傷清雅之調。故言險俗者，多以附照。〔註105〕

二張指西晉的張華與張協，而二張的源頭就是位於上品的王粲。張協五言詩的特點就是句法對仗工整，造詞力求創新、不用常典、追求奇詭，張華則善寫哀情，文辭清麗，詩風柔媚。二張的長處俱為鮑照所吸收，他既長於描繪兒女情思，又擅長鍊字鑄詞，更兼骨氣剛健、氣勢雄渾，遠勝謝混，節奏輕快敏捷，不同於顏延之的凝重典雅。鍾嶸在肯定了鮑照綜合張協、張華之長，又超越謝混、顏延之之短的基礎上，指出鮑詩的弱點是「貴尚巧似，不避危仄，頗傷清雅之調」，「危仄」意為「險仄，險僻而不典正」〔註106〕，一言以蔽之，就是「險俗」。這種觀念並不僅見與鍾嶸一人，劉勰《文心雕龍・體性》篇稱「新奇者，擯古競今，危側詭趣者也」，蕭子顯《南齊書・文學傳論》也稱「鮑照遺烈」之風是「發唱驚挺，操調險急」，可見時人對鮑照詩風的評價俱為「險俗」。

多數學者都是從鮑照之詩抒發俗世情感、運用俗語和創作俗文體等方面來闡釋其「險俗」的特點。例如王鍾陵認為，「『險俗』二字，基礎是一個『俗』

〔註105〕〔梁〕鍾嶸，詩品集注〔M〕，上海：上海古籍出版社，2011：381。
〔註106〕〔梁〕鍾嶸，詩品集注〔M〕，上海：上海古籍出版社，2011：389。

字」，而鮑照詩之俗首先在於表現內容多描寫下層人民生活，鮑照詩對「寒士淒涼的生活境遇、宦遊行旅的辛勞以及其曲折複雜心理之色調豐富的反映」，恰恰是那些高等士族文人不屑於也不曾表現的，如《代東武吟行》描寫一個還家的貧窮老戰士；而鮑照詩之「險」則與其「俗」的內容密不可分，鮑照急以怨的寒士心理形成了詩風之險，而「『險』是『俗』的一種特定的表達方式」；另外鮑照創作了大量體小而俗的七言詩〔註107〕。曹道衡也認為鮑照之俗在於創作「相和歌辭」和「雜曲歌辭」，也就是像《擬行路難》這樣的七言和雜言詩，不同於南方樂曲多為四言或五言〔註108〕，從內容上看「大量地寫作了征夫、思婦以及像他自己那樣在仕途上極不得志的下層士人的思想、感情和生活」〔註109〕。

　　鍾嶸《詩品》是為五言詩確立文壇地位以及創作標準的，鍾嶸所針對的應該是鮑照的五言詩創作而非七言。而鮑照詩之俗應與其詩歌內容無直接關係，如《詩品·序》中「五言之警策」「文采之鄧林」，其中就有鮑照的戍邊詩，可見鍾嶸並未將其視為「俗」。江淹的《雜體詩三十首》也模擬鮑照的戍邊詩，可見時人對鮑照戍邊詩評價甚高，由此，鮑照詩之「俗」應非指其詩歌中征夫、思婦、寒士之思想、情感內容〔註110〕。

　　王夢鷗則從形式方面理解鮑照詩之「險俗」，認為鮑詩獨特的遣詞造句形成「險急淫豔」之詩風。「重要在於縮字換字的修辭法，也就是於用典使事同時還使用這些修辭法使尋常的典故更新面目，如鮑照的『淚竹感湘別，弄珠懷漢遊』(《登黃河磯》)」〔註111〕，此詩作於鮑照隨劉子頊赴荊州任所，途中行經武昌登黃鶴磯。「淚竹感湘別」將《博物志》「舜崩，二妃啼，以涕揮竹，竹盡斑」縮減成「淚竹」二字，而以一「湘」字指「湘夫人」；「弄珠懷漢遊」化用張衡《南都賦》「游女弄珠於漢皋臺下」，僅以「珠」「漢」二字概括，這種壓縮古人之語必使語氣短促，從而有「操調險急」之感。

　　林童照則指出鮑照詩歌奇詭的意象，也是其詩「險俗」的成因〔註112〕。

〔註107〕王鍾陵，中國中古詩歌史〔M〕，南京：江蘇教育出版社，1988：614～615。
〔註108〕曹道衡，中古文學史論文集〔M〕，北京：中華書局，1986：218～224。
〔註109〕曹道衡、沈玉成，南北朝文學史〔M〕，北京：人民文學出版社，2006：78。
〔註110〕蘇瑞隆，鮑照詩文研究〔M〕，北京：中華書局，2006：288～290。
〔註111〕王夢鷗，漢魏六朝文體變遷之一考察〔A〕，中央研究院歷史語言研究所集刊〔C〕，臺北：臺灣商務印書館，1979：386～422。
〔註112〕林童照，南朝門第維持與文體變遷之關係研究——以詩為主要觀察範圍〔M〕，臺北：花木蘭文化事業有限公司，2015：106～107。

如鮑照的《代出自薊北門行》「馬毛縮如蝟，角弓不可張」〔註113〕一聯，描寫進入實戰後天氣劇變，戰馬的毛像刺蝟一樣縮起來，不能奔馳；勁弓都已凍結，難以開張，想像奇特；又如《代苦熱行》「丹蛇踰百尺，玄蜂盈十圍。含沙射流影，吹蠱病行暉」〔註114〕極盡誇張地描寫環境之惡劣。此等奇詭怪異的想像，當是鮑照「險俗」的一個方面。

當然除了「因險而俗」外，鮑照詩歌不少像民歌學習之作，也是其被視為「俗」的原因。這一點可以從時人常常將鮑照與湯惠休並稱可知。

綜合前人的說法，本文以為鮑照之「俗」，首先是因為其語調短促、想像奇詭，這種藝術表達方式傳遞出來的情感自然是驚挺、險急，不同於閒雅、雍容。「雅」既屬於情感的品質保證，故而鮑照之「俗」不在文體而在詩情。對比鍾嶸的五言典範曹植，鮑照的骨氣並不遜之，但沉淪下僚，仕途不暢的鮑照常將個體生命最本質的痛苦與交流直接流露，不加掩抑，故而傷雅。同寫俠客，鮑照以立功沙場的壯志與個體愁怨兩條線索展開，白馬少年在決定為國捐軀之際，不禁抬頭遙望遠方的京城，將曹植的英風豪氣注入悲壯哀傷，詩中還出現下層士兵對長官錯誤的抱怨，極可能與鮑照個人的人生遭遇有關（《代陳思王白馬篇》）。鮑照筆下有既不甘死，又不堪生的愁苦長歎，「湮沒雖死悲，貧苦即生劇。長歎至天曉，愁苦窮日夕」〔註115〕（《代貧賤苦愁行》）；久病床頭感慨自己一生為善為賢終難逃一死的憤憤不平，「龜齡安可獲，岱宗限已迫。睿聖不得留，為善何所益」〔註116〕（《松柏篇》）將自己的人生遭際全盤托出，以起伏跌宕的語言節奏將哀怨之情表現得衝動、急遽、奇崛。而這種重「怨」仗「氣」的風格與鍾嶸論詩強調質、文、雅、怨諸要素的和諧統一是矛盾的。

當然鍾嶸視鮑照詩「俗」未必不出於其士大夫的審美趣味與鮑照所代表的新興的寒士皇族「俗」的審美趣味格格不入。在鍾嶸看來，鮑照開啟了齊梁的不正詩風。劉宋末年，鮑照已經成為當時文人競相模仿的對象，視之為「羲皇上人」，他們追求鮑照的新巧，反而認為曹植、劉楨古拙。只可惜他們才力不足，只學得鮑照皮毛。對於師法顏延之不同於鮑照遒烈的檀謝七人受到了鍾嶸的肯定，認為他們得「士大夫之雅致」。鮑照在齊代的重大影響表明，晉宋以

〔註113〕〔南朝宋〕鮑照，鮑照集校注〔M〕，北京：中華書局，2012：130。
〔註114〕〔南朝宋〕鮑照，鮑照集校注〔M〕，北京：中華書局，2012：152。
〔註115〕〔南朝宋〕鮑照，鮑照集校注〔M〕，北京：中華書局，2012：234。
〔註116〕〔南朝宋〕鮑照，鮑照集校注〔M〕，北京：中華書局，2012：705。

來形成的典雅的審美趣味正在由中心走向邊緣，寒士出身的宋齊梁三代統治者在自身文化素質逐漸提高之後，文化自信心增強，欲將文化這一士族傳統的優勢領域逐漸納入自己的控制之中，值得注意的是最早對鮑照作品進行編集的就是南齊文惠太子蕭長懋，可見鮑照符合統治階層的審美趣味，而秉持士大夫審美趣味的鍾嶸對此有所牴觸也未可知。顧農就認為鍾嶸對鮑照的批評，除了審美趣味衝突外，還直接指向專用賦體乃至文詞繁密缺少詩味的永明體〔註117〕。鍾嶸出身魏晉顯族潁川鍾氏，其家族在南渡之後沒出太顯赫的人物。在齊梁時鍾嶸家族已是處於核心權力圈外的中下層士族，受到庶族勢力上升的衝擊最為明顯和猛烈。出於這種衰落士族自身的危機意識，鍾嶸連續上表朝廷，要堅守士庶之別。可以說鍾嶸較之那些顯達的士族要更加看重自己的身份，對於士族文化品位和審美趣味遭到的衝擊也更為敏感。

三、何遜的「貧寒氣」

顏之推《顏氏家訓·文章篇》載：

> 何遜詩實為清巧，多形似之言；揚都論者，恨其每病苦辛，饒貧寒氣，不及劉孝綽之雍容也。〔註118〕

何遜與劉孝綽俱為文才出眾之人，在南朝並稱「何劉」（《梁書·何遜傳》），然而二者的評價也有高下之別，揚都即都城建康，京城的文學風尚是視劉孝綽的「雍容」為雅，而排斥何遜的「饒貧寒氣」。此時的京城文壇是以昭明太子文學集團占主導的〔註119〕，主張典正古雅美學，講求文質彬彬、溫厚雍容，故而不喜歡何遜苦寒的作品風格。

何詩之「貧寒氣」與劉詩之「雍容」，首先與二人的生活環境密切相關。

何遜出身於「儒雅」世家，其詩《仰贈從兄興寧寘南》云「家世傳儒雅」〔註120〕，其曾祖何承天，在劉宋時期官至御史中丞，同時還是一位著名的天文學家、哲學家和文學家，祖父何翼為員外郎，父親何詢，官至齊太尉中兵參軍。何遜家還有不少以文名擅長之人，比如其從叔何個、同族兄弟何子朗、何思澄俱擅文名。可見何氏家族是書香門第。然而到了何遜時，家道已完全衰落，

〔註117〕顧農，鍾嶸的詩歌批評與詩學思想〔J〕，揚州職業大學學報，2003（2）：1～7。
〔註118〕郁沅、張明高，魏晉南北朝文論選〔M〕，北京：人民文學出版社，1996：440。
〔註119〕秦躍宇，何遜與《文選》研究〔J〕，社會科學家，2004（6）：19～22。
〔註120〕〔南朝梁〕何遜，何遜集校注〔M〕，濟南：齊魯書社，1989：61。

在何遜的很多詩作中都描寫了家境貧寒。何遜二十歲州舉秀才，一生仕宦，基本上滯留於參軍、記室等中下等官職，可謂是沉淪下僚。

而劉孝綽出身世族彭城劉氏，這個家族和蘭陵蕭氏、琅玡王氏、陳郡謝氏並稱為南朝四大文學家族〔註121〕。起家即為職閑俸厚的著作佐郎，在仕途上可謂是平步青雲，深受帝王器重。《梁書》載劉孝綽曾帶內妾入官府，被到洽彈劾而免官，武帝為其隱瞞行徑，將奏書中「攜少姝於華省」中的「姝」改為「妹」字，還多次派遣僕射徐勉宣旨撫慰。

這樣的出身決定了二人對仕宦的態度不同。《落日前墟望贈范廣州雲》一詩作為何遜早期「州舉秀才」之後，其時范雲任廣州刺史，何遜作此詩渴望范雲能在仕途上助其一臂之力。「我心懷碩德，思欲命輕車。高門盛遊侶，誰肯進畋漁。」〔註122〕何遜表達了自己對范雲德行的敬仰，欲驅車投奔其門下。然而又害怕范氏門下俱是高才，自己身卑名微，無人理會。表現出想攀范氏高門，又恐不為人所接納，欲進不得，欲罷不能的複雜心情。

而劉孝綽的早期作品，如《酬陸長史倕》，則表達出「從容少職事」「優游匡贊罷」的雍容、閑雅，與何遜的求仕相比這種不忮不求顯然更為士族所重。後半部分更是集中表達了於自然之中找尋快樂、逃避現實，縱情山水、超然物外，這更是南朝士族一貫的做法。

具體來看，何遜的「饒貧寒氣」主要可以從詩歌意象和詩歌情感兩方面展現：

就詩歌意象看，何遜多選取淒迷哀傷的意象，閻采平曾對何遜的取景加以統計：「其取景特色，從季節上看，喜寫秋景，他的詩集中，寫秋景者一十七，占總數的三分之一；從時間上看，又喜寫夕景，他的詩集中，寫夕景者二十五，占總數的二分之一；從景色的明暗程度看，又喜寫暗景，他的詩集中，寫暗景者一十八，占總數的三分之一。」〔註123〕可見何遜取景偏重於蕭瑟暗淡清寒，這樣的意象營造出來的意境自然是一片濃鬱的哀傷。清寒的景物與詩人內心的淒冷相融合，呈現出來的詩歌風貌自然是淒婉清寒。如寫於仕途失意之時的《還渡五洲》，「蕭散煙霧晚，淒清江漢秋。沙汀暮寂寂，蘆岸晚修修」〔註124〕，首先季節上是秋天，時間上是傍晚，選取「煙霧」「江漢」「沙汀」「蘆岸」等

〔註121〕曹道衡，蘭陵蕭氏與南朝文學〔M〕，北京：中華書局，2004：1。
〔註122〕〔南朝梁〕何遜，何遜集校注〔M〕，濟南：齊魯書社，1989：31。
〔註123〕閻采平，齊梁詩歌研究〔M〕，北京：北京大學出版社，1994：145。
〔註124〕〔南朝梁〕何遜，何遜集校注〔M〕，濟南：齊魯書社，1989：207。

蕭瑟淒迷的意象，展現了一副寒秋夜景，暮靄籠罩江面，江岸一片冷寂，只有岸邊蘆葦在秋風中沙沙作響，這蕭散淒清不只是夜景，更是詩人仕途失意之心。

這些意象的選擇是為了表達感情服務的，何遜詩善寫離愁別緒，大多抒發客遊的孤獨和憂愁之情。何遜詩偏重於描寫個人之感，感情基調是哀傷，有羈旅失意之時的思鄉，「故鄉千餘里，茲夕寒無衣」〔註125〕（《日夕出富陽浦口和朗公》）離家千里，天寒無衣，哪裏是無衣，分明是失意游子無法歸家，無處找尋心靈的歸依。有辭官歸隱的期盼，「方還讓夷路，誰知羨魚網？」（《入西塞示南府同僚》），而這種歸隱之感產生的原因是「年事以蹉跎，生平任浩蕩」〔註126〕的仕途不順，可見這種隱退之情只是宦途失意之時的願望。有對真摯友情的重視，《與胡興安夜別》是一首秋夜離別詩，「露濕寒塘草，月映清淮流」一聯以景抒情，冷月寒江一孤舟，更增加寂寞與失落，詩末二句是懸想自己返家後的情形，「方抱新離恨，獨守故園秋」〔註127〕，離別之後，人已分，獨守故園，思不斷，孤寂之感更深一層。更多地是對自己不幸的哀歎，如《贈諸遊舊》作於何遜被梁武帝疏遠後，通篇都充滿了憂愁哀傷的氣息，情緒低落，詩風寒苦。「弱操不能植，薄伎竟無依。淺智終已矣，令名安可希。擾擾從役倦，屑屑身世微。」〔註128〕感慨自己智淺才微，不堪造就，缺乏安身立命的技能，不敢希求為人重用。因此宦遊這麼多年，卻還處於低賤的地位，終日碌碌無為，渾渾噩噩。王夫之在《古詩評選》中評《贈諸遊舊》時說：「言情詩極足覘人品，度必如此者乃得不惡，大端則雅，瑣屑則俗也。言情而又出之以俗，則與窮里長告旱傷，老塾師歎失館又何別焉？」〔註129〕指出了何詩卑俗的一面，表現自己一生坎坷的仕途遭際，心胸不夠寬闊，這正是時人所認為的多「苦辛」和「饒貧寒氣」。

魏晉南朝雅俗觀的突出特點以崇「雅」為主流，形成了以正為雅的文學品格，以古為雅的文學發展觀和以淡為雅的文學情感論。在士族與庶族的文化權力鬥爭和士大夫與文人的審美趣味矛盾中，作為典雅對立面的俚俗、古雅對立面的新奇、淡雅對立面的險俗，成為了文論家批評的對象。

〔註125〕〔南朝梁〕何遜，何遜集校注〔M〕，濟南：齊魯書社，1989：118。
〔註126〕〔南朝梁〕何遜，何遜集校注〔M〕，濟南：齊魯書社，1989：149。
〔註127〕〔南朝梁〕何遜，何遜集校注〔M〕，濟南：齊魯書社，1989：44。
〔註128〕〔南朝梁〕何遜，何遜集校注〔M〕，濟南：齊魯書社，1989：210。
〔註129〕〔清〕王夫之，古詩評選〔M〕，上海：上海古籍出版社，2011：259。

結語 傳統雅俗觀在 20 世紀遭遇的 三次現代衝擊

　　雅俗格局在中國古代是固定的，雅文學是中國文學的主流，俗文學是潛流。但是雅俗會隨著世變、文變在一定條件相互轉化，可謂是雅俗相對、雅俗相依、雅俗互化。到了現代社會，穩定的雅俗格局開始受到衝擊。

　　隨著五四新文化運動的轉向，民粹主義逐漸興起，知識界開始出現崇拜大眾的傾向，「勞工神聖」口號的提出開始調整知識分子與大眾的關係，「到民間去」的實踐加速了青年知識者的民眾崇拜心理，而這批由五四新文學運動滋養出來的青年知識者掀起了「民眾文學」的討論，探討文藝與民眾的接受問題，出現了文學民眾化的主張，在一定程度上表現出遷就大眾的傾向。

　　大眾進入了中國現代知識分子的思想視野，民間文化形態的生存邏輯、倫理欲求、審美取向也就與他們的文化觀念、文學創作發生了密不可分的聯繫。新文化者在這場話語權的爭奪戰中，確立起他們的新「雅」，即將西方的民主、科學、理性、知識、文化觀念及審美形式與以白話文學為主的民間文化形態融為一體的一種新的文化形式，利用文學來驅動中國大眾思想的現代化。當然，「民間」對於啟蒙知識分子而言，既是一種意義發現，也是一種審美想像。

　　在由「左聯」發動並一直延續到 1940 年代末的文藝大眾化討論中，五四時期龐雜的平民觀念被工農大眾的明確概念所取代，以大眾語來否定五四白話文，以民間形式取代歐化文體等一系列歷史行為，使得知識分子話語不斷趨近為工農群眾話語。到了延安時期，被定義的「小資產階級知識分子」們成為按照工農兵尺度被教育和改造的對象。《講話》成為制訂文藝政策和文藝

體制的依據後，對工農兵作為表現主體和工農兵趣味的認同，直接拋棄既有的知識分子話語系統。這對於傳統的雅俗觀產生了巨大的衝擊，延安時期的文藝不論是從生產方式、閱讀方式、評判標準，還是審美追求和美學旨趣都與中國已有的文學模式和美學經驗存在一定距離。作為生產者的知識分子對作為閱讀者的工農兵群眾懷著尊重和學習的心理，在文風和體式上，耗時、精緻、感傷又難以普及的雜文、小說、散文不被看好，而具有宣傳性、普及性和民間性的文體如戲劇、歌詠等被鼓勵，雅俗共賞成為了這個時期的一個重要的文藝評判標準，其影響一直持續至今。文藝大眾化問題本來是關涉到文學創作與接受的大問題，然而，參與討論的理論主體大多從宣傳角度看待這一問題，使得該問題最終演變成一個學術色彩淡而政治意味濃的半政治半文藝問題。特別是理論主體中的左翼文人熱衷於政治活動，走向公共知識分子一途，為政治搖旗吶喊〔註 1〕。

到了 90 年代，大眾文化猶如一股強勁的洪流，衝破了原有文化格局的束縛，標誌著現代社會中一種全新的文化格局的形成。在這一變革的浪潮中，曾一度佔據文化高地的精英文化，其命運顯得尤為不容樂觀，與之息息相關的傳統雅俗觀受到空前的挑戰。

大眾文化的商品性特質日益凸顯，它追求的是市場的接受度和消費者的喜好，這種轉變使得原本雅文化的審美性被逐漸邊緣化。大眾文化的世俗性則將雅文化的神聖性徹底顛覆，將文化從高高在上的殿堂拉回到了平凡的日常生活中。而大眾文化的娛樂性更是削弱了雅文化的批判性，使得文化不再承載深刻的社會反思和批判，而是變得輕鬆、愉悅，甚至帶有一定的消費性質。與此同時，大眾傳媒的開放性使得信息的傳播更加迅速、廣泛，但也削弱了雅文化的話語權。在這個信息爆炸的時代，每個人都可以成為信息的發布者，這使得雅文化的聲音在眾多聲音中顯得越來越微弱。

在這樣的背景下，知識分子的地位也發生了顯著的變化。他們被限定於專業領域之內，失去了之前的立法者地位。他們對社會和文化的影響力度不斷縮小，他們曾經建構的用以確認身份的文化體系、價值觀和審美趣味也不再能夠發揮主導作用。知識分子面臨著前所未有的困境和挑戰，他們需要重新定位自己在文化格局中的位置，尋找新的發聲方式。

〔註 1〕張清民，20 世紀 30 年代的中國文學理論〔M〕，北京：中國社會科學出版社，2015：319～320。

　　在一個審美多元的時代，傳統的雅俗觀已經難以一枝獨秀。各種文化形態、審美觀念交織在一起，形成了一種多元並存的局面。這使得人們在面對文化選擇時，有了更多的可能性和自由度。然而，這也帶來了新的問題和挑戰：如何在多元的文化格局中保持文化的獨特性和深度？如何平衡大眾文化的娛樂性和雅文化的批判性？這些都是我們需要深入思考和探討的問題。

　　大眾文化對傳統雅俗觀的挑戰在當下仍持續進行，本書對於傳統雅俗觀的生成與演變的考察就是為了應對這場挑戰。作為評價標準的雅俗是歷史的產物並不具有永恆性質，隨著文化主體的變化，雅俗也會隨之發生變化。

附錄　在文化與藝術之間——
王充的雅俗觀淺議

（本文發表於《貴州民族大學學報》2017 年第 2 期）

摘要：在先秦至魏晉的雅俗觀念衍變過程中，王充的雅俗觀具有極其重要的位置，他上承春秋戰國開始的以人格修養為準繩的文化雅俗觀，下啟東漢末期至魏晉興起的以審美為核心的藝術雅俗觀。東漢特殊的歷史文化語境所造就了王充雅俗觀的轉折性：從文學觀念看，漢代在通行「大文學觀」的同時「雜文學觀」開始萌芽；從審美趣味看，漢代在「士大夫趣味」占主流的同時萌生「文人趣味」；從創作主體看，東漢時期人們才開始有「作者意識」。

關鍵詞：文化；藝術；雅俗；文學自覺說

在中國文化史上，雅與俗，既是審美觀念，又是價值標準；既關乎道德，又關乎文藝，是文化批評和文學批評的重要概念。雅俗觀念不是與生俱來的，也不是一成不變的，而是與世變、文變相關聯，在漫長的歷史演進中生成了豐富複雜的內涵。

趙翼《陔餘叢考》「雅俗」條云：「雅俗二字相對，見王充《論衡·四諱篇》引田文問其父嬰不舉五月子之說，謂田嬰俗父也，田文雅子也。然則雅、俗二字蓋起於東漢之世。」[註1] 趙翼視王充《論衡》為「雅俗」這一連語出現的早期例子。在王充之前，先秦《荀子·儒效》篇有「俗儒」與「雅儒」之對舉，然則「雅」與「俗」之間雖然有高低之分，但兩者並不處於極性位置上[註2]，

[註1]〔清〕趙翼，陔餘叢考〔M〕，石家莊：河北人民文學出版社，1990：365。
[註2] 村上哲見，雅俗考〔A〕·中國典籍與文化論叢第 4 輯〔C〕，北京：中華書局，1997：435。

《儒效》篇主旨是在明確「俗人」與「儒者」之區別上確立儒者參與政治秩序建構的意義與作用，而且「雅儒」之上還有「大儒」，「大儒」才是荀子心中進可安天下，退能明禮義的聖人。故而，至荀子時「雅俗」對立尚是初步的。由此觀之，王充的雅俗觀念是雅俗概念衍變過程中的重要一環，具有稽考與研究的必要。

　　本文以對《論衡》的文本分析和王充的個人經歷、思想為基礎，將王充的雅俗論置放於先秦至魏晉雅俗觀念的衍變過程中，試圖揭示王充的雅俗論在中國雅俗觀念史中的定位與價值。

一、先秦至魏晉雅俗觀念的衍變過程

　　「雅」字，本意是一種鳥。這大概與商朝時代人們濃厚的鳥崇拜傳統有關。到了西周時期，「雅」「夏」相通，周人以夏自居，承接夏的文化傳。而最重要的「雅之為正」觀念卻是在春秋戰國時期，在王室陵替、禮崩樂壞的歷史條件下產生的，與士階層的崛起密切相關的。處於崛起期的士因為不擁有政治權力只擁有文化權力，故而需要重新塑造自己的話語權。

　　「俗」的觀念的產生也是在西周時期，根據張贛生的研究，「中國人產生『俗』這個觀念，大約是在西周時代」〔註3〕，西周晚期金文《駒父盨蓋》：「董夷俗」，記載了宣王十八年，南仲邦父命駒父出使南方的諸侯小國催納貢賦，告誡駒父，要尊重南淮夷本地的風俗習慣。通過對此條銘文的分析，可以得到風俗是一個群體性和地域性的概念，族群不同，風俗不同，百里不同風，千里不同俗。民俗在西周貴族眼中是重要的社會管理手段，遵俗才能維繫社會穩定，後來《史記・齊太公世家》也表現了同樣的觀點，姜太公受封指齊，簡政遵俗，終於使齊國強盛，四方來歸。這個時期「俗」還是表中性的「風俗」義，不含貶義。

　　這是由於周代政治的特點以血緣的親疏劃分等級的層疊式社會結構，以溫情脈脈的禮樂制度刻意營造一種上下一體的和諧氣氛。此期與貴族社會相對立的庶民階層，尚處在蒙昧被教化的階段，對於文化層面的影響微不足道，也不可能產生與上層雅文化相對應的俗文化。這個時期存在我們現在看來的雅俗現象，卻不可能產生明確的雅俗觀。

　　在王綱解紐、政教分離的春秋戰國時代，注重文化人格、充滿精神貴族氣

〔註3〕張贛生，民國通俗小說論稿〔M〕，重慶：重慶出版社，1991：3。

質的雅俗觀伴隨著士階層的崛起開始興起。自西周末，社會激劇動盪，上層貴族的下降和下層庶民的上升使得士這個階層的人數大大增加。這個階層的構成並不純粹，既無法像西周貴族那樣依靠制度取得穩定的地位，又不願混同於庶人，只能通過對高尚的個人修養操守的強調來確立自身的地位。對文化的追求成為有教養之士的道德衡量標準，一種文化精英主義開始盛行。春秋晚期，儒家開始倡導一種文雅有禮的君子人格，老子將自身與「俗人」「眾人」在價值觀和人生觀上拉開距離；到了戰國時代，對高雅文化的堅守更成為士人對抗世俗權力文化和感官享樂風氣的精神武器，《莊子》一書中對那些蠅營狗苟的世俗之人進行了無情的抨擊與諷刺，同時也塑造了一批不同凡俗的理想人物形象。此時，原本僅為「風俗」義的「俗」逐漸注入輕蔑義。

　　漢代的「俗」在保持「風俗」意的同時，進一步延續著先秦諸子的觀點向卑瑣鄙薄的方向發展，成為士人要超越的目標。「俗說」「俗議」「俗好」「俗人」「俗士」「俗儒」「俗吏」「俗主」等等此詞被廣泛運用，表現了士人們對社會現實及他們的個人境遇的不滿，特別是「中葉以後，士大夫集團與外戚宦官之勢力日處於激烈爭鬥之中，士之群體自覺意識遂亦隨之而日趨明確」〔註4〕，社會的動盪使士人們在迷惘與痛苦之中，對人生社會等產生了新的思考，個體意識漸漸抬頭。他們大肆批評智識短淺、不識大體、追求眼前利益與感官享受的「俗士」，他們努力使自己的行為超凡脫俗「超遺物而度俗」（傅毅《舞賦》）、「超逾騰躍絕世俗」（張衡《思玄賦》）。在對「俗」的頻繁猛烈的抨擊中，「雅」作為一種人生價值與追求目標而被凸顯。

　　魏晉南北朝時期，社會的持續動盪使人們對政治更為失望，他們不再追求仕途上的功成名就，轉而追求以文成德、文名不朽。「蓋文章經國之大業，不朽之盛事。」文學創作的興起也帶動了文學欣賞、文學批評的發展。曹丕在《典論·論文》中將文學進行了「四科八體」的文體區分，其中「奏議宜雅」，將「雅」視為奏議這類文體的行文標準。陸機《文賦》除了將雅視為奏這一文體應具備的審美特徵外，還將「雅」視為文學創作的審美標準之一。《文賦》以音樂作比，直陳文章五病，其中第四病為：「悲而不雅」。陸機主張「以雅救悲」，一是就情志表現而言，以「雅」對情感進行合理的規範；一是就語言表現而言，將直白俚俗的語言加以雅化。劉勰的《文心雕龍》更是在理論上對雅俗進行了全面的論述，涉及文體、思想、內容、風格、用辭等方面的要求。

〔註4〕余英時，士與中國文化〔M〕，上海：上海人民出版社，1987：288。

講求「聖文雅麗」，延續「雅」之為「正」的含義，將雅視為詩文創作的規範與準則。自此，以審美為核心的藝術雅俗觀已經建立。

由此可以看出，王充的雅俗觀正好處於以人格為基礎的文化雅俗觀逐漸向以審美為核心的藝術雅俗觀轉變的過程中，故而有必要進一步研究。

二、王充的文化雅俗觀

王充不僅作《譏俗》一書，現存的《論衡》中也充滿了對俗人、俗儒的批判。《論衡》中的「雅」字共出現 9 次，「俗」字百餘次，其中「雅」「俗」對舉出現三次。《四諱篇》：「夫田嬰俗父，而田文雅子也。嬰信忌不實義，文信命不辟諱，雅俗異材，舉措殊操，故嬰名暗而不明，文聲馳而不滅。」從前齊相田嬰的妾生了兒子田文，因為田文在五月出生為父親田嬰所不喜，要求其母拋棄他。小妾偷偷撫養田文長大。田文長大後說服父親，重回田家，並且主持家政，接待賓客，彬彬有禮，從而聞名於諸侯。王充由此感慨說，田嬰是一個庸俗的父親，而田文是一個高雅的兒子。田嬰迷信五月子的忌諱而不考究道理，田文則相信天命而不避忌諱。高雅與庸俗才智不一樣，舉止也表現出不同的品行，所以田嬰名望不顯著，田文名聲遠揚而久傳不絕。這裡王充並沒有認為田嬰為父就必然為雅，而是以文化人格高低作為評判雅俗的標準。「好傑友雅徒，不氾結俗材。」（《自紀篇》）王充結交朋友很注意選擇，從不隨便與人結交。好結交一些有才能有道德的人，不喜歡濫交一些庸俗之輩。《程材篇》云：「有俗材而無雅度者，學知吏事，亂於文吏，觀將所知，適時所急，轉志易務，晝夜學問，無所羞恥，期於成能名文而已。其高志妙操之人，恥降意損崇，以稱媚取進，深疾才能之儒。」儒生中只有一般才能沒有高尚抱負的，學會了作官的一套，與文吏混在一起，窺測地方長官的喜好，迎合當時的急需，轉變志向改變作為，日夜兼程又學又問，不感到羞恥，只是希望成為一個擅長文書出名的人罷了。而那些有高尚志向美好節操的人，恥於降低自己高尚志向，損害自己崇高品德，去獻媚求官，因而深恨那些「有俗材而無雅度」的儒生。這些都是從文化、人格高低角度來區分雅俗。

王充這種以人格為基礎的文化雅俗觀的形成，一方面是春秋以降士人文化傳統的產物，另一方面也是東漢社會現實、王充的個人氣質和生平際遇綜合作用的結果。誠如徐復觀所言「切就王充而論，他個人的遭遇，對於他表現在

《論衡》中的思想所產生的影響之大，在中國古今思想家中，實少見其比。」
〔註5〕目前關於王充的生平最主要的資料是《論衡·自紀篇》和《後漢書·王
充傳》，據此我們能大體瞭解到這個出身「細族孤門」的「論衡之人」。王充的
先祖來自「魏郡元城」，即「任俠」的趙地，後又搬遷到會稽。王家源出燕趙
又世代從武，骨鯁剛烈、逞勇好強、寧折不彎的習性當為王充遺傳基因的底色，
而吳越文化求真務實經世致用的學風又流淌在王充的血液中，這一切都塑造
著王充不同於眾的性格特徵，為他標新立異的思想打下基礎。《論衡·自紀篇》
中王充所作的自畫像就突出理想的人格操守：從小就不同流俗，長大後就讀太
學，博覽群書，不遵循一家一派。學成從政，試圖以自己的滿腹學問輔助帝王
成就一番大業，可是事與願違，始終沉淪下僚。即便如此還是不卑小職，做事
一絲不苟，勤奮上進，但由於個性耿直，不願隨波逐流，不巴結上司，不爭名
利，不附庸世俗，導致他的仕宦之途很不得意，最終為官場所不容。仕途坎坷
又飽嘗世態炎涼、人情冷暖的王充對士人進退逢遇有一番自己的思考。而王充
的士人論又與其雅俗觀緊密相連。

　　《累害篇》提到了「三累」「三害」，士人仕進過程中會遇到重重障礙，致
使有才能有德行之士無法實現其抱負，一批無才能的姦邪小人反而竊據高位。
在《程材篇》裏王充指責文吏能理事無節操，實際上也揭露了當時仕途和官場
的腐敗。《超奇篇》將從事於文章學術者細分為「儒生」「通人」「文人」「鴻儒」
四類，其中儒生只會死記硬背儒家經典，沒有自己獨特的見解，但仍然是高於
文吏的。儒生雖然對文法吏事不熟悉，但在長期的誦讀經書中，學問和道德均
有提高。在儒生與文吏的對比中，王充突出了儒生的道德修養，對於實際上處
於高位的文吏進行了批評。王充極為看重士人的道德修養。《定賢篇》中又提
出的「夫賢者，才能未必高也而心明，智力未必多而舉是。何以觀心？必以言。
有善心，則有善言。……然否之義定，心善之效明，雖貧賤困窮，功不成而效
不立，猶為賢矣」。有善心，則有善言，言行沒有錯誤，能夠明辨是非，即使
貧窮低微，境遇艱難，功名不成，業績不立，但他們仍然是賢人。這種對自身
德行的高揚，對士人德行的重視，正是以人格為基礎的文化雅俗觀的重要組成
部分。

　　王充崇雅的同時也對俗展開了不遺餘力的批判。俗人知識淺陋，而且不知
禮，不喜好有獨到之處的精闢之論，卻偏好惑眾的妖言，鄙陋之極（《對作篇》）；

〔註5〕徐復觀，兩漢思想史〔M〕，臺北：學生書局，1993：563。

俗人好信禁忌，輕愚信禍福，信禍祟（《四諱篇》）；俗人往往寡廉鮮恥、趨炎附勢、追名逐利、惟利是圖、只顧追求自己的利益、不折手段、不講信義（《自紀篇》）。他曾多次申明，自己寫《論衡》的目的就是要「譏世俗」，要對種種庸俗粗鄙的人和行為進行強烈譴責。所有這些都充分體現了王充對高雅人格境界的追求。

三、王充的藝術雅俗觀

雅俗觀念進入文學批評，是隨著東漢以降、特別是魏晉以後文學自覺而產生的。而王充的《論衡》開其先河。首先，王充推崇具有創造力能造書立說的「文人」。在上面提到的《超奇篇》中，這表明王充認為儒生通人與文人鴻儒之間的根本區別在於為文的能力。與死記硬背的儒生相比，通人的知識面擴大了，但仍然缺乏獨創性，故而趕不上文人。文人比之於通人而言，有一定的創造力，典型代表是司馬遷、劉子政。司馬遷的《史記》、劉向的《七略》都是在考察前代與當代歷史的基礎上進行整理與歸納而成，「因成紀前，無胸中之造」。但這類文人終究是以已有之事為依託，沒有提出自己獨特的見解，故而其價值還低於鴻儒。鴻儒則對經書有獨立的見解，能寫出治國安邦的著作，解決現實生活中的難題。所以他們是「超而又超」「奇而又奇」之人。王充最終認定如孔子、揚雄、桓譚這類能夠精思著文、連接篇章的人才是鴻儒。在《佚文篇》繼續強調孔子是「周之文人」，將聖人與文人並立，提升了文人的地位。

《自紀篇》在對各種文體的藝術特徵進行了區分時，指出「賦」「頌」這類文體的特徵就在於深奧典雅。王充不僅將「雅」作為文學批評術語，而且在審美趣味上尚雅。王充通過對世俗之人的審美趣味的揭露來凸顯自己不流於俗的審美趣味。《對作篇》從創作和接受心理的角度對世俗之人好「奇怪之語」進行了分析。他認為，創作者之所以採用「增」的手法，就是為了迎合接受者的審美趣味，因為接受者都有一種普遍的獵奇心理，希望從創作者那裏獲得異於尋常的新奇的信息，從而使自己的心理得到一定程度的刺激與滿足。如果作者囿於事實，拘泥死板，接受者就會認為他的作品索然無味，獵奇心理得不到滿足。「俗人好奇，不奇，言不用也。故譽人不增其美，則聞者不快其意；毀人不益其惡，則聽者不愜於心」（《藝增篇》），故而「夫世間傳書諸子之語，多欲立奇造異，作驚目之論，以駭世俗之人；為譎詭之書，以著殊異之名」（《書虛篇》）。在對世俗趣味批判的基礎上，王充提出了自己的文藝「真美」

觀。「是故《論衡》之造也，起眾書並失實，虛妄之言勝真美也。」（《對作篇》）
王充的「真美」觀包括：「事真」「情真」「理真」。王充努力揭開籠罩在東漢社
會上空的虛偽不實之風，如《書虛篇》中延陵季子路叱拾薪者，王充認為「季
子能讓吳位，何嫌貪地遺金？」顏淵望闔門而發白齒落，王充反駁道「人目之
所見，不過十里；過此不見，非所明察，遠也」，《變虛篇》《異虛篇》等篇則
對當時流行的天人感應等虛假之說進行批駁。王充認為只有真事才能對人民
起教化作用，文章應該有據而寫、有為而發，對社會生活起到積極的作用，而
不能為了娛樂大眾而作，「為世用者，百篇無害，不為世用，一章無補」（《自
紀篇》）。王充論文學真實不僅僅只談事實之真，還認為只有感情真摯才能打動
讀者。「精誠由中，故其文語感動人深。是故魯連飛書，燕將自殺；鄒陽上疏，
梁孝開牢。書疏文義，奪於肝心。非徒博覽者所能造，習熟者所能為也。」（《超
奇篇》）作品只有蘊含真摯的情感才能產生強烈的影響力，「實誠在胸臆，文墨
著竹帛」（《超奇篇》），只有作家主體與社會生活兩相結合，在追求作品社會教
化功能的作用下，文章才會蘊含強烈的氣勢，具有非常的社會效果。「理真」，
涉及文學誇張，在這一點上王充的認識比較保守，但還是在一定程度上承認誇
張的實際作用。例如他對《詩經・小雅・鶴鳴》一詩的分析，「詩人或時不知，
至誠以為然；或時知，而欲以喻事，故增而甚之」（《藝增篇》），適當的誇張能
夠使人更為深刻的明白事理。王充之真美一方面繼承先秦的功用主義文學館，
繼承了史家傳統，另一方面又直指當時虛妄的世界，同時呼喚人的性情之真，
人要從讖緯迷信中走出來發現真正的自我。這一點正是王充美學與魏晉美學
的相通之處。

　　有學者認為王充在文藝美學方面表現出以俗為雅的傾向。〔註6〕誠然，王
充提出了明言、露文的主張，提倡明白淺露的口語化的語言。但王充的語言觀
在多大程度上是趨俗的，是值得我們仔細分析的。當時人們普遍認為：「經藝
之文，賢聖之言，鴻重優雅，難卒曉睹。」（《自紀篇》）由於聖賢的才智博大，
他們的言論文章都優美文雅，很難一下子就看明白。故而東漢文人普遍追求艱
深的作文風格。王充對這種觀點不以為然，他認為文章寫作如果想要「冀俗人
觀書而自覺」，就應該「直露其文，集以俗言」（《自紀篇》），因為文章不是作
者逞才的工具，必須具有現實功用。王充雖然提倡言文一致，要求書面語口語

────────────

〔註6〕李天道，王充「雅俗」美學思想的現代解讀〔J〕，淮北煤炭師範學院，2005（5）：
　　　　6～11。

化，但是這種口語化的表達方式並不容易做到。口語與書面語畢竟是有區別的。為了使文章語言達到通暢的表達效果，王充探索出一條途徑，運用深入淺出、喻難以易的語言表達深刻的道理，這種寫法需要作者對語言有高度的駕馭能力，才能「質而實綺，腴而實腴」，看上去明白如話，實則雋永耐尋。後世的陶詩也是如此。王充的語言觀應為化俗為雅。而「化俗為雅」並不等同與「以俗為雅」，前者仍然認為雅、俗不是一個層面上的事物，雅要高於俗。

四、從王充的雅俗觀看漢代文學的價值

文學的自覺是一個長期而複雜的漸進過程，不是一蹴而就的，而漢代正是這個過程中的一個重要時期，從文學觀念看，在通行「大文學觀」的同時「雜文學觀」開始萌芽；從審美趣味看，在「士大夫趣味」占主流的同時「文人趣味」開始出現；從創作主體看，東漢時期人們才開始有「作者意識」。王充之所以能夠兼具文化雅俗觀與藝術雅俗觀，也正是漢代尤其是東漢特殊的歷史文化語境所造就的。

第一、「大文學觀」向「雜文學觀」的轉變期

我們都知道，現代意義上的「文學」概念是西方的舶來品，同中國古代的文學概念並不完全一致。先秦時代盛行的是一種「大文學觀」，即將一切能夠為人所感知的存在形式都視為「文」。兩漢時期出現了「文學之士」與「文章之士」的分化，以「文學」指學術，以「文章」即指經、史、子之外的各類文章，這表明兩漢在大文學觀的基礎上沿著以文字、言辭為文的方向繼續發展，張少康如是說，「漢人所說的『文章』的內涵與範圍是包括各種應用文章在內的較廣義的文學，但又比先秦相當於『文化』之『文』，要窄得多。」〔註7〕姑且將這種文學觀稱之為「雜文學觀」。即便到了魯迅所謂「文學自覺」的魏晉南北朝時代，盛行的仍然是兩漢所萌生的「雜文學觀」，一方面文學的抒情和審美功能不斷被重視，另一方面各種應用文體仍然交織在其中，這也是很多學者所指出的中國古代從來沒有西方意義上的純文學觀念的原因。

王充正好處在大文學觀向雜文學觀轉變的歷史進程之中，有學者將其稱為「文學自覺」的先驅〔註8〕，雖然其文學觀存在著不足與局限，但能夠鮮明

〔註7〕張少康，中國文學理論批評史〔M〕，北京：北京大學出版社，2005：133。
〔註8〕蒲友俊，中國文學批評史論：先秦——魏晉南北朝卷〔M〕，成都：巴蜀書社，2001：198。

地反映出兩漢文論的時代特性和理論價值。「文」是《論衡》中出現最多的一個詞，在不同語境中，「文」的含義不太一樣。大體上可以分為五種：一是指「花紋」以及由此義引申出「文采」之義；二是指包括禮儀形式、典章制度、社會風氣等在內的一切文化產物；三是指聖賢之文、諸子百家等著作；四是指朝廷文書；五是指文章。如此寬泛的「文」與秦漢時期通行的大文學觀並無二致。而《論衡》中出現的「文章」「文辭」「文字」「文語」等詞，更多地體現了王充對文字、文章形式的注重，如《量知篇》將文章與「五采」「五色」相聯繫，突出文學的形式美與語言美。「出口為言，集扎為文，文辭施設，實情敷烈」（《書解篇》），真實的感情需要文辭來表現，形式對於內容來說是必不可少的。王充這種對語言文字的重視是基於漢代輝煌的辭賦創作之上的，《定賢篇》稱司馬相如、揚雄的賦頌「文如錦繡，深如河漢」，對漢賦之「文麗言眇」的審美特徵有相當充分的認識。雖然王充不能正確認識誇張的作用和價值，在面對文學色彩濃厚的作品時，仍然採用與其他社會想像相同的真實標準，「王充所謂虛浮誇張之辭，實際上乃文學上之修飾」，〔註 9〕這種混淆的根源就在於王充的時代沒有明確的區分文學與非文學的界限，大文學觀仍然佔據主流，作為思想家的王充在這一點上並沒有領先於時代。

第二、「文人趣味」疏離「士大夫趣味」的萌芽期

王充所生活的東漢正好是以「閒情逸致」為標誌的文人趣味開始疏離與超越以「道」為核心的士大夫趣味的關鍵時期。

春秋之後士大夫階層產生並且逐漸取代原先的貴族知識分子的文化統治地位，「道」成為了掌握文化領導權的士大夫自我確認的標誌，這也是文化雅俗觀開始興起的根源。而以「閒情逸致」為標誌的文人趣味，其具有決定性的因素之一就是「個人情趣合法化」，「只有表達那些不直接關乎政治與倫理道德的莫名的惆悵、人生的感歎、生命的憂思、心靈的悸動、男女的情思以及對自然景物的審美感受的詩文方可為『文人趣味』」。〔註 10〕而東漢正是個人情趣逐漸受到關注的時期，例如為王充所推崇的班彪（暫不討論，王充是否師事班彪），其《北征賦》清楚展示了「賦」作為一種表達個人情緒的重要工具的發展程度。《北征賦》以及劉歆的《遂初賦》、班昭的《東征賦》一改之前的辭賦側重表述

〔註 9〕田鳳臺，王充思想析論〔M〕，北京：文津出版社，1988：137。

〔註 10〕李春青，趣味的歷史──從兩周貴族到漢魏文人〔M〕，北京：三聯書店，2014：209。

幻想的旅途，敘述個人真實的旅途，表現在時間、地點和表現個人意見方面的進一步具體化。〔註11〕這種個人趣味的被重視，到了張衡的《歸田賦》被進一步發展，開啟漢代大賦轉入抒情小賦之路。個人情趣不僅借文學得以安頓，而且在音樂中也能得到抒泄。《後漢書·桓譚傳》載其「性嗜倡樂」，嗜好的是當時流行於朝野的繁複古麗的俗樂，完全不同於儒教樂教所提倡的雅樂。這一切都表明個人情緒在東漢開始受到關注，直至漢末的《古詩十九首》，文人趣味開始成熟。王充由重「才」的觀念出發，引申出重個性、重創造、重文學表達等審美思想因素，正是漢代社會逐漸關注個人情緒的表達的產物。

第三、作者意識覺醒的關鍵期

中國古代的作者觀念直到漢代才開始形成。聖賢如孔子者都只說自己「述而不作」，即便其著作是對西周文化創造性的「新」說，仍然將「作」的權力歸于周公等古聖先賢。〔註12〕在漢代的經學語境中，湧現出不少不甘心做「述者」而敢於做「作者」的人，王充即是其中佼佼者。

在《書解篇》中王充詳細地論述了「作者」的重要性，先是區分了「文儒」與「世儒」，能著書立說的是文儒，能解釋經書的是世儒，並且針對世人認為文儒不如世儒，王充從三方面做出了回應，一是世儒的學問比文儒容易做，所以學習者眾多，而文儒的學問，卓越非凡不循常規，人們很少讀他們的書，他們的學問即使沒有用來傳授，門下即使沒有弟子，但他們的著作文章奇偉不凡，世上的人同樣流傳他們的著述；二是解釋經說的世儒發表的都是虛妄的言論，只有文儒的著作篇章才有實際內容，文儒憑藉自己的著作和學問名揚天下；三是世儒在當時即使尊貴，如果沒有被文儒把他們寫進書裏，他們的事蹟就不會流傳。在《超奇篇》中王充最為推崇的就是「能精思著文連結篇章」的「鴻儒」，也就是具有創造力的「作者」。在經學大行於世的時代，王充尊崇文儒貶低世儒，為「作者」正名，更以一部氣勢恢宏的《論衡》實踐著自己的作者觀，為個人論著合法性提供了理論依據，促進了才士化文學的出現。

綜上所述，尚雅卑俗是王充雅俗觀的主要特徵，他上承春秋戰國開始的以人格修養為準繩的文化雅俗觀，下啟東漢末期至魏晉興起的以審美為核心的

〔註11〕〔美〕康達維，漢代宮廷文學與文化之探微〔M〕，上海：上海譯文出版社，2013：157～182。

〔註12〕龔鵬程，文化符號學：中國社會的肌理與文化法則〔M〕，上海：上海人民出版社，2009：22～23。

藝術雅俗觀。直至今天，王充的雅俗觀仍然具有現實意義和文學意義。雅與俗具有不同的價值，雅在於精神超越，俗在於現實關懷，俗由於自身的局限性，出現負面傾向的可能性更大。因此，人們應該注意區分俗中的具體品位，自覺抵制文藝中低俗、庸俗、鄙俗等不良的審美元素。

參考文獻

（除古籍外，均以文中出現順序排列，重複書目以第一次出現為序）

一、古籍

1. 毛詩正義‧詩譜‧王城譜〔M〕，上海：上海古籍出版社，1997。
2. 〔漢〕賈誼，賈誼集校注〔M〕，天津：天津古籍出版社，2010。
3. 〔漢〕劉安，淮南子〔M〕，開封：河南大學出版社，2010。
4. 〔漢〕劉向，列女傳〔M〕，上海：華東師範大學出版社，2012。
5. 〔漢〕司馬遷，史記〔M〕，北京：中華書局，2010。
6. 〔漢〕班固，漢書〔M〕，北京：中華書局，2005。
7. 〔漢〕董仲舒，春秋繁露‧天人三策〔M〕，陳蒲清校注，長沙：嶽麓書社，1997。
8. 〔漢〕桓寬，鹽鐵論〔M〕，上海：上海人民出版社，1974。
9. 〔漢〕桓譚，新輯本桓譚新論〔M〕，北京：中華書局，2009。
10. 〔漢〕王充，論衡〔M〕，長沙：嶽麓書社，1991。
11. 〔漢〕王符，潛夫論箋〔M〕，北京：中華書局，1979。
12. 〔漢〕應劭，風俗通義校釋〔M〕，天津：天津人民出版社，1980。
13. 〔三國魏〕嵇康，嵇康集注〔M〕，安徽：黃山書社，1986。
14. 〔三國吳〕韋昭注，國語〔M〕，上海：上海古籍出版社，2008。
15. 〔三國魏〕劉劭，人物志〔M〕，上海：中華書局，1937。
16. 〔晉〕袁宏撰，後漢紀〔M〕，北京：中華書局，2002。
17. 〔晉〕陶淵明，陶淵明集〔M〕，北京：中華書局，1979。
18. 〔晉〕葛洪，西京雜記〔M〕，北京：中華書局，1985。

19.〔晉〕謝靈運，謝靈運集〔M〕，長沙：嶽麓書社，1999。

20.〔南朝宋〕鮑照，鮑照集校注〔M〕，北京：中華書局，2012。

21.〔南朝宋〕范曄，後漢書〔M〕，北京：中華書局，2005。

22.〔南朝梁〕何遜，何遜集校注〔M〕，濟南：齊魯書社，1989。

23.〔南朝梁〕鍾嶸，詩品集注〔M〕，上海：上海古籍出版社，2011。

24.〔南朝梁〕蕭子顯，南齊書〔M〕，中華書局，1972。

25.〔南朝梁〕沈約，宋書〔M〕，北京：中華書局，1974。

26.〔唐〕姚思廉，梁書〔M〕，北京：中華書局，1973。

27.〔唐〕房玄齡，晉書〔M〕，北京：中華書局，2015。

28.〔唐〕李延壽，南史〔M〕，北京：中華書局，1975。

29.〔唐〕徐堅等，初學記〔M〕，北京：中華書局，1962。

30.〔唐〕劉知幾，史通通釋〔M〕，上海：上海古籍出版社，2009。

31.〔宋〕李昉，太平御覽〔M〕，北京：中華書局，1985。

32.〔宋〕朱熹，四書章句集注〔M〕，北京：中華書局，1983。

33.〔明〕胡應麟，詩藪〔M〕，北京：中華書局，1958。

34.〔清〕朱駿聲，說文通訓定聲〔M〕，北京：中華書局，1984。

35.〔清〕王念孫，讀書雜志〔M〕，上海：上海古籍出版社，2014。

36.〔清〕程樹德，論語集釋〔M〕，北京：中華書局，2013。

37.〔清〕孫希旦，禮記集解〔M〕，北京：中華書局，1989。

38.〔清〕焦循，孟子正義〔M〕，北京：中華書局，1987。

39.〔清〕王先謙，荀子集解〔M〕，北京：中華書局，1988。

40.〔清〕嚴可均，全上古三代秦漢三國六朝文〔M〕，北京：中華書局，1958。

41.〔清〕王先謙，莊子集解〔M〕，北京：中華書局，2012。

42.〔清〕畢沅校注，墨子〔M〕，上海：上海古籍出版社，2014。

43.〔清〕王先慎，韓非子〔M〕，上海：上海古籍出版社，2015。

44.〔清〕王先謙，釋名疏證補〔M〕，上海：上海古籍出版社，1984。

45.〔清〕劉熙載，藝概注稿〔M〕，北京：中華書局，2009。

46.〔清〕吳淇，六朝選詩定論〔M〕，揚州：廣陵書社，2009。

47.〔清〕王夫之，古詩評選〔M〕，上海：上海古籍出版社，2011。

48.〔清〕趙翼，陔餘叢考〔M〕，石家莊：河北人民出版社，1990。

49.〔清〕孫詒讓，周禮正義〔M〕，北京：中華書局，2013。

二、專著

1. 趙毅衡，禮教下延之後：中國文化批判諸問題〔M〕，上海：上海文藝出版社，2001。

2. 黃鳴，《左傳》與春秋時代的文學——兼論春秋列國民族風俗〔M〕，北京：中央民族大學出版社，2009。

3. 呂肖奐，中國古代民謠研究〔M〕，成都：巴蜀書社，2006。

4. 咎風華，漢代風俗文化與漢代文學〔M〕，北京：中國社會科學出版社，2009。

5. 孫克強，雅俗之辨〔M〕，北京：華文出版社，1997。

6. 門巋等，雅俗文學與其互化論〔M〕，天津：天津社會科學院出版社，2000。

7. 周憲，中國當代審美文化研究〔M〕，北京：北京大學出版社，1997。

8. 金民卿，文化全球化與中國大眾文化〔M〕，北京：人民出版社，2004。

9. 鄧曉芒，從尋根到漂泊——世紀之交的中國文學與文化〔M〕，廣州：羊城晚報出版社，2003。

10. 孫長軍，雅俗無界：大眾文化論〔M〕，長春：吉林人民出版社，2004。

11. 李天道，中國美學之雅俗精神〔M〕，北京：中華書局，2004。

12. 曹順慶、李天道，雅論與雅俗之辨〔M〕，南昌：百花洲文藝出版社，2009。

13. 譚玉龍，明代美學之雅俗精神研究〔M〕，北京：中國社會科學出版社，2019。

14. 陳橋生，劉宋詩歌研究〔M〕，北京：中華書局，2007。

15. 何詩海，漢魏六朝文體與文化研究〔M〕，北京：北京大學出版社，2011。

16. 朱志榮，中國文學藝術論〔M〕，太原：山西教育出版社，2000。

17. 李國春，文學審美超越論〔M〕，長沙：湖南大學出版社，2006。

18. 王力，漢語史稿〔M〕，北京：科學出版社，1957。

19. 朱東潤，詩三百篇探故〔M〕，上海：上海古籍出版社，1981。

20. 馬承源，上海博物館藏戰國楚竹書（一）〔M〕，上海：上海古籍出版社，2001。

21. 孫作雲，詩經研究論文集〔M〕，北京：人民文學出版社，1959。

22. 王克林，略論夏文化的源流及其有關問題〔M〕，濟南：齊魯書社，1985。

23. 張光直，中國青銅時代〔M〕，北京：三聯書店，1999。

24. 睡虎地秦墓竹簡整理小組，睡虎地秦墓竹簡〔M〕，北京：文物出版社，

1978。

25. 錢穆，中國文化史導論〔M〕，北京：商務印書館，1996。

26. 林文光，王國維文選〔M〕，成都：四川文藝出版社，2009。

27. 盧輔聖，中國書畫全書（第一冊）〔M〕，上海：上海書畫出版社，1992。

28. 葛路，中國古代繪畫理論發展史〔M〕，上海：上海書畫出版社，1982。

29. 程俊英，詩經譯注〔M〕，上海：上海古籍出版社，2006。

30. 傅斯年，《詩經》講義稿〔M〕，上海：上海古籍出版社，2012。

31. 馬銀琴，兩周詩史〔M〕，北京：社會科學文獻出版社，2006。

32. 唐君毅，中華人文與當今世界〔M〕，桂林：廣西師範大學出版社，2005。

33. 李夢生，左傳譯注〔M〕，上海：上海古籍出版社，2004。

34. 李純一，先秦音樂史〔M〕，北京：人民音樂出版社，1994。

35. 龔妮麗、張婷婷，樂韻中的澄明之境──中國傳統音樂美學思想研究〔M〕，桂林：廣西師範大學出版社，2009。

36. 楊蔭瀏，中國古代音樂史稿〔M〕，北京：人民音樂出版社，2006。

37. 李澤厚、劉綱紀，中國美學史（第一卷）〔M〕，北京：中國社會科學出版社，1984。

38. 李山，詩經的文化精神〔M〕，北京：東方出版社，1997。

39. 徐復觀，中國藝術精神〔M〕，上海：華東師範大學出版社，2001。

40. 張祥龍，孔子的現象學闡釋九講──禮樂人生與哲理〔M〕，上海：華東師範大學出版社，2009。

41. 蔣孔陽，先秦音樂美學思想論稿〔M〕，合肥：安徽教育出版社，2007。

42. 范子曄，中古文人生活研究〔M〕，濟南：山東教育出版社，2001。

43. 徐豔，中國中世文學思想史：以文學語言觀念的發展為中心〔M〕，上海：上海古籍出版社，2012。

44. 王澍，魏晉玄言詩注析〔M〕，北京：群言出版社，2011。

45. 田餘慶，東晉門閥政治〔M〕，北京：北京大學出版社，1991。

46. 馮友蘭，三松堂學術文集〔M〕，北京：北京大學出版社，1984。

47. 朱光潛，朱光潛全集（第八卷）〔M〕，合肥：安徽教育出版社，1987。

48. 朱自清，朱自清古典文學研究論文集（下冊）〔M〕，上海：上海古籍出版社，1981。

49. 戴建業，澄明之境：陶淵明新論〔M〕，上海：上海古籍出版社，2012。

50. 夏靜，禮樂文化與中國文論早期形態研究〔M〕，北京：中華書局，2007。

51. 張贛生，民國通俗小說論稿〔M〕，重慶：重慶出版社，1991。

52. 徐中舒，甲骨文字典〔M〕，成都：四川辭書出版社，1989。

53. 郭沫若，甲骨文合集（第五冊）〔M〕，北京：中華書局，1979。

54. 王國維，王國維考古學文輯〔M〕，南京：鳳凰出版社，2008。

55. 李亞農，李亞農史論集〔M〕，上海：上海人民出版社 1962。

56. 朱鳳瀚，商周家族形態研究〔M〕，天津：天津古籍出版社，2004。

57. 李山，西周禮樂文明的精神建構〔M〕，石家莊：河北教育出版社，2014。

58. 李宏鋒，禮崩樂盛——以春秋戰國為中心的禮樂關係研究〔M〕，北京：文化藝術出版社，2009。

59. 徐復觀，中國人性論史・先秦篇〔M〕，上海：三聯書店，2001。

60. 李春青，詩與意識形態：西周至兩漢詩歌功能的演變與中國詩學觀念的生成〔M〕，北京：北京大學出版社，2005。

61. 胡秋原，古代中國文化與中國知識分子〔M〕，北京：中華書局 2010。

62. 徐復觀，兩漢思想史（第三卷）〔M〕，上海：華東師範大學出版社，2001。

63. 張新科，文化視野中的漢代文學〔M〕，北京：中國社會科學出版社，2006。

64. 余英時，士與中國文化〔M〕，上海：上海人民出版社，1987。

65. 韓德民，荀子與儒家社會理想〔M〕，濟南：齊魯書社，2011。

66. 王楷，天然與修為——荀子道德哲學的精神〔M〕，北京：北京大學出版社，2011。

67. 蘇志宏，秦漢禮樂教化論〔M〕，成都：四川人民出版社，1991。

68. 劉厚琴，儒學與漢代社會〔M〕，濟南：齊魯書社，2002。

69. 詹鍈，文心雕龍義證〔M〕，上海：上海古籍出版社，1989。

70. 徐復觀，兩漢思想史（第一卷）〔M〕，上海：華東師範大學出版社，2001。

71. 趙敏俐，漢代樂府制度與歌詩研究〔M〕，北京：商務印書館，2009。

72. 張少康，中國文學理論批評史〔M〕，北京：北京大學出版社，2005。

73. 田鳳臺，王充思想析論〔M〕，北京：文津出版社，1988。

74. 龔鵬程，文化符號學〔M〕，上海：上海人民出版社，2009。

75. 金春峰，漢代思想史〔M〕，北京：中國社會科學出版社，1997。

76. 楊聯陞，東漢的豪族〔M〕，北京：商務印書館，2011。

77. 田餘慶，東晉門閥政治〔M〕，北京：北京大學出版社，1991。

78. 趙沛，兩漢宗族研究〔M〕，濟南：山東大學出版社，2002。

79. 陳君，東漢社會變遷與文學演進〔M〕，北京：中國社會科學出版，2012。

80. 馮爾康，中國宗族制度與譜牒編纂〔M〕，天津：天津古籍出版社，2011。

81. 徐復觀，兩漢思想史（卷一）〔M〕，上海：華東師範大學出版社，2001。

82. 閻步克，士大夫政治演生史稿〔M〕，北京：北京大學出版社，1996。

83. 陳爽，出土墓誌所見中古譜牒研究〔M〕，上海：學林出版社，2015。

84. 南開大學中文系《南開文學研究》編委會，南開文學研究〔M〕，天津：天津古籍出版社，1990。

85. 汪受寬，謚法研究〔M〕，上海：上海古籍出版社，1995。

86. 楊穎，行行重行行：東漢行旅文化與文學〔M〕，北京：中國社會科學出版社，2014。

87. 景蜀慧，魏晉詩人與政治〔M〕，北京：中華書局，2007。

88. 龔克昌，漢賦新選〔M〕，武漢：湖北教育出版社，2001。

89. 李秀花，陸機的文學創作與理論〔M〕，濟南：齊魯書社，2008。

90. 張少康，文賦集釋〔M〕，北京：人民文學出版社，2002。

91. 王啟才，漢代奏議的文學意蘊與文化精神〔M〕，北京：人民出版社，2009。

92. 詹福瑞，中古文學理論範疇〔M〕，北京：中華書局，2005。

93. 孟慶雷，鍾嶸《詩品》的概念內涵與文化底蘊〔M〕，北京：中國社會科學出版社，2014。

94. 張可禮、宿美麗，曹操曹丕曹植集〔M〕，南京：鳳凰出版社，2009。

95. 曹順慶、李天道，雅俗與雅俗之辨〔M〕，南昌：百花洲文藝出版社，2005。

96. 陳寅恪，金明館叢稿初編〔M〕，上海：上海古籍出版社，1980。

97. 馮友蘭，中國哲學史新編（第四冊）〔M〕，北京：人民出版社，1986。

98. 郁沅、張明高，魏晉南北朝文論選〔M〕，北京：人民文學出版社，1996。

99. 趙敏俐，漢代詩歌史論〔M〕，長春：吉林教育出版社，1995。

100. 張嘉珊，太康應彥──三張詩文研究〔M〕，臺北：花木蘭文化事業有限公司，2011。

101. 郭紹虞，中國歷代文論選（第一冊）〔M〕，上海：上海古籍出版社，1979。

102. 葛曉音，八代詩史〔M〕，北京：中華書局，2007。

103. 徐昌盛，摯虞研究〔M〕，臺北：花木蘭文化事業有限公司，2016。

104. 俞士玲，西晉文學考論〔M〕，南京：南京大學出版社，2008。

105. 閻采平，齊梁詩歌研究〔M〕，北京：北京大學出版社，1994。

106. 蘇瑞隆，鮑照詩文研究〔M〕，北京：中華書局，2006。

107. 王志清，齊梁樂府詩研究〔M〕，北京：社會科學文獻出版社，2013。

108. 王運熙、王國安，樂府詩集〔M〕，北京：中國國際廣播出版社，2011。

109. 胡大雷，齊梁體詩選〔M〕，保定：河北大學出版社，2004。

110. 蕭滌非，漢魏六朝樂府文學史〔M〕，北京：人民文學出版社，1998。

111. 王運熙，樂府詩述論〔M〕，上海：上海古籍出版社，1996。

112. 陳恩維，模擬與漢魏六朝文學嬗變〔M〕，北京：中國社會科學出版社，2010。

113. 周勛初，周勛初文集·文史知新〔M〕，南京：江蘇古籍出版社，2000。

114. 郁沅、張明高，魏晉南北朝文論選〔M〕，北京：人民文學出版社，1999。

115. 歐陽艷華，微聖立言——《文心雕龍》體道思想研究〔M〕，上海：上海古籍出版社，2015。

116. 羅宗強，讀文心雕龍手記〔M〕，北京：三聯書店，2007。

117. 張少康，劉勰及其《文心雕龍》研究〔M〕，北京：北京大學出版社，2010。

118. 饒宗頤，文轍〔M〕，臺北：臺灣學生書局，1991。

119. 傅剛，魏晉南北朝詩歌史論〔M〕，吉林教育出版社，1995。

120. 王運熙、楊明，魏晉南北朝文學批評史〔M〕，上海：上海古籍出版社，1989。

121. 許文雨，鍾嶸詩品講疏·人間詞話講疏·附補遺〔M〕，成都：成都古籍書店，1983。

122. 何詩海，漢魏六朝文體與文化研究〔M〕，北京：北京大學出版社，2011。

123. 王澎，魏晉玄言詩注析〔M〕，北京：群言出版社，2011。

124. 杜曉琴，齊梁詩歌向盛唐詩歌的嬗變〔M〕，北京：北京大學出版社，2009。

125. 李佳，顏延之詩文選注〔M〕，合肥：黃山書社，2012。

126. 王鍾陵，中國中古詩歌史〔M〕，南京：江蘇教育出版社，1988。

127. 曹道衡，中古文學史論文集〔M〕，北京：中華書局，1986。

128. 曹道衡、沈玉成，南北朝文學史〔M〕，北京：人民文學出版社，2006。

129. 曹道衡，蘭陵蕭氏與南朝文學〔M〕，北京：中華書局，2004。

130. 張清民，20 世紀 30 年代的中國文學理論，北京：中國社會科學出版社，2015。

131. 王季香，先秦諸子之人格類型論〔M〕，臺北：花木蘭文化事業有限公司，2011。

132. 林童照，南朝門第維持與文體變遷之關係研究——以詩為主要觀察範圍〔M〕，臺北：花木蘭文化事業有限公司，2015。

133. 凌郁之，宋代雅俗文學觀〔M〕，北京：中國社會科學出版社，2012。

134. 黃寬重，家族與社會〔M〕，北京：中國大百科全書出版社，2005。

135. 蒲慕洲，生活與文化〔M〕，北京：中國大百科全書出版社，2005。

136. 徐中玉，古代文學理論研究（第二十七輯）——中國文化論的我與他〔M〕，上海：華東師範大學出版社，2010。

137. 徐中玉，古代文學理論研究（第三十一輯）——中國文論的方與圓〔M〕，上海：華東師範大學出版社，2010。

138. 中央研究院歷史語言研究所集刊〔M〕，臺北：臺灣商務印書館，1979。

三、學位論文

1. 梁曉輝，文學發展中的雅俗關係〔D〕，河北大學碩士學位論文，2008。

2. 張培豔，儒家尚「雅」觀念在六朝文論中的傳承與嬗變〔D〕，首都師範大學碩士學位論文，2003。

3. 程曉峰，西周思想史論〔D〕，湖南大學博士學位論文，2016。

4. 顏紅，試論「靜穆」的東西方審美理想〔D〕，上海師範大學碩士學位論文，2011。

5. 楊輝，「移風易俗」命題考源——在中國美學史視野下〔D〕，浙江大學博士學位論文，2005。

6. 劉熹桁，周代婚姻禮俗與《詩經》解讀〔D〕，南昌大學碩士學位論文，2012。

7. 夏靜，禮樂傳統中的先秦兩漢文論〔D〕，四川大學碩士學位論文，2003。

8. 劉衍軍，詩可以群——中國古代禮樂文化語境中的審美交往詩學闡釋〔D〕，江西師範大學博士學位論文，2011。

9. 王璐，荀子對先秦諸子之批判與原始儒家的自我定位〔D〕，蘇州大學碩士學位論文，2014。

10. 許繼起，秦漢樂府制度研究〔D〕，揚州大學博士學位論文，2002。

11. 轟濟東，東漢士林風氣與文學發展〔D〕，山東大學博士學位論文，2006。

12. 楊繼剛，漢靈帝鴻都門學研究〔D〕，華中師範大學博士學位論文，2012。

13. 王欣，中古文學場域研究：以帝王文學活動為中心〔D〕，蘇州大學博士學位論文，2011。

14. 馮秀娟，魏晉六朝擬古詩研究〔D〕，臺灣大學碩士學位論文，2003。

15. 傅剛，《昭明文選》研究〔D〕，中國社會科學院研究生院博士論文，1996。

四、期刊論文

1. 陳致，夷夏新辨〔J〕，中國史研究，2004（1）。

2. 許嘉璐，論民族文化的雅與俗〔J〕，北京師範大學學報：社會科學版，2003（4）。

3. 韓大強，大眾文化的狂歡與精英文化身份的焦慮〔J〕，信陽師範學院學報，2006（6）。

4. 潘黎勇，精英文化在大眾文化時代的生存策略〔J〕，淮北煤炭師範學院，2005（5）。

5. 朱立元，雅俗界限趨於模糊——90年代「全球化」語境中的中國審美文化之審視〔J〕，常德師範學院學報，2000（6）。

6. 李陀，「雅俗共賞」質疑〔J〕，文學自由談，1985（1）。

7. 胥遠，也談「雅」「俗」的對立與消解——對《中國現代文學三十年》（修訂本）有關通俗文學論述的思考〔J〕，哈爾濱學院學報，2005（4）。

8. 劉篤平，雅俗共賞是高雅的最高境界——論高雅文學之振興〔J〕，理論與創作，1995（2）。

9. 胡光凡，「雅俗共賞」辯〔J〕，求索，1989（2）。

10. 李鳳亮，文化視野中的通俗文藝與高雅文藝〔J〕，蘭州大學學報，2002（6）。

11. 王暢，雅俗共賞與建設有中國特色的社會主義文學問題——重溫《講話》的幾點感想〔J〕，文藝研究，1992（3）。

12. 吳秉傑，兩種不同的文學話語——論通俗文學與「純文學」〔J〕，文學評論，1990（2）。

13. 王彬彬，雅俗共賞：一種美學上的平均主義〔J〕，上海文化，1994（6）。

14. 周啟志，雅俗共賞：一個文學烏托邦口號〔J〕，贛南師範學院學報，1990（2）。

15. 朱國華，論雅俗文學的概念區分〔J〕，文藝理論研究，1996（4）。

16. 周啟志，雅俗共賞：一個文學烏托邦口號〔J〕，贛南師範學院學報，1990（2）。

17. 王齊洲，雅俗觀念的演進與文學形態的發展〔J〕，中國社會科學，2005（3）。

18. 于迎春，「雅」「俗」觀念自先秦至漢末衍變及其文學意義〔J〕，文學評論，1996（3）。

19. 龔賢，論《文心雕龍》的雅俗觀〔J〕，東南大學學報，2011（5）。

20. 祁立峰，俗化的美學——六朝士人的俚俗傾向及其文學表現〔J〕，淡江中文學報，2017（36）。

21. 陳致，說「夏」與「雅」：宗周禮樂形成與變遷的民族音樂學考察〔J〕，中研院中國文哲研究集刊，2001（19）。

22. 陳師曾，文人畫之價值〔J〕，藝術品，2005（8）。

23. 吳大焱、羅英傑，陝西武功縣出土駒父盨蓋〔J〕，文物，1976（5）。

24. 項陽，對先秦「金石之樂」興衰的現代解讀〔J〕，中國音樂，2007（1）。

25. 楊宗紅，「鄭聲淫」及其社會生成管窺〔J〕，重慶郵電大學學報：社會科學版，2011（6）。

26. 孫向召，「鄭聲」新論〔J〕，牡丹江教育學院學報，2006（6）。

27. 顏世安，「諸夏」聚合與春秋思想史〔J〕，南京大學學報：哲學，人文科學，社會科學，2003（5）。

28. 桓占偉，義以出禮，義以生利，允義明德——論「義」在春秋社會觀念中的核心地位〔J〕，文史哲，2015（1）。

29. 過常寶，《左傳》虛飾與史官敘事的理性自覺〔J〕，北京師範大學學報（社會科學版），2006（4）。

30. 陳晨捷，孔子德論再探討——兼與孫熙國先生商榷〔J〕，東嶽論叢，2009（2）。

31. 李景林，「浩然之氣」的創生性與先天性——從馮友蘭先生《孟子浩然之氣章解》談起〔J〕，社會科學戰線，2007（5）。

32. 崔永東，試析墨子的理想人格設計〔J〕，清華大學學報：哲學社會科學版，1994（2）。

33. 李建國，屈原的孤獨及其詩史意義〔J〕，三峽文化研究叢刊，2003（00）。

34. 李珺平，論語：孔子弟子博弈之成果〔J〕，社會科學，2007（10）。

35. 陳來,「儒」的自我理解——荀子說儒的意義〔J〕,北京大學學報:哲學社會科學版,2007（5）。

36. 李福建,《荀子》之「子弓」為「仲弓」而非「馯臂子弓」新證——兼談儒學之弓荀學派與思孟學派的分歧〔J〕,孔子研究,2013（3）。

37. 晁福林,上博簡《仲弓》疏證〔J〕,孔子研究,2005（2）。

38. 余治平,論儒的最初職業與身份自覺〔J〕,社會科學,2011（10）。

39. 蕭放,中國傳統風俗觀的歷史研究與當代思考〔J〕,北京師範大學學報,2004（6）。

40. 鍾良燦,「移風易俗,天下向道」:賈誼對商君變法後秦俗的批判〔J〕,中國礦業大學學報,2016（6）。

41. 張俊傑,漢代禮樂教化觀的轉型探微〔J〕,理論導刊,2015（5）。

42. 孫家洲、鄔文玲,漢代士人「移風易俗」理論的構架及影響〔J〕,中州學刊,1997（4）。

43. 馬育良,俗吏吏風:西漢儒家批判的一種治政現象〔J〕,安徽教育學院學報,1996（1）。

44. 趙光懷,文史政治與士大夫政治的衝突與整合——兼論秦漢時期政治文化變遷〔J〕,江蘇社會科學,2012（4）。

45. 于迎春,以「通儒」「通人」為體現的漢代經術新變〔J〕,中州學刊,1996（4）。

46. 吳相洲,樂府相關概念辨析〔J〕,首都師範大學學報（社會科學版）,2015（02）。

47. 陳四海,樂府:始於戰國〔J〕,音樂研究,2010（1）。

48. 趙敏俐,漢代樂府官署興廢考論〔J〕,文獻,2009（3）。

49. 成祖明,河間獻王與景武之世的儒學〔J〕,史學集刊,2007（4）。

50. 張斌榮,漢哀帝罷撤樂府的前因後果〔J〕,中國典籍與文化,1998（3）。

51. 李天道,王充「雅俗」美學思想的現代解讀〔J〕,淮北煤炭師範學院,2005（5）。

52. 劉毓慶,論漢賦對文學自覺進程的意義〔J〕,中州學刊,2002（3）。

53. 楊殿珣,中國家譜通論〔J〕,圖書季刊,1946（1～2）。

54. 劉正,甲骨文家譜刻辭研究:對《庫、方二氏藏甲骨卜辭》第1506片甲骨的考察〔J〕,殷都學刊,2008（3）。

55. 潘光旦，中國家譜學略史〔J〕，東方雜誌，1929（1）。

56. 沈剛，東漢的私謐問題〔J〕，煙台大學學報：哲學社會科學版，2014（4）。

57. 徐國榮，漢末私謐和曹操碑禁的文化意蘊〔J〕，東南文化，1997（3）。

58. 張玉安，名士，巾子與士人風尚——漢晉士人的著巾風尚〔J〕，服飾導刊，2016（2）。

59. 趙逵夫，趙壹生平著作考〔J〕，文學遺產，2003（1）。

60. 于迎春，漢代道家思想的興盛及其對文人的影響〔J〕，齊魯學刊，1996（1）。

61. 岳慶平，東漢在政治上對宗室的限制與利用〔J〕，山東師範大學學報，1987（2）。

62. 雷炳峰，鴻都門學設立的原因及其文學思想史意義〔J〕，長春師範學院學報，2011（1）。

63. 崔向榮、魏中林，俗樂新聲背景下別構「雅正」新體的詩法意識與實踐——論陸機對。

64. 古樂府、古詩的摹擬創作〔J〕，中國文學研究，2013（1）。

65. 張少康，應、和、悲、雅、豔——陸機《文賦》美學思想瑣議〔J〕，文藝理論研究，1984（1）。

66. 童慶炳，鍾嶸詩論讀解〔J〕，保定師範專科學校學報，2002（1）。

67. 張廷銀，論西晉詩歌的雅化現象〔J〕，西北師大學報，1995（3）。

68. 張朝富，雅化：西晉詩風的根本成因及其歷史功績〔J〕，武漢大學學報，2007（5）。

69. 馮源，論西晉詩歌雅正風貌的藝術建構〔J〕，河南社會科學，2016（10）。

70. 劉加夫，試論南朝文人樂府詩的主題取向〔J〕，山東師範大學學報，2002（3）。

71. 馬萌，《宋書·樂志》歌詩「援俗入雅」傾向及其原因〔J〕，殷都學刊，2007（2）。

72. 曹道衡，從樂府詩的選錄看《文選》〔J〕，文學遺產，1994（4）。

73. 宋威山，謝靈運《擬魏太子鄴中集》詩旨再探〔J〕，四川師範大學學報，2015（2）。

74. 葛曉音，江淹「雜擬詩」的辨體觀念和詩史意義——兼論兩晉南朝五言詩中的「擬古」和「古意」〔J〕，晉陽學刊，2010（4）。

75. 詹福瑞，《宗經》與《文心雕龍》的理論體系〔J〕，河北大學學報，1994（4）。

76. 曹旭、朱立新，宮體詩的定義與裴子野的審美〔J〕，文學評論，2010（1）。

77. 童嶺，南齊詩「謝靈運體」及「傅咸、應璩體」辨析〔J〕，蘭州大學學報，2015（3）。

78. 顧農，鍾嶸的詩歌批評與詩學思想〔J〕，揚州職業大學學報，2003（2）。

79. 秦躍宇，何遜與《文選》研究〔J〕，社會科學家，2004（6）。

五、國外專著及論文

1. 〔日〕村上哲見，雅俗考〔A〕，中國典籍與文化論叢（第四輯）〔C〕，北京：中華書局，1997。

2. 〔韓〕樸素晶，流動的音樂思維：先秦諸子音樂論新探〔M〕，北京：中國人民大學出版社，2016。

3. 〔美〕費正清，中國：傳統與變遷〔M〕，北京：世界知識出版社，2002。

4. 〔美〕李峰，西周的滅亡——中國早期國家的地理和政治危機〔M〕，上海：上海古籍出版社，2007。

5. 〔美〕康達維，漢代宮廷文學與文化之探微〔M〕，上海：上海譯文出版社，2013。

6. 〔日〕岡村繁，漢魏六朝的思想和文學〔M〕，上海：上海古籍出版社，2002。

7. 〔美〕包弼德，斯文：唐宋思想的轉型〔M〕，南京：江蘇人民出版社，2001。

8. 〔韓〕崔宇錫，魏晉四言詩研究〔M〕，成都：巴蜀書社，2006。

9. 〔日〕松浦友久，節奏的美學〔M〕，瀋陽：遼寧大學出版社，1996。

10. 〔日〕林田慎之助，裴子野《雕蟲論》考證〔A〕，古代文學理論研究（第六輯）〔C〕，上海：上海古籍出版社，1982。

11. 〔日〕林田慎之助，《宋書·謝靈運傳論》和文學史的自覺〔J〕，銅仁學院學報，2014（2）。

古典文學研究輯刊

三十編

第 11 冊

曹植甄后研究（下）

木 齋 著

國家圖書館出版品預行編目資料

曹植甄后研究（下）／木齋 著 -- 初版 -- 新北市：花木蘭文化事業有限公司，2024〔民 113〕

目 4+182 面；19×26 公分

（古典文學研究輯刊 三十編；第 11 冊）

ISBN 978-626-344-910-7（精裝）

1.CST：（三國）曹植 2.CST：中國文學 3.CST：文學評論

820.8   113009665

ISBN-978-626-344-910-7

9 786263 449107

古典文學研究輯刊
三十編　第十一冊   ISBN：978-626-344-910-7

曹植甄后研究（下）

作　　者　木齋
總 編 輯　杜潔祥
副總編輯　楊嘉樂
編輯主任　許郁翎
編　　輯　潘玟靜、蔡正宣　美術編輯　陳逸婷
出　　版　花木蘭文化事業有限公司
發 行 人　高小娟
聯絡地址　235 新北市中和區中安街七二號十三樓
　　　　　電話：02-2923-1455／傳真：02-2923-1452
網　　址　http://www.huamulan.tw 信箱 service@huamulans.com
印　　刷　普羅文化出版廣告事業
初　　版　2024 年 9 月
定　　價　三十編 20 冊（精裝）新台幣 50,000 元
版權所有 · 請勿翻印

曹植甄后研究(下)

木齋 著

第十章　延康元年：甄后癡情　曹植絕情

第一節　概　說

　　曹植甄后在曹操死後的延康元年春季，這一段時間裏面，曹植甄后之間也應不斷有書信往返，書信仍然採用五言詩的形式，通過宮女往返送達。其中如被列為《蘇李詩》中的一首《晨風鳴北林》：

> 晨風鳴北林，熠燿東南飛。願言所相思，日暮不垂帷。
> 明月照高樓，想見餘光輝。玄鳥夜過庭，彷彿能復飛。
> 褰裳路踟躕，彷徨不能歸。浮雲日千里，安知我心悲。
> 思得瓊樹枝，以解長渴饑。

　　此詩《古文苑》，題為李陵《錄別詩》〔註1〕。「晨風鳴北林，熠燿東南飛。」《詩經・秦風・晨風》：「鴥彼晨風，鬱彼北林。未見君子，憂心欽欽」，鴥：亦作「䎉」，疾飛貌。晨風：一作「鸇風」，鳥名。即鸇，鷙鳥類。一說晨風亦名天雞，雉類。見雉聞雉而思配偶，在《詩經》中例子較多，如《邶風・雄雉》和《邶風・匏有苦葉》中都有。朱熹《詩集傳》說詩寫婦女擔心外出的丈夫將她遺忘和拋棄。「晨風」在兩者之間的詩作中，多比喻為曹操。方位：「東南飛」，曹植此時身在鄄城，鄄城正在鄴城之東南方向。

〔註1〕　《古文苑》，王雲五主編《萬有文庫》，章樵注，商務印書館，1937 年版，第 188 頁。

「願言所相思，日暮不垂帷」，希望自己所思念的人，在日暮之際，仍不垂落窗帷。因為，她希望「明月照高樓，想見餘光輝」，也就是希望自己能在月光的照耀之下，見到他的容暉。這四句是把自己想像為一隻大鳥，飛到所思所想的人傍，但願他日暮時候沒有落下帷帳，在明月的光輝裏，能見到他的容顏。

「玄鳥」以下六句，轉折說自己這一隻玄鳥，是飛不過去的，自寫其離別之後的孤獨和悲哀。玄鳥，出於《詩經‧商頌‧玄鳥》：「天命玄鳥，降而生商」，《史記‧殷本紀》：「殷契、母曰簡狄，有絨氏之女，為帝嚳次妃……三人行浴，見玄鳥隨其卵，簡狄取而吞之，因孕生契。」甄后被詔命為曹魏王朝開國之後，只不過甄后一直拒絕接受而已。但甄后和曹丕所生曹叡，成為後來之明帝。是故，「玄鳥」亦為曹植甄后之間的一個語碼，意指甄后。「玄鳥」，《古文苑》卷八作「元鳥」，逯欽立《先秦漢魏晉南北朝詩》作「玄鳥」（340 頁），並注明：《類聚》二十九作《漢李陵贈別蘇武別》。將「玄鳥」更改為「元鳥」，應該是後來人為了遮蔽歷史真相而做出的修改和屏蔽。

故此數句，言明分手之後甄后的寂寞情懷。結尾兩句「思得瓊樹枝，以解長渴饑」，為第三層次，點明自己對曹植的饑渴思念。「瓊樹枝」，《淮南子》：「崑崙山有曾城，九重上有珠樹玉樹。」（古文苑卷八，189 頁）後來暗指男性之美（男性軀體之美，甚至暗喻男性性器之美，如玉樹後庭花），後來之「玉樹」同此。此詩為甄后寫給曹植情人之間的私密書信，故不掩飾而為親人之間、夫妻之間的家常語。

在曹植躲避於鄄城不見甄后的這段時間裏，曹植甄后之間的書信往返，應該是爭執的，甚或是爭吵的，曹植所提出來的意思，頗類現代話語中的「分手」，這對煢煢苦守的甄后來說，無疑是致命的打擊。至於曹植到底對甄后說出了什麼更為絕情的話語？我們隨後慢慢揭示。花開兩頭，各表一枝，甄后一方面強烈地追求著曹植的歡合，渴求著曹植能早些回到自己的身邊，不斷地暗示給曹植，自己難以獨自堅守下去的艱難困窘，忍受著來自曹植的失戀痛苦，同時，另一方面還要應付前夫曹丕的糾纏。

再說曹丕，在知道父王曹操去世之後，表面悲傷，卻掩抑不住內心的喜悅，還記得建安二十二年的時候，當他聽到曹操宣布自己作為魏王世子的時候，他也同樣是壓抑不住內心的喜悅和激動，不，應該說是狂喜，當時，正好心腹辛毗在旁邊，他忍不住摟住辛毗的脖子，說：「辛君知我喜不？」（《魏

書‧辛毗傳》）是的，雖然自建安十六年曹丕就被曹操封為五官中郎將，丞相副，似乎初步確定為了接班人，但這僅僅是形式上的，表面上的，在曹操心目中，接班人問題，乃為立國之頭等大事，關係到國祚之短長，也關係到邦國之興衰存亡。那麼，曹操在想些什麼呢？選擇曹植，則意味著國家延續著寬厚仁義的路線，但曹植過於文學化、文藝化，甚至詩人化，缺乏豐富的政治經驗，特別是三國鼎立的局面，需要著權謀甚至老謀深算的奸詐。

而曹植之所缺乏的，正是曹丕的擅長。因此，雖然曹操多次將天平的重心移向了曹植，卻最終未能斷然宣布。不過，雖然未能明確宣布，從建安十九年以來，一直到建安二十二年這幾年時間，卻已經在實際上，將世子繼承人的位置，交付給了曹植。這是當時曹魏政權中路人皆知的，雖然還有老臣不斷勸諫，要遵守立長不立幼的古訓。正因為如此，曹丕雖然始終身在世子的名分之下，但卻始終不敢相信自己真的就能得到這垂涎已久的曹魏江山。

現在，曹丕在得到了曹操病死於洛陽的消息之後，他內心的激動自然是無法描述的，他知道，現在，這一天終於到來了，他，曹丕，就是曹魏帝國的真正主宰，而且，他不僅僅滿足於王權的繼承，他要安排登基為帝——雖然遠在南方的兩個政權，江東一代的東吳和西蜀一代的蜀國尚未收入版圖之中，但也就是早晚的事情，群臣們早就按捺不住，紛紛上章上表，請求早日舉行登基大典。

父王曹操憚於輿論，寧肯作文王，將武王伐紂並統一全國的使命交付給了自己的兒子。現在，曹丕雖然身在鄴城，但鄴城朝廷的主要日程，就是在做出行的準備，需要先到譙郡祭祀祖先，然後到許昌，舉行漢獻帝禪讓典禮，隨後，返回到洛陽，在洛陽舉辦由皇后主持的長信宮落成大典。

一切都在有條不紊地進行之中，唯一的困境，就是皇后必須要參加主持的長信宮大典。《三輔黃圖》卷三在「長樂未央建章」條下，記載：「長信宮……後宮在西，秋之象也。秋主信，故宮殿皆以長信長秋為名。」〔註2〕可知所謂後宮之所居住之所，多名為長信宮、長秋宮，正在建章臺。按理說，一個新的帝國宣告成立，宣告了一個新的王朝的興起，作為皇后來主持這個母儀天下的長信宮典禮，是何等榮耀的事情！哪個女人能有這樣的殊榮，真可謂是光宗耀祖的事情。

〔註2〕張閬聲校《校正三輔黃圖》，楊家駱主編《中國學術名著第六輯》，世界書局 1974 年版，第 19 頁。

　　甄后在建安九年嫁給曹丕，以後，隨著曹丕的地位不斷上升，甄后也由一般的女人而為世子夫人、王妃、皇后，但偏偏趕上甄氏和曹丕自從建安十八年歲末左右，兩人之間已經私下達成協議，夫婦關係名存實亡，原本作為曹植嫂子的甄氏，追求自己的所愛，選擇了和曹丕分手。那麼，曹丕在建安二十二年封為魏王太子，以後曹操死後登基為帝，誰來做他的王妃和皇后呢？除了甄后之外，唯一的候選人就是郭后，郭女王，但郭后也沒有得到這一殊榮。「後字女王，安平廣宗人。文帝即王位，為夫人，及受禪，為貴嬪。黃初三年，立為皇后，明帝即位，尊為皇太后。」〔註3〕可知，郭女王雖然運籌帷幄，一切均在她的謀劃之中，但到了分封的時候，曹丕還是寧肯空缺皇后的位置，也沒有分封給郭女王，曹丕對於甄氏之間的感情，屬於人雖休出，心尚未死，寧肯空缺位置給甄氏。

　　甄后不僅僅國色天香，普天之下之女人，無可替代，更兼甄后聰慧異常，音樂歌舞，嫵媚一笑，常令曹丕魂不守舍，三月不知肉味。還有一個因素，甄后是曹丕的初戀，兩人之間，畢竟也有七年的美好歲月，眼看著家中廳外，處處都有甄后的痕跡，香氣嫋嫋，繞梁不絕，每每讓曹丕想到美人睡在弟弟的懷抱中，就嫉妒的發瘋。現在，自己是帝王，絕不能容忍這奇恥大辱。

　　於是，幾乎是曹操剛死，曹丕就開始不斷地給甄后下達詔書，讓她隨自己同行譙縣、許昌、洛陽，如果前兩處不能參加，也沒有關係，至少要在秋季長信宮慶典落成的典禮上，能夠現身，接受皇后的封號，並昭告天下。這樣，大魏帝國的成立慶典才能宣告完成。

　　而甄后呢？此時的心境，卻全然不在曹魏的開國慶典大事，她的心思，全都牽掛在曹植的身上。大約應在四月之際，曹丕發去了第一封詔書，被甄后無情拒絕了。曹丕憤怒之下，將當年侍奉曹操的宮人悉數收歸己用。

　　一日，卞太后中午時分前去曹丕府邸看望兒子，卞后看到自己親生的長子曹丕和當年侍奉他父親曹操的女人們嬉戲調情，心中真是打翻了五味瓶罐。《世說新語》卷五《賢媛》記載：「魏武帝崩，文帝悉取武帝宮人自侍。及帝病困，卞后出看疾。太后入戶，見直侍並是昔日所愛者。」……太后「因不復前而歎曰：狗鼠不食汝余，死故應爾！至山陵亦竟不臨。」〔註4〕

〔註3〕嚴可均《全三國文》，「文德郭后」條，中華書局，1958 年版，第 2 冊，第 1120 頁。

〔註4〕〔南朝宋〕劉義慶撰《世說新語》，中華書局 1984 年版，第 364 頁。

曹丕在曹操剛死，屍骨未寒，就悉取武帝宮人自侍，應是對自己得不到甄后和對甄后與曹植愛戀關係的一種憤怒情緒的宣洩。卞后怒斥他，「就是貓狗耗子也都不會吃剩下的，你就在作死吧！」意思是即便是動物也知道不吃別人吃剩下的，你怎麼能用你父親的女人呢？

按理說，作為封建時代的女性，能有機會作為一個帝國的開國皇后，可以說是作為當時女性的最高殊榮，甄后為何不能接受詔書，跟隨曹丕出行呢？

其實，甄后徒有皇后之名，終其一生，她都沒有接受皇后的稱號，所說甄后的稱呼，是由於她的兒子曹叡後來作為魏明帝，追封給她的。不僅僅沒有接受皇后稱號，即便是建安二十二年曹丕被封為魏王太子，甄氏也沒有接受魏王妃的稱號，當下也沒有看到任何有關甄氏曾經被封為王妃的記載——這也極為吻合於筆者所揭示兩人之間關係的進程。因為，那個時間段，甄后已經接受曹丕的休書。早知如此，何必當初？甄后當下是鐵心追隨曹植，寧肯放棄皇后的皇冠，也要和曹植過恩愛的生活。

曹丕可以說是已經氣急敗壞。一方面，自己在鄴城的朝廷，不可能為了一個女人長久地等待下去，另一方面，他又不甘心就這麼放棄甄后。明代張溥《魏文帝集》載有曹丕《臨高臺》詩作一首：

> 臨台臺高高以軒，下有水清且寒，中有黃鵠往且翻。
>
> 行為臣當盡忠，願令皇帝陛下三千歲，宜居此宮。
>
> 鵠欲南遊，雌不能隨。吾欲躬銜汝，口噤不能開。
>
> 負汝之，毛衣摧頹。五里一顧，六里徘徊。〔註5〕

曹丕《臨高臺》前三句似為後來所說的柏梁體，三句七言（中間一句似應為「下有水清清且寒」），句句用韻，以下雜言，從全詩語氣和意思來看，非常吻合於曹丕在延康元年六月離開鄴城而甄后因病不能，或說是託病不願跟隨曹丕同行的情況。

它深刻體現了曹丕對甄后依然是一往情深：「吾欲躬銜汝，口噤不能開。負汝之，毛衣摧頹。」「黃鵠」在這裡，則成為曹丕的替代，所以才會有「銜汝」「負汝」的形象比喻。按照常理來說，此時曹操已死，曹丕雖然表面為臣，實則已經為實際的帝王，既然這麼想讓甄后隨行，即便是甄后真正生病，一切的時間行程均由曹丕確定，當然可以等候甄后病癒。曹操於該年正月死，曹丕

〔註5〕曹丕《臨高臺》，張溥編《漢魏六朝百三名家集》，臺灣文津出版社，1979 年版，第 1011 頁。

一直不離鄴城，而不急於早些登基，一直拖延到將近半年之後才離開鄴城，其中的原因，正應該是為了等候甄后。

曹丕的這首詩作，後來被改編成為樂府詩，在西晉的宮廷演唱，或說是表演。西晉的政權來源於對曹魏政權的篡奪，在宮廷之中表演曹丕甄后之間的醜聞，這也是非常愜意的事情。

《玉臺新詠》載《豔歌何嘗行》（一作《飛鵠行》）二首：

飛來雙白鵠，乃從西北來。十十將五五，羅列行不齊。

忽然卒疲病，不能飛相隨。五里一反顧，六里一徘徊。

吾欲銜汝去，口噤不能開。吾欲負汝去，毛羽何摧頹。

樂哉新相知，憂來別生離。躊躇顧群侶，淚落縱橫垂。

今日樂相樂，延年萬歲期。〔註6〕

《宋書》卷二十一《豔歌何嘗》（一曰《飛鵠行》）古詞四解：

飛來雙白鵠，乃從西北來。十十五五，羅列成行。（一解）

妻卒被病，行不能相隨。五里一反顧，六里一裴回。（二解）

吾欲銜汝去，口噤不能開。吾欲負汝去，毛羽何摧頹。（三解）

樂哉新相知，憂來別生離。躊躇顧群侶，淚下不自知。（四解）

念與君別離，氣結不能言，各各重自愛，遠道歸還難。

妾當守空房，閉門下重關。若生當相見，亡者會黃泉。

今日樂相樂，延年萬歲期。」（「念與」下為趨曲，前有豔。）

〔註7〕

《宋書》所載的樂府詩，為宮廷樂府根據曹丕甄后兩人的作品改造而成的，然後才是《玉臺新詠》根據宮廷樂府詩而改造成為整齊的五言詩，成為《古樂府詩六首》之一，到《古詩紀》則是轉載抄錄《玉臺新詠》，從而將之定型化。「念與君別離」以下八句，其實並非與前面之作為同一首，前面為根據曹丕《臨高臺》改編的樂府詩，基本上是曹丕的口吻，曹丕的作品，後面則是對曹丕之作的回覆，是怒不可遏的表達，是甄后之作。

《宋書》所載的樂府詩《豔歌何嘗行》（或曰《飛鵠行》），此詩與曹丕《臨高臺》原作的主體含義相似，但去除了以臨高臺起興「行為臣當盡忠、願令皇

〔註6〕徐陵編《玉臺新詠》，世界書局1971年印行，明趙寒山復刻宋陳玉父本。第3頁。

〔註7〕沈約撰《宋書·樂三》，卷二十一，鼎文書局印行，1975年版，第618頁。

帝陛下」云云，而將飛鵠雄雌離別，直接點明為「妻卒被病，行不能相隨」這一主題。並分解為四解，這顯然是宮廷演出的痕跡。

在四解之外，後面增添了「念與君別離，氣結不能言。各各重自愛，遠道歸還難。妾當守空房，閉門下重關。若生當相見，亡者會黃泉。今日樂相樂，延年萬歲期」的「趨曲」。趨曲的五言詩，顯然與四解雜言古詞不是出自同一個人。後者正應為四解古詞中所說的「妻」之作。也就是甄后對曹丕的回覆。

「念與君別離，氣結不能言」，分明說出了妻並非身體之「病」，而是兩者之間感情的破裂。所謂「氣結不能言」，非三言兩語所能道也。「各各重自愛，遠道歸還難」，分明是決絕的訣別宣言。「妾當守空房，閉門下重關。若生當相見，亡者會黃泉」，更進一步闡明立場，說兩者之間的相見，除非是死亡之後黃泉能見。而自己以後的人生則是「妾當守空房，閉門下重關」。結句「今日樂相樂，延年萬歲期」為魏晉宮廷音樂演出最後的結束程序。

這一演出，看來應是有男女不同演員來分別歌唱的，前四解原型為曹丕，後者則為甄后。但這一演出，不會在曹魏宮廷演出，而應屬於「右一曲為晉樂所奏」範疇。晉代宮廷演出曹魏古詩樂府，亦為君臣之樂。

關於大曲中的趨，楊蔭瀏先生認為是：歌引緊張的部分則配合著快速的舞步——所謂「趨」〔註8〕。四解應為慢曲抒情，而趨曲則改變為快節奏的曲調，以吻合於兩者之間不同的心境。到了《玉臺新詠》，則成了整齊的五言樂府詩，但將趨曲去除，將趨曲中宮廷演出程序的結尾兩句保留。這一案例，具有典型意義，顯示了曹魏古詩原型——魏晉樂府——玉臺五言詩或是樂府五言詩的改造過程。

或說，筆者此前曾有論述，提出曹丕和甄后之間，在建安十八、九年之際，已經分手，為何曹丕的這首詩還說是「妻卒被病」不能同行呢？這就要重回版本問題。曹丕原作並無「妻」的字樣，是曹丕詩作《臨高臺行》變成為《宋書》記載的《豔歌何嘗行》之後，詩中男女主人公才由「雄雌」一變而為夫妻。

再或說，曹丕既然此前已經休妻，為何現在已經即將登基帝位，還這樣留戀甄后？這一點，此前已經論述，甄后之美貌，當時無人可以比肩，因此，曹丕不能攜帶甄后同行登基，是滿懷憾恨之情的。再說及，曹丕原作和後來之《豔歌》，皆應為樂府，只不過曹丕之作，乃為主觀之發洩，樂府《豔歌》，

〔註8〕參見楊蔭瀏著《中國古代音樂史稿》，人民音樂出版社，1981年，第119頁。

一變而為兩者之客觀演出，曹丕也同樣成了樂府表演中的人物角色之一。曹丕《臨高臺行》之作提供了所謂樂府詩《豔歌何嘗行》的原型，而《宋書》樂府詩的記載，則證據充分地顯示了甄后五言詩與之對答的關係。同時，這一成果也為《孔雀東南飛》的研究，提供了更為清晰的形成線索。

第二節　璽書三至而三讓：甄后決心以短衣終生

曹丕隨給甄后下了第三次詔書，再次請她登基皇后，主持秋天舉辦的長秋宮落成及皇后登基典禮。這一次，毫無懸念地，仍然被甄后斷然拒絕了。這也是最後一次的詔書，以後，再有詔書，就是賜死甄后的詔書了。史料如下：

> 《魏書》曰：有司奏建長秋宮，帝璽書迎后，詣行在所，后上
> 表曰：「妾聞先代之興，所以饗國久長，垂祚后嗣，無不由后妃焉。
> 故必審選其人，以興內教。今踐阼之初，誠宜登進賢淑，統理六宮。
> 妾自省愚陋，不任粢盛之事，加以寢疾，敢守微志。璽書三至而后
> 三讓，言甚懇切。時盛暑，帝欲須秋涼乃更迎后。」〔註9〕

「有司奏建長秋宮，帝璽書迎后，詣行在所」，有司奏建長秋宮，則時間不可能是太晚，需要一個建的時間和過程，理應是曹操死後，曹丕在鄴城開始籌備登基大典期間，而「帝璽書迎后，詣行在所」，曹操死後將近半年時間，曹丕和甄后同在鄴城，為何還有「迎后，詣行在所」？分明暗示了兩者之間不在同所，不同居處。

璽書三至而三讓，詔命甄后登基為皇后，統理六宮的璽書三次下達而甄后三次謝絕，並且說出一番理由，是自己「自省愚陋，不任粢盛之事，加以寢疾」，兩條理由，首先是說自己愚陋，也就是不夠聰明，而不能勝任粢盛之事。（粢盛，一種古代的祭祀儀式。祭祀時將黍稷放在祭器裏，稱為「粢盛」。）

甄后是曹魏時期唯一會寫五言詩的女詩人，又精通音樂，自幼飽讀詩書，這些都是古人所記載和認可的。甄氏為當時天下之第一大美女和才女，王沈《魏書》記載：「年九歲，喜書，視字輒識，數用諸兄筆硯」，並說：「聞古者賢女，未有不學前世成敗，以為己誡。不知書，何由見之？」〔註10〕因此，

〔註9〕〔晉〕陳壽撰〔宋〕裴松之注《三國志‧魏書‧后妃傳》，引〔西晉〕王沈《魏書》後按語，中華書局 1982 年版，第 160～161 頁。

〔註10〕〔晉〕陳壽撰〔宋〕裴松之注《三國志‧魏書‧后妃傳》，引〔西晉〕王沈《魏書》後按語，中華書局 1982 年版，第 159 頁。

可能就連甄氏自己也覺得難為理由，最後才蜻蜓點水，說「加以寢疾」四字，以「寢疾」為由，不與丈夫同征、同行、同居，而事實上卻是「顏色更盛」，其中必定另有隱情。

「愚陋」顯然是推辭，這一點恐怕就連甄后自己也知道，因此，又增添一條理由：「加以寢疾」，也就是身體不好，這也顯然是推辭。即便是身體不好，不能動身前去主持長信宮大典，作為皇后的身份總是能夠先行接受吧？但事實上，當曹丕登基為帝的時候，皇后是缺席的，不僅僅缺席，而且，皇后的位置也一直是空缺的，一直到甄后被賜死之後的黃初三年，承認了一直隱身幕後的郭女王為皇后。這也可以說是十分怪異的現象，皇帝登基，如果是年幼承祚，皇后不立，情有可原，公元 220 年曹丕已經三十多歲，和甄氏婚姻也已經十多年的光景，兩人所生的兩個孩子也都不小，怎麼就會出現髮妻不接受皇后的封號的事情？如果不是前面所闡發的背景和內幕，又何以解釋這些怪異現象？

說到此處，我們再重回建安二十四年十二月，當甄后遠送曹植到淇水之陽之後，她在回程中又有何故事呢？送行淇水之後，甄后返回鄴城。《古詩類苑》卷四十五中有《邯鄲歌》一首：

　　　　回顧灞陵上，北指邯鄲道。短衣妾不傷，南山為石老。〔註11〕

此詩很有趣味，其中出現的幾個地名之間的方位關係，可以參照閱讀：首句說：「回顧灞陵上」，灞陵，霸陵，漢文帝陵寢，位於西安東郊白鹿原東北角。如果真的是以為實指長安，那文意就費解了。這裡的灞陵，應該代指曹操墓地（曹操未死，而陵寢已備），寫作者應為甄后。

如果理解為建安二十四年冬十二月，甄后送行曹植之後，從淇水之陽返回，正為「回顧灞陵上，北指邯鄲道」，方位關係正為吻合。「短衣」二字，似乎不能吻合甄后身份？其實，此詩是說自己不做皇后，做一介平民也不後悔，短衣為妾，如同南山之石，對曹植的戀情終老不變。正是由於貴為曹丕的世子夫人，如果接受，就可以貴為皇后，但寧可選擇放棄，因此才會有「短衣妾不傷」之說，如果是平民婦女所作，做夢也不會想到「短衣妾不傷」這樣的話語。「短衣妾不傷，南山為石老」，可以視為甄后決心短衣終生的愛情誓言。

〔註11〕雲間張之象玄超纂輯《古詩類苑》卷四十五，據臺灣中山大學圖書館館藏膠片複製。

此外，這裡的地理位置緊密指向了鄴城緊鄰所在地邯鄲，說明南山和鄴城之間的密切關係，側面證明了「陟彼南山隅」和鄴城、邯鄲的關係。此詩自稱為「妾」，當為甄后嫁給曹植之後的自稱，應該是甄后送行曹植之後返回鄴城所作。

署名辛延年名下的《羽林郎》：

> 昔有霍家奴，姓馮名子都。依倚將軍勢，調笑酒家胡。
> 胡姬年十五，春日獨當壚。長裾連理帶，廣袖合歡襦。
> 頭上藍田玉，耳後大秦珠。兩鬟何窈窕，一世良所無。
> 一鬟五百萬，兩鬟千萬餘。不意金吾子，娉婷過我盧。
> 銀鞍何煜耀，翠蓋空踟躕。就我求清酒，絲繩提玉壺。
> 就我求珍肴，金盤膾鯉魚。貽我青銅鏡，結我紅羅裾。
> 不惜紅羅裂，何論輕賤軀。男兒愛後婦，女子重前夫。
> 人生有新舊，貴賤不相逾。多謝金吾子，私愛徒區區。

此詩意在寫作一個有權勢者對一個弱小女子胡姬的調戲，可能是甄后為宮廷歌舞表演寫作的腳本，其中具有一定的敘事因素，也具有舞臺表演的基本因素。詩中的男主人公馮子都，有兩個出處。一個是真實的馮子都，是漢霍光的家奴，霍光妻子霍顯品行不端、不守婦德。霍家的家奴馮子都在霍光生前很受霍光寵信，沒想到霍光一死，霍顯竟與他私通淫亂。這是本詩採用這個名字作為男主人公的一個出處。

另一個出處為《詩經·山有扶蘇》：「山有扶蘇，隰有荷華。不見子都，乃見狂且。山有喬松，隰有游龍。不見子充，乃見狡童。」詩中說：山上有桑樹，濕地有荷花。未能見到漂亮的子都，卻看見這個狂童。山上有高松，濕地有水紅。沒有見到漂亮的子充，卻看見那個狡童。

詩三百中的接續的一篇《狡童》：「彼狡童兮，不與我言兮。維子之故，使我不能餐兮。彼狡童兮，不與我食兮。維子之故，使我不能息兮。」詩中說，就是這個狡童呀，他不同我言談。就是因為他的緣故，令我廢寢忘餐。正是那個狡童呀，他不同我共餐，就是他的緣故，令我不能安眠。此一首分明就是前一首《山有扶蘇》的續篇，同樣是兩章八句，同樣是每句四字，同樣是採用重複手法，同樣具有抒情性和精練性，同樣是寫一位癡情女性對於一位狡童的單戀。只不過，前一首的狡童是被這位女性所嘲弄，而此一首狡童已經成了她的暗戀對象。此外，在兩章結尾處，分別增添了「兮」字，更

為增添了抒情性。

在詩三百中，有兩個男性主人公，一個是子都，另一個是狡童，而女主人公呢？一開始喜歡子都，說自己「不見子都，乃見狂且」，狂且，就是那個狡童，那個可氣的傻小子。一開始喜歡子都，但偏偏看到了狂且，那個狡童，但是，後來發展到怎樣呢？發展到對這個一開始看不上眼的狡童的墜入情網，以至於這個傻小子不和自己說話，就會使得自己丟魂落魄，食不甘味，寢不安席：「彼狡童兮，不與我言兮。維子之故，使我不能餐兮。彼狡童兮，不與我食兮。維子之故，使我不能息兮。」

多麼有趣呀！這個故事不就是甄后一開始選擇曹丕，以後癡情愛戀曹植故事的另一個版本麼？詩中無意識的一個主人公名字，就暴露出來詩作者多少她自己內心世界的信息。而作為霍光家奴的馮子都，與其主母通姦，曹丕在曹操死後，佔有了曹操原有的嬪妃，這又是多麼相像。由此來看，《羽林郎》應該是黃初元年，曹丕登基之後的作品，當時，曹丕不斷用各種方法威脅利誘甄后重新回到他的懷抱，去參加皇后主持的長信宮典禮，遭到了甄后的嚴詞拒絕。

以下故事的發展，更為有趣：「不意金吾子，娉婷過我廬。銀鞍何煜耀，翠蓋空踟躕。就我求清酒，絲繩提玉壺。就我求珍肴，金盤膾鯉魚。貽我青銅鏡，結我紅羅裾。」金吾子，權勢者，掌握著京城的實權，這裡的原型為曹丕，十分清晰。

「娉婷過我廬」，娉婷，原本是描寫女性的專門用語，用來形容女子姿態美好的樣子，這裡用來形容這位權勢薰天的金吾子，來到我家的威風凜凜的樣子。此時，應該是延康元年的六月，曹丕此時雖然還是魏王身份，但就要離別鄴城，前往許昌，舉行皇帝登基的禪讓大典。臨行之前，曹丕作為前夫來向甄后辭行，也是合於情理的。擺足了帝王的架子和威風給甄后看，也是必須的：他要做最後的一次努力，讓甄后就範，主持長信宮皇后登基的典禮。用「娉婷」兩字，來形容馮子都的無恥，實在是太形象、太尖刻了。用通讀話語來說，就是：你看這個馮子都，就這麼像個女人似的，扭扭捏捏、一搖一擺地走進我的房間；就這麼裝模作樣、拿腔拿調地走進了我的家門。

「銀鞍何煜耀，翠蓋空踟躕。就我求清酒，絲繩提玉壺。就我求珍肴，金盤膾鯉魚。貽我青銅鏡，結我紅羅裾」，極寫這位馮子都的威風凜凜，到了我這裡，恬不知恥，讓我準備清酒，要我烹膾鯉魚，當然，也要賞賜我青銅鏡，

賞賜我紅羅裾。甄后的態度如何呢？總應該給一點面子吧？結果是否定的，這些都不過是這位馮子都的一廂情願。

結尾一個段落，點明內幕：「不惜紅羅裂，何論輕賤軀。男兒愛後婦，女子重前夫。人生有新舊，貴賤不相逾。多謝金吾子，私愛徒區區。」詩中女主人公嚴詞拒絕，拒絕的誓詞是：「不惜紅羅裂，何論輕賤軀」，也就是寧可玉碎，不能瓦全，絕不重回曹丕狼窩。拒絕的理由是：「男兒愛後婦，女子重前夫。人生有新舊，貴賤不相逾」，這幾句詩具體怎樣解釋反倒不太重要，重要的事情，可以知道，這個女子和馮子都之間的關係，是「後婦」「前夫」的關係。

這樣再來看此詩的開頭，介紹詩中女主人公的身份：「胡姬年十五，春日獨當壚」，這就顯然知道，本詩講述的故事，不是歷史上的家奴馮子都欺負一個女孩的故事，這個女孩也不是芳齡十五的叫作胡姬的賣酒女孩，而是兩者之間原本是前夫前妻的故事。詩作者已經打破了前代詩人六經皆史，以詩歌記載真實歷史的寫作方式，而是學會了以故事說真實，或說是，一個高於生活的藝術真實。年十五的胡姬為假，「男兒愛後婦，女子重前夫。人生有新舊，貴賤不相逾」方為真。

曹丕原本是甄后的前夫，但就當下來說，甄后已經改嫁為曹植之婦，甄后是在為曹植這個前夫守節。作為曹丕來說，就應該「男兒愛後婦」，去好好愛他後來的新歡郭女王。曹丕登基為帝，大富大貴，但甄后說，「人生有新舊，貴賤不相逾」，貴賤都是前生所定，兩者之間希望不要發生關聯。這實在是甄后所作的鐵證。辛延年這個名字，不應該是甄后自己的署名，而應該是魏明帝封殺曹植甄后戀情作品之際，憤怒賜名給予的，意味是新的左延年。這一首詩，把曹丕說成是家奴馮子都，是一個和主母私通的家奴，這是戳害曹丕最為鋒利的匕首。後來甄后賜死，應該是由監國謁者灌均拿到了這些詩作的證據，郭女王乘機枕頭風，以此詩激怒曹丕。

第三節　叔嫂不親授，長幼不比肩：曹植的絕情書

如前所講述，曹操之死（建安二十五年正月）前夕，曹植應是得到父王病重的消息趕赴洛陽，並一直伴隨曹操靈柩守喪。曹植的上表，證明了他在大約是延康元年四月左右去到鄴城祭奠先王。曹植在四月抵達鄴城之後，究竟是何時離開鄴城，隨後又是何時去了何地去和曹丕會面？曹丕登基大典，曹植是否參加了？曹植何時回到鄴城與甄后會面，從而造成了灌均希旨彈劾曹植甄后，

並最終造成了兩者的生離死別？這些問題，由於史料的闕如，更由於史家有意的遮蔽，造成了古詩和曹植甄后戀情這兩個千古疑案中的核心疑案。我相信，這一些疑案，連同黃初二年六月前後的疑案如果能獲得歷史的解決，所謂古詩也就能重回文學史的正確位置。

此外，黃初元年前後的數年時間，在曹植集中，幾乎就沒有曹植的作品留存，這不是一個極為不正常的現象麼？以曹操之死前後為核心，前後數年不見才高八斗的曹子建的詩文賦作，而這個時期，正是曹植一生中最為重要的時期。

曹植甄后之間終生相戀，一直到甄后死後，曹植寫作《洛神賦》，乃至曹植晚年寫作《九詠賦》《妾薄命》等，還都在追憶自己和甄后的戀情。終生之戀，並不等於兩者之間沒有發生過危機，不等於沒有發生過裂痕，甚或嚴重到分手。

曹操之死的公元 220 年，應該是兩者之間發生危機的一年。曹植之所以會提出分手，其中的原因，既有曹植因為父王之死而產生的愧疚（就像是在建安後期曹植兩個女兒金瓠、行女先後夭亡而造成的愧疚一樣），也應有曹丕登基之後政治形勢的嚴峻而產生的壓迫感。

曹植遲遲不肯回到鄴城和甄后相聚，一方面，應是為父王守節，另一方面，其中應也含有愧疚感，或說是情感的動搖。這一點，在前文所探析的可能為兩者的詩作之中看到蛛絲馬蹟。對於甄后而言，更是一個前所未有的人生抉擇和考驗：一方面，曹操已死，曹丕即將成為魏王，不僅僅是魏王，而且即將接受漢獻帝的禪位，而成為一個開闢新朝代的帝王，冊封甄氏為這開國之君皇后的詔書絡繹奔會，接二連三地催促她去洛陽主持長秋宮落成的大典。即便她真的是身體不適，但接受這皇后的封號總是可以落實的。在這苦苦的煎熬和等待之中，曹丕率領的滿朝文武離開了鄴城，時間漸漸進入到延康元年的初秋。

《古八變歌‧章華臺》：

> 北風初秋至，吹我章華臺。浮雲多暮色，似從崦嵫來。
> 枯桑鳴中林，緯絡響空階。翩翩飛蓬征，愴愴游子懷。
> 故鄉不可見，長望始此回。

此詩見於《古文類苑》卷四十五〔註12〕，《詩紀》七，《御覽》二十五引

〔註12〕雲間張之象玄超纂輯《古詩類苑》卷四十五，據臺灣中山大學圖書館館藏膠片複製。

臺、來韻。逯欽立引《選詩拾遺》曰：「古歌有八變、九曲之名，未詳其意。」（288頁）其中章華臺名：「章華臺」，即「建章臺」，是銅雀臺的初名。建章宮原為西漢在上林苑所建宮殿，「建章宮漢武帝造，周二十餘里，千門萬戶，在未央宮西長安城外。宮之正門曰閶闔……左鳳闕，高二十五丈，右神明臺，門內北起別風闕，高五十丈，對峙井干樓高五十丈。」〔註13〕曹魏鄴城乃用漢建築名稱：「建章宮建於漢長安城西的上林苑內，其地原為建章鄉，因鄉名為宮名。」〔註14〕

《藝文類聚》卷八十八引曹植《魏德論》：「魏陳王曹植《魏德論》曰：『武帝執政日，白雀集於庭槐。』」〔註15〕這應該是曹魏銅雀臺名的由來。所謂武帝執政日，應該指曹操於建安十八年五月，受封為魏公。

因此，曹操在建安十五年冬建成的銅雀臺，其名初始應該沿襲漢武的建章宮而名為建章臺。到十八年五月，曹操為魏公，標誌了易代革命的成功，又正有「白雀集於庭槐」（曹操此前已經得到一些孔雀，預備登基之際，使之集於庭槐，以為祥瑞），不論如何，孔雀不僅成為建章臺的新名的由來，而且，成為曹魏的圖騰標識。

在以上研究基礎之上，再來閱讀所謂《古八變歌》，則其背景逐漸清晰。「北風初秋至，吹我章華臺」，章華臺，正為建章臺之美稱，亦即銅雀臺之前身，時節乃為初秋。觀其語意，不似建安十七年十月之別之作，時令不合，兩者相別能吻合於初秋時間的，僅有延康元年之初秋。此詩亦應為甄氏思念曹植之作，採用建章臺原名指稱所在，亦為不忘根本之意。

「浮雲多暮色，似從崦嵫來」，崦嵫，應是遙遠的西方，與「北風初秋至，吹我章華臺」之間似不相連。北魏洛陽南城外有崦嵫館，《元河南志》卷一記載：「崦嵫館慕義里：西夷來附者處崦嵫館。」〔註16〕北魏洛陽城外的這個建築，是否是沿襲魏晉洛陽城的建築格局而來，不得而知，有待進一步考證。但將這裡的崦嵫如果是指當時曹魏洛陽京城中的崦嵫以代表洛陽京城，則含義更為順暢。

〔註13〕孫星衍莊逵吉輯校《古本三輔黃圖一卷序一卷》，楊家駱主編《中國學術名著第六輯》，世界書局1974年版，第22頁。
〔註14〕何清谷校注《三輔黃圖校注》，三秦出版社2006年版，第144頁。
〔註15〕〔唐〕歐陽詢撰《藝文類聚》卷六十二，上海古籍出版社1999年版，第2256頁。
〔註16〕元人撰不著姓名清人徐松輯《元河南志四卷》，楊家駱主編《中國學術名著第六輯》，世界書局1974年版，卷三。

「枯桑」指的是作者自己，緯絡，即下文所說的「促織」，和《東城高且長》中的「蟋蟀」，為兩者之間的語碼之一，指的是兩者的情愛關係。「故鄉不可見」，鄴城並非甄后之故鄉，乃為曹植故鄉，以對方之故鄉而為故鄉也。又，《三輔黃圖》卷三在「長樂未央建章」條下，記載：「長信宮……後宮在西，秋之象也。秋主信，故宮殿皆以長信長秋為名。」〔註17〕可知所謂後宮之所居住之所，多名為長信宮、長秋宮，正在建章臺。清人張澍《三輔故事》在「建章宮上有銅鳳凰」句下按語引楊震古語：「俗謂鳳凰闕為玉女樓。」〔註18〕更可知詩中所謂章華臺的宮廷背景以及後宮背景，其為甄后在延康元年初秋之作，更為吻合。

對於甄后來說，打擊是雙重的：面對曹丕作為帝王淫威，威逼利誘，甄后嚴詞拒絕，不留餘地，她是多麼需要曹植的愛情來給予她以心理的支持呀！但事實上，卻恰恰相反，後來發生的故事，說明了曹植在這個時刻，痛下殺手，明確和她說明，要兩人之間徹底了斷關係。

曹植說了什麼絕情的話，讓甄后如此的傷心欲絕？見曹植《君子行》，嚴詞正義，板起面孔講大道理：兄嫂關係需要「瓜田不納履，李下不正冠」。

此詩首見於《文選》卷二十七，列入《樂府上》：「樂府四首・古辭」其二曹植之《君子行》：

> 君子防未然，不處嫌疑間。瓜田不納履，李下不整冠。
>
> 叔嫂不親授，長幼不比肩。和光得其柄，謙恭申其難。
>
> 周公下白屋，吐哺不及餐。一沐三握髮，後世稱聖賢。

文選、樂府均作古辭，藝文類聚四十一引為曹植之作，趙幼文曹集收入535頁。一向和甄后有戀情關係的曹植，曾幾何時，板起面孔來教訓人，講一番「叔嫂不親授」的道理，顯得不倫不類。正應該是這一個時間段，曹植為了顧全大局，也是為了防患於未然，在曹丕登基為帝已經成為定局的形勢下，反覆思考，寫給甄后。這首詩，可以視為是曹植的絕交書。因此，才會有甄后「秋蟬鳴樹間，玄鳥逝安適」的質疑：曹植您可以做正人君子，而我已經和前夫曹丕脫離關係，如何安置我呢？也才會有甄后「不念攜手好，棄我如遺跡」的怨恨。

〔註17〕張閬聲校《校正三輔黃圖》，楊家駱主編《中國學術名著第六輯》，世界書局1974年版，第19頁。

〔註18〕張澍輯《三輔故事》，楊家駱主編《中國學術名著第六輯》，世界書局1974年版，第5頁。

　　陸機有同題《君子行》，可以參照閱讀，證明以上所說的此詩本事是有根據的：

　　　　天道夷且簡，人道險而難。休咎相乘躡，翻覆若波瀾。

　　　　去疾苦不遠，疑似實生患。近火固宜熱，履冰豈惡寒。

　　　　掇蜂滅天道，拾塵惑孔顏。逐臣尚何有，棄友焉足歡。

　　　　福鍾恒有兆，禍集非無端。天損未易辭，人益猶可歡。

　　　　朗鑒豈遠假，取之在傾冠。近情苦自信，君子防未然。

　　陸機應該是知道曹植甄后戀情的悲劇，此首詩作以用曹植樂府舊題形式，感歎兩人之間的關係「休咎相乘躡，翻覆若波瀾。去疾苦不遠，疑似實生患」，指出兩人之間未能真正做到君子行說的「瓜田不納履，李下不整冠」，以至於後來生出禍端，一個被處死，一個終生鬱鬱。陸機並提及「棄友」的說法，顯然是將這一首古詩和曹植詩聯繫起來的。結尾處說「禍集非無端」，「朗鑒豈遠假，取之在傾冠」，說兩人亂倫戀情的悲劇，朗鑒未遠，近情而苦於自信了，警告後人連帶警告自己也要防於未然──陸機實際上已經解讀了曹植甄后的戀情行狀本末。可知，當時曹植出於種種理智的考慮，對甄后痛下殺手，想要快刀斬亂麻，長痛不如短痛，犧牲自我，成全哥哥皇帝的臉面，也拯救可能會出現的危險，拯救自己心愛的女人。

　　但是，愛──是不能遺忘的，悲劇──必然還會發生。

第四節　《迢迢牽牛星》與牽牛織女故事的形成歷程

　　在曹丕即將登基的公元 220 年之仲夏到深秋之際，準確的時間點，應該就是七月七日左右，距離曹丕登基之前三個多月的時光，應該是曹植甄后之間產生巨大裂痕的時間點，也是甄后悲情欲絕的頂點。《迢迢牽牛星》：

　　　　迢迢牽牛星，皎皎河漢女。纖纖擢素手，札札弄機杼。

　　　　終日不成章，泣涕零如雨。河漢清且淺，相去復幾許？

　　　　盈盈一水間，脈脈不得語。

　　此詩原為《文選》《古詩十九首》其十。牽牛星和織女星的故事，現在是婦孺皆知的故事，但這個故事到底是怎麼來的？卻一直是一個千古之謎。

　　牛郎織女故事的形成經歷了一個發展過程。早在《詩經·小雅·大東》中，就有關於牽牛、織女的描寫：

　　　　維天有漢，監亦有光。跂彼織女，終日七襄。

雖則七襄，不成報章。睍彼牽牛，不以服箱。

這首詩的背景應該是齊桓公滅亡譚國，譚子遠赴周王室之作。詩中說，天上銀河如明鏡般閃著光輝，織女星鼎足而成三角，就像織布機織布一樣，一天要移動七次。可是雖然樣子像織布，卻並不能真正織出布來。那顆閃閃發光的牽牛星，也並不能真的拉車。

漢代以來關於牽牛和織女的記載雖然逐漸增多，如《史記‧天官書》：「牽牛為犧牲，其北河鼓。河鼓大星，上將；左右，左右將。婺女，其北織女，天女孫也。」而牽牛星在天象上的地位也很重要：「一時不出，其世不和：四時不出，天下大亂。」(《淮南子‧天文訓》)由天上到人間，也有描寫；班固《兩都賦》：「集乎豫章之宇，臨乎昆明之池。左牽牛而右織女，似雲漢之無涯」；張衡《西京賦》：「豫章珍館，揭焉中峙。牽牛立其左，織女處其右。」但這些記載都還屬於天文領域的記載，與男女情愛無關。

在《詩經》和曹植之間，應該還有董永故事出現。西漢劉向的《孝子傳》中的《董永傳》記載：

前漢董永，千乘人。少失母，獨養父。父亡，無以葬，乃從人貸錢一萬，永謂錢主曰：「後若無錢還君，當以身作奴。」主甚愍之。永得錢葬父畢，將往為奴，於路忽逢一婦人，求為永妻。永曰：「今貧若是，身復為奴，何敢屈夫人之為妻？」婦人曰：「願為君婦，不恥貧賤。」永遂將婦人至，錢主曰：「本言一人，今何有二？」永曰：「言一得二，理何乖乎？」主問永妻曰：「何能？」妻曰：「能織耳。」主曰：「為我織千疋絹，即放爾夫妻。」於是求絲，十日之內，千疋絹足。主驚，遂放夫婦二人而去。行至本相逢處，乃謂永曰：「我是天之織女，感君至孝，天使我償之，今君事了，不得久停。」語訖，雲霧四垂，忽飛而去。〔註19〕

劉向，(約前77～前6)，其《董永傳》應該是首次將織女賦予了人間愛情故事的含義。但應該能看出，這則故事並非從牽牛星、織女星這兩個星座而生發出來的故事，恰恰相反，它僅僅是由於寫到董永遇到天女救助，天女「感君至孝」，為之織布救贖，因自稱為天之織女。也可以說，織女星在這裡僅僅是一個身份的符號，同時，全篇的主題也並非愛情，而是仍在兩漢儒

〔註19〕《太平御覽》卷四一一《人事部五十二‧孝感》，中華書局年版，1960，第1899頁。

家人倫教化，揄揚至孝精神而已。

東漢黃香《九宮賦》記載了織女，但與織女配對的，還沒有見到牽牛，而是御者王良：「使織女駿乘，王良為之御。」〔註20〕阮瑀《止欲賦》：「傷瓟瓜之無偶，悲織女之獨勤。」瓟瓜大而無用，正與牽牛星貌似牽牛但卻不服箱相似。孔子「吾豈瓟瓜也哉？焉能繫而不食？」杜甫《北征》：「居然成瓟落，白首甘契闊」，意思相同。所謂「瓟瓜」，李注《洛神賦》：「《天官星占》曰：『瓟瓜，一名天雞，在河谷東。』」也就是說，到了阮瑀的時代，而更多時候，是織女星和瓟瓜星，或是天雞星相對，織女由於有了劉向的董永故事，才有了以辛苦織布解救孝子的含義。因此，阮瑀說是「悲織女之獨勤」，而瓟瓜星由於與織女星相對，也就被付與了「無偶」的含義，其含義也應從董永而來，織女「忽飛而去」，瓟瓜星自然無偶。

到《洛神賦》之李善注引曹植《九詠》賦注：「牽牛為夫，織女為婦，織女牽牛之星各處一旁，七月七日乃得一會。」曹植《九詠》曰：「牽牛為夫，織女為婦。織女牽牛之星各處河鼓之旁，七月七日乃得一會。」這是當時最早也是最為明確的記載。

有關牽牛織女的故事傳說，在這首十九首之一的《迢迢牽牛星》之前的演變歷史，大抵如此，總之，曹植甄后是其中由星座而人間，由儒家道德仁孝到情愛的關鍵。在此基礎之上，再來分析《迢迢牽牛星》。

此詩應為甄氏於延康元年七月所作：「迢迢牽牛星，皎皎河漢女」，「迢迢」，遠貌，則牽牛為遠，而織女為近，自然是應該女人寫給男人，這是從這一句來看，從全詩語氣來說，更應為女性所作。

「河漢女」，甄氏為何自稱「河漢女」，曹植和甄氏有「漢女」「游女」的戲稱（參見前文），甄氏皮膚白皙，曹植每每稱讚甄氏之美，都用「皎」來形容之：《芙蓉賦》：「其始榮也，皎曒若夜光尋扶桑」，（《曹植集校注》180 頁，注釋：曒即皎）《洛神賦》：「遠而望之，皎若太陽升朝霞。」（同上，283 頁）十九首中的「皎皎當窗牖」，也是如此。

全詩可以這樣解讀：牽牛星，你在迢迢千里之遠，皎皎如月的河漢女，卻在眼前凝視的窗口。織女星舉起纖纖素手，在札札地操作著機杼。她已經整整織了一天，織出來的錦緞，卻雜亂無章。眼中的淚水，如同秋水滂沱。你與我到底相去幾許？不過就是一水之隔。一水之隔呀，我們卻不能相見，

不能對話，只能含情脈脈，脈脈無語。

　　讀懂了十九首中的《迢迢牽牛星》的背景，才能讀懂十九首和曹植、曹丕詩文中許多關於牽牛織女的詩句文句背後的含意。曹植《洛神賦》中的這些句子：

> 從南湘之二妃，攜漢濱之游女。
>
> 歎匏瓜之無匹兮，詠牽牛之獨處。
>
> 揚輕袿之猗靡兮，翳修袖以延佇。
>
> 休迅飛鳧，飄忽若神。陵波微步，羅襪生塵。

　　這裡顯然是在寫和甄氏的關係。其中採用了兩個只有戀人相互之間能讀懂的兩個代稱，其一是「游女」，這是兩人之間最早的典故，曹植稱呼甄氏為漢女，或是游女，其二是「牽牛」，這是兩人在後來常用的相互稱謂。

　　「匏瓜」，可以理解為牽牛星的別樣說法，應該也是甄氏對曹植的另外一個暱稱。曹植的第一個女兒，因此也起名為「金瓠」，在建安二十二年左右十九旬夭亡，曹植作有誄詞，如前所述。

　　這一組牽牛系列，還有古詩十九首中的《明月皎夜光》：

> 明月皎夜光，促織鳴東壁。玉衡指孟冬，眾星何歷歷。
>
> 白露沾野草，時節忽復易。秋蟬鳴樹間，玄鳥逝安適。
>
> 昔我同門友，高舉振六翮。不念攜手好，棄我如遺跡。
>
> 南箕北有斗，牽牛不負軛。良無磐石固，虛名復何益？

　　此詩原為《文選》十九首中其七。此詩承接《迢迢牽牛星》而來，主題應仍為表達對曹植怨愛交雜的心境。此詩關涉當時之政局以及自身的抉擇，因此，寫來非常隱秘難懂，如前所述，一個新皇帝完成他的登基大典，皇后的出現和參加有多麼的重要。而一個皇帝登基大典的籌備工作，至少需要數月的準備時間。因此，這一年的秋季，正是曹丕不斷向甄后施壓的時候。

　　此詩前八句「明月皎夜光，促織鳴東壁。玉衡指孟冬，眾星何歷歷。白露沾野草，時節忽復易。秋蟬鳴樹間，玄鳥逝安適」為一個層次，重在說明「時節忽復易」之後，「玄鳥逝安適」的尷尬局面。「促織」，「宋均曰：『趣織，蟋蟀也。立秋，女工急，故趣之。』」（《文選》李善注引，版本同前，537頁。）蟋蟀，為兩人之間語碼之一，此處指甄后自己。為何不用蟋蟀而用促織，促，更為體現了此時甄后焦慮糾結的心境。

　　「玉衡指孟冬」，指斗柄指向孟冬時刻，參見葉嘉瑩先生所說：「玉衡指孟

冬」並非說此時就是孟冬季節，而是在描寫夜深之時天空的景象。意在說明自己深夜無眠仰看星斗的場景。「白露沾野草，時節忽復易」，即為初秋之實景，亦為當時漢魏政壇風雲詭譎之暗喻。

「秋蟬鳴樹間，玄鳥逝安適」，「玄鳥」，出於《詩經·商頌·玄鳥》：「天命玄鳥，降而生商」，《史記·殷本紀》：「殷契、母曰簡狄，有娀氏之女，為帝嚳次妃……三人行浴，見玄鳥隨其卵，簡狄取而吞之，因孕生契。」也應是兩人之間的一個暗語，所指應是甄后自己。參見前文所析玄鳥。此處「玄鳥逝安適」，用司馬相如《美人賦》：「相如曰：『古之避色，孔墨之徒聞齊饋女而遐逝』」〔註21〕，此處則說，我作為開國之母，要怎麼樣來安頓自己呢？在登基皇后和愛情之間，我要如何抉擇呢？「逝安適」三字沉重，字字千斤，極寫矛盾糾結之情懷。

以下八句「昔我同門友，高舉振六翮。不念攜手好，棄我如遺跡。南箕北有斗，牽牛不負軛。良無磐石固，虛名復何益？」為第二個層次，轉向對方的視角：「昔我同門友，高舉振六翮。不念攜手好，棄我如遺跡」，曹植和甄氏兩者心心相印，感情甚篤，故以「同門友」來比擬對方。

「高舉振六翮」，「高舉」，也同樣出自《美女賦》：「信誓旦旦，秉志不回，翻然高舉，與彼長辭。」司馬相如賦中說，美女「皓體呈露，弱骨豐肌，時來親臣」，美女的玉體「柔滑如脂」，但自己仍能信誓旦旦，翻然高舉，離開了這位美女。

此詩這裡借用司馬相如《美女賦》典故，說自己所思念者對自己不念攜手之好，翻然高舉，遠在六翮雲端。曹植當時身在鄄城，處於極端矛盾苦悶的心情，時常去攀登泰山，也常作遊仙詩，如《遊仙詩》：「意欲奮六翮，排霧陵紫虛。」十九首此作中的「高舉振六翮」，正應是對曹植詩中的「意欲奮六翮」的回應。

「攜手好」，又一次申訴兩人之間曾經「攜手同車」（見曹植《妾薄命》）的往事。「南箕北有斗，牽牛不負軛。良無磐石固，虛名復何益？」以牽牛織女為兩人之間的典故來說話，是埋怨曹植這頭牽牛不肯負軛，兩人徒有牽牛織女之虛名，又有何用處呢？

結尾點題，全詩主旨在於對「牽牛」「昔我同門友」「良無磐石固」不守信

〔註21〕司馬相如《美人賦》，章樵注，錢熙祚校《古文苑》卷三，商務印書館，1927年版，第85頁。

約的責備。「牽牛不負軛」，正是對曹植《君子行》絕情的指責。

署名曹丕名下的《燕歌行》：

　　秋風蕭瑟天氣涼，草木搖落露為霜。群燕辭歸鵠南翔，念君客
遊多思腸。

　　慊慊思歸戀故鄉，君何淹留寄他方。賤妾煢煢守空房，憂來思
君不敢忘。

　　不覺淚下沾衣裳，援瑟鳴弦發清商。短歌微吟不能長。

　　明月皎皎照我床，星漢西流夜未央。牽牛織女遙相望，爾獨何
辜限河梁？〔註22〕

此詩千百年來一直作為曹丕的代表作而流傳於世，此前，筆者以學術的視
角從很多方面加以考辨，現在來看，已經不必。相信從前面閱讀下來的讀者，
已經可以自我辨析，此詩必不是曹丕的作品。

有學者曾經爭辯過，曹丕、曹植兄弟誰的詩作寫得更好？有不少學者認
為，曹丕詩「便娟婉約，能移人情」，高於曹植。一個「矯情自飾」的皇帝，
其詩作能感動千萬後人，而他又不是李後主「以血書者」，終日以淚洗面的遭
際，怎能寫出「賤妾煢煢守空房，憂來思君不敢忘」這樣的悲情？一個寫作
有「行為臣當盡忠，願令皇帝陛下三千歲，宜居此宮」的人，又怎能寫出「明
月皎皎照我床，星漢西流夜未央」這樣圓潤深情的詩句？一個阻擋戀人相會、
阻擋牛郎織女相會的天河，怎麼會從心底發出「牽牛織女遙相望，爾獨何辜
限河梁」這樣的悲情呼喊？《燕歌行》，為甄后之作無疑，同樣是後來魏明帝
重新整理曹植文集之際，分配給其夫曹丕，以後世世代代相傳於後，遂為曹
丕之作。

嘗試比較以上三首七夕織女詩作，顯然是有內在聯繫的一組詩作。其寫
作次序，首先是十九首中的《迢迢牽牛星》，寫作時間最早，應該就在七夕稍
後的初秋，甄后首次接到來自曹植的絕情書《君子行》：「君子防未然，不處
嫌疑間。瓜田不納履，李下不整冠。叔嫂不親授」，剛剛寫作了痛斥馮子都，
罵走了曹丕，拒絕了三至三讓的皇后詔書，讀到了這樣絕情的書信，情何以
堪？所以，此一首詩作，只寫了一個字：痛！她不停地織布，希望能通過織
布來麻醉她痛苦的心靈：

　　迢迢牽牛星，皎皎河漢女。纖纖擢素手，札札弄機杼。

〔註22〕〔宋〕郭茂倩編《樂府詩集》第二冊，中華書局1971年版，第469頁。

> 終日不成章，泣涕零如雨。河漢清且淺，相去復幾許？
>
> 盈盈一水間，脈脈不得語。

結果卻是「終日不成章，泣涕零如雨」，在這終日的織布勞作之中，她幻覺自己已經是那傳說中的織女，兩人之間，不過是相隔黃河而已，並不難相見，為何就是不能相見呢？兩人之間，不過是盈盈一水之間，為何就是不能溝通呢？

所以，這一首在在顯示了是一種遭到突如其來打擊的慘痛，由慘痛而織布，由織布終日不能成章，終日泣涕如雨，從而聯想到古人記載的織女的故事，自己不就是那個織女麼？可以說，這就是織女故事由天上而人間，由儒教而戀情的轉關的最早創造。再看第二首：

> 明月皎夜光，促織鳴東壁。玉衡指孟冬，眾星何歷歷。
>
> 白露沾野草，時節忽復易。秋蟬鳴樹間，玄鳥逝安適。
>
> 昔我同門友，高舉振六翮。不念攜手好，棄我如遺跡。
>
> 南箕北有斗，牽牛不負軛。良無磐石固，虛名復何益？

這一首，顯然沉靜了或說是冷靜了很多，時間也顯然比七夕為晚，詩人已經由突遭打擊的痛哭之中平靜下來，開始冷靜的訴說，痛斥對方的「昔我同門友，高舉振六翮。不念攜手好，棄我如遺跡。南箕北有斗，牽牛不負軛。良無磐石固，虛名復何益？」同時，也哀哀訴說自己的無助：「秋蟬鳴樹間，玄鳥逝安適」，我已經拒絕了皇后的詔書，你讓我這個空有皇后名義的玄鳥，到何處去度過我的餘生呢？更以「白露沾野草，時節忽復易」來暗示對方的絕情和變易。再到第三首：

> 秋風蕭瑟天氣涼，草木搖落露為霜。群燕辭歸鵠南翔，念君客遊多思腸。
>
> 慊慊思歸戀故鄉，君何淹留寄他方。賤妾煢煢守空房，憂來思君不敢忘。
>
> 不覺淚下沾衣裳，援瑟鳴弦發清商。短歌微吟不能長。
>
> 明月皎皎照我床，星漢西流夜未央。牽牛織女遙相望，爾獨何辜限河梁？

此一首更趨冷靜，不復痛哭，不再指責，而是反覆申明自己對戀人的思戀：「念君客遊多思腸」，訴說自己對戀人「君何淹留寄他方」的不能理解，申訴「憂來思君不敢忘」的衷心，不敢忘，含蓄多少情愫？漢納多少悲情？

結句幾乎是在哀求：「牽牛織女遙相望，爾獨何辜限河梁？」即便我們是牽牛織女，也應該至少一年一次有個相會吧？讀至此，即便是鐵石心腸，鐵石心腸也會痛哭流涕的，曹植是不能不答應這個幾乎是以生命呼喊出來的要求了吧？

從篇中描寫來看，此詩作者精通樂器、精通音樂，「不覺淚下沾衣裳，援瑟鳴弦發清商。短歌微吟不能長」，不僅僅是精通音樂，而且，是自己彈唱，自己伴奏，一邊彈奏曲調，一邊沉吟唱出自己創制的歌詞的。這樣的女詩人，漢魏時期，曹魏時期，非甄后莫屬。

「不覺淚下沾衣裳，援瑟鳴弦發清商。短歌微吟不能長」，此詩在體制上至少有兩個方面在漢魏時期，是前無古人的創制，其一，是七言詩的體質，為此前所無，其二，在偶句的基本節奏中，突然出現三句一組的奇句。這說明什麼？這說明這一首詩作的作者，同時也是這一曲調的創制者。為何要有這些突破，歌詩作者和曲調作者同為一人的作者已經給出解釋「短歌微吟不能長」，五言句式和此一組句的篇幅都不能滿足自己感情表達的需要。這一種情況，唯有詞曲作者同出一手的背景方才可以靈活處置。而能夠做到這一點的，漢魏時期、曹魏時期，唯有甄后而已。曹丕會彈棋，但未嘗有他精通音樂的記載。

「牽牛織女遙相望，爾獨何辜限河梁？」再細讀這兩句詩的含意，其中一個「爾」字，分明是使用第二人稱方式，透露出來詩作者是寫給對方的，再細讀，又分明能辨析出來，是寫給人間的牽牛的。原意的解讀應該是：即便是天上的牽牛星和織女星，雖然遙遙相望，但每年七夕，還可以金風玉露一相逢，勝卻人間無數，而你呢？為何卻無辜地自畫牢籠，局限在天河的彼岸？

「念君客遊多思腸。慊慊思歸戀故鄉，君何淹留寄他方。」分明寫出男性在淹留他方。女性詩人懸想對方一定也是思戀自己的：「念君客遊多思腸。慊慊思歸戀故鄉」，那麼，君為何還要淹留他方呢？顯然，詩作者正是所謂的織女，寫給淹留他方的牽牛。曹丕、甄后之間，從未出現過吻合於這種背景的情況，而曹植甄后，則有歷時一年半時間的痛苦分別，並且是曹植客遊在外。

此詩寫作風格，情感極為深邃，而用語卻極其平易，「秋風蕭瑟天氣涼，草木搖落露為霜」，字字句句，不啻口出。此一類作品，乃從豐富的情思中釀造提煉出來的，絕非模擬女性者之所為作也。

由以上諸多方面的分析，此詩應為甄后之作，時間應該是在迢迢牽牛星之

後兩個月之後的時光。詩中說「賤妾煢煢守空房，憂來思君不敢忘」，如此之深的戀情，是忘不掉的，而且，愈是壓抑，愈是難以忘懷。壓抑有多深，思戀就有多濃。雙方其實都一樣，痛苦地意識到，沒有了這份情，肉體的存在，就成了行屍走肉。所以才會有「不敢忘」的說法，忘記，即意味著生命成了一片廢墟。

面對甄后的生命的呼喊，曹植自然不能無動於衷——兩者之間的戀情關係，原本就是由曹植發動起來的，他對甄后的戀情，更是終生不渝的，只不過出於曹丕身為帝王的淫威，不敢有所行動而已。那麼，織女如願了麼？根據宋孝武帝劉駿《七夕詩二首》：

> 白日傾晚照，弦月升初光。炫炫葉露滿，蕭蕭庭風揚。
> 瞻言媚天漢，幽期濟河梁。服箱從奔軺，紝綺闋成章。
> 解帶遽回軫，誰云秋夜長。愛聚雙情款，念離兩心傷。

從詩中所描述來看，兩人相會了，「幽期濟河梁」，是說兩者之間渡過黃河而相會了。但遺憾的是剛剛相會，牽牛就不得不再次遠離：「服箱從奔軺」，軺，音瑤，被國君召喚者所乘坐的宮廷專車，此兩句透露了黃初元年七夕之後原本有兩者相會的幽期，服箱，牽牛不服箱，為曹植的代語，曹植被使者召喚。「解帶遽回軫，誰云秋夜長」，解帶，自然是說兩者剛剛相會，所謂「金風玉露一相逢」，可惜，不容兩者歡會，就刻不容緩，牽牛也就是曹植就被宮廷來的專車接走了。「遽回軫」，遽，即刻，「回軫」，回車也。根據宋孝武帝詩意，曹植甄后七夕相會，但僅僅是見到一面，就被拆散。

具體相會的時間，應該是在黃初元年八月中秋之際。江總《婉轉歌》：「七夕天河白露明，八月濤水秋風驚。樓中恒聞哀響曲，塘上復有辛苦行。」（《玉臺》489頁）與這一相會背景相似，可以參考為八月中秋甄后渡河相會。

梁武帝《七夕詩》：「玉壺承夜急，蘭膏依曉煎。昔悲漢難越，今傷河易旋。怨咽斷雙念，悽悼兩情懸。」（1535）同樣寫明曹植甄后久別之後，兩者有過一次七夕相會。並提供了細節：「玉壺承夜急，蘭膏依曉煎」，指的是甄后渡河會面曹植，所攜帶的日常生活用品，其中包括便溺所用的玉壺承夜，自然也有化妝所用的「蘭膏依曉煎」，可惜是「昔悲漢難越，今傷河易旋」：此前是悲哀於河漢難越，現在傷感的卻是這樣輕易就要返還。河，天河，黃河，易旋，輕易返還。只能是「怨咽斷雙念，悽悼兩情懸」。

何遜《七夕詩》：「來歡暫巧笑，還淚已黏裳。依稀如洛汭，倏忽似高唐。

別離不得語，河漢漸湯湯。」（1699）則將兩者的七夕相會更為細化，說是織女渡河之際，何等快樂！但歸還時候，卻是淚水沾滿衣襟。兩者的歡會何其短暫，如同宋玉筆下的高唐之夢。特別是，兩者之間的別離之際，竟然不能相互說話，只看到，黃河水渺若星漢，浩浩湯湯⋯⋯何遜還有一首《與虞記室諸人詠扇詩》：「機杼蘼蕪妾，裁縫篋笥人。」（1705）把蘼蕪妾、篋笥人連為一體，驗證了此前所說的事情的真實。

庾信《七夕詩》：「牽牛遙映水，織女正登車。星橋通漢使，機石逐仙槎。隔河相望近，經秋離別賒。愁將今夕恨，復著明年花。」（2376）再次驗證，牽牛在等候，織女正在登車前行歡會。「隔河相望近，經秋離別賒。愁將今夕恨，復著明年花」，兩者之間的再次相會，需要等候到明年。庾信還有《和人日晚景宴昆明池詩》：「蘭皋徒息駕，何處有凌波。」（2385）《詠畫屏風詩二十五首》：「千尋木蘭館，百尺芙蓉堂。」（2396）可參見。

顧野王《豔歌行三首》：「豈知洛渚羅塵步，詎減天河秋夕渡。」將曹植筆下的洛神和「秋夕渡」的織女連為一體，正說明洛神即是織女，兩者都是甄后。

第十一章　延康與黃初之交：《東城高且長》等作品的創作背景

第一節　概　說

　　以上一章七夕的一組詩作，以甄后為中心視角，展示在延康元年，也就是曹操之死的公元 220 年秋季，甄后在接到曹植絕交詩作《君子行》之後的心路歷程。再看曹植在這個時間段落的內心世界。

　　《古詩十九首·東城高且長》，應該是曹植在黃初元年秋季之作。這是一篇十分重要的作品。首先說它的寫作時間，不可能是此前一年，此前一年為建安二十四年，則曹植尚在鄴城，兩者之間尚未別離；也不可能此後一年，後一年的六月，甄后已經賜死，曹植已經待罪南宮，是故，唯一的時間點是在 220 年八月左右。此一首，是曹植自從離別甄氏之後，第一次顯露出來對她的思念之情，特別是「馳情整巾帶」的戀情幻想，以及「思為雙飛燕，銜泥巢君屋」的吐露心聲，給予了甄后驚喜。這才有前一章節所述的甄后渡河來與曹植相會的場景。且看原作：

　　　　東城高且長，逶迤自相屬。回風動地起，秋草萋已綠。
　　　　四時更變化，歲暮一何速！晨風懷苦心，蟋蟀傷局促。
　　　　蕩滌放情志，何為自結束？
　　　　燕趙多佳人，美者顏如玉。被服羅裳衣，當戶理清曲。
　　　　音響一何悲！弦急知柱促。馳情整巾帶，沉吟聊躑躅。
　　　　思為雙飛燕，銜泥巢君屋。

　　此詩《文選》列為《古詩十九首》其九（《文選》538頁）其中所表達的
正是一種對政治和愛情這人生兩大問題的掙扎和矛盾的心情。此詩應為黃初
元年秋冬之際，「秋草萋已綠」，在節令上正好可以銜接甄后的七夕之作組詩
之後。

　　「東城高且長，逶迤自相屬。回風動地起，秋草萋已綠。四時更變化，
歲暮一何速！」此六句為第一個層次，「東城」，當為鄴城，曹植四月來鄴城，
一直逗留到十月之前，約半年左右的時光。鄴城在鄴城東南。「東城高且長，
逶迤自相屬」，鄴城此前一直是曹操大軍的都城，軍事重鎮，「高且長」極為
吻合，更為重要的，是作者在這裡暗示一種在「高且長」城牆之下的壓抑感。
「回風動地起，秋草萋已綠」，「回風」，指的是秋風，秋草萋萋，應該是倒置：
回風動地，綠已萋萋，四時變化，歲暮何速——時已深秋。「回風」以下四句，
重點在於對「四時更變化」的感受。既是秋冬之際的節令變化所帶來的回風、
秋草等，更有政局變化的驚歎——「歲暮一何速」，不僅僅是歲暮之速，更是
政局變化之速。《魏書·蘇則傳》記載：曹植與蘇則「聞魏氏代漢，皆發服悲
哭，文帝聞植如此，而不聞則也。帝在洛陽，嘗從容言曰：『吾應天而禪，而
聞有哭者，何也？』」〔註1〕裴松之注引《魏略》曰：「臨淄侯植自傷失先帝
意，亦怨激而哭。」〔註2〕

　　「晨風」以下四句，為第二個層次，「晨風」和「蟋蟀」是兩個語碼，因
為它們正好是《詩經》中兩首詩的篇名。「晨風」是一種鸇鷹類的猛禽，出於
《秦風·晨風》的「鴥彼晨風，鬱彼北林。未見君子，憂心欽欽」。《毛詩·序》
說這是秦國人諷刺秦康公不能繼承秦穆公的事業、不能任用賢臣的一首詩。
「晨風懷苦心」，就含有一種對國家政治的感慨了。「蟋蟀」出於《唐風·蟋蟀》
的「蟋蟀在堂，歲聿其莫。今我不樂，日月其除」。意思是：蟋蟀已經躲進屋
子裏來叫了，說明時間已經到了九月暮秋，一年很快就要結束了，如果你還不
及時行樂，你的一輩子很快也就這樣白白過去了。《毛詩·序》說，這是諷刺
秦僖公「儉不中禮」「及時以禮自虞樂」的一首詩。聯繫這個背景，則「蟋蟀
傷局促」除了感歎生命的短暫之外，還包含一層何必如此自苦、不妨及時行樂
的意思在內。這一背景正吻合於對曹操死後的政治憂慮，原本象徵秦穆公的

〔註1〕〔晉〕陳壽撰〔宋〕裴松之注《三國志·魏書·蘇則傳》，中華書局1982年版，
　　　　第492頁。
〔註2〕〔晉〕陳壽撰〔宋〕裴松之注《三國志·魏書·蘇則傳》，引〔魏〕魚豢《魏
　　　　略》中華書局1982年版，第493頁。

「晨風」，此處成為曹操的代指，此詩和《秦風·晨風》原作，皆為擔心偉大政治人物死後政局的失控；而「蟋蟀」，則成為及時行樂的代指。後句轉向男女戀情，是說既然國事自身無法控制，則理應轉向及時行樂的愛情。

「燕趙多佳人」以下六句，為第三個層次，極寫燕趙佳人之美。此處並非泛指，也非偶合，甄后河北中山人，此時又身在鄴城，距離戰國時代趙都邯鄲數十里而已，十九首一本作「趙燕多佳人」〔註3〕，正為此也。原本正應為趙燕也。以下六句是說甄后之美，分別從肌膚之美：如玉；被服之美：羅裳衣；音樂之美：當戶理清曲；兩者之間情感之迫切：音響一何悲，乃至弦急柱促！正是接續《燕歌行》「援琴鳴弦發清商，短歌微吟不能長」的意思，自己有何理由拒絕這一美好愛情呢？

「馳情」以下四句，為第四個層次。「馳情」，極寫自己每每思之戀情，難以自己，馳情想像之境況。但是，作者的理智隨之戰勝非理智：一句「沉吟聊躑躅」，就將此前如九曲黃河洶湧噴薄的激情，化為了一溪清水，在月光下緩緩流動。有學者研究，「馳情整巾帶」，有「中帶」的異文，巾帶是男人服飾，中帶則是女性之褻衣。這樣就更為清晰了，理應原為「巾帶」——此詩原本就是戀人之間的私信情書，是說自己馳情想像，在想像之中和愛戀者歡會。

既然「晨風懷苦心」，對父王死後的政局難以作為，「蕩滌放情志」的戀愛激情又難以實現，作者的抉擇是：「思為雙飛燕，銜泥巢君屋」。有學者分析此兩句說：仔細想來這兩句有點兒語病：雙飛燕已經是成雙成對了，為什麼還「銜泥巢君屋」？這個「君」是雙飛燕裏的一個還是另外的一個人？……其實他是要說兩個願望。第一個是，讓我們兩個變為一對燕子，永遠雙飛雙棲；第二個是，如果我變成了一隻燕子，而你還是你的話，那我就要築巢在你的屋簷下，永遠陪伴著你。這兩個願望未假思索奔馳而出，就變成了「思為雙飛燕，銜泥巢君屋」。〔註4〕

所論所析，細膩入微，由此，我們可以將整個漢魏詩人的、士人的戀情史加以比對，看看哪位詩人之作中含有這種「不正當戀情」的描寫和記載，則哪位詩人即可作為嫌疑人來加以嚴密考察。統觀枚乘、傅毅、蘇武、李陵、曹植等數人連同其他漢魏五言詩人，有這種不正當情感的五言詩人，僅有曹植一人

〔註3〕　何焯曰：「燕趙，一本作趙燕」，楊家駱主編《古詩集釋等四種》，世界書局1969年印行版，第19頁。

〔註4〕　參見葉嘉瑩《葉嘉瑩講古詩十九首》。

而已。曹植《離友》詩其二中的「折秋華兮採靈芝。尋永歸兮贈所思，感離隔兮會無期，伊悒鬱兮情不怡」，正是這種不正當戀情的表達。

《東城高且長》一詩，節令背景均吻合於黃初元年初秋的節令，吻合於曹植甄后之間的關係和心境。其中透露出來的信息，是曹植對甄后的關係有所緩和，雖然還不能進入到兩人愛情的巢窩，但在心目中，已經可以「思為雙飛燕，銜泥巢君屋」。如前所述，甄后渡河來此歡會，應該就是讀到此詩之後而來吧？

另一個問題是：兩者剛剛相會，曹植就被聖旨召回，曹植去何處了？如此急迫？

第二節　寒涼應節至：曹植此時的行蹤

延康元年和黃初元年之交，也就是曹丕登基的黃初元年前後，曹植身在何處？曹植既然允諾了和甄后歡會，為何反悔，很快就離開了鄴城？是什麼事情中斷了織女牛郎分別一年之後才有的歡會？《魏文帝本紀》記載：

延康元年六月：庚午，遂南征。（即前文所述曹丕離開鄴城，臨行前騷擾甄后，而有《羽林郎》詩作）秋七月，甲午，軍次於譙。（在為登基大典做準備，譙距離許昌為近，從譙隨後出征去許昌。）冬十（一）月丙午，行至曲蠡。（曲蠡是許昌南面潁川郡的潁陰縣，可知目標在許昌。）

《獻帝傳》：辛未，魏王登壇受禪。公卿、列侯、諸將、匈奴單于、四夷朝者數萬人陪位。黃初元年十一月癸酉，……奉漢帝為山陽公。十二月，初營洛陽宮，戊午幸洛陽。（《三國志》60～76頁。）

這個日程表，正吻合於前文所述時間。曹丕改延康而為黃初，為十月二十八日，公元 220 年 12 月 10 日，隨後，十一月癸酉，舊曆十一月一日，公元 220 年 12 月 13 日，正式進入到黃初元年。

甄后與曹植所謂七夕相會，隨後匆匆，曹植被迫即刻被宮廷專車接走，正是欲要他作為皇帝的弟弟參加登基大典。曹丕的登基大典，從十月下旬到十一月初一之間完成，因此，這一年的秋季，曹植必須都要跟隨在身邊。關於曹植是否參加了曹丕的登基大典？古人的說法雖然很多，但都不如直接閱讀曹植的作品更為可靠。請先讀曹植的《孟冬篇》：

孟冬十月，陰氣屬清。武官誡田，講旅統兵。

元龜襲吉，元光著明。蚩尤蹕路，風弭雨停。

乘輿啟行，鸞鳴幽軋。虎賁採騎，飛象珥鶡。

鍾鼓鏗鏘，簫管嘈喝。萬騎齊鑣，千乘等蓋。

夷山填谷，平林滌藪。張羅萬里，盡其飛走。

趯趯狡兔，揚白跳翰。獵以青骹，掩以修竿。

韓盧宋鵲，呈才騁足。噬不盡縷，牽麋掎鹿。

魏氏發機，養基撫弦。都盧尋高，搜索猴猨。

慶忌孟賁，蹈谷超巒。張目決眥，發怒穿冠。

頓熊扼虎，蹴豹搏貙。氣有餘勢，負象而趨。

獲車既盈，日側樂終。罷役解徒，大饗離宮。

亂曰：聖皇臨飛軒。論功校獵徒。死禽積如京。流血成溝渠。

明詔大勞賜。大官供有無。走馬行酒醴。驅車布肉魚。鳴鼓舉觴爵。

擊鐘釂無餘。絕網縱麟麂。弛罩出鳳雛。收功在羽校。威靈振鬼區。

陛下長歡樂。永世合天符。

其中寫明為「孟冬十月」，再考全篇之氛圍，在黃初三年獲罪之後，再無這種氛圍之作。此篇當為曹丕於黃初元年十月乙卯於許昌接受漢獻帝禪位前後所作，其時曹植應該也在許昌參加漢獻帝的禪位及曹丕的登基典禮。

此外，曹植的《鼙舞歌》五篇，第一篇為《聖皇篇》：

聖皇應曆數，正康帝道休。九州咸賓服，威德洞八幽。

三公奏諸公，不得久淹留。蕃位任至重，舊章咸率由。

侍臣省文奏，陛下體仁慈。沉吟有愛戀，不忍聽可之。

迫有官典憲，不得顧恩私。諸王當就國，璽綬何累縗。

便時舍外殿，宮省寂無人。主上增顧念，皇母懷苦辛。

何以為贈賜，傾府竭寶珍。文錢百億萬，彩帛若煙雲。

乘輿服御物，錦羅與金銀。龍旗垂九旒，羽蓋參班輪。

諸王自計念，無功荷厚德。思一効筋力，糜軀以報國。

鴻臚擁節衛，副使隨經營。貴戚並出送，夾道交輜軒。

車服齊整設，韡曄耀天精。武騎衛前後，鼓吹簫笳聲。

祖道魏東門，淚下沾冠纓。扳蓋因內顧，俛仰慕同生。

行行將日暮，何時還闕庭。車輪為徘徊，四馬躊躇鳴。

路人尚酸鼻，何況骨肉情。

　　開篇即言「聖皇應曆數，正康帝道休」，則此篇原作應該是黃初元年十一月上旬，所謂聖皇，當然是指謂曹丕，「三公奏諸公，不得久淹留」，諸公，當指曹彰、曹植、曹彪兄弟。不言諸王而云「諸公」，正吻合於當時曹植等人的公侯身份。後文數次稱「諸王」，與此處之「諸公」不一致，或為這一組詩後來成為曹魏宮廷樂舞表演的節目之修改，或為此一首詩本身就經歷前後相續的時間，同時，也不能排除曹丕在黃初元年即位之初，就已經先有對諸弟的封王。但從全詩整體氣氛來說，並非黃初二年曹植待罪南宮之後的緊張氣氛，更不用說黃初三年、四年的境況。此詩所寫，不論是曹丕還是卞后，對於曹植等人還都是「何以為贈賜，傾府竭寶珍。文錢百億萬，彩帛若煙雲。乘輿服御物，錦羅與金銀。龍旗垂九旒，羽蓋參班輪。」

　　《聖皇篇》主旨，在於描寫曹丕登基之後，曹彰、曹植、曹彪等不得不揮淚就國，離開京城的景況。所謂「藩位任至重，舊章咸率由」，離別時候的場景描寫，令人酸鼻：

　　　　便時舍外殿，宮省寂無人。主上增顧念，皇母懷苦辛。
　　　　何以為贈賜，傾府竭寶珍。文錢百億萬，彩帛若煙雲。
　　　　乘輿服御物，錦羅與金銀。龍旗垂九旒，羽蓋參班輪。
　　　　諸王自計念，無功荷厚德。思一効筋力，糜軀以報國。
　　　　鴻臚擁節衛，副使隨經營。貴戚並出送，夾道交輜軒。
　　　　車服齊整設，韡曄耀天精。武騎衛前後，鼓吹簫笳聲。
　　　　祖道魏東門，淚下沾冠纓。扳蓋因內顧，俛仰慕同生。
　　　　行行將日暮，何時還闕庭？車輪為徘徊，四馬躊躇鳴。
　　　　路人尚酸鼻，何況骨肉情？

　　可知，曹植在參加曹丕登基大殿之後，和其他諸侯王一同離別京城，其中鋪敘皇母贈賜，極盡鋪張誇飾之能，令人想起《陌上桑》《孔雀東南飛》等所謂樂府詩的寫法，這些段落，若是進入到這些樂府詩作中，恐怕無人能辨析出來，而「行行將日暮，何時還闕庭。車輪為徘徊，四馬躊躇鳴」等抒情詩句，則與十九首「行行重行行」寫法相似。

　　曹植在參加完登基大典之後，詔命各個諸侯王不得在京城逗留，都需要回到所封的藩國去，曹植去了何處？

　　《元河南志》卷二，在《文昌殿》條下記載：「文帝黃龍（初）元年冬至

日，黃雀集於文昌殿前。見曹植《表》。」〔註5〕文帝僅有一個年號黃初，黃龍
元年當為黃初元年之誤。魏文帝登基的第一個年號，所用「黃龍」為年號，以
後修改為「黃初」。曹植因為是即時性質的寫作，因此，以黃龍為年號。之所
以用「黃龍」為號，來源於在漢熹平五年，黃龍見譙，當時的喬玄、單颺等對
話，認為「其國後當有王者興，不及五十年，亦復當見。」到了延康元年三月，
果然有「黃龍見譙」，認為應驗了這一祥瑞。(《文帝本紀》) 曹植記載黃雀集於
文昌殿，也同樣是報告這一祥瑞。冬至在陽曆的 12 月 21 日～12 月 23 日之
間，以 2017 年冬至時間為例，是在 12 月 22 日，即農曆十一月初五。則曹植
所上表的時間，恰恰是在許昌。

又，曹植《上九尾狐表》稱：「黃初元年十一月二十三日於鄄城縣北，見
眾狐數十首在後」〔註6〕，此條記錄和前文所引「文帝黃龍元年冬至日，黃雀
集於文昌殿前」兩條資料之間，並不矛盾，同時說明，曹植在冬至日之後，又
返回了鄄城。

經過了登基大典的洗禮與皇帝哥哥的訓誡，原本已經有「馳情整巾帶」，
想入非非的曹植，重新回到壓抑自我的狀態之中，拒絕與甄后再續前盟。

甄后在此前渡河赴鄄城和曹植相會，在曹植被宮廷專車接走之後，不得不
重返鄴城。甄后原本鼓起的人生憧憬破滅，而鄴城在曹丕率領文武大臣及大軍
開拔洛陽之後，已經成了一座空城，更令她感到孤獨無助。

傳為蘇李詩之《爍爍三星列》：

> 爍爍三星列，拳拳月初生。寒涼應節至，蟋蟀夜悲鳴。
> 晨風動喬木，枝葉日夜零。游子暮思歸，塞耳不能聽。
> 遠望正蕭條，百里無人聲。豺狼鳴後園，虎豹步前庭。
> 遠處天一隅，苦困獨零丁。親人隨風散，歷歷如流星。
> 三萍離不結，思心獨屏營。願得萱草枝，以解饑渴情。

此詩載於《古文苑》，題為李陵《錄別詩》。〔註7〕此詩本事的解釋，可以
有曹植、甄后兩種，根據六朝詩人的解說，乃可確認為甄后之作。

〔註5〕 元人撰不著姓名清人徐松輯《元河南志四卷》，楊家駱主編《中國學術名著第
六輯》，世界書局 1974 年版，卷二。
〔註6〕 〔魏〕曹植《上九尾狐表》，《曹植集校注》，趙幼文校注，人民文學出版社，
1984，第 235 頁。
〔註7〕 《古文苑》，王雲五主編《萬有文庫》，章樵注，商務印書館，1937 年版，第
188 頁。

　　王融《古意詩二首》(《詩紀》作《和王友德元古意二首》):「遊禽暮知反,行人獨未歸。坐消芳草氣,空度明月輝。鬒容入朝鏡,思淚點春衣。巫山彩雲沒,淇上綠條稀。待君竟不至,秋雁雙雙飛。」(1397)《和南海王殿下詠秋胡妻詩》:「佩紛甘自遠,結鏡待君明。」「山川屢難越」「思君如萱草,一見乃忘憂」,將知萱草故事與曹植遠別、淇上、「待君不至」等結為一體,可知萱草在六朝時期認為是甄后故事。

　　前四句「爍爍三星列,拳拳月初生。寒涼應節至,蟋蟀夜悲鳴」,為第一個層次,「三星,參也,秋分後見於東方。」〔註8〕「爍爍三星列」之寫三星出現,不僅僅是本詩寫作之背景場景,更是面對參星出現,傷心人別有懷抱的觸景生情。「拳拳月初生」,則此詩大抵寫作在秋分之月的月初夜晚。「寒涼應節至,蟋蟀夜悲鳴」,更進一步坐實節氣以及應節帶來的寒涼悲鳴氣氛。以下十句:

　　　　游子暮思歸,塞耳不能聽。遠望正蕭條,百里無人聲。

　　　　豺狼鳴後園,虎豹步前庭。遠處天一隅,苦困獨零丁。

　　　　親人隨風散,歷歷如流星。三萍離不結,思心獨屏營。

　　詩中說「游子暮思歸,塞耳不能聽。遠望正蕭條,百里無人聲。豺狼鳴後園,虎豹步前庭。」所謂「游子思歸」,可以解釋為:回到故鄉,遠望一派蕭條,百里無人聲。能見到豺狼鳴於後園,虎豹步於前庭。可以和曹植《贈白馬王彪》對照閱讀:「秋風發微涼,寒蟬鳴我側。原野何蕭條⋯⋯孤獸走索群⋯⋯」(《曹集校注》297頁)

　　以下六句「遠處天一隅,苦困獨零丁。親人隨風散,歷歷如流星。三萍離不結,思心獨屏營」,是說,自己遠處一隅,困苦零丁,而親人隨風散去,這裡應主要指父王曹操剛剛去世,母親、兄弟,還有好友如丁氏兄弟等,死生雲散,各在一端。由於親人離散,自己如同沒有扎根泥土的浮萍、水藻、飄蘋,思心屏營。屏營,用前文所分析過的《良時不再至》:「屏營衢路側,執手野踟躕」中的「屏營」來回應。

　　結句說:「願得萱草枝,以解饑渴情」,典故出自《衛風‧伯兮》:「自伯之東,首如飛蓬。豈無膏沐?誰適為容!其雨其雨,杲杲出日。願言思伯,甘心首疾。焉得諼草?言樹之背。願言思伯。使我心痗。」伯兮出征,其妻

〔註8〕《古文苑》,王雲五主編《萬有文庫》,章樵注,商務印書館,1937年版,第188頁。

思念致病，希望得到忘憂草以忘卻。故此結尾兩句，是說自己希望得到忘憂草，以達到忘卻。

袁枚《隨園詩話‧卷十五‧一二萱草》：

> 《珍珠船》言：「萱草，妓女也。人以比母，誤矣。」此說蓋本魏人吳普《本草》，按毛詩「焉得萱草，言樹之背。」注云：「背，北堂也。」人蓋因「北堂而附會於母也。」《風土記》云：「婦人有妊，佩萱則生男，故謂之宜男草。」《西溪雨叢》言：「今人多用『北堂、萱堂』於鰥居之人，以其未嘗雙開故也。」似與比母之意尚遠。

讀此，則可以知道萱草的意思並非指的是母親，而是宜男草，又與鰥居之人有關。正吻合於甄后此時境況。另，此詩可以參照閱讀《骨肉緣枝葉》：

> 骨肉緣枝葉，結交亦相因。四海皆兄弟，誰為行路人。
> 況我連枝樹，與子同一身。昔為鴛與鴦，今為參與辰。
> 昔者常相近，邈若胡與秦。惟念當離別，思情日以新。

第三節　《凜凜歲云暮》：甄后有情，陳王無意？

在對甄后做出了一系列的絕情的表達之後，曹植自身也陷入了長時期的彷徨和糾結。客觀上的情勢，對父母深深的負罪感，兩個女兒早夭的懺悔心情，對未來危機的恐懼感，如同三座大山沉重地壓在他的內心深處，而另一方面，兩人之間的戀情，就像是強力磁石，使他難以逃離愛的引力，反而理智上愈是知道需要分手，而在情感上愈是思念。特別是甄后的悲情傾訴，通過纏綿委曲、驚心動魄的五言詩表達出來，讓曹植在內心深處，反而更加深愛這為自己從少年時代就傾心相愛的女神。

曹植在父王曹操死後這一段時間，精神應該處於非常苦悶的時期。父王之死，原先的人生模式完全被打破，而與甄后之間則處於進退維谷的尷尬處境。曹植文集中有一些遊仙之作，特別是關涉泰山的作品，主要應該是黃初元年夏秋之際的作品，如曹植《遊仙詩》：

> 人生不滿百，戚戚少歡娛。意欲奮六翮，排霧陵紫虛。
> 虛蛻同松喬，翻跡登鼎湖。翱翔九天上，騁轡遠行遊。
> 東觀扶桑曜，西臨弱水流。北極登玄渚，南翔陟丹邱。

欲要以遊仙登臨來排解心中苦悶的動機，是非常清晰的：「人生不滿百，戚戚少歡娛。意欲奮六翮，排霧陵紫虛。」登臨遊覽和遊仙成仙，可謂是擺脫人

間苦難的兩個途徑。從曹植的角度而言，經歷了登臨的愉悅，暫時忘記眼前「剪不斷，理還亂」的憂愁，到追求成仙，希望能徹底擺脫人間的苦難和煩惱，到另外一個世界上去，因此，赤松子、王子喬等仙人就成了心目中夢牽魂繞的對象。他希冀自己也能「虛蛻同松喬，翻跡登鼎湖。翱翔九天上，騁轡遠行遊」，因此，「東觀扶桑曜，西臨弱水流。北極登玄渚，南翔陟丹邱。」

　　但不論是登臨，還是遊仙，兩條途徑其實都不能解除當下現時的困境和焦慮的心境。曹植隨後轉入到對遊仙的失望，和秉燭夜遊如同末世的派遣方式。查看古詩中此一類作品，對照曹植集中的相應詩作，大致有以下幾首應為此段時期之作。

　　《古詩十九首·生年不滿百》：

　　　　生年不滿百，常懷千歲憂。晝短苦夜長，何不秉燭遊？

　　　　為樂當及時，何能待來茲。愚者愛惜費，但為後世嗤。

　　　　仙人王子喬，難可與等期。

　　此詩原為《文選》十九首之十五。對照樂府詩《西門行》（古詞六解）：

　　　　出西門，步念之。今日不作樂，當待何時。（一解）

　　　　夫為樂，為樂當及時。何能坐愁怫鬱，當復待來茲。（二解）

　　　　飲醇酒，炙肥牛。請呼心所歡，可用解愁憂。（三解）

　　　　人生不滿百，常懷千歲憂。晝短而夜長，何不秉燭遊？（四解）

　　　　自非仙人王子喬，計會壽命難與期。（五解）

　　　　人壽非金石，年命安可期。貪財愛惜費，但為後世嗤。（六解）

　　此詩載於《宋書》卷二十一〔註9〕，《樂府詩集》卷三十七。題為《西門行六解》，載明為「晉樂所奏」〔註10〕兩者之間的關係，非常密切，前首更為具有古詩性質，後者乃為樂府古詩性質。其中《西門行》中的四解，在後者中完全採納之。其修改的性質，頗類《怨詩行》和《七哀詩》之間的關係。就寫作時間來說，顯然是十九首在後，而作為「古詞」的《西門行》在前，因為經過十九首的使用之後，更為成熟了：1.次序的調整，將原本第五句的「王子喬」放在最後，而先說「為樂當及時，何能待來茲？」更為順暢；2.語言更為文人化，「貪財」等帶有民間口語的味道，改為「愚者」就是詩歌語言了；3.去掉「自非」變雜言而為整齊的五言。

〔註9〕《宋書·樂志》，上海古籍出版社，1986年12月，《二十五史》3，第1701頁。
〔註10〕郭茂倩編《樂府詩集》，里仁書局，1980年版，第549頁。

　　以上兩首都帶有曹植詩作的痕跡。《西門行》第三解：「飲醇酒，炙肥牛。請呼心所歡，可用解愁憂」，曹植《箜篌引》：「中廚辦豐膳，烹羊宰肥牛」，同時，曹植此詩後部分：「驚風飄白日，光景馳西流。盛時不再來，百年忽我遒。生存華屋處，零落歸山丘。先民誰不死，知命復何憂。」是對《西門行》第四解的同樣主題的化用。此外，曹植《遊仙詩》「人生不滿百，戚戚少歡娛」，與之句式相似或是相同。

　　曹植《怨詩行》：

> 天德悠且長，人命一何促。百年未幾時，奄忽風吹燭。
>
> 嘉賓難再遇，人命不可續。齊度遊四方，各係太山錄。
>
> 人間樂未央，忽然歸東嶽。當須蕩中情，遊心恣所欲。

　　《樂府詩集》卷四十一，《怨詩行》下題注：《古今樂錄》曰；《怨詩行》歌東阿王「明月照高樓」一篇。王僧虔《技錄》曰：「荀錄所載《古為君》一篇，今不傳。」……《樂府解題》曰：「古詞云：『為君既不易，為臣良獨難』。」〔註11〕可知所謂《怨歌行》或是《怨詩行》，其作始者，正與曹植相關。（包含甄后）其中更涉及另外一首《怨詩行》「為君既不易」作者的辨析，核查《文章正宗》，卷二十二，自《送應氏詩》題下曹子建，下列八首（其中《雜詩》一組多首，計算為一首）〔註12〕。有更為充分的證據，證明為曹植的作品而被稱之為「古詞」。

　　從此作的內容來說，正與《東城高且長》《生年不滿百》等內容、情緒相互銜接，當為曹植黃初元年秋冬之際的作品。

　　曹植一心求仙訪道，以麻醉自己痛苦的心靈，而甄后卻全身心在期盼與曹植的幽會，俗話說，日之所思，夜之所夢。古詩十九首中的《凜凜歲云暮》正寫了這樣的一個夢境：

> 凜凜歲云暮，螻蛄夕鳴悲。涼風率以厲，游子寒無衣。
>
> 錦衾遺洛浦，同袍與我違。獨宿累長夜，夢想見容輝。
>
> 良人惟古歡，枉駕惠前綏。願得常巧笑，攜手同車歸。
>
> 既來不須臾，又不處重闈。亮無晨風翼，焉能凌風飛。
>
> 眄睞以適意，引領遙相睎。徙倚懷感傷，垂涕沾雙扉。

　　此詩原為《古詩十九首》其十六。實則這首通過十九首保存下來的詩作，

〔註11〕郭茂倩編《樂府詩集》，里仁書局，1980年版，第610頁。
〔註12〕真德秀撰《文章正宗》，王雲五主編，臺灣商務印書館，卷二十二。

應該是甄氏寫給曹植的思戀之作。全詩三層：第一層是現實中的境界，詩人由深秋螻蛄，想到即將歲暮，想到所思念者天寒之行裝；第二層是睡夢中的境界，由昨夜夢見戀人起興，說到戀人在夢中未能逗留，也不肯進入自己的宮闈；第三層回到無奈的現實，那就是抒發現實中無力實現情愛人生理想的悲情。

起首六句「凜凜歲云暮，螻蛄夕鳴悲。涼風率以厲，游子寒無衣。錦衾遺洛浦，同袍與我違」為第一個層次，是說涼風慘厲，歲暮將至，想到游子寒而無衣，以游子無衣作為象徵，總攬自己對游子的思念。此詩所說節氣，並非嚴冬：「凜凜歲云暮，螻蛄夕鳴悲」，毛詩：「歲聿云暮」，《魏書·樂志》：「既歲聿云暮，三朝無遠，請共本曹尚書及郎中部率呈試。」云，《楚辭》曰：歲忽忽而遒盡。《毛詩》曰：歲聿云暮，采蕭穫菽。毛萇曰：云言也。又曰：蕭，蒿也。菽，藿也。北逾芒與河，南臨伊與洛。所說歲暮，乃為人言也，實則未到歲暮，「涼風率以厲」，《禮記》：「孟秋之月，涼風至。」〔註13〕則此詩應為黃初元年深秋十月左右，也就是曹丕登基之後。詩中說及「錦衾遺洛浦」，則其人已經離開洛浦，行前匆匆，行李遺失於洛陽。說是游子將寒衣遺落洛浦，現在天氣即將寒冷，又當如何？曹植於曹操死後之當年四月中旬，從洛陽到鄄城，未帶冬裝，情理之中。

「凜凜歲云暮，螻蛄夕鳴悲」，「歲雲暮」，螻蛄，《方言》曰：「南楚或謂螻蛄為蛄。」郝懿行曰：「螻蛄翅短，不能遠飛。」〔註14〕螻蛄當為甄氏自比；接續八句「獨宿累長夜，夢想見容輝。良人惟古歡，枉駕惠前綏。願得常巧笑，攜手同車歸。既來不須臾，又不處重闈」為夢境，其中第一層次的結句「同袍與我違」，一語雙關，畫龍點睛，一方面以「同袍」接續「無衣」，為字面意義的銜接。

另一方面，古人說「與子同袍」，「同袍謂夫婦也。」〔註15〕引出「與我違」──雙方矛盾糾結的現狀。正由於雙方爭執難解，以下所說之「獨宿累長夜」和「夢想見容輝」才彌足珍貴，才合情合理。接續「良人惟古歡，枉駕惠前綏」，劉熙曰：「婦人稱夫曰『良人』」，劉履曰：「惟，思也」，《爾雅》

<hr>

〔註13〕《古詩十九首集釋》卷二箋注，楊家駱主編《古詩集釋等四種》，世界書局1969年印行版，第23頁。

〔註14〕楊家駱主編《古詩集釋等四種》，世界書局1969年印行版，第23頁。

〔註15〕《古詩十九首集釋》卷二箋注引呂延濟，楊家駱主編《古詩集釋等四種》，世界書局1969年印行版，第24頁。

曰：「古，故也」，李周翰曰：「惠，授也」，《禮記》曰：「婿出御婦車，而婿授綏，御輪三周」；李善曰：「良人念昔之歡愛，故枉駕而迎己，惠以前綏，欲令升車也，故下云『攜手同車』。」〔註16〕以上古人所解皆堪稱準確。「良人」之稱，見出兩者之間以往之關係已經是夫婦，「惟古歡」正顯示兩者之間近來之情感分離。

　　同此，夢境中之我之「願得常巧笑，攜手同車歸」的願望才顯出真實而不矯情——如是兩漢夫婦人倫關係，不必有如此基本而又難以實現之願望；同此，良人「既來不須臾，又不處重闈」，才更為合於情理。《爾雅》：「宮中之門謂之闈」，《三國志·曹兗傳》記載曹兗臨終遺囑其子：「闈闥之內，奉令於太妃」〔註17〕，馬皇后「既正位宮闈，愈正謙肅」。可知此詩乃是宮中女性所寫，「重」字下得重，顯示出來詩人居住九重宮闈之內得壓迫感、擠壓感，甚至有羈押的極端不自由的痛苦感受。此數句說：美妙的夢境是多麼的短暫，你在夢中的到來僅僅是須臾片刻，況且，即便是在夢中，你也不肯進入我所居住的九重宮闈。

　　結尾六句「亮無晨風翼，焉能凌風飛。眄睞以適意，引領遙相睎。徙倚懷感傷，垂涕沾雙扉」為第三層次。「晨風」，用《詩經·秦風·晨風》：「鴥彼晨風，鬱彼北林。未見君子，憂心欽欽」，此前曾說，晨風有過暗指曹操、暗指甄后自己多種說法，都不矛盾，在不同語境下，有不同的語碼對應關係。此處以前者更為貼切：我沒有父王的佑護，我怎能追隨你凌風而飛呢？「飛」「遙」兩字，均見出兩人分離之地甚遠；「雙扉」，呼應「重闈」，同為宮廷器物。

　　此一首的時間位置安排，頗費躊躇，一夜沉思，忽然頓悟，兩者之間在曹丕登基的黃初元年前夕矛盾爆發，到該年歲暮，逐漸恢復合好，曹植已經答應甄后返回鄴城，因此，才有此詩的許多憧憬期盼——大禍，就要臨頭了！和皇帝的前妻去約會，哪怕是已經有一紙休書的前妻，那也是十分危險的。這是顯而易見的事情。

　　曹丕在登基大典之後，於黃初元年十二月返回洛陽。曹植在隨後的黃初二年春季，曾經在洛陽逗留了一段時間。為何會在新的京城逗留，其原因尚不明確。但檢索當下曹植集中的作品，有《臨觀賦》較為接近此一時期的作

〔註16〕　《古詩十九首集釋》卷二箋注引呂延濟，楊家駱主編《古詩集釋等四種》，世界書局1969年印行版，第24頁。

〔註17〕　〔晉〕陳壽撰〔宋〕裴松之注《三國志·魏書·曹兗傳》，中華書局，1982，第584頁。

品。賦云：

> 登高墉兮望四澤，臨長流兮送遠客。春風暢兮氣通靈，草含幹兮木交莖。
>
> 丘陵崛兮柏青，南國蔓兮果載榮。樂時物之逸豫，悲予志之長違。
>
> 歎《東山》之劬勤，歌《式微》以詠歸。進無路以傚公，退無隱以營私。
>
> 俯無鱗以遊遁，仰無翼以翻飛。（《曹植集》505 頁）

為何說此一篇賦作是黃初二年在洛陽之作？曹丕於黃初元年開國之後，「十二月，初營洛陽」（《文帝本紀》76 頁），曹植於年初在洛陽之際，洛陽還是董卓焚燒之後的廢墟，至此年十二月，剛剛營造，而此一年，將是曹植唯一的一年之春能在洛陽自由生活的時間。到黃初三年春，曹植待罪南宮，雖然也在洛陽，卻是罪人身份，與此文的內容不合。

先看「高墉」，曹植在黃初二年獲罪之後曾有《責躬》（有表），表中提及「闋處西館，未奉闕庭」，趙幼文注釋：「西館，即《應詔詩》之『西墉』。」（272 頁）曹植《應詔》詩中有：「爰暨帝室，稅此西墉。」（276 頁）趙幼文注釋：李注：「稅，猶捨也。」西墉，疑指洛陽金墉城。《太平御覽》一百七十六引《洛陽地記》：「洛陽城內西北角有金墉城。」《文選·西京賦》薛注：「西方稱之為金」，則金墉城或可稱之為「西墉」。（《曹植集》278 頁。）

曹植在洛陽所居之地為「西館」，或是西墉之地。「闋處西館，未奉闕庭」之與「闕庭」不合作的態度，曹植一生，也唯有曹操死後一年多時間之內而已，以後，當曹植甄后兩人關係被灌均彈劾，甄后賜死，曹植待罪南宮，則不僅其地非西館，也非「未奉闕庭」之情狀。

故此賦起首之「登高墉」應即為洛陽之西墉、金墉。時節應為春夏之交，「丘陵崛兮柏青，南國蔓兮果載榮」，前句寄託對父王曹操的思念，後句寫明時令，之所以稱洛陽為南國，乃為相對欲歸鄴城而言。「樂時物之逸豫，悲予志之長違」，前文筆者研究，曹植在曹操死後，一直遠離鄴城，遠離甄后，不斷壓抑自己的情愛思戀，因此說：「樂時物之逸豫，悲予志之長違」，時物之逸豫，正可與「青青河畔草」相對閱讀，兩者均寫出了萬物蘇醒、春情勃興的感發。

在這裡，曹植不再以儒家的倫理來去束縛自己奔湧的春情，反之，是人性

戰勝了倫理，悲歎自己「志之常違」。賦作中說「歎《東山》之愬勤，歌《式微》以詠歸」，其中「東山」，見於詩三百中的《東山》：「我徂東山，慆慆不歸。我來自東，零雨其濛。我東曰歸，我心西悲」，「式微」，出自詩三百中的《式微》：「式微式微胡不歸」。曹植用此兩首詩篇，清晰闡明了自己的心境。洛陽在鄄城西南，鄄城在洛陽之東北，而曹植身在洛陽，心繫鄄城，故曰「我東曰歸，我心西悲」也。

　　大略可知，曹植於黃初二年春季，是在洛陽的天子腳下，只不過「未奉闕庭」，在西館閒居，類似一個自由王侯，與朝廷不太合作。曹植是從何時去的洛陽呢？《凜凜歲云暮》詩中所說的「涼風率以厲，游子寒無衣。錦衾遺洛浦，同袍與我違」，透露出來，曹植是從黃初元年歲末，就已經在洛陽。從「錦衾遺洛浦」可知。

　　曹植《責躬·有表》：「僻處西館，未奉闕庭」〔註18〕，提及「西館」。順便補充曹植的《責躬》（有表）其中所涉及的西館資料：

　　　　臣自抱釁歸藩，刻肌刻骨，追思罪戾，晝分而食，夜分而寢。誠以天網不可重罹，聖恩難可再恃。竊感《相鼠》之篇，無禮遄死之義，形影相弔，五情愧赧。以罪棄生，以罪棄生。則違昔賢「夕改」之勸。忍垢苟全。則犯詩人「胡顏」之譏。……是以愚臣徘徊於恩澤而不敢自棄者也。前奉詔書，臣等絕朝，心離志絕。……閒處西館，未奉闕庭。踊躍之懷，瞻望反仄。謹拜表獻詩二篇：

　　　　　　……伊予小子，恃寵驕盈。……傲我皇使（灌均也），犯我朝儀。……哀予小子，改封兗邑（鄄城），於河之濱。……荒淫之闕，誰弼予身？（《三國志·曹植傳》562頁）

　　充分理解曹植這段表章，將會為曹植在黃初前後的行蹤和心理提供線索。起首所言「臣自抱釁（縫隙，感情上的裂痕，爭端：釁隙）歸藩，刻肌刻骨，追思罪戾，晝分而食，夜分而寢」，說明此表為黃初二年六月被彈劾之後，曹植惶恐的心情；中間一部分是說自己的罪行原本應該自盡但不能自盡的原因；最後一部分是說以前自己的罪過，是「前奉詔書，臣等絕朝，心離志絕」，是說自己此前奉到詔書，但自己卻「未奉闕庭」，分明指明自己當時行動自由。之所以未奉闕庭，而地處西館，是由於「臣等絕朝，心離志絕」。

　　曹植自己的《表》，充分證明了筆者此前的論證，即曹植在曹操死後一直

到黃初二年五月之前，一直是自由的，是可以任憑自己的意願行動的。「未奉
闕庭」，此處的未奉闕庭，絕非漢獻帝許昌的闕庭，也非曹丕黃初二年六月之
後的闕庭，前者不需奉，後者無權奉（已經成為罪人而被驅遣）。

　　李善注《文選》陸機《赴洛》詩，其中數次引曹植詩句，一曰：「曹子建
《雜詩》曰：翹思慕遠人，願欲託遺音」；二曰：「曹子建詩曰：孤獸走索群」；
三曰：「曹子建《雜詩》曰：離思一何深」。〔註19〕陸機一首《赴洛》而李善
三次注引曹植詩，值得關注。其中《雜詩》兩首短句，值得關注。曹植另一
首《雜詩》：「悠悠遠行客，去家千里餘。出亦無所之，去亦無所止。浮雲蔽
白日，悲風動地起。」〔註20〕此詩趙幼文列於「曹植作品有不能推究創作時
期者，彙編於此。」（512頁）

　　以上，連同前章之所探討，將蘇李詩中的詩作連同十九首等古詩一併來做
通盤考量，以詩證史，曹植自身的生命史、戀情史，已經變得有血有肉，成了
有可能發生的鮮活的生命。如果你能在漫長歲月裏，年年歲歲，日夜相守，讓
十九首等古詩融入你的血液，化入為你生命的一部分，靈魂的一部分，你就能
感受到這些作品本身是有生命的，它會發出強烈的生命的信息。

　　同樣說愁，譬如《西北有高樓》《怨詩行》中的「明月照高樓」，它們的
悲哀是不一樣的，前者是為賦新詩強說愁的愁，是快樂調笑中愁。這種快樂
的調笑，放鬆的、放縱的調笑，一共只有建安十九年到二十二年十月之前這
三四年的時光，然後，再從這三四年中逐漸體會，大體就能看到建安二十一
年春夏之際，最為具備寫作這首詩的背景；而後者的悲傷，可以看出，那詩
中的女主人公，確實是真的焦慮不安，用現代的話語，可以說是瀕臨精神的
全面崩潰。

　　同樣是敘說女性對男性的思念，從蘇李詩中的纏綿委婉，到《迢迢牽牛
星》的淚水奔湧，日不成章，再到由愛生恨的「不念攜手好，棄我如遺跡」，
由離別並不久遠的「願得瓊樹枝，慰我饑渴情」的生理需求訴說，到《怨詩
行》的「念君過於渴，思君劇於饑」靈與肉全方位的思念，其中的時間次序
應該說是清晰的。將這些詩作，與假定為該詩作者的作品及人生蹤跡背景加
以整合，基本就能勾勒出來較為接近歷史真相的畫卷。

　　以下，通過《怨詩行》和《七哀詩》的探析，可以進一步深入解讀兩者之

〔註19〕蕭統撰，李善等注，《增補六臣注文選》，華正書局1977年版，均見第490頁。
〔註20〕《曹植集校注》，趙幼文校注，人民文學出版社，1984，第512頁。

間的戀情歷史。先看《怨詩行》：

　　明月照高樓，流光正徘徊。上有愁思婦，悲歎有餘哀。（一解）

　　借問歎者誰，自云客子妻。夫行逾十載，賤妾長獨棲。（二解）

　　念君過於渴，思君劇於饑。君為高山柏，妾為濁水泥。（三解）

　　北風行蕭蕭，烈烈入吾耳。心中念故人，淚墮不能止。（四解）

　　沉浮各異異路，會合當何諧？願作東北風，吹我入君懷。（五解）

　　君懷常不開，賤妾當何依？恩情中道絕，流止任東西。（六解）

　　我欲竟此曲，此曲悲且長。今日樂相樂，別後莫相忘。（七解）

　　此詩見於《樂府詩集》卷四十一，位列前首「天德悠且長」之後。《宋書》卷二十一〔註21〕，則題為《東阿王詞》（七解），與題為曹植《七哀》詩題目不同，內文也有區別。此詩與《文選》二十三所載題為《七哀》的「明月照高樓」一詩（《文選》42頁），應為同詩修改之作。

　　曹植《七哀》詩：

　　明月照高樓，流光正徘徊。上有愁思婦，悲歎有餘哀。

　　借問歎者誰，言是宕子妻。君行逾十年，孤妾常獨棲。

　　君若清路塵，妾若濁水泥。浮沉各異勢，會合何時諧？

　　願為西南風，長逝入君懷。君懷良不開，賤妾當何依。

　　兩相對照，修改之處頗多：1.題目由《怨詩行》或是《東阿王詞》改為《七哀詩》，此前，對於《七哀詩》的由來一直不明，看到此詩方能明白。此詩共計七解，一解為樂曲之一個樂章，或說是樂段，七解就是這首樂歌的七個樂段，由於是哀怨的主題，因此，稱之為《七哀》。此前王粲、阮瑀皆有相同題目的作品，但王、阮之作，均未見明顯的七解的痕跡，懷疑有可能《七哀詩》的樂歌形式為此詩作者創制。

　　2. 改動之二，是《怨詩行》更為急切，更為暴露，譬如：改動「夫行」而為「君行」，刪除「念君過於渴，思君劇於饑」這樣近乎直露的生理表白；修改「願作東北風，吹我入君懷」而為「願為西南風，長逝入君懷」，不僅僅是方位的修改，而且，將原作「吹我入君懷」這樣的直露表達方式而為「長逝入君懷」這樣的雅化表達，並化解七解的樂章形式而為精練的五言詩形式。

　　從此詩提供的種種信息來看，當為甄后之作甚為明顯。「借問歎者誰，自云客子妻」，「自云」兩字露出兩人關係真相，客子妻就是客子妻，如何說是

〔註21〕沈約撰《宋書·樂一》，卷二十一，鼎文書局印行，1975年版，第623頁。

「自云」，正是兩者之間關係發展到後來的基本狀態，那就是曹植面對現實的壓力，提出放棄而甄后以生命相守的堅持。

「念君過於渴，思君劇於饑。君為高山柏，妾為濁水泥」，直言袒露心中對於對方的饑渴情狀。「願作東北風，吹我入君懷」，充分顯示了此詩作者的女性心態和角度。如果將此詩再解作曹植以此比喻兄弟關係，就難以圓通，此處更為真切地表達出來一種異性肌體的饑渴感。

此詩方位方面的問題：原作為「願作東北風」，修改作為「願為西南風」，正好是相反的方向。這一方位，完全吻合於前文所析所謂《蘇李詩》的《陟彼南山隅》一首，是曹植所在的洛陽（許昌亦同）和甄后所在的鄴城之間的方位關係。

《元河南志》卷二，在《文昌殿》條下記載：「文帝黃龍元年冬至日，黃雀集於文昌殿前。見曹植《表》。」〔註22〕文帝僅有一個年號黃初，黃龍元年當為黃初元年之誤，則曹植應於黃初元年冬至之前去許昌參加曹丕的登基大典，並隨後跟隨曹丕到洛陽。《七哀詩》應是曹植對甄后《怨詩行》原作的修改，用「願為西南風，長逝入君懷」來傳達出最終重回情愛抉擇的信息。兩者之間音訊往返，連同曹植在此期間的猶豫徘徊，正能吻合之。另，《七哀詩》「君若清路塵，妾若濁水泥」對原作相應四句的修改，應該源於曹植《九詠賦》：「寧作清水之沉泥，不為濁路之飛塵」，也可以理解為曹植晚年寫作《九詠賦》，對《怨詩行》中相關句意的回覆。

此詩比較《凜凜歲云暮》來看，思念之情更為焦慮，換言之，曹植若是再不返回鄴城，甄后真的就要神經了。

〔註22〕元人撰不著姓名清人徐松輯《元河南志四卷》，楊家駱主編《中國學術名著第六輯》，世界書局 1974 年版，卷二。

第十二章　黃初二年春季：《室思詩》等作品的創作背景

第一節　概　說

　　從曹操死後，曹植甄后之間的五言詩書信空前繁多。由於曹操突然死去，對曹植造成平生所未能經歷過的遭遇，萬念俱灰，頗有撒手而去、看破空門的意思。曹植此前人生的主要時光，都在他從小生活的故鄉黃河南岸邊上的鄄城消磨，中間只有曹丕的登基大典，他不得不離開鄄城，前往洛陽參加。史料記載，當曹丕登基的時候，曹植忍不住發服悲哭，惹得曹丕不高興。大典之後，已經成為曹魏帝王的曹丕對群臣說，朕登基時候，有人竟然悲哭。由於兩漢政權國祚長久，前後漢長達四百餘年，又是長時期的儒家一統的經學教育，很多臣子對漢王朝充滿了懷念之情，這也是情理之中的，曹魏政權的核心人物如陳群，如華歆，等都無不有戚容，見《世說新語》。

　　又，《魏書·蘇則傳》記載：曹植與蘇則「聞魏氏代漢，皆發服悲哭，文帝聞植如此，而不聞則也。帝在洛陽，嘗從容言曰：『吾應天而禪，而聞有哭者，何也？』」〔註1〕裴松之注引《魏略》曰：「臨淄侯植自傷失先帝意，亦怨激而哭。」〔註2〕曹丕原本知道曹植在自己登基時候發服悲哭，並未知道另一

〔註1〕〔晉〕陳壽撰〔宋〕裴松之注《三國志·魏書·蘇則傳》，中華書局1982年版，第492頁。
〔註2〕〔晉〕陳壽撰〔宋〕裴松之注《三國志·魏書·蘇則傳》，引〔魏〕魚豢《魏略》，第493頁。

位老臣蘇則也同樣發服悲哭了，因此，詢問群臣時候，把蘇則驚嚇得夠嗆。

曹植為何而哭？《魏略》解釋為「自傷失先帝意」，曹植所哭究竟為何，只有曹植自己心裏面最為清楚了，對漢王朝的留戀，對美好的、無憂無慮的青少年時代的無可挽回的消逝，對父親的死，對自己的悔恨，對當下四海漂流無所依歸的惆悵，對甄后的深情而又不能回報，應該說是無重數的因素，在一個節點上爆發出來，使他不能自己，發服而悲哭。

遠在鄴城的甄后，孤獨地生活著，現在，曹丕率領群臣離開了，鄴城變成為空蕩蕩的留守都城，鄴城似乎從來都沒有這樣的寂靜。愛的人走了，恨的人也走了，剩下的似乎就是一片空虛的天籟之音。她艱難地計算著曹植離別之後的每一個時日，一幕幕地復現著兩人之間才可以知道的每一次愛戀，心就像是一寸寸刀割的絲絲痛楚：

她紡紗織機，卻久久不能成行，她漫步西園池邊，久久凝視著水波倒影，她索琴彈唱，悲音繚繞於屋樑，當她終於發現，什麼都不能療治心中的創傷，唯有將這情思縷縷，寫成文字，寫成詩句，寫成書信，精心放置到剛剛殺好的鯉魚腹中，目送著身邊的心腹侍女，裝扮成為漁婦的樣子漸漸走遠，然後就開始計算著自己新近寫成的這些血淚文字，何時能夠送到戀人的手中，想像著戀人讀到這些文字的驚喜，然後，計算著戀人的文字詩句，何時能回到自己的手中。

甄后與曹植之間相互書札往返，晚唐李商隱《代魏宮私贈》記載：

> 來時西館阻佳期，去後漳河隔夢思。
>
> 知有宓妃無限意，春松秋菊可同時。

沈祖棻先生鑒賞此一首並《代元城吳令暗為答》兩首，說：「李商隱這兩首詩，就是寫這件事（指植、甄愛情），但在他筆下，卻是甄后有情，曹植無意，也與傳說不符」。

沈先生所說甄后有情，曹植無意，與傳說不符，殊不知事情原本確實如此，但事情總是有變化的，到了曹操死後，曹植懺悔而甄后不能自拔。但沈先生具體的分析，卻值得引述：「第一首是代甄后的宮人私下寫來送給鄄城王曹植的。據史，曹植於魏文帝黃初四年到洛陽來朝見……曹植來到京城，由於被阻隔在西館，以至無法與甄后相會……由於來京未能相會，所以離開魏都以後，加上漳河之阻隔，連夢中懷想都難了。這兩句極寫甄后對曹植的愛慕相思之情。」〔註3〕

〔註3〕沈祖棻《唐人七絕詩淺釋》，上海古籍出版社1981年版，第245頁。

　　沈先生所說曹植於黃初四年來洛陽朝見，此時甄后已經於黃初二年賜死，時間當然不對，又說：「魏代漢後，魏都已由鄴遷都洛陽，甄后當然也住在洛陽，而詩卻『漳河隔夢思』」，認為這些顯然都不吻合於歷史。但這些都是後人之誤解，並不能說明李商隱原詩不吻合於歷史。

　　李商隱於詩題自注曰：「原注：黃初三年，已隔存沒，追代其意，何必同時，亦廣子夜鬼歌之流。」〔註4〕可知，此詩所說的故事，並非作者杜撰，而是直到晚唐時代仍然流傳的曹、甄故事。但後人由於已經有先入為主的認知，故並不相信這是歷史之真實。

　　李商隱的另外一首《代元城吳令暗為答》：

　　　　背闕歸藩路欲分，水邊風日半西曛。

　　　　荊王枕上原無夢，莫枉陽臺一片雲。

　　《魏略》記載，吳質：「以才學通博，為五官將及諸侯所禮愛；質亦善處其兄弟之間……（五官將）為世子，質與劉楨等並在坐席。楨坐譴之際，質出為朝歌長，後遷元城令。」〔註5〕可知，此詩題中的元城吳令當指吳質，吳質後來成為曹丕的死黨，但在早年，吳質與曹植的關係也很好，《文選》卷四十二：

　　　　前日雖因常調，得為密坐。雖燕飲彌日，其於別遠會稀，猶不盡其勞積也。若夫觴酌凌波於前，簫前發音於後；足下鷹揚其體，鳳歎虎視，謂蕭曹不足儔，衛霍不足侔也。左顧右盼，謂若無人，豈非吾子壯志哉！

可知曹植和吳質兩者之間關係也曾經相當密切，後來才分道揚鑣。

　　《三曹年譜》：「《文選》卷四二引吳質《答東阿王書》曰：『墨子回車，而質四年』，知質為朝歌長始於建安十六年，至是歲正四年」〔註6〕，由此可知，吳質為元城令當在建安二十年之後。而李商隱擬代的兩首詩作，恰恰似是相互的對答，即甄氏的宮女詢問曹植是否有愛意，而曹植方面是由原先曾是曹植密友的吳質作答，答詞是「荊王枕上元無夢，莫枉陽臺一片雲」，而從此詩的「背闕歸藩」，則當為曹植就國歸藩之後的事情。

〔註4〕「鬼歌」，疑為「吳歌」，見傅璇琮主編《全唐詩》，中華書局1999年版，第6223頁，《代魏宮私贈》題下注。

〔註5〕〔晉〕陳壽撰〔宋〕裴松之注《三國志‧魏書‧吳質傳》，引〔魏〕魚豢《魏略》，中華書局1982年版，第607頁。

〔註6〕張可禮編著《三曹年譜》，齊魯書社1983年版，第137頁。

假定將李商隱兩詩所寫為歷史的真實情況，則李詩為後人補充了兩人之間在黃初前後往來的細節。首先是：甄后並未跟隨曹丕到新都洛陽，而是仍在鄴城，從「來時西館阻佳期，去後漳河隔夢思」詩句可知，兩者之間仍然以漳河為阻隔。

其次，李商隱的詩句同時證明了筆者所說的曹植在此一個階段的退卻，所謂「知有宓妃無限意，春松秋菊可同時」，意思是說，宓妃甄后深情無限，但可惜，曹植已經和她不能步調一致了，就像是春松和秋菊不在同時一樣。當時的情況正是如此。

再次，李詩記載了兩者之間魚雁傳書的史實：

背闕歸藩路欲分，水邊風日半西曛。

荊王枕上原無夢，莫枉陽臺一片雲。

前文筆者研究，曹植極有可能是在黃初元年冬至之後，就得到了鄄城侯或是鄄城王的分封，並且，冬至之後由京城返回鄄城歸藩。為何李商隱對曹植背闕歸藩一事做出吟詠，原來主題在下文，就是曹植不去鄴城和甄后會合團聚，而是自己獨行而再去鄄城。這也就是「荊王枕上原無夢，莫枉陽臺一片雲」的背景。荊王，楚王，此處指曹植，再次申明此時曹植無意而甄后有情。重回魏宮私贈的話題，應該是指替代甄后宮人贈給曹植的話語。

第二節 呼兒烹鯉魚，中有尺素書：甄后給曹植的書信

黃初元年前後，兩人分別一年半之久，「魏宮私贈」之事應該在此期間所發生之事。對照古詩中的「客從遠方來，遺我雙鯉魚。呼兒烹鯉魚，中有尺素書。」「客從遠方來，遺我一書札。上言長相思，下言久離別」，可以大致復原當時兩人魚雁傳書的細節。

古詩中的作品，吻合於這個時期的作品，除了前文所析之作之外，可能還會有如下的作品為兩者之間的書信往來：

《古詩十九首‧孟冬寒氣至》：

孟冬寒氣至，北風何慘栗？愁多知夜長，仰觀眾星列。

三五明月滿，四五蟾兔缺。客從遠方來，遺我一書札。

上言長相思，下言久離別。置書懷袖中，三歲字不滅。

一心抱區區，懼君不識察。

此詩《文選》《古詩十九首》之十七，實則應為黃初元年歲末孟冬至黃初二年歲首之際甄后思念曹植之作。起首六句「孟冬寒氣至，北風何慘栗？愁多知夜長，仰觀眾星列。三五明月滿，四五詹兔缺」，為第一層次，乃為當下之景，當下之情。「孟冬」者，深冬也。「北風何慘栗」，鄴城居於河北，孟冬之際，北風慘厲，更兼孤獨心境，夜深無眠，因云「愁多知夜長」，只能「仰觀眾星列」，夜夜無眠，星星數盡，從十五月圓數到二十月缺。

「客從遠方來，遺我一書札。上言長相思，下言久離別」為第二層次，為一轉折，由前文之「何慘栗」「愁多知夜長」到忽然說「客從遠方來」，悲極而喜，同時反證，說明此前之慘厲，之愁多，正因為未見書信，久無音訊。「置書懷袖中，三歲字不滅。一心抱區區，懼君不識察。」此為第三層次，兩者分別時間，正為三個年頭，故曰「三歲字不滅」，結尾兩句，表明自己始終情感不變的心跡。

再讀樂府古詩《青青河邊草》：

青青河邊草，綿綿思遠道。遠道不可思，宿昔夢見之。

夢見在我傍，忽覺在他鄉。他鄉各異縣，展轉不可見。

枯桑知天風，海水知天寒。入門各自媚，誰肯相為言。

客從遠方來，遺我雙鯉魚。呼兒烹鯉魚，中有尺素書。

長跪讀素書，書中竟何如。上有加餐食，下有長相憶。

此詩首見於《文選》卷二十七，列入《樂府上》：「樂府四首·古辭」其一，其二為前文引證曹植之《君子行》，其三為《傷歌行》，其四為《園中葵》。〔註7〕

此四首，除其二《君子行》為曹植之作。已見前文分析。其餘三首，皆應為甄后之作。甄后宮女為之傳送書信，此詩後半部分與十九首相似：

客從遠方來，遺我一書札。上言長相思，下言久離別。

置書懷袖中，三歲字不滅。一心抱區區，懼君不識察。

此詩則提供了細節：「客從遠方來。遺我雙鯉魚。呼兒烹鯉魚。中有尺素書。長跪讀素書。書中竟何如。上有加餐食。下有長相憶。」一向所說的魚傳尺素的傳說，應從此處而來。兩者之間的特殊情愛，擠壓之下的情書傳遞，情急之下的方法，整個漢魏之際，再無二者。或說，「長跪」之描寫不能吻合，甄后雖史載為后，實則終生未接受皇后，皇后之稱，乃為母以子貴，為明帝後

〔註7〕蕭統撰，李善等注，《增補六臣注文選》，華正書局 1977 年版，第 508～509 頁。

來之追封。甄后自視為曹植之妻，更為晝思夜想，驟得書信，「長跪」正體現其急迫虔誠之心境。此詩《樂府詩集》題為《飲馬長城窟行》，蔡邕作，為無稽之言，不足為辨。

再讀《古詩十九首‧客從遠方來》：

> 客從遠方來，遺我一端綺。相去萬餘里，故人心尚爾。
> 文采雙鴛鴦，裁為合歡被。著以長相思，緣以結不解。
> 以膠投漆中，誰能別離此。

《文選》《古詩十九首》之十八，詩意與前作緊密銜接。但前文情調慘屬，故當在延康元年兩者分手之際，而此詩情調平和安適，當在黃初二年五月，曹植將要回鄴城之際，以其句意和前首吻合。

黃初二年的前數個月，曹植在鄄城以鄄城侯的身份繼續逗留，兩人之間的五言詩書信往返，鯉魚傳書，音信不覺。曹植一直堅守到春夏之交，方才返回到鄴城去見甄后。何以知道是春夏之交，因為在當下能辨認為曹植甄后的詩作，在春夏之前，都顯示出兩者延續和發展了黃初元年以來兩人的關係，甄后催問曹植的歸期，而曹植則顯示了由彷徨而焦躁，由焦躁而不顧一切捨棄現時追求情愛的過程。

其中《青青河畔草》是一個重要標誌，在「鬱鬱園中柳」的季節，詩中女主人公仍然感歎於「空床難獨守」，可知，這一大組戀情書信中的女主人公，仍然是在獨守空床，同此，也可以知道，兩者之間此前，是同居的，此後，如果相見，必定也是要同床而眠的。先看看寫作於《青青河畔草》之前的詩作，這些作品主要應該有傳為蘇李詩之《童童孤生柳》：

> 童童孤生柳，寄根河水泥。連翩遊客子，於冬服涼衣。
> 去家千餘里，一身常渴饑。寒夜立清庭，仰瞻天漢湄。
> 寒風吹我骨，嚴霜切我肌。憂心常慘戚，晨風為我悲。
> 瑤光遊何速，行願去何遲。仰視雲間星，忽若割長帷。
> 低頭還自憐，盛年行已衰。依依戀明世，愴愴難久懷。

此詩《古文苑》題為蘇武《答詩》。[註8] 前六句為第一層次，極寫對去家千餘里的對方的惦念：「童童孤生柳，寄根河水泥。連翩遊客子，於冬服涼衣。去家千餘里，一身常渴饑。」「童童，獨立貌，柳，易衰之木，又托根浮

〔註8〕《古文苑》，王雲五主編《萬有文庫》，章樵注，商務印書館，1937 年版，第188 頁。

淺,論此身脆弱,客寓異域。」〔註9〕與「冉冉孤生竹」,同一筆法。「連翩遊客子」,借用曹植《白馬篇》的名句「連翩西北馳」來代指曹植,說曹植遠離家中,離家千里之遙遠,經常饑渴無衣,無人照料。種種思念之情,心如刀割。是故,詩人寫「寒風吹我骨,嚴霜切我肌」,「仰視雲間星,忽若割長幃。」嚴霜就像是在切割我的肌膚,即便是天上的星光,也像是在切割窗前長長的幃幕。無失戀痛楚之人,斷難寫出如此詩句來。

　　結尾四句:「低頭還自憐,盛年行已衰。依依戀明世,愴愴難久懷。」說自己垂首自憐,感歎自己盛年已衰,青春難再,白白辜負這美好的時光。甄后因為年長於曹植十歲左右,是故,總有這種時光失去的焦慮感,更為急迫見到心上人。此詩寫作時間,最為吻合的時間點位正是黃初二年的深冬之際。

　　以下十句,為第二層次,視角轉向自身的境況:「寒夜立清庭,仰瞻天漢湄。寒風吹我骨,嚴霜切我肌。憂心常慘慼,晨風為我悲。瑤光遊何速,行願去何遲。仰視雲間星,忽若割長幃。」此詩寫作時間,應該在黃初元年歲末左右,兩者之間分別將近一年,「寒夜立清庭」,極寫夜晚之孤寂,清庭,寫出孤獨無依。「憂心常慘慼,晨風為我悲」,說出憂心之漫長,已經沒有《凜凜歲云暮》中良人與之相會的美夢。而是「仰視雲間星,忽若割長幃」之如割之痛。「低頭還自憐,盛年行已衰。依依戀明世,愴愴難久懷」,此詩甄氏已經將近四十歲,故曰「盛年行已衰」,寫出盛年難再的自憐,痛不欲生,卻不能抉擇死亡,「依依戀明世」,正暴露出來對生還是死的徘徊和糾結,死,則難捨對愛戀者的依戀,生,卻難逃悲愴如割的痛苦。

　　古詩《蘭若生春陽》:

> 蘭若生春陽,涉冬猶盛滋。願言追昔愛,情款感四時。
> 美人在雲端,天路隔無期。夜光照懸陰,長歎戀所思。
> 誰謂我無憂,積念發狂癡。

　　此詩首見於《玉臺》,署名枚乘,位列《青青河畔草》之下。應為曹植在黃初二年早春作,標誌了曹植的轉折——經歷漫長歲月的漂泊,曹植終於吐露心聲:「蘭若生春陽,涉冬猶盛滋」,首兩句以「蘭若」興起。蘇李詩之《燭燭晨明月》:「燭燭晨明月,馥馥我蘭若。芬馨良夜發,隨風聞我堂」,此應為甄后與曹植最後離別之晨之作,故曹植以「蘭若」比擬甄后,是說你就像是生於

〔註9〕《古文苑》,王雲五主編《萬有文庫》,章樵注,商務印書館,1937年版,第188頁。

春天陽光之下的蘭草，涉冬之後仍然生命旺盛。

「美人在雲端，天路隔無期」，曹植《七啟》：「望雲際兮有好仇，天路長兮往無由，佩蕙蘭兮為誰修？嫣婉絕兮我心愁。」〔註10〕記載了兩者之間第一次情感突破的境況。「美人在雲端，天路隔無期」，正為曹植《七啟》所載甄氏吐露情竇歌詩的縮寫。同時，也驗證了此詩為曹植作品之實證。

結句「誰謂我無憂，積念發狂癡」，說出自己所謂「嫂叔」之避嫌等等絕情之語，乃為形勢所迫，自己對甄后的愛戀，其實是始終未變的。不但沒有變化，而且，「積念發狂癡」，說這種思念不但沒有衰減，而且與日俱增，以至於現在就要發瘋發狂了。「積念」兩字，沒有漫長歲月的積澱，是寫不出如是感受的。

蘭，正是甄后的名字：曹植和漢魏古詩的詩作中，多少次提及「蘭」？幾乎是就像是燦爛的星星，鑲嵌在浩淼的天空，它們隱秘地鑲嵌在曹植的詩歌文賦之中，這些「蘭」字經常用作於雙方的互稱，而且，經常出現在具有人生總結意義的關鍵所在。譬如在曹集中，可以看到這樣的一首詩，題為《閨情》，其中有這樣的幾句：

> 佳人在遠道，妾身單且煢。歡會難再逢，芝蘭不重榮。
>
> 人皆棄舊愛，君豈若平生。寄松為女蘿，依水為浮萍。〔註11〕

這首詩，目前被認為是曹植之作，但也可能是甄氏的作品。時間當為黃初元年、二年前後兩人分居兩地期間的思戀之作。其中最為敏感的句子，莫若「芝蘭難再榮」一句。甄氏綽號為「靈芝」，此處當為字在前，名在後；《孔雀東南飛》的女主人公為劉蘭芝，則是名在前，字在後。史書記載，甄氏最小的姐姐叫甄榮，則「芝蘭難再榮」，就巧妙地將甄后的名字和她的小姐姐的名字置放到一個句子之中。甄后，應該是名為甄蘭，乳名靈芝。

更為直接的證據，是甄后的居室稱之為「蘭室」，見於曹植的《妾薄命》：「日既逝矣西藏，更會蘭室洞房。華燈步障舒光，皎若日出扶桑，促樽合坐行觴。主人起舞娑盤，能者穴觸別端。」曹植詩中說，到了晚上，我們相會於蘭室洞房。詩中所說的主人，正是蘭室之主人甄氏。甄氏、甄后、甄蘭！

劉緩《敬酬劉長史詠名士悅傾城詩》：「不信巫山女，不信洛川神。何關

〔註10〕 曹植《七啟》，趙幼文校注《曹植集校注》，人民文學出版社1984年版，第10頁。

〔註11〕 〔魏〕曹植《苦熱行》，趙幼文校注，《曹植集校注》，人民文學出版社1984年版，第513頁，《玉臺新詠》題作《雜詩》。

別有物,還是傾城人。經共陳王戲,曾與宋家鄰。未嫁先名玉,來時本姓秦。」(逯欽立 1487 頁)劉緩之說,不可全信,以不可不信,首先,此詩分明說明此一傾城之人,「經共陳王戲」,又提及洛神,再考慮六朝詩人延續曹植甄后本事,代代相傳,不斷增補本事,則此人所指為甄后而非關宋玉;其次,甄后既與曹植結合,而與曹丕離異,斷然而為一個新的生命,古人有無嚴格的戶籍制度,更名之事全憑當事之人決斷,因此,更名之事,寧肯信其為有;其三,蘭字雖然在兩人詩作之中,多次暗示其為女方之名,但畢竟太吻合於兩者之間的戀情關係,乃為兩者之間戀情的媒介,吻合於後來更名之名。

以此解釋甄后之名,則甄后原名「玉」,到與曹植結合,更名為蘭,出處為《左傳・宣公三年》:「蘭有國香,人服媚之」,「以蘭有國香,人服媚之如是。」杜預注:「媚,愛也。」楊伯峻亦有注:「服媚之者,佩而愛之也。」兩人以採擷蘭草芙蓉而為媒,故字「靈芝」。

曹植自己寫的兩人晚上在蘭室洞房飲酒歌舞,又見於陸機的《擬古詩》:「甲第崇高闈,洞房結阿閣。曲池何湛湛,清川帶華薄。邃宇列綺窗,蘭室接羅幕。」洞房阿閣,蘭室羅幕!這正是曹植詩中描述情景的復現和坐實!到了六朝之後,蘭室才逐漸由甄氏所居之所的蘭室而轉為廣義的名詞。《文選・張華》:「佳人處遐遠,蘭室無容光。」張華所寫蘭室,吻合於曹植遠行而甄后無榮光的背景。李善注:「古詩曰:盧家蘭室桂為梁。」南朝・齊・謝朓《奉和隨王殿下》之九:「肅景遊清都,脩簪侍蘭室。」唐・沈佺期《擬古別離》詩:「皓月掩蘭室,光風虛蕙樓」,應該已經不知道蘭室的本意了。此外,《孔雀東南飛》中的女主人公劉蘭芝,後來忽然改為姓蘭:「媒人去數日,尋遣丞請還。說有蘭家女,承籍有宦官。云有第五郎,嬌逸未有婚。」有人以為是作者寫錯,其實,正透露了蘭芝就是甄后,甄后就是甄蘭。作者在以名為字。甄蘭在姊妹中排行第五,因此,詩中才寫「云有第五郎」之說,更加坐實和驗證了此處正寫的是甄蘭、甄后。

當詩中男女主人公生離死別之際,詩作者再次用「蘭」作為即將死去的女性的形象:「府吏還家去,上堂拜阿母。今日大風寒,寒風摧樹木,嚴霜結庭蘭。兒今日冥冥,令母在後單。」「寒風摧樹木,嚴霜結庭蘭」,這不就是蘭即將被處死的意象畫面麼?又,關於《孔》詩中的許多矛盾反常的現象,前人多不能理解,如「新婦初來時,小姑始扶床,今日被驅遣,小姑如我長」,說蘭芝婚後被驅遣,不過是兩三年的事情,如何小姑就能從「始扶床」而「如

我長」了呢？也頗為疑惑蘭芝的年歲似乎老大不小。殊不知此詩寫的就是甄后，甄蘭建安九年被曹丕擅室數歲，到黃初元年六月賜死，經歷了十七年左右的時光，可不是已經小姑如我長麼？

關於《孔雀東南飛》一詩的作者和背景故事，隨後詳細描述。現在再回到這一首《蘭若生春陽》詩中。「願言追昔愛，情款感四時」，三四句說，蘭呀，你的情款四時不衰，使我深深感動。曹植至於此時，已經和甄后離別一年之久，春夏秋冬，四季變化，而你的深情始終不變。而我何嘗不願意追念往日之愛，和你和好歡會呢？

第三節　慘慘時節盡，蘭華凋復零：誰作《室思詩》？

署名徐幹的《室思詩》：

> 沉陰結愁憂，愁憂為誰興。念與君相別，各在天一方。
> 良會未有期，中心摧且傷。不聊憂餐食，懍懍常饑空。
> 端坐而無為，彷彿君容光。
> 峨峨高山首，悠悠萬里道。君去日已遠，鬱結令人老。
> 人生一世間，忽若暮春草。時不可再得，何為自愁惱。
> 每誦昔鴻恩，賤軀焉足保。
> 浮云何洋洋，願因通吾辭。飄颻不可寄，徙倚徒相思。
> 人離皆復會，君獨無還期。自君之出矣，明鏡暗不治。
> 思君如流水，何有窮已時。
> 慘慘時節盡，蘭華凋復零。喟然長歎息，君期慰我情。
> 展轉不能寐，長夜何綿綿。躑躅起出戶，仰觀三星連。
> 自恨志不遂，泣涕如湧泉。
> 思君見巾櫛，以益我勞勤。安得紅鸞羽，覯此心中人。
> 誠心亮不遂，搔首立悁悁。何言一不見，復會無因緣。
> 故如比目魚，今隔如參辰。
> 人靡不有初，想君能終之。別來歷年歲，舊恩何可期？
> 重新而忘故，君子所尤譏。寄身雖在遠，豈忘君須臾。
> 既厚不為薄，想君時見思。〔註12〕

〔註12〕俞紹初輯校《建安七子集》，中華書局 2005 年版，第 145～146 頁。

　　此詩一直被當作徐幹的作品，即便是筆者本人，在十年之前的研究之中，也輕信此詩為徐幹之作。「《室思詩》也很值得關注，這首詩不是喪妻題材，也不是別妻題材，而是出妻題材」，其實，此詩之「出」，並非出妻休妻之「出」，而是外出之出，蕩子行不歸之出。也應該是甄蘭在此時期之作。劉宋南平王劉鑠：《擬行行重行行》：「眇眇陵長道，遙遙行遠之。……芳年有華月，佳人無還期。……淚容不可飾，幽鏡難復治。」（1214）皆從「自君之出矣，明鏡暗不治。思君如流水，何有窮已時」而來。從這首詩的遣詞造句來說，處處顯示著漢魏古詩、曹植甄蘭之間往返書信中的習慣用語，可謂是俯拾皆是。全詩六章，一氣貫下，非有失戀痛徹心扉者，難有如此之深邃之豐富的長篇巨製。

　　首一章「沉陰結愁憂，愁憂為誰興。念與君相別，各在天一方。良會未有期，中心摧且傷。不聊憂餐食，慊慊常饑空。端坐而無為，彷彿君容光。」總說「念與君相別，各在天一方」的苦悶和憂鬱。「不聊憂餐食，慊慊常饑空」，慊慊，見於《燕歌行》：「慊慊思歸」，知兩詩為同一作者，喜歡用同樣的用語。「端坐而無為，彷彿君容光」，道盡了寫詩人每日無為無趣，無精打采，眼前總是晃動著繫念者的失戀情景。

　　次一章「峨峨高山首，悠悠萬里道。君去日已遠，鬱結令人老。人生一世間，忽若暮春草。時不可再得，何為自愁惱。每誦昔鴻恩，賤軀焉足保。」重在寫兩者萬里關山，時光倏忽，青春難在的遺憾。「日以遠」「令人老」句式，都在曹植詩作和十九首詩作之中。「人生一世間，忽若暮春草」，為此一章之眼目，採用曹植「奄忽若飆塵」寫法。「每誦昔鴻恩，賤軀焉足保」，寫得具體，是在提醒曹植往昔的山盟海誓，同時涉及兩者之間的悄悄話。曹植一定會提醒她關於形勢危險，需要退避自保的話頭。

　　三章「浮云何洋洋，願因通吾辭。飄颻不可寄，徒倚徒相思。人離皆復會，君獨無還期。自君之出矣，明鏡暗不治。思君如流水，何有窮已時。」重在寫兩者之間交流信息之艱難，浮雲洋洋，卻不能為我傳達情信，風訊飄搖，卻不能傳送我的愛意。人人都是分離還有復合，而君卻不見歸期的音訊。「自君之出矣，明鏡暗不治」，此為名句，意思雖然出自詩三百的「自伯之東，首如飛蓬」，但卻是來自於自己的切實生活體驗。「思君如流水，何有窮已時」，寫得真好，開後人無數法門。

　　四章「慘慘時節盡，蘭華凋復零。喟然長歎息，君期慰我情。展轉不能寐，長夜何綿綿。躡履起出戶，仰觀三星連。自恨志不遂，泣涕如湧泉。」

轉向書寫自我的凋零形象。「慘慘時節盡，蘭華凋復零」，時節盡，應為黃初元年歲末也，「蘭華凋復零」，蘭為自稱也。與「蘭華凋復零」互文見義。「喟然長歎息，君期慰我情」，此兩句透露出來的信息，是曹植在此期間，也曾經許諾返回鄴城，以至於詩作者浮想聯翩，日日計算「君期」，但每次的暫時安慰，都換來更大的失望。以下六句「展轉不能寐，長夜何綿綿。躡履起出戶，仰觀三星連。自恨志不遂，泣涕如湧泉」，刻寫自己夜夜無寐、泣涕泉湧的悲情。「綿綿」二字，寫出了漫漫長夜沒有盡頭的苦恨。

結尾一章：「人靡不有初，想君能終之。別來歷年歲，舊恩何可期？重新而忘故，君子所尤譏。寄身雖在遠，豈忘君須臾。既厚不為薄，想君時見思。」重提或說是提醒曹植，當初的山盟海誓，靡不有初，鮮克有終，我想你是能有始有終的。「別來歷年歲，舊恩何可期？」此詩寫作於黃初元年歲末，距離曹植出走鄴城，正好一年時光，因說「別來歷年歲」，因說「舊恩何可期」之反問。「重新而忘故，君子所尤譏」，此兩句所提供的信息，曹植這兩年身在外地，也並未閒著，至少詩作者是這樣認為的，因此而有「重新而忘故」之說。此詩的寫作時間，理應在《蘭若生春陽》之前，或者說，《蘭若生春陽》正是此詩的回覆，是說我在外面並沒有新歡，我對你的思念也是如癡如狂的。

曹植的回覆，引發甄后浮想聯翩，她已經想到、夢到「良人」重回家中來迎娶她。曹植雖然積念如狂，但在行動上，仍然躊躇而猶豫，擔心會有慘烈的後果。甄后連續發出悲情的、激情的催促。《古詩十九首·冉冉孤生竹》：

> 冉冉孤生竹，結根泰山阿。與君為新婚，兔絲附女蘿。
>
> 兔絲生有時，夫婦會有宜。千里遠結婚，悠悠隔山陂。
>
> 思君令人老，軒車來何遲。傷彼蕙蘭花，含英揚光輝。
>
> 過時而不採，將隨秋草萎。君亮執高節，賤妾亦何為？

此詩《文選》為《古詩十九首》之八，應為甄后蘭于鄴城寫給曹植之作。「冉冉孤生竹，結根泰山阿」，曹植此刻在山東鄄城，故曰「泰山阿」，泰山：十九首：「結根泰山阿」；曹植《飛龍篇》：「晨遊泰山」；《驅車篇》：「神哉彼泰山」；《豔歌行》：「長者賜顏色。泰山可動移」（殘句）。另，曹植《泰山梁甫行》詩名中有「泰山」；漢魏時期在五言詩中出現「泰山」語彙的，十九首之外，僅有曹植出現3例。

曹植詩作中出現的「泰山」，並非假想，而是實境。曹植《驅車篇》：「驅車揮駑馬，東到奉高城。神哉彼泰山，五嶽專其名。」奉高，即為「泰山郡」。

而曹植的封地東阿、鄄城，皆在奉高西側不遠的地方，在曹魏時代同屬兗州境內〔註13〕。而「孤生竹」，正是曹植孑然一身，與自己離別，獨居於泰山之下的形象比喻。

「孤生竹」，代指曹植。是從孤竹典故而引發的竹的比喻：

伯夷、叔齊，孤竹君之二子也。父欲立叔齊，及父卒，叔齊讓伯夷。伯夷曰：「父命也。」遂逃去。叔齊亦不肯立而逃之。國人立其中子。於是伯夷、叔齊聞西伯昌善養老，盍往歸焉。及至，西伯卒，武王載木主，號為文王，東伐紂。伯夷、叔齊叩馬而諫曰：「父死不葬，爰及干戈，可謂孝乎？以臣弒君，可謂仁乎？」左右欲兵之。太公曰：「此義人也。」扶而去之。武王已平殷亂，天下宗周，而伯夷、叔齊恥之，義不食周粟，隱於首陽山，采薇而食之。

曹植讓國於兄曹丕，以孤竹君之二子伯夷叔齊來比擬曹植兄弟關係，是再合適不過的。從「孤竹」的字音字義，生發出孤獨的竹子，借代曹植，也是非常吻合的。

竹子的比喻，可能來源於後文所說「兔絲」「女蘿」的依附：「與君為新婚，兔絲附女蘿」，兩者已經私自結為夫婦，現在，自己日日時時期望能與心上人正式新婚，就像是那纖細柔弱的兔絲，就像是不得不攀附於「孤生竹」枝幹的女蘿。

兔絲、女蘿，或說是一物，《經典釋文》：「在田曰兔絲，在水曰女蘿」，吳仁傑《離騷草木疏》：「《爾雅》以女蘿兔絲為一物，《本草》以為二物」，《藝文類聚》《女蘿》條下：「廣雅曰：女蘿，松蘿也，兔絲也。」《兔絲》條下云：「《淮南子》曰：兔絲無根而生，茯苓抽兔絲死。」〔註14〕無論為一物或是兩物，此詩分寫兔絲女蘿，既為用韻的緣故，同時，以重複的手法，強調了作者作為女性柔弱無所依傍的心境。同時，正吻合於曹植甄后之間，原本為同一家人，卻又不是一家人的情況。方廷珪指出，「此為新婚，只是媒妁成言之始，非嫁時也」〔註15〕，正看出全詩的語氣，當是盼望新婚之作。

如果進一步深究兔絲女蘿的含意，需要追究到詩三百中的《桑中》：

〔註13〕參見譚其驤主編：《中國歷史地圖集》第二冊，中國地圖出版社，1982，第7～8頁。

〔註14〕歐陽詢撰《藝文類聚》，臺灣新興書局，1963年版，第2072、2071頁。

〔註15〕以上三處說法，參見隋樹森《古詩十九首集釋》，中華書局1957年版，第30頁。

爰採唐兮，沫之鄉矣。云誰之思，美孟姜矣。

期我乎桑中，要我乎上宮，送我乎淇之上矣。

爰采麥矣，沫之北矣。云誰之思，美孟弋兮。

期我乎桑中，要我乎上宮，送我乎淇之上矣。

爰采葑矣，沫之東矣。云誰之思？美孟庸矣。

期我乎桑中，要我乎上宮，送我乎淇之上矣。

《毛序》：「刺奔也。衛之公室淫亂，男女相奔，至於世族在位，相竊妻妾，期於悠遠，政散民流而不可止。」《箋》：「衛之公室淫亂，謂宣惠之世，不待媒氏以禮會之也。世族在位，取姜氏、弋氏、雍氏者也。」《左成二年傳》：楚屈巫聘於齊，告師期，盡室以行。……申叔遇之，曰：「異哉！夫子有三軍之懼，而又有桑中之喜，宜將竊妻以逃者也。」以桑中為竊妻之詩，此最為古意。《漢書·地理志》引《庸詩》「送我淇上」，又云：「衛地有桑間濮上之阻，男女亦亟聚會，聲色生焉。」顏注：「阻者，言其隱阨，得肆淫僻之情也。」（三家詩230～231頁）《傳》：爰，於也；唐，菜名；沫，衛邑。《箋》：如何採唐必沫之鄉，猶言欲為淫亂者必之衛之都。《釋草》：「唐，蒙，女蘿。女蘿，兔絲。」《釋文》：沫，音妹，衛邑也。

引上述之材料，知此詩為男女淫亂之詩。衛國既然國君淫亂，上行下效，整個國家風尚亦如是也。所謂「衛之公室淫亂，男女相奔，至於世族在位，相竊妻妾，期於悠遠」。桑中最為原始的本意，原本就是竊妻私奔之意。所以此詩云：如果要採唐，兔絲女蘿，就一定要去衛邑的沫之鄉。兔絲女蘿之唐、蒙，本意就有男女淫奔的含意。淫亂之人誰思乎？乃思那美女孟姜。那美女孟姜，與我期會於桑中，要見我於上宮，而送我到淇水之上。故，送我淇上，也有淫奔密會之意。

如此就能知道《冉冉孤生竹》一詩的內層深意了，用現代話語來說，這是一首女性向男性如同孔雀開屏一般，訴說著性愛的語言，展示著自己對於性愛急不可耐的酮體。

以下六句，延續著兔絲的比喻，敘說自己對所愛者企盼的心境：「兔絲生有時，夫婦會有宜」，那依附枝幹的兔絲，其生也有時序，長也有季節，何況人生苦短的夫婦呢？現在，你我之間，千里之隔（兩人分在鄴城和鄄城），雖然兩情相悅，卻隔著千山萬水：「千里遠結婚，悠悠隔山陂」。我因思君念君而紅顏憔悴，卻久久不見君的軒車到來：「思君令人老，軒車來何遲？」杜預

《左傳注》：「軒，大夫車」。軒車的地位相當尊貴，《史記・衛康叔世家》記載：

> 良夫通於悝母……悝母使良夫於太子，太子與良夫言曰：「苟能入我國，報子以乘軒，免子三死」（《史記》1599頁）太子與渾良夫談判，條件是，如果能讓太子返國為君，報答良夫可以乘坐軒車，可以免除三次死罪。可知，軒車的身份是何等的尊貴。現在《冉冉孤生竹》詩中說，「軒車來何遲」，可知此時寫與的對方身份是何等的尊貴。

以下四句，接續前六句的思念之情，更深一步敘說自己盛顏易逝的心曲，勸說對方及時歸來，以免發生過時不採，蘭蕙枯萎的悲劇：「傷彼蘭蕙花，含英揚光輝。過時而不採，將隨秋草萎。」此四句，前兩句極寫自己當下盛顏之美，說是「傷彼」，實則寫我——「傷彼蘭蕙花，含英揚光輝」，說是彼，實則為我，我是蘭蕙花，蕙字為襯字，實則就是蘭。正好回應前一首的「蘭若生春陽」。甄后名字是甄蘭，再次得到坐實。

後兩句，則說，我這一朵蘭花，若是不能及時採摘，則年華流逝，盛顏難再。此年甄后將近四十了，愛情的滋養使她「顏色轉盛」，有了更為美麗的風韻，但畢竟是生命最後的光輝，因此，對於時間的流逝，也就分外的敏感。

結尾兩句，單為一個獨立的單元：「君亮執高節，賤妾亦何為？」句意是說，君不歸來，誠然是對於乃兄皇帝之高節，但我的心已經歸屬於你，你又將我置於何地？言說自己已經三次拒絕曹丕的詔書，明確提出請他另立新后，而曹植卻遲遲不歸，我這兔絲女蘿一般柔弱無依的女子，此生又將何所託付呢？

第四節　種瓜東井上，冉冉自逾垣：逾垣的婚戀

《種瓜東井上》：

> 種瓜東井上，冉冉自逾垣。與君新為婚，瓜葛相結連。
> 寄託不肖軀，有如倚泰山。兔絲無根株，蔓延自登緣。
> 萍藻托清流，常恐身不全。被蒙丘山惠，賤妾執拳拳。
> 天日照知之，想君亦俱然。

此詩同前首，一併在《玉臺》中載為魏明帝樂府詩二首，因前首辨析甚詳，此詩一併列於此處，申明亦應為甄后之作。

「賤妾」之稱，女性身份明確，詩中前八句「種瓜東井上，冉冉自逾垣。與君新為婚，瓜葛相結連。寄託不肖軀，有如倚泰山。兔絲無根株，蔓延自登

緣」，皆以瓜葛自逾垣為喻，甄后與曹植結合，並非明媒正娶，而是「冉冉自逾垣」的偷情結合，所謂「與君新為婚，瓜葛相結連」，「兔絲無根株，蔓延自登緣」，皆為此意。

「寄託不肖軀，有如倚泰山」，曹植自幼生長在泰山腳下的鄄城，故以泰山比之曹植。「浮萍托清流」句，參見曹植《浮萍篇》：「浮萍寄清水，隨風東西流。結髮辭嚴親，來為君子仇。」

《古詩十九首‧明月何皎皎》：

> 明月何皎皎，照我羅床幃。憂愁不能寐，攬衣起徘徊。
>
> 客行雖云樂，不如早旋歸。出戶獨彷徨，愁思當告誰？
>
> 引領還入房，淚下沾裳衣。

此詩為《文選》《古詩十九首》之十九，「客行雖云樂，不如早旋歸。」語氣分明，應為甄后勸告曹植早些返回之作。全詩皆近似口語，吻合於甄氏口吻。詩中說：明月皎皎，是何等的明亮，照耀在我的羅床帷幕。（羅床，兩漢尚未從胡中傳入中國，床幃，貴族用物也）是皎皎明月使我無眠？還是由於我無眠而見明月？攬衣而起，寂寞孤獨，徘徊於蘭室。夫君呀，你客行遠方，雖說遠行也有遠行的快樂，還是不如早日還家歸來。不覺間走出戶外，獨自彷徨，這苦痛的滋味，又有誰可以訴說呢？只好披衣引領，重回蘭室，皎皎的月光，輝映著我晶瑩的淚珠。

《玉臺新詠》載劉宋南平王劉鑠《雜詩五首》，其中《代行行重行行》：「芳年有華月，佳人無還期……淚容曠不飾，幽鏡難復治。願垂薄暮景，照妾桑榆時。」其中「幽鏡難復治」句下有：「曹植《七哀詩》：膏沐誰為榮，明鏡暗不治。」（世界書局版，102頁）此一條資料說明曹植另有《七哀詩》，詩中有「膏沐誰為榮，明鏡暗不治」詩句，而這兩句詩，明顯是對《室思詩》的回應或是續作，仍有曹植名下而為甄后之作的可能。

劉鑠《雜詩五首》其二的《代明月何皎皎》中有：「誰謂行客遊，屢見流芳歇。河廣川無梁，山高路難越。」其後，李善注：「善曰：楚辭江南廣而無梁，秦嘉妻徐氏答嘉書：高山岊岊，而君是越，斯亦難矣。按此首文選載……」（《玉臺》102頁）可怪之事，後兩句明顯是秦嘉五言詩句，李善卻提及徐氏書信而不言秦嘉之五言詩，難道秦嘉之作，在李善之前尚未有之？

劉鑠《雜詩五首》其三的《代孟冬寒氣至》：「白露秋風始，秋風明月初。明月照高樓，白露皎月除。迨及涼風起，行見寒林疏。客從遠方至，贈我千里

書。先敘懷舊愛，末陳久離居。一章意不盡，三復情有餘。願遂平生眷，無使甘言虛。」（《玉臺》103頁）此一首明顯為代寫甄后情景，時間當為延康元年初秋剛有白露秋風之際。甄后當為見此信函而決心奔赴鄄城，渡河歡會曹植。

劉鑠《雜詩》其四《擬青青河邊草》：「淒淒含露臺，蕭蕭迎風館。思女御檻軒，哀心徹雲漢。端撫悲弦泣，獨對明燈歎。良人久徭役，耿介終昏旦。楚楚秋水歌，依依採菱彈。」（1215）「迎風館」這一名稱，先見於陸機《擬今日良宴會詩》：「閒夜命歡友，置酒迎風館。齊僮梁甫吟，秦娥張女彈。哀音繞棟宇，遺響入雲漢。……人生無幾何，為樂常苦晏。譬彼伺晨鳥，揚聲當及旦。曷為恒憂苦，守此貧與賤。」迎風館，曹植之所，抑或甄后之所，亦即曹丕之所；採菱，芙蓉，靈芝這些材料前文已經用過，但都不如這次的閱讀深切，玉臺新詠：引潘岳《關中記》：桂宮，一名甘泉，又作迎風館、寒露臺，以避暑。曹植《雜詩》：「臨牖御檻軒」。則迎風館即為曹植的檻軒。

黃初二年春夏之際，曹植經歷漫長歲月的堅持，在孤獨困苦中，身雖在鄄城，心卻已經千百次返回鄴城，回到甄蘭的身邊。《古詩十九首·庭中有奇樹》：

> 庭中有奇樹，綠葉發華滋。攀條折其榮，將以遺所思。
> 馨香盈懷袖，路遠莫致之。此物何足貢，但感別經時。

此詩應該是曹植於黃初二年春季，寫給甄氏的詩作，曹植此時在洛陽居所。「將以遺所思」，此為曹植於建安十七年前後寫給甄氏採遺詩作的反覆吟唱，「路遠莫致之」，正吻合於兩人千里相隔，「莫致之」三字，更說出了兩者之間的阻隔絕非僅僅是地理的空間，「此物何足貢」，更道出了兩者之間名分上的君臣關係。

「貢」的本意是「進獻方物於朝廷」。而甄氏在黃初二年春天，早已經由世子夫人的身份升格為皇后，雖然甄后並未入京接受這一封號。「攀條折其榮，將以遺所思。馨香盈懷袖，路遠莫致之」的情節，透露出曹植對於愛者難以離棄而又猶豫彷徨的天機。

第十三章 黃初二年：甄后賜死
曹植待罪

第一節 概 說

曹植在黃初二年六月初，經過漫長歲月的躲避和守候，終於要重回鄴城，去和他終生愛戀的戀人甄后會面。曹植返回鄴城的時間，為何基本可以確認為六月初日呢？甄后賜死的時間，是黃初二年六月丁卯，即舊曆之六月二十八日，公元 221 年 8 月 4 日，則曹植返回鄴城的時間不能太早，也不可能太晚，太晚則曹植不可能兩次獲罪，從鄴城到洛陽中間尚有一次往返時間。洛陽到達鄴城距離有多遠？約有六七百里的距離，如果是緊急軍情，換馬而騎，一日可到，曹丕曹植兄弟自幼生長在軍中，弓馬嫻熟，騎馬兩天即可到達。

曹植離開洛陽，應該是在曹丕外出的情況之下出發。《文帝本紀》：黃初二年「六月庚子，初祀五嶽四瀆，咸秩群祀。」（78 頁）六月庚子，為六月一日；五嶽：東嶽泰山（現今山東）、西嶽華山（現今陝西）、南嶽衡山（現今湖南）、北嶽恒山（現今山西）和中嶽嵩山（現今河南）；四瀆：江、河、淮、濟，即長江、黃河、淮河、濟水。這是一個帝國建立之後隆重的典禮，可能會在嵩山舉行。曹植這一階段始終是「闞處西館，未奉闕庭」的自由狀態，因此，在曹丕舉行大典之際，尋機抽身飛馳鄴城。這是情理之中的事情。換言之，從曹植六月一日去鄴城，到甄后丁卯賜死，將好從月初到月底一個月的時間，這一震驚全國、震驚歷史的大事件發生。

　　其中前後最主要的詩作，一是應為曹植之作的《庭中有奇樹》，二是應為甄后之作的《青青河畔草》。此兩首前已經敘述，除此兩首之外，還有一些詩作待考：

　　如署名曹植的《西北有織婦》：

　　　　西北有織婦，綺縞何繽紛。明晨秉機杼，日昃不成文。

　　　　太息終長夜，悲嘯入青雲。妾身守空閨，良人行從軍。

　　　　自期三年歸，今已歷九春。飛鳥遶樹翔，嗷嗷鳴索羣。

　　　　願為南流景，馳光見我君。

　　此詩原為曹植文集中《雜詩》中的第三首，可以與《迢迢牽牛星》參照來讀。

　　此詩所寫，詩中的西北有織婦，正應是甄氏，其所在之地，正應是鄴城銅雀臺。「後宮在西，秋之象也。秋主信，故宮殿皆以長信長秋為名。」〔註1〕據清代學者潘眉《三國志考證》說：「魏銅雀臺在鄴都西北隅（見《鄴中記》），鄴無西城。所謂西城者，北城之西面也。臺在北城西北隅，與城之西面樓閣相接，故曰：連飛閣乎西城。」〔註2〕十九首和建安曹魏五言詩中的建築之所以皆用西北，正是由於多寫位于鄴城西北方向的銅雀臺。

　　詩中描繪了一位夜晚不能入睡，以織布作為消遣的織婦形象，一夜織作，但到第二天清晨一看，卻是文理錯亂的一塊織錦，織婦為何將織錦織錯，是由於這位織婦「太息終長夜，悲嘯入青雲。妾身守空閨，良人行從軍。自期三年歸，今已歷九春」，她心目中的良人與她遠別，臨行之前約定，大致可以三個年頭內回來，但現在，已經見到第九個春天了。

　　這個時間，可以是一個虛指，也可以是一個詩意的誇張寫法。曹植在曹操建安二十五年正月時候已經在洛陽，建安二十四年歲暮離別，到黃初二年的春天，雖然已經是一年半左右的時間，但按照舊時的算法，卻已經是三個年頭了。是故，若是按照實際計算，應該是「今已歷三春」，虛指稱之為九春。故其表述應為：「自期三月歸，今已歷三春」，不便於實錄而為擴大寫出。

　　「願為南流景，馳光見我君」，曹植所在的洛陽，正在甄氏所在的鄴城之西南，因此，有「願為南流景」之句。景，就是影，作者說，自己願意成為向

〔註1〕　張闓聲校《校正三輔黃圖》，楊家駱主編《中國學術名著第六輯》，世界書局1974年版，第19頁。

〔註2〕　〔清〕潘眉《三國志考證》，《續修四庫全書》，史部，正史類，上海古籍出版社影印，2002，第465頁。

南流動的日影、月影，像是奔馳的光影一樣飛動，去見自己思念的戀人。

這首詩題為曹植之作，但實際上應是甄氏之作。由於曹植文集經過曹叡重新撰錄，將原先曹植以及附在曹集中的甄氏之作刪除，同時，一些未能刪除的甄氏之作，反而成為曹植之作，這些都是有可能的。從這首詩的口吻心境來說，頗似黃初二年春季，甄氏寫給曹植的作品。再看《閨情》：

> 攬衣出中閨，逍遙步兩楹。閒房何寂寥，綠草被階庭。
> 空穴自生風，百鳥翩南征。春思安可忘，憂戚與君並。
> 佳人在遠道，妾身單且煢。歡會難再逢，芝蘭不重榮。
> 人皆棄舊愛，君豈若平生。寄松為女蘿，依水如浮萍。
> 齋身奉衿帶，朝夕不墮傾。倘終顧眄恩，永副我中情。

許學夷：「子建《閨情》，此詩見《藝文·美婦人》部，無題，今本曹集不足據也」〔註3〕此詩是曹植寫給甄后，哀歎芝蘭難以重榮，還是甄后寫給曹植，自傷生命之短暫，不可確認。原本應該收錄在曹植「手所作目錄」〔註4〕的文集中。

細心閱讀《三國志》等有關三國時期史料的讀者，應該能看到一個奇怪的現象，那就是公元220年，建安二十五年正月曹操死於洛陽，曹丕於同年的十月、十一月之際，登基為魏帝，理應在這一年對於魏國來說，應該是多事之秋，政局動盪，曹丕報復曹操健在時候與他爭奪繼承人的曹植、曹彰兄弟等，但這一年反而沒有發生什麼重大的政治事件。曹彰曹植兄弟參加登基大典之後，隨後就陸續返國就藩，打道回府，風平浪靜。

此前一些學者說曹丕甫一繼位就對曹植施以報復，七步作詩云云，那都是沒有實在根據的，七步作詩或許有之，但不在此時，背景也非為了帝位的爭奪，而是另有原因。但在曹丕即位的第二年六月左右，卻發生了驚天動地的大事件，而且，這一事件同時牽涉兩個曹魏宮廷中舉足輕重的人物：一個是皇后，或說是準皇后，一直被聖旨冊封為皇后，但一直沒有接受這一封號的甄后；另外一個就是皇帝的同父同母的親弟弟曹植。兩個人物甄后被賜死，後來繼承人曹叡的皇叔曹植則被拘押，待罪南宮，而且，此一次拘押，一直延續到翌年五月才被釋放，歷時正好一年左右。

〔註3〕馮舒《詩紀匡謬》，藝文印書館印行，知不足齋叢書之一，第15頁。
〔註4〕〔唐〕房玄齡等撰《晉書·曹志本傳》，中華書局1982年版，第1389～1391頁。

一個王朝，剛剛建國立祚，距離曹丕登基大典時間不過七個月左右，皇后做出什麼大不了的出格的事情，就讓皇帝如此震怒，下詔書賜死？就不能等等，哪怕是為了吉利，為了臉面，先將甄后置放冷宮以後再從容處理不是更好麼？

根據《三國志‧甄后傳》，甄后之死的理由和過程非常簡單，簡單來說，就是後宮爭寵而死：「文帝納后于鄴，有寵，生明帝及東鄉公主。延康元年正月，文帝即王位，六月，南征，后留鄴。黃初元年十月，帝踐阼。踐阼之後，山陽公奉二女以嬪於魏，郭后、李、陰貴人並愛幸，后愈失意，有怨言。帝大怒，二年六月，遣使賜死，葬于鄴。」〔註5〕

甄后為一代名后，是當時最為美麗賢惠的女性，並且為曹丕生有一兒一女，難道就因為爭寵就能賜死嗎？當時是個通脫的時代，說話和言論相對自由，一代皇后就因為「怨言」而死（甄后一直勸諫曹丕廣納賢淑，就連皇后封號都三至三讓，拒絕接受，哪裏還會有因為冷落而怨恨），合情合理嗎？

作為皇后之被賜死，除非造反謀逆，否則，只有出現男女私情才有可能被賜死。因此，正如有學者所說：「宮省事密，隱奧難窺。開國之初，而不能容一婦人，事涉離奇，讀史者不能不為之推尋也。」〔註6〕

其次的問題，皇后被賜死，怎麼曹植跟著就被抓起來呢？《魏志‧曹植傳》記載：「文帝即王位，誅丁儀、丁廙並其男口。植與諸侯並就國。黃初二年，監國謁者灌均希旨，奏『植醉酒悖慢，劫脅使者』。有司請治罪，帝以太后故，貶爵安鄉侯。其年改封鄄城侯。三年，立為鄄城王。」〔註7〕這裡的時間次序，明確寫明，是黃初二年發生了監國謁者灌均彈劾曹植的案件。

兩案在時間方面是吻合的，那麼，兩個案件同時發生在一年，相互並無關聯，偶然在一年，也是有可能的。但這一點古人早已經清楚，甄后曹植的兩個案件，是同時發生的。黃節《黃節注漢魏六朝詩六種》引朱緒曾《曹集考異》說：「子建於黃初二年甄后賜死之日，即灌均希旨之時，文帝日以殺植為事，敢和甄詩以速禍耶？」〔註8〕

朱緒曾是一位非常傳統的儒者，處處在為曹植辯護，此一條本來是辯駁曹

〔註5〕〔晉〕陳壽撰〔宋〕裴松之注《三國志‧魏書‧后妃傳》，中華書局1982年版，第160頁。

〔註6〕盧弼著《三國志集解》，中華書局影印1982年版，第89頁。

〔註7〕〔晉〕陳壽撰《三國志‧魏書‧曹植傳》，中華書局1982年版，第561頁。

〔註8〕黃節《黃節注漢魏六朝詩六種》，人民文學出版社2008年版，第129頁。

植《蒲生行浮萍篇》並非曹植對甄后《塘上行》的和詩，但卻客觀上透露出來「黃初二年甄后賜死之日，即灌均希旨之時」的結論，說明清代學者已經將曹植於黃初二年所犯之罪行與甄后隱情有關視為客觀的事實——不論植、甄之間是否真有隱情，至少曹丕、曹叡父子這樣認定，這是不爭的事實；甄后賜死和曹植待罪南宮，是一個案件的兩種不同處理結果。

甄后被賜死的準確時間是：「黃初二年六月，丁卯，夫人甄氏卒」（《文帝本紀》78 頁），甄氏沒有任何身份，故稱之為「夫人」，皇帝的髮妻竟然被稱之為「夫人」而沒有任何尊號，就連夫人也不過是廣義的泛稱。在賜死甄后的第二天，黃初二年六月戊辰日，出現日食。《文帝本紀》：「戊辰晦，日有食之，有司奏免太尉，詔曰：『災異之作，以譴元首，而歸過股肱，……后有天地之眚，勿復彈劾三公。』」（78 頁）可知，甄后之死，造成了多大的震動，恰好在其死的翌日，就出現了日食。曹丕將責任歸結於自己，他顯然已經後悔，後來，特意鑿靈芝池，以紀念甄后。

第二節　科頭負鈇鑕，徒跣詣闕下：曹植首次入京請罪

現在新的問題是：在甄后被賜死前後，曹植是一次入京，還是兩次入京待罪南宮？根據曹植相關的文賦記載，初步可以確定為兩次。其過程大抵如下：

首先，是曹植終於在黃初二年四五月之際入京，並與甄后團聚。隨後被曹丕派去監視曹植的監國謁者灌均所彈劾，曹植到京城負荊請罪，在卞后的保護之下，幸運地回到鄴城，與甄后九死一生重逢。

隨後曹植甄后的言行再次激怒曹丕，在郭女王的枕頭風下，曹丕被激怒，下詔書賜死甄后，曹植重新被逮捕入京，待罪南宮，一直到黃初三年五月方才釋放。之所以有這樣的認識，來源於曹植自身的詩文記載以及在此基礎之上的推斷。曹植有《蝙蝠賦》《鷂雀賦》，很有趣。先按照可能發生的時間過程來描述。《魏略》記載：

> 初植未到關，自念有過，宜當謝帝。乃留其從官著關東，單將兩三人微行，入見清河長公主，欲因主謝。而官吏以聞，帝使人逆之，不得見。太后以為自殺也，對帝泣。會植科頭負鈇鑕，徒跣詣

關下，帝及太后乃喜。及見之，帝猶嚴顏色，不與語，又不使冠履。

植伏地泣涕，太后為不樂。召乃聽復王服。〔註9〕

「初植未到關」，這裡，顯然不是被羈押而到京城，還有「自念有過，宜當謝帝。乃留其從官著關東，單將兩三人微行，入見清河長公主，欲因主謝」的選擇，以及想通過長公主說情的情節。

「官吏以聞，帝使人逆之，不得見。太后以為自殺也，對帝泣。會植科頭負鈇鑕，徒跣詣闕下，帝及太后乃喜。及見之，帝猶嚴顏色，不與語，又不使冠履。植伏地泣涕，太后為不樂。召乃聽復王服。」這一段過程，寫出了曹植罪行是嚴重的，以至於曹丕拒絕見他：「帝使人逆之，不得見」，而「太后以為自殺也，對帝泣」，事關生死，何等嚴重！

這顯然是一個突發事件的局面，如果是為了爭奪地位，何至於此？地位之是否得到，全在父王曹操，而且，曹植從建安二十二年以來，不斷有意犯錯誤以便讓出繼承人的地位，何爭奪之有？

從這段記載來看，在被監國謁者灌均彈劾之後，曹植帶著隨從入京，先去拜見自己的長姐長公主等。有兩首無名氏的古絕句，極為吻合於靜候在鄴城焦慮萬分的甄后的情況。

《古絕句四首》選二：

稿砧在何許？山上復安山。何時大刀頭，破鏡飛上天？

日暮秋雲陰，江水清且深。何用通音信？蓮花玳瑁簪。

此詩首見於《玉臺新詠》卷十（138頁），逯欽立先生認為，「六朝人有斷句體，尚無絕句名目，四首蓋後人附入玉臺者。」（343頁）筆者認為，其題目可能為後人修改，至於詩作原文，在沒有明顯文獻證明其為後人附入者，則還應將其視為古詩對待。前一首應該為一首謎語詩，四句句意分別隱藏了四個字：「稿砧在何許」，稿砧，稻草與砧板，古代行刑時的用具，意同砆砧。

此詩第一字含義為諧音「鈇」的「夫」字，以下「山上復安山」，則為「出」字，「何時大刀頭」，則為「還」字，蓋因刀頭有環，諧音還，最後一句，破鏡，則為破鏡重圓之意，意為「圓」字。四字組合，則為「夫出還圓」的意思。正吻合於筆者前文所引曹植「科頭負鈇鑕，徒跣詣闕下」負荊請罪的情況。則此詩應為甄后之作。

〔註9〕〔晉〕陳壽撰〔宋〕裴松之注《三國志・魏書・曹植傳》，引〔魏〕魚豢《魏略》，中華書局1982年版，第564頁。

　　曹植光頭赤足，負荊請罪，而且所背著的不是荊條，而是鈇質，《公羊傳·昭公二十五年》：「君不忍加之以鈇鑕，賜之以死。」何休注：「鈇鑕，要（腰）斬之罪。」則鈇質乃是鍘刀，則曹植自請的處分乃是腰斬。

　　其二「何用通音信？蓮花玳瑁簪」，亦當為前首詩意的延續，提供了兩者之間互通音訊的秘密方式，應該是將書信置放於宮女的玳瑁簪下的長髮中。

　　曹植的兩篇賦作《蝙蝠賦》和《鷂雀賦》，則應該是曹植從京城釋放回來之後，以寓言體形式揭示了這一過程。

　　先看《蝙蝠賦》：

> 籲何奸氣，生茲蝙蝠。形殊性詭，每變常式。行不由足，飛不假翼。明伏暗動，〔□□□□。〕盡似鼠形，謂鳥不似，二足為毛，飛而含齒。巢不哺鷇，空不乳子。不容毛群，斥逐羽族。下不蹈陸，上不馮木。（《曹集》301 頁）

　　起首便用感歎詞：「籲」，來表達強烈的情感情緒，緊接著採用「奸」字來說明之所以憤怒的原因，和作者要表達的本質內容。說：啊呀！何等的奸偽，上天生就了蝙蝠。你看它，形狀特殊，性情詭異，行路不用足腳，飛翔不借翅膀，白晝潛伏，暗夜行動，（省略四字，或者被刪除四字），你的形狀像是老鼠，說你是鳥類卻一點也不像。

　　《爾雅·釋鳥》說：「二足而羽為之禽，四足而毛謂之獸」，你二足，徒有禽鳥的外形，但卻長毛。「哺鷇」，「鷇，雛也。」你巢居而不哺雛，說你是獸，你卻不容毛群，說你是鳥，你卻斥逐羽類，你下不飛落於陸地，上不依憑於樹木……

　　有學者懷疑此賦為斥責監國謁者灌均之作，該賦並非完璧，而是佚脫過甚之篇。監國謁者灌均自然為曹植所痛恨，但灌均等乃為「希旨」，曹植應該更為清楚整個事件的幕後主使人，應該是郭后。

　　郭后「有智術，時時有所獻納。文帝定為嗣，後有謀焉。」《三國志》同時記載了郭后小時候就有智術，被父親因此起名叫作「女王」，所謂「女中之王」。後來，失去雙親，在喪亂中流離闖蕩，喪亂流離，沒在侯家，又不知怎麼樣的過程，就成了曹丕的夫人。

　　後來一直致甄后於死地，就是郭后的主意，「甄后之死，由后之寵也」這些，正好吻合於曹植此賦中所說的「形殊性詭，每變常式」「明伏暗動，盡似鼠形」等特點，特別是「巢不哺鷇，空不乳子」，郭后無子，後來收養甄后所

生之子女，曹叡聽聞其母為郭后所害，以郭后害死甄氏的同樣方式賜死郭后，包括死後「被髮覆面」等。

《魏略》記載：「明帝既嗣立，追痛甄后之薨，故太后以憂暴崩。甄后臨沒，以帝屬李夫人。及太后崩，夫人乃說甄后見譖（誣陷）之禍，不獲大赦，被髮覆面，帝哀恨流涕，命殯葬太后，皆如甄后故事。」〔註10〕

《漢晉春秋》記載：「初，甄后之誅，由郭后之寵，及殯，令被髮覆面，以糠塞口，遂立郭后，使養明帝。帝知之，心常懷憤，數泣問甄后死狀。郭后曰：『先帝自殺，何以責問我，且汝為人子，可追仇死父，為前母枉殺後母邪？』明帝怒，遂逼殺之，敕殯者使如甄后故事。」〔註11〕「不容毛群，斥逐羽族」，更寫出郭后的陰險惡毒，是故，此賦為怒斥郭后無疑。

這一篇詛咒郭后，發洩怒火的寓言體文章，不應該是在甄后被賜死之後所作。因為，甄后被賜死，事情鬧到不可收拾的地步，曹植再憤怒，也不可能寫出這樣明眼人一看就和郭后處處對號的文章。

可以推測當時的過程，應該是曹植經過如此漫長歲月的堅守，蕩子漫遊於朝廷和鄄城之間，躲避和甄后歡合，對曹丕而言，這是一種臉面，對甄后是一種折磨，對曹植來說是一種無奈。

到了翌年春季，兩人之間終於不能堅守，乾柴烈火，死灰復燃，見面之後的激情是可以想見的。從兩位當事人來說，認為是合理合法的，當時是有休書的，兩人之間的結合，是用繼承人的地位交換而來的，這是天知地知，你知我知的隱私，當然可以享受自己的幸福。

但對曹丕來說，此一時也，彼一時也，自己已經貴為天子，如此亂倫，何以面對天下臣民？更兼郭女王的枕頭風，震怒和以後賜死的悲劇結局是可以逆料的。

再看曹植《鷂雀賦》：

> 鷂欲取雀。雀自言：「雀微賤，身體些小，肌肉瘠瘦，所得蓋少。君欲相啖，實不足飽。」鷂得雀言，初不敢語。「頃來轗軻，資糧乏旅。三日不食，略思死鼠。今日相得，寧復置汝！」雀得鷂言，意甚怔營：「性命至重，雀鼠貪生；君得一食，我命是傾。皇天降鑒，

〔註10〕〔晉〕陳壽撰〔宋〕裴松之注《三國志‧魏書‧后妃傳》，引〔魏〕魚豢《魏略》，中華書局1982年版，第166～167頁。

〔註11〕〔晉〕陳壽撰〔宋〕裴松之注《三國志‧魏書‧后妃傳》，中華書局1982年版，第166～167頁。

賢者是聽。」鷂得雀言，意甚怛惋。當死斃雀，頭如蒜顆。不早首服，烈頸大喚。行人聞之，莫不往觀。雀得鷂言，意甚不移。依一棗樹，蓁叢多刺。目如擘椒，跳蕭二翅。我當死矣，略無可避。鷂乃置雀，良久方去。

　　二雀相逢，似是公嫗，相將入草，共上一樹。仍敘本末，辛苦相語。向者近出，為鷂所捕。賴我翻捷，體素便附。說我辨語，千條萬句。欺恐捨長，令兒大怖。我之得免，復勝於兔。自今徙意，莫復相妒。

　　言雀者但食牛矢中豆，馬矢中粟。

此賦正如趙幼文所說：「殘脫不全，僅就現存部分進行探索，它展示一幅雀與鷂生死搏鬥的過程」。（《曹集》304 頁）此賦頗富含義，全篇講述的是一個鷂鷹欲要吃雀，雀依靠自身智慧死裏逃生的故事。這則故事本身，明眼人一看，即可明晰其中的指向，是在暗喻曹植死裏逃生的事情。

鷂鷹要獵取雀，雀推託說自己「身體些小，肌肉脊瘦，實不足飽」云云，以下對話，雀似乎並沒有說出多麼重要的乞求鷂鷹不吃自己的足夠理由，關鍵的問題，是雀通過自身的辯護，贏得了時間，也贏得了「行人聞之，莫不往觀」的局面。這個過程，正好吻合或說是解釋了「行人聞之，莫不往觀」，從而使自己死裏逃生的過程。

其次，值得關注的，是「二雀相逢，似是公嫗，相將入草，共上一樹。仍敘本末，辛苦相語」，此一段話語，提供了這樣的信息：那就是曹植在被彈劾之後，倉促入京請罪，隨後被釋放，重回鄄城和甄氏會面。這才可能有「二雀相逢，似是公嫗，相將入草，共上一樹。仍敘本末，辛苦相語」的情況。因此，此數句當是指的曹植與甄后在黃初二年六月，在鄄城最後一次相會的景況。

「二雀相逢，似是公嫗」，公嫗，公母，猶言老夫妻，公嫗就是公嫗，為何說是「似是公嫗」，只消想想曹植和甄后的關係，即可明白，兩者相愛一生，就時間而言，自然是「老」，但就兩人關係而言，則並非夫妻，就兩人年齡而言，也並非公嫗。「相將入草，共上一樹。仍敘本末，辛苦相語」。則形象展示了兩者久別重逢的感動、激動的場景。

此賦現存版本的最後兩句，很有意味：「言雀者但食牛矢中豆，馬矢中粟」，這無疑是一句非常粗俗的罵人話語，說：「有人說：雀就喜歡吃牛矢中

的豆，馬矢中的穀粟。」此話何意？初不可解，想想，豆粟自然是好的，但卻是牛馬食用過排便出來的，這不就是有人罵曹植和甄后的關係麼？

注意，曹植分明說：「言」，說明這句罵人話語，是別人罵雀，而雀分明是植，其次，曹植寫明「但食」，可以翻譯成「只食用」的意思，曹植一生沒有愛過其他女性，只是愛過甄后一人，而甄氏並非處女，而是經歷過袁熙、曹丕兩次婚姻的婦人，這可能就是有人所言的內在含義。對於這一污蔑、侮辱，曹植是怎樣回答的？可惜，就在這關鍵的語詞之後，此賦卻戛然而止，後面的文字殘缺脫落了，留給後人無限的想像和探索的空間。

從此賦的描寫來看，曹植從虎狼口中死裏逃生，回到鄴城，兩人生離死別之後，重新聚首，「二雀相逢，似是公媼，相將入草，共上一樹。仍敘本末，辛苦相語」，是何等的激動，何等的快樂？哪裏知道，事情豈肯就此了結，臥榻之側，豈容他人酣睡？應該是曹植的兩篇賦作再次被監國謁者密送到京城，郭女王激將曹丕，曹丕一怒之下發出了賜死甄后的詔書。此為後話。

第三節　眾口鑠黃金：植甄辯誣之作

魏文帝登基的第二年，黃初二年六月，快馬從京城洛陽出發，日夜兼程地奔往曹魏此前的中心鄴城。當甄后接到曹丕賜死的詔書時候，是什麼樣的情景？後來人很難想像。甄后的《塘上行》這一首既哀戚欲絕又幾乎有些語無倫次的血淚歌詩，應該是接到詔書之後的悲歌；而《孔雀東南飛》其中所寫的生離死別，則應該是這一悲劇場景的復現。

甄后賜死，造成曹植的第二次罪行。至於此一次罪行，理應比之第一次，有更為嚴重的證據。王沈《魏書》說：「東阿王植，太后少子，最愛之。後植犯法，為有司所奏，文帝令太后弟子奉車都尉蘭持公卿議白太后，太后曰：『不意此兒所作如是，汝還語帝，不可以我故壞國法。』及自見帝，不以為言。」〔註12〕「不意此兒所作如是，汝還語帝，不可以我故壞國法」，這裡的語氣，顯然和前面記載的太后為之不悅等不同。第二次灌均再次揭發之後，就連一向最為喜愛他的太后也不能原諒了。

在《謝初封安鄉侯表》中說：「臣抱罪即道，憂惶恐怖，不知刑罪當所限

〔註12〕〔晉〕陳壽撰〔宋〕裴松之注《三國志·魏書·后妃傳》，引〔西晉〕王沈《魏書》，中華書局 1982 年版，第 157 頁。

齊。陛下哀愍臣身，不聽有司所執……懼於不修，始違憲法；悲於不慎，速此
貶退……臣自知罪深責重，受恩無量，精魄飛散。」〔註13〕

「不聽有司所執」，說明有司所擬定的罪刑非常嚴重，「懼於不修」「悲於
不慎」，正意在說明自己之罪乃是一時不慎。另，此處之使用「恐怖」「精魄飛
散」等〔註14〕，並非罪臣的套語，而是曹植抱罪的真實心情。

曹植兩次獲罪，其中的區別，有可能是這樣的：第一次的彈劾，應該僅僅
是曹植甄后會面，而無實在證據；第二次灌均彈劾，應該是實際的證據在手，
應該是兩者之間分別多年的往來信函，主要是詩賦之作，被灌均搶走而呈上曹
丕文帝。其中不僅僅有事關郭女王的兩賦，而且，應該包括兩人之間長久時間
以來的書信往返。如前所引，在相關史料中，記載了文帝曹丕命卞蘭拿著相關
材料去給太后看，記載說是「持公卿議白太后」，但是空泛的群臣議論，是難
以讓太后如此絕情於自己鍾愛的兒子曹植的，發出「不意此兒所作如是」的絕
情語。

天下之事，有什麼能讓一位鍾愛自己兒子的偉大母親發出如此絕情語？
若非曹植發生的與甄后的亂倫之情，太后何以如此絕情？若非有類似所謂「古
詩」這些男女調情之作，何以讓太后相信兩人之間確有戀情？

甄后、曹植被告發之後，甄后臨別之際有《塘上行》的吟唱：

> 蒲生我池中，其葉何離離！傍能行仁義，莫若妾自知。
> 眾口鑠黃金，使君生別離。念君去我時，獨愁常苦悲。
> 想見君顏色，感結傷心脾。念君常苦悲，夜夜不能寐。
> 莫以豪賢故，棄捐素所愛。莫以魚肉賤，棄捐蔥與薤。
> 莫以麻枲賤，棄捐菅與蒯。出亦復苦愁，入亦復苦愁。

邊地多悲風，樹木何翛翛。從軍致獨樂，延年壽千秋。〔註15〕

《樂府詩集》載《塘上行》於魏武帝之下，實則為甄后所作。《鄴都故事》
曰：「魏文帝甄皇后，中山無極人。袁紹據鄴，與中子熙娶后為妻。後太祖破
紹，文帝時為太子，遂以后為夫人。後為郭皇后所譖，文帝賜死後宮。臨終為

〔註13〕　〔魏〕曹植《謝初封安鄉侯表》，趙幼文校注《曹植集校注》，人民文學出版社
　　　　　1984 年版，第 237 頁。
〔註14〕　〔魏〕曹植《謝初封安鄉侯表》，趙幼文校注《曹植集校注》，人民文學出版社
　　　　　1984 年版，第 237 頁。
〔註15〕　逯欽立輯校《先秦漢魏晉南北朝詩》上，中華書局 1983 年版，第 406 頁，其
　　　　　中「莫以麻枲賤」，「賤」為「賦」，今據《樂府詩集》校改為「賤」。

詩」。〔註16〕

此詩根據《三國會要》所載，為這樣的版本：

蒲生我池中，蒲生我池中，其葉何離離！傍能行仁義，莫若縷
自知。眾口鑠黃金，使君生別離。一解

念君去我時，念君去我時，獨愁常苦悲。想見君顏色，感結傷
心脾。今夜不能寐。二解

莫用豪賢故，莫用豪賢故，棄捐素所愛。莫以魚肉賤，棄捐蔥
與薤。莫以麻枲賤，棄捐菅與蒯。三解

倍恩者苦枯，倍恩者苦枯〔註17〕，蹶船常苦沒。教君安息定，
慎莫致倉卒。念與君一共離別，亦當何時共坐復相對。四解

出亦復苦愁，出亦復苦愁，入亦復苦愁。邊地多悲風，樹木何
蕭蕭。今日樂相樂，延年壽千秋。五解〔註18〕

從版本來說，無疑，《三國會要》所載，更為接近宮廷樂府所演奏的原來
形態，全首歌詩分為五解，每解的首句重複，帶有明顯的歌唱表演時候的痕
跡。

《樂府詩集》卷六十一載有曹植《當牆欲高行》：

眾口可以鑠金，讒言三至，慈母不親。

（憒憒）憒憒俗間，不辨偽真。

願欲披心自說陳，君門以九重，道遠河無津。〔註19〕

此詩清楚表明了曹植和甄后在黃初二年使用著同樣的話語——「眾口鑠
金」來辯解著同樣的問題，那就是關於兩人之間行為的正當性。「讒言三至，
慈母不親」，清楚地記錄了案發之後的悲涼景況，曹植憤激於世俗間「不辨偽
真」，百口難解，希望有機會正在君王面前辯白清楚，但「君門以九重，道遠
河無津」。

這一段時期，曹植也還應有其他詩文作品，來表達對甄氏的同情和愛戀。
曹植《浮萍篇》：

浮萍寄清水，隨風東西流。結髮辭嚴親，來為君子仇。

恪勤在朝夕，無端獲罪尤。在昔蒙恩惠，和樂如瑟琴。

〔註16〕〔宋〕郭茂倩《樂府詩集》，中華書局，1979年版，第521頁。
〔註17〕原為「枮」（右邊為「古」），根據《樂府詩集》改為枯。
〔註18〕〔清〕錢儀吉撰《三國會要》，上海古籍出版社，2006，第337頁。
〔註19〕〔宋〕郭茂倩《樂府詩集》，中華書局，1979，第888頁。

　　何意今摧頽，曠若商與參。茱萸自有芳，不若桂與蘭。

　　新人雖可愛，無若故所歡。行雲有返期，君恩倘中還。

　　慊慊仰天歎，愁心將何愬。日月不恒處，人生忽若寓。

　　悲風來入懷，淚下如垂露。發篋造裳衣，裁縫紈與素。

　　其中「浮萍寄清水，隨風東西流」，正是甄后「蒲生我池中，其葉何離離」的回應。

　　甄后的《塘上行》，曹植的《浮萍篇》《當牆欲高行》兩篇，與十九首的《行行重行行》四篇之間，相互之間有很多相互對應的詩句語詞，這絕非偶然，而是應該看作甄后之死以及曹植的被彈劾，對曹植造成了巨大的衝擊波，使他經歷了一生中從未經歷過的巨大災難，在他心中掀起了巨大的江海波瀾，才使曹植寫出了這麼多的同一題材、主題的詩篇。

　　關於曹丕後悔殺甄，史書多有記載，《三國志·方技傳》記載曹丕問卦於周宣：

　　　　文帝問宣曰：「吾夢殿屋兩瓦墮地，化為雙鴛鴦，此何謂也？」
宣對曰：「後宮當有暴死者。」帝曰：「吾詐卿耳！」……無幾，帝復問曰：「我昨夜夢青氣自地屬天。」宣對曰：「天下當有貴女子冤死。」是時，帝已遣使賜甄后璽書，聞宣言而悔之，遣人追使者不及。帝復問曰：「吾夢摩錢文，欲令滅而更愈明，此何謂邪？」宣悵然不對。帝重問之，宣對曰：「此自陛下家事，雖意欲爾而太后不聽，是以文欲滅而明耳。」時帝欲治弟植之罪，逼於太后，但加貶爵。〔註20〕

　　這一段資料，清晰記載了曹丕在接到灌均彈劾之後的震怒、焦躁、不安的心境，既要懲治曹植和甄后，又不希望惹得天下臣民議論紛紛，不成體統。以夢境來問卦，本身就說明了曹丕的這種不希望張揚的心情，同時，「吾夢摩錢文，欲令滅而更愈明」，更是清楚道出了曹丕的本意。而周宣的對言，「此自陛下家事，雖意欲而太后不聽，是以文欲滅而明耳」，更清楚說明，曹丕所問正是植、甄之事，陳壽隨後的說明，更是明確將與甄后事件發生關聯的男方人物曹植點明出來。

　　甄后賜死之後，曹植被羈押到京城。隨後，曹植應該被發落到南部極遠的地方，走到黃河邊孟津地方，又被召回，被關押在京城的南宮：「南宮，南臨

〔註20〕〔晉〕陳壽撰〔宋〕裴松之注《三國志·方技傳》，中華書局，1982，第810～811頁。

洛水，去北宮七里。在平城門內。」〔註21〕至於這一次流放，原本要流放到什麼地方，始終不清楚。曹植自己的詩中似乎有關於日南的記載，是聽聞？還是親歷？

蘇李詩之《有鳥西南飛》：

> 有鳥西南飛，熠熠似蒼鷹。朝發天北隅，暮聞日南陵。
> 欲寄一言去，託之牋綵繒。因風附輕翼，以遺心蘊蒸。
> 鳥辭路悠長，羽翼不能勝。意欲從鳥逝，駑馬不可乘。

此詩載於《古文苑》，題為李陵《錄別詩》〔註22〕，觀其句意，當為曹植甄后建安二十四年冬十二月離別之後的作品。兩者之間，更似曹植抵達洛陽之後寫給甄后之作。前四句「有鳥西南飛，熠熠似蒼鷹。朝發天北隅，暮聞日南陵」，以鳥之西南飛，比喻自己由鄴城而到洛陽，「朝發」「暮聞」，極寫行路之速，並非實寫。「朝發天北隅，暮聞日南陵」，（曹植是否有被遣送到日南交趾的可能？）一說是暮宿，對仗更為工整，確實，是兩句顯示了一些對仗對偶的華美因素，比之甄后，更似曹植之作；「欲寄一言去，託之牋綵繒。因風附輕翼，以遺心蘊蒸。鳥辭路悠長，羽翼不能勝。」

此八句，是說自己遠別之後，並沒有忘懷甄氏，但山長水闊，無法送達，只好託之飛鳥。此詩前面所寫之飛鳥，出於比喻，後面之再用飛鳥，已經像是採用《漢武故事》中的青鳥了。「《漢武故事》曰：七月七日，上於承華殿……忽有一青鳥從西方來集殿前，上問東方朔，朔曰：此西王母欲來也。有頃，王母至，有二青鳥如烏俠侍王母旁。」〔註23〕

此詩之中出現的「日南」，並非偶然，參看曹植《苦熱》詩：

> 行遊到日南，經歷交趾城。苦熱但暴露，越夷水中藏。〔註24〕

說行遊到日南郡，走過了交趾。當地酷熱，土人都到水裏面避暑。似乎是親歷所見。但問題是，此時期之交趾，歸於孫權版圖，曹植能被流放到這裡麼？如果不能，又怎麼樣解釋曹植自己的記載？似乎曹植對日南交趾非常熟悉，是親歷其境還是通過傳聞寫作，不可考。

〔註21〕元人撰不著姓名清人徐松輯《元河南志四卷》，楊家駱主編《中國學術名著第六輯》，世界書局 1974 年版，卷二。

〔註22〕《古文苑》，王雲五主編《萬有文庫》，章樵注，商務印書館，1937 年版，第188 頁。

〔註23〕歐陽詢撰《藝文類聚》卷九十一，臺灣新興書局，1963 年版，第 2340 頁。

〔註24〕曹植集校注，頁 541，附錄一‧逸文。

　　結句說：「意欲從鳥逝，駕馬不可乘」，表達自己恨不得即刻返回的意思。駕馬一詞在漢魏詩歌中的使用，大抵是先在樂府詩《戰城南》中出現；「梟騎戰鬥死。駕馬悲回鳴」，曹植《驅車篇》：「驅車揮駕馬。東到奉高城」，十九首《青青陵上柏》「驅車策駕馬」，亦為曹植所作，參見筆者相關研究。

　　黃初二年在將甄后賜死之後，對曹植的處理，應先是流放南方，中間有行至延津封為安鄉侯，隨後徙居京師，待罪南宮，後改封鄄城侯、王，至黃初三年五月封鄄城王，自洛陽返回鄄城。

　　曹植《謝初封安鄉侯表》：「臣抱罪就道，憂惶恐怖，不知刑罪，當所限齊。陛下哀憫臣身，不聽有司所執，待之過厚。即日於延津受安鄉侯印綬。奉詔之日，且懼且悲。懼於始違憲法，悲於不慎，速此貶退。」（《藝文類聚》卷五十一）

　　曹植這次行至延津接受安鄉侯詔書，其時間一般多理解為黃初三年之事，反覆體味其中過程，黃初二年六月，甄后被賜死，曹植隨即被以罪人身份流放更為貼切。曹丕震怒之下，賜死甄后，並遠放曹植。此次流放原先的目的地不詳，延津當只是中間地，由於曹丕意識到曹植不在身邊，反而有更多的禍患，方才改變主意。

　　延津位置在安陽以南 130 公里左右，快到開封的地方。前文曾引曹植《苦熱》詩：「行遊到日南，經歷交趾城。苦熱但暴露，越夷水中藏。」〔註25〕似乎曹植對日南交趾非常熟悉，是親歷其境還是通過傳聞寫作，不可考。這次貶謫，是否有貶謫更為邊遠之地，還需研究。

　　《曹集考異》卷十二引東阿縣魚山《陳思王墓道隋碑文》：「皇（黃）初二年，姦臣謗奏，遂貶爵為安鄉侯。三年立為□王」〔註26〕，《文選》注曹植罷朝表曰：「行至延津，受安鄉侯印綬」，隨後應是返回洛陽，曹植集載詔：「知到延津，遂復來」。

　　從延津返回，曹植應開始「待罪南宮」的一段囚犯生活。此當為曹植失題之文。又，《文選》卷二十曹植《上責躬應詔詩表》李注：「植集曰：『植抱罪，徙居京師，後歸本國。』」此當為曹植失題之文。《文選》卷二十曹植《責躬詩》李注：「《求出獵表》曰：『臣自招罪釁，徙居京師，待罪南宮。』」又

〔註25〕曹植集校注，頁 541，附錄一・逸文。
〔註26〕〔清〕朱緒曾《曹集考異》，《續修四庫全書・集部・別集類》，上海古籍出版社，2002，第 565 頁。

李注：「植《求習業表》曰：雖免大誅，得歸本國。」〔註27〕

　　就曹植身份來說，原本在曹操死後，曹丕登基之際，曹植應該已經封為鄄城侯、王，參見前文所析。到甄后賜死之際，曹植則被削去爵位，貶為庶人：《文選》卷二十曹植《責躬詩》李注：「植集曰：『博士等議，可削爵土，免為庶人。』」則應在此時之事。一直到延津接到封為安鄉侯的詔命。應是回洛陽後，改封鄄城侯，並於三年四月，為鄄城王。《文帝紀》：黃初三年四月，「立鄄城侯植為鄄城王」，五月，遣放曹植，結束待罪南宮的囚犯生活。

　　關於甄后玉枕：「黃初中入朝，帝示植甄后玉鏤金帶枕，植見之，不覺泣」，這一段記載，尤為清代腐儒所不容：「示枕賚枕，里巷之人所不為，況帝又猜忌諸弟？」〔註28〕確實，若是在理學一統之後的漢民族，確實里巷之人所不為，但這一條資料，還需看如何理解。黃初中入朝，時間當是黃初二年六月甄后被賜死之後，曹植謝罪入朝。關於留宴賚枕：「時已為郭后讒死，帝意亦尋悟。因令太子留宴飲，仍以枕賚植」

　　既然不能殺弟，曹丕反而需要做出高姿態，以便給天下人看，說明兄弟之間的這一段風波，是個誤會，「因令太子留宴飲。仍以枕賚植」，就不是不可能發生的事情。又李注：「植《求習業表》曰：雖免大誅，得歸本國。」〔註29〕《三國會要·朝會》引《宋書·禮志》：「魏國初建，事多廢闕。故黃初三年，始奉璧朝賀」，〔註30〕因此，朱緒曾《曹集考異》認為：「子建實以三年朝京師也。」〔註31〕明帝於太和五年（231）八月時說：「朕惟不見諸王十有二載」〔註32〕，則明帝與諸王之間的上次見面應該是黃初二年，古人計算時間乃為虛歲，首尾各有一年，則為黃初二年。黃初四年的會節氣，明帝未能見到諸王叔，同時也說明，一般的會節氣，曹叡並不參加，曹叡之所以能在太和五年在《詔》書中清晰提及「不見諸王十有二載」，正與李善所引《記》中所說的（黃初二年）「因令太子留宴飲」相互吻合。

〔註27〕梁春勝《曹植佚文輯考》，《古籍整理研究學刊》，2008 年第 5 期，第 51 頁。

〔註28〕〔清〕朱緒曾《曹集考異》，《續修四庫全書·集部·別集類》，上海古籍出版社，2002，第 450 頁。

〔註29〕梁春勝《曹植佚文輯考》，《古籍整理研究學刊》，2008 年第 5 期，第 51 頁。

〔註30〕清錢儀吉撰《三國會要》，上海古籍出版社，2006，第 257 頁。

〔註31〕〔清〕朱緒曾《曹集考異》，《續修四庫全書·集部·別集類》，上海古籍出版社，2002，第 452 頁。

〔註32〕〔晉〕陳壽撰〔宋〕裴松之注《三國志·魏書·明帝紀》，中華書局，1982，第 98 頁。

　　既然所有的事情均已與史實吻合，則「仍以枕賚植」，就不無可能。曹丕作為政治家，他知道怎樣才能盡快平息這一事件，以及臣民對曹氏家族的議論，並且，要考慮怎樣從歷史上抹除這一事件的痕跡。

　　曹丕於黃初三年春，在洛陽宮城建築靈芝池，顯然是了紀念甄后所建。待罪南宮跟隨曹丕左右的曹植，應該是受命為此寫作《靈芝篇》。曹丕建築靈芝池紀念甄后，詔命曹植寫作他當年的戀人甄后，這顯然有為難曹植的意思。意思是倒要看看你怎麼寫寫甄后，寫不好正好可以加重處罰。曹子建才高八斗，自然難不倒他，《靈芝篇》：

靈芝生王地，朱草被洛濱。榮華相晃耀，光采曄若神。
古時有虞舜，父母頑且嚚。盡孝於田壟，烝烝不違仁。
伯瑜年七十，彩衣以娛親。慈母笞不痛，歔欷涕沾巾。
丁蘭少失母，自傷早孤煢。刻木當嚴親，朝夕致三牲。
暴子見陵悔，犯罪以亡形。丈人為泣血，免庶全其名。
董永遭家貧，父老財無遺。舉假以供養，傭作致甘肥。
責家填門至，不知何用歸。天靈感至德，神女為秉機。
歲月不安居，嗚呼我皇考。生我既已晚，棄我何其早。
蓼莪誰所興，念之令人老。退詠南風詩，灑淚滿褌抱。

　　這一篇《靈芝篇》，既巧妙地讚美了甄后，而且，其中加入了一些只有曹植和甄后之間才能讀懂的戀情語碼，在曹丕眼皮底下公然祭奠兩人之間的戀情。曹植是怎樣做到這一點的呢？

　　「靈芝生天地，朱草被洛濱。榮華相晃耀，光彩曄若神。」開篇四句，直接點題，歌頌靈芝。既然曹丕建靈芝池以紀念甄后，開篇即歌頌靈芝之偉大，之美麗，總不會犯忌諱。靈芝生於天地之間，是說甄后人格之偉大，光明磊落做人，當年和曹丕離異，是堂堂正正一紙休書的結果，並無苟且之不端。而結果呢？「朱草被洛濱」，朱草，《抱朴子》：「朱草狀如小棗，……喜生名山岩石之下。刻之，汁流如血。」這不是比擬甄后之慘死麼？洛濱，洛水之濱。此處已經暗伏下以後寫作《洛神賦》的意思。

　　「榮華」，《爾雅》：「木謂之華，草謂之榮。」由於朱草被洛濱，以至於花木之紅色相互輝映。這裡的一些字眼，譬如榮、華、木等字眼，連同「歡會難再逢，芝蘭不重榮」中的芝、蘭等，此前總是在曹植相關詩作之中跳躍，懷疑，其中的某個字，如榮如華，是甄后真正的名字，後來終於找到了蘭字

是甄后的真名，此處寫給曹丕看，自然不能露出「蘭」的本字，而在蘭字相關連帶的字眼中呈現某種暗示。

開篇四句，歌頌靈芝，也就是歌頌甄后，暗示了如此偉大女性之悲慘的結局。顯然有些過於明顯，曹植需要收斂一下。於是，從第五句開始，忽然轉臉變成正統儒家的說教，講述了很多古人孝順的故事：如虞舜盡孝、伯瑜（老萊子）彩衣娛親、丁蘭刻木當嚴親、董永家貧傭作，「天靈感至德，神女為秉機」，一連講述五個古代著名的孝子、孝女故事，隨後方才落實到神女為秉機，也就是織女和牽牛的故事，如前所述，織女為甄后，曹植為牽牛，這是曹植甄后之間的語碼，他人不能讀懂的機密。曹植故意先寫出所謂二十四孝的一些儒家說教故事，掩蓋了他心中對甄后亡靈的祭奠心情。

如此還不夠，曹植又進一步寫對父皇曹操的思念：

歲月不安居！嗚呼我皇考！生我即已晚，棄我何其早！

此四句可謂是驚心動魄！甄后年齡長於曹植將近十歲，而兩人之間乃為曠世之戀、傾國之戀、忘年之戀、亂倫之戀！「生我即已晚，棄我何其早！」此兩句深刻寫出曹植對於兩人之間戀情的靈魂深處的隱痛。而這種深情，不能直接傾訴，故訴之於對皇考的話語。此詩題目是《靈芝篇》，是黃初三年為曹丕建築靈芝池落成應皇帝詔命的應制之作，而曹丕修建靈芝池，是為紀念自己的結髮愛妻甄氏之作，如同以後魏明帝曹叡在洛陽宮城中修建芙蓉殿，是為懷念母親甄后所修建一樣。

雖然，曹植轉筆寫給母親，通過寫給母親的詩句，表達自我內心深處的痛楚：「《蓼莪》誰所與，念之令人老。退詠《南風》詩，灑淚滿襟抱。」《蓼莪》與《南風》，都是詩三百中的篇名，都與母愛有關，前者如：「哀哀父母，生我劬勞！」後者如「凱風自南，吹彼棘心。」表面上看，此兩句皆與對父母的思念有關，但在這字裏行間，卻深藏著曹植對洛神靈芝的深深思念。《蓼莪》誰所與，其實是說，是誰曾經寫過這樣的詩句？「念之令人老」，託名十九首，實則為甄后的「思君令人老，軒車來何遲」，與曹植寫給甄后的「同心而離居，憂傷以終老」，這是兩者之間永恆的主題，是經常談及的話題。而「凱風自南」之凱風，也早已經是兩者之間化用典故之後而成為相互之間的語碼。曹植建安十八年寫給甄后的書信體詩句：「凱風永至，思彼蠻方。願隨越鳥，翻飛南翔。」

《鞞舞歌》下的《精微篇》也值得關注。在這篇含有敘事因素的五言詩作

中，曹植講述了幾個故事。故事基本都是圍繞冤案、苦難、報仇、申冤等關鍵
詞進行的。詩題之所以稱之為「精微」，源自起首兩句：「精微爛金石，至心動
神明。」精微，至誠的意思，也就是精微至誠，可以感動天地，所謂精誠所至，
金石為開的意思。圍繞這個主題，曹植開始講述一系列感天動地的故事，特別
是其中多有女性作為主人公，其含義不申自明：

《精微篇》故事一：「杞妻哭死夫，梁山為之傾。」杞妻哭死夫的故事，
在曹植詩文中兩次出現，在十九首中一次出現，在《西北有高樓》中，充分說
明，漢魏之際習慣用這個故事的，唯有曹植一人而已。由於曹植甄后之間已經
用過這個典故，因此而成為兩者之間相互熟稔的語碼之一。

《精微篇》故事二：「子丹西至秦，烏白馬角生。」燕太子丹作為人質於
秦，求歸而不能，秦王不聽，說是令烏白頭，馬生角，乃可許之。太子丹仰天
長歎，烏即白頭，馬生角。秦王不得已，乃遣之。這裡，分明以太子丹的故事
比擬自己。

《精微篇》故事三，「鄒衍囚燕市，繁霜為之零。」鄒衍盡忠於燕惠王，
卻被囚於燕市，鄒衍仰天而哭，五月天為之霜。曹植無罪而被待罪南宮，冤情
正與鄒衍相似。

《精微篇》故事四：「關東有賢女，自字蘇來卿。壯年報父仇，身沒垂功
名。」講述一個未見史書記載的所謂民間流行的故事，說是在函谷關以東，有
一位賢女，自己給自己起的字是蘇來卿。壯年為父報仇，身沒而留下美名。

《精微篇》故事五：「女休逢赦書，白刃幾在頭。俱上列仙籍，去死獨就
生。」女休故事已經見於前文所引關於《陌上桑》故事。需要提及的，曹植這
裡斬斷截流，直接將情節說到女休逢赦書的情節，似乎是對前面所引署名左延
年詩作的延續。

《精微篇》故事六：「太倉令有罪，遠征當就拘。自悲居無男，禍至無
與俱。緹縈痛父言，荷擔西上書。盤桓北闕下，泣淚何漣如！乞得並姊弟，
沒身贖父軀。漢文感其義，肉刑法用除。其父得以免，辯義在《列圖》。多
男亦何為！一女足成居。」此一段講述緹縈救父的故事，敘事詳切，與敘事
詩無異。可以對比署名班固的五言詩作《詠史詩》：「三王德彌薄，惟後用肉
刑。太倉令有罪，就逮長安城。……聖漢孝文帝，惻然感至情。百男何憒憒，
不如一緹縈。」

反思和重新閱讀曹植此一類詩作，我們不難發現，議論類、講述類雖然主

要是兩漢時代的形態，建安十六年之後，開始採用意象式的、細節描寫式的新
興寫法，但這並不等於兩漢傳統的寫作方式從此消失。任何一種寫法，一旦創
制出來，就會是永恆的方式。曹植五言詩作中大量有新興的意象方式、細節描
寫方式，但也同樣寫作有很多議論句式和敘述句式。以曹植《精微篇》講述的
這些故事來看，與署名班固的這一首詠史詩，幾無二致。其中「太倉令有罪」
一句，甚至是完全相同的句子。

署名班固的這一首詠史詩，極有可能是曹植在第一次赴京城謝罪，甄后
思念痛切，感受自己身為女性而無力救助之所寫作。

《精微篇》故事七：「簡子南渡河，津吏廢舟船。執法將加刑，女娟擁棹
前。妾父聞君來，將涉不測淵。畏懼風波起，禱祝祭名川。備禮饗神祇，為
君求福先。不勝醨祀誠，至令犯罰艱。君必欲加誅，乞使知罪譽。妾願以身
代，至誠感蒼天。國君高其義，其父用赦原。河激奏中流，簡子知其賢。歸
聘為夫人，榮寵超後先。辯女解父命，何況健少年。」

故事七講述趙簡子將渡河進攻楚國，津吏因廢舟船而獲罪。這一段講述
篇幅更長，情節更為細緻，不必多論。但可以看出，曹植是一個具備寫作敘
事詩能力的詩人，而且，應該是漢魏之際，除了甄后之外，具備寫作敘事五
言詩的唯一的詩人。他是完全具備寫作譬如《陌上桑》《孔雀東南飛》能力的
詩人。「黃初發和氣，明堂德教施。治道致太平，禮樂風俗移。刑措民無枉，
怨女復何為。聖皇長壽考，景福常來儀。」結尾數句，回歸於廟堂文章的應
景話語。說黃初以來，天下太平，明堂德教，禮樂風俗，「刑措民無枉，怨女
復何為」，也就不會出現這些怨女了。正是一種欲蓋彌彰的障眼法。

第十四章　黃初三年：《洛神賦》的寫作背景

第一節　概　說

　　關於曹植甄后之間的關係，迄今為止最早的痕跡，應是顧愷之《洛神賦圖》，現在僅有宋人臨本傳世，但還是能傳達出顧愷之原貌。畫圖中的洛神的髮髻是靈蛇髻，甄后之美，各種史料中多有記載，裴松之注引《世語》「姿貌絕倫」，《琅嬛記》：

> 甄后既入魏宮，庭有一綠蛇，口中恒有赤珠，若梧子大，不傷人，人欲害之，則不見矣。每日後梳妝，則盤結一髻形於後，前後異之，因效而為髻，巧奪天工。故後髻每日不同，號為靈蛇髻。宮人擬之，十不得一二也。〔註1〕

　　這些關於甄后髮髻之美的傳說，應來自晉人陸翽撰《鄴中記》，李商隱《蜂》詩也說：「宓妃腰細才勝露」。後兩條資料都有傳說的、文學的成分，但若參見前文所引之各種史料，則傳說也有其真實的因素。其中後者可能是來自曹植《洛神賦》中的「腰如約素」。

　　由《洛神賦》中對甄后的形體刻畫，對照《孔雀東南飛》蘭芝的形體刻畫，不難得出結論，兩者為同一模型。

〔註1〕〔元〕伊世珍、席夫輯《琅嬛記》卷上，叢書集成初編，中華書局1991年版，第26～27頁。

　　清人何琇《樵香小記》中說：「李善注《文選》，字字必著其出典，惟《洛神賦》注感甄事，題為《傳》曰，究不知何為《傳》也。」若說李善所引《傳》為後人孱入，但李善注《洛神賦》中「恨人神之道殊兮，怨盛年之莫當」，則現在所有版本都注「盛年，謂少壯之時，不能得當君王之意。此言微感甄后之情。」

　　李善引《記》，則說明《記》是唐之前的史料，關於所引《記》，乃為《史記》之類的史書。它比清代學者的說法，更為接近歷史的真實。一說裴鉶《傳奇》載有《感甄賦》，裴鉶《傳奇》今佚，僅《太平廣記》中錄有數篇。《太平廣記·蕭曠》條中，引《傳記》一篇，有蕭曠和甄后的一段對話，頗有意味：

　　　　女曰：「妾即甄后也。為慕陳思王之才調，文帝怒而幽死。後精魄遇王洛水之上，敘其冤抑，因感而賦之，覺事不典，易其題……妾為袁家新婦時，性好鼓琴，每彈至悲風及三峽流泉，未嘗不盡夕而止。」〔註2〕

　　三國時期的這段歷史，由於當時是個血腥殺戮的時代，許多史事撲朔迷離，史書語焉不詳，幸賴各種筆記傳說給予記載，雖不能全信，但也不可全然不信，信與不信，需要有諸多方面的史料及邏輯聯絡考辨，方可破除迷霧，見出歷史之本原。以甄氏之聰慧素養，則《太平廣記》關於甄氏擅長鼓琴的記載，當為可信。

　　關於曹植甄后戀情，唐代詩人多有記載，盛唐李白《感興》：

　　　　洛浦有宓妃，飄颻雪爭飛。輕雲拂素月，了可見清輝。
　　　　解佩欲西去，含情詎相違。香塵動羅襪，綠水不沾衣。
　　　　陳王徒作賦，神女豈同歸。好色傷大雅，多為世所譏。

　　說洛浦有宓妃甄后，她的美麗就像是飄搖飛雪，飄忽不定；就像是輕雲微拂一輪素月，露出清輝。當她解佩欲要仙去的一瞬，含情脈脈，讓人怎能與之相別，讓人怎能不別情——？她凌波微步，羅襪香塵，綠水似乎不能沾濕她的衣襟。陳王曹植白白寫出感甄賦，神女宓妃豈能與其相會？陳王好色有傷大雅，多為世俗禮儀社會所譏刺。

　　其中涉及甄后死去一些細節的補充，甄氏一生似乎與綠水有不解之緣：曹植與甄后在水邊採擷芙蓉而定情為開始，甄后於芙蓉池之「攬衣入清池」而為

〔註2〕〔宋〕李昉等編《太平廣記》卷三百一十一，中華書局1961年版，第2459頁。

終結。李白再次提及「綠水不沾衣」，說明到了李白的時代，對於兩者之間戀情關係一直在傳聞之中。「好色傷大雅，多為世所譏」，則說明曹植戀情並不能獲得廣泛的同情，而是受到禮教社會的譏刺批評的。

到中唐元稹《代曲江老人百韻》「班女思移趙，思王賦感甄」；再到晚唐李商隱「賈氏窺簾韓掾少，宓妃留枕魏王才。」（《無題》）、「宓妃愁坐芝田館，用盡陳王八斗才。」（《可歎》）、「宓妃漫結無窮恨，不為君王殺灌均。」（《涉洛川》）等。

可知，從六朝到唐代，相關記載不絕如縷，懷疑者開始於理學盛行之南宋。可以說，並非兩者之間的戀情有疑，而是在理學時代的思想不能見容這種亂倫戀情而生疑。

「植還，度轘轅，少許時，將息洛水上，思甄后，忽見女來」，曹植剛剛從與甄后的風波中走出，面對洛水，神情恍惚，產生「忽見女來」的錯覺，也是情理之中的事情。從《洛神賦》描寫的情況來看，其中不僅有大量明顯的甄氏的身影原型，更有兩人之間交往的細節原型體現。

植、蘭關係究竟如何，只有當事人的回憶和自白最為可靠。曹植不可能公然寫作感甄，故在賦前，特意寫明是「感宋玉對楚王神女之事，遂作斯賦」，其實，明眼人都能看出，曹植剛剛發生甄后與自己戀情的驚天大案，滿腹的冤屈需要傾訴，哪會有心思寫作宋玉對楚王神女之事？這是寫作個人自傳隱秘事件的常見手法——李善所引《記》，基本上吻合於曹植甄后關係的歷史原貌，應該視為一個重要的、嚴肅的記載。

第二節　採湍瀨之玄芝：戀情史的真實傳記

《洛神賦》：

> 黃初三年，余朝京師，還濟洛川。古人有言：斯水之神名曰宓妃。感宋玉對楚王說神女之事，遂作斯賦，其詞曰：
> 余從京域，言歸東藩。背伊闕，越轘轅，經通谷，陵景山。日既西傾，車殆馬煩。爾乃稅駕乎蘅皋，秣駟乎芝田，容與乎陽林，流眄乎洛川。於是精移神駭，忽焉思散。俯則未察，仰以殊觀，睹一麗人，於岩之畔。

看看《洛神賦》中揭示的曹植離開京城洛陽的路線圖，以及他所看到洛神的地點。「余從京域，言歸東藩。背伊闕，越轘轅，經通谷，陵景山。日既西

傾，車殆馬煩。爾乃稅駕乎蘅皋，秣駟乎芝田，容與乎陽林，流眄乎洛川。於是精移神駭，忽焉思散。俯則未察，仰以殊觀，睹一麗人，於岩之畔。」余從京域，言歸東藩，行程線路圖是清晰的，是要從京城洛陽回到鄄城。

鄄城是黃初二年所封，但這應是封鄄城王之後第一次就國。李善注：「東藩即鄄城」，有學者說，歸藩不得雲返鄄城，應為雍丘。其實應為鄄城，之所以說歸，是由於鄄城是曹植的第二故鄉，從小一直就在鄄城長大。此時正式封為鄄城王，更可以說是歸東藩。但曹植的路線圖，卻沒有朝向東北方向，而是朝向東南方向而行。

伊闕在洛陽之南，向東而行，因此說是「背伊闕」。接著往東依次為：轘轅，《元和郡縣志》：「道路險阻，凡十二曲，故曰轘轅」，越過轘轅，經過通谷，《洛陽記》：「城南五十里有大谷，舊名通谷」，一直到景山。

《河南郡圖經》：「景山，緱氏縣南七里」，緱氏縣有緱山。緱山西北為景山。原來，曹植的目的地是要來緱山。說是「車殆馬煩」，其實，緱山正是曹植此行的目的地。

曹植要去的緱山，就和牽牛織女，七夕相會的故事混在一起了。是曹植使用典故？還是曹植創造了典故？牽牛織女，七夕相會，是曹植甄氏之前就有的傳說，還是由於植甄兩人的密約而成為典故？

如前所述，就目前所見資料來看，植甄之前，並未見有確鑿的記載，甄氏以黃初二年六月丁卯賜死，相約七夕，正是兩人人世陽間不能如願，只能相約天上——另一個世界中實現戀情結合的美好願望。因此，此詩採用這一段原型材料，說「初七及下九，嬉戲莫相忘」，正應是甄氏臨終再三託付曹植之語。「下九」，指農曆每月的十九日。古代以每月二十九日為「上九」，初九日為「中九」，十九日為「下九」。下九日為漢代婦女歡聚的日子。詩中的「初七及下九」的話，雖是蘭芝對小姑說，但原型卻應該是甄氏臨終之前對曹植所言。

植、蘭兩人為何選擇七夕，而非別日呢？《列仙傳》記載：

> 王喬者，周靈王太子晉也。好吹笙，作鳳鳴，遊伊洛間。道人浮丘公接以上嵩高山，三十餘年後，求之於山上，見柏良曰：告我家，七月七日，待我於緱山頭。果乘白鶴駐山頭，望之不得到。舉手謝時人，數日而去。

王喬與家人相約七月七日在緱山相見，果然如期而至。王喬故事就發生在

伊洛間，曹植甄后應該非常熟悉，因此，以七夕相約，在天上相見。曹操《氣出倡》「來者為誰。赤松王喬」，曹植《仙人篇》「韓終與王喬。要我於天衢。萬里不足步。輕舉凌太虛」，十九首「仙人王子喬，難可與等期」。這些詩句，大致勾勒出來王子喬進入到曹魏文化的歷程。

「稅駕乎蘅皋，秣駟乎芝田」。互文見義。蘅皋，杜衡，這是屈原筆下的芳草，皋，澤也。芝田，《十洲記》記載，「鍾山在北海之中，仙家數千，耕田種芝草。」芝田，淺層次來說，這裡正暗示了一種人間仙境的氛圍。容與乎陽林，或作楊林，流眄乎洛川。

從深層次來說，在蘭室之外，我們又知道了甄后生活場所的館名為芝田館。甄后所居之所為何又叫作「芝田」？芝者，靈芝也，蘭室從甄蘭其名而來，芝田館，則由甄后「靈芝」的乳名而來。李商隱詩「宓妃愁坐芝田館」，也證實了曹植此處所寫的芝田館，正是甄后生活之所在館名。

因此，曹植「稅駕乎蘅皋，秣駟乎芝田」，點明是要會面甄后。旁視曰眄，說明曹植對和洛神的相會是有所預期的，換言之，曹植是專程和洛神做其死後的第一次相會，雖然人神道殊，仍是天上人間神魄交會。「於是，精移神駭，忽焉思散」，生動描繪出來曹植靈魂出殼，與洛神即將會面時候的景況。移，變也；駭，動也；俯則未查，仰以殊觀。俯仰之別，正寫出精遺神駭，忽焉思散，靈魂神遊中所見到的洛神，是由天上而來的過程。

「睹一麗人，於岩之畔」，這是由仙境而為人間的過渡性描寫，但不說是甄后，只說是一麗人，更見出奇妙。乃援御者而告之曰：「爾有覿於彼者乎？彼何人斯？若此之豔也！」御者對曰：「臣聞河洛之神，名曰宓妃。然則君王所見，無乃是乎？其狀若何？臣願聞之。」余告之曰：「其形也，翩若驚鴻，婉若遊龍。榮曜秋菊，華茂春松。彷彿兮若輕雲之蔽月，飄颻兮若流風之回雪。遠而望之，皎若太陽升朝霞；迫而察之，灼若芙蓉出淥波。襛纖得衷，修短合度。肩若削成，腰如約素。延頸秀項，皓質呈露。芳澤無加，鉛華弗御。雲髻峨峨，修眉聯娟。丹脣外朗，皓齒內鮮，明眸善睞，靨輔承權。瑰姿豔逸，儀靜體閒。柔情綽態，媚於語言。奇服曠世，骨像應圖。披羅衣之璀粲兮，珥瑤碧之華琚。戴金翠之首飾，綴明珠以耀軀。踐遠遊之文履，曳霧綃之輕裾。微幽蘭之芳藹兮，步踟躕於山隅。」

這一麗人，是若隱若現，若有若無的，是虛幻中的真實。於是，才有了與御者的一段對話，或說是借著御者的一段對洛神之美的描述：

乃援御者而告之曰：「爾有覿於彼者乎？彼何人斯？若此之豔也！」御者對曰：「臣聞河洛之神，名曰宓妃。然則君王所見，無乃是乎？其狀若何？臣願聞之。」余告之曰：「其形也，翩若驚鴻，婉若遊龍。榮曜秋菊，華茂春松。彷彿兮若輕雲之蔽月，飄颻兮若流風之回雪。遠而望之，皎若太陽升朝霞；迫而察之，灼若芙蓉出淥波。襛纖得中，修短合度。肩若削成，腰如約素。延頸秀項，皓質呈露。芳澤無加，鉛華弗御。雲髻峨峨，修眉聯娟。丹唇外朗，皓齒內鮮，明眸善睞，靨輔承權。瑰姿豔逸，儀靜體閒。柔情綽態，媚於語言。奇服曠世，骨像應圖。披羅衣之璀粲兮，珥瑤碧之華琚。戴金翠之首飾，綴明珠以耀軀。踐遠遊之文履，曳霧綃之輕裾。微幽蘭之芳藹兮，步踟躕於山隅。」

「翩若驚鴻，婉若遊龍。榮曜秋菊，華茂春松。」此為形體的比喻性描寫，「彷彿兮若輕雲之蔽月，飄颻兮若流風之回雪。遠而望之，皎若太陽升朝霞；迫而察之，灼若芙蓉出淥波。」此為神態聯想的描寫；芙蓉的比喻，另有深意，體態輕盈，有若鴻鵠驚飛，《神女賦》：「婉若遊龍乘雲翔」，若驚鴻之飛，若遊龍之翔。依稀彷彿，有似輕雲蔽月，肢體婀娜，有如流風捲起雪花迴旋飛舞。

「襛纖得中，修短合度。肩若削成，腰如約素。延頸秀項，皓質呈露。芳澤無加，鉛華弗御。雲髻峨峨，修眉聯娟。丹唇外朗，皓齒內鮮，明眸善睞，靨輔承權。瑰姿豔逸，儀靜體閒。柔情綽態，媚於語言。奇服曠世，骨像應圖。」此為對外形的工體鋪排。

宋玉《登徒子好色賦》：「增之一分則太長，減之一分則太短」；肩若削成，兩肩狹窄而比值下垂；宋玉《登徒子好色賦》：「腰如束素」，謂腰細而圓。延，秀，長也；司馬相如《美人賦》：「皓質呈露」杜甫：「卻嫌脂粉涴顏色，淡掃峨嵋朝至尊」，鉛華，《博物志》：「燒鉛成胡粉」，用以敷面，類似面膜。弗御，御者進也。雲髻，即甄后所創靈蛇髻，因為細長而高，因說雲髻峨峨；靨輔，兩頰酒窩，權，善睞，詩經，美目盼兮。

宋玉、司馬相如的相關賦作，均為程式化的女性身體描寫，類似京劇的那種固定模式。而到了曹植《洛神賦》的筆下，女性才具有了鮮活的生命感，並且，這種女性之美，有了充沛的情感靈性運行之中，不僅如此，寫作者不再是一個旁觀者、欣賞著，或說是僅有的是否與之發生關係的異性，而是兩者之間

水乳交融的一個共同體。

　　　　於是忽焉縱體，以遨以嬉。左倚採旄，右蔭桂旗。攘皓腕於神
滸兮，採湍瀨之玄芝。余情悅其淑美兮，心振盪而不怡。無良媒以
接歡兮，託微波而通辭。願誠素之先達兮，解玉佩以要之。嗟佳人
之信修，羌習禮而明詩。抗瓊珶以和予兮，指潛淵而為期。執眷眷
之款實兮，懼斯靈之我欺。感交甫之棄言兮，悵猶豫而狐疑。收和
顏而靜志兮，申禮防以自持。

　　　　於是洛靈感焉，徙倚彷徨，神光離合，乍陰乍陽。竦輕軀以鶴
立，若將飛而未翔。踐椒塗之郁烈，步蘅薄而流芳。超長吟以永慕
兮，聲哀厲而彌長。爾乃眾靈雜遝，命儔嘯侶，或戲清流，或翔神
渚，或採明珠，或拾翠羽。從南湘之二妃，攜漢濱之游女。歎匏瓜
之無匹兮，詠牽牛之獨處。揚輕袿之猗靡兮，翳修袖以延佇。休迅
飛鳧，飄忽若神，陵波微步，羅襪生塵。動無常則，若危若安。進
止難期，若往若還。轉眄流精，光潤玉顏。含辭未吐，氣若幽蘭。
華容婀娜，令我忘餐。

　　　　於是屏翳收風，川後靜波。馮夷鳴鼓，女媧清歌。騰文魚以警
乘，鳴玉鸞以偕逝。六龍儼其齊首，載雲車之容裔，鯨鯢踊而夾轂，
水禽翔而為衛。於是越北沚。過南岡，紆素領，回清陽，動朱唇以
徐言，陳交接之大綱。恨人神之道殊兮，怨盛年之莫當。

　　　　抗羅袂以掩涕兮，淚流襟之浪浪。悼良會之永絕兮。哀一逝而
異鄉。無微情以效愛兮，獻江南之明璫。雖潛處於太陰，長寄心於
君王。忽不悟其所舍，悵神宵而蔽光。於是背下陵高，足往神留，
遺情想像，顧望懷愁。冀靈體之復形，御輕舟而上溯。浮長川而忘
返，思綿綿而增慕。夜耿耿而不寐，沾繁霜而至曙。命僕夫而就駕，
吾將歸乎東路。攬騑轡以抗策，悵盤桓而不能去。

　　自「採湍瀨之玄芝」以下，《洛神賦》就不再是洛神一人之賦，而是兩者
共同的戀情史的真實傳記。「余情悅其淑美兮，心振盪而不怡。無良媒以接歡
兮，託微波而通辭」一段，分明是曹植與甄后戀情的第一個階段的凝練寫照，
是建安十六年之前單相思階段的縮影。「感交甫之棄言兮，悵猶豫而狐疑。收
和顏而靜志兮，申禮防以自持」，則透露出來甄后在戀情初始初始階段猶豫狐
疑的心態，為後人提供出來兩者之間戀情關係演變歷程的諸多細節。

　　「於是洛靈感焉，徙倚彷徨，神光離合，乍陰乍陽。竦輕軀以鶴立，若將飛而未翔。踐椒塗之郁烈，步蘅薄而流芳」，則可視為兩者之間第三個階段的縮影，描述和追憶洛神「感焉」，受到曹植鍥而不捨追求之後的感動，為曹植留下了很多珍貴的人生記憶，其中既有「徙倚彷徨，神光離合，乍陰乍陽。竦輕軀以鶴立，若將飛而未翔」的徘徊、猶豫，在徘徊猶豫中兩者之間漸進深入的戀情起伏，更有「踐椒塗之郁烈，步蘅薄而流芳」的倩影長存。

　　「超長吟以永慕兮，聲哀厲而彌長」，「動朱唇以徐言，陳交接之大綱。恨人神之道殊兮，怨盛年之莫當。抗羅袂以掩涕兮，淚流襟之浪浪。悼良會之永絕兮，哀一逝而異鄉。無微情以效愛兮，獻江南之明璫。雖潛處於太陰，長寄心於君王」，這些則明顯是黃初二年六月甄后被賜死之前夕的場景復現，不僅僅是場景，而是直指甄后的內心深處，透析兩者之間生離死別之際的悲愴。

　　「抗羅袂以掩涕兮，淚流襟之浪浪」，這裡的浪浪淚流，不再是藝術作品中的煽情，而是生離死別之際的真實場景記錄。「悼良會之永絕兮，哀一逝而異鄉」，「良會」二字，凝縮了兩者之間多少的良辰美景，「永絕」二字，下得又是何等的沉痛！「雖潛處於太陰，長寄心於君王」，正應是甄后最後訣別的話語。斯時曹植應已經是鄄城王。

　　至於「從南湘之二妃，攜漢濱之游女。歎匏瓜之無匹兮，詠牽牛之獨處。……休迅飛鳧，飄忽若神，陵波微步，羅襪生塵。動無常則，若危若安。進止難期，若往若還。轉眄流精，光潤玉顏。含辭未吐，氣若幽蘭。華容婀娜，令我忘餐」等，更是研究曹植生平以及兩者之間戀情史之極為可貴的第一手文獻資料，可以參照《九詠賦》等來閱讀。

　　從《洛神賦》之處處有水的背景來看，甄后之死，當為投水而死。魏文帝曹丕曾經撰有《列異傳》，因此，曹魏文化中頗為重視鬼物奇怪之事。《二十五史補編・三國藝文志》中有「魏文帝列異傳」條目，下載：隋志史部雜傳家《列異傳》三卷，魏文帝撰；又曰：魏文帝作《列異》以序鬼物奇怪之事，相繼而作者甚眾。案唐《經籍志》雜傳家有列異傳三卷，張華撰。唐《藝文志》小說家有張華《列異傳》一卷，意張華續文帝書而後人合之。《御覽》所引文帝後事，當出張華。《初學記》果木類引魏文帝列異傳言袁本初時事，則實出文帝。〔註3〕

────────────

〔註3〕〔清〕姚振宗撰《三國藝文志》，《二十五史補編》第三冊，開明書店輯印，1936～1937年版，第3266頁。案，為姚振宗案。

　　高貴鄉公謎語：自魏代以來，化為謎語。謎也者，回互其辭，使昏迷者也。或體目文字，或圖像品物，纖巧以弄思。淺查以衒辭。義欲婉而正，辭欲隱而顯。荀卿《蠶賦》已兆其體，至魏文陳思約而密之，高貴鄉公博舉品物，雖有小巧，用乖遠大，然文辭之有諧隱，譬九流之有小說云。案劉勰言則文帝陳王高貴鄉公集中皆有謎語，至公博舉品物尤多於前云。〔註4〕

　　魏文帝之所以多序鬼物奇怪之事，以及魏文陳王多隱語謎語，原本與曹植甄后之間這種被擠壓之下的不倫之戀有直接關係。兩者由於多有不能為外人道者，因多隱語，兩者戀情由於為當世不能實現者，因多神仙鬼怪之思，影響所及，連帶文帝，遂為一代之風尚。此當為六朝志怪小說之直接源頭也。

　　曹植在黃初三年結束待罪南宮的一年囚禁生活之後，回程寫作《洛神賦》，書寫自己對甄后的思念之情，可以視為是對甄后的別樣誄詞。這是他的心願，是他必須寫作出來，必須祭奠給甄后的。隨後，他返回到鄄城。《洛神賦》原題為《感甄賦》，並有注明「圈城作」，實際上，曹植應該是一路構思，返回鄄城之後完成了《洛神賦》。

　　有學者考證，認為《文帝紀》記載，曹丕「黃初二年十二月行東巡。三年正月庚午行幸許昌宮。三月甲午行幸襄邑。四月癸亥行還許昌宮。」因此，黃初三年四月至八月，曹丕一直在許昌，未反洛陽。而曹植《洛神賦》中所寫的地名，都是在洛陽附近，曹植自己在序中也明確說明是「余朝京師」，是從洛陽京師就國。而當時法制甚為嚴厲，引《晉書。禮制》：「魏制藩王不得朝覲，明帝時朝者由特恩。」因此，認為曹植序中所說的「黃初三年，余朝京師」是曹植的筆誤，應該是黃初四年朝京師。

　　實際上，不是曹植筆誤，曹植也不應該筆誤。古人的文字書寫，是極為嚴肅莊重的事情，據劉躍進先生所說，後漢有一位官員寫的奏章發現馬字缺少了一點，都會驚恐得要死，曹植怎麼會如此輕率將時間寫錯？是我們後人不瞭解內情而已。如同筆者此前所揭示，曹植從去歲也就是黃初二年六月，甄后被賜死之後，就一直待罪南宮，一直到翌年五月結束軟禁，釋放出來。曹植避諱，自然寫成余朝京師，來解釋自己為何從京城洛陽出來。曹植從京師出來，是返回到鄄城的，而非雍丘。曹植徙封雍丘，是在黃初四年六月，也就是發生曹彰被曹丕毒死於洛陽之際。

〔註4〕〔清〕姚振宗撰《三國藝文志》，《二十五史補編》第三冊，開明書店輯印，1936～1937年版，第3266頁。案，為姚振宗案。

第三節　顧瞻戀城闕，引領情內傷：曹彰慘死曹植歸藩

　　黃初四年，曹植在無限的悲情中、無端的愁緒中度過。

　　黃初四年五月，在曹植從京城釋放出來一年後，魏文帝曹丕詔書，令任城王曹彰、白馬王曹彪與鄄城王曹植，一同赴京城會節氣。所謂會節氣，其實不過是一個理由，曹魏政權對曹氏家族的人的防範，實為空前。沒有什麼緣由，帝王是不會想起來讓這些潛在的帝王皇位威脅者如京城的。這一次主要是針對曹植的庇護人曹彰，同時，也想順手解決曹植。

　　曹彰驍勇有力，為曹氏家族難得的軍事將領。也正因為這一點，被曹丕所忌諱，如鯁在喉，不吐不快。《世說新語》記載了曹丕毒害死曹彰的過程：

　　　　魏文帝忌弟任城王驍壯，因在卞太后閣，共圍棋，並噉棗。文帝以毒諸棗蒂中，自選可食者而進。王弗悟，遂雜進之。既中毒，太后索水救之。帝豫敕左右毀瓶罐。太后徒跣趨井，無以汲，須臾遂卒。復欲害東阿。太后曰：汝已殺我任城，不得復殺我東阿。

　　這一段記載，頗為詳切。說是魏文帝曹丕忌恨於任城王曹彪驍壯，因此，在卞太后閣設下圈套，名為一起下圍棋，一邊吃棗。曹丕事先在一些棗蒂中下毒，做出記號，吃棗時候自選可食者而進，而曹彰並不知道內情，有毒沒毒的一起雜進而食。中毒之後，卞太后急忙呼救索水，想要搶救曹彰。但曹丕事先已經下令毀壞所有裝水的瓶罐，情急之下，太后徒跣也就是光腳跑到井邊，想要汲水，但井中無水，須臾之間，曹彰已經中毒而死。

　　隨後，曹丕也接著想要毒殺曹植，卞太后怒斥曹丕，說你已經殺死了曹彰，還要再殺死曹植麼？在太后的庇護之下，曹植在這一次幸免於難。這裡需要關注的事情，是汲水一段情節。不論在中毒之後即刻飲水，是否能有效起到解毒的作用，但能說明當時的人們認為中毒之後即刻多喝水，是能夠稀釋毒品而延緩的作用。之所以提示這一點，是因為，曹植在以後的若干年之後，遇到了同樣的問題。只不過，這次想要毒害他的不是曹丕，而是魏明帝曹叡，吃的不是棗子，而是冬奈，也同樣是下詔書說是食後不宜飲水，只不過，這一次沒有了卞后的保護，曹植終於難逃一劫。

　　曹植《贈白馬王彪》詩並序，記載了這一歷史，並寫出了自己的種種悲情：

　　　　黃初四年五月，白馬王、任城王與余俱朝京師，會節氣。到洛

陽，任城王薨。至七月，與白馬王還國。後有司以二王歸藩，道路
宜異宿止，意毒恨之。蓋以大別在數日，是用自剖，與王辭焉，憤
而成篇。

　　謁帝承明廬，逝將歸舊疆。清晨發皇邑，日夕過首陽。
　　伊洛廣且深，欲濟川無梁。泛舟越洪濤，怨彼東路長。
　　顧瞻戀城闕，引領情內傷。太谷何寥廓，山樹鬱蒼蒼。
　　霖雨泥我塗，流潦浩縱橫。中逵絕無軌，改轍登高岡。
　　修阪造雲日，我馬玄以黃。

　　玄黃猶能進，我思鬱以紆。鬱紆將何念？親愛在離居。
　　本圖相與偕，中更不克俱。鴟梟鳴衡扼，豺狼當路衢。
　　蒼蠅間白黑，讒巧令親疏。欲還絕無蹊，攬轡止踟躕。

　　踟躕亦何留？相思無終極。秋風發微涼，寒蟬鳴我側。
　　原野何蕭條，白日忽西匿。歸鳥赴喬林，翩翩厲羽翼。
　　孤獸走索群，銜草不遑食。感物傷我懷，撫心常太息。

　　太息將何為？天命與我違。奈何念同生，一往形不歸。
　　孤魂翔故域，靈柩寄京師。存者忽復過，亡沒身自衰。
　　人生處一世，去若朝露晞。年在桑榆間，影響不能追。
　　自顧非金石，咄唶令心悲。

　　心悲動我神，棄置莫復陳。丈夫志四海，萬里猶比鄰。
　　恩愛苟不虧，在遠分日親。何必同衾幬，然後展殷勤。
　　憂思成疾疢，無乃兒女仁。倉卒骨肉情，能不懷苦辛？

　　苦辛何慮思？天命信可疑。虛無求列仙，松子久吾欺。
　　變故在斯須，百年誰能持？離別永無會，執手將何時？
　　王其愛玉體，俱享黃髮期。收淚即長路，援筆從此辭。

　　以下幾點值得關注：1.這一篇序文，說得非常清楚，是黃初四年五月，
三王一同來京師會節氣，到洛陽之後，曹彰薨。什麼原因薨，曹植未說，為
何不說，當然不能說。不便說，不能說。來時候三兄弟有說有笑，多麼快樂！
兩個月後，剩下兩兄弟還國，悲哀之情，無以言說。「後有司以二王歸藩，道
路宜異宿止」，什麼意思？兄弟還國，一路同行也不允許？當然不能允許，剛
剛殺了曹彰，你們同行會說什麼？想想也能知道。「意毒恨之」，主語是誰？

是誰意毒恨之？賓語是誰，也就是恨誰？

　　主語當然是曹植曹彪，賓語當然是曹丕，也就是恨曹丕。一直有人說，曹植不敢寫《洛神賦》來感念甄后，不敢寫如何如何？曹植在這裡分明說：「意毒恨之」，不是一般的恨，而是「毒恨」！「毒恨」應該是曹植的自造語，還有比毒恨之更為嚴厲的表達麼？結尾也是同樣，「憤而成篇」。這到底是建安黃初時代，是一個思想比較通脫的時代，比較自由的時代。曹植憤怒，就寫出了這種憤怒，包括在詩歌作品中。

　　2. 關於曹植的這首長篇詩作，被視為曹植的代表作之一。但如果將此一篇詩作和筆者在本書中分析的一些列入「古詩」體系中詩篇相互比較，我們會認為，即便是曹植的此一篇代表作，仍然沒有達到那些遺失作者姓名的古詩作品的思想高度和藝術高度。這能否說明曹植仍然不具備作為那些古詩作品的作者呢？答案當然是否定的。首先，曹植是整個漢魏時代唯一的具有劃時代地位的大詩人，代表了漢魏時代五言詩寫作的最高水平，如果說曹植不具備故事作者的水平，則無人堪當古詩之作者的名分；其次，曹植的一些涉及男女戀情的詩賦作品，如《七哀詩》《雜詩六首》《洛神賦》等，不僅僅完全可以與古詩比肩，而且，兩者之間的寫法、遣詞、用意、句式是完全一致和吻合的。《贈白馬王彪》的成就之所以達不到古詩和曹植愛情類題材的詩文作品水平，與其寫作的題材有關。

　　3. 此詩中的一些寫法，與古詩相似，如其三：「親愛在離居……鴟梟當路衢，蒼蠅黑白間。」離居；「同心而離居，憂傷以終老」鴟梟句，可以參看曹植相關作品；其四；「秋風發微涼，寒蟬鳴我側。原野何蕭條，白日忽西匿。……孤獸走索群」與前文所析之「遠望正蕭條，百里無人聲。豺狼鳴後園，虎豹步前庭」同一機杼；其七：「離別永無會，執手將何時？」和《行行重行行》等詩作其寫法句式，又何其相似乃爾！

第十五章　黃初六年:《孔雀東南飛》
的由來

第一節　概　說

黃初六年，曹丕幸植宮。曹植有一篇《黃初六年令》:

> 令:吾昔以信人之心，無忌於左右，深為東郡太守王機、防輔
> 吏倉輯等任所誣白，獲罪聖朝。身輕於鴻毛，而謗重於泰山。賴蒙
> 帝王天地之仁，違百僚之典議，赦三千之首戾，反我舊居，襲我初
> 服雲雨之施，焉有量哉?反旋在國，椎門退掃，形影相守，出入二
> 載。機等吹毛求瑕，千端萬緒，然終無可言者。
>
> 及到雍，又為監官所舉，亦以紛若，於今復三年矣。然卒歸不
> 能有病於孤者，信心足以貫於神明也。昔熊渠、李廣，武發石開，
> 鄒子囚燕，中夏霜下，杞妻哭梁，山為之崩:故精神可以動天地金
> 石，何況於人乎!
>
> 今皇帝遙過鄙國，曠然大赦，與孤更始，欣笑和樂以歡孤，隕
> 涕諮嗟以悼孤。……孤以何德?而當斯惠;孤以何功?而納斯貺。
> 富而不吝，寵至不驕者，則周公其人也。……
>
> 故為此令，著於宮門，欲使左右共觀志焉。

曹植的這一篇《黃初六年令》，給予我們提供了極為豐富的信息，涉及曹
植在黃初三年返回鄄城之後的情況，也涉及曹植徙封雍丘之後的情況，更為

重要的，是對我們瞭解曹植的政治能力，為人性格，能有更為近距離的體察，對理解曹植一生的悲劇命運，極有助益。

此一篇文字寫作於黃初六年，為曹丕宣布將要幸植宮的詔命之後，曹植以非常欣喜的心情，寫作了這一篇令文，並張貼於他在雍丘的宮門，其心態是驚喜異常的，但卻是錯誤地估計了政治形勢的一次表白。

首先，「吾昔以信人之心，無忌於左右，深為東郡太守王機、防輔吏倉輯等任所誣白，獲罪聖朝。」〔註1〕

曹植此文原名《自戒令》，又名《黃初六年令》，《全三國文》於該文下標注：「《藝文類聚》作《黃初六年令》」。這段資料也許能為黃初二年的植、甄案情提供一些線索：

「吾昔以信人之心，無忌於左右，深為東郡太守王機、防輔吏倉輯等任所誣白，獲罪聖朝」，曹植說自己所作所為，並不忌諱於左右。所作所為是什麼？沒有說，為什麼省略不說，當然是不方便說，需要避諱。雖然沒有說明，但卻可以想明白，顯然不是史書記載黃初二年灌均彈劾他的理由，所謂「醉酒悖慢，劫脅使者」這樣的一次性的罪行，而是長時期存在的事情；也不可能是所謂的爭儲之爭的問題。

因為，曹丕登基已經六年時光，曹植形同罪犯，一直被監視看管，已經不存在爭儲的條件。那麼，曹植又有什麼新的罪行，不斷地遭到監管他的官員的揭發檢舉呢？而這件事情，曹植自己和當事人都覺得是正大光明的事情，至少是可以「以信人之心，無忌於左右」的。如果我們將前文所陳列的所有證據疊加，解釋為曹植甄后之間的關係往來是完全吻合的，曹植是說，自己與甄后的戀愛關係，當年並不隱瞞於左右，實際上也瞞不住左右。

「深為東郡太守王機、防輔吏倉輯等任所誣白，獲罪聖朝」，在檢舉彈劾曹植的人名單上，除了監國謁者灌均之外，又出現了東郡太守王機和防輔吏倉輯。此兩位的所謂誣白，也就是檢舉彈劾，應該是黃初三年曹植從京城返回之後。《自戒令》接著說：「反旋在國，楗門退掃，形影相守，出入二載。機等吹毛求瑕，千端萬緒，然終無可言者」，正是指黃初三年反國和四年之後的新彈劾。所謂新彈劾，也正說明曹植仍然未改舊習，不斷有思甄之作。

曹植又出現了什麼新的罪行，值得東郡太守等再次彈劾？黃初三年五月，

〔註1〕〔魏〕曹植《自戒令》，〔清〕嚴可均輯《全上古三代秦漢三國六朝文》，中華書局，1958，第1132頁。

曹植從京城返回鄄城，寫作《洛神賦》，當時的名字是《感甄賦》，而鄄城隸屬於東郡管轄，東郡太守發現曹植《感甄賦》，明目張膽書寫兩人之間的戀情，為甄后的靈魂鳴冤叫屈，東郡太守自然要彈劾。曹植為何認為這是「誣白」？曹植已經先自回答了這個問題，因為，「吾昔以信人之心，無忌於左右」，也就是寫作《感甄賦》，曹植和甄后的戀情，當時，在曹魏版圖並非新聞，而我也沒有隱瞞什麼，我們是自願結合。這是曹植愛戀一生的情理基礎，後來，他也反覆要求魏明帝給他機會單獨深談，想要說清楚他和魏明帝母親之間的傾國之戀的委曲，可惜，魏明帝可不喜歡聽這個關涉他自身家族名譽的戀情故事，一直也沒有給他機會。

當一對戀人戀愛到忘我、忘俗、忘情的時候，他們並不知道在別人眼中他們的醜惡、亂倫，他們有滿腔的理由，滿腔的故事要向世人訴說，可惜，世人又有哪個人能理解他們的這種超越社會世俗的戀情呢？

以下一部分：「及到雍，又為監官所舉，亦以紛若，於今復三年矣。然卒歸不能有病於孤者，信心足以貫於神明也。昔熊渠、李廣，武發石開，鄒子囚燕，中夏霜下，杞妻哭梁，山為之崩：故精神可以動天地金石，何況於人乎！」說明黃初四年徙封雍丘之後，又被監官彈劾，但都最終沒有對曹植構成新的罪名。

曹植自己追問其中的原因：「然卒歸不能有病於孤者，信心足以貫於神明也。」意思是說，其中的原因，是自信自己是無辜的，無罪的。接著曹植講述了一大段故事，都是含冤而精神可以「動天地金石」的歷史人物。其中再次談到「杞妻哭梁，山為之崩」這個暗指自己和甄后戀情有關的故事。

在這裡，曹植可以說是過於樂觀了，過於自信了。他理應知道，曹丕之所以不殺他的多方面原因：其一，卞太后的保護，其二，曹丕忌憚於天下人的輿論，已經殺死甄后，再殺曹植，等於將兩人之間的戀情公之於世，並且，流傳於史冊。

最後，曹植說：「今皇帝遙過鄄國，曠然大赦，與孤更始，欣笑和樂以歡孤，隕涕諮嗟以悼孤。……孤以何德？而當斯惠；孤以何功？而納斯贶。」說曹丕將要來看望自己，對他曠然大赦，與孤更始。不僅如此，曹植說曹丕將「欣笑和樂以歡孤，隕涕諮嗟以悼孤」，簡直就是說，皇帝要來陪他笑臉，陪他痛哭了。還列出皇帝將要賞賜他的物品，最後，曹植還命令將這篇令文張貼於他的宮門。

在這裡，我們分明能讀懂曹植其人，他原本就不是一個政治家，他不能體會現時政治背後的隱情，他的悲劇一生，是命中注定的。他僅僅是一個性情中人，是一個情聖，僅僅是一個能寫出感天動地詩賦的大文學家，而在現時政治面前，注定是一個悲劇性人物。

黃初六年，「皇帝遙過鄴國」，「幸植宮」，之後發生了什麼事情？兄弟之間的會晤是否真的像是曹植想像的那樣樂觀麼？曹丕真的從心裏原諒曹植了麼？《世說新語》記載，曹丕令曹植七步之內作詩，曹植七步之內完成：「煮豆持作羹，漉豉以為汁，萁在釜下燃，豆在釜中泣。本是同根生，相煎何太急。」此詩膾炙人口，一般認為是曹丕登基之後發生的事情，但曹植文集向不收錄，因為它太具有傳說性、故事性。

其實，兩者都不對，《世說新語》所載事出有因，不會是空穴來風，但發生時間不會是曹丕剛剛登基的時候。此前已經辨析過，曹丕登基之際，腳跟未穩，對曹彰等甚為忌憚，曹植也是身心自由，況且，主動遠離甄后長達一年之久，斯時，兩兄弟之間關係，並無嫌隙。有文獻記載，曹植此作為黃初六年之作。黃初六年，兄弟之間僅有此一次幸植宮會晤。理應是曹植獻詩，引發曹丕怒火，才會有七步為詩之事。

說是曹植七步為詩自救，實則為，曹丕真的不能公然殺死曹植，不說卞太后健在，不能交代，自己剛剛公布幸植宮，按照曹植的說法，是來「與孤更始」來的，萬象更新，一切重新開始。怎麼會殺死曹植？但顯然兄弟之間的此次會晤，並不和美，這一點史書雖無記載，我們從曹植近乎張狂的黃初六年令中已經能讀出曹丕的不快，而曹植在此次會晤之後每況愈下的待遇和悲慘的結局，更能證明此次會晤的情況。

第二節 《孔雀東南飛》：黃初六年的寫作和演出

作為一位大詩人，他除了能做出這樣的出人意料而又驚天動地的大事之外，他又能為「皇帝遙過鄴國」「與孤更始」準備什麼令兄長感到意外而又能深受感動而又像樣的禮物呢？為曹丕演出自己日夜兼程寫出的《孔雀東南飛》，不僅僅是可能的，而且，是吻合於曹植單純而近乎幼稚、近乎固執的悲劇性性格的。他希望皇帝哥哥由此欣然悔悟，給甄后鳴冤叫屈，以達到平反。甄后平反，則自己也可以得以昭雪。

在這作為罪犯待罪南宮的數年時光裏，他不是做夢都想著怎麼樣獲得機

會，讓他能從容地訴說自己的冤屈麼？他甚至已經想像哥哥看到甄后「攬衣入清池」死前細節所受到的靈魂震動，兄弟之間痛哭流涕，和好如初的場景。但事實上，曹丕可能未能看完，就已經臉色鐵青，怒不可遏了。有學者認為曹植的《七步詩》發生在黃初六年曹丕幸植宮時候，這就對了，正好吻合本人所揭櫫的歷史。

或說，曹植作為待罪的王侯，是否具備樂府歌吹的樂班？或說曹植制作樂府歌詩來進行歌舞表演，是否吻合於當時的樂府制度？曹植於黃初五年到六年之間所寫的《謝鼓吹表》，為我們釋疑了這一問題。《謝鼓吹表》：「許以簫管之樂，榮以田遊之嬉。」〔註2〕魏的鼓吹制度不可考，按照《隋書・樂志》所記載的陳制，乃為鼓吹一十六人，簫十三人，茄二人，鼓一人。曹植承文帝賞賜鼓吹樂班，自然不能閒置，而曹植作為大詩人，通過歌詩寫作，傳達心中鬱悶情懷，正在情理之中。

也有學者根據詩中涉及的「連理枝」，而認為此詩作於南北朝之後，其實，曹植《魏德論謳・連理木》一篇中就有：「皇樹嘉德，風靡雲披。有木連理，別幹同枝」〔註3〕之句，所謂「連理枝」的說法，在曹植時代就已經流傳了。

綜上所述，曹植等人在建安中後期，寫作女性題材之作，帶有娛樂的色彩，《藝文類聚》記載的這一版本，並不能真正打動人，因此，也流傳並不廣泛。黃初之後，曹植經歷了與甄氏的生離死別，巨大的悲痛使他終生難以忘懷，這才有後來將原來的娛樂之作，改為長篇敘事詩的創作。這樣，現在流行的兩個版本的《孔雀東南飛》，就留有兩個故事原型人物的痕跡。

哪一個時間點，或說是時間之窗，能促動曹植產生寫作這首長詩的巨大推動力？甄后死於黃初二年六月，「甄后賜死之日，即灌均希旨之時」，曹植生死未卜，惶惶不可終日，隨後待罪南宮，「自知罪深責重，受恩無量，精魄飛散」〔註4〕，至黃初三年五月，才告一段落，離開洛陽寫作《洛神賦》。這一段時間，基本都沒有創作敘事詩的可能。唯一的一個時間之窗，正是曹丕在臨死之

〔註2〕〔魏〕曹植《謝鼓吹表》，趙幼文校注，《曹植集校注》，人民文學出版社1984年版，第322頁。

〔註3〕〔魏〕曹植《魏德論謳・連理木》，趙幼文校注，《曹植集校注》，人民文學出版社1984年版，第227頁。

〔註4〕〔魏〕曹植《謝初封安鄉侯表》，趙幼文校注《曹植集校注》，人民文學出版社1984年版，第237頁。

前的黃初六年，臨幸曹植當時所在的雍丘。

朱緒曾《曹集考異》卷十二《年譜》黃初六年下，引郝經《續後漢書》：「六年，丕東征，還過雍丘宮，令植作詩，丕憐之，增戶五百，荀宗道注引世說：魏文帝令東阿王七步中成詩，不成者當大法」。

又，「《太平廣記》引世說，魏文帝與陳思王植同輦出遊，逢見兩牛在牆間鬥，一牛不如，墜井而死，詔令賦死牛詩，不得道是牛，亦不得道是井，更不得言其死。走馬一百步，令成四十言，步盡不成，加斬罪。子建策馬而馳……步未盡復作三十言。」〔註5〕

可知，終曹丕之世，皆未原諒曹植，只不過迫害既不得，只能對外顯示兄弟之間並無嫌隙。

作為曹植，一個被監管的罪人，還能拿出什麼禮物來招待皇帝哥哥御駕臨幸？寫作出一篇長篇敘事詩，酒席宴會之間作為節目為曹丕演出，以此來打動曹丕對甄氏的同情，同時，也為曹植自身的這段經歷辯白，這是曹植作為一位大詩人唯一能說通的選擇——其中的很多細節，可能只有曹丕和曹植兩兄弟作為當事人才能真正看懂。因此，此詩的第二稿，也就是玉臺版本，應該是黃初六年至七年之間所作。

《孔雀東南飛》至少有兩個版本，它們應該是曹植和甄后在不同時期的不同作品，是兩個不同的原型。

第一個版本很短，只有24句（參見下文），是一首抒情詩，應該是甄后在建安時期所作，其原型寫的應是廬江太守劉勳休妻的故事，劉勳原是廬江太守，後來歸順曹操，因要娶山陽一位世族大姓女子為妻，就以自己原配結髮二十餘年的妻子王宋沒有能生孩子為由，將其「出之」。

《玉臺新詠》記載：「王宋者，平虜將軍劉勳妻也。入門二十餘年，後勳悅山陽司馬氏女，以宋無子出之。」〔註6〕劉勳妻子「入門二十餘年」被休，曹丕、曹植、王粲等都有不少的與此題材相關之作。曹植當時也寫有相關的作品。還屬於為文而文、為情而情之作，因此，還不具備真正能打動人心的審美效果；甄后受此影響，參與寫作劉勳休妻故事，同時，融入自身的人生經歷。

〔註5〕〔清〕朱緒曾《曹集考異》，《續修四庫全書·集部·別集類》，上海古籍出版社，2002，第562頁。

〔註6〕〔南朝陳〕徐陵編〔清〕吳兆宜注《玉臺新詠箋注》，中華書局1985年版，第58頁。

　　第二個版本，也就是首見於《玉臺新詠》的敘事長詩，是在第一個版本基礎之上修改加工完善而成的，其寫作時間，應該是黃初六年曹丕「幸植宮」前後，曹植為曹丕御駕臨幸所準備的音樂歌舞節目。曹植在原先近似於娛樂性的劉勳休妻的故事原型基礎之上，融入甄氏和自己的悲劇戀情故事，從而寫作出來這首流傳千古的長篇敘事詩作。

　　茲將兩個版本的小序及詩作加以比較。《藝文類聚》中記載的這首題為《孔雀東南飛》的詩作是這樣的:

　　後漢焦仲卿妻劉氏，為姑所遣，時人傷之，作詩曰:

> 孔雀東南飛，五里一徘徊。十三能織綺，十四學裁衣。
> 十五彈箜篌，十六誦書詩。十七嫁為婦，心中常苦悲。
> 君既為府史，守節情不移。雞鳴入雞織，夜夜不得息。
> 三日斷五匹，大人故言遲。非為織作遲，君家婦難為。
> 妾有繡腰襦，葳蕤金縷光。紅羅復斗帳，四角垂香囊。
> 交文象牙簞，宛轉素絲繩。鄙賤雖可薄，猶中迎後人。〔註7〕

　　《玉臺新詠》版本的《古詩為焦仲卿妻作》，原詩甚長，茲只引詩前小序，以方便比較:

　　漢末建安中，廬江府小吏焦仲卿妻劉氏，為仲卿母所遣，自誓不嫁。其家逼之，乃投（沒）水而死。仲卿聞之，亦自縊於庭樹。時人傷之，為詩云爾。

　　《藝文類聚》所載這首短詩及小序，與後來《玉臺》版本的敘事長篇連同小序，區別甚多，連同兩作正文，值得特別關注的，有這樣幾點:

　　1. 兩序所載的時間說法不同，前者為「後漢」，後者為「漢末建安中」，前者應為建安末期所寫，因此時還不能確認漢祚將亡，或是明知其將亡而不能明說建安乃為漢末，於是說「後漢」而不說「漢末」。而後一個版本的小序，已在曹丕登基的黃初之中，故說「漢末建安中」。

　　2. 長短不同，前者僅有 24 句，尚未有敘事情節，只能說是具有了敘事的一些因素，而後者則為長篇敘事詩，有一個完整的故事情節。

　　3. 前者更多攜帶著劉勳休妻原型的痕跡，譬如前者詩中並無「阿母」的形象，遣歸者並不清晰，就詩中人物來說，是「大人故言遲」，「大人」，僅僅是一個敬語，不一定如同小序中所說「為姑所遣」之「姑」，更沒有玉臺本序

〔註7〕〔唐〕歐陽詢撰《藝文類聚》卷六十二，上海古籍出版社 1999 年版，第 562～563 頁。

中所說的「為仲卿母所遣」。實際上藝文版本的中遣歸者，應該是劉勳，劉勳為太守，可以稱之為「大人」，但不便說劉勳，而轉一個角度，託言公婆遣歸。總之，在這個版本中，只有遣歸的含混指向，而沒有敘事詩遣歸者的坐實。

另外，當甄后被賜死的黃初二年六月，曹操已死，只有卞后作為家族家長，吻合於後一版本只說「阿母」而無「阿父」。孔本前面還說「便可白公姥」，後文則僅僅是阿母捶床了，這是因為，該詩所寫的「遣歸」，是兩個不同時間段的原型，甄后和曹丕離異，當時曹操健在，故曰公姥，後一次則是甄后之死，其時僅有卞后。

4. 特別值得注意的，焦仲卿在《藝文》版本中的身份，原是「府史」：「君既為府史，守節情不移」，此詩的原型是劉勳休妻故事，劉勳原為廬州太守，太守自然不能稱之為「府吏」。府，漢魏時太守自闢僚屬如公府，因尊稱太守為府君。如《三國志》《華歆傳》注引《吳歷》，孫策稱太守華歆，即稱「府君」；史，殷商有史，為駐守邊疆的武官，府史這一稱呼，正吻合於劉勳以武將身份而為廬江太守的身份。到後來《玉臺新詠》版本的《孔雀東南飛》，卻一律改為「府吏」，包括小序中「廬江府小吏焦仲卿」，詩作正文中的「府吏得聞之」等。這應該是由於是玉臺版本作為該詩第二稿，不僅僅以甄氏為原型，更融入曹植自身的形象在內，這是一個弱者的形象，不同於此前劉勳的強勢形象，是故由「府史」而改為「府吏」。長詩版本中蘭芝兄的話「先嫁得府吏，後嫁得郎君，否泰如天地，足以榮汝身」，也應該理解為「先嫁得府史，後嫁得郎君」，甄后先嫁袁熙，如同太守府史，後嫁曹丕，乃為世子、太子，因此才會有「否泰如天地，足以榮汝身」的對比。

5. 關於遣歸：如上所述，從兩個版本文本來看，除去兩個小序都說明詩中女主人公是為公婆所遣之外，短篇本原詩中看不出，或者說，還沒有寫到女主人公被休的事情，這一稿應該是一個未完成稿；到《玉臺》本長篇，才真正出現遣歸的情節矛盾，但所謂遣歸，也露出了不合情理之處，也就是遣歸矛盾的開端是由劉蘭芝主動提出的。女性主動提出遣歸，這在整個漢魏時期，就目前筆者所能見到的史料，都是罕見的，顯然是不合情理的。可能唯有曹叡的生母，也就是劉蘭芝的原型甄氏，曾經多次主動請求曹丕另請賢淑來做皇后，這在漢魏時期是絕無僅有的。詩作不可避免的攜帶了甄氏請遣的原型痕跡。

6. 關於題目和人名：《藝文》版本無題，列在「古詩曰」「青青河畔草」等之後，曹植《閨情》詩之前，直接以小序為題；《玉臺》版本題目為《古詩為

焦仲卿妻作》，列於繁欽《情詩》之後，曹丕之前。（《藝文類聚》43 頁）

也如同前文所論，兩個版本的小序，都應該不是原作者的原文，至少是經過後人修改過的。《藝文類聚》版本的抒情詩小序，儘管其正文中還沒有出現男女主人公的名字，由於修改小序的人，可能已經閱讀過，或者觀賞過《孔雀東南飛》的表演，焦仲卿、劉蘭芝的故事已經家喻戶曉，深入人心。因此，將詩中沒有出現的內容，即抒情詩主人公的名字加在序中，但由於原作中的小序帶有「後漢」字樣，因此，留下了這一寫作時間方面的痕跡。

這說明，抒情詩版本早於敘事詩版本；而敘事詩版本，不僅僅小序中留下了「漢末建安中」的字樣，說明已經寫作於建安之後，同時，就是題目也發生變化：抒情詩無題，按照慣例，無題詩可以首句為題，而名為《孔雀東南飛》。而敘事詩題為《古詩為焦仲卿妻作》，這個題目明顯露出為後人，應該就是徐陵編纂《玉臺新詠》所加。

這個題目也很有趣，此詩的主人公應該是兩人，也就是所謂焦仲卿和劉蘭芝，但此題說成是為「為焦仲卿妻作」，兩人的共同苦難，為何只說「為焦仲卿妻作」？既然兩人同樣死於戀情，為何說是為其妻之作，而非為兩者之作？在男尊女卑的時代，難道一個仕宦家族的公子死去，還不如他的妻子之死值得書寫？顯然是：女子之死為真，男子之死為想像之詞，而且，詩中的男主人公就應該是詩歌的主要作者。正說明，詩中的兩位人物，只有焦仲卿妻死了，而焦仲卿本人的「自掛東南枝」，僅僅是想像中的。而且，詩作者正是詩中的焦仲卿本人。「古詩」兩字，暴露出來此一首原本也同樣是屬於「古詩」範疇，和古詩十九首等無異，是同一批失去作者姓名的文人詩，這一點斷絕了所謂樂府民歌的可能性。

7. 關於名字：敘事詩版本應該是曹植在前稿的基礎之上修改而成，因此，處處帶著兩個原型的痕跡。就從名字上來說吧，將其安排為姓劉，帶有劉勳休妻的痕跡。

玉臺版本敘事詩中的女主人公，除了在小序中依照舊序版本仍稱劉氏之外，在詩作正文中，僅有蘭芝而無劉氏。漢魏之際的人名，除了司馬一類的雙音詞姓之外，名基本上都是單音一個字。因此，孔雀東南飛的女主人公名字就應該是「蘭芝」。

「蘭芝」二字，出自署名曹植而實際作者可能是甄氏的《閨情》詩「芝蘭難再榮」。如前所考察，蘭芝正是甄后的名和字的結合。甄后乳名靈芝，當下

甄后墓地所在的村莊叫作靈芝村，可證；甄后所居之所為蘭室，有曹植《妾薄命》記載為證——由於當時曹丕尚未稱帝，而且，甄后也已經被曹丕休書退婚，因此，僅僅以姓和室結合而為「蘭室」，亦可證。

另，在太守遣人說媒這一節中有：「媒人去數日，尋遣丞請還。說有蘭家女，承籍有宦官」，在這裡，劉氏已經成為「蘭家女」，可知，兩個版本，前一個版本由於是以劉勳休妻為原型，故其女主人公為劉氏，後一個版本以甄氏為原型，以蘭芝為名，並沒有沿用此前的劉氏。

8. 關於蘭芝和焦仲卿之間的年歲問題，摘引其他學者所論：有學者說：《古詩為焦仲卿妻作》所述向蘭芝求婚的縣令公子是「年始十八九」的青年，另一個求婚人——太守的郎君也「嬌逸未有婚」，至多不過二十左右。而蘭芝是十七歲結婚的（其母說「十七遣汝嫁」，正與甄氏嫁給袁熙年歲吻合），在她被逐離開焦家時，《古詩為焦仲卿妻作》有這樣一段描寫：「卻與小姑別，淚落連珠子。新婦初來時，小姑始扶床。今日被驅遣，小姑如我長」。一個「始扶床」的小孩子長大到跟一個成年女子一樣高，總得十好幾年。然則蘭芝被遣時應已三十多歲了。為什麼十八九歲、二十歲左右的社會地位頗高的未婚男子，要爭著向三十多歲的女子求婚呢？〔註8〕

這些看似矛盾的現象，理解為甄后的背景，則不僅吻合，而且圓通。甄氏大概是建安九年（204）歸於曹丕，至黃初二年（221），乃為 17 年，正好吻合「新婦初來時，小姑始扶床。今日被驅遣，小姑如我長」的時間，詩中「小姑」，當為曹丕、曹植之妹，曹丕娶甄氏，在建安九年，曹操此女當在建安八年左右出生。

9. 有學者提出關於詩中所出現的「青廬」問題：「其日牛馬嘶，新婦入青廬。」「青廬」，青布搭成的篷帳。古代北方民族舉行婚禮時用，被認為是北朝時代的產物：陸侃如先生於 1925 年發表《〈孔雀東南飛〉考證》，以《古詩為焦仲卿妻作》中的某些事物與地域的名稱出於魏晉以後為理由，主張此詩應作於南朝。

胡適反對這一看法，認為此詩應作於「建安以後不遠」，但在收入《玉臺新詠》以前曾「經過了無數民眾的增減修削」。

唐人段成式《酉陽雜俎·禮異》：「北朝婚禮，青布幔為屋，在門內外，謂

〔註8〕 參見章培恒《再論〈古詩為焦仲卿妻作〉的形成過程》，《復旦學報》（社會科學版），2005 年第 1 期，第 7 頁。

之青廬，於此交拜。」青布搭成的帳篷，是舉行婚禮的地方。東漢至唐有此風俗。北方一帶，拜堂有在「青廬」中舉行的。所謂「青廬」就是在住宅的西南角「吉地」，露天設一帳幕，新娘從特備的氈席上踏入青廬。

另，《三國會要》引《通典》：「魏文帝禪後，修洛陽宮室，權都許昌，宮殿狹小。元日於城南立氈殿，青帷以為門，設樂饗。」〔註9〕可知，在曹魏文帝時期，已經有「立氈殿，青帷以為門」的臨時建築，氈殿青帷，也就是一種青廬。

10. 論者或云《古詩為焦仲卿妻作》敘太守家送給劉家的聘禮，有「雜綵三百匹，交廣市鮭珍」之句。交、廣指交州、廣州。廣州初設於三國吳黃武五年（226），旋廢，復設於永安七年（264）因黃武五年設立廣州後旋即廢止，非廣州以外的一般人所能知，且如非此詩恰巧寫於黃武五年，也不應該使用這一地名。

《三國志·吳書》記載：黃武五年（226）「是歲，分交州置廣州，俄復舊」〔註10〕，其實，恰恰就是東吳的黃武五年，也就是曹魏的黃初七年，曹植完成了這篇作品。從而出現了唯有在此一年才能出現的「交廣」字樣。

第三節　新婦初來時，小姑始扶床：《孔雀東南飛》的本事

如前辨析，敘事詩版本《孔雀東南飛》，將其作者視為主要是曹植的作品，基本上都是吻合的，不僅僅是吻合，而且，只有視為曹植之作，才能解決前述一系列的矛盾和問題。現在，我們繼續描述此詩與曹植甄后戀情的關係，揭示其中可能與兩者相關的本事背景。

敘事詩版本的第一個部分，基本是從抒情詩版本中而來，因為，兩個版本的藝術原型雖然不同，但休妻遣歸的悲劇，卻是有共同的成分，只是到了遣歸這個戲劇情節開頭部分，兩個版本之間才開始分道揚鑣。嘗試比較兩個版本的開頭部分：

　　　　孔雀東南飛，五里一徘徊。十三能織綺，十四學裁衣。
　　　　十五彈箜篌，十六誦書詩。十七嫁為婦，心中常苦悲。

〔註9〕〔清〕錢儀吉撰《三國會要》，上海古籍出版社2006年版，第256頁。
〔註10〕〔晉〕陳壽撰〔宋〕裴松之注《三國志·吳書》，中華書局1959年版，第1133頁。

君既為府史，守節情不移。雞鳴入雞織，夜夜不得息。

三日斷五匹，大人故言遲。非為織作遲，君家婦難為。

妾有繡腰襦，葳蕤金縷光。紅羅復斗帳，四角垂香囊。

交文象牙簟，宛轉素絲繩。鄙賤雖可薄，猶中迎後人。（《藝文類聚》版本）〔註11〕

孔雀東南飛，五里一徘徊。十三能織素（《類聚》作綺），十四學裁衣。

十五彈箜篌，十六誦詩書。十七為君婦，心中常苦悲。

君既為府吏，守節情不移。賤妾留空房。相見常日稀。

雞鳴入機織，夜夜不得息。三日斷五疋。大人故嫌遲。

非為織作遲，君家婦難為。妾不堪驅使。徒留無所施。

便可白公姥。及時相遣歸。〔註12〕

以上 18 句，玉臺本基本上沿用舊稿，改處有三，連同其他問題，值得關注者有：

1.「孔雀東南飛，五里一徘徊。」《藝文類聚》卷八十八引曹植《魏德論》：「魏陳王曹植《魏德論》曰：『武帝執政日，白雀集於庭槐。』」〔註13〕這應該是曹魏銅雀臺名的由來。所謂武帝執政日，應該指曹操於建安十八年五月，受封為魏公。曹操在建安十五年冬建成的銅雀臺，其名初始應該沿襲漢武的建章宮而名為建章臺。到十八年五月，曹操為魏公，標誌了易代革命的成功，又正有「白雀集於庭槐」，孔雀不僅成為建章臺的新名的由來，而且，成為曹魏的圖騰標識。而甄后所居銅雀臺，為西北方向之「西北有高樓」。五里一徘徊，籠蓋全篇，為悲劇形象之總體象徵。

2.「十三能織素」，由「織綺」改為「織素」，織素，既然為建安十九年《上山採蘼蕪》所作以後，織素已經成為甄后之語碼和代名詞。六朝詩人為此無數次代指之。「十五彈箜篌，十六誦詩書，十七為君婦，心中常苦悲」，皆以甄氏為原型摹寫：甄氏精通音樂，詩書熟稔，「十七為君婦」，甄后 23 歲

〔註11〕 見〔唐〕歐陽詢撰《藝文類聚》卷六十二，上海古籍出版社 1999 年版，第 563 頁。

〔註12〕 〔南朝陳〕徐陵編〔清〕吳兆宜注《玉臺新詠箋注》，中華書局 1985 年版，第 43 頁。

〔註13〕 〔唐〕歐陽詢撰《藝文類聚》卷六十二，上海古籍出版社 1999 年版，第 2256 頁。

為曹丕佔有，敘事詩非為一個模型的自傳，而是以甄后故事作為基本原型而要根據情節融合多種模型，以方便於情節敘述。

3.「君既為府吏，（《類聚》作史。）守節情不移。賤妾留空房。相見常日稀」，「君既為府史」，改為「府吏」，這裡既有情節的需要，詩中男女主人公地位低下，才有可能吻合於以後情節的發展，也才能更為引發讀者的同情，同時，也可以更為隱蔽這首詩改寫為曹植與甄氏之間戀情悲劇的隱私；比較舊版本，增添「賤妾留空房。相見常日稀」，這很重要，因為，舊版本兩者之間尚未出現遠別本事，而此兩句的增添，直接進入到黃初元年兩者遠別的本事，從此，進入到真正的故事情節。「賤妾留空房」，即「蕩子行不歸，空床難獨守」，「雞鳴入機織，夜夜不得息」，即進入到「迢迢牽牛星」本事階段，甄后以織布來舒解憂愁。

4. 以下自然要進入到甄后賜死的本事情節，但賜死無法寫，也必須遮蔽這一忌諱，因此，從織布生發出與阿母的矛盾。從休妻情節開始，作者已經全力轉入到甄氏的原型狀態，由第一個原型的女子被休，而轉為主動被休：「妾不堪驅使。徒留無所施。便可白公姥。及時相遣歸」，女子要求被休，建安之前，前所未聞，特別是兩漢時期，儒家一統，只有曹丕通脫的時代，才有可能發生，同時，也只有甄氏這種特殊的精神貴族，才有可能做得出來。

甄氏在黃初元年前後，曹丕三次詔書，催促甄氏主持長秋宮大典，登基為后，均被甄氏拒絕，並明確說明，請曹丕另擇皇后，這正是主動休妻的原型。休妻，是一個語碼，具有多重含義，既有要求與曹丕離婚，與曹植再婚之意，同時，最後又演變為甄后賜死的含義。

「府吏得聞之，堂上啟阿母。……阿母得聞之，槌床便大怒。小子無所畏，何敢助婦語。吾已失恩義，會不相從許。」這一部分的取材，當來自曹植多次懇請父母，將甄氏許配給他的原型。阿母為焦仲卿另外娶妻的話語，可能會更早，當是為曹植娶妻崔氏，以及崔氏於建安二十三年左右被曹操賜死之後，卞后為曹植另娶新妻的安慰話語。「府吏長跪告，伏惟啟阿母。阿母得聞之，槌床便大怒。吾已失恩義，會不相從許」，其中的長跪告，捶床大怒，皆應為作者所親歷之實景。「今若遣此婦，終老不復取」和「小子無所畏，何敢助婦語」，應是曹植母子之間的對話。

「府吏默無聲，再拜還入戶。舉言謂新婦，哽咽不能語。……奉事循公姥，進止敢自專？晝夜勤作息，伶俜縈苦辛。……妾有繡腰襦，葳蕤自生光。紅羅

復斗帳，四角垂香囊。箱簾六七十，綠碧青絲繩。……時時為安慰，久久莫相忘。」這一部分，應是曹植在母、兄面前先後碰壁之後，對甄氏回覆消息。

「不久當歸還，還必相迎取」，應是曹植對甄氏安慰之語。說自己很快可以返回，迎娶甄氏，甄氏不明白曹植權且安慰自己的一片苦心，信以為真，對未來美好愛情生活充滿憧憬，情感更為熾熱，十九首《冉冉孤生竹》中的「千里結新婚，悠悠隔山陂」，應為甄氏這種心境的表白，可以參照閱讀。

「新婦謂府吏，勿復重紛紜。……仍更被驅遣，何言復來還？」自此之後，情節急轉直下，進入到甄后被賜死的背景描寫。「妾有繡腰襦，葳蕤自生光。紅羅復斗帳，四角垂香囊。箱簾六七十，綠碧青絲繩。物物各自異，種種在其中。人賤物亦鄙，不足迎後人。留待作遺施，於今無會因。時時為安慰，久久莫相忘」，此處「苦辛」一詞值得注意，在漢魏時期，除此處外，使用「苦辛」這一詞彙的只有曹植和古詩《今日良宴會》。

「雞鳴外欲曙，新婦起嚴妝。著我繡夾裙，事事四五通。足下躡絲履，頭上玳瑁光。腰若流紈素，耳著明月璫。指如削蔥根，口如含珠丹。纖纖作細步，精妙世無雙。」何等之莊重，何等之沉重！雞鳴之聲，聲猶在耳，新婦嚴妝，如在目前，「外」字，顯示出時間的無情，曙光原本是希望之光，此刻，卻成為催命的符咒；「起」字下得重，見出新婦心境的沉重。

「事事四五通」，最為難得。此一段實際上透露了甄氏臨終之前的場景——向這個世界最後一次呈現了她精妙無雙的美麗，「事事四五通」，也就是說，不論是梳頭、洗臉、著裝、化妝，事事都重新做過四五次，顯示出了她對生命的無限依戀，對愛情的無限依戀。其中「腰若流紈素」，也可以在後人對甄氏描繪的詩句中得到驗證：李商隱《蜂》詩說：「宓妃腰細才勝露」。

詩中鋪排寫作出來的種種器物，均為華貴無比，若不像脂硯齋那樣出身於「詩禮簪纓之族」，經歷過「花柳繁華地，溫柔富貴鄉」的家族，同時，後來又經歷「茅椽蓬牖，瓦灶繩床」的艱辛，斷不能寫出一部「都云作者癡，誰解其中味」的《紅樓夢》來，同此，十九首、《孔雀東南飛》等所謂失傳作者姓名的詩作，若非曹植、甄后這樣的宮廷貴族，而又經歷縲紲罪臣、生離死別的血淚人生，也斷難寫出這樣作品來，不用說情感、情節，即便是詩中的這些器物、服飾等等，皆非廬江府小吏所可知曉。

「上堂謝阿母，母聽去不止。……卻與小姑別，淚落連珠子。新婦初來時，小姑始扶床。今日被驅遣，小姑如我長。」甄后賜死之前，卞后應該還

在鄴城，此段描寫，應該是甄后向卞太后生死叩別，但卞太后的態度卻是「母聽去不止」——不能原諒甄后對愛情的自由追求。此前已經有：「阿母謂府吏，何乃太區區。此婦無禮節，舉動自專由。吾意久懷忿，汝豈得自由。東家有賢女，自名秦羅敷。可憐體無比，阿母為汝求。便可速遣之。遣之慎莫留」的描述，因此，「母聽去不止」由來已久。由此可知，甄氏與婆婆卞后的關係，已經矛盾很久了。卞后自然會認為，甄蘭是個狐狸精，既然已經嫁給曹丕，就不應該與曹植藕斷絲連。

唯有甄后從小看大、照顧大的小姑，兩人之間灑淚而別：「初七及下九，嬉戲莫相忘。……舉手長勞勞，二情同依依。」此一段描寫，表現在這首敘事詩中，是同一個時間空間之下的離別場景，但在原型生活中，卻應是兩個不同時間下的不同原型，它可能融合了建安二十五年曹植離別鄴城，前往洛陽曹操身邊，與甄氏離別的景況，以及黃初二年六月，曹植和甄氏生離死別的兩個場景。

「初七及下九，嬉戲莫相忘」，則應是兩人黃初二年生離死別時刻的相互叮嚀語。植甄兩人，在甄氏臨終之前，相擁痛哭，兩人相約，共同生死，同死之後，相約七夕相見於天上。也就是說，在甄氏臨終之際，曹植曾經許諾也以自殺的方式，在另一個世界和她相會，長相廝守。

先說同死的問題：曹植在甄氏死後，多次想到死，之所以不死，是由於若是自己自殺，是在給皇室王朝抹黑，這種痛苦矛盾的心境，曹植非止一次談到。曹植在就國之後，一直到明帝太和時期，幾乎每次上表都還念念不忘提到自己的這次原罪。曹植曾上疏說自己處於生死兩難之尷尬境地，之所以選擇胡顏苟活，是為了「明君之舉也」，所以不能自殺以應甄氏。

再說七夕相會。牽牛織女，七夕相會，是曹植甄氏之前就有的傳說，還是由於植甄兩人的密約而成為典故，這是一個需要研究的問題。就目前所見資料來看，植甄之前，並未見有確鑿的記載，《文選》曹丕《燕歌行》李注引曹植《九詠注》：「牽牛為夫，織女為婦，織女、牽牛之星，各處一旁，七月七日，得一會同矣。」〔註14〕曹丕《燕歌行》中有關牽牛織女故事，是甄氏所作。曹植這裡的自注，可能是有關七夕之說的最早記錄。

甄氏以黃初二年六月丁卯賜死，相約七夕，正是兩人人世陽間不能如願，

〔註14〕〔魏〕曹植《九詠》，趙幼文校注，《曹植集校注》，人民文學出版社 1984 年版，第 246 頁。

只能相約天上——另一個世界中實現戀情結合的美好願望。因此,此詩採用這一段原型材料,說「初七及下九,嬉戲莫相忘」,正是甄氏臨終再三託付曹植之語。「下九」,指農曆每月的十九日。古代以每月二十九日為「上九」,初九日為「中九」,十九日為「下九」。下九日為漢代婦女歡聚的日子。詩中的「初七及下九」的話,雖是蘭芝對小姑說,但原型卻應該是甄氏臨終之前對曹植所言。

植、蘭兩人為何選擇七夕相會,而非別日呢?《列仙傳》記載:「王喬者,周靈王太子晉也。好吹笙,作鳳鳴,遊伊洛間。道人浮丘公接以上嵩高山,三十餘年後,求之於山上,見柏良曰:告我家,七月七日,待我於緱山頭。果乘白鶴駐山頭,望之不得到。舉手謝時人,數日而去」。

王喬與家人相約七月七日在緱山相見,果然如期而至。王喬故事就發生在伊洛間,曹植甄后應該非常熟悉,因此,以七夕相約,在天上相見。「出門登車去,涕落百餘行……舉手長勞勞,二情同依依。」這一大段分別場景,可能會是兩次分別皆有,但主要應是甄氏賜死之前的某一時間,曹植離別甄氏相互——難捨的場景。

其中「誓不相隔卿,且暫還家去」這一段對話,當為兩人之間對話的實錄。植、蘭兩人臨別之際做了磐石之約,但後來曹植一去不返,《明月皎月光》中說:「昔我同門友,高舉振六翮。不念攜手好,棄我如遺跡。南箕北有斗,牽牛不負軛。良無磐石固,虛名復何益?」正是甄氏對曹植的不能如磐石之固的責備。

此處其原型更應該是甄氏被逼自殺死前的自述,甄氏之賢德,可參見諸多史料。以下「雖與府吏約,後會永無緣」,「同是被逼迫,君爾妾亦然。黃泉下相見,勿違今日言。執手分道去,各各還家門。生人作死別,恨恨那可論。念與世間辭,千萬不復全」。「黃泉下相見,勿違今日言」,應是甄氏臨終之前對曹植的重重囑託,為訣別語。

關於甄氏之死,史書所記載的,主要是死後的安葬方式是「被髮覆面,以糠塞口」,《漢晉春秋》記載:「初,甄后之誅,由郭后之寵,及殯,令被髮覆面,以糠塞口」〔註15〕,至於賜死的執行方式,則迄今為止,並未見到任何記載。《孔》詩中劉蘭芝之死:在「事事四五通」的精心修飾之後:「攬裙脫絲履,

---

舉身赴清池。」投池而死，也就是投身於甄氏所居之所的芙蓉池，這種死法很有可能是曹植親見親聞的實錄記載。

第四節 黃初七年：曹植誄詞露天機

曹丕在幸植宮之後的第二年，也就是黃初七年的五月，駕崩於洛陽宮中的嘉福殿，享年僅有四十歲。曹丕壽命為何如此之短？可能有關的因素有：

首先，曹丕生前曾經詢問相術士朱建平其壽命，朱建平回答說八十歲，但到四十歲有一小厄。曹丕死前，領悟朱建平之預言，乃為黑天白日相加，因此，曹丕之死，和這一心理因素可能有關。

其次，曹丕心胸狹隘，對自己情場方面的失意，對自己之所愛甄后和曹植的戀情始終耿耿於懷，和在雍丘幸曹植宮時候所受到的刺激是否有關，也未可知。

再次，由於發洩對甄后拒絕為後主持長秋宮典禮，賜死甄后，並將父親曹操生前寵愛的女人悉數攬入囊中，收歸己有。曹丕身為帝王，任意縱慾，節制無度。

此三點足以造成曹丕的早亡，但曹丕正巧死於幸植宮之後，同時，很多學者都記載曹丕是在黃初六年幸植宮的時候令他七步作詩。本來好好的兄弟歡會，皇帝不遠數百里來弟弟家做客，好端端的忽然幾乎變成翻臉殺弟，若不是有特殊的變故，怎會如此？而這一變故，若非如同筆者所推斷的曹植寫出長篇詩作《孔雀東南飛》作為節目表演給曹丕看，又怎會引發兄弟之間如此之大的矛盾？因此，曹丕之死正好在幸植宮之後的翌年，同樣可以推斷，曹丕之死是與幸植宮有密切關係的。

曹植寫作了長篇的誄詞，其中有：

> ……聖上虔奉，是順是將，乃創玄宇，基為首陽。擬跡谷林，追堯慕唐。合山同陵，不樹不疆。塗車芻靈，珠玉靡藏。百神警侍，來賓幽堂。耕禽田獸，望魂之翔。
>
> 於是俟大隧之致力兮，練元辰之淑禎。潛華體於梓宮兮，馮正殿以居靈。顧望嗣之號咷兮，存臨者之悲聲。悼晏駕之既往兮，感容車之速征。浮飛魂於輕霄兮，就黃墟以滅形。背三光之昭晰兮，歸玄宅之冥冥。嗟一往之不反兮，痛闓閭之長扃。詒遠臣之眇眇兮，感凶諱以怛驚。心孤絕而靡告兮，紛流涕而交頸。思恩榮以橫奔兮，

閬闞塞之嶢崢。顧哀経以輕舉兮，念關防之我嬰。欲高飛而遙憩兮，憚天綱之遠經。遐投骨於山足兮（《文選》潘岳《寡婦賦》注引「願投骨於山足兮」），報恩養於下庭。慨拊心而自悼兮，懼施重而命輕。嗟微軀之是儆兮，甘九死而忘生。幾司命之役籍兮，先黃髮而隕零。天蓋高而察卑兮，冀神明於我聽。獨鬱伊而莫告兮，追顧景而憐形。奏斯文以寫思兮，結翰墨以敷誠。嗚呼哀哉！

這篇誄詞，篇幅甚長，前文四字句基本都是官話，屬於臣子寫給帝王應該寫的話語，不必討論。後文改為騷體，乃為弟弟對兄長說的話語，書寫了自己真實的悲痛心情。自己終生之所愛的女神甄后洛神已死，原本也可以親愛的手足兄長曹丕，現在也已經故去，一切都如同一場夢幻，一片雲煙，隨風飄去。其中特別是「顧哀経以輕舉兮，迫關防之我嬰。欲高飛而遙憩兮，憚天綱之遠經。」說自己現在身穿孝服，悲痛欲絕，很想輕舉高飛，追隨兄長曹丕去到另外一個世界上去，但顧慮於關防和天綱對自己的約束。

《愍志賦》：「欲輕飛而從之，迫禮防之我拘」，《洛神賦》：「收和顏而靜志兮，申禮防以自恃。」曹植在這一句式中，將自己的痛苦、矛盾、糾結、彷徨，傾訴了出來，同時，將自己悲劇性一生的《愍志賦》和《洛神賦》中的關鍵詞用語，在這一誄詞中貫通起來。

曹植對於自己的這一生的悲劇性命運，應該有過很多反思、糾結、踟躕，但他並不真正認為自己是有罪的，恰恰相反，他認為自己和甄后都是無辜的、冤屈的，即便在寫給帝王和朝廷閱讀的誄詞中，他也不忘記申訴自己的冤情：「天蓋高而查卑兮，冀神明於我聽。獨鬱伊而莫告兮，追顧影而憐形。」說天高地厚，天地遙遠，高天在上，對於卑微的大地卻不能體察其渺小的卑微的內情。我希冀神明能夠傾聽我的申訴。但現實卻是，高天神明不能傾聽我的悲情，我只能孤獨地鬱悒悲哀，顧影憐形。曹植是詩人的性格，書寫的是真實的、真誠的情感。但在這個世界上，誰能體察他那卑微的冤情呢？但這僅僅是對此四句的表層的理解，如果深一步解讀，可以看出曹植是在吐露天機：

天蓋高而查卑兮，冀神明於我聽。獨鬱伊而莫告兮，追顧景而憐形。

如果將「天」解讀為皇帝曹丕的話，那就意味深長了：曹丕作為皇帝就像是高天，天高因此俯察大地就難以洞察許多複雜事情的細節和真相，因此，我

始終希冀神明，也就是曹丕能傾聽我的冤情。但是，我卻始終沒有獲得這樣的時機，現在，哥哥皇帝已經仙去，我只能顧影憐形了。這裡的主語是誰？如果再進一步解讀為是曹丕的話，那就更為有趣：可以解讀為：其實哥哥皇帝您也是抑鬱的，而且，您的苦悶是難以訴說的，是莫能告人的，這讓我只能「追顧影而憐形」。

曹丕臨終之前，特意大駕光臨，親自到曹植當時所在的雍丘，幸植宮，向天下宣示自己對曹植弟弟的寬宥，顯示兄弟之間和好如初，並無嫌隙。但明眼人一看就能明白，心胸狹隘的曹丕，是咽不下這口氣的。所有對曹植的示好，不過是瞞天過海的障眼法，結果反而是欲蓋彌彰。

曹丕死後，曹叡即位，公元 227 年，改元為太和。這將是曹植人生的最後一個年號。太和一共六年，曹植正是在太和六年，被特詔容許赴京會正月元會之後死去。

這裡有一個值得關注的現象，曹植在他人生的最後六年時光裏，幾乎沒有什麼作品出現，特別是幾乎沒有什麼優秀的作品出現。伴隨著甄后之死、曹丕之死，他原本激情四射的詩歌靈感和創作激情，都隨著兩位當事人的死去而隨風飄散。一直到太和五年歲末，當他又重新被允許返回京城之際，曹植才又寫出了幾首好詩，這是他生命的最後光輝。

第十六章　曹植的後期作品

第一節　概　說

　　這裡有一個現象值得關注，那就是在此前的時期，曹植幾乎較少寫作抒發其政治理想主題的詩作，除了早期如建安十六七年之際類似《今日良宴會》的歡樂，建安二十一年前後，政治方面最為得意時期寫作的《與楊德祖書》之類，其餘罕見直接書寫政治懷抱的作品。而在太和期間，曹植的情愛人生早已經成為歷史，曹植希望能實現一個華麗轉身，轉型到政治功業方面的建樹。可惜，曹植的這一追求和訴說，弄巧成拙，反而加劇了曹植的悲劇人生的命運。曹植樂府詩《薤露行》：

> 人居一世間，忽若風吹塵。願得展功勤，輸力於明君。
>
> 懷此王佐才，慷慨獨不群。……
>
> 孔氏刪詩書，王業粲已紛。騁我徑寸翰，流藻垂華芬。

　　此詩寫作時間不詳，如果視為曹叡即位之初的太和元年，當時曹叡因為天災，頒布譴責自己的詔令，要求公卿匡正自己的過失，因此，激發曹植政治上立功的夙願，因此，此詩或作於此時。曹植《鰕䱇篇》：

> 鰕䱇遊潢潦，不知江海流。燕雀戲藩柴，安識鴻鵠遊。
>
> 世士此誠明，大德固無儔。駕言登五嶽，然後小陵丘。
>
> 俯觀上路人，勢利惟是謀。讎高念皇家，遠懷柔九州。
>
> 撫劍而雷音，猛氣縱橫浮。泛泊徒嗷嗷，誰知壯士憂。

　　此詩主題，可以用司馬遷筆下的陳勝話語概括之：「燕雀焉知鴻鵠之志

哉？」說自己的志向是「世士此誠明，大德固無儔。駕言登五嶽，然後小陵丘。」因此，曹植藐視那些世俗趨利小人，「俯觀上路人，勢利惟是謀」，「撫劍而雷音。猛氣縱橫浮。」說自己的志向是雷音之聲，其猛氣縱橫沉浮於九州四海。那麼，曹植的鴻鵠之志，橫浮之雷音又是什麼呢？在曹丕死後，曹植看到了自己的希望，他希望在改朝換代之後，自己能成就一番政治功業。

再看《怨歌行》，整個漢魏時期，除了所謂的班婕妤《怨歌行》之外，只有曹植寫作有《怨歌行》，此曲見載於《樂府詩集》：

> 為君既不易，為臣良獨難。忠信事不顯，乃有見疑患。
> 周公佐成王，金縢功不刊。推心輔王室，二叔反流言。
> 待罪居東國，泣涕常留連。皇靈大動變，震雷風且寒。
> 拔樹偃秋稼，天威不可干。素服開金縢，感悟求其端。
> 公旦事既顯，成王乃哀歎。吾欲竟此曲，此曲悲且長。
> 今日樂相樂，別後莫相忘。

《怨歌行》當為甄后自制曲，並撰寫歌詞，後來成為班婕妤故事。曹植用之，書寫政治情懷，主要是寫給魏明帝曹叡看的。講述周公當年如何輔佐成王，受到管蔡謠言的委曲，最後，成王如何感動的故事。

明眼人一看就能明白，曹植是在自比周公，將魏明帝曹叡比擬為成王。問題是，這恐怕只是曹植的一廂情願，曹植和魏明帝曹叡，雖然在輩分上是叔侄關係，和周公成王關係一樣，但曹植怎敢自比周公？曹叡不就成為懵懵懂懂尚不能獨立理政的成王了麼？而當年定罪於曹植的曹丕等人，不就成了妖言惑眾的二叔之流了麼？

曹植自己並不知曉曹叡的感受，自比周公，希望能作周公，一直是曹植在太和期間掛在嘴邊的話語。另外如《豫章行》：「周公下白屋，天下稱其賢」，「周公康穆叔，管蔡則留言」，說明「鴛鴦自朋親，不若比翼連。他人雖同盟，骨肉天性然」。

曹植的這一見解還是針對時弊的，後來曹魏果然失國於司馬氏集團。因此，可以說曹植並非沒有政治眼光，如果曹植即位成為皇帝，應該是歷史更好的選擇。但曹植不善於察言觀色，不善於迎合別人，而是以一種詩人的天真、率真來對待與曹叡之間的關係。

曹植的這種天真率真，其直接的結果是什麼？史料沒有直接的記載，但我們從曹植晚年，也就是在曹叡的太和年間的悲慘生活中，可以自己得到答案。

那就是：曹植原本期望甚高的政治待遇，反而遭遇到更為嚴酷的人生悲境。

周公理想既然不可能實現，曹植希望自己能效命疆場，再看曹植的《雜詩》之一：

> 僕夫早嚴駕，吾行將遠遊。遠遊欲何之？吳國為我仇。
> 將騁萬里塗，東路安足由！江介多悲風，淮泗馳急流。
> 願欲一清濟，惜哉無方舟！閒居非吾志，甘心赴國憂。

有學者認為，此詩寫作背景：太和二年，曹軍曹休遭遇陸遜截擊，全軍覆沒，故曹植有「吳國為我仇」之句。而曹叡不願假以兵權，遂有「惜哉無方舟」之歎。這一背景解釋，合情合理，基本可信。

曹植想像自己已經具備行裝，嚴駕遠遊，遠遊到何處？吳國為我仇。在想像中，「將騁萬里塗，東路安足由！江介多悲風，淮泗馳急流。」自己沿著淮河流域而至江邊。可惜的是夢幻醒來，知道自己是沒有方舟可乘的。結句點明自己的志向：「閒居非吾志，甘心赴國憂」，周公不可得，退而求其次，願意奮身效死於疆場。奮身疆場而不可得，曹植又將如何安置自己痛苦的靈魂呢？

第二節　號則六易，居實三遷：太和期間的困苦生活

接續前文，再看曹植另外一首《雜詩》：

> 轉蓬離本根，飄搖隨長風。何意迴飄舉，送我至雲中。
> 高高上無極，天路安可窮。類此遊客子，捐軀遠從戎。
> 毛褐不掩形，薇藿常不充。去去莫復道，沈憂令人老。

此詩寫作背景和時間不詳，有學者引述「毛褐不掩形，薇藿常不充」兩句，對比曹植《轉封東阿王謝表》：「桑田無業，左右貧窮，食裁糊口，形有裸露」，認為與曹植自己描述的雍丘生活相同。隨後可以參讀曹植的這一封謝表。曹植想像著自己飄搖隨長風，長風「送我至雲中」，一直到「高高上無極，天路安可窮」的天際。而現時的生活，卻是「毛褐不掩形，薇藿常不充」，所以，他非常渴望遠離這樣的生活，「類此遊客子，捐軀遠從戎。」結句：「去去莫復道，沈憂令人老。」卻採用了此前寫作戀情詩的寫作手法：「思君令人老，歲月忽已晚」「參辰皆已沒，去去從此辭」。露出了本相。

參照閱讀曹植的《轉封東阿王謝表》：

> 奉詔：「太皇太后念雍丘下濕少桑，欲轉東阿，當合王意。可遣人按行，知可居不？」奉詔之日，伏增悲喜！臣以無功，虛荷國恩，

爵尊祿厚，用無益於時，脂車秣馬，志在黜放。不圖陛下天父之恩，
猥宣皇太后慈母之念遷之。陛下幸為長久計，聖旨惻隱，恩過天地。
臣在雍丘，劬勞五年，左右罷怠，居業向定。園果萬株，枝條始茂。
私情區區，實所重棄。然桑田無業，左右貧窮，食裁糊口，形有裸
露。臣聞古之仁君，必有棄國以為百姓。況乃轉居沃土，人從蒙福。
江海所流，無地不潤，雲雨所加，無物不茂。若陛下念臣入從五年
之勤，少見佐助，此枯木生華，白骨更生，非臣之敢忘也。肌者易
食，寒者易衣，臣之謂也。（《曹集》390 頁）

　　此一封謝表，曹植似乎已經提升了許多社會經驗和政治經驗，會說話了許
多。首先引述曹叡的詔書：「太皇太后念雍丘下濕少桑，欲轉東阿，當合王意。
可遣人按行，知可居不？」

　　從曹叡詔書來看，這是一位相當狡猾而陰險的人物。明明在他執政的太和
年間六年時光裏，一直在折磨曹植，迫害曹植，但在表面上的話語來說，卻非
常客氣，非常關懷，非常體貼。說是卞太后惦念曹植在雍丘「下濕少桑」，提
出將曹植遷徙到雍丘，既然是太后關懷，「當合王意」，但是否合於王意，「可
遣人按行，知可居不？」您可以派人去按行，看看是否合意？似乎曹植還有可
以選擇的餘地。

　　曹植的回覆非常微妙：首先是表態：「伏增悲喜，臣以無功，虛荷國恩，
爵尊祿厚，用無益於時，脂車秣馬，志在黜放。不圖陛下天父之恩，猥宣皇太
后慈母之念遷之。陛下幸為長久計，聖旨惻隱，恩過天地。」

　　說了一籮筐感謝的虛話，不再以周公自比，而說「陛下天父之恩」，曹植
會說話多了；其次，委婉說出自己好容易適應雍丘，改善了雍丘，「臣在雍丘，
劬勞五年，左右罷怠，居業向定。園果萬株，枝條始茂。私情區區，實所重棄。」
通過自己和左右之人，劬勞五年，自力更生，剛剛達到居業向定，如果是同樣
條件遷徙，實所重棄，還不如不走。

　　「然桑田無業，左右貧窮，食裁糊口，形有裸露。」即便是居業向定，仍
然是異常貧窮：「食裁糊口，形有裸露」，皇帝和太后讓他遷徙之地，必然是「江
海所流，無地不潤，雲雨所加，無物不茂。」以上還算是懂得世故了，會說唯
心的政治話語了。

　　但曹植畢竟是曹植，以下幾句就露出了狐狸的尾巴：「若陛下念臣入從五
年之勤，少見佐助，此枯木生華，白骨更生，非臣之敢忘也。饑者易食，寒者

易衣，臣之謂也。」意思是如果皇帝想到我這五年，少見佐助，沒有做出什麼政治貢獻，言外之意，給我一個佐助帝王的機會，這才是讓我枯木生華、白骨重生的恩典，我會終生不忘您的恩德。因為，這才能真正讓我「肌者易食，寒者易衣，臣之謂也」。

在曹操創業的時期，最為優秀的兩個兒子，就是曹丕和曹植兄弟兩人，以至於曹操為此徘徊久之，不能決定人選，最後還是自己由於多方面原因讓國。現在，既然老大曹丕已死，曹叡年幼，讓我這個叔叔出馬佐政，豈非兩全其美？這正是曹植心中之所思所想，但其實也正是曹叡之所忌憚之處。

太和二年，就曾經發生過驚險的一幕，也是對曹植極為不利的事件。該年四月，當時諸葛亮北伐，天水、安定一帶吏民反叛以響應諸葛亮，張郃在街亭擊敗諸葛亮，曹叡行幸長安。而在京城洛陽，訛傳曹叡卒，群臣已經準備迎立曹植。曹叡及時還京，這才制止了這一次尚未發動的宮廷政變。

在出現曹叡可能死去的謠言中，群臣為何選擇曹植？或說是，其實群臣可能明知故犯，曹叡作為皇帝，前方戰事並非惡化，怎麼會就出現皇帝死去的事件？其中有一個緣故，曹叡為甄后之子，根據史書記載的曹叡年齡，應該是三十四歲死去。景初三年春正月，「帝崩於嘉福殿，時年三十六」。如果由景初三年上推三十六年，明帝的生年應是建安九年，但曹丕之納甄氏，也在建安九年八月，甄氏怎麼會生下明帝呢？如果確是曹丕所生，至早應是建安十年。裴松之就說過：魏武以建安九年八月定鄴，文帝始納甄后，明帝應以十年生。

當時群臣，應該也有相似的懷疑，而曹植在曹操時代就曾經內定為接班人數年之久，群臣自然是知道的。有類似這樣的事件發生，則曹叡對曹植，就有雙重之恨：一方面是潛在的政治對手，一旦曹植登位，對自己所產生的巨大威脅，另一方面，正是曹植，才使自己的生母甄后發生如此之慘劇。

這一深刻背景，決定了曹植晚年人生的悲劇，而曹植對此毫無察覺，以致引發最終的悲劇結局：人死而詩亡。因此，曹植從雍丘遷徙到東阿，生活並未有任何改變，反而沒有了經營五年的果木園林。曹植《遷都賦序》說：「余初封平原，轉出臨淄，中命鄄城，遂徙雍丘，改邑濬儀，而未將遷於東阿。號則六易，居實三遷。連遇瘠土，衣食不繼。」〔註1〕

曹植建安十六年春正月，封為平原侯，十九年徙封臨淄侯，二十二年增采

〔註1〕〔魏〕曹植《遷都賦序》，《曹植集校注》，趙幼文校注，人民文學出版社，1984，第392頁。

邑五千，並前而為萬戶。到黃初元年冬至前後，封為鄄城侯，三年，為鄄城王，四年，徙封雍丘王，太和三年，徙封東阿。其一生中的封地，除了沒有就國的濬儀在開封附近，其餘五個封地皆在山東，可謂和山東有不解之緣，這也是他熟稔杞妻哭梁等山東故事的人生背景。「號則六易，居實三遷」，一生中四次封號，但實際上僅有三次是就國的，即鄄城、雍丘和東阿。

曹植《吁嗟篇》：

> 吁嗟此轉蓬，居世何獨然。長去本根逝，夜宿無休閒。
> 東西經七陌，南北越九阡。卒遇回風起，吹我入雲間。
> 自謂終天路，忽然下沉泉。驚飆接我出，故歸彼中田。
> 當南而更北，謂東而反西。宕若當何依？忽亡而復存。
> 飄搖周八澤，連翩歷五山。流轉無恒處，誰知吾苦艱。
> 願為林中草，秋隨野火燔。糜滅豈不痛，願與株荄連。

《吁嗟篇》，是一篇樂府詩作，樂府三十三云：曹植擬《苦寒行》為《吁嗟》，為琴瑟調歌辭。《詩紀》雲：《選詩拾遺》作瑟調《飛蓬篇》，曹植十一年中而三遷都，「此詩當感徙都而作也」。此詩是後期之作者少見的發揮曹植天才想像力的一篇詩作，其中頗有年輕時代常用的誇張鋪陳的手法：

> 東西經七陌，南北越九阡。卒遇回風起，吹我入雲間。
> 自謂終天路，忽然下沉泉。驚飆接我出，故歸彼中田。
> 當南而更北，謂東而反西。宕若當何依？忽亡而復存。
> 飄搖周八澤，連翩歷五山。

忽東忽西，忽南忽北，上天入地，由人間而天上，有天上而人間，由人間之苦艱，而轉入到死亡的聯想：「流轉無恒處，誰知吾苦艱」，可謂對其人生後期不停轉徙的無奈歎息。「願為林中草，秋隨野火燔。糜滅豈不痛，願與株荄連」，是對死亡的想像。

在這一篇詩作中，曹植透露出來自己對不斷遷徙的感傷和無奈。曹植說，自己的生命如同飛蓬無所依靠，流轉而沒有固定的寓所，有誰能知道我的痛苦和艱辛呢？

既然自己的生命無所依靠，也許很快就要死亡。如果這一天來到的話，自己願意象是林中的野草一樣，在秋天的時候，隨著野火燃燒。死亡是恐懼的，我豈能不害怕這一刻的痛苦，但願能與株荄相連。就像是曹植以前寫過的，願為連理枝。能夠在另外一個世界見到自己愛戀了一生的人，與她結為根莖相連

的連理枝，心願足矣。

第三節　絕纓盜馬之臣赦：曹植的政治訴求

到了魏明帝太和五年歲末，曹植期盼已久的入京面見皇帝，終於得到了詔命。這一次的詔命，允許特恩進京，是曹植幾次三番上表力爭來的結果。

先有《求自試表》。求自試，是請求皇帝對自己進行考核驗查的意思。曹植幾次三番上表、寫詩，表達自己的雄心壯志，都不能得到建功立業的機會，曹植索性上表，請求皇帝對他考核。

在這一長篇文字中，曹植首先闡明「士之生世，入則事父，出則事君」的基本準則，然後說自己「位竊東藩，爵在上列」，理應報效朝廷。希望明帝能「出不世之詔，效臣錐刀之用，使得西屬大將軍，當一校之隊；若東屬大司馬、統偏師之任。」自己必定能「為士卒先」。如果自己不能得到這種機會，繼續過這種「禽息鳥視」的生活，「此徒圈牢之養物，非臣之所志也。」

現在，自己已經「奮袂攘衽，撫劍東顧，而心已馳於吳會矣。」（此一段正可以和前文所引曹植《雜詩》對比，應該是同期的作品）然後，自我推薦自己的軍事能力：「臣昔從先武皇帝，南極赤岸，東臨滄海，西望玉門，北出玄塞，扶見所以行師用兵之勢，可謂神妙也！」

最後，曹植仍然擔心不能獲得曹叡的寬宥，進一步說：

> 臣聞明主使臣，不廢有罪。故奔北敗軍之將用，秦魯以成其功；
> 絕纓盜馬之臣赦，楚趙以濟其難。[註2]

曹植平生未曾領軍打仗，是故奔北敗軍之將，與其無關，乃為虛指；而「絕纓盜馬之臣赦」，卻是實指。曹植自然未曾盜馬，但「絕纓」典故的使用，卻清楚說明了自己在黃初二年所犯罪行的內容。

「絕纓」典故源於漢代劉向的《說苑·復恩》，說楚莊王賜群臣酒，日暮酒酣，燈燭滅，乃有人引美人之衣者，美人援絕其冠纓，而楚王乃命左右皆絕纓，原諒了這位冒犯君王美人的將軍，後來這位將軍建立了奇功。曹植上疏以求自試，所舉帝王「不廢有罪」，原諒下屬的幾種錯誤中，必定應該有一種暗指自身，否則其求自試，難說有誠意，而此羅列之三種情況，奔北敗軍、

〔註2〕〔晉〕陳壽撰〔宋〕裴松之注《三國志·魏書·曹植傳》，中華書局1982年版，第567頁。

盜馬、絕纓，顯然前兩種均與曹植無關，唯有絕纓故事，不僅與曹植有關，而且，吻合於曹植與帝王之間的關係。「不廢有罪」，再次說明曹植承認自己有罪。

此表上呈天庭，卻並無音訊。太和五年，曹植再次上表，《求通親親表》，這一篇奏章，更為犯忌，開篇即言：「臣聞天稱其高者，以無不覆；地稱其廣者，以無不載；日月稱其明者，以無不照；江海稱其大者，以無不容。」言外之意，明帝不能如天、如地、如日月、如江海，不能無不覆、無不載、無不照、無不容，特別是這一話語恰恰是延續著此前曹植上疏所說的「絕纓」之事，言外之意是，楚王就連當面調戲自己的美人，都可以絕纓寬容，明帝為何還要久久不能釋懷。而接著長篇大套說這些明帝不愛聽、反感聽、痛恨聽的話語，明帝做何感想？

但曹植書生氣十足，並不理會明帝感受，依然故我，接著說：「昔周公弔管、蔡之不咸，廣封懿親以藩屏王室」，在上疏中提及周公，這是一個敏感的話題，蓋因其吻合於曹植與曹叡的叔侄關係，這是大的忌諱，而曹植不察。以下曹植接著談到自己：「至於臣者，人道絕緒，禁錮明時，臣竊自傷也。」以曹植的皇叔身份，又有才華遠揚之名，而「禁錮明時」，這不是批評明帝嗎？曹植接著發牢騷說：「近且婚媾不通，兄弟乖絕，吉凶之問塞，慶弔之禮廢，恩紀之違，甚於路人，隔閡之異，殊於胡越。今臣以一切之制，永無朝覲之望，至於注心皇極，結情紫闥，神明知之矣……願陛下沛然垂詔，使諸國慶問，四節得展，以敘骨肉之歡恩，全怡怡之篤義。」〔註3〕說現在兄弟親戚之間，乖絕不通，甚於路人，更不用說能去朝廷朝覲，希望明帝能下詔，至少讓兄弟親戚之間，可以諸國慶問，四節得展，敘敘骨肉歡恩。

通觀曹植在魏明帝即位之後的多次上表，一開始志向甚高，或自比孔子刪書，做出一番經天緯地大事業，或自比周公輔佐成王，勸諫明帝不要聽管蔡一般的流言；逐漸退而求其次，即便是能「當一校之隊」「統偏師之任」，也已經心滿意足。到了太和五年，看到一切政治出頭的機會都不可能，曹植要求至少可以親親之間允許走動往來。

這個要求不高，看來魏明帝無論如何也沒有理由拒絕。詔報回覆說：「夫明貴賤，崇親親，禮賢良，順少長，國之綱紀，本無禁錮諸國通問之詔也，矯

〔註3〕 〔晉〕陳壽撰〔宋〕裴松之注《三國志·魏書·曹植傳》，中華書局1982年版，第569～570頁。

枉過正，下吏懼譴，以至於此耳。已敕有司，如王所訴。」這應該是魏明帝第一次對曹植正面的回覆，曹植再作《陳審舉表》：

> 既時有舉賢之名，而無得賢之實，必各援其類而進矣。……臣生乎亂，長乎軍，又數承教於武皇帝，扶見行師用兵之要，不必取孫吳而暗與之合。竊揆之於心，常願得一奉朝覲，排金門，蹈玉陛，列有職之臣，賜須臾之問，使臣得一散所懷，濾舒蘊積，死不恨矣。……分晉者趙魏，非姬姓也。唯陛下查之。苟吉專其位，凶離其患者，異姓之臣也。欲國之安，祈家之貴，榮其共榮，沒同其禍者，公族之臣也。今反公族疏而異姓親，臣竊惑焉。

在這封表奏中，曹植再次闡明，當下空有舉賢之名，實際上，卻都是借助著舉賢的名義，去各援其類而推薦。至於自己，生於亂，長乎軍，而且，多次獲得曹操的指點，因此，得其真傳。而自己也一直期盼著到朝廷，「一奉朝覲，排金門，蹈玉陛，列有職之臣，賜須臾之間，使臣得一散所懷，濾舒蘊積，死不恨矣。」做一個「有職之臣」，是曹植明確的政治訴求。

就當時政治現狀而言，曹植指出，「分晉者趙魏，非姬姓也。唯陛下察之。苟吉專其位，凶離其患者，異姓之臣也。欲國之安，祈家之貴，榮其共榮，沒同其禍者，公族之臣也。」如果能預見到曹魏以後被司馬氏集團慘殺的景況，曹叡或許能真的接受曹植的建議。但也許不能，也許曹叡其實知道，自己是袁紹的後裔，他就會巴不得曹氏政權土崩瓦解。

曹植這次的政治訴求非常明確，就是到朝廷做一個有職之臣，按理說，魏明帝和朝廷如果同意，就會盛情安排，如果不能同意，理應拖延迴避。後來的現實情況卻是：魏明帝和朝廷熱情邀請並盛情款待曹植一行，而曹植的政治願望卻不僅不能實現，而且，就連和明帝單獨會面談話的機會都沒有。魏明帝曹叡，葫蘆裏面賣的什麼藥？

看來，問題沒有那麼簡單，曹魏時期，對於諸王之間的提防看管，實為前所未有。曹丕的黃初四年會節氣，就有曹彰的慘死，如果此次的特恩允許入京，沒有什麼人死去，這才真正是一次和解的標誌。

太和五年八月，魏明帝曹叡下詔書，說：

> 先帝著令，不欲使諸王在京都者，謂幼主在位，母后攝政，防微杜漸，關諸盛衰也。朕惟不見諸王十有二載，悠悠之懷，能不興思！其令諸王及宗室公侯各將適子一人朝。

　　隨後，曹叡下詔書令諸王參加明年正月朝會，曹植作《入覲謝表》，表達自己：「臣得去幽屏之域，獲覲百官之美」「背茅茨之陋，登閶闔之闥」的喜悅心情。雖然是為參加翌年正月的活動，諸王基本上都是在年底之前抵達京城。

　　曹植抵達京師之後，曹叡下詔書，讓他現在京師好好遊覽：「詔使周觀，初玩雲盤，北觀疏圃。」（《謝周觀表》）曹植前次離別京城，是在黃初四年，到現在太和五年歲末重回京城，已經歷時將近七八年時光，而京師的一些建築，常常是模仿鄴城所建造，曹植遊覽京師建築名勝，難免睹物思人，寫作了一些回憶當年與甄后一起幸福生活的時光。《妾薄命》寫作於此時。

第四節　極宴娛心意，戚戚何所迫：曹植赴京

　　太和六年正月初一，曹植在洛陽京師參加元會大典。寫作《元會》：「悲歌厲響，咀嚼清商。……歡笑盡娛，樂哉未央！」在京師期間，皇帝主持的酒宴，也就是極宴，隆重地舉行。當下歸入到古詩十九首名下的《青青陵上柏》，應當是曹植這一時期的作品，全詩如下：

> 青青陵上柏，磊磊磵中石。人生天地間，忽如遠行客。
> 斗酒相娛樂，聊厚不為薄。驅車策駑馬，遊戲宛與洛。
> 洛中何鬱鬱，冠帶自相索。長衢羅夾巷，王侯多第宅。
> 兩宮遙相望，雙闕百餘尺。極宴娛心意，戚戚何所迫。

　　曹植此次來京師，理應首先去到父皇曹操墓前拜謁，因此，才會有「青青陵上柏，磊磊磵中石。人生天地間，忽如遠行客。」首四句關涉陵墓和對人生天地之間，忽如遠行之客的喟歎。陵：作為名詞，專指帝王或者帝王家族之墳墓，特別是漢魏之後，《說文》：「陵，大阜也」，《水經注·渭水》：「秦名天子冢曰山，漢曰陵。」則此處「青青陵上柏」，必定是指帝王及其家族之陵寢。

　　「斗酒相娛樂，聊厚不為薄。驅車策駑馬，遊戲宛與洛。」是寫自己初到洛陽的生活。同樣寫作於這一時期的《名都篇》：「我歸宴平樂，美酒斗十千」，與此詩的「斗酒相娛樂」，正可相互對照閱讀，是一個背景的兩處表達。

　　「洛中何鬱鬱，冠帶自相索。長衢羅夾巷，王侯多第宅」曹丕於黃初元年（220）「十二月，初營洛陽宮」〔註4〕，到明帝之時，經歷十餘年的營造，洛

〔註4〕〔晉〕陳壽撰〔宋〕裴松之注《三國志·文帝紀》，中華書局1982年版，第76頁。

陽出現了上述的初步繁榮景象。之所以說是「洛中何鬱鬱，冠帶自相索」，正由於「長衢羅夾巷，王侯多第宅」，而這些第宅，都與曹植無關，曹植始終是一個遠行客，走在這喧鬧的初見繁華的京師，他感到鬱鬱寡歡，感到陌生而鬱鬱。

「兩宮遙相望，雙闕百餘尺」以下四句，應該是曹植參加曹叡宮廷宴會的景象，應是曹植等參加完平原公主喪事之後的宮廷酒宴。至今民間仍有風俗，即喪事之後，應有宴會款待賓客。曹植《箜篌引》和此作，都應該是這一背景下的作品。

兩宮問題，涉及東漢洛陽和曹魏洛陽的不同兩宮問題。古人常常以東漢洛陽的兩宮，來解釋十九首中的「兩宮遙相望」，蔡質《漢·官典職》曰：「南宮北宮，相去七里。」現代學者，也常常會以十九首中的「兩宮遙相望」，來解釋東漢的兩宮問題。〔註5〕

其實，十九首中的「兩宮遙相望」，指的是曹魏新建洛陽城中的兩宮。「在大量文獻中，則記載著該城的漢代宮城是由南、北兩個宮城組成，即學者們一般認為的南、北宮對峙的形制。其中南宮南臨洛水，南、北宮之間以樓閣複道相連，相距七里。」而曹魏在東漢廢墟上所建立的南、北宮，「經過對有關記載的文獻仔細辨別，可以發現它們顯然已不是指漢代那種地位和功能相同，但區域不同且南北對峙的兩個獨立的宮城，而是對同一座宮城內位置及作用不同的帝、后殿所的分別稱謂。」〔註6〕

換言之，東漢兩宮，南北對峙，是兩座相距七里之遙的不同建築，而曹魏的建都洛陽，由於建都時間比較短，從曹操建安二十五年開始在東漢洛陽廢墟上建立建始殿，其地點在原洛陽的北部，到曹植晚年的太和六年，經歷曹丕父子兩代，也不過是十二年的時光，對於修建一個都城來說，財力時間所限，都不會有原先的洛陽那麼大，所以，曹魏修建的洛陽，城中的南、北宮，僅僅是一個建築群中的兩座宮殿，南宮即所謂太極殿，主要是帝王理政之所，而宮城北部的殿所既稱後宮，也稱之為北宮，是后妃之居所。

分析到這裡，我們再重新來閱讀曹植的詩作《五遊詠》：「閶闔啟丹扉，雙闕曜朱光。徘徊文昌殿，登陟太微堂。上帝休西櫺，群后集東廂。」〔註7〕可

〔註5〕　參見錢國祥著《由閶闔門談漢魏洛陽城宮城形制》，《考古》，2003年第7期，第54頁。

〔註6〕　錢國祥著《由閶闔門談漢魏洛陽城宮城形制》，《考古》，2003年第7期，第58頁。

〔註7〕　此詩不見於趙幼文《曹植集校注》，見載於逯欽立輯校《先秦漢魏晉南北朝詩》，第433頁。

以推測，所謂「兩宮」「雙闕」，是在一起的一個建築群，連同閶闔門，宮門為閶闔門，閶闔門兩邊為雙闕的建築物，他們都是朱色的，文昌殿和太微堂分別是帝王理政的南宮和后妃居所的太微堂，若論東西走向而言，則文昌殿居於西欂，而群后所在的太微堂位於東廂，故有「上帝休西欂，群后集東廂」之句。

這樣來理解十九首中的「兩宮遙相望，雙闕百餘尺」，就可以理解為，前句兩宮，重在寫兩宮之間的關係，可以遙遙相望；後句「雙闕百餘尺」，重在寫兩宮雙闕的上下高度的描寫。這正是作者步入閶闔門之後，面對宮廷景象的真實描寫。

在元代《河南志》附錄的洛陽宮城圖中，無論是後漢洛陽城圖還是西晉洛陽城圖，都沒有雙闕的建築。後漢洛陽宮城沒有雙闕建築，可以理解，因為我原本就不認為《青青陵上柏》中的雙闕與後漢洛陽宮城有關，但西晉（與曹魏洛陽宮城基本相同）洛陽宮城地圖上也沒有雙闕，這是令我百思而不能解的事情。

因為在我看來，十九首等古詩，為曹植之作基本上是確定無疑的事情，驗之於古代的地圖，必定應能相符。當下，在我除了研究地圖之外，偶然看到了元代《河南志》在「司馬門」下做如下的記載：

> 司馬門：明帝景初二年，鑄銅人二，號翁仲列坐於門外。《水經注》云：王有五門：臯、庫、雉、應、路門也。明帝改雉門為閶闔門，又曰：明帝始鑄闕，壓殺數百人，遂不復鑄，故無闕門。〔註8〕

果然，在該圖中中間部位，依次可以見到：臯門、庫門、閶闔門、應門、路門，路門之後就是司馬門。此前，筆者將《青青陵上柏》的寫作時間，指向曹丕黃初年間和魏明帝太和五年，認為之中後者更為可能。根據現在所新讀到的材料，基本能證明，十九首中的「雙闕」，正於「明帝始鑄闕，壓殺數百人，遂不復鑄」相吻合。「明帝始鑄闕」當在太和六年之前，而《河南志》所附宮城圖，當為太和六年之後。至於雙闕的具體位置，當在臯門（內城大門）兩側。

「極宴娛心意，戚戚何所迫？」「極宴」，只有帝王主持的宴會，才可以稱之為極宴吧！「戚戚」，漢魏文人五言詩，則只有曹植《遊仙詩》「人生不滿百，戚戚少歡娛」與十九首此詩使用了「戚戚」。李周翰曰：「言於此宮闕之間，樂其心意，則憂思何所相逼迫焉」，與曹植「歡笑盡娛，樂哉未央」（《元會》）的表面文章以及與曹植可能寫於此時的《箜篌引》相互參看。

〔註8〕 元人撰不著姓名清人徐松輯《元河南志四卷》，楊家駱主編《中國學術名著第六輯》，世界書局 1974 年版，見《魏城闕宮殿古蹟》分類之後第 2 頁。

曹植的《箜篌引》，可以將曹植此次參加元會的背景情況做出進一步的梳理。此詩應該是曹植參加這次特恩元會的一首詩作：

置酒高殿上，親友從我遊。中廚辦豐膳，烹羊宰肥牛。

秦箏何慷慨，齊瑟和且柔。陽阿奏奇舞，京洛出名謳。

樂飲過三爵，緩帶傾庶羞。主稱千金壽，賓奉萬年酬。

久要不可忘，薄終義所尤。謙謙君子德，磬折欲何求。

驚風飄白日，光景馳西流。盛時不可再，百年忽我遒。

生存華屋處，零落歸山丘。先民誰不死，知命復何憂。

誰是此詩的主人，此詩是怎樣的背景下寫作的？古今說法不一。以筆者之見，從詩中「主稱千金壽，客奉萬年酬」的句意來看，曹植並非詩中的主人，恰恰相反，是客人。其句意是，主人在酒宴上，拿出千金為客壽（客壽，對客人表示敬意），客人則致以祝主人「萬年」的答詞。

從這個角度來說，此詩正是曹植在太和六年正月，赴京師洛陽朝會參加明帝宴會所作。此前，曹植一直是縣王，直到太和六年二月，才改封為郡王，《三曹年譜》：「二月，曹叡作《改封諸侯以郡為國詔》，以陳四縣封曹植為王。」〔註9〕《魏志‧曹植傳》：「其二月，以陳四縣封植為陳王，邑三千五百戶」，比之原先的采邑，增加一千戶，這當是詩中所說的「主稱千金壽」的意思。曹叡以陳四縣封植為陳王，邑三千五百戶，應該是乘著曹植在眼前給予賞賜，才合情理。

《三曹年譜》在太和六年二月下記載：「曹叡作《與陳王植手詔》，曹植作《答詔表》。詔與表均見《御覽》卷三七八……詔及表當作於植在京都時。」〔註10〕因此，曹植在此年的二月，仍然在京城逗留，並且參加曹叡的酒會。

《箜篌引》詩中涉及生死的哀歎，也是有所指的，當時正值明帝女兒平原公主夭折，明帝甚為傷感，親自作誄臨送：「吾既薄才，至於賦誄，特不閑。從兒陵上還，哀懷未散，作兒誄。答曰：……句句感切，哀動神明，痛貫天地。楚王彪等聞臣為讀，莫不揮泣。」〔註11〕清楚說明，曹植、曹彪等在太和六年二月還均在洛陽。若是《箜篌引》中關於生死的哀歎，正是由於平原公主之死所引發的感歎，則此詩必定作於太和六年二月之後。

〔註9〕張可禮編著《三曹年譜》，齊魯書社1983年版，第229頁。

〔註10〕張可禮編著《三曹年譜》，齊魯書社1983年版，第229頁。

〔註11〕〔宋〕李昉等撰《太平御覽》，卷五九六，中華書局1960年版，第2684頁。

第十七章　曹植之死與曹集撰錄

第一節　概　說

曹叡其人是個睚眥必報心胸狹隘之人，在曹植接二連三呈上犯忌的奏章之後，不但不怒，反而破例「特恩」舉辦了這次正月慶典活動，曹植在參加完這次活動之後，就國不久就死去。種種跡象標明，曹叡在曹植臨死前舉辦的這次正月慶典，可能正是曹植的死因。

曹叡其人的報復心極強，看看他對其他後宮嬪妃的態度即可窺其一斑。

先說虞妃：「曹叡為王時候，始納河內虞氏為妃，帝即位，虞氏不得立為后，太皇卞太后慰勉焉。虞氏曰：『曹氏自好立賤……殆必由此亡國喪祀矣！』虞氏遂黜還鄴宮。」〔註1〕虞氏是曹叡的結髮妻子，但到了曹叡登基之後，虞氏卻無故未被立為后，這顯然是委屈的，因此，卞太后去慰勉，虞氏說，曹家都好立賤。這無疑是極為不得體的話語，因為，前去慰勉的卞后就是出身倡家，曹叡的後母郭后，是喪亂流離的孤兒，曹叡的生母甄后，雖然出身於漢太保甄邯之後，父親甄逸，為上蔡令。但甄氏乃為曹丕從袁氏家族中搶來。

但無論如何，虞氏是曹叡髮妻，所講的道理也是不差的，敏感的曹叡，即刻將其「黜還鄴宮」，打入了冷宮。曹叡不立虞氏，其原因是新寵毛后。毛后是黃初中選入東宮的，進御有寵，出入同輦，毛后其人出身低賤，其父毛嘉原本是典虞車工，卒暴富貴：「明帝令朝臣會其家飲宴，其容止舉動甚蚩騃，語

〔註1〕參見〔晉〕陳壽撰〔宋〕裴松之注《三國志·魏書·后妃傳》，中華書局1982年版，第167頁。

輒自謂『侯身』，時人以為笑。」〔註2〕毛嘉低賤之人，卻被「寵賜隆渥」，封為嘉博平鄉侯，一個粗鄙之人，與皇帝對話，自稱「侯身」，被眾臣譏笑。

但曹叡我行我素，並不在意，反而「又加嘉位特進」。毛皇后於太和元年立為后，到景初元年，明帝又寵郭元后，毛后又無端被賜死：「帝之幸郭元后也，后愛寵日弛。景初元年，帝遊後園，召才人以上曲宴極樂。元后曰：『宜延皇后』，帝弗許。乃禁左右，使不得宣。后知之，明日，帝見后，后曰：『昨日遊宴北園，樂乎？』帝以左右泄之，所殺十餘人。賜后死，然猶加諡。」〔註3〕

從曹叡後宮嬪妃遭際的記載中，不難看出曹叡性格的幾個特點：一是報復心極強，二是殘忍，三是虛偽。虞氏原是髮妻，只因為未被立后而說了幾句不得體的話語，就被打入冷宮；曹叡與後宮嬪妃曲宴極樂，未召皇后而被皇后得知，就認為是「左右泄之」，竟然「殺十餘人」；「賜后死，然猶加諡」，這則說明了曹叡的殘暴和虛偽。

這次進京正月觀見的活動，明帝表現出了與此前大相徑庭的盛情，讓諸王在宮中逗留時間非常之久，保守來說，至少大約有三個多月的時間，從太和五年十二月到六年二月，這也是前所未有的。

正如《晉書·禮志》所說：「魏制藩王不得朝觀，明帝時朝者由特恩」。文帝、明帝兩朝，有過兩次特恩，一次是黃初四年，曹丕特恩曹彰、曹植、曹彪等「會節氣」，其結果是曹彰暴病身亡，另一次就是太和六年正月，其結果是曹植離京就國不久以疾病而死。《魏志》記載的死亡原因：「又植以前過，事事復減半，十一年中而三徙都，常汲汲無歡，遂發疾薨。」〔註4〕真實的原因，是否就是「汲汲無歡」，而「遂發疾薨」？所發之疾病到底是何種病症，均無記載。

曹叡若無毒害曹植的目的，為何突然改變態度，以特恩盛情款待諸王，特別是曹植，而後，終其一生，再無這種特恩允許曹彪等健在的諸王朝觀參加正月慶典呢？

太和六年二月，曹植仍然在京城皇宮逗留，政治地位和經濟待遇皆有所改善，但「植每欲求別見獨談，論及時政，幸冀試用，終不能得。既還，悵然絕

〔註2〕 參見〔晉〕陳壽撰〔宋〕裴松之注《三國志·魏書·后妃傳》，中華書局1982年版，第167頁。

〔註3〕 參見〔晉〕陳壽撰〔宋〕裴松之注《三國志·魏書·后妃傳》，中華書局1982年版，第168頁。

〔註4〕 參見〔晉〕陳壽撰〔宋〕裴松之注《三國志·魏書·曹植傳》，中華書局，1982，第576頁。

望。」〔註5〕表面看，曹叡原諒了曹植，給他增加封邑，但卻不肯給曹植單獨談話的機會，顯然，並沒有真正原諒曹植。可以說，曹叡一直到曹植死，都並沒有真正原諒曹植，這也就是曹植在臨死前的太和六年「每欲求別見獨談」而「終不能得」的原因。

曹叡不原諒曹植，正是由於曹叡不能理解，更不能接受曹植與其生母甄后之間產生愛情這一事實。同時，也正是由於曹叡身為帝王，才有權力製造了所謂《古詩十九首》的冤案，其直接的起因，正起於曹植與甄后的隱情。

曹植何時離開洛陽，死前有何症狀，已經都難以考索。《太平御覽》卷三七八記載了曹叡關懷曹植的手詔以及曹植的答詔：「魏明帝手詔曹植曰：『王顏色瘦弱，何意耶？腹中調和不？今者食幾許米？又，啖肉多少？見王瘦，吾意甚驚。宜當節水加餐。』答詔表曰：『近得賜御食，拜表謝恩，尋奉手詔，憫臣瘦弱，奉詔之日，泣涕橫流。』」〔註6〕曹叡憎恨曹植，為何如此關懷曹植，剛有「賜御食」之舉，就有「宜當節水加餐」的詔令，而且是明帝親自「手詔」？而曹彰之死前，也曾有太后令人火速找水而不得的記載。

《初學記》，在《果木部·柰第二·表》下，有這樣的記載：

> 魏曹植《謝賜柰表》：「即夕殿中虎賁宣詔，賜臣等冬柰一盒。以柰夏熟，今則冬生。物以非時為珍，恩以絕口為厚，非臣等所宜荷之。蒙報植等詔曰：山柰從涼州來，道里既遠，又東來轉暖，故柰中變色不佳耳。」

看來曹叡所親賜御食，或為一次，則前面所引之賜御食並詔令「宜當節水加餐」，與此次賜柰乃為同時還是分為兩次？《初學記》同時記載，柰產於酒泉等地，並引《本草》：柰味苦，令人臚脹，病人不可多食。從曹植表來看，乃為「賜臣等冬柰一盒」，一盒有多大，能有多少柰，不可考，曹植上表稱「非臣等所宜荷之」，是禮節性謙讓，還是心中不願食用？從曹叡回覆的詔書來看，山柰已經變質變色，「道里既遠，又東來轉暖，故柰中變色不佳耳」，為何已經變色不佳，還仍然要賜給曹植等，這個「等」字還有何人，皆已無法考辨。

又，此事又見於《太平御覽》，曹植《謝賜柰表》：「即夕殿中虎賁宣詔賜臣等冬柰一盒詔使溫啖夜非食時而賜見及柰以夏熟今則冬至物以非時為珍

〔註5〕〔晉〕陳壽撰〔宋〕裴松之注《三國志·魏書·曹植傳》，中華書局，1982，第576頁。
〔註6〕〔宋〕李昉等撰《太平御覽》卷三七八中華書局1960年版，第1748頁。

甘以絕口為厚實非臣等所宜蒙荷詔曰此柰乃從梁州來道里既遠來轉暖故柰變色」（原文無標點）。此段資料又增添了新的意思，一是「詔使溫啖」，曹叡不但賜變色之柰，而且詔令其食用方法為「溫啖」；二是「夜非食時，而賜見及」，可知，曹叡賜柰及詔令是「非食時」之夜；三是「今則冬至」，可知，此事當是曹植於太和五年歲末冬時至翌年初在洛陽京城所發生的事情。

綜合兩段資料，可知曹叡賜曹植變色之柰，並指定服用之法，詔令在非食時之夜食用，乃為事實。我們知道，曹叡具有賜死曹植的復仇動機，但同時也有擔心天下臣民議論和擔當子侄殺叔的千古罵名，而現有材料因為種種歷史的原因，已經殘缺不全，無法直接指證。

《曹植傳》記載：「既還，悵然絕望。時法制，待藩國既自峻迫，僚屬皆賈豎之才，兵人給其殘老，大數不過二百人。又植以前過，事事復減半，十一年中而三徙都，常汲汲無歡，遂發疾薨。時年四十一。」根據史書記載，曹植是從京師回到東阿心情鬱悶而死，一般認為曹植是該年返回東阿的十一月卒。中國的史書一向為尊者諱，其中是否還有什麼隱諱？還是宮廷有秘方，可以讓生命延續數月隨後死亡？還是曹植在京城已經死亡，扶柩而還，史家為尊者諱，隱去其中的內情？

曹植死後葬於魚山。《曹植傳》記載：「初，植登魚山，臨東阿，喟然有終焉之心，遂營為墓。」王士禎《帶經堂詩話》卷一四：「東阿魚山即曹子建聞梵處，有墓在焉。」看來，對於自己生命的終點，曹植是早有預感的，因此，在不到四十歲的情況下，為自己在魚山營造了墓室。魚山，這是曹植在這裡聽到天籟梵音之處。佛教自東漢明帝時代已經傳入中國，到曹植的時代，已經約有一個半世紀多的時光，曹植在痛苦無所依傍的後期人生之中，接受佛教，聽到梵音，在梵音中永久地離開了這個世界。

第二節　其收黃初中諸奏植罪狀：曹集重新撰錄

曹植卒後七年，景初三年（239年）正月，魏明帝曹叡死去。臨死之前，景初二年歲末，曹叡下詔命令撰錄曹植的文集，並詔書宣告於天下，宣布對曹植的寬宥，以及銷毀此前三臺九府對曹植彈劾文件的全部檔案：

景初中詔曰：「陳思王雖有過失，既克己慎行，以補前闕，且自少至終，篇籍不離手，誠難能也。其收黃初中諸奏植罪狀，公卿已下議尚書、秘書、中書三府，大鴻臚者皆削除之。撰錄植前後所著賦頌詩銘雜論凡百餘篇，副藏內

外。」〔註7〕

這段史料，有幾點值得關注：

首先，這段詔書發布的時間，為所謂景初中，景初一共兩年一個月（不足一個月，曹叡死於該年正月），到景初三年正月，魏明帝曹叡死。距離曹植之死已經七年之久，一般對死者的評價和寬宥，理應在死者蓋棺時候給予定論，所謂蓋棺定論。

為何要在曹植死後七年之久，而且是魏明帝臨終之前才想起寬宥曹植，並且，對曹植文集給予重新撰錄呢？顯然，曹植問題，特別是曹植所寫作的有關與他生母甄后之間戀情的作品，是曹叡視之為芒刺在背的東西，務必在臨終之前解決的問題。此前不是不想解決，而是苦於找不到方法，臨終之前，理應是秘書監孫資等人秘奏，採用移花接木手法，遂有此詔。

其次，來看這一封詔書，實際上包括幾個內容：1.首先表示對曹植的寬宥，重新評價曹植一生功過：「陳思王雖有過失，既克己慎行，以補前闕，且自少至終，篇籍不離手，誠難能也」，這是為了以下的行為張目：

2.「其收黃初中諸奏植罪狀，公卿已下議尚書、秘書、中書三府，大鴻臚者皆削除之。」也就是說，要將黃初時期所有對曹植的彈劾奏章一併銷毀，這一點，看似為第一點的延續，也就是對曹植寬宥，因此銷毀當年的彈劾奏章，實際上，是為了第三點：

3.「撰錄植前後所著賦頌詩銘雜論凡百餘篇，副藏內外。」這第三點才是最為本質、最為主要的內容，就是要把曹植的文集全部重新撰錄整理一遍，並且細緻到說明曹植全部作品的篇數為「賦頌詩銘雜論凡百餘篇」。曹子建才高八斗，真的僅有百餘篇作品麼？要知道，當時曹植的作品還沒有發生丟失的情況。這不是此地無銀三百兩，隔壁阿二不曾偷麼？

曹植作品的版本情況，正如趙幼文先生在《曹植集校注·前言》所說：「《曹植集》，曹魏王朝中葉，產生兩種集本，一是曹植手自編次的，另一是景初中明帝曹叡下令編輯的。由於史料缺乏，很難瞭解兩種集本的具體內容。但根據景初編輯的，計賦、頌、詩、銘、雜論凡百餘篇；曹植所寫的《前錄自序》所載，賦是七十八篇，兩相比勘，顯然已存在詳略的差異。」〔註8〕

〔註7〕〔晉〕陳壽撰〔宋〕裴松之注《三國志·魏書·曹植傳》，中華書局1982年版，第576頁。
〔註8〕趙幼文校注《曹植集校注》，人民文學出版社1984年版，第1頁。

曹植《前錄自序》所指的七十八篇，僅僅指的是「少而好賦」的文賦之作，曹植曾於晚年自己刪定他的文賦作品，《前錄自序》有：「余少而好賦，其所尚也，雅好慷慨，所著繁多。雖觸類而作，然蕪穢者眾，故刪定別撰，為前錄七十八篇」〔註9〕的記錄，或認為這是發生於建安時期的事情，是請楊脩刪定「辭賦一通」的，而景初中所撰錄的，則是諸體並包的曹植文集，景初中對曹植作品的重新「撰錄」，數量為「百餘篇」，與曹植現存的全部作品之總和的數量相似。

有學者說：「宋人纂輯曹植集所載的篇數，增至二百餘篇，近人所編的則有三百餘篇〔註10〕，故知曹植集曾經聚而又散，散而又聚。」〔註11〕可知曹植作品流失之多。其中詩作散失更多，以黃節注《曹子建詩注》為統計，僅收曹植「詩」23題30首，另有《樂府》38篇41首，一共七十餘篇作品，與現存辭賦作品共45篇相比，短小的詩歌理應更多一些。黃節曾經感歎說：「考《四庫全書提要》，曹子建集凡詩七十四首，而嚴鐵橋《曹集校輯》乃稱搜括群書所載，得詩百二十一首。朱述之《曹集考異》第五六卷，詩樂府凡一百有一首，而失題及樂府佚句不與焉。余是編取詩及樂府七十一首。」〔註12〕

對於曹植的命運，黃節悲歎說：「余讀之而悲」，「後之讀余是注者，倘亦有悲余之悲陳王者乎？」〔註13〕確實如此，通讀曹植一生，令人潸然淚下者，何止一端也！

曹叡臨終之前對曹植文集的處理，應該說是相當成功的，它的手法異常巧妙，可以說是費盡心思，成為一個複雜的工程：

首先將曹集中關涉戀情的，盡力刪除，但又不全刪，保留若干情節不太嚴重的，譬如《七哀詩》《雜詩》等，而刪除譬如《同聲歌》《青青河畔草》等六十餘首。為了遮人耳目，其中羼雜一些並非關涉愛情的詩作，如《今日良宴會》等。然後，將這些刪除詩作安排在其他人名下，從枚乘、蘇武、李陵、班婕妤、傅毅、張衡，一直安排到徐幹、曹丕、曹叡父子本身。並將這些安排抄錄署名，散佈出去，副藏內外。

曹植卒後十七年，司馬懿發動軍事政變，曹植的弟弟白馬王曹彪賜死。曹

〔註9〕〔魏〕曹植《前錄自序》，趙幼文校注《曹植集校注》，人民文學出版社1984年版，第434頁。
〔註10〕參見朴現圭《曹植集編纂過程與四種版本之分析》，《文學遺產》，1994年第4期，第25頁。
〔註11〕王玫著《建安文學接受史論》，上海古籍出版社2005年版，第223頁。
〔註12〕黃節撰《曹子建詩注·序》，中華書局2008年版，第1頁。
〔註13〕黃節撰《曹子建詩注·序》，中華書局2008年版，第2頁。

彪是從小和曹植一起長大，也由卞后帶大的小弟。比曹植約小三四歲左右，當建安十六年曹丕、曹植等人開始五言詩寫作的時候，曹彪常常跟隨左右，耳濡目染，也學會寫作這種五言詩。

曹植卒後三十三年，司馬炎廢魏帝曹奐，自立為帝。這是晉的太始元年，公元 265 年。由於在曹叡死後，曹魏政權每況愈下，風雨飄搖，一直到司馬懿發動政變，這個時代成了一個血腥殺戮的時代，士人自身難保，再也沒有人關注或說是揭櫫曹叡臨終之前的這個大陰謀。而況，曹植甄后戀情，在士人眼中，畢竟是不光彩的事情，為帝王曹丕、曹叡隱諱，為尊者諱，這是天經地義的，即便是知道內情，又何必將此說破呢？

魏晉以來，曹植甄后的戀情，就由歷史的真實，而成了所謂緋聞的傳說。

第三節　一日見正叔與兄讀古五言詩：陸機陸雲首次披露

曹植卒後六十六年，陸機有機會進入到洛陽宮中秘書閣，讀到了這些絕密的檔案，為曹植甄后的這些讀之令人驚心動魄的五言詩作而震撼。陸機在晉惠帝元康八年（298 年）遊秘閣，而見魏武帝遺令，作《弔魏武帝文一首》〔註14〕。

由此可知：陸雲的相關書信寫在此年，陸機的《擬古詩》十四首等與曹植和古詩十九首相關的五言詩作，寫作於公元 298 年。

陸雲《與兄平原書》：「一日見正叔與兄讀古五言詩，此生歎息，欲得之。」此處的「古五言詩」，當是對所謂《古詩十九首》代表的這一組古詩的最早記錄，「古詩」概念當時尚未形成，故有「古五言詩」這一不同於後來約定俗成的「古詩」概念；陸雲書信中所云「此生歎息，欲得之」，也正顯露陸機對此「古五言詩」的欽佩羨慕，想要一覽為快的心情。到陸機《擬作》，方才將其簡稱之為「古詩」。陸雲的此封書信，可以視為所謂「古詩」，在失去作者姓名和寫作背景之後的首次披露，或說是在塵封約半個世紀之後的首次面世，是沉淪海底之後的首次浮出水面。應該是曹叡臨終前將曹植文集「重新撰錄」「副藏內外」中的刪除部分藏於洛陽皇宮大內之後，西晉時期，陸機陸雲這些高層貴族士人首次有機會讀到這些令人「驚心動魄」詩作之後驚喜震撼場景的直接

〔註14〕〔南朝梁〕蕭統編〔唐〕李善注《文選》卷六十，中華書局 1977 年版，第 833頁。

記錄。意義異常重大。可以視為是「古詩」從不為世人所知到首次面世的重要標誌。

陸機隨後創作《擬古詩》十四首，正式將這些遺失作者姓名的五言詩作，統稱之為「古詩」。《擬青青陵上柏》：

> 冉冉高陵萍，習習隨風翰。人生當幾時，譬彼濁水瀾。
> 戚戚多滯念，置酒宴所歡。方駕振飛轡，遠遊入長安。
> 名都一何綺，城闕鬱盤桓。飛閣縹虹帶，層臺冒雲觀。
> 高門羅北闕，甲第椒與蘭。俠客控絕景，都人驂玉軒。
> 遨遊放情願，慷慨為誰歎。

「青青陵上柏」之陵，一直不知道為何者之陵，現在，陸機給出了答案，擬作中以「高陵萍」替代「陵上柏」，高陵，正為曹操墓之名稱。「二月丁卯，葬高陵。」陸機擬作中的內容，也正為模擬曹操口吻：「人生當幾時，譬彼濁水瀾。戚戚多滯念，置酒宴所歡」，兼用曹植口吻，曹植詩：「置酒高殿上」。「方駕振飛轡，遠遊入長安」，長安，代指洛陽，見原作「驅車策駑馬，遊戲宛與洛」，同時驗證了筆者此前所說的此詩當為太和五年歲末入京洛陽參加明帝宴會之作。「百餘尺」：陸機《洛陽記》：「洛陽城內西北隅有百尺樓，文帝造。」曹植《雜詩》其六「飛觀百餘尺。臨牖御欞軒。」正相對照。

特別是陸機《君子有所思行》更為值得關注：

> 命駕登北山，延佇望城郭。廛里一何盛，街巷紛漠漠。
> 甲第崇高闥，洞房結阿閣。曲池何湛湛，清川帶華薄。
> 邃宇列綺窗，蘭室接羅幕，淑貌色斯升，哀音承顏作。
> 人生承行邁，容華隨年落。宴安消靈根，鴆毒不可恪。
> 無以肉食資，取笑葵與藿。

此詩融合融合十九首《青青陵上柏》《西北有高樓》以及曹植《箜篌引》等而成：「命駕登北山，延佇望城郭」，當為洛陽京城。「甲第」「阿閣」「綺窗」，見十九首《青青陵上柏》「長衢羅夾巷，王侯多第宅」，《西北有高樓》「交疏結綺窗，阿閣三重階」，「洞房」揭示上述詩作的情愛背景。

「宴安消靈根，鴆毒不可恪」，曹植臨終詩作《青青陵上柏》《箜篌引》「置酒高殿上」，均有明帝宴飲背景，此當為「宴安消靈根」所指；「鴆毒不可恪」，此句殊難詮釋，恪，謹慎而恭敬，從宴安消靈根，忽然說到鴆毒與死亡。

　　此前筆者的論證連接了三點：1.十九首等古詩與曹植關係密切；2.曹植甄后的戀情，是十九首等古詩的主要背景；3.甄后因為這一戀情而被賜死，曹植之死可能與魏明帝太和六年初詔曹植進京有關。

　　換言之，曹植之死和與明帝之母甄后的戀情密切關聯，也與十九首密切關聯。而陸機此首詩作，處處能見到十九首的形影，特別是「阿閣」等漢魏之際唯有十九首使用過的宮廷語彙，更指出了陸機此詩所詠之事，正是曹植和甄后之戀情，並同時說明了當時陸機等人聽聞曹植是被酒宴鴆毒而死。

　　結句說，「無以肉食資，取笑葵與藿」，葵藿，見曹植《求通親親表》：「若葵藿之傾葉太陽，雖不為之回光，然終向之者，誠也。臣竊自比葵藿。」則句意甚明，曹植自比葵藿，意為像葵藿跟著太陽一樣堅定地最忠心地跟著皇上，而終不免被鴆毒而死，「肉食」指曹植的貴族身份。此詩結句感概說，曹植為肉食之貴族，並且自比葵藿，忠誠於帝王，而終不免於被鴆毒而死的悲慘結局。

　　在此，我們重新反思：當公元 298 年陸機有機會進入秘閣，閱讀曹魏宮廷留存下來的機密文件，當時，陸機看到的是什麼？他所能看到的，應該是從曹植文集中剔除出來的詩歌作品，這些詩歌作品，是署名「古詩」麼？不是，陸雲還稱之為「古五言詩」，可知，「古詩」是陸機之後逐漸定型的專有名詞，是由於陸機們不知道怎麼稱呼這些在洛陽宮城的秘閣中留下來的五言詩作。

　　這些五言詩，有些已經分別署名給：枚乘（八首）、蘇武、李陵（主要是兩人之間的送別詩二十餘首）、班婕妤（團扇詩）、班固（詠史詩）、傅毅（孤竹篇）、張衡（同聲歌），有些署名給當時代的曹魏詩人，曹丕（燕歌行等）、徐幹（室思詩等）、蔡琰（悲憤詩）、曹叡（曹叡不會寫詩，當下署名曹叡的，皆應為操刀人秘書監孫資的饋贈）。這一項所謂「重新撰錄」的工作，顯然沒有完成，就被某一個突然而來的事件打斷而終止。

　　這一突然事件，應該就是這一篡改工作的指使人曹叡突然於正月駕崩。秘書監等人顧不上這個尚未完成的工作，忙於爭權奪利去了。不難看出，其中特別是枚乘八首、蘇李詩二十餘首、班婕妤一首、班固一首、蔡琰一首，都是精心繪製的，都有被饋贈者的生平中接近的背景故事，還有一些編造了作者的人名，如宋子侯、董嬌嬈等，這是需要一定的時間來完成的。此外，大量的詩作尚未來得及編排創制，就被終止了。以後，其中的一些詩作，如《陌上桑》《孔雀東南飛》等，被司馬氏的西晉宮廷用來作為宮廷樂舞進行演

唱和表演，因此，《樂府詩集》一般都標識「右一曲為晉樂所奏」字樣。後來，被解釋為漢樂府民歌。

既然這些詩作基本已經分派完畢，分別署名給或說是饋贈給兩漢其他的人，為何陸機仍然說是「古詩」呢？從陸機的擬作之中，不難看出，陸機是知曉內情的，但不能說，不可說，不願意說，因此，才在擬作中透露出來如此之多的細節。但曹魏秘閣中留存的這些署名偽作仍在，所以，後來到了梁陳時代，如鍾嶸、劉勰、徐陵等，即將這些詩作歸併入到這些人的名下。

曹魏之後，有關曹植甄后戀情的緋聞，是一直口耳相傳的，其中的一些詩作，也應該是能口吻相傳的，在阮籍的詠懷詩中，可以看出這些所謂古詩以及曹植甄后戀情對他的詩作的影響。但幾乎所有的詩人，對此皆保持沉默。在內容上引用，在名稱上卻稱之為「古詩」，正是中國這種儒家傳統為尊者諱的必然結果。為曹丕曹植曹叡甄后這一曹魏帝王家族隱諱，為曹植這一偉大詩人隱諱。

到了南朝齊梁陳之際，這些歷史就成了傳說，而所謂枚乘之作、傅毅之辭、蘇李送別，班婕妤團扇，就成了五言詩的詩統———一個可以追述，但卻難以圓通的詩歌史。到了梁啟超以來的學術界，都看出了這些詩作不可能是西漢人的作品，但卻無人給予深入的研究，只是姑且懷疑為東漢人之作，並不斷往後推移到桓靈時代，卻找不出任何一位詩人和這些詩作有人生背景本事的蛛絲馬蹟。

到了公元 2003 年的時候，學者木齋在一次偶然的火車閱讀中，依稀感受到古詩十九首所使用的基本語詞、句式、寫法，與曹植五言詩有某種千絲萬縷的聯繫，六年之後，出版了他潛心研究的《古詩十九首與建安詩歌研究》，追述了漢魏五言詩歌史的形成歷程，初步探討了古詩十九首中的一些詩作和曹植的關係。三年之後，他作為臺灣中山大學客座教授，在臺灣讀到了很多新的資料，看到了元代繪製的漢魏之際的洛陽宮城圖，印證了此前推論出來的猜想，猜想成了事實。

公元 2012 年，大洋彼岸的美國哈佛大學學者宇文所安先生新著《中國早期古典詩歌的生成》在中國出版，認為自西漢所謂枚乘五言詩、蘇李詩、班婕妤詩、班固《詠史詩》以來兩漢的五言詩作，都是後人慷慨的饋贈，而其來源，是「同一種詩歌」：「當我們摒棄一個對文學體裁和作者差異做出種種假定的歷史，我們就會發現在很大程度上這些詩可以說是『同一種詩歌』

（ONE POETRY），來自於一個共享的詩歌材料，經由同樣的創作程序而產生。」〔註15〕

　　2014年～2016年，木齋在美國普度大學和休斯敦大學進行學術訪問。此期間，他經歷了其人生前所未有的苦難。在無盡的苦難和血淚浸透的生命裏，對曹植甄后戀情人生的研究，對詩三百起源發生歷程的研究，這兩大文學史疑案的整合研究，就成了他實現自我救贖的島嶼。詩三百的研究，使他讀懂了此前尚未能深入讀懂的曹植甄后詩作中的許多語碼，因為，曹魏時代的曹植甄后，原本就是在詩三百的遺產廢墟上，奠基起來他們自身的藝術宮殿。

　　至此，木齋嘔心瀝血，批閱十三載，借鑒東西方學者之成果，不斷修正此前學術界之種種推論，終於完成了這部《曹植洛神之戀》——嘗試將遺失的所謂漢魏古詩，一一安排在具體的時間和本事背景之中。有趣的是，這些散落並遺失的一篇篇詩作，就像是兒童的拼圖遊戲，幾乎全都可以找到它們原本應在的位置。當然，其中必定有個別色彩或是圖形不合，還可以在漫長歲月中，由後人接續拼接。最終，必定能拼成歷史的還原圖案。

　　中國文學史，為之不得不改寫。

　　中國文學史，當下一部不真實的歷史，必將改寫。

第四節　舊以為枚乘、蘇武者，全非事實：羅根澤的批評

　　羅根澤先生對一些所謂漢樂府詩的批評，其中涉及一首詩作，於此詩可謂是姊妹篇。羅根澤《樂府文學史》第二章《兩漢之樂府》說：

　　《宋志》所載古辭，皆沈約認為漢世之歌。沈約去漢未遠，所言當不甚謬，然《通志·樂略》《樂府詩集》所錄古辭，視《宋志》幾增一倍，是否盡為漢謳，又有問題。且東西漢前後四百年（木案：所說甚是，特別是建安時期，古人視為東漢末，其實是一個新的時代，乃為魏響之始），所謂漢世，為東漢？為西漢？為東漢何時？西漢何時？沈氏未曾名言。今檢古辭中多通篇五言。傳世五言者，若《古詩十九首》，蘇李贈答詩，卓文君《白頭吟》，班婕妤《怨歌行》，其著作年代，遠者不出東漢之末，近者或在魏晉六代，舊以為枚乘、蘇武、李陵、卓文君、班婕妤者，全非事實。（木案：所說皆非常準

〔註15〕宇文所安著《中國早期古典詩歌生成》，三聯書店，2012年6月版第3頁。

確，兩論殊途同歸，從不同的渠道，採用不同的方法，卻得到了相同的結論。）

故謂五言詩起源於西漢，或西漢之前者，純為不明文學流變之囈語。（木案：一針見血，痛快淋漓！）至成帝之世，始有五言歌謠；至東漢班固，始有五言詩，然質木無文。樂府古辭之五言者，率詞藻華繢，聲韻優美，疑其產生時代甚晚。〔註16〕

此段論述，一針見血，痛快淋漓，從五言詩起源發展的歷史現狀出發，以嚴密的邏輯內證，闡發了沈約所謂的「古辭」，並非兩漢之作，而是產生時代甚晚。

羅根澤進一步分為非五言者、五言者、疑非漢謳者三類進行敘述和分析。其中特別是「疑非漢歌者」之類的分析，更為精彩：

馮舒《詩紀匡謬》曰：「古之云者，時世不定之辭也，……概歸之漢，所謂無稽之言，君子弗聽矣。」（木案：當今學者，但信所謂「鐵證」，卻不知何謂鐵證，所謂白紙黑字，古人所云，皆視為歷史之真實，其實，古人所云，未必皆為真實，古人之所記載，也常有荒謬。何者能為權衡，仍應以內證為重，歷史的邏輯為重。羅氏所引馮舒以一句「無稽之言，君子弗聽」，了斷沈約所謂「凡樂章古辭，今之存者，並漢世街陌謠謳」之說。又，沈約之論，從清人馮舒到民國羅氏，皆有洞察，胡適之所以全盤接受，乃出於民眾史觀之需要也。）

……鄭樵《樂略》，郭茂倩《樂府詩集》所載古辭，幾倍《宋志》，而後人每援《宋志》之言，認為漢世之歌，以甲例用於乙書，烏能盡當？《木蘭詩》，吾儕知出於唐初，而《樂府詩集》亦題曰古辭，則馮氏謂「時世不定之辭」，不為無據。且《宋志》之著作，去漢已遠，亦難必其不無失考。故特闢疑非漢歌一類，以疏通而明辨之。〔註17〕

羅氏所舉疑非漢歌者甚多，其中《傷歌行》（《雜曲》），詞見《樂府詩集》卷六十二，尤為值得關注，詩曰：

> 昭昭素明月，輝光燭我床。憂人不能寐，耿耿夜何長！
> 微風吹閨闥，羅幃自飄揚。攬衣曳長帶，屣履下高堂。
> 東西安所之？徘徊以彷徨。春鳥翻南飛，翩翩獨翱翔。
> 悲聲命儔匹，哀鳴傷我腸。感物懷所思，泣涕血沾裳。

〔註16〕羅根澤著《樂府文學史》，東方出版社，1996年版，第26～27頁。
〔註17〕羅根澤著《樂府文學史》，東方出版社，1996年版，第53頁。

佇立吐高吟，舒憤訴穹蒼。

羅氏摘引此詩之後，評論說：「余諦視此首，覺其綺靡哀思，不似漢人之作。檢《古詩紀》（漢卷之七）果曰：『《外編》作魏明帝。』《外編》不知何如書，約之，此篇有魏明帝作之說，與作風不類漢人相合。古詩紀樂府有兩種似相反，而確為事實之現象：一、無名氏古辭每嫁名漢人；二、魏晉六代之作每誤為古辭，由誤為古辭，又每嫁名漢人。如《白頭吟》本古辭，而後人以為卓文君之作。《河梁贈別詩》，不知作者姓名，而後人以為蘇武李陵之作。《怨歌行》本顏延年作，而後人誤以為古辭，又誤以為班婕妤作。……」

羅氏隨後援引甄后《塘上行》，《樂府古題要解》則曰：「前志云：『晉樂奏魏武帝《蒲生篇》』……《歌錄》亦曰：『或云甄皇后造。』而又曰：『《塘上行》古辭。』則有以此篇為古辭者矣。」……推原其故，蓋偶或失名，或為甲為乙，不能斷定，即題為古辭（木案：對於許多不能斷定年代的詩作，因此題為古辭，這正是古辭之多的原因。而一旦推為古辭，並不能說明其為古，蓋因其本因並不明確其產生時間也）。故鄭、郭晚出，而所錄古辭視沈氏幾增一倍。著錄之人，亦未必盡以為兩漢之歌，而後人每據宋志古辭並漢世謳謠之詞，妄推為漢時耳。（木案：不僅沈約漢世之說為妄推，「謳謠」之說亦為妄推，並無實據，同此，郭茂倩《樂府詩集》所載為「漢世謳謠」，亦為妄推，以訛傳訛爾。）

至古辭或失名之作嫁名漢人者，則以歌詞所詠為某人，或事類某人，遂謂為某人之作。所以《白頭吟》嫁名卓文君，《怨歌行》嫁名班姬，河梁詩嫁名蘇李。魏晉六代最喜詠古事以寄易，尤以，明妃和番，細君（烏孫公主）遠嫁，李陵降北，蘇武留胡，項羽失敗英雄，幸有虞姬之知己，婕妤色衰愛馳，遂終供養於長門，千古遺恨，最宜入詩，故諸人集中，皆迭見不一見。傳誦鈔刻，偶遺主名，遂每以被詠之人，認為作詩之士。……則由非成是，為千古定案，延誤傳謬，無有能為之舉正者。即有舉正者，而世人亦必據由非成是之說，詆其好作聰明，妄立異說。由此知治古代學術，不能不以敏銳眼光，科學方法，察詳而慎審之也。〔註18〕

此段論述，從古辭妄推的各種情況，魏晉六朝的文化習俗，由非成是之後的學術史保守習俗等諸多方面，緣波討源，條分縷析，深入骨髓，鞭辟入裡，入木三分。「每以被詠之人，認為作詩之士」，或每以被詠之事，視為寫

〔註18〕羅根澤著《樂府文學史》，東方出版社，1996年版，第57～58頁。

作詩作之時，由此產生「由非成是，為千古定案」的情況，而一旦第一個說法成立，就會造成以訛傳訛，後人競相往這原本是訛傳之事增添正面證據，後代學者由於證據不足，或者索性就是由於保守的文化風俗，以先入為主、先聽為主、先見為主為思維定式，遂無能為之舉正。即便有舉正者，也被視為異端邪說，不被採信。

「每以被詠之人，認為作詩之士。……則由非成是，為千古定案，延誤傳謬，無有能為之舉正者。即有舉正者，而世人亦必據由非成是之說，詆其好作聰明，妄立異說。由此知治古代學術，不能不以敏銳眼光，科學方法，察詳而慎審之也。」當下的學術界，何嘗不是如此？

一向所說羅根澤是繼續肯定梁啟超的十九首東漢說，但其實，卻主要是建安說。他不止一次認為，徐中舒的建安說非常有道理。認為徐中舒作《古詩十九首考》，「博徵繁引，證明十九首中不惟無枚叔作，《孤竹》一篇亦非傅毅作，其著作年代，皆在東漢以後。證據確鑿，略成定讞。」〔註19〕

羅氏所引《傷歌行》，其作者其實並非魏明帝，而應該為明帝之母甄后所作。

「昭昭素明月，輝光燭我床」，如前所述，床在漢靈帝時候方才引入，漢應劭《風俗通義佚文·服妖》：「靈帝好胡服、胡帳、胡床，京師競為之。」有學者解釋：胡床，即今所謂「馬扎」，因為它是由西域入傳中土，故在「床」前冠了一個「胡」字。兩漢時代，中國還是席坐的時代，靈帝時候開始傳入胡床，並進一步演變為睡床之床，曹操時代已經有床無疑，《曹瞞傳》：「公猶坐胡床不起」（《武帝紀》，35 頁），十九首中有羅床：「明月何皎皎，照我羅床幃」，則羅床已經是和現在意義上的床相同。

「優人不能寐，耿耿夜何長！」甄后在黃初二年之際，由於與曹植分離時間長達一年半，因此，長夜失眠，夜不能寐，因此，多有夜中難眠的主題，並分外感覺耿耿夜長的細微體驗。

「微風吹閨闥，羅幃自飄揚。攬衣曳長帶，屧履下高堂。」閨闥，宮禁的門戶。《文選·何晏〈景福殿賦〉》：「青瑣銀鋪，是為閨闥。」「閨闥」這一用語的出現，清晰地將作者的身份指向了女性，而且是宮中的女性。五言詩中男子而作閨音的現象，並非沒有，但這種現象有特殊的產生背景，那就是在建安十七年之後，出現阮瑀死，曹丕令王粲等寫作《寡婦賦》《寡婦詩》等，由此

〔註19〕羅根澤著《羅根澤古典文學論文集》，上海古籍出版社 1987 年版，第 138 頁。

掀起了女性化寫作的文學思潮，而這一文學思潮的出現，伴隨著建安十六年之後新興的文藝觀念的興起，通脫的意識形態思潮的到來，曹丕、曹植以及王粲六子等，出現了為藝術而藝術的娛樂型審美觀念，隨後，主要伴隨有清河見挽船士新婚別妻，劉勳休妻等偶然事件的出現，曹丕等人寫作了一批這一類的女性題材之作。以後，建安七子先後身死，退出了文學史寫作的舞臺。

曹植的人生捲入到與甄后的戀情之中，其五言詩寫作，成了傳達深摯戀情的載體，在整個曹魏政權的後期，再也沒有出現這種男性詩人以女性視角、女性口吻寫作的現象，將此詩指認為魏明帝所作，是沒有根據的。魏明帝是否會寫作五言詩，都是需要重新審視、重新探討的問題。事實上，由於魏明帝在臨終之前，下詔重新撰錄了曹植文集，其中主要的針對問題，是要解決其生母甄后與曹植之間不倫之戀的詩文痕跡，以期望永遠地將曹植與甄后戀情的歷史，湮沒在歷史的塵埃之中。因此，所謂此詩為魏明帝所作的記載，正說明了此詩原本與魏明帝有關，但絕非作者，而是在將甄后詩作扼殺之後，移花接木到魏明帝的結果。

「閨闥」，在以後的使用中，也許也可以借用到非宮廷的閨房，但整個漢魏時期，並沒有能夠熟練寫作五言詩的女性詩人，甄后是漢魏晉時期，唯一會寫五言詩的女性詩人，其性別身份、宮廷貴族身份，以及詩中纏綿悱惻的戀情，無不與甄后吻合。羅幃，可與十九首：「明月何皎皎，照我羅床帷」（其十九）參照閱讀，兩者同出機杼。

以下「攬衣曳長帶，屐履下高堂」，長帶、屐履、高堂等裝飾衣物，以及建築，無不與甄后形象和環境吻合。「東西安所之？徘徊以彷徨。春鳥翻（一作向）南飛，翩翩獨翱翔。悲聲命儔匹，哀鳴傷我腸。感物懷所思，泣涕血沾裳。佇立吐高吟，舒憤訴穹蒼。」此詩當作於黃初二年春季，曹植身在鄄城，而甄后身在鄴城，是故有春鳥南飛之句，而甄氏獨自孤守，不覺悲從中來，「泣涕血沾裳」和「舒憤訴穹蒼」，更是舉世無匹，未有甄后曹植之悲情者，難以寫出此等文字來。

第五節　玉臺何以稱之為玉臺，六朝人對往事的敘說

2017年，是我異常繁忙的一年，我在同時撰寫數本大部頭的書，首先是，為休斯敦大學亞美中心撰寫的《中國大教育史》，在歲末年初之際，大體完成了20萬字的初稿；其次，撰寫兩部講義：《先秦漢初文學史》和《建安盛唐文

學史》，這是我為中山大學文學史課程所寫的講義，雖然是應於教學需要而撰寫，實則確是我積累三十年之夙願、之成果而整合而成，雖則整合，可以借鑒此前三十年之成果，但畢竟需要合為一爐，而且，課程進度不等人，到學期結束，兩部文學史各自25萬字左右，已然成型矣！

兩部大歷史，大教育史和大文學史的同時撰寫，使我思路大開，一個前所未見的中國大歷史出現在我的視野之中。今早完成了《中國大教育史》的簡介，就把這一簡介轉引在此：

《中國大教育史》，是第一部將中國政治制度變革史、科舉制度演變史、中國文學史以及中國學術史鎔鑄一體，在中國歷史文化大背景之下來思考和闡發中國教育史的起源發生演變歷程的學術專著，以前所未有的新視角，來揭示中國自西周以來到民國時代，跨越古今的教育史演變規律，並深刻揭示了中國教育史的起源發生演變對於中國歷史文化的深刻影響。其綱要為：1.中國教育史起源發端於周公時代的制禮作樂，伴隨著制禮作樂的需要，而產生對儒家教育的需求，士階層由此興起；2.孔子之前，學在官府，孔子不僅僅是私學教育的創始，而且，標誌了中國學術史的開端；3.老子生活在戰國中期，《道德經》原書名為《老子》，老子、莊子皆非師；4.漢靈帝鴻都門學興起，鴻都門學為中國第一所文學藝術專科學校，教育體制的變革，改變了中國歷史文化的方向和進程；5.中國的歷史文化由經學而向文學轉型，士階層由此前的經學士族而轉型為魏晉六朝的文學士人；6.隋唐科舉制度由此形成，隋唐科舉的進士科以詩賦取士，正是六朝詩賦盛行的直接結果；7.明清時代科舉與儒家教育制度的衰落，與西風東漸的合力，造就了中國現代教育的輝煌，其中蔡元培、梁啟超、胡適等從不同方面實現了對中國現代教育體制的奠基。

教育史的研究，啟發了文學史演變的認識，反之，文學史的寫作，也成為教育史的不可或缺的組成。在這種空前的視野下，回到漢魏古詩和曹植甄后本事的研究，就類似用一個顯微鏡觀照一個原本隱蔽微縮的物象，即刻異常清晰起來。

元月16日，在中山大學的課程結束之後，我即刻病倒了，咳嗽不止，拖著疲憊之身，我不得不回到美國繼續工作。每日凌晨即起，在咳嗽和凌晨的清寒之中，我先後完成了《中國大教育史》的緒論部分，接著日夜兼程，基本完成了《曹植洛神之戀》的第三稿修改。

終於有一些時間去圖書館，美國的中文圖書有限，為女兒借了一本曹文軒

的《少年王》，開卷讀其自序，自序名為《關於我的作品》：

我知道，我的作品就是我的作品，是一種與時下流行的或不流行的作品都不一樣的作品。……將它們聚攏在一起時，怎麼看，都是一家子，一個家族，一個血統，沒有一篇會讓人起疑心：它是這個家族的嗎？個別作品也許看上去有點不太像，但若文學上也有基因認定，得出的結論，一定是：百分之九點九九九……是這個家族的。

說得多好！人類有其基因，有其家族的遺傳，文學作品如此，文學演變的本體生命同樣如此。我由於十多年來研究漢魏古詩和曹植甄后的原因，對它們每一個語碼，以及由每一個語碼構成的基因也就異常熟悉，每每一看，就已經領會了其中血緣的類似和其中語碼的潛在含義。但對這些語碼和基因的判斷，是一個不斷發展、不斷擴充、擴大的過程，而且，由於我重視文本研究，原典第一，因而，不太在意後人的評論，因此，從漢魏之際的詩人、作品起步，一點點探索過來，一開始僅僅得到了十九首之九首左右與曹植相關，隨後，發現十九首基本都是曹植甄后本事，研究了八年，到了 2012 年，才認識到蘇李詩也在其中，作者方面，也才認識到，甄后不僅也是這些作品的作者之一，而且，比之曹植，寫得更多，寫得更好！到了 2017 年後半年，由於撰寫《建安盛唐文學史》書稿，課程的需要，強迫我這個懶人，將逯欽立的《先秦漢魏晉南北朝詩》三卷通讀一遍，這一通讀，令我大跌眼鏡，原來在六朝人的視野中，不僅僅是十九首、蘇李詩，而且，幾乎是原本認為是兩漢五言詩的優秀作品，無一例外，均為曹植甄后之作，主要是甄后的戀情作品。

所謂「蘼蕪、團扇、孔雀、七夕、織女、牽牛、採桑、羅敷、秦氏」，六朝詩人將這些原本是兩漢五言詩中的故事，與陳王、洛神、西園、淇上等曹植甄后自身的語碼代號混為一體，在他們眼中，這些原本就是一回子事！並且，他們將兩者之間的故事，特別是其中的很多我此前不知道的細節揭示出來。譬如，此前我一直認為曹植在建安二十四年十二月離別鄴城，一直到黃初二年重回鄴城，兩人之間沒有見面的機會，但六朝人的詩作告訴我，他們之間在黃初元年深秋之際，延續著七夕詩作的悲劇，甄后乘車遠行，渡河去見曹植了，可惜，剛剛見面，曹植就被曹丕派來的專車接走，留下無窮的遺憾。

如果你沒有被先入為主的說法蒙蔽雙眼，你將不難認出，漢魏之際所有

涉及蘼蕪、團扇、孔雀、七夕、織女、牽牛、採桑、羅敷這些本事的五言詩作，他們就像是曹文軒所說的那樣：「將它們聚攏在一起時，怎麼看，都是一家子，一個家族，一個血統，沒有一篇會讓人起疑心」，因為，它們出自同一個本事，只不過在不同的時間段落，呈現不同的音容面貌。六朝人，應該說，從阮籍、陸機開始，就不斷反覆講述這個悲慘而動人的故事，從而成了六朝詩歌的一種詩體。我們也可以稱之為「玉臺體」。

陸機《塘上行》：「江蘺生幽渚，微芳不足宣。被蒙風雨會，移君華池邊。發藻玉臺下，垂影滄浪淵……不惜微軀退，但懼蒼蠅前。願君廣末光，照妾薄暮年。」（《玉臺新詠》85頁）《塘上行》唯一的出處，就是甄后的五言詩《塘上行》，陸機的這一首《塘上行》，對甄后之死給予了解讀：「江蘺生幽渚，微芳不足宣」呂延濟注：「婦人自喻本在父母家，居幽閒之室，謙以德微不足以奉君子。」則其含義是說甄后賜死的原因，是「不足以奉君子」，也就是前文所述甄后拒絕曹丕之意；「被蒙風雨會，移君華池邊。發藻玉臺下，垂影滄浪淵」，此四句一個層次，是說甄后被賜死。甄后之死，與水有關，死於其所居的芙蓉池。其中「玉臺」，正指的是甄后之死的芙蓉池。「發藻玉臺下」，寫甄后臨終之前的《塘上行》，「垂影滄浪淵」，指的是甄后死於滄浪之水，即芙蓉池。「淑氣與時隕，餘芳隨風捐」，則為正面描寫其死的悲慘情景。「不惜微軀退，但懼蒼蠅前」，暗指甄后之死，為郭后讒言所至。「願君廣末光」結句，為對曹植之託付。

徐陵所編《玉臺新詠》，其中的主體部分，皆為魏晉之後歷代詩人對曹植甄后本事的反覆吟詠而成詩集。至此，我剛剛醒悟，古人為何稱之為「古詩十九首為詩之母」，也剛剛明白，為何鍾嶸《詩品》稱古詩的作者「舊疑是建安陳王所制作」，這個「舊疑」，不是空說，而是由《玉臺新詠》全方位地記錄下來，一代代的詩人，一個跨越數百年的集體訴說，六朝詩歌，就是在古詩與曹植甄后的詩作之中延續和演變的，其影響之巨大，沒有任何他者可以比擬！

唐人權德輿《玉臺體》：「昨夜裙帶解，今朝蟢子飛。鉛華不可棄，莫是槁砧歸。」其中槁砧，已經在前文中引述：「槁砧在何許？山上復安山」，到唐代，這個語彙已經成了夫君的代名詞。

《玉臺新詠》所選的這些詩作，基本都在逯欽立的全集本之中，換言之，這些作品我已經在兩個月之前的一輪閱讀之中讀過，但這次在美國的一個一般圖書館，居然接到了一本世界書局1956年繁體字版本的《玉臺新詠》，更

令我驚訝和喜不自勝的事情，是我再次閱讀，居然會有常讀常新，開卷有益之感。除了剛剛所引陸機《塘上行》之外，還有以下的詩句令我震撼：

陸機《擬庭中有奇樹》：「歡友蘭時往，迢迢匿音徽。」（《玉臺》80 頁）《涉江採芙蓉》：「上山採瓊蕊，穹谷饒芳蘭。……故鄉一何曠，山川阻且難。」（《玉臺》80 頁）「蘭時往」，蘭花盛開時候前往嗎？分明說「歡友蘭時往」，則蘭是故友，而《庭中有奇樹》為曹植懷念甄后之作，則蘭分明是甄后的代稱。「音徽」則為甄后的語碼。「上山採瓊蕊，穹谷饒芳蘭」，他上山採擷瓊蕊，卻看到漫山遍野的芳氣馥郁的蘭，這不是一個陷入情網不能自拔的形象寫照嗎？蘭，再次驗證是甄后的名字。

楊方《合歡詩五首》：「同聲好相應，同氣好相求。我情與子親，譬如影追驅。……子靜我不動，子游我無流。……秦氏自言至，我情不可儔。」（《玉臺》89 頁）一直不知道《同聲歌》為何用「同聲」為題，楊方此作給予了解釋：「同聲好相應，同氣好相求。我情與子親，譬如影追驅」，這正是男女歡愛之際的聲態情口，惟妙惟肖。——剛剛讀懂了「同聲歌」之「同聲」之意。

沈約詩作《應王中丞思遠詠月詩》：「高樓切思婦，西園遊上才。」（1645）兩句詩將「盈盈樓上女」的思婦與曹丕曹植等西園遊宴作詩聯繫起來，多麼富有概括力！

顏延之，字延年，《秋胡行》：「婉彼幽閒女，作嬪君子室。……燕居未及好，良人顧有違。脫巾千里外，結綬登王畿。」這裡有幾點值得關注：「作嬪君子室」，指的是如此美女，卻作為嬪妃侍姜，而非正妻，吻合於曹植甄后關係。「燕居未及好，良人顧有違」，指的是建安二十四年曹植離別之事；「脫巾千里外，結綬登王畿」李善注：巾，處士所服。綬，仕者所佩。指的是曹植在洛陽封鄄城侯或鄄城王，這兩句把曹植在黃初元年秋季不得不到許昌參加登基大典受封之事說得異常清晰。秋胡為曹植，秋胡妻為甄后。此前已經知道甄后在七夕之後有一次遠行，但都沒有這一次的這一篇寫得如此清晰：「脫巾千里外，結綬登王畿」，兩者剛剛見面，曹植不得不遠行，到許昌參加王畿的登基大典。

這一次閱讀，方才讀懂了《玉臺新詠》，玉臺之意，來自甄后臨終之前投水芙蓉池，《玉臺》之作，為甄后而起，《玉臺》之詩，亦主要圍繞曹植甄后戀情故事而作新詠。為何曹植甄后戀情引發後人如此之多的吟詠？蓋因甄后之戀情，為漢魏六朝以來之所絕無僅有，男女刻骨銘心的愛，唯有在曹操通脫的

政治背景之下歷史的一個夾縫中出現而已，前有兩漢之獨尊儒術，後有名教之禮教，士族通婚，亦不容婚媾之前的自由戀愛，妻妾制度也解決了士子的本性渴求，曹植甄后，兄嫂一家，少年初戀而不得，更兼諸多環境之壓抑與離別，壓抑而為詩以為情書往返，遂為千古絕唱。

　　《玉臺》之作，為後人留下了珍貴的戀情史料，常讀常新，這裡面有無限豐富的內容。

第十八章　漢魏古詩及曹植甄后戀情在唐前的流傳

第一節　概　說

　　我的漢魏古詩與曹植研究，自 2005 年在《山西大學學報》首發系列第一篇，截止到 2014 年《陝西師範大學學報》發表有關雙闕拙文，正好是十年時光。回首反思我的這一研究，主要有兩大感受，首先是經過反覆辯難，正反驗證，可知這一研究和探索的基本方向是正確的，方向正確，就會呈現史料汩汩而出，絡繹奔會之狀，反之，如果南轅北轍，則必定史料乏源，筆端枯窘。2012 年至 2013 年，我在臺灣中山大學客座教授任上，以及 2014 年在美國普度大學學術訪問，這兩個階段的閱讀和反思，使我對這一研究課題，提升到了新的高度。古詩與曹植甄后關係，情狀日趨清晰，細節日益合理，頗類陸機《文賦》中描述的「情曈曨而彌鮮，物昭晰而互進」；這一艱難的探索歷程，也如王安石《遊褒禪山記》所說的「入之愈深，其進愈難，而其見愈奇。」「夫夷以近，則遊者眾；險以遠，則至者少。而世之奇偉、瑰怪，非常之觀，常在於險遠，而人之所罕至焉，故非有志者不能至也。」

　　其次，雖然方向正確，但在細節上，隨著研究的不斷深入，特別是隨著其他學者相關研究的進展，不斷拓寬視野，其中特別是宇文所安先生《中國早期古典詩歌的生成》大作的出版，更使我對兩漢五言詩的存在，獲得了更為清晰的確認。在筆者此前出版的《古詩十九首與建安詩歌研究》中，還是承認了從

班固《詠史》五言詩到蔡琰《悲憤詩》五言詩的真實存在，雖然我也同時注意到曹操從四言到五言詩艱難探索的歷程。同時，在建安時代，我也同時承認了曹丕名下《燕歌行》《雜詩》和徐干名下《室思詩》等詩作的真實存在。

實際上，曹叡臨終之前下詔將曹植文集的「重新撰錄」，其所派發出去的曹植甄后的詩歌作品，並非僅僅派發到枚乘、傅毅等而為後來的十九首，也包括派發到蘇武李陵，從而成為所謂的「蘇李詩」，還有派發到班婕妤名下而為班婕妤《團扇詩》以及數十首之多的無名古詩，還有一部分由於被西晉宮廷演奏，如《陌上桑》等，從而成了所謂漢樂府詩，還有當下我新近認識到的，其中還有一批詩作，被分派到曹丕、曹叡、徐幹、繁欽等名下，混入到了建安詩歌之中。

除了分派到建安詩人中的詩作之外，其餘的可以被泛稱之為「古詩」。這些古詩，究竟是以什麼樣的方式、形式留存並且擴散，並且終於使後來人相信了這些偽造？這是當下還不能完全清晰的事情。但有一點可以知道，就是在曹魏後期的正始時期和隨後的西晉時期，同樣是在曹叡的洛陽文化中心，發生著對於這些古詩的閱讀和傳誦，乃至於模仿。這些古詩首先在正始特別是西晉的洛陽地區出現，不僅僅說明了古詩的原作者是曹魏時代，更說明了原作者是在洛陽為中心的曹魏地域文化範疇之內。

對這些古詩最早的書信記載，見於陸雲《與兄平原書》記載：「一日見正叔與兄讀古五言詩，此生歎息，欲得之。」此段資料記載了陸雲一日見潘尼（正叔）和陸機閱讀「古五言詩」的情形。此處的「古五言詩」，當是對所謂古詩十九首代表的這一組古詩的最早記錄，「古詩」概念當時尚未形成，因稱之為「古五言詩」，而陸雲書信中所云「此生歎息，欲得之」，也正顯露陸機對此「古五言詩」的欽佩羨慕，想要一覽為快的心情。到陸機擬作，方才將其簡稱之為「古詩」。陸雲此函，全文皆為談論文學寫作，在此段之前：「省此文雖未大精，然了無所識。然此文甚自難事，同又相似，益不古，皆新綺。用此已為洋洋耳。答少明詩，亦未為妙。省之如不悲苦，無惻然傷心言。今重複精之。一日見正叔讀古五言詩……」（出處同前）對陸雲信函中所析的「此文」以及「答少明詩」具體篇什，自不必追尋根底，但陸雲所談論的主題卻是清晰的：「益不古，皆新綺」，是極力希望能矯正當下新綺的詩風，模擬效法古人的風格。對於《答少明詩》的具體批評，則為「省之如不悲苦，無惻然傷心言」，而這些特點，恰恰是古詩的特點：「意悲而遠」「幾乎是一字

千金」（精練凝重）。由此可見，陸雲書信中提及「古五言詩」，正應該是陸機後來的《擬古詩十四首》。此條資料兼可證明陸機擬作古詩十四首當在赴洛之後。

　　上述的說法，還需要有所補充說明，那就是一向認為十九首的影響接受史是從建安時代開始，建安時代的五言詩，確實攜帶著濃鬱的古詩影響，但這其實主要有幾種情況：1.古詩受前代或當代詩作的影響而產生的相似性：十九首等古詩產生在建安黃初時代，不可避免受到父輩叔輩詩作詩句的影響，如「浮雲蔽白日」借鑒孔融詩句；2.曹植的詩作成為古詩，從而產生和當下仍在曹植名下詩作的極端相似、相同；3.曹植甄后詩作，除了大部分成為無名氏名下或是兩漢詩人名下的古詩，也有為數不少的詩作進入到曹丕、曹叡父子，以及徐幹、繁欽等人的名下，其中顯著者如徐幹《情詩》「君行殊不返，我飾為誰榮。」《室思詩》「別來歷年歲，舊恩何可期」，繁欽《定情詩》《槐樹詩》，曹丕《燕歌行二首》;《雜詩二首》「慢慢秋夜長」；麋元《詩》「青雀東飛，別鵠東翔」;《詩》「蒼蒼陵上柏，參差列成行。童童安石榴，列生神道旁」；曹叡《長歌行》「靜夜不能寐」（當為曹植），《燕歌行》「白日婉婉忽西傾」（當為甄后詩作），樂府詩「昭昭素明月」（當為甄后詩作）等。其中的具體論證和根據，需要另文專論。

第二節　古詩在正始和西晉時期的傳播

　　對於古詩和建安十六年以來的五言詩，隨後接力的首先是阮籍《詠懷詩八十二首》。阮籍（210～263），建安十六年曹丕曹植以及建安六子的五言遊宴詩寫作興起時候，阮籍雖然尚在襁褓之中，但阮籍生活在曹魏文化的漩渦中心，到黃處二年甄后被彈劾並賜死，曹植甄后之間的戀情及其往返情詩成為案情的主要罪證，成為曹魏朝野上下轟動一時的大事件，其時阮籍已經是十二歲少年，對後來淪入成為「古詩」的這些詩作，應該有機會接觸到，是故阮籍五言詩作，雖然沒有後來陸機擬古詩之作明確標識，但卻在其字裏行間，能清晰看到古詩和曹植五言詩影響的痕跡。《文選》李善注引劉宋詩人顏延之說：「嗣宗身仕亂朝，常恐罹謗遇禍，因茲發詠，故每有憂生之嗟。雖志在刺譏，而文多隱避，百代之下，難以情測。」古詩因素參入其中，應該是這種「文多隱蔽」「難以情測」的重要因素之一。八十二首的第一首：

　　　　夜中不能寐，起坐彈鳴琴。薄帷鑒明月，清風吹我襟。

孤鴻號外野，翔鳥鳴北林。徘徊將何見，憂思獨傷心。

十九首「明月何皎皎，照我羅床帷。憂愁不能寐，攬衣起徘徊」意思近似；「孤鴻號外野，翔鳥鳴北林。徘徊將何見，憂思獨傷心。」分用曹植及十九首中「翔鳥」「北林」以及「徘徊」「傷心」等用語。曹植《種葛篇》「出門當何顧，徘徊步北林。」《雜詩七首》其一「高臺多悲風。朝日照北林。」以及曹丕名下《善哉行》「飛鳥翻翔舞，悲鳴集北林。」蘇李詩名下「晨風鳴北林」。《其二》：

　　二妃遊江濱，逍遙順風翔。交甫懷環佩，婉孌有芬芳。

　　猗靡情歡愛，千載不相忘。傾城迷下蔡，容好結中腸。

　　感激生憂思，萱草樹蘭房。膏沐為誰施，其雨怨朝陽。

　　如何金石交，一旦更離傷！

劉向《列仙傳》中的記載：江妃二女者，不知何所人也，出遊於江、漢之湄，逢鄭交甫。交甫見而悅之，下請其佩，二女解佩與交甫。交甫悅受而懷揣之，趨去數十步，視佩，空懷無佩；回顧二女，忽然不見。故此詩前四句是對《列仙傳》所說故事的描述，「二妃遊江濱」全首，「傾城迷下蔡，容好結中腸。感激生憂思，萱草樹蘭房。膏沐為誰施，其雨怨朝陽。如何金石交，一旦更離傷。」（下蔡，甄后下蔡人；萱草，蘇李詩名下「願得萱草枝」，膏沐，甄后詩多用此詩經典；「金石交」，十九首名下「明月皎月光」「良無磐石固，虛名復何益？」）全詩名為詠二妃，實則用曹植甄后故事。《其三》：

　　嘉樹下成蹊，東園桃與李。秋風吹飛藿，零落自此始。

　　繁華有憔悴，堂上生荊杞。驅馬捨之去，去上西山趾。

　　一身不自保，何況戀妻子。凝霜被野草，歲暮亦云已。

十九首「迴風動地起，秋草萋已綠。」曹植《贈丁儀詩》「初秋涼氣發。庭樹微銷落。凝霜依玉除。」十九首「歲暮一何速。」「歲暮亦云已」「凜凜歲云暮」「云」用法相同。「西方有佳人，皎若白日光。被服纖羅衣。」曹植《雜詩六首》「南方有佳人」，十九首「被服紈與素」。《其四十五》：

　　幽蘭不可佩，朱草為誰榮？修竹隱山陰。射干臨增城。

　　葛藟延幽谷，綿綿瓜瓞生。樂極消靈神，哀深傷人情。

　　竟知憂無益，豈若歸太清。

分用曹植《雜詩七首》：「歡會難再遇，芝蘭不重榮。」曹植《種葛篇》：「種葛南山下。葛藟自成陰。」除阮籍外，正始時期還有嵇康的《與阮德如

詩》：「事故無不有，別易會良難。」源自署名曹丕實為甄后的《燕歌行》；《五言詩二首》：「人生譬朝露，世變多百羅。真人不屢存，高唱誰當和。」「滄水澡五臟，變化忽若神。」源自古詩十九首名下曹植詩《今日良宴會》。

西晉時期有張華《輕薄篇》：

盤案互交錯，坐席咸喧嘩。簪珥咸墮落，冠晃皆傾斜。

酣飲終日夜，明燈繼朝霞。絕纓尚不憂，安能復顧他。

留連彌信宿，此歡難可過。人生若浮寄，年時忽蹉跎。

促促朝露期，榮樂遽幾何。念此腸中悲，涕下自滂沱。

但謂執法吏，禮防且切磋。

日夜酣飲場景，參見曹植《妾薄命》，「促樽合坐行觴……任意交屬所歡……裳解履遺絕纓……客賦既醉言歸，主人稱露未晞。」正為記載曹植甄后於建安二十一年前後，留守鄴城日夜酣飲之景況。「絕纓尚不憂，安能復顧他。留連彌信宿，此歡難可過」，絕纓，曹植自述也。執法吏，禮防云云，點醒男女戀情之事。

《情詩五首》其一：

北方有佳人，端坐鼓鳴琴。終晨撫管絃，旦夕不成音。

憂來結不解，我思存所欽。君子尋時役，幽妾懷苦心。

初為三載別，於今久滯淫。昔耶（玉臺作柳，應是）生戶牖，

庭內自生陰。

翔鳥鳴翠偶，草蟲相和吟。心悲易感激，俯仰淚流襟。

願托晨翼鳥，束帶侍衣衾。

「北方有佳人」，曹植《雜詩六首》「南國有佳人」，曹植張華兩詩所說皆為甄后。「端坐鼓鳴琴。終晨撫管絃，旦夕不成音」，曹植《閨情》詩：「雲髻嵯峨。彈琴撫節，為我絃歌。」《迢迢牽牛星》「終日不成章，泣涕零如雨」；「君子尋時役，幽妾懷苦心」，「君子尋時役」，指曹植於建安二十四年歲末十二月離別鄴城，至黃初元年六月返回。參見曹植《情詩》「眇眇客行士，遙役不得歸。始出嚴霜結，今來白露晞。」「幽妾懷苦心」，《十九首》「晨風懷苦心，蟋蟀傷局促」，原以「晨風」代指甄后，此處做實為「幽妾」；「初為三載別」，植甄別離初約三載：蘇李詩名下「嘉會難再遇」「三載為千秋」，《十九首》：「置書懷袖中，三歲字不滅。」「昔耶生戶牖，庭內自生陰。」此句為《青青河畔草》「鬱鬱園中柳」「皎皎當窗牖」兩句合一。以上第一首

為概說曹植甄后離別，甄后對曹植的思念。「願托晨翼鳥，束帶侍衣衾」，十九首「亮無晨風翼，焉能凌風飛？」

《情詩五首》其二：

> 明月曜清景，曨光照玄墀。幽人守靜夜，迴身入空帷。
> 束帶俟將朝，廓落晨星稀。寐假交精爽，覿我佳人姿。
> 巧笑媚權靨，聯娟眸與眉。寤言增長歎，淒然心獨悲。

「明月曜清景，曨光照玄墀。幽人守靜夜，迴身入空帷」，十九首「明月何皎皎，照我羅床帷。憂愁不能寐，攬衣起徘徊」；「束帶俟將朝，廓落晨星稀」，十九首「馳情整巾帶，沉吟聊踟躕」。將朝，朝，早上；「寐假交精爽，覿我佳人姿。巧笑媚權靨，聯娟眸與眉」，《十九首》「凜凜歲云暮」「獨宿累長夜，夢想見容輝。良人惟古歡，枉駕惠前綏。願得常巧笑，攜手同車歸。」

《雜詩三首》其三：「荏苒日月運，寒暑忽流易。同好逝不存，迢迢遠離析。房櫳自來風，戶庭無形跡。……來哉彼君子，無然徒自隔。」《十九首》「昔我同門友，棄我如遺跡。」「迢迢牽牛星，皎皎河漢女。」

《擬古詩》：「松生壟阪上，百尺下無枝。東南望河尾，西北隱昆崖。剛風振山籟，朋鳥夜驚離。悲涼貫年節，蔥翠恒若斯。安得草木心，不怨寒暑移。」張華此詩也名為擬古詩，但所擬為何首，並不明確，疑當有遺失之古詩。從「東南望河尾，西北隱昆崖」句意來看，吻合於曹植在山東鄄城，正在黃河岸邊，而甄后身在鄴城，正在鄄城西北。

張華《詩》：「日南出野女，群行不見夫。其狀精且白，裸袒無衣襦。」此詩歸屬張華的原因，逯欽立下注釋：「後漢書郡國志日南郡注引《博物記》，逯案，此殆張華詩。」漢魏時期僅有曹植寫有日南題材詩，西晉也僅有此篇。當為曹植詩作遺失而為古詩，張華引入《博物記》。蘇李詩「有鳥西南飛，熠熠似蒼鷹。朝發天北隅，暮聞日南陵」，「朝發天北隅，暮聞日南陵」，曹植在曹丕登基之後，可能被遣送到日南交趾，曹植詩《苦熱行》：「行遊到日南，經歷交趾鄉。苦熱但曝露，越夷水中藏。」曹植《七哀詩》：「南方有瘴氣，晨鳥不得飛」，《文選》二十八《苦熱行注》。

潘岳《楊氏七哀詩》：「人居天地間，飄若遠行客。」《十九首》其三「人生天地間，忽如遠行客。」石崇《王明君辭》「轅馬為悲鳴」，「行行日以遠」，「佇立以屏營」，曹植《聖皇篇》「行行將日暮」，「車輪為徘徊，四馬躊躇鳴。」十九首其一「行行重行行」，蘇李詩《良時不再至》「屏營衢路側」《爛爛三星

列》「思心獨屏營」。蔡琰名下《悲憤詩》「不能寢兮起屏營」。

何劭有《贈張華詩》「攜手共躊躇」，《遊仙詩》：「青青陵上松，亭亭高山柏。」《雜詩》：「瞻彼陵上柏」，《十九首其三》「青青陵上柏，磊磊澗中石。」《詩》「亮無風雲會，安能襲塵軌」，《十九首十六》「亮無晨風翼，焉能凌風飛」。

第三節　陸機《擬古詩》與古詩以及植甄戀情本事的關係

　　陸機陸雲兄弟是首先從洛陽秘閣中發現古詩的人，其中，陸機還是旁觀者，其貢獻在於給陸機的尺牘信札提及古詩，而陸機則是文學史第一位寫作「擬古詩」者，而且，在其這組擬作之中，大量提及曹甄戀情的內幕，在古詩傳播史中具有十分重要的地位。

　　陸機的《擬古詩》是以五言詩形式首次對《古詩十九首》的大規模的擬作，這句話的含義需要有幾點附加說明：1.十九首的傳播和影響，並非自陸機《擬古詩》為正式開始，明確的記載，就當下所能見到的資料而言，仍然是以陸雲的書信更早，陸機的《擬古詩》應該是在陸雲書信之後。陸雲書信所載的信息，顯示了陸機、潘尼等人剛剛見到這些古詩之後的欣喜狀況；2.單獨就五言詩的寫作而言，自正始的阮籍、嵇康等人，就有了古詩十九首等的深深烙印，只不過沒有陸機擬古詩的明確而已；3.陸機《擬古詩》也不是個人的孤立的偶然行為，而是西晉太康文學集團的群體寫作，在張華、陸雲等人的詩中，都開始有對十九首等古詩的模擬，可以說，曹植五言詩和無名氏名下古詩，直接影響了西晉的無言詩壇；4.陸機《擬古詩》名義為擬，實則是對古詩背景的深度闡發。此前由於我們還不能讀懂古詩的真正背景，我們會以為陸機的擬古，是一種為擬古而擬古的無病呻吟之作，其實，如能深度解讀陸機的這一組擬古五言詩，就能知道，其所描述的，正主要是曹植甄后的戀情故事，特別是黃初元年前後兩者長期別離的悲哀；5.上述說法並不意味著西晉的詩人們都知道這些古詩的真實本事，在西晉五言詩的群體擬作中，明顯存在兩種不同說法，一種是被曹叡將其分散配置之後的說法，譬如首次出現了班婕妤團扇詩的說法；另一種如陸機，明顯用曹魏故事來闡發古詩本事。總之，對古詩的效法、擬作，大量出現於正始和西晉，此前之兩漢

所無，此後之六朝漸次成為漸行漸遠的用典和追憶，正說明這些古詩作品的產生時代就是建安黃初，所產生的地點正是曹魏的鄴下文化和洛陽文化。

以下陳列或分析陸機的擬古詩組詩及其他相關作品：

《擬行行重行行》：「悠悠行邁遠，戚戚憂思深。此思亦何思，思君徽與音。音徽日夜離，緬邈若飛沈。王鮪懷河岫，晨風思北林。游子眇天末，還期不可尋。驚飆褰反信，歸雲難寄音。佇立想萬里，沈憂萃我心。攬衣有餘帶，循形不盈衿。去去遺情累，安處撫清琴。」

《擬今日良宴會詩》：「閑夜命歡友，置酒迎風館。齊僮梁甫吟，秦娥張女彈。哀音繞棟宇，遺響入雲漢。四座咸同志，羽觴不可算。高談一何綺，蔚若朝霞爛。人生無幾何，為樂常苦晏。譬彼伺晨鳥，揚聲當及旦。曷為恆憂苦，守此貧與賤。」

《擬涉江採芙蓉》：「上山採瓊蕊，穹谷饒芳蘭。采采不盈掬，悠悠懷所歡。故鄉一何曠，山川阻且難。沉思鍾萬里，躑躅獨吟歎。」此詩更換了視角，原作《涉江採芙蓉》，是男性遠離故鄉，在江邊採擷芙蓉，「採之欲遺誰，所思在遠道」，而此詩轉寫原先被贈送的女性，「上山採瓊蕊」，用漢樂府名下「上山採蘼蕪」句式，由此亦可推論，《上山採蘼蕪》詩作，應為甄后寫作於曹植寫作《涉江採芙蓉》之後，兩詩為相互回贈之作。

《擬西北有高樓》：「高樓一何峻，迢迢峻而安。綺窗出塵冥，飛階躡雲端。佳人撫琴瑟，纖手清且閒。芳草隨風結，哀響馥若蘭。玉容誰能顧，傾城在一彈。佇立望日昃，躑躅再三歎。不怨佇立久，但願歌者歡。思駕歸鴻羽，比翼雙飛翰。」

《擬東城一何高》：「西山何其峻，層曲鬱崔嵬。零露彌天墜，蕙葉憑林衰。寒暑相因襲，時逝忽如遺。三閭結飛巒，大耋悲落暉。曷為牽世務，中心悵有違。京洛多妖麗，玉顏侔瓊蕤。閑夜撫鳴琴，惠音清且悲。長歌赴促節，哀響逐高徽。一唱萬夫歡，再唱梁塵飛。思為河曲鳥，雙遊豐水湄。」「西山何其峻」，「京洛多妖麗」「思為河曲鳥，雙遊澧水湄。」其中涉及三個地理位置：西山（應為太白山），京洛，洛陽，澧水，澧水源於桐柏山主峰太白頂西北側，注入長江水系支流唐河。在淮源景區內長 13 公里，流域面積15 平方公里。《爾雅》載「淮水與澧水同源異導，東流為淮，西流為澧」。有「淮澧同源」之說（淮水源自太白頂東北側）。

《擬迢迢牽牛星》：「昭昭天漢暉，粲粲光天步。牽牛西北回，織女東南

顧。華容一何冶，揮手如振素。怨彼河無梁，悲此年歲暮。跂彼無良緣，睆焉不得度。引領望大川，雙涕如沾露。」

　　《擬青青河畔草》：「靡靡江蘺草，熠熠生河側。皎皎彼姝女，阿那當軒織。粲粲妖容姿，灼灼華美色。良人遊不歸，偏棲獨隻翼。空房來悲風，中夜起歎息。」

　　陸機《門有車馬客行》：「念君久不歸，濡跡涉江湘。」曹丕名下《燕歌行》，十九首「涉江採芙蓉」。《梁甫吟》「玉衡既已驂，羲和若飛凌。」十九首「玉衡」；「冉冉年時暮，迢迢天路征。」十九首「冉冉孤生竹」「迢迢牽牛星」

　　《君子有所思行》：「命駕登北山，延佇望城郭。廛里一何盛，街巷紛漠漠。甲第崇高闥，洞房結阿閣。曲池何湛湛，清川帶華薄。邃宇列綺窗，蘭室接羅幕，淑貌色斯升，哀音承顏作。人生承行邁，容華隨年落。宴安消靈根，鴆毒不可恪。無以肉食資，取笑葵與藿。」此詩主要融合十九首《青青陵上柏》《西北有高樓》等，以及曹植《箜篌引》。

　　「命駕登北山，延佇望城郭」，當為洛陽京城。「甲第」「阿閣」「綺窗」，見十九首《青青陵上柏》「長衢羅夾巷，王侯多第宅」，《西北有高樓》「交疏結綺窗，阿閣三重階」，「洞房」暗示上述詩作的情愛背景。「宴安消靈根，鴆毒不可恪」，曹植臨終詩作《青青陵上柏》《箜篌引》「置酒高殿上」，均有明帝宴飲背景，此當為「宴安消靈根」所指；「鴆毒不可恪」，此句殊難詮釋，恪，謹慎而恭敬，從宴安消靈根，忽然說到鴆毒與死亡。此前筆者對於曹植之死提出種種懷疑：曹植離京就國不久以疾病而死。《魏志》記載的死亡原因：「又植以前過，事事復減半，十一年中而三徙都，常汲汲無歡，遂發疾薨。」真實的原因，是否就是「汲汲無歡」，而「遂發疾薨」？所發之疾病到底是何種病症，均無記載。

　　現在，在陸機模擬曹魏及古詩詩作中，終於見到了端倪。此前筆者的論證連接了三點：1.十九首等古詩與曹植關係密切；2.曹植甄后的戀情，是十九首等古詩的主要背景；3.甄后因為這一戀情而被賜死，曹植之死可能與魏明帝太和六年初詔曹植進京有關，換言之，曹植之死和與明帝之母甄后的戀情密切關聯，也與十九首密切關聯。而陸機此首詩作，處處能見到十九首的形影，特別是「阿閣」等漢魏之際唯有十九首使用過的宮廷語彙，更指出了陸機此詩所詠之事，正是曹植和甄后之戀情，並同時說明了當時陸機等人聽聞

－329－

曹植是被酒宴鴆毒而死。所以結句說,「無以肉食資,取笑葵與藿」,葵藿,見曹植《求通親親表》:「若葵藿之傾葉太陽,雖不為之回光,然終向之者,誠也。臣竊自比葵藿。」則句意甚明,曹植自比葵藿,意為像葵藿跟著太陽一樣堅定地最忠心地跟著皇上,而終不免被鴆毒而死,肉食,肉食者鄙,指曹植的貴族身份。此詩結句感概說,曹植為肉食之貴族,並且自比葵藿,忠誠於帝王,而終不難免於被鴆毒而死的悲慘結局。

　　此詩應該是曹植參加這次特恩元會的一首詩作:「置酒高殿上,親友從我遊。中廚辦豐膳,烹羊宰肥牛。秦箏何慷慨,齊瑟和且柔。陽阿奏奇舞,京洛出名謳。樂飲過三爵,緩帶傾庶羞。主稱千金壽,賓奉萬年酬。久要不可忘,薄終義所尤。謙謙君子德,磬折欲何求。驚風飄白日,光景馳西流。盛時不可再,百年忽我遒。生存華屋處,零落歸山丘。先民誰不死,知命復何憂。」

　　鍾嶸說古詩「舊疑建安曹王所制」,舊疑,到底是何時?現在已經清晰,正是西晉陸機等人之所謂。所說舊疑,是謹慎之詞,實際上,不是疑,而是知道是曹王(曹植陳王)為中心的作品,而且是和戀情密切相關。「甲第崇高闥,洞房結阿閣」,正是《青青陵上柏》和《西北有高樓》兩詩的結合、結晶,「洞房結阿閣」是曹植甄后戀情之典型,之高峰,「極宴娛心意,戚戚何所迫」,是曹植臨終之所感歎,兩者正為因果。阿閣,見於元代無名氏所繪西晉和曹魏洛陽宮城圖,參見相關論文。

　　由此再來反觀詩題《君子有所思行》,曹植有《君子行》,為曹植在曹操死後之作,是對與甄后戀情的反思、愧悔和了斷,最後的結果卻是無法了斷,而僅僅是兩人戀情之中的一對插曲。陸機增添「何所思」,則是對曹植戀情的感喟和再思。

　　《燕歌行》:「四時代序逝不追。寒風習習落葉飛。蟋蟀在堂落丹墀。念君遠遊常苦悲。君何緬然久不歸。賤妾悠悠心無違。白日既沒明燈輝。夜禽赴林匹鳥棲。雙鳩關關宿河湄。憂來感物涕不晞。非君之念思為誰。別日何早會何遲。」此詩當為對曹丕名下《燕歌行》之第一次呼應,第一次擬作。所模擬的人物關係,也應該是曹植別家而甄后的思念,其中鎔鑄了十九首等古詩中的許多意境和用語。全詩為女性視角,女性口吻,充分說明原署名曹丕的《燕歌行》為女性之作,為曹丕名義妻子的甄后作品。

　　陸雲《答兄平原詩》:「悠悠涂可及,別促怨會長。……衡軌若殊跡,牽牛非服箱。」用古詩「迢迢牽牛星」及曹植詩。《答張士然詩》:「靡靡日夜遠,

眷眷懷苦辛。」《為顧彥先贈婦往返詩四首》:「巧笑發皓齒」,「翩翩飛蓬征,鬱鬱寒木榮。」

第四節　陶淵明對古詩及曹甄戀情的擬作

有關曹植甄后戀情連同他們的作品,也就是對漢魏古詩的擬作,成了陸機以來的一個綿延不斷地鏈條,其中擬作較多的主要有《迢迢牽牛星》《青青河畔草》、「自君之出矣,明鏡暗不治」(署名徐幹,實則為甄后之作)、《同聲歌》(署名張衡)等作品。六朝時代之詩作,模擬這一主題的詩作,成了六朝詩歌文學的一道靚麗風景線,曹植甄后的戀情題材連同原作的寫作方法,也成為滋養六朝文學的肥沃土壤,凡是寫作這一主題的詩作,都顯得清新靚麗,不同凡響。其中陸機、陶淵明更是其中的佼佼者。陶淵明《擬古詩九首·其一》:

> 榮榮窗下蘭,密密堂前柳。初與君別時,不謂行當久。
>
> 出門萬里客,中道逢嘉友。未言心先醉(一作解),不在接杯酒。
>
> 蘭枯(一作空)柳亦衰,遂令此言負。

起首「榮榮窗下蘭,密密堂前柳」,當是對十九首「青青河畔草,鬱鬱園中柳」之擬,蘭,指代甄蘭。「初與君別時,不謂行當久」,曹植的《西北有織婦》「自期三年歸,今已歷九春」「西北有織婦,綺縞何繽紛。明晨秉機杼,日昃不成文。太息終長夜,悲嘯入青雲。妾身守空閨,良人行從軍。自期三年歸,今已歷九春。飛鳥遶樹翔,噭噭鳴索羣。願為南流景,馳光見我君。」「出門萬里客」,曹植樂府詩《門有萬里客》「門有萬里客,問君何鄉人」一方面因曹植有《門有萬里客》樂府詩,一方面暗指曹植久行不歸之事代指曹植及其不歸之事。不歸之原因,「未言心先醉(一做解),不在接杯酒。蘭枯(一作空)柳亦衰,遂令此言負。」到陶淵明時代,已經將這一故事的原形態給予不同說法。

陶淵明《閒情賦》:

> 願在衣而為領,承華首之餘芳;悲羅襟之宵離,怨秋夜之未央!
>
> 願在裳而為帶,束窈窕之纖身;嗟溫涼之異氣,或脫故而服新!
>
> 願在髮而為澤,刷玄鬢於頹肩;悲佳人之屢沐,從白水而枯煎!
>
> 願在眉而為黛,隨瞻視以閒揚;悲脂粉之尚鮮,或取毀於華妝!
>
> 願在莞而為席,安弱體於三秋;悲文茵之代御,方經年而見求!
>
> 願在絲而為履,附素足以周旋;悲行止之有節,空委棄於床前!

　　願在晝而為影，常依形而西東；悲高樹之多蔭，慨有時而不同！

　　願在夜而為燭，照玉容於兩楹；悲扶桑之舒光，奄滅景而藏明！

　　願在竹而為扇，含淒飆於柔握；悲白露之晨零，顧襟袖以緬邈！

　　願在木而為桐，作膝上之鳴琴；悲樂極而哀來，終推我而輟音！

何等美妙的想像，何等美妙的排比、何等美妙的辭章，何等美妙的對偶：作者想像自己願意化為女子的衣領、腰帶、頭髮、眉黛、臥席、絲履、晝影、夜燭、竹扇、鳴琴，一氣鋪排而下，卻又偶對精美：詞采飛揚而又情真意切——即便是在這種華美思潮之中的作品，也顯示了淵明迥然有別於他者的靈異。此賦被視為陶淵明的一篇「情書」，不知道對哪一位心儀的美人所作，實則卻是擬古詩之一種，只不過是以賦的形式來模擬。

　　署名在張衡名下的《同聲歌》：

　　邂逅承際會，偶得充後房。情好新交接，恐栗若探湯。

　　不才勉自竭，賤妾職所當。綢繆主中饋，奉禮助蒸嘗。

　　思為莞蒻席，在下蔽匡床。願為羅衾幬，在上衛風霜。

　　灑掃清枕席，鞮芬以狄香。重戶結金扃，高下華鐙光。

　　衣解巾粉御，列圖陳枕張。素女為我師，儀態盈萬方。

　　眾夫所希見，天老教軒皇。樂莫斯夜樂，沒齒焉可忘。

《同聲歌》最早見於《玉臺新詠》卷一，唐代吳兢《樂府古題要解》云：「《同聲歌》，漢張衡所作也。蓋以當時士君子事君之心焉。」認為此詩乃張衡利用興寄手法，表達臣子侍奉君王之心。北宋郭茂倩《樂府詩集》收此詩於〈雜曲歌辭〉中，承繼吳兢說法，在《樂府解題》中提到：思為莞簟，在下以蔽匡床；衾裯，在上以護霜露。繾綣枕席，沒齒不忘焉。以喻臣子之事君也。「不才勉自竭，賤妾職所當。綢繆主中饋，奉禮助蒸嘗。思為苑蒻席，在下蔽匡床。願為羅衾幬，在上衛風霜。」是說：不才勉力自竭，竭盡全力來逢迎您的歡愛，這是賤妾的天職所在。我要未雨綢繆，主持家中的饋食祭祀，嚴格尊奉禮節主持秋祭和冬祭。我願意成為你溫暖的袵席，鋪墊在你的睡床，我願為錦繡羅綢，蓋在你的身上，抵禦那嚴冬風霜。我願每天灑掃庭除，清理枕席，點燃美妙的薰香。在一切精心準備之後，夜幕終於降臨，我把重重大門關閉，落上金子製作的門扃，屋裏上下點起裝飾美麗的燈光。《閒情賦》的寫作，全從「思為苑蒻席，在下蔽匡床。願為羅衾幬，在上衛風霜」生發想像而來，以不斷加以否定的形式而展開。只不過原作為女性所作，陶

淵明之作視角為男性。

第五節　六朝宮體詩對古詩及曹甄戀情的擬作

　　劉宋南平王劉鑠《擬行行重行行》：「眇眇陵長道，遙遙行遠之。……芳年有華月，佳人無還期。……淚容不可飾，幽鏡難復治。」來自《室思詩》，則室思詩與這一組同類。「芳年有華月，佳人無還期。……淚容不可飾，幽鏡難復治」，皆從「自君之出矣，明鏡暗不治。思君如流水，何有窮已時」而來。《擬明月何皎皎》：「誰謂客行久，屢見流芳歇。河廣川無梁，山高路難越。」寫出秦嘉《贈婦詩三首》：「河廣無舟梁，道近隔丘陸。……浮雲起高山，悲風激深谷」的句意，秦嘉詩應該也類似於這種模擬寫作的作品。

　　有一些詩句則將曹植五言詩和古詩混合而成：《擬孟冬寒氣至》：「白露秋風始，秋風明月初。明月照高樓，白露皎玄除。……客從遠方來，贈我千里書。先敘懷舊愛，未陳久難居。……」（說明了曹植《七哀詩》與十九首《客從遠方來》同一機杼，同源同本。還有一些模擬詩作，不斷地充實著古詩和曹植甄后戀情的背景和細節，《擬青青河邊草》：「淒淒含露臺，蕭蕭迎風館。思女御櫺軒，哀心徹雲漢。端撫悲弦泣，獨對明燈歎。良人久徭役，耿介終昏旦。楚楚秋水歌，依依採菱彈。」「迎風館」這一名稱，先見於陸機《擬今日良宴會詩》：「閒夜命歡友，置酒迎風館。齊僮梁甫吟，秦娥張女彈。哀音繞棟宇，遺響入雲漢。……人生無幾何，為樂常苦晏。譬彼伺晨鳥，揚聲當及旦。曷為恒憂苦，守此貧與賤。」迎風館，曹植之所，抑或甄后之所，亦即曹丕之所；採菱，芙蓉，靈芝。

　　《玉臺新詠》：引潘岳《關中記》：桂宮，一名甘泉，又作迎風館、寒露臺，以避暑。曹植《雜詩》：「臨牖御櫺軒」。

　　此外，《代收淚就長路詩》：「篧篧高陵曲，揮袂廣川汾。黃塵昏白日，悲風起浮雲。……」「收淚就長路」，不知其為何時何人之作，其中高陵，又涉及曹氏父子。《歌詩》：「纖羅還筥篋，輕紈改衣裳。」乃為對團扇詩的擬作。

　　劉宋荀昶《擬相逢狹路間》：「朝發邯鄲邑，暮宿井徑間。井徑一何狹，車馬不得旋。」知古詩「相逢狹路間」，亦為甄后作，邯鄲邑云云，甄后趙人也。

　　宋孝武帝劉駿《自君之出矣》：「自君之出矣，金翠暗無情。思君如日月，回還晝夜生。」《七夕詩二首》：「白日傾晚照，弦月升初光。炫炫葉露滿，蕭蕭庭風揚。瞻言媚天漢，幽期濟河梁。服箱從奔軺，紈綺闕成章。解帶遶回

鬒，誰云秋夜長。愛聚雙情款，念離兩心傷。」「幽期濟河梁，服箱從奔軺」，此兩句透露了黃初元年七夕原本有兩者相會的幽期，服箱，曹植的代語，曹植被使者召喚。「回軫」，回車也。根據宋孝武帝詩意，傳為兩者七夕相會了。劉駿在成長過程中，長期與生母相伴，戀母情結較重。加上其母作為皇帝失寵的妃子，自身的極度寂寞，也是促成母子亂倫的一個重要原因。在此背景之下，重讀劉駿的詩作，就能理解只有在古詩和曹植甄后亂倫的戀情之中，才能找到他自己情懷的寄託，由此突破了長時間以來帝王不參與五言詩創作的禁區，直接啟迪了後來宮體詩的道路。

顏延之《秋胡行》：「婉彼幽閒女，作嬪君子室。」作嬪，君王的侍妾。甄氏原可為文帝皇后，卻甘心而為曹植的侍。「燕居未及好，良人顧有違。脫巾千里外，結綬登王畿。」李善注：巾，處士所服。綬，仕者所佩。指的是曹植在洛陽封鄄城侯或鄄城王，秋胡為曹植，秋胡妻為甄后。「嚴駕越風寒，解鞍犯霜露。」曹植《遊仙詩》：「騁轡遠行遊」，《雜詩》：「僕夫早嚴駕，吾將遠行遊」，「遠行客」則首先出自曹植的《雜詩》：「悠悠遠行客。去家千餘里」。

何偃《冉冉孤生竹》：「流萍依清源，孤鳥宿清沚。」流萍為女，孤鳥為男。「草生有日月，婚年行及紀」，待考。

王僧達《和琅琊王依古詩》：「少年好馳俠，旅宦遊關源。」曹植《白馬篇》「幽并遊俠兒」。「既踐終古蹟，聊訊興亡言。降周為藪澤，皇漢成山樊。」指的是曹植眼見曹丕封禪代漢為帝，周代指漢，皇漢成山樊，漢獻帝為山陽公也，山樊，山旁。「久沒離宮地，安識壽陵園。」

湯慧休《怨詩行》：「明月照高樓，含君千里光。」「暮蘭不待歲，離華能幾芳。」明月句用曹植七哀詩，暮蘭，指甄后。

顏師伯《自君之出矣》：「自君之出矣，芳幃低不舉。思君如回雪，流亂無端緒。」回雪，用《洛神賦》，若流風之回雪。

江夏王劉義恭《游子移》：「三河游蕩子……懷挾忘憂草。綢繆甘泉中，馳逐邯鄲道。」曹子建如三河少年，風流自賞。

鮑照《採桑》：「季春梅始落，女工事蠶作。採桑淇洧間，還戲上宮閣……靈願悲渡湘，忘賦笑瀍洛。」此一篇進一步做實確認蠶桑故事在於淇水洧水之間：採桑故事發生地點在淇洧之間，並進一步將其與宮閣聯繫：「採桑淇洧間，還戲上宮閣」，充分說明了陌上桑故事的曹植甄后背景；結尾處點明「忘賦」，即曹植《洛神賦》，而悲渡湘，又隱隱指向此前的涉江採芙蓉故事，瀍

洛，一作「景洛」，景洛對，指的是《洛神賦》中提及的路線「景山」。

《代陳思王京洛篇》：「鳳樓十二重，四戶八綺窗……獨見雙黃鵠，千里一相從」，確認古詩中多有雙黃鵠故事，與陳思王故事有關。

《代門有車馬客行》：「門有車馬客，問客何鄉士。捷步往前訊，果得舊鄰里。……手跡可傳心，願爾篤行李。」對照古詩，當與曹植甄后魚雁傳書互通音訊有關；有趣的是，鮑照更進一步與陸機的擬作古詩唱和，其《代陸平原君子有所思行》，將銅雀臺、曹植夜闖金馬門的馳道、曹丕為甄后所穿的靈芝池等打並一體：「西上登雀臺，東下望雲闕。」雀臺，銅雀臺，雲闕，雙闕。「層閣肅天居，馳道直如髮。」層閣，阿閣，馳道，曹植私闖金馬門之馳道。「築山擬蓬壺，穿池類溟渤。」黃初三年，魏明帝穿靈芝池。

梁武帝的宮體詩寫作，主要有兩種，一種是對古詩系統的擬作，其中也增添了新的內容和創新。《擬青青河畔草》：「臺鏡早生塵，匣琴又無弦。」將室思詩、所謂秦嘉詩與十九首融匯，說明了三者之間本為一體的關係。《邯鄲歌》：「回顧灞陵上，北指邯鄲道。短衣妾不傷，南山為君老。」完全吻合於甄后送別之後的心境和情況。《戲作詩》：「宓妃生洛浦，游女出漢陽。妖閒逾下蔡，神妙絕高唐。」寫洛神甄后。《七夕詩》：「玉壺承夜急，蘭膏依曉煎。昔悲漢難越，今傷河易旋。怨咽斷雙念，淒悼兩情懸。」根據此詩詩意，曹植甄后在 220 年七夕之際，久別之後，兩者有過一次七夕相會。梁武帝的另外一種詩歌寫作，主要是樂府詩，江南五言詩演歌，如《子夜四時歌》等，可以另論。

和梁武帝結為竟陵詩友的其他一些士族人物，如王融《古意詩二首》（《詩紀》作《和王友德元古意二首》）：「遊禽暮知反，行人獨未還。坐消芳草氣，空度明月輝。顰容入朝鏡，思淚點春衣。巫山彩雲沒，淇上綠條稀。待君竟不至，秋雁雙雙飛。」《和南海王殿下詠秋胡妻詩》：「佩芬甘自遠，結鏡待君明。」「山川屢難越」「思君如萱草，一見乃忘憂」知萱草故事仍為甄后之作。

沈約詩作《日出東南隅行》：「朝日出邯鄲，照我叢臺端。」邯鄲與鄴城近鄰，又甄后趙人也。《織女贈牽牛詩》：「初商忽云至，暫得奉衣巾。施襟已成故，每聚忽如新。」寫出了相會細節。《詠月》：「高樓切思婦，西園遊上才。」曹植《七哀詩》「明月照高樓，……上有愁思婦」，曹丕「逍遙步西園」，兩句詩將「盈盈樓上女」與曹丕曹植西園作詩聯繫起來。《春詠詩》：「青苔已結洧，碧水復盈淇。日化照趙瑟，風色動燕姬。」《青青河畔草》之摹寫和解讀。

簡文帝蕭綱詩作《有所思》：「掩闈泣團扇，羅幌詠蘼蕪。」團扇、蘼蕪與「有所思」三位一體。《詠中婦織流黃》：「浮雲西北起，孔雀東南飛。」《採菊篇》：「東方千騎從驪駒，更不下山逢故夫。」《傷美人詩》：「昔聞倡家別，蕩子無歸期。今似陳王歡，流風難重思。……圖形更非是，夢見反成疑。薰爐含好氣，庭樹吐華滋。」將「昔為倡家女，今為蕩子婦。蕩子行不歸」與陳王歡連為一體，薰爐，甄后詩，庭樹，「庭中有奇樹，春來發華滋。」

庾肩吾《詠簷燕詩》：「雙燕集蘭閨，雙飛高復低。向戶疑新箔，登巢識故泥。」從古詩「願為雙飛燕，銜泥巢君屋」而來，但增添了過程中的細節。

王筠《遊望二首》：「落日照紅粧，挾琴當窗牖。寧復歌蘼蕪，唯聞歡楊柳。結好在同心，離別由眾口。徒設露葵羹，誰酌蘭英酒。」此一首將十九首「皎皎當窗牖」「上山採蘼蕪」、甄后《塘上行》「眾口鑠黃金，使君生別離」曹植《當牆欲高行》：「眾口可以鑠金，讒言三至，慈母不親」等篇章連為一體。《代牽牛答織女詩》：「新知與生別，由來倘相值。如何寸心中，一宵懷兩事。歡娛未繾綣，倏忽成離異。終日遙相望，只益生愁思。猶想今春悲，尚有故年淚。」此詩摹寫黃初二年春曹植甄后被灌均彈劾驚散，細節生動。

何遜《七夕詩》：「來歡暫巧笑，還淚已黏裳。依稀如洛汭，倏忽似高唐。別離不得語，河漢漸湯湯。」七夕相會更為細化。汭，位於洛水的下游，洛水入黃河處。《與虞記室諸人詠扇詩》：「機杼蘼蕪妾，裁縫篋笥人。」用蘼蕪典故漸多。

吳均《採蓮曲》：「問子今何去，出採江南蓮。」「願君早旋返，及此荷花鮮。」可知古詩《江南可採蓮》在這一背景之中。

劉緩《敬酬劉長史詠名士悅傾城詩》：「不信巫山女，不信洛川神。何關別有物，還是傾城人。經共陳王戲，曾與宋家鄰。未嫁先名玉，來時本姓秦。」說明甄后原名「玉」，後因兩者因蘭而定情，因此更名為「蘭」，字靈芝；「本姓秦」，秦應該是甄的諧音，以隱晦其本事，為帝王家事諱。

劉孝威《都縣遇見人織率爾寄婦詩》：「妖姬含怨情，織素起秋聲。度梭環玉動，踏躡佩珠鳴。……百城交問遺，五馬共躊躇。直為閨中人，守故不要新。夢啼漬花枕，覺淚濕羅巾。獨眠真自難，重衾猶覺寒。愈憶凝脂暖，彌想橫陳歡。」一篇之中將「織素」之織女，調戲羅敷的使君「五馬共躊躇」，以及「守故不要新」的「獨眠真自難」之曹丕聯繫一體，證明了此前的論證。又有《詠織女詩》：「金鈿已照耀，白日未蹉跎。欲待黃昏至，含嬌度淺河。」

　　王褒《古曲》：「青樓臨大路，遊俠盡淹留。陳王金被馬，秦女桂為鉤。馳輪洛城巷，鬥雞南陌頭。薄暮風塵起，聊為清夜遊。」此一首將陳王曹植與《陌上桑》之秦女的馳輪、鬥雞、清夜遊生活融為一體，充分說明了陌上桑與曹植甄后的一體關係。

　　庾信則有《七夕詩》：「牽牛遙映水，織女正登車。星橋通漢使，機石逐仙槎。隔河相望近，經秋離別賒。愁將今夕恨，復著明年花。」《和人日晚景宴昆明池詩》：「蘭皋徒息駕，何處有凌波。」《詠畫屏風詩二十五首》：「千尋木蘭館，百尺芙蓉堂。」

　　顧野王《豔歌行三首》：「豈知洛渚羅塵步，詎減天河秋夕渡。」「蓮花藻井推芰荷，採菱妙曲勝陽阿。」「輕風飄落蕊，乳燕巢蘭室。」洛神與天河秋夕渡之織女及涉江採芙蓉、蘭室等均為一體。

　　陳後主叔寶《有所思三首》：「蕩子好蘭期，留人獨不思。……不言千里別，復是三春時。」《舞媚娘三首》：「淇水變新臺，春壚當夏開。玉面含羞出，金鞍排夜來。」新臺，衛宣公奪宣姜也。亦可暗指曹植甄后之間的亂倫戀情。《七夕宴重詠牛女各為五韻詩》：「明月照高臺，仙駕忽徘徊。」

　　徐陵《驄馬驅》：「白馬號龍駒，雕鞍名鏤渠。諸兄兩千石，小婦字羅敷。」《三國志》卷五的《甄后傳》「文昭甄皇后，中山無極人，明帝母。漢太保甄邯后也，世吏兩千石。甄逸「娶常山張氏，生三男五女：長男豫，早終，次儼，舉孝廉，大將軍掾、曲梁長；次堯，舉孝廉；長女姜，次脫，次道，次榮，次即后，后以漢光和五年十二月丁酉生。」甄氏為家中最小女兒，故詩中說「小婦字羅敷」。

　　《關山月二首》：「思婦高樓上，當窗應未眠。」《新亭送別應令詩》：「鳳吹臨伊水，時駕出河梁。……神襟愛遠別，流涕極清漳。」《為羊兗州家人答餉鏡詩》：「信來贈寶鏡，亭亭似團月。鏡久自逾期，人久情愈歇。取鏡掛空臺，於今莫復開。不見孤鸞鳥，香魂何處來。」頗有秦嘉詩雛形。《詠織婦詩》：「弄機行掩淚，彌令織素遲。」「新人工織縑，故人工織素」，驗證了此詩與甄后的關係。

　　蕭銓《賦得婀娜當軒織》：「東南初日照秦樓，西北織婦正嬌羞。……新妝弄機映春牖，弄柱鳴梭挑織手。何曾織素讓新人，不掩流蘇推中婦。三日五匹未嫌遲，衫長腕弱繞輕絲。……不惜紈素同霜雪，更傷秋扇篋中辭。」「婀娜當軒織」出自陸機《擬青青河畔草詩》「婀娜當軒織，粲粲嬌容姿，灼灼美顏

色，良人遊不歸，偏棲獨隻翼，空房來悲風，中夜起歎息。）此詩將《青青河畔草》陸機擬作、《陌上桑》、曹植「西北有織婦」、《上山採蘼蕪》「新人工織縑，故人工織素。」以及《孔雀東南飛》「三日斷五匹，大人故言遲」，連同班婕妤《怨歌行》整合一體，此多首詩作原本為同源共生之作。

江總《烏棲曲》：「桃花春水木蘭橈，金羈翠蓋聚河橋。隴西上計應行去，城南美人啼著曙。」此詩出現與秦嘉身世相關的詩句，虞世南《北堂書鈔》卷一百三十六載：「（秦）嘉，字士會，隴西人也，（漢）桓帝時任郡上計掾，入洛，除黃門郎，病卒於津鄉亭。其餘仍為陌上桑及織女故事。」《詠雙闕詩》：「象闕連馳道，天宇照方疏。」

隋煬帝楊廣《春江花月夜二首》其一：「暮江平不動，春花滿正開。流波將月去，潮水帶星來。」其二「漢水逢游女，湘川值兩妃。」《詩》：「寒鴉飛數點，流水繞孤村。斜陽欲落處，一望黯銷魂。」

段君彥《過故鄴詩》：「玉馬芝蘭北，金鳳鼓山東。舊國千門廢，荒壘四郊通。」芝蘭兩字值得關注。

江淹《張司空離情》（按張華情詩五首見卷二）：「佳人撫鳴琴，清夜守空閨。蘭徑少形跡，玉臺生網絲。」曹植《雜詩》：「妾身守空閨。」

丘遲《敬酬柳僕射征怨》：「魚戲雖南北，終還荷葉邊。惟見君行久，新年非故年。」《答徐侍中為人贈婦》：「丈夫吐然諾，受命本遺家。糟糠且棄置，蓬首亂如麻。……謁帝時來下，光景不可奢。幽房一洞啟，二八盡芳華。……俱看依井蝶，共取落簷花。」

吳均《梅花落》：「隆冬十二月，寒風西北吹。獨有梅花落，飄蕩不依枝。流連逐霜彩，散漫下冰澌。何當與君日，共映芙蓉池。」

辛德源：《芙蓉花》：「洛神挺凝素……涉江良自遠，託意在無窮。」涉江採芙蓉與洛神在一起，開篇即言洛神以詠芙蓉花，結尾點題涉江。

李巨仁《和陳王詠鏡》：「魏宮知本姓，秦樓識舊名。」陳王曹植也，曹植並沒有詠鏡之作，或是失傳作品，或應是甄后「明鏡暗不治」之作。魏宮和秦樓在一起，可知《陌上桑》秦樓之與魏宮關係。

王瞻《七夕》「落月移妝鏡，浮雲動別衣。歡逐今宵盡，愁隨還路歸。」摹寫織女歸程，最為親切。另有「終年恒弄杼，今夕始停梭。卻鏡看斜月，移車渡淺河」，不知出處。

第十九章　明末柳如是對古詩及曹植甄后戀情的擬作

第一節　概　說

　　當下中國文學史的謬誤，有一個重要的來源：即意識形態的遮蔽，特別是儒家理學禮教的有意遮蔽，這一點來自古代，也就是文學史中的文學寫作現場及之後的有意遮蔽；其中最為典型的案例，即古詩十九首之為曹植甄后戀情之作。曹植甄后的戀情可謂是千古之戀，古代諸多典籍有明確記載，曹植《洛神賦》則為千古名篇，寫作了兩者之間的戀情悲劇史，甄后也是漢魏時期唯一公認的五言詩女詩人，兩個詩人之間的生死戀情，寫作了大量的戀情詩作，為禮教理學所不容，又由於發生於帝王之家，有能力給予歷史的封殺，因此，兩者之間大量的戀情作品主要是五言詩作品，被大量封殺，封殺的出路，就是分別：A.安排在他者的名下，如枚乘、蘇武、李陵、班婕妤、班固、傅毅、張衡、徐幹、曹丕、曹叡等，從而將建安才開始的文人五言詩，虛構出來了一個兩漢五言詩的歷史；B.安排進入到所謂漢魏樂府詩之中，如《上邪》《有所思》《陌上桑》《孔雀東南飛》等，從而虛構出來一個漢樂府抒情五言詩；C.由於封殺工作還未完成，魏明帝便突然死去，執行者尚未來得及完成細緻的移花接木，而已經從曹植集中撤出的詩稿，就成了無本之木、無名之作，遂為後來的古詩十九首代表的特殊意義的「漢魏古詩」。「古詩」為五言詩之母，也是近體詩之母，甚至是真正意義上的中國詩歌之母，因此，

對古詩的遮蔽行為也極大地遮蔽了中國詩歌史乃至中國文學史的進程。

古詩十九首代表的所謂漢魏古詩，實則是曹植甄后之間的戀情書信，其寫作時間大抵從建安十七年到曹植臨終之前的太和六年二月，甄后的寫作則終於其被賜死的黃初二年六月。對這些古詩的寫作背景以及曹甄之間的戀情細節，晉宋六朝乃至隋唐時期，一直是口耳相傳，不絕如縷，並成為後來文人寫作的一個重要主題，擬古詩也成為書寫戀情題材的一個重要藝術形式，但筆者此前讀到的材料，基本上終止於晚唐李商隱的相關題材詩作。換言之，筆者此前誤以為：有關古詩十九首的作者原型故事，其細節終止於晚唐五代，到了兩宋這一儒家思想盛行的時代，曹甄戀情這一豔情故事，就會成為文人士大夫所不齒的話題，由此，古詩十九首的真實作者背景，也就會由此而失傳，一直到當下的時代，由學者的相關研究，才得以恢復。

當下讀到柳如是所撰寫的《擬古詩十九首》，這才發現，十九首為曹甄戀情之作的說法原來並未失傳，不僅如此，在古詩十九首的傳播史上，柳如是的這一組擬作，前所未有地清晰指明，十九首正為曹植甄后的戀情情書。此前的相關題材作品，雖然共同指向了曹植甄后，但卻各有不足：1.阮籍《詠史詩》，其中多篇採用這一故事，但僅僅作為典故使用，不能明確其戀情背景；2.陸機《擬古詩十四首》（僅存十二首），其中多採用曹植故事，但仍不如柳如是之作明晰；3.陸機之後六朝詩人之作，大多分散寫作散落於諸多不同篇章的作品，同時，由於多寫作於《昭明文選》產生之前，故於古詩十九首之間發生明確關係者，柳如是此作乃為最明確之篇什。

在古詩和曹植甄后（兩者實為一體）戀情背景下的文學作品的傳播史中，可以清晰看到一個線索：從阮籍、陸機到六朝，近乎所有的主流詩人包括陶淵明都知道曹植甄后戀情的往事以及與古詩之間的關係，並且，這些以曹植甄后戀情以及古詩作為寫作素材來寫作的詩作，共同構成為這個時代最為優秀的文學作品，這些作品遠比後來文學史所說的「宮體詩」優秀百倍，因為，一般文學史中所描述的那些宮體詩作，充斥著無聊的、變態的色情氣味，而對曹甄戀情古詩的模擬，卻先天攜帶著原本的戀情以及生命的慘痛，可謂是一種理解的同情，再創作的真誠。

不過，越往後的時代，似乎對於這些歷史的真相就越是失去記憶，在唐代，好在還有李白和李商隱二李對這一歷史的追述，尤其是李商隱的幾首詩作，充滿了深邃的同情之心。但到了兩宋的時代，似乎這戀情的往事，就失

去了歷史的鮮活，而且，在宋代的歷史大背景之下，也就失去了存在的現實意義。蘇東坡們完全不需要通過對曹甄戀情和古詩的模擬來展示他們心靈的苦悶，他們通過自身所在的社會完全可以得到人性的自足。元明兩代的文人們，似乎也同樣如此，對於男性的士大夫而言，這是一個「金瓶梅」的時代，而不是古詩十九首的時代，更不是《紅樓夢》的時代。

令人倍感驚異的是，在才女柳如是的文集之中，居然就有這一組《擬古詩十九首》的組詩詩作，而且，從其將古詩與曹植甄后戀情整合為一體的熟稔可知，柳如是對於曹植甄后是古詩十九首的作者這一內情，可謂是瞭如指掌、一清二楚。為何宋明兩代的男性士大夫都不再熟知此事，而作為秦淮藝伎的柳如是卻如此熟知，此中的內情有待於後來的學者深究，單就古詩十九首的傳播史意義而言，柳如是的擬作，可說是宣示了古詩十九首連同相應的作品的作者身份的回歸，它驗證了筆者本書所論的文學史真相的真實。

第二節　柳如是擬古詩十九首作品分析

1.《行行重行行》:「浩歌發淥水，媚風激青帷。宿昔承眄睞，志意共綺靡。豈期有離別，送君春水湄。芳素長自守，遠邁竟何之。桐花最哀怨，碧柰空參差。思君漳臺北，臺流吹易長。燦爛雲中錦，上著雙鴛鴦。黃鵠飛已去，鯉魚何時將？」

起首幾句，似乎並非明確採用曹植甄后戀情故事或其中典故，但卻是曹、甄二人於建安二十四年歲末離別的總體概括。大意是說：我一路為你送行，一路詩思泉湧，不絕如縷，送你送到了南山腳下，送你送到了淇水之陽，我的身體裏，還在蕩漾著感受著我們在臨時搭建的青帷帳中的恩愛。忍不住回憶我們相互愛戀的歷程，承蒙你對我眄睞凝眸，我們共同堅守著愛的誓言。往昔始愛之際，從未想到我們還會有遠路別離，總以為就這樣地老天荒，愛到生命的終結，哪裏會想到，會想到今天，我送君一直送到春水之湄呢？

以上六句，為此詩的第一個層次，點明古詩之中的「行行重行行」其背景是在此處，即建安二十四年歲末，而非一向所說的黃初二年的甄后賜死之際。其中的送別場景，需要參考署名《蘇李詩》之一的《陟彼南山隅》:「陟彼南山隅，送子淇水陽；爾行西南遊，我獨東北翔。猿馬顧悲鳴，五步一彷徨；雙鳧相背飛，相遠日已長。遠望雲中路，想見來圭璋。萬里遙相思，何益心獨傷。隨時愛景曜，願言莫相忘。」開篇一句的「浩歌發綠水」，就正是

此一篇連同整個蘇李詩的背景概括。

「媚風激青帷」一句，則為兩人在送行過程之中的如膠似漆，難以割捨的戀情場景，青帷，就是《孔雀東南飛》詩中的「青廬」，青廬為北方婚禮中所用的類似帷帳，唐人段成式《酉陽雜俎·禮異》：「北朝婚禮，青布幔為屋，在門內外，謂之青廬，於此交拜。」青布搭成的帳篷，是舉行婚禮的地方。東漢至唐有此風俗。北方一帶，拜堂有在「青廬」中舉行的。所謂「青廬」就是在住宅的西南角「吉地」，露天設一帳幕，新娘從特備的氈席上踏入青廬。另，《三國會要》引《通典》：「魏文帝禪後，修洛陽宮室，權都許昌，宮殿狹小。元日於城南立氈殿，青帷以為門，設樂饗。」可知，在曹魏文帝時期，已經有「立氈殿，青帷以為門」的臨時建築，氈殿青帷，也就是一種青廬。換言之，兩人之間的離別，就像是在新婚燕爾的嫵媚激情中度過。

媚風：暗指主人公甄蘭：出處為《左傳·宣公三年》：「蘭有國香，人服媚之」，「以蘭有國香，人服媚之如是。」杜預注：「媚，愛也。」楊伯峻亦有注：「服媚之者，佩而愛之也。」兩人以採擷蘭草芙蓉而為媒，故字「靈芝」。

「宿昔承晛睞」，採用的是《凜凜歲云暮》中的夢境，宿昔：《青青河邊草》：「青青河邊草，綿綿思遠道。遠道不可思，宿昔夢見之」，承晛睞：古詩十九首中的《凜凜歲云暮》正寫了這樣的一個夢境：「凜凜歲云暮，螻蛄夕鳴悲。涼風率以厲，游子寒無衣。錦衾遺洛浦，同袍與我違。獨宿累長夜，夢想見容輝。良人惟古歡，枉駕惠前綏。願得常巧笑，攜手同車歸。既來不須臾，又不處重闈。亮無晨風翼，焉能凌風飛。晛睞以適意，引領遙相睎。徙倚懷感傷，垂涕沾雙扉。」

「承」字，巧妙地化用了署名張衡名下的《同聲歌》：「邂逅承際會，偶得充後房」，而這一首詩作，正是兩人戀情的一個高潮描寫：「情好新交接，恐栗若探湯。不才勉自竭，賤妾職所當。綢繆主中饋，奉禮助蒸嘗。思為苑蒻席，在下蔽匡床。願為羅衾幬，在上衛風霜。灑掃清枕席，鞮芬以狄香。重戶結金扃，高下華鐙光。衣解巾粉御，列圖陳枕張。素女為我師，儀態盈萬方。眾夫所希見，天老教軒皇。樂莫斯夜樂，沒齒焉可忘。」

「意志共綺靡」，阮籍《詠懷詩》其二：「猗（《類聚》作綺）靡情歡愛，千載不相忘。」《古詩十九首·東城高且長》寫出了這種「意志共綺靡」的人生選擇和價值皈依。「東城高且長，逶迤自相屬。回風動地起，秋草萋已綠。四時更變化，歲暮一何速！晨風懷苦心，蟋蟀傷局促。蕩滌放情志，何為自結

束？燕趙多佳人，美者顏如玉。被服羅裳衣，當戶理清曲。音響一何悲！弦急知柱促。馳情整巾帶，沉吟聊踟躕。思為雙飛燕，銜泥巢君屋。」追蹤綺靡一詞的語彙來源，發現它和情愛、歡愛和詩歌的緣情傳統緊密相連，同時和水上神女的典故存在不可分割的聯繫。這也正說明了在詩歌的發生時期，它們本來就是同根同源。

在這些字裏行間，我們能讀懂柳如是的詩句文字之下深藏的含意。讀懂了開篇的前六句，則後面的「芳素長自守，遠邁竟何之。桐花最哀怨，碧柰空參差。思君漳臺北，臺流吹易長。燦爛雲中錦，上著雙鴛鴦。黃鵠飛已去，鯉魚何時將？」就可以其義自見了。大意是說：在送行你返回之後，我就一直素顏自守，可謂是《室思詩》所說「自君之出矣，明鏡暗不治。思君如流水，何有窮已時。」而你卻「遠邁竟何之」，一去不返，如同《明月皎月光》中說：「昔我同門友，高舉振六翮。不念攜手好，棄我如遺跡。」更像是署名曹植的《西北有織婦》：「西北有織婦，綺縞何繽紛。明晨秉機杼，日昃不成文。太息終長夜，悲嘯入青雲。妾身守空閨，良人行從軍。自期三年歸，今已歷九春。飛鳥遶樹翔，噭噭鳴索羣。」

我就像是那孤寂的桐花，自開自落，哀怨悲切，我就像是那充滿生機的碧柰，空自參差凌亂。我在漳河臺北對你的思念，就像是晚唐詩人李商隱所說的：「來時西館阻佳期，去後漳河隔夢思。知有宓妃無限意，春松秋菊可同時。」

結尾的兩句「黃鵠飛已去，鯉魚何時將？」把黃鵠和鯉魚這兩個緊緊關係曹植甄后之間戀情關係的物象連接在一起，說「黃鵠」容易，眾所周知其含意：蘇李詩之中的《黃鵠一遠別》：「黃鵠一遠別，千里顧徘徊。胡馬失其群，思心長依依。何況雙飛龍，羽翼臨當乖。幸有絃歌曲，可以喻中懷。請為游子吟，泠泠一何悲。絲竹厲清聲，慷慨有餘哀。長歌正激烈，中心愴以摧。欲展清商曲，念子不能歸。俯仰內傷心，淚下不可揮。願為雙黃鵠，送子俱遠飛。」

這兩句出現了兩種植物，桐花和碧柰，這兩種植物雖然在曹甄之間的詩作往返中並沒有出現過，但兩者之間確實開創了古詩中託物言情的範式並定型了古詩的寫作風格，影響深遠。

在曹植甄后的詩句中，將個人感情移情於植物之上的視角比比皆是：「彼蕙蘭花，含英揚光輝。過時而不採，將隨秋草萎。」（《古詩十九首·冉冉孤生

竹》）「庭中有奇樹，綠葉發華滋。攀條折其榮，將以遺所思。」（《古詩十九首‧庭中有奇樹》）「青青河畔草，鬱鬱園中柳。盈盈樓上女，皎皎當窗牖。」（《古詩十九首‧青青河畔草》）蘭花、青草、柳樹、奇樹在詩人的筆下都染上了哀怨和寂寞。而柳如是用了桐花和碧柰，應該是從個人經驗出發，將她身邊的景物打併入詩，一個「最」，一個「空」，既寫了景又加入議論，既有物境又有情景，將漫長詩歌寫作史中積累的寶貴經驗應用入擬作當中，可謂是對古詩十九首詩母地位的致敬。

「思君漳臺北，臺流吹易長」，該句點出了曹植甄后發生離別情節的關鍵地點——漳臺北。鄴城緊鄰漳河，漳河水成了鄴城的南護城河。曹植《登臺賦》：「臨漳川之長流兮，望園果之滋榮。」即點明漳水和鄴城的關係。漳臺北，就是漳水河畔的銅雀臺，正好位于鄴城的西北方。當時甄后留在鄴城，曹植前往曹操病危的地點洛陽。柳如是顯然是以甄后為主人公寫作的該擬作，而在漳臺北思君的人，正是甄后。晚唐李商隱記載這件事的時候，也將漳河作為明顯的地標，如《代魏宮私贈》：「來時西館阻佳期，去後漳河隔夢思。知有宓妃無限意，春松秋菊可同時。」正如李商隱詩中所寫，由於這裡的漳河在甄后的眼中，是組合她和曹植關係的一種指代，漸漸發展成了阻隔牛郎織女相會的銀河。所以，柳如是在這裡特別提到漳水和銅雀臺，因這個地理位置，確確實實就是甄后寫下無數思君詩的發生地。

「燦爛雲中錦，上著雙鴛鴦。」柳如是為何使用雲中錦這一物品，來承接甄后思君之後的敘述。讀《古詩十九首‧客從遠方來》就有了答案：「客從遠方來，遺我一端綺。相去萬餘里，故人心尚爾。文采雙鴛鴦，裁為合歡被。著以長相思，緣以結不解。以膠投漆中，誰能別離此。」「燦爛雲中錦」正是「客從遠方來」送給甄后的禮物，此處的「客」當指和甄后互道相思的曹植。甄后看到這燦爛錦綺上的紋樣，便懂得了曹植的良苦用心，「相去萬餘里，故人心尚爾」，雖然相距萬里，但故人心未變。甄后把她裁成了鴛鴦被，並對她心中放心不下的感情做了一段景點的總結。她和他的感情，是不能了結的緣，彷彿膠投入漆中，誰也離不開誰。

鴛鴦的紋樣，道明甄后的心事。這是後來宮體詩中一脈相承的抒情手法，晚唐溫庭筠「新帖繡羅汝，雙雙金鷓鴣」正是這種閨中詩的普泛情懷。

「黃鵠飛已去，鯉魚何時將？」這句的黃鵠和鯉魚，則隱含著非常大的信息量。如果不能瞭解古詩十九首的寫作背景，就無法讀懂柳如是在這裡提到黃

鵠和鯉魚的原由。如果把古詩十九首和蘇李詩看作非一時、一地、一人所做，那麼就更難理解，此時柳如是將很明顯來自古詩《步出城東門》和蘇李詩《黃鵠一遠別》中的黃鵠，以及《青青河畔草》《客從遠方來》中的鯉魚，放在一句中，並作為此篇詩作的結尾，用意深遠。

2.《青青河畔草》：「飆飆華館風，鳧鳧玄嶺草。習習翔絳晨，淫淫睹眥眇。翼翼眾奇分，潵潵凌青照。羈望久難慰，星漢長飆飆。佳期安可尋，綴目成新眺。」此一首重在關注兩個地名或說是場所，一是「華館」，一是「玄嶺」。劉楨《公讌詩》：

> 永日行遊戲，歡樂猶未央。遺思在玄夜，相與復翱翔。
> 輦車飛素蓋，從者盈路傍。月出照園中，珍木鬱蒼蒼。
> 清川過石渠，流波為魚防。芙蓉散其華，菡萏溢金塘。
> 靈鳥宿水裔，仁獸遊飛梁。華館寄流波，豁達來風涼。
> 生平未始聞，歌之安能詳？投翰長歎息，綺麗不可忘。

「園中」正指銅雀臺之西園，劉楨此詩，較為詳盡地描述了二曹六子等人「永日行遊戲，歡樂猶未央」，餘興未盡，一直玩到晚上，「遺思在玄夜，相與復翱翔」的景況，詩中描寫了西園中「珍木鬱蒼蒼」，也描述了芙蓉池「芙蓉散其華，菡萏溢金塘」。值得關注的是，詩中同時提及「華館」，而有關華館，則有這樣的描寫：「華館寄流波，豁達來風涼。生平未始聞，歌之安能詳？投翰長歎息，綺麗不可忘」「生平未始聞，歌之安能詳」，這裡說的生平未始聞者為誰？再看「歌之安能詳」，則顯然在華館的歌者是位女性，聯想劉楨曾經因為仰視甄氏而獲刑，時間在建安十六年，與筆者所論的遊宴詩興起的時間正相吻合。可知，華館即為甄后在這段時間的住所。「投翰長歎息，綺麗不可忘」者，正為當時的甄氏所歎也。

既然「飆飆華館風」指的是甄后居所，代指甄后，則「鳧鳧玄嶺草」理應指的是曹植此時之所在，並以此代指曹植。玄嶺：高峻的山嶺。嵇康《琴賦》：「玄嶺巉岩，岞崿嶇嶮。」與「青青陵上柏」的陵相互呼應，此處指的是曹操的陵墓所在高陵，其中鳧的含意用意較深，鳧的本意是野鴨，但也不至於將曹植比喻為野鴨或是家鴨，這裡用的是一個典故，詩經中的《生民之什》之四《鳧鷖》：「鳧鷖在涇，公尸來燕來寧。爾酒既清，爾肴既馨。公尸燕飲，福祿來成。」鳧鷖是西周成王後期開始的一種祭祀活動，以活人來扮演先祖來加以祭祀。因此，柳如是此一句的意思是說，當甄后苦苦思戀曹植

欲求一見，而曹植卻在曹操的陵墓守靈。理解了這一點，此一首全詩甚至都不必過於細緻解讀，其學術史貢獻已經很大。

這首詩也是在描寫甄后和曹植分隔兩地時的情景，一個在華館，一個在守靈，一個守著茯苓樹，在隔水空望。那深淵幽怨的眼神彷彿從天地初開而來，纏綿不可斷絕。望的太久了，內心的煎熬無法安慰，於是星漢銀河成了寄託情思的歸屬。佳期不知還能盼到，等待周而復始。與原詩《青青河畔草》相比，既寫出了與「昔為娼家女，今為蕩子婦」同樣的思婦之情，又補充了情感發生的緣故和場景、樓上女所在地點是華館，「星漢長飄飆」對應「纖纖出素手」，說明《青青河畔草》和《迢迢牽牛星》本是一人為一事而作。「佳期安可尋，綴目成新眺」也是對「蕩子行不歸，空床難獨守」這一畫面的再次演繹。「佳期」一詞明確與李商隱《代魏宮私贈》「來時西館阻佳期，去後漳河隔夢思」語出同源，後引申為七夕傳說中牛郎織女相會的日子，如秦觀《鵲橋仙》：「佳期如夢」。

3.《青青陵上柏》：「邑邑雲中鵠，幽幽草間蟲。劣當得道步，恒墜荒思中。人生苦不樂，意氣何難雄。走獵鄴城下，射虎當秋風。芳園置樽酒，妙伎呈嘉容。流蘇夾綺縠，瑒道列芙蓉。寶袂逞飛辯，上客齊臥龍。金吾一何鄙，悲歌心不終。」

先看《青青陵上柏》的原詩：「青青陵上柏，磊磊澗中石。人生天地間，忽如遠行客。斗酒相娛樂，聊厚不為薄。驅車策駑馬，遊戲宛與洛。洛中何鬱鬱，冠帶自相索。長衢羅夾巷，王侯多第宅。兩宮遙相望，雙闕百餘尺。極宴娛心意，戚戚何所迫？」

參看曹植的《箜篌引》，以及此前對此詩寫作背景的分析：

> 置酒高殿上，親友從我遊。中廚辦豐膳，烹羊宰肥牛。
> 秦箏何慷慨，齊瑟和且柔。陽阿奏奇舞，京洛出名謳。
> 樂飲過三爵，緩帶傾庶羞。主稱千金壽，賓奉萬年酬。
> 久要不可忘，薄終義所尤。謙謙君子德，磬折欲何求。
> 驚風飄白日，光景馳西流。盛時不可再，百年忽我遒。
> 生存華屋處，零落歸山丘。先民誰不死，知命復何憂。

此詩應該是太和六年正月，曹植赴京師洛陽朝會參加明帝宴會所作。此前，曹植一直是縣王，直到太和六年二月，才改封為郡王，《三曹年譜》：「二月，曹叡作《改封諸侯以郡為國詔》，以陳四縣封曹植為王。」《魏志·曹植

傳》：「其二月，以陳四縣封植為陳王，邑三千五百戶」，比之原先的采邑，增加一千戶，這當是詩中所說的「主稱千金壽」的意思。曹叡以陳四縣封植為陳王，邑三千五百戶，應該是乘著曹植在眼前給予賞賜，才合情理。《三曹年譜》在太和六年二月下記載：「曹叡作《與陳王植手詔》，曹植作《答詔表》。詔與表均見《御覽》卷三七八……詔及表當作於植在京都時。」因此，曹植在此年的二月，仍然在京城逗留，並且參加曹叡的酒會。

　　《箜篌引》詩中涉及生死的哀歎，也是有所指的，當時正值明帝女兒平原公主夭折，明帝甚為傷感，親自作誄臨送：「吾既薄才，至於賦誄，特不閒。從兒陵上還，哀懷未散，作兒誄。答曰：……句句感切，哀動神明，痛貫天地。楚王彪等聞臣為讀，莫不揮泣。」清楚說明，曹植、曹彪等在太和六年二月還均在洛陽。若是《箜篌引》中關於生死的哀歎，正是由於平原公主之死所引發的感歎，則此詩必定作於太和六年二月之後。

　　柳如是的《青青陵上柏》，嚴絲合縫地呼應上文中對曹植所做原詩背景的分析。再讀柳如是《青青陵上柏》：「邑邑雲中鵠，幽幽草間蟲。劣當得道步，恒墜荒思中。人生苦不樂，意氣何難雄。走獵鄴城下，射虎當秋風。芳園置樽酒，妙伎呈嘉容。流蘇夾綺轂，珝道列芙蓉。寶袂逞飛辯，上客齊臥龍。金吾一何鄙，悲歌心不終。」很清楚，此詩作中已經沒有詩中主人公女性，沒有甄后，只有孤零零的一位男性主人公曹植，在魏明帝曹叡的淫威之下，由以前沉醉在情愛愛河，幻想化為比翼雙飛的「黃鵠」，現在，昔日的甄后已經成為「幽幽草間蟲」的犧牲品，另外的一位幸存者曹植，則是沉浸在無邊的思念和痛苦之中，「劣當得道步，恒墜荒思中。人生苦不樂，意氣何難雄？」現在，終於有機會在歲末的秋風裏，回到京城洛陽，「走獵鄴城下，射虎當秋風」，柳如是詩中以鄴城代替洛陽，「芳園置樽酒，妙伎呈嘉容。記蘇夾綺轂，珝道列芙蓉。」此四句正是前文所析曹植《箜篌引》和古詩《青青陵上柏》所描述的京城景象的再現和雜述：是「洛中何鬱鬱，冠帶自相索。長衢羅夾巷，王侯多第宅。兩宮遙相望，雙闕百餘尺。極宴娛心意，戚戚何所迫」與「置酒高殿上，親友從我遊。中廚辦豐膳，烹羊宰肥牛。秦箏何慷慨，齊瑟和且柔。陽阿奏奇舞，京洛出名謳。樂飲過三爵，緩帶傾庶羞。主稱千金壽，賓奉萬年酬」兩篇詩作場景的混合再現。結尾兩句：「金吾一何鄙，悲歌心不終」，金吾，即執金吾，曹丕曹叡父子都是皇帝，而非執金吾，但此前筆者對署名辛延年名下的《羽林郎》進行了解讀，指出「不意金吾子，娉婷過我廬」

中的金吾子，指的正是甄后的前夫曹丕，此處正是以金吾代指曹叡，指的是曹丕曹叡父子之卑鄙小人，最終設計先後殺害了甄后和曹植，故曰：「悲歌心不終」。

4.《今日良宴會》：「清暉何靈潔，嘉賓集茲辰。有心洞飛滯，玄華理所親。妙唱不我見，柔翰情難申。馳目玩冥奇，揚蛾肆態神。流眄當佳麗，心期桐柏臻。偕我蘭蕙姿，驅車玉虛濱。別此上五嶽，朝列魏夫人。」此一首不必詳細闡釋，其中值得關注者，是此一首詩作，筆者此前的分析全在男性的酒會，柳如是擬作指的是曹植此作中，有「妙唱不我見，柔翰情難申。馳目玩冥奇，揚蛾肆態神。流眄當佳麗，心期桐柏臻。偕我蘭蕙姿，驅車玉虛濱。別此上五嶽，朝列魏夫人」等句，意思是曹植此作的宴會中，有美女在側，詩作者「柔翰情難申」，是在宴會中以詩作展示才華向美女求愛之作，值得參看。

5.《西北有高樓》：「騰雲冠高漳，綺鳥疏層臺。此日儔曠素，秀競絕盈苔。隱隱東南軒，玉指彈何哀。鱗波障人意，迭起愁為開。堅持如斷霧，遊曳隨飛埃。縹渺何足感，良會無新裁。羅襦未棄色，檀水未成灰。勁翮即以息，紅顏何緣摧。」此一首也不必詳細闡發，只看首句：「騰雲冠高漳，綺鳥疏層臺」，即可知道柳如是深知此詩所寫的「西北有高樓」的高樓，乃為「騰雲冠高漳」的曹魏銅雀臺。

柳如是所擬十九首中其餘的篇什，可以附錄於此，篇幅所限，不能一一分析解讀，可以留給後來者繼續完成之。其餘篇如下：

《涉江採芙蓉》：「單舟亦折艾，疊舸共採蓮。枉抑蓮渚上，折露誠遷延。風波何浩蕩，姿素何清涓。美人來偏遲，使我心沉綿。」

《皎皎明月光》：「深林自微細，朗月出潺湲。鸕鶒照人白，濕霧橫空山。明童撥水去，青女騎月還。皎皎被玉服，冶質秋雲端。抒音自玄暢，岩桂何修寒。霓旌雖暫住，鳳馴難久安。瑤琴磐石上，泠泠清商彈。從此離塵紛，悠悠雲中鸞。」

《冉冉孤生竹》：「逍遙感石腴，至神無常移。昔時縞帶間，明月何陸離。迄今萬餘里，不敢忘初時。雙鵰自翔側，單鵠長淒靡。火浣織成素，青綾暮還絲。念君惟一身，形影誰執持。暖暖九靈璈。浥浥滄景辭。上下會有涯，豈能無相思。」

《庭中有佳樹》：「弱喪為雜役，澗瀿求五芝。碩真因誕德，結藻太玄側。我欲贈夫子，馨香無可植。苟能一有心，何必芝可食。」讀此「我欲贈夫子」，

才知道此詩原為甄后作品。「苟能有一心，何必芝可食」，柳如是的意思是，如果在甄后之外也能找到一心相戀者，何必非要靈芝（甄后）可食呢？

《迢迢牽牛星》：「眾星負石瀨，河鼓壓嘉林。氂粉觸榮衣，玄翎蔽天孫。千秋鬯幽期，萬世共靈心。愴然河橋下，樂度豐影森。瞻盼良不遠，寐寐神憂淫。」

《回車駕言邁》：「瑟日潯已屬，幽瀾谷中變。蒼藤交晴木，沉潒盈顧昒。蜵蜻相鬥飛，白燕滿悲濺。朔風上斷冥，浪雲燭莽殿。美好會有時，金石何足戀。我行大漠中，凜凜風吹面。」

《東城高且長》：「瀲灩月清向，照此珊瑚鉤。瓊戶飛逸姿，電窗綴歡稠。沉沉行雲態，窈窈扶桑洲。靂樹築瑤館，耀雉湧玉楸。美人生南國，更自好金筬。紆雜如隱雷，回伏似波流。鬢裳聞內豔，鞋髮度清眸。娛心自當逐，歡意良可求。大風蔽蘅杜，苗竹吹蜉蝣。保此松柏心，相與邯鄲謀。」

《驅車上東門》：「我登北邙上，下望如蟻位。隴水匝樹杪，烏鵲成夜魅。笙竽列長楊，丹旗空悅媚。朝見貴人入，暮見名上累。昔有蘇仙人，千年一歸視。華表化猶猻，銅人亦垂淚。感此巢神山，長松讀丹秘。此事我不欺，藥成非汝類。孺子何無謀，日夕甘寐寐。」

《去者日以疏》：「蚩狐窺我旁，潛蚊制我室。苟或非龍彪，良圖亦須失。臺館易嵯峨，珠玉會蕭瑟。豈無激昂志，憂心乃愈疾。但當恣邀遊，顧昒垂清逸。」

《人生不滿百》：「事大固不滿，事小亦必抑。目履周暗徹，體弱盡遐特。此非順饒樂，天命有時息。鍾鼓何勿陳，蟋蟀鳴惻惻。願言展生平，芳淑皆自得。」

《凜凜歲云暮》：「啼蛄暗龍腦，紅脂隳蘭衣。遝露沉鶂水，簾葉皆嚴飛。燭龍爛銀箏，碎風觸銅扉。斯時見君子，芳素如桐輝。蟠螭為我寢，香祓為我披。咽水斷人意，紺黛微情幃。篲篴亂雲髮，驂駕泛清圍。自來有霜露，不惜人芳菲。情來夢還止，炫炫忘音徽。偶聞天上曲，已怨雙情違。」

《孟冬寒氣至》：「雕甍方淒蘙，緇繡更沉戚。泣椒自愁粉，帖翠意難迪。旖旎非寒冬，玄靈何迫覿。客從遠方來。貽我書的歷。君心瀉瑤樹，妾意感花額。言言有深際，歡處殊不懌。長感故人心，故心猶可憶。」

《客從遠方來》：「客來何所貽，貽我菖蒲石。菖蒲皆九節，石是珊瑚色。懷之生嶧夢，灼灼同心臆。金閨自流耀，馨香難雕刻。持此歌白紵，逶迤鸞照

日。」

《明月何皎皎》:「金膏弄明月,聯風涓綠蘋。斯時欲渝樂,淒淒心久仍。戲鮪白悵望,秋霽何積澄。物候信難至,一往無驕矜。豈乏舊芳日,對此神不寧。」

第三節　結束語

對柳如是《擬古詩十九首》的基本性質及其價值,可以做出以下幾點評價:

1. 從以上所分析的五首擬古詩《行行重行行》《青青河畔草》《青青陵上柏》《今日良宴會》《西北有高樓》來看,柳如是顯然明確認為,這些古詩的作者都與曹植甄后戀情有關,其所發生的地點、場所,多次明確點明是在鄴城、漳河、淇水、洛陽等地,甚至具體到甄后所居之所華館。

2. 從這一組詩的第一首詩作《行行重行行》的解讀來看,此一首作為全詩的總論,分明採用的是一向所說的《蘇李詩》的內容,換言之,蘇李詩正是古詩十九首的重要組成部分,是古詩十九首的總論,是曹植甄后戀情故事中的序幕。此前,筆者在感受《行行重行行》的原型場景之際,體會到的應該是黃初二年甄后賜死之前所作,柳如是的擬作,糾正了筆者的這一細節誤讀。類似的還有《青青河畔草》,筆者理解應該是黃初二年甄后所作,而柳如是的擬作,則揭示為延康元年曹植守靈之際,甄后對曹植的哀怨情懷。

3. 其餘幾篇,如《青青陵上柏》《西北有高樓》等,則與筆者此前的解讀精準吻合。至於具體細節可以各有闡述,總體方向上,筆者的認識與柳如是的擬古詩所說,是完全一致的。古詩十九首代表的系列古詩,皆為曹植甄后戀情的產物,這一點,令筆者感到欣慰和驚異!其中如對「金吾」為曹丕的指認,其精確性更令筆者深感震撼!

至此,筆者關於古詩十九首為曹植甄后戀情之作的探索性研究,既有西方學者哈佛教授宇文所安先生關於漢代五言詩皆為後人的慷慨饋贈的論述,又有古人連綿不斷地傳播史的反覆寫明,特別是柳如是的擬古詩組詩作品,將細節內幕給予清晰明確的披露,至此,古詩與曹植甄后戀情的學術史公案可以定讞無疑。

附錄　元代《河南志》所載地圖

1.《後漢東都城圖》

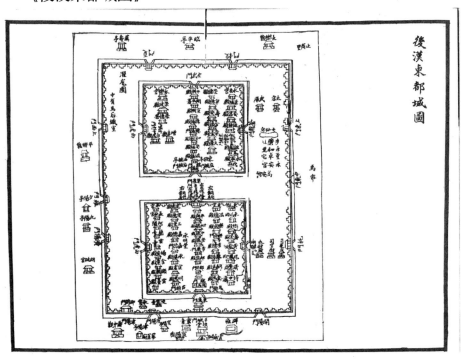

2.《洛陽西晉京城圖》

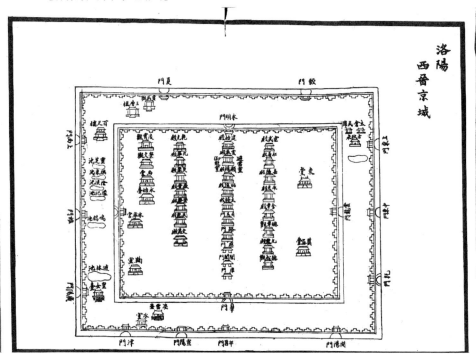

元代無名氏的後漢和西晉的《洛陽宮城圖》，圖中即有「阿閣」「芙蓉殿」等建築物。

後記　這個神秘的世界首先讓我本人震驚

　　2018 年的寒假，在美國休斯敦日復一日枯燥的寂寞時光中，終於完成了《曹植洛神之戀》。此一次修改，從此前的 80 餘章 18 萬字，修改為 106 章將近 28 萬字。雖然最後一稿是在美國 20 天時間之內最後完成，卻是我 15 年時間的積累所得——從 2004 年那個難忘之秋開始，倏然之間，已然 15 載矣！由這個路口，走向了一個神秘的世界，一個不為世人所知的另一個天地——去力圖證明一個當下普遍認為並非如此的歷史事件，君知其難！尤其是，這是一件不光彩的亂倫之戀，這是此一本書的悲劇，也是我人生一生的悲劇。我原本每日快樂的讀書打球的審美人生，被不幸由此走向萬劫不復的悲劇人生。

　　伴隨著日益深入的研究，這個神秘的世界首先讓我本人震驚，一再震驚，震驚不已！

　　首先震驚我的，是甄后居然寫了如此之多的五言詩，而且，寫得如此精彩，如此感人！與其說，古詩「舊疑是建安陳王所制」，不如說，主要是甄后的作品。曹植是甄后五言詩寫作的開蒙者和指導者，甄后則青出於藍而勝於藍，以自己的生命呼喊，化作了五言詩飽浸血淚的詩行。她以樸素的日常生活語，將日日所思，夜夜所念，凝練而為音樂歌詩，凝練而為情人書信，傾訴出內心深處的情感，如話家常。這不正是學術界一直在苦苦追尋的那個有別於曹植蕭蕭錦繡文風的所謂民間詩人嗎？甄后不幸愛上了才高八斗的曹子建，選擇了為愛而死的生命方式，也用生命寫作了五言詩之母的千古絕唱。

　　其次，使我震驚的事情，是我將漢魏失去作者姓名的古詩、樂府詩、連

同曹植詩賦、甄后詩,將這些詩作幾乎是一網打盡式的整合在一處,並將這些作品依照其作品本身顯露出來的諸多信息,安置在一個合適的時間位置、背景位置,這些作品幾乎是嚴絲合縫地站立了起來,組合成為一個完整的、有血有肉的生命體。就像是一個歷史拼圖,它們回到了自己凸凹不平的位置上,展示了曹植甄后的一生行蹤。

譬如根據《青青河畔草》的寫作時間是在暮春之際,甄后賜死的時間是舊曆六月底,再計算洛陽與鄴城之間的距離,曹植中間還有一次赴洛陽請罪,我判斷曹植是在五月底到六月初之際返回鄴城,再讀《文帝本紀》,果然,在六月庚子(六月一日)舉行了五嶽四瀆的慶典,而曹植當時的身份又是「未奉闕庭」的閒散王侯,他積累了很久的思念激情,必然去到鄴城和甄后相會。如果還有詩作證明甄后仍在苦苦思戀中,而時間卻在黃初二年六月,則將無以圓通,但事實上恰好就沒有了——所有的古詩,幾乎是一網打盡地安置在漫長歲月的戀情馬拉松之中,幾乎每一篇都有必定是此年、此地的卡口,一切都是如此吻合、準確。

再次,使我震驚的,是原來古人——從阮籍、陸機、陸雲以來,經歷陶淵明、六朝詩人,一直到唐人李白、李商隱等,對曹植甄后的戀情本事,原本是如此清晰,他們不斷增補兩者戀情人生中的情節和細節,譬如李白詩作《感興》,「香塵動羅襪,綠水不沾衣。陳王徒作賦,神女豈同歸。好色傷大雅,多為世所譏」,不僅僅寫明甄后之死在於綠水,而且,指明了後人對兩人悲劇戀情的態度,是譏刺和批評的。這也正是古人明明知道這些詩作的作者是曹植甄后,但卻始終為之遮蔽的原因——《文選》將其一概列為「古詩」,用心可謂良苦!《玉臺》將其署名恢復魏明帝的「重新撰錄」版本,可謂是另一種保護曹植名節的方式。

其實,這也正是今人學者,普遍難於接受這一研究的內在原因。但是,不論如何評價兩者的這一戀情,這一戀情本身是歷史的存在,更為重要的,是這些伴隨詩人戀情的詩作,是客觀的歷史存在。歷史不應以對戀情是非的評判,來遮蔽文學史演變的真相。不是嗎?